MIRA®

Der Preis dieses Bandes versteht sich einschließlich der
gesetzlichen Mehrwertsteuer.

Umwelthinweis:
Dieses Buch wurde auf chlor- und säurefreiem Papier gedruckt.

Robyn Carr

Herzklopfen in Virgin River

Roman

Aus dem Amerikanischen von
Barbara Minden

MIRA®

MIRA® TASCHENBUCH
Band 25667
1. Auflage: Juni 2013

MIRA® TASCHENBÜCHER
erscheinen in der Harlequin Enterprises GmbH,
Valentinskamp 24, 20354 Hamburg
Geschäftsführer: Thomas Beckmann

Titel der nordamerikanischen Originalausgabe:
Moonlight Road

erschienen bei: MIRA Books, Toronto

Published by arrangement with
HARLEQUIN ENTERPRISES II B.V./S.àr.l

Konzeption/Reihengestaltung: fredebold&partner gmbh, Köln
Umschlaggestaltung: pecher und soiron, Köln
Redaktion: Mareike Müller
Titelabbildung: Harlequin Enterprises S.A., Schweiz
Autorenfoto: © Harlequin Enterprises S.A., Schweiz
Satz: GGP Media GmbH, Pößneck
Druck und Bindearbeiten: CPI – Ebner & Spiegel, Ulm
Printed in Germany
Dieses Buch wurde auf FSC®-zertifiziertem Papier gedruckt.
ISBN 978-3-86278-723-4

www.mira-taschenbuch.de

Für Tonie Crandall, denn ohne dich und deine Liebe wäre die Welt ein trostloser Ort. Danke, dass du viel mehr als eine Freundin bist – für mich bist du wie eine Schwester.

1. KAPITEL

Aiden Riordan war inzwischen seit zwei Wochen in Virgin River und schon über hundert Meilen gewandert. Außerdem hatte er sich einen ziemlich struppigen, dunkelroten Bart wachsen lassen. Mit seinem schwarzen Haar, den ebenso dunklen Brauen und seinen strahlend grünen Augen verlieh ihm dieses Erbe seiner Ahnen ein ziemlich verwegenes Aussehen. Seine vierjährige Nichte Rosie, ein rotes Lockenköpfchen mit grünen Augen, hatte gesagt: „Onkel Aid! Du bis' auch eine wildische Rose!"

Für einen Mann, der zum ersten Mal, soweit er sich erinnern konnte, keine bestimmten Pflichten zu erfüllen hatte, fand er allmählich Gefallen an seiner neu gewonnenen Freiheit. Seit dem medizinischen Vorstudium hatte er nur noch genau festgelegte Ziele verfolgt. Jetzt, mit sechsunddreißig Jahren, wovon er vierzehn bei der Navy verbracht hatte, befand er sich in einer Art Zwischenstadium zwischen zwei Jobs. Er war sich zwar total unsicher, wo er als Nächstes landen würde, aber das gefiel ihm *gut*. Die kleine *Auszeit* hatte sich als durchaus Angenehmes entpuppt. Das Einzige, das er mit Sicherheit wusste, war, dass er Virgin River nicht vor Mitte des Sommers verlassen würde. Sein älterer Bruder Luke und seine Schwägerin Shelby erwarteten ihr erstes Kind, und Aiden wollte die Geburt um nichts in der Welt verpassen. Bald würde auch sein Bruder Sean aus dem Irak zurückkehren und mit seiner Frau Franci und seiner Tochter Rosie einen Zwischenstopp in Virgin River einlegen, bevor er zu einem neuen Einsatz aufbrechen würde. Aiden freute sich schon darauf, ein wenig Zeit mit ihm zu verbringen.

Die Junisonne brannte Aiden auf den Pelz. Er trug eine lockere Armeehose, Motorradstiefel und ein olivgrünes T-Shirt, auf dem sich, unter den Achseln, Schweißflecken abzeichneten. Aiden war nass geschwitzt bis auf die Haut, und inzwischen roch er ziemlich streng. In seinem Militärrucksack hatte er Eiweißriegel und Wasser, und an seinem Gürtel war eine Machete befestigt, um sich den Weg durchs Gestrüpp zu bahnen. Auf dem Kopf trug er eine Baseballkappe, doch sein Haar ringelte sich dennoch unter deren Rändern hervor. Mittlerweile gehörte auch ein eins zwanzig hoher Wanderstock zu seinen ständigen Begleitern, und nach einer zufälligen Begegnung mit einem etwas zu selbstbewussten Berglöwen schleppte Aiden auch noch einen Bogen und mehrere Pfeile mit sich herum. Allerdings wenn er einem übellaunigen Bären über den Weg gelaufen wäre, wäre er trotzdem geliefert gewesen.

Aiden folgte dem Pfad, der sich durch die Berge schlängelte. Er sah aus wie eine ehemalige Straße oder eine Zufahrt. Aiden hatte keine Ahnung, was von beidem zutraf. Sein Ziel war der Bergkamm, den er von unten erspäht hatte. Am Ende des Weges stand er plötzlich etwas gegenüber, das allem Anschein nach eine verlassene Blockhütte war. Die Erfahrung hatte ihn gelehrt, woran man das erkannte – wenn der Pfad dorthin überwuchert und einen ganz besonders ungepflegten Eindruck machte, war die Hütte wahrscheinlich leer. Dennoch gab es keine Garantie dafür, dass er mit seiner Vermutung richtig lag. Schon einmal hatte er sich in so einem Fall geirrt und seinen Fehler erst bemerkt, als eine alte Dame ein Gewehr auf ihn gerichtet und ihn aufgefordert hatte, vom Grundstück zu verschwinden. Diesmal machte Aiden lieber einen großen Bogen um die Blockhütte und ging durch den Wald zum Bergrücken hinauf.

Natürlich gab es dort keinen Pfad mehr; so musste er sich mithilfe seiner Machete den Weg durch das Gestrüpp bahnen. Auf der anderen Seite bot sich ihm ein atemberaubender Anblick. Eine Frau mit rotblonden Haaren in Kaki-Shorts reckte ihm, weil sie sich nach vorne über die Veranda beugte, ihren Po entgegen. Obwohl Aiden sich als Frauenexperte fühlte, schien es ihm unmöglich, ihr genaues Alter einzuschätzen, wohl aber, dass dieser Hintern am Ende dieser traumhaft langen und gebräunten Beine zu den wundervollsten gehörte, die er je gesehen hatte. Die Ansammlung von Blumentöpfen und die Gießkanne ließen ihn annehmen, dass die Frau gerade dabei war, Pflanzen einzutopfen. Einer dieser Blumentöpfe war auf dem Geländer neben ihr platziert. Sie grub in der Erde und schaufelte sie in einen großen Topf.

Aiden konnte drei und drei zusammenzählen. Das hieß, dieser Po und diese Beine gehörten zu jemandem unter fünfzig, und außerdem war nirgendwo ein Gewehr in Sicht. Also schlug er sich mit dem Plan, freundlich Hallo zu sagen, weiter den Weg unter den Bäumen frei.

Immer noch vornübergebeugt, schaute sie ihn zwischen ihren Oberschenkeln hindurch an. Eine ausgesprochen hinreißende Frau, die ihm ein Lächeln entlockte. Sie gab einen lauten, markerschütternden Schrei von sich, richtete sich abrupt auf und stieß sich den Kopf am Verandageländer. Dabei warf sie den Blumentopf um, der ihr prompt auf die Birne fiel. Und schon ging sie zu Boden. *Wumms!*

„Mist", murmelte er und eilte so schnell er konnte zu ihr. Auf halber Strecke schmiss er die Machete ins Gras.

Die Frau lag, mit dem Gesicht nach unten, auf der Erde. Vorsichtig drehte Aiden sie um. Sie war *atemberaubend attraktiv*. Ihr Gesicht war genauso schön wie der Rest von ihr. Ihr Puls schlug schnell und regelmäßig, wie man an der Halsschlagader erkennen konnte, allerdings blutete sie an der Stirn. Aiden hatte beobachtet, dass der Blumentopf sie am Hinterkopf getroffen hatte. Doch offensichtlich hatte sie sich beim Sturz die Stirn an einer scharfen Kante gestoßen. In der Mitte ihrer wundervollen Stirn klaffte direkt unter dem Haaransatz eine Wunde, die stark blutete, wie es Kopfverletzungen eben so an sich hatten.

Aiden holte sein Taschentuch raus, das glücklicherweise sauber war. Er presste es gegen die Wunde, um die Blutung zu stillen. Die Frau stöhnte ein bisschen, ohne die Augen zu öffnen.

Mit dem Daumen zog ihr Aiden die Lider hoch; die Pupillen waren gleich groß und reagierten auf Licht. Das war so weit erst einmal eine gute Nachricht.

Während er das Tuch auf die Verletzung drückte, legte Aiden auch noch Rucksack, Pfeil und Bogen ab. Dann hob er die Frau auf die Arme und trug sie über die Veranda durch die bodentiefen, französischen Türen in die Blockhütte hinein. „Ist jemand zu Hause?", rief er, nachdem er das Haus betreten hatte. Da niemand reagierte, vermutete er, dass die Frau hier alleine lebte und der große Lincoln SUV draußen vor dem Gebäude ihr gehörte.

Das Ledersofa erschien ihm – im Gegensatz zu dem Bett oder dem, was aussah wie ein nagelneuer, teurer Designerteppich – geeigneter, um sie darauf abzusetzen. Es schien notfalls ein paar Blutstropfen verkraften zu können. Aiden ließ die Frau vorsichtig auf die Couch sinken und achtete darauf, dabei ihren Kopf hochzulegen.

Dann schaute er sich um. Von außen hatte die Blockhütte den Eindruck erweckt, als handle es sich um eine ganz normale, mit neuen Dachziegeln gedeckte Hütte, mit Veranda und Gartenmöbeln. Aber innen war sie erstklassig eingerichtet und wirkte edel und komfortabel.

Behutsam griff er nach dem Taschentuch; die Blutung hatte aufgehört. Trotzdem war etwas Blut auf ihrem T-Shirt gelandet. Zunächst musste sich Aiden um Eis und improvisiertes Verbandszeug kümmern. Er stand in dem großen kombinierten Küchen-, Ess- und Wohnbereich. Vor den geöffneten bodentiefen Fenstern nahm er zum ersten Mal den fantastischen Panoramablick wahr, weswegen er ursprünglich hierhergekommen war. Allerdings war er so in der Betrachtung des knackigen Pos dieser Frau vertieft gewesen, dass ihm nicht aufgefallen war, dass die einsam gelegene Blockhütte mitten auf dem Bergrücken stand.

Vergeblich suchte Aiden nach einem Telefon. Er wusch sich

die Hände und holte aus dem Gefrierschrank etwas Eis, das er in zwei Geschirrtücher tat. An den Küchenhandtüchern hingen immer noch Preisschilder. Sanft schob er ihr eines der Eispäckchen unter den Kopf und platzierte das andere auf ihrer Stirn. Nicht mal die Kälte brachte sie dazu, sich zu rühren. Also fing Aiden an, das Haus nach Verbandszeug zu durchstöbern.

Die Küche befand sich auf der Westseite der Hütte, aber auf der ihr gegenüberliegenden Seite gab es noch zwei weitere Türen. Die linke führte in ein geräumiges Schlaf- und die rechte in ein großes Badezimmer. Das Bad, der wahrscheinlichste Aufbewahrungsort für einen Erste-Hilfe-Kasten, war durch eine weitere Tür mit dem Schlafzimmer verbunden.

Schließlich fand Aiden unter dem Waschbecken einen blauen Kulturbeutel, auf dem in weißer Schrift die Wörter „Erste Hilfe“ prangte. Er schnappte sich den Beutel und lief zu der Frau zurück. Aufgrund seiner Ausbildung benötigte er nur Sekunden, um eine antibakterielle Salbe aufzutragen und die Wunde mit einem Klammerpflaster zu versorgen, bevor er sie anschließend mit einer Bandage umwickelte. Danach legte er der schönen Unbekannten wieder das Handtuch mit dem Eis auf den Kopf.

Das Nächste, das nun dringend anstand, war, die Frau für ein CT in eine Notfallklinik zu verfrachten; ihre Bewusstlosigkeit nach dem heftigen Schlag auf den Schädel konnte auf Komplikationen hinweisen. Je länger ihre Ohnmacht anhielt, desto mehr sorgte er sich um sie. Doch er hatte sich beeilt – sie war noch nicht lange bewusstlos. Auf dem Küchentisch entdeckte er eine Tasche, in der er nach einem Handy, Autoschlüssel, Personalausweis und dergleichen kramte. Völlig ungezwungen leerte Aiden nun den Inhalt der Tasche auf dem Tisch aus. Da gellte ein markerschütternder Schrei durch den Raum. Aiden hob den Kopf so abrupt, dass er erst einmal gegen ein Regalbrett knallte, das über dem Frühstückstresen hing. „Autsch!“, brüllte er und hielt sich den Hinterkopf. Er schloss die Augen und wartete ab, bis der stechende Schmerz nachließ.

Allerdings schrie die Frau weiter.

Schließlich drehte er sich zu ihr um. Sie rutschte vom Sofa, wollte mehr Abstand zwischen ihnen bringen und schrie sich die Lunge aus dem Hals. Die Eispäckchen lagen auf dem Boden.

„Seien Sie *still*!“, befahl er ihr. Sie verstummte sofort und hielt sich die Hand vor den Mund. „Wir werden beide einen Hirnschaden davontragen, wenn Sie nicht sofort aufhören zu schreien!“

„Verschwinden Sie!“, herrschte sie ihn an. „Ich rufe die Polizei!“

Aiden verdrehte die Augen und schüttelte den Kopf. „Gute Idee. Wo ist das Telefon?“ Er fischte ein Handy aus dem Sammelsurium auf dem Tisch. „Das hier hat keinen Empfang.“

„Was machen Sie hier? Was haben Sie in meinem Haus zu suchen? Und an meiner Tasche?“

Er ging zu ihr, die Tasche immer noch in Händen haltend. „Ich habe beobachtet, wie Sie sich die Stirn angeschlagen haben. Ich habe Sie sofort nach drinnen gebracht und die Wunde mit einer Salbe versorgt und Ihnen einen Verband angelegt, doch jetzt müssen wir …“

„Sie haben mir auf den *Kopf geschlagen*?“, kreischte sie und vergrub ihre Absätze in der Couch, um sich so weit wie möglich von ihm wegzudrücken.

„Ich habe Sie nicht geschlagen – offenbar habe ich Sie erschreckt, als ich aus dem Wald kam. Sie haben sich aufgerichtet, sind zurückgewichen und haben sich den Hinterkopf am Verandageländer gestoßen. Dabei ist Ihnen einer der Blumentöpfe auf den Kopf gefallen. Und der Schnitt auf Ihrer Stirn stammt vermutlich ebenfalls von der Veranda, die Sie beim Fallen erwischt haben. Gibt es hier jetzt ein Telefon?“

„Oh Gott“, sagte sie und befühlte vorsichtig die Bandage an ihrer Stirn. „Das Telefon wird erst morgen angeschlossen. Zusammen mit meiner Satellitenschüssel. Dann habe ich endlich auch Internet und kann mir Filme anschauen."

„Das nützt uns jetzt aber nicht viel. Hören Sie, es ist nur eine kleine Wunde. Kopfverletzungen bluten immer sehr stark. Ich bezweifle, dass eine Narbe zurückbleiben wird. Doch das Bewusstsein zu verlieren, ist ..."

„Ich gebe Ihnen Geld, wenn Sie mir nichts tun."

„Zum Donnerwetter! Ich habe Ihnen den Kopf verbunden! Ich werde Ihnen weder wehtun, noch will ich Ihr Geld!" Er hielt die Tasche hoch. „Ich habe nur nach Ihrem Autoschlüssel gesucht. Sie brauchen ein CT. Vielleicht muss Ihre Wunde auch mit ein paar Stichen genäht werden."

„Warum?", fragte sie mit zittriger Stimme.

Er seufzte. „Weil Sie bewusstlos waren – und weil das kein gutes Zeichen ist. Also, wo sind nun die Schlüssel?"

„Warum?", wiederholte sie.

„Ich werde Sie in die Notaufnahme fahren, damit man Ihren Kopf untersucht!"

„Mache ich", antwortete sie. „Ich fahre selbst. Gehen Sie einfach. Sofort."

Er trat ein paar Schritte auf sie zu und hockte sich vor ihr hin, damit er nicht auf sie runterschauen musste, aber er hielt einen gewissen Sicherheitsabstand, weil er ihr nicht traute. Sie wirkte unberechenbar. Vielleicht hatte sie auch einfach nur Angst vor ihm. Er versuchte, sich in ihre Lage hineinzuversetzen – sie war mit einem blutverschmierten Shirt aufgewacht, während ein abenteuerlich aussehender Mann sich an ihrer Handtasche zu schaffen machte. „Wie heißen Sie?", erkundigte er sich vorsichtig.

Misstrauisch betrachtete sie ihn. „Erin", antwortete sie schließlich.

„Na schön, Erin. Ich halte es für keine gute Idee, dass Sie sich hinters Steuer setzen. Falls Sie eine ernsthafte oder auch nur eine einfache Kopfverletzung haben, könnten Sie noch einmal das Bewusstsein oder die Orientierung verlieren, und es könnte Ihnen schwindelig werden. Vielleicht auch übel, oder alles könnte vor Ihren Augen verschwimmen und einiges mehr. Versuchen Sie, nicht nervös zu werden – ich bringe Sie jetzt in eine Notfallklinik. Sobald Sie dort sind, können Sie Ihre Familie oder einen Freund anrufen. Ich lasse mich dann von jemandem abholen."

„Aber Sie halten es für eine *gute* Idee, dass ich einfach so mit einem obdachlosen Penner ins Auto steige?"

Er richtete sich auf. „Obdachlos? Ich bin doch nicht obdachlos, sondern lediglich durch den Wald gewandert."

„Na schön, dann sind Sie aber schon ziemlich lange am Wandern. Sie sehen nämlich so aus, als *hausten* Sie schon eine ganze Weile im Wald!"

Er ging wieder in die Hocke, damit er mit ihr auf Augenhöhe war. „Erstens, Sie müssen sich die Eispäckchen, die ich Ihnen gegeben habe, hinten *und* vorne an den Kopf drücken. Wie wollen Sie denn da noch Auto fahren? Zweitens ist es zu gefährlich, wenn Sie selbst am Steuer sitzen, wie ich Ihnen bereits ziemlich ausführlich erläutert habe. Und drittens seien Sie nicht so zimperlich und lassen Sie sich von einem verschwitzten Wanderer chauffieren, denn während wir uns hier unterhalten, könnten Sie eine Hirnschwellung haben und für den Rest Ihres eigensinnigen Lebens unter den Folgen leiden! Also, wo sind nun die Scheißautoschlüssel?"

Sie musterte ihn skeptisch. Neben der Tür war ein Schlüsselbrett angebracht, an dem die Schlüssel hingen. „Woher wissen Sie über solche Dinge Bescheid? Hirnschwellungen und so?"

„Ich habe während des Studiums mal als Rettungssanitäter gearbeitet – vor langer Zeit", beantwortete er ihre Frage wahrheitsgemäß. Er hatte selbst keine Ahnung, weshalb er ihr nicht gleich sagte, dass er Arzt war. Vielleicht, weil er momentan nicht unbedingt so aussah, denn, wie sie schon gesagt hatte, im Moment wirkte er eher wie ein Landstreicher. Außerdem lag sein Fachgebiet ziemlich weit vom Kopf entfernt – und er verspürte nicht die geringste Lust, das auch noch erklären zu müssen. Das hielt sie aber trotzdem nicht davon ab, sich rechthaberisch und zickig aufzuführen. Inzwischen schmerzte ihm auch sein Kopf. Und er verlor allmählich die Geduld mit dieser Patientin. „So, und jetzt nehmen wir noch ein bisschen Eis und kleine Tücher mit und machen uns endlich auf den Weg."

„Falls Sie sich als Serienmörder entpuppen sollten, müssen Sie damit rechnen, bis in alle Ewigkeiten von einem stinkwütenden Geist verfolgt zu werden", drohte sie ihm, während er die Eispäckchen vom Boden aufsammelte. Als sie sich erhob, schwankte sie ein wenig. „Uih."

Er stand sofort neben ihr, um ihr den Arm um die Taille zu legen und sie zu stützen. „Sie haben einen üblen Schlag auf den Kopf abbekommen, Kleines. Deshalb dürfen Sie auch nicht ans Steuer."

Er brachte sie nach draußen, schnappte sich die Wagenschlüssel und ließ die Tür hinter sich ins Schloss fallen. Da bemerkte er zum ersten Mal, dass das Haus an einer Straße lag. Er musste die Frau auf den Vordersitz heben und ihr helfen, die Eisbeutel richtig zu platzieren, damit sie sie an die richtigen Stellen pressen konnte. Ihm fiel auch auf, dass sie die Nase rümpfte; gut, dann war es wohl offensichtlich – dass er einen starken Körpergeruch entwickelt hatte.

„Ich brauche meine Handtasche", meinte sie. „Meine Versicherungskarten und den Personalausweis."

„Hole ich Ihnen", erwiderte er. „Ich muss sowieso noch die Verandatür zumachen." Für alle Fälle und aus Sicherheitsgründen nahm er die Autoschlüssel mit. Er räumte die vorhin ausgeschütteten Sachen wieder in ihre Tasche, kehrte zum Wagen zurück und stellte ihr die Tasche auf den Schoß. Dann stieg er ein und ließ den Motor an.

„Sie müssen mich möglicherweise ein bisschen lotsen … Ich bin nämlich nicht von hier."

Sie stöhnte leise auf und legte ihren Kopf zurück. „Ich bin auch nicht von hier."

„Macht nichts, dann tue ich eben so als ob", erwiderte er. „Ich bin durchaus imstande, den Highway 36 von Virgin River aus zu finden. Was machen Sie eigentlich hier, wenn Sie nicht von hier sind?"

„Ich gönne mir eine Auszeit von der Arbeit und versuche, die Einsamkeit zu genießen", antwortete sie. Ihr Tonfall klang verzweifelt. „Und dann brach Charles Manson mit einem langen Messer durchs Unterholz und erschreckte mich. So viel zum Thema Ruhe und Frieden."

„Jetzt machen Sie aber mal halblang. Ich lasse mir nur gerade einen Bart wachsen, mehr nicht. Ich habe nämlich Urlaub und keinen Bock, mich zu rasieren. Verklagen Sie mich doch."

„Zufällig könnte ich das tatsächlich. Ich bin nämlich bekannt dafür, hin und wieder immer mal jemanden zu verklagen."

Er lachte. „Das hätte ich mir denken können. Eine Anwältin. Und nur nebenbei, ich habe die Machete dabei, um mir den Weg durch den Wald freizuschlagen, falls ich in eine Gegend komme, wo es keine Wege gibt."

„Weshalb sind *Sie* denn eigentlich hier?", wollte sie wissen.

„Familienbesuch. Ich habe einen Bruder, der hier wohnt. Er und seine Frau erwarten gerade ihr erstes Kind und ich bin … ich bin …" Er räusperte sich. „Sagen wir mal so, ich befinde mich gerade zwischen zwei Jobs."

Sie lachte. „Arbeitslos. Große Überraschung. Lassen Sie mich raten, Sie sind jetzt schon eine ganze Weile zwischen zwei Jobs."

Die Frau ging ihm auf die Nerven. Er hätte sie aufklären können, dass er ihr ebenbürtig und Arzt war, der gerade seinen nächsten Karriereschritt plante. Aber sie war einfach zu hochnäsig und von oben herab, weshalb er keine Lust dazu hatte. „Jedenfalls lange genug, um mir einen Bart wachsen zu lassen."

„Wenn Sie sich ein wenig pflegen würden, hätten Sie vermut-

lich auch bald wieder einen Job", riet sie ihm altklug.
„Ich werde es mir überlegen."
„Der Bart lässt Sie ein bisschen verrückt aussehen", sagte sie. „Damit mindern Sie Ihre Chancen auf eine Anstellung", und ergänzte mit angehaltenem Atem: „Ganz zu schweigen von Ihrem Körpergeruch ..."
„Das werde ich mir merken, obwohl meine Nichte ihn mag." Er drehte den Kopf zur Seite, damit er einen Blick auf sie werfen konnte. „Den Bart, meine ich."
„Ich dachte, Sie hätten gesagt, dass Ihr Bruder sein *erstes* Kind erwartet."
„Die Tochter meines anderen Bruders."
„Dann haben Sie also mehrere Brüder. Nur mal so aus Neugier, was halten Ihre Brüder von Ihrem ... Ihrem Lebenswandel zwischen zwei Jobs?"
„Ich glaube, Sie sollten jetzt einfach mal ruhig sein", erwiderte er. „Um die Hirnzellen, die noch intakt sind, ein wenig zu schonen. Vor uns liegt eine vierzigminütige Fahrt zum Valley Hospital im Westen von Grace Valley. *Schweigend.*"
„Klar", sagte sie. *„In Ordnung."*
Was hielten seine Brüder von seiner Entscheidung? Sie hielten ihn für verrückt. Er hatte in der Navy Erfüllung gefunden, er liebte die Navy. Doch was das Militär mit einer Hand gab, nahm es mit der anderen wieder.
Als frischgebackener Arzt hatte Aiden, dank eines Stipendiums der Navy, einen ersten Job als Allgemeinmediziner auf einem Schiff bekommen. Sein Einsatz dauerte zwei Jahre. Damals war er nur alle sechs Monate für ein paar Monate an Land gewesen. Sie hatten regelmäßig Häfen angelaufen, was ihm die Möglichkeit geboten hatte, sich ein wenig die Welt anzusehen und ab und zu festen Boden unter seinen Füßen zu spüren. Dennoch hatte er in dieser Zeit den größten Teil seines Lebens an Bord des Schiffes verbracht und wurde einer Menge Stress ausgesetzt – weil er der einzige Mensch war, der vierundzwan-

zig Stunden lang, sieben Tage die Woche am Stück, für das medizinische Personal verantwortlich war und nur er den verantwortlichen Captain des Schiffes ablösen konnte. Aiden war erst so richtig bewusst geworden, unter welchem Druck er stand, als er sich dabei ertappt hatte, dass er mit dem Notfall-Handy in der Hand duschte. Außerdem hatte sich sein Schiff sehr lange im Persischen Golf aufgehalten, was bedeutete, dass sie die Zivilbevölkerung im Notfall medizinisch mit versorgen mussten. Meistens handelte es sich um Fischer oder Crewmitglieder anderer Schiffe, die in der Regel kein Englisch sprachen.

Die Belohnung für diese Strapazen war seine Facharztausbildung als Gynäkologe gewesen, wodurch allerdings seine Verpflichtung gegenüber der Navy wuchs. Doch es war die Mühe wert gewesen – er hatte sich um das weibliche Militärpersonal und die Frauen diensthabender Navy-Angehöriger gekümmert. Ein schönes Leben. Aiden war lange an einem Ort stationiert gewesen, in San Diego.

Aber dann wurde es Zeit für seine Promotion, und die Navy glaubte, ihn wieder auf See schicken zu müssen. Das hätte jedoch bedeutet, dass man ihn wieder als Allgemeinmediziner eingesetzt und sein Spezialgebiet außen vor gelassen hätte. Denn an Bord eines Flugzeugträgers waren Gynäkologen nicht besonders gefragt. Es machte Aiden eigentlich nichts aus, so lange auf See zu bleiben, aber inzwischen war er sechsunddreißig. Obwohl er nicht besonders häufig darüber sprach, hatte er dennoch das Gefühl, dass ihm etwas Entscheidendes fehlte. Eine Frau und eine Familie zum Beispiel. Die Chance, an Bord eines großen grauen Schiffs die eine zu treffen, schien ihm nicht besonders hoch. Er musste an Land bleiben.

Manchmal fragte er sich selbst, warum es ihm so wichtig gewesen war. Es sah nicht gerade so aus, als ob sein Plan, an Land zu bleiben, bisher gut funktioniert hätte. Gleich nach seinem Einsatz als Internist, mit achtundzwanzig, hatte er Annalee kennengelernt und diese Frau, die sich ziemlich schnell als total verrückt entpuppt hatte, überstürzt geheiratet. Ihre Ehe hatte drei Monate gehalten, was ausgereicht hatte, damit sie alles Zerbrechliche, was ihnen gehörte, mutwillig zerdeppern konnte. Diese Lady war unberechenbar, eifersüchtig und verrückt. Ihre Launen wechselten schneller, als Sand durch eine Sanduhr fließen konnte.

Diese Erfahrung hatte bewirkt, dass Aiden sich Frauen gegenüber ziemlich zurückhaltend benahm und ein langsames Tempo in Bezug auf das weibliche Geschlecht vorlegte. Doch nun, nachdem ein paar Jahre vergangen waren, wollte er wieder zurück aufs Spielfeld. Er fühlte sich reifer und erwachsener als damals. Dennoch schien es ihm unmöglich, eine Frau zu treffen, die sich dafür begeistern konnte, seine Ehefrau und die Mutter seiner Kinder zu werden.

Nur eins war sicher – auf hoher See würde er sie erst recht nicht finden.

In Wahrheit war er einfach nicht bereit, sich noch einmal bei der Navy zu verpflichten. Seine Brüder dachten, er sei verrückt, da er den Dienst nach vierzehn Jahren, nur sechs Jahre vor seinem Ruhestand und den damit verbundenen Annehmlichkeiten, quittiert hatte. Seiner Meinung nach allerdings befand er sich gerade in seinen *besten* Jahren. Er war immer noch jung genug, um sich als Ehemann und Vater einzubringen, sofern er der richtigen Frau endlich begegnete. Im Pensionierungsalter von zweiundvierzig Jahren würde ihn die Gründung einer Familie extrem unter Druck setzen.

Er schaute zu Erin hinüber. Sie hielt die Augen geschlossen und drückte sich die Eispäckchen gegen Stirn und Hinterkopf. Er hätte gerne eine Ehefrau gehabt, die so attraktiv wie Erin war – allerdings sollte sie liebenswerter und weit weniger arrogant sein. Aiden suchte eine zärtliche und fürsorgliche Frau. Man wählte schließlich keinen Kotzbrocken als Mutter für seine Kinder aus, und diese Frau war ein Kotzbrocken.

Was hätte man von einer Anwältin auch schon anderes erwarten sollen?

Aiden grinste in sich hinein. Vielleicht war sie Anwältin für medizinische Kunstfehler.

Da sich Aiden zu einem kleinen Teil für Erins Unfall verantwortlich fühlte, blieb er noch etwas im Krankenhaus. Natürlich nicht in ihrer unmittelbaren Nähe. Er hatte die Lady in die Notaufnahme gebracht und sich darum gekümmert, dass man sich angemessen um sie kümmerte. Er hatte dem Arzt ihre Verletzungen geschildert, von ihrer Bewusstlosigkeit berichtet und ihm ihre Autoschlüssel übergeben, damit Erin später, sobald sie wieder in Ordnung war, selbst nach Hause fahren konnte. Dann ging Aiden nach draußen an die frische Luft, um niemanden mit seinem alles andere als feinen Moschusgeruch zu belästigen. Und so saß er fast eine Stunde lang da.

Er war kurz davor, noch einmal zur Notaufnahme zurückzukehren, bevor er seinen Bruder anrufen und ihn bitten wollte, ihn abzuholen, als er zufällig Reverend Noah Kincaid aus der Klinik kommen sah.

„Hallo, Aiden", sagte Noah und streckte ihm die Hand hin. „Was machen Sie denn hier? Sie hatten doch keinen Unfall, oder?"

Aiden schüttelte ihm die Hand. „Nein, ich glaube, ich habe ihn höchstens verursacht. Fahren Sie zufällig nach Virgin River zurück?"

„Das hatte ich vor. Was ist passiert?"

Aiden erklärte ihm rasch, dass er Erin in ihrem Wagen ins Krankenhaus gebracht hatte und eigentlich seinen Bruder fragen wollte, ob er kurz den Chauffeur für ihn spielen könnte. „Aber bevor ich mich auf den Weg mache, wollte ich noch mal mit dem Arzt sprechen. Ich hoffe, er sagt mir, ob ihr CT ohne Befund ist. Dann verschwinde ich, ehe sie mich entdeckt."

„Ein Glück für die Dame, dass sie, wenn sie schon verunglücken musste, es wenigstens in Anwesenheit eines Arztes getan hat."

„Na ja", erwiderte Aiden und rieb sich den Nacken. „Sie weiß nicht, dass ich Arzt bin."

„Warum haben Sie es ihr nicht einfach erzählt?"

„Die Wahrheit? Weil Sie so eine gewisse *Haltung* an den Tag legte. Sie nannte mich einen obdachlosen Penner und meinte, ich sähe aus wie Charles Manson – und sie gab mir deutlich zu verstehen, dass sie meinen Geruch nicht mag."

Noah verzog seinen Mund zu einem breiten Grinsen. „Sie hat mit Ihnen geflirtet?" „Wenn ich auch nur die leiseste Absicht gehabt hätte, ihr etwas zuleide zu tun, wären jetzt nur noch Einzelteile von ihr übrig. Eine sehr verstörende Frau. Trotzdem würde ich mich, bevor ich abhaue, gerne versichern, dass sie keinen Hirnschaden erlitten hat. Könnten Sie zehn Minuten warten? Und mich dann mitnehmen?"

„Klar", versicherte ihm Noah. „Ich begleite Sie. Haben Sie dem Arzt in der Notaufnahme gesagt, wer Sie sind?"

„Mehr oder weniger. Ich habe ihm beschrieben, was passiert ist, ihm ihre Symptome und die Reaktion auf die Verletzungen geschildert. Dann hat sich die Krankenschwester erkundigt, ob ich medizinische Vorkenntnisse besitze. Ich erklärte ihr, dass die Dame mich, ohne danach gefragt zu haben, wer ich bin, für einen Schwachkopf hält und dass man sie, sofern es nach mir ginge, nicht unbedingt darüber aufklären müsse."

„Ach so", sagte Noah. „Damit Sie sich so richtig blöd fühlt, sobald sie es herausfindet."

„Noah, ich schwöre Ihnen, Sie verstehen das nicht ..."

Die beiden Männer schlenderten zum Krankenschwesternzimmer der Notaufnahme. „Wie geht es der Frau mit der Kopfverletzung?", fragte Aiden. „Ich kann mit dem Pfarrer nach Hause fahren, aber vorher wüsste ich gerne, wie es ihr geht."

„Es geht ihr gut", erklärte die Krankenschwester. „Der Doktor möchte sie dennoch eine Nacht zur Beobachtung hierbehalten. Reine Vorsichtsmaßnahme."

„Das ist vermutlich eine gute Idee", stimmte Aiden ihr zu. „Ist ihr CT-Ergebnis schon da?"

„Alles in Ordnung", sagte die Schwester. „Aber sie könnte eine kleine Gehirnerschütterung davongetragen haben."

„Habe ich gerade richtig gehört, dass Sie diesem *Penner* erzählen, dass mein Haus heute Nacht leer steht?", ertönte plötzlich eine laute und herrische Stimme hinter einem Vorhang.

Noah hielt sich den Bauch vor Lachen. Aiden und die Krankenschwester sahen sich an. „Der feste Schlag auf den Kopf hat ihr Hörvermögen nicht beeinträchtigt, stimmt's?", sagte Aiden so laut wie möglich.

„Ich gehe jetzt, aber sobald sie sich ein wenig beruhigt hat, richten Sie ihr bitte aus, dass ich unterwegs bin, um mich in ihre Badewanne zu legen und mich später in ihren Satinlaken zu wälzen", wandte er sich an die Schwester.

Diese lachte. „Da mische ich mich lieber nicht ein, Dr. Riordan", flüsterte sie. „Das ist eine Sache zwischen Ihnen und dieser Dame."

Er hob den Finger an die Lippen. „Glauben Sie mir, zwischen ihr und mir ist überhaupt nichts. Und da wird auch nie etwas sein. Noah, fahren wir?"

Auf dem Weg zu Noahs altem blauen Ford fragte ihn Aiden: „Haben Sie es sehr eilig?"

„Ich habe zwar nicht den ganzen Tag Zeit, aber ich bin auch nicht in Eile. Müssen Sie unterwegs noch irgendwo anhalten?"

„Falls ich diese Hütte noch einmal wiederfinde, könnten wir dahin einen kleinen Abstecher machen? Ich habe meine Sachen dort gelassen. Mein Wanderzeugs."

„Mit Vergnügen", erwiderte Noah. „Wie ist denn das Wandern?"

„Der pure Genuss", antwortete Aiden. „Ich habe zwar schon vorher einiges von der Gegend gesehen und erkundet, aber so viel Zeit hatte ich noch nie. Manchmal streife ich einfach so in den Bergen von Virgin River herum. Manchmal fahre ich auch zur Küste oder nach Grace Valley, um eine andere Umgebung zu entdecken. Nie im Leben habe ich mich besser gefühlt."

„Das freut mich für Sie! Es klingt perfekt. Ich vermute, Sie müssen irgendwann auch wieder zur Arbeit zurückkehren."

„Ich verbringe ziemlich viel Zeit damit, meinen Freunden zu mailen, halte nach Möglichkeiten Ausschau, versuche, alle Angebote zu ignorieren, die mich dazu zwingen könnten, sofort wieder zu arbeiten. Allerdings wird es Mitte des Sommers mit meinen Wandertouren vorbei sein."

Aiden hatte keine Schwierigkeiten, Noah zur Blockhütte zu lotsen. Es war auch nicht schwer, die Sachen, die Aiden, als er versucht hatte, bei der Hochnäsigen Notarzt zu spielen, stehen und liegen gelassen hatte, wiederzufinden. Die Machete und der Rest lagen noch im Vorgarten zwischen Hütte und Bäumen. Beim Aufsammeln bemerkte er, dass jemand an den Rändern des Grundstücks entlang Erde umgegraben hatte. Innerhalb dieser Markierung wucherte immer noch das Gras zwischen den Steinen. Machte sich da etwa jemand Hoffnung auf einen Garten?

Aiden schnappte sich seinen Rucksack, und ihm fiel auf, dass sie versucht hatte, am hinteren Ende der Veranda ein Beet anzulegen. Vielleicht war die Größe des Vorgartens ihr plötzlich ein wenig zu ehrgeizig erschienen, und sie hatte erst einmal versucht, ein schmaleres, einfacher zu bearbeitendes Stückchen Land zu bepflanzen. Der Dreck war auf einem Haufen zusammengetragen worden. Es sah aus, als hätte sie ein paar halb komatöse Tomatenstauden, ein paar konfettigroße, vertrocknete Ringelblumen und ein paar andere undefinierbare Pflanzen in die Erde gesetzt.

Auf der Verandabrüstung stand immer noch eine Plastikgießkanne, und auf dem Boden davor ein paar Gartengeräte, die die richtige Größe für Balkonpflanzen zu haben schienen. Außerdem lag auf der Veranda aus einem ihm unerfindlichen

Grund eine eiserne Bratpfanne.

Aiden lud seine Sachen in Noahs Wagen. „Noch eine Minute, Noah."

„Was haben Sie vor?", fragte Noah.

„Ich glaube, sie war gerade dabei, den erbärmlichsten Garten, der mir je in meinem Leben unter die Augen gekommen ist, wiederzubeleben. Ich will ihr Grünzeug noch schnell gießen. Dauert nicht lange. Es macht Ihnen doch hoffentlich nichts aus?"

„Nein", sagte Noah, „... aber ich sehe überhaupt keinen Garten."

„Ja, weiß ich. Das ist das Problem. Ich bin gleich wieder da."

Aiden schnappte sich die Gießkanne vom Geländer, sammelte die Gartengeräte auf der Veranda ein und goss die Pflanzen. Dann ging er mit der Gießkanne ins Haus, um sie am Wasserhahn vollzumachen, und entdeckte drinnen einen halb leeren Karton Wunder-Dünger. Da ist ein *Wunder* auch bitter nötig, dachte er ironisch. Er füllte die Gießkanne auf und bewässerte ihren kleinen Garten. Dann stellte er die leere Kanne auf das Geländer zurück und sprang zu Noah ins Auto.

Das war alles sehr mysteriös.

„Was war noch mal genau passiert?", erkundigte sich Noah, der etwas beunruhigt wirkte.

„Ich bin durch den Wald gewandert, da habe ich sie plötzlich entdeckt. Ich wollte ihr bloß Hallo sagen, doch als ich durch das Gebüsch brach, richtete sie sich plötzlich panisch auf und stieß sich den Kopf. Ich hab gleich alles stehen und liegen lassen, damit ich mich um sie kümmern konnte – Machete, den Bogen, die Pfeile, meinen Rucksack und das ganze Zeug."

Noah musterte ihn mit großen Augen. „Sie sind mit der Machete durch das Gebüsch gekommen? Und sind jetzt ernsthaft beleidigt, weil sie Sie so von oben herab behandelt hat?"

„Ich verstehe, was Sie mir sagen wollen ..."

Noah lachte. „Sie sollten vielleicht etwas nachsichtiger mit ihr sein, Aiden." Und dann lachte er lauter.

2. KAPITEL

Für seinen Aufenthalt in Virgin River hatte sich Aiden eine von Lukes Ferienhütten gemietet. Er bezahlte ihm den üblichen Preis, obwohl Luke damit zu Anfang überhaupt nicht einverstanden war. Aber Aiden hatte nicht bloß sein eigenes Reich haben wollen, sondern er wollte Shelby und Luke auch nicht allzu sehr zur Last fallen, denn er beabsichtigte, den ganzen Sommer zu bleiben. Und da die kleine Hütte genauso schlicht war wie seine Kabine an Bord des Schiffes, gefiel sie ihm gut. Luke hatte sie mit einem Satellitenempfänger für das Internet ausgestattet, allerdings gab es in den Unterkünften noch keine Telefonleitung. Das störte Aiden jedoch nicht; er hatte seinen Freunden Lukes Festnetznummer gemailt, und in manchen Gegenden in den Bergen hatte er mit seinem Handy sogar Empfang. Die meisten Menschen, mit denen er es zu tun hatte, bevorzugten ohnehin das Internet. Jeden Morgen und Abend checkte er seine E-Mails.

Als Noah ihn vor dem Haus absetzte, fand er eine Nachricht an seiner Hüttentür. *Komm bitte sofort zu uns rüber. L.*

Sofort, entschied Aiden, ließ ihm aber wohl noch Zeit zum Duschen. Falls Shelby unter Schwangerschaftsbeschwerden litt, hätten sie sicherlich nicht gewartet, bis er von wo auch immer von seiner Wandertour zurückkehrte.

Fünfzehn Minuten später klopfte er mehrmals kurz an Lukes Haustür und ging dann hinein.

Shelby saß auf ihrem Hocker, die Füße auf der Ottomane, ein Buch auf dem dicken Bauch balancierend. Luke kniete am anderen Ende der Ottomane neben einer großen, geöffneten Kiste. Er schien sich ein paar Sachen anzusehen, die vor ihm ausgebreitet lagen. Er hob den Kopf, schaute Aiden an und sagte: „Wir haben Probleme."

„Probleme? Was ist los?"

Luke stand auf und reichte Aiden einen kleinen Stapel Bilder,

Papier und Briefumschläge. Aiden blätterte sie flüchtig durch – Fotos aus der zweiten und dritten Klasse, Zeugnisse, selbst gebastelte Muttertagskarten, Erinnerungen an seine Kindheit. „Ja und?“, meinte er zu Luke. „Wo ist das Problem?“

„Mom hat sie uns geschickt, einen ganzen Karton voll. Sogar das Buch, das ich in der vierten Klasse geschrieben habe – über meine Auffassung über den Sinn des Lebens, die damals hauptsächlich darin bestand, mir Möglichkeiten auszumalen, wie ich alle meine Brüder töten und es wie einen Unfall aussehen lassen könnte.“

Aiden lachte. Er erinnerte sich daran. Sie machten immer noch Witze darüber, wenn sie alle zusammen waren. Der zehnjährige Luke hatte immer das Gefühl, dass er zu viel Verantwortung für und zu viele Nachteile wegen seiner jüngeren Brüder hatte, von denen einer, der noch Windeln trug, ihn unbarmherzig überallhin verfolgte. „Ich vermute, wir sollten alle der heiligen Jungfrau Maria danken, dass dir nichts eingefallen ist. Was ist denn los?“

„Du hast auch so ein Paket bekommen. Colin hat seines schon gestern gekriegt und glaubte, dass er aus dem Testament gestrichen wurde, weil er nicht oft genug Mom besucht und zu selten anruft. Er dachte, das sei Moms Art, ihm das mitzuteilen. Patrick habe ich noch nicht gefragt. Und Franci, die mir hätte sagen können, ob Sean auch so eine Kiste erhalten hat, auch nicht. Mom räumt ihr Haus leer.“

Bevor er seinen Kommentar dazu abgab, öffnete Aiden erst einmal sein Paket. Er holte ein beinahe identisches Bündel von Fotos, Heften und Papieren heraus. Unter den Sachen befand sich unter anderem auch eine Schuhschachtel. Nachdem er sie geöffnet hatte, entdeckte er, dass sie Weihnachtsbaumschmuck enthielt – Schmuck, den er als Kind für den Christbaum der Familie gebastelt hatte, sowie gekaufter, der damals zu seinen Lieblingsstücken zählte. Er hielt einen alten Rentier-Rudolph-Anhänger hoch. „Den habe ich geliebt“, erklärte Aiden. „Woher weiß sie so genau, welche von diesen Anhängern ich besonders mochte?“

Seufzend strich sich Shelby mit der Hand über den Bauch. „Ich hoffe, dass ich mal eine ebenso gute Mutter werde“, sagte sie.

„Da geht irgendwas Ungutes vor“, vermutete Luke. „Entweder sie stirbt, oder sie will ihr Haus verkaufen, um in ein Pflegeheim zu ziehen.“

Aiden lachte. „Oder sie zieht ins Wohnmobil eines presbyterianischen Priesters im Ruhestand. Mit diesem Gedanken spielt sie schon seit Weihnachten.“

„Das war doch nicht ihr Ernst, Aiden“, erwiderte Luke. „Auf keinen Fall. Sie ist mir die ganzen Jahre ziemlich auf die Nerven gefallen, als ich keine Lust hatte, mich ernsthaft zu binden. Sie ist die heilige Maureen! Falls sie so etwas Ähnliches vorhätte, würde sie zuerst heiraten, aber dafür kennt sie George noch nicht gut genug. Seit sie sich letztes Weihnachten hier in Virgin River getroffen haben, lebte er in Seattle und sie in Phoenix. Sie kann ihn unmöglich heiraten. Ruf sie an.“

„Wieso soll *ich* sie anrufen?“

„Weil du, Aiden, der Einzige bist, der wirklich mit ihr reden kann.“ Luke machte einen Schritt auf seinen Bruder zu. „Wenn sie diesen George heiratet, hat sie möglicherweise bald einen Alzheimerpflegefall oder so was Ähnliches an der Backe. Ruf sie an“, wiederholte Luke.

Shelby ließ ihr Buch mit einem irritierten Stöhnen sinken. „Luke dachte bis jetzt, dass eure Mom an einsamen Samstagabenden durch eure alten Schulbücher und Zeugnisse blättert. Vielleicht hat sie es inzwischen einfach satt, eure alten Sachen bei sich aufzubewahren. Ist euch das schon einmal in den Sinn gekommen?“

Aidens Blick fiel auf ein kleines goldenes Objekt: ein Pokal mit einem Schwimmer. Während Aidens Schulzeit zählte Schwimmen zu den Sportarten für Streber. Und er war ein

Streber. „Oh, mein einziger erster Platz.“

Luke griff in sein Paket und brachte seine ganzen Trophäen zum Vorschein. Die Kiste war angefüllt mit Siegerpokalen und -medaillen. Luke war immer ein Athlet gewesen, und er hatte alles gewonnen, sobald er es nur versucht hatte. „Wenn ich mich recht erinnere, gehörtest du dafür immer zu den besten Schülern. Ich hatte den Sport.“

„Luke, Mom hat uns angekündigt, dass sie ausmisten will“, erinnerte ihn Aiden. „Sie hatte uns alle gefragt, ob wir ihr Geschirr, die alten Quilts, das Porzellan ...“

„Ich bekomme das Geschirr“, warf Shelby lächelnd ein. „Was mich etwas in Panik versetzt, da es sehr alt ist. Ich habe ihr gesagt, dass ich es wahrscheinlich wegpacken und es mein Leben lang aufbewahren werde, weil es so wertvoll ist. Sie schenkt uns auch ein paar Gläser, keine Ahnung welche. Franci nimmt das Silber von Urgroßmutter Riordan. Sonst wollte niemand etwas, glaube ich“, meinte sie und zuckte die Achseln.

„Das war bestimmt nur ein Test“, vermutete Luke. „Ich denke nicht, dass es ihr ernst damit ist, ihre Sachen weggeben zu wollen.“

Aiden klopfte auf sein Päckchen. „Nicht ihre Sachen, Luke. *Unsere* Sachen. Oder Sachen, die unseren Großmüttern gehörten. Sachen, die sie offenbar nicht mehr länger bei sich haben will. Komm, sieh das alles mal nicht so düster.“

„Sprich mit ihr“, beharrte Luke. „Vielleicht verliert sie gerade den Verstand oder so.“

Aiden seufzte und nahm das tragbare Telefon in die Hand, wählte die Nummer ihrer Mutter und holte sich, während er darauf wartete, dass sie abhob, ein Bier aus dem Kühlschrank. Noch ehe er die Flasche öffnen konnte, meldete sich jemand am anderen Ende der Leitung. „Kein Anschluss ...“ Aiden versuchte, sich seine Überraschung nicht anmerken zu lassen, und hörte noch einmal die komplette Ansage ab. Dann legte er auf und sagte: „Da geht niemand ran. Ich versuche es mal auf dem Handy …" Es dauerte nicht lange, da war Maureen dran. „Auch hallo", erwiderte er amüsiert. „Bist du gerade auf der Flucht oder so etwas?"

„Oh Aiden", entgegnete sie. „Ich wollte dich schon anrufen, aber ich hatte so viel zu tun."

„Ja, die Schätze unserer Kindheit zusammenzusuchen, um sie uns zu schicken. Luke glaubt, du liegst im Sterben …"

„Luke *wünscht* sich vermutlich, dass ich sterbe", sagte sie trocken. „Doch mal ehrlich. Niemand will meine Alte-Frauen-Möbel, also habe ich alle Erbstücke und alles, was ich aufgehoben habe, seit ihr Kinder klein wart, eingepackt und den Rest eingelagert. Und weil ich dieses Handy besitze, das du mir geschenkt hast, dachte ich, es ist okay, das Internet und das Festnetz abzumelden. Die kürzlich verwitwete Schwester einer meiner Freunde ist verzweifelt auf der Suche nach einer Mietwohnung, bis sie etwas zum Kaufen gefunden hat. Solange wird sie bei mir zur Untermiete wohnen. Wir haben einen Sechsmonatsvertrag."

Aiden holte ein zweites Bier für seinen Bruder aus dem Kühlschrank und reichte es ihm. „Und nach den sechs Monaten?"

„Ich würde das vermutlich nicht machen, wenn ich nicht hoffen würde, dass ich mich in mein neues Leben verliebe: herumreisen, mir die Welt angucken, meine Familie besuchen. George wird morgen mit einem nagelneuen Wohnmobil hierherkommen. Ich habe mir schon Fotos davon angeschaut, kann es jedoch kaum erwarten, es endlich in echt zu sehen. George wird mir beim Packen und dem Umzug, der schon organisiert ist, helfen. Und dann sind wir weg. Natürlich fahren wir erst mal auf direktem Weg nach Virgin River, allerdings könnte es sein, dass es dennoch ein bisschen länger dauert. Wir nehmen die Route über Sedona, Oak Greek Canyon, Flagstaff, den Grand Canyon, Hoover Dam, und vielleicht halten wir auch für einen kurzen Zwischenstopp in Las Vegas. Kannst du dir vorstellen, dass ich weder Sedona noch den Grand Canvon je gesehen habe, obwohl ich schon jahrelang in diesem Staat lebe?"

„Dann freust du dich sicher darauf?", meinte Aiden. „Luke möchte wissen, ob du heiraten willst."

Luke verschluckte sich an seinem Bier und schüttelte vehement den Kopf.

„Das hatte ich eigentlich nicht vor. George ist sehr aufmerksam und entgegenkommend. Wenn mir die Ehe sehr wichtig sei, würde er das verstehen. Doch ich denke, wir mogeln uns so durch."

Aiden lachte herzlich. „Hast du dich schon jemals in deinem Leben *durchgemogelt*?"

„Ich glaube nicht", erwiderte sie. „Und wenn du mich vor einem Jahr gefragt hättest, ob ich so etwas jemals tun würde, wäre meine Antwort ein klares Nein gewesen. Aber jetzt ist alles anders. Aiden, wie geht es Shelby?"

„Dick wie eine Tonne", antwortete er mit einem Augenzwinkern zu seiner Schwägerin. „Sie sagt, sie fühlt sich gut, und sie ist sehr gespannt auf das Geschirr. Oh, und Luke lässt ausrichten, dass er, falls aus der Sache mit George doch nichts würde, nicht eher wieder ein Auge zumachen könnte, bis du nach Virgin River kämst, um bei ihm zu wohnen.

Luke sprang auf. Seine Augen waren so groß wie Teller. Seine Wangen röteten sich, und er schüttelte wieder energisch den Kopf.

„Sag ihm, dass ich eher in ein Pflegeheim ziehen würde. Diese Nervensäge reicht mir schon bei Besuchen, das brauch ich nicht jeden Tag!"

„Das sieht dir aber gar nicht ähnlich, weißt du das?", erwiderte Aiden mit einem Anflug von Zärtlichkeit, die er nur für seine Mutter reserviert hatte.

„Ich weiß. Ist das nicht toll?"

„Wenn du es dir gründlich überlegt hast, schon", antwortete er.

„Natürlich habe ich das, Aiden. Ruf mich gerne wieder an, falls du noch weiter darüber sprechen möchtest."

„Nein. Mache ich nicht. Soll Luke dich anrufen, wenn er sich Sorgen um dich macht und mit dir darüber reden will?", fragte er und schaute seinen Bruder mit hochgezogenen Brauen an.

„Lieber nicht. Aber bedank dich bei ihm für das Angebot. Luke ist nicht unbedingt der Mensch, von dem ich Ratschläge in Beziehungsdingen annehmen würde, obwohl er definitiv noch die Kurve gekriegt hat. Findest du nicht?"

„Und du willst dennoch mit mir darüber reden?", hakte Aiden nach. „Ich habe in letzter Zeit keinen Treffer gelandet."

„Ich vermute, du hattest einfach nicht genügend Gelegenheiten, Liebling", stieß sie kichernd hervor. „Nun muss ich mich aber beeilen. Grüße alle von mir. Wir sehen uns in einer Woche, zehn Tagen oder so."

„Sei bitte vorsichtig, Mom."

„Hast du mich schon jemals unvorsichtig erlebt? Also, amüsier dich gut, bis ich da bin und die Familie mit meinem wilden Leben durcheinanderwirbele."

Lachend verabschiedete sich Aiden von ihr. Dann warf er einen Blick auf Luke, der vor Wut zu kochen schien.

„Ich kann nicht fassen, dass du ihr gesagt hast, ich wollte, sie würde mit uns zusammenleben", brüllte Luke.

„Hör mal, wenn du dir erlaubst, ihr Vorschriften darüber zu machen, was sie tun soll, dann musst du auch bereit sein, die Verantwortung für sie zu übernehmen. Das ist ein großer Schritt, Luke. Zum Glück hat sie kein Interesse daran."

„Das glaube ich einfach nicht", erwiderte Luke. „Unsere Mutter, die fast das Leben einer Nonne geführt hat, will nun mit einem presbyterianischen Pastor im Ruhestand in Sünde leben?"

Aiden zuckte mit den Schultern. „Sie ist über sechzig und er siebzig. Da läuft vermutlich nicht mal annähernd so viel, wie sie es vielleicht wünschen würden."

Neben ihren schrecklichen Kopfschmerzen gab es noch eine Menge anderer Dinge, die Erin die gute Laune vermiesten. Zum Beispiel, dass man ihr die Haare am Haaransatz mitten auf der Stirn ein wenig wegrasiert hatte, um sie mit drei Stichen zu nähen. Zwar hatte sie nicht vor, ihr Versteck in den Bergen zu verlassen, trotzdem! Wenn es um ihre Haare ging, verstand sie keinen Spaß. Und nun befand sich an ihrer Stelle eine kleine kahle Stelle – wirklich hässlich.

Außerdem hatte sie keine Lust, eine Nacht im Krankenhaus in diesem Nachthemd zu verbringen. Wobei der Begriff Nachthemd für diesen Stofflappen maßlos übertrieben war und eine Beleidigung für alle herkömmlichen Nachthemden darstellte. Selbst ihre schlimmsten Heimwerkerklamotten sahen schicker aus.

Und dann hatte sie auch noch eine Zimmergenossin. Bei dieser Zimmergenossin, die nach einer Hysterektomie zwei Tage im Valley Hospital verbringen musste, schauten ständig Leute vorbei. Dabei war sie nur für zwei Tage hier und wohnte auch nur zehn Kilometer von der Klinik entfernt. Doch ihre gesamte, bescheuerte Familie musste sie unbedingt besuchen. Offenbar gab es keine Vorschriften, die regelten, *wie viele* Besucher jemand empfangen durfte.

Falls Erin diesen Penner jemals wiedersähe, würde sie *ihm* den Blumentopf auf den Kopf hauen.

Sie hatte von einer sehr gereizten Krankenschwester erfahren, dass er nicht unbedingt obdachlos, sondern nur gerade bei der Navy ausgeschieden war und dass er Verwandte in Virgin River besuchte. Dann war er also ein wohl respektabler, schlecht riechender, grässlich aussehender, arbeitsloser Mann, der nichts Besseres zu tun gehabt hatte, als sich wie ein personifizierter Serienmörder an sie heranzuschleichen und zu Tode zu erschrecken.

Möglich, dass Erin generell etwas zur Miesepetrigkeit neigte. Die Idee, einen Sommer lang ganz alleine in die Berge zu flüchten, gehörte wahrscheinlich nicht unbedingt zu einer ihrer besten. Doch damals war ihr der Plan nur sinnvoll erschienen. Erin war eine Frau, die nie gelernt hatte, den Herausforderungen, die das Universum für einen parat hielt, mit einer heiteren, zenartigen Gelassenheit entgegenzutreten. Und es gab gute Gründe anzunehmen, dass sie dies wohl schnellstens nachholen sollte. Ein Sommer auf einem herrlich einsamen Bergkamm, weit weg von der kalifornischen Hitze und von jeglichen Verpflichtungen ihres Privatlebens, hätte sie eigentlich entspannen und runterkommen lassen sollen. Erin wollte unbedingt lernen, wie man relaxte und das Nichtstun genoss. Es war höchste Zeit, sich daran zu erinnern, dass sie sich das Leben, das sie führte, *selbst ausgesucht* hatte. Und sie hatte es eilig, ihr inneres Gleichgewicht zu finden. Außerdem war es billiger, als nach Tibet zu fliegen.

Dass Erin permanent unter Druck stand, konnte man durchaus logisch erklären. Ihre Angewohnheit, bei allem einhundertfünfzig Prozent zu geben, forderte ihren Tribut. Erin war gerade elf gewesen, da starb ihre Mutter. Und plötzlich hatte Erin sich in die Rolle der Frau im Haus gedrängt gefühlt. Außer ihr waren da noch ein trauernder Vater, die vierjährige Schwester Marcie und der zweijährige Bruder Drew. Erin war nicht alleine für ihre Geschwister verantwortlich. Denn ihr Vater war immer noch ihr Vater, wenngleich er sich seiner Aufgabe nach dem Tod seiner Frau weniger widmete. Tagsüber, wenn Erin in der Schule war, hatte ein Babysitter auf die zwei Kleinen aufgepasst.

Dennoch war Erin nach dem Unterricht immer nach Hause geeilt, weil sie außer der Kinderbetreuung noch Berge weiterer häuslicher Pflichten zu erledigen hatte. Sie hatte immer das Gefühl gehabt, dass sie ihren Geschwistern die Mutter ersetzen musste, egal ob es ihr nun gefiel oder nicht. Als Drew und Marcie älter wurden, hatte sie sich tatsächlich mehr um deren Bedürfnisse und deren Leben gekümmert als um sich selbst. Vom

Fußballtraining bis zu Klavierstunden hatte sie alles organisiert und ein Auge auf ihre schulischen Leistungen gehabt sowie versucht, dafür zu sorgen, dass etwas Ordentliches zu essen auf den Tisch kam, damit sie sich nicht ausschließlich von Junkfood ernähren mussten. Nur selten ging Erin aus, nie schien sie einen Freund zu haben, und sie sagte alle Schulveranstaltungen ab, egal ob es sich um Football- oder Basketballturniere oder Tanzveranstaltungen handelte. Trotz allem schaffte sie es aber *immer*, zu den Klassenbesten zu gehören. Sie hatte schon ganz früh in ihrem Leben entschieden, dass sie, wenn sie schon keinen *Spaß* haben konnte, wenigstens immer *klug* sein würde.

Als ihr Vater bei einer Routineoperation am Knie starb, war sie zweiundzwanzig, frischgebackene Jurastudentin und wohnte immer noch zu Hause, damit sie für ihre Geschwister, die inzwischen dreizehn und fünfzehn waren, da sein konnte. Erin hatte wieder die Verantwortung. Es hatte sich nicht so viel verändert, außer dass sie ihren Dad schmerzlich vermisste. Doch im Prinzip hatte sie nun noch mehr Verantwortung als vorher. Denn weil sie volljährig war, hatte sie nun auch noch das Sorgerecht.

Freunde und Kollegen bewunderten sie dafür, was sie alles schaffte. Nachdem ihre jüngeren Geschwister die Pubertät überlebt hatten, half Erin ihrer Schwester, die mit einem Marine verheiratet gewesen war, sich um ihren bei einem Einsatz im Irak schwer verwundeten Ehemann zu kümmern. Erin hatte ihren jüngsten Bruder durch das College *und* das Medizinstudium begleitet. Und während dieser Zeit hatte sie sich selbst einen Namen als Anwältin in einer sehr erfolgreichen Kanzlei gemacht. Die Lokalzeitung hatte sie, in einem recht kitschigen Artikel, als eine der bewundernswertesten und begehrtesten Singlefrauen der Stadt beschrieben – als perfekte, hinreißende Traumfrau mit brillantem Fachwissen in Steuer- und Immobilienrecht, die auch einen Haushalt managt; kurz: als eine Frau, die man sich nicht entgehen lassen sollte.

Über diesen Bericht musste Erin immer noch lachen. Sie konnte die Verabredungen der letzten Jahre an einer Hand abzählen – alle schrecklich langweilig.

Erin hatte erreicht, was sie sich vorgenommen hatte. Ihre kleine Schwester hatte wieder geheiratet und war von ihrem Mann, dem besten Freund ihres verstorbenen Ehemannes, schwanger. Gemeinsam lebten sie nun in Chico. Ihr jüngerer Bruder hatte das Medizinstudium mit Auszeichnung abgeschlossen und arbeitete als Assistenzarzt in Südkalifornien. Die fünfjährige Zeit als Assistenzarzt war hart und ließ ihm kaum Zeit für andere Dinge. Mittlerweile war Drew siebenundzwanzig, wohnte mit seiner Verlobten zusammen und wollte in den nächsten Jahren eine Familie gründen.

Erin hatte im Alter von sechsunddreißig bereits eine Menge erreicht; für sich, ihren Bruder und ihre Schwester, also all das, wofür sie so hart gearbeitet hatte. Weshalb hatte sie dann aber immer noch das Gefühl, dass in ihrem Leben etwas Wichtiges fehlte?

Sollte es sich so anfühlen, wenn das eigene Leben endlich begann? So ungewiss und wackelig auf den Beinen wie ein kleines Rehkitz? Oder war sie, wie sie schon manchmal gefürchtet hatte, bereits am Ende der Fahnenstange angekommen? Gab es nichts mehr, das sie anstreben konnte? Angesichts des Babys, das Marcie erwartete, fühlte sich Erin eher als Großmutter denn als Tante. Sie spürte eine leichte Panik, weil sie keine Ahnung hatte, wie es nun für sie weitergehen sollte. Natürlich ließ sie, das beste Pokerface ihrer Branche, sich nichts anmerken.

Marcies neuer Mann, Ian Buchanan, hatte die Hütte als Schutthaufen hinterlassen, als er aus den Bergen wegzog, um mit Marcie nach Chico zurückzukehren. Erin hatte die Hütte gesehen. Eine ekelhafte kleine Bruchbude mit nur einem Zimmer, ohne Zentralheizung oder Sanitäranlagen, und nur einem kleinen Gasgenerator, der für spärliches Licht sorgte. Aber die Blockhütte stand ganz oben auf einem Bergkamm, und das dazugehörige große Grundstück bot eine fantastische Aussicht. Marcie und Ian hatten sie geliebt. Obwohl auch sie zugaben, dass ihnen die Hütte mit Wasseranschluss und elektrischen Leitungen noch lieber gewesen wäre, was sie sich jedoch nicht leisten konnten. Doch der Panoramablick, den man von dort oben hatte, war unbezahlbar.

Erin besaß ein bisschen Geld, für das sie hart gearbeitet hatte. Außerdem hatte sie das, was ihr Vater ihr in Form einer Lebensversicherung und Ersparnissen hinterlassen hatte, angelegt und investiert. Die Kanzlei, in der sie angestellt war, zahlte ihr zusätzlich zu dem fürstlichen Gehalt – was ihr geholfen hatte, ihre Geschwister durch die harten Zeiten zu bringen und ihnen die Ausbildung zu finanzieren – noch Sondervergütungen. Erin war der Meinung gewesen, dass es sich gelohnt hätte, die alte Hütte abreißen zu lassen, um etwas schönes Neues dort zu bauen. Einen Ort, den die Familie in den nächsten Jahrzehnten als Sommerferienhaus nutzen konnte. Allerdings hatte Ian gesagt: „Ob du es glaubst oder nicht, Erin, diese Hütte ist sehr solide. Sie könnte wahrscheinlich ein neues Dach gebrauchen, ein Bad und Elektroleitungen, aber was den Rest anbelangt, ist sie in einem ziemlich guten Zustand."

Deshalb hatte Erin ihn gefragt, ob sie einen Bauingenieur kommen lassen dürfe, der sich das Ganze einmal anschaute und vielleicht instand setzen konnte. Sie hatte es sich verkniffen, ihm zu verkünden: *Ich würde nicht mal ein Wochenende in dieser Bruchbude aushalten.* Ians Lächeln hatte jedoch Bände gesprochen, als er erwiderte: „Tu dir keinen Zwang an!" Es hatte ihr verraten, dass sie ihre Vorbehalte nicht laut aussprechen musste.

Wie sich später herausstellte, hatte Ian recht: Die Hütte war zwar hässlich, aber die Bausubstanz vollkommen in Ordnung. Erin hatte sich im Internet ein paar Ideen für einen möglichen Umbau besorgt und den Job unter den ansässigen Bauunternehmen ausschreiben lassen. Ein Mann namens Paul Haggerty hatte ihr ein ordentliches Angebot gemacht. Außerdem war er in der Lage gewesen, über E-Mail und Telefon mit ihr zu arbeiten, und bereit, einen Vertrag zu unterzeichnen, der ihr den ersten Juni als Fertigstellungstermin zusicherte. Das war der Tag, an dem Erin einziehen wollte. Paul war sogar eher fertig geworden!

Erin war während der gesamten Bauzeit nicht ein Mal auf den Berg gefahren, um die Arbeiten zu überwachen. Das alleine hätte ihr eigentlich schon sagen müssen, dass sie das alles aus den falschen Gründen tat und dass die Sache nicht klappen würde. Mr Haggerty hatte sie mitgeteilt: „Ich bin eine sehr beschäftigte Anwältin mit einem vollen Terminkalender bis zum ersten Juni. Dann nehme ich mir den ganzen Sommer frei. Es ist mein erster Urlaub seit zehn Jahren. Deshalb hätte ich gerne, dass alles pünktlich fertig ist."

Es war eine verrückte Idee. Erin schien *ohne* vollen Terminkalender nicht zu funktionieren. Sie wusste gar nicht, *wie* man Urlaub machte. Jedes Mal, wenn sie einen Tag nicht arbeitete, wurde sie spätestens am Nachmittag zappelig.

Doch Erin war fest entschlossen, ihr Vorhaben umzusetzen. Sie würde verdammt noch einmal lernen, wie man sich entspannte. Sie würde lernen, wie man mit dem Alleinsein klarkam, und sich von dem Gefühl, nichts wert zu sein, wenn man nicht viel zu viel um die Ohren hatte, befreien.

„Klopf, klopf", hörte sie eine leise Stimme sagen. Erin hatte die Vorhänge rings um ihr Bett herum zugezogen, um die Hysterektomie und deren verzweigte Verwandtschaft auszublenden. Die Vorhänge öffneten sich einen Spaltbreit, und das lächelnde Gesicht ihrer rothaarigen Schwester erschien. „Hast du was an?"

Erin richtete sich in ihrem Krankenbett auf. „Was machst *du* denn hier?"

„Die Krankenschwester aus der Notaufnahme hat mich angerufen. Du hast mich als deine nächste Verwandte angegeben.

Erinnerst du dich?“ Marcie betrat den winzigen Raum. Sie beugte sich ganz nah zu Erin hinunter und musterte den Verband an ihrer Stirn. „Hmm. Gar nicht übel“, fuhr sie fort. „Wie fühlst du dich?“

„Hässlich“, erwiderte Erin und zupfte an ihrer Krankenhauskluft. „Und ich habe Kopfschmerzen.“

Marcie lachte. „Das ist keins von diesen Schicki-Micki-Klinik-Hemdchen, was? Ich habe eigentlich davon gesprochen, dass deine Kopfwunde nicht so schlimm aussieht. Es ist nur ein kleiner Verband.“

„Und sie haben mir den Kopf rasiert!“

„Weniger als zwei Zentimeter, Erin. Nimm's locker. Das wächst bald wieder nach.“ Marcie setzte sich ans Ende des Bettes und strich sich mit den Händen über den gewölbten, schwangeren Bauch. „Dein Doktor hat erlaubt, dass wir dich, wenn wir die Nacht bei dir verbringen und deinen Zustand genau beobachten, mit nach Hause nehmen können. Ich fand, das ist Grund genug, um hier aufzutauchen. Ich habe schon geahnt, dass du keine Lust hast, im Krankenhaus zu bleiben. Warst du eigentlich schon jemals in einer Klinik? Ich meine, irgendwann in *deinem* Leben?“

„Bei Bobby“, antwortete Erin, wobei sie an Marcies früheren Ehemann dachte. „Da war ich häufig im Krankenhaus.“

„Als Patientin, Erin!“

Erin verdrehte die Augen und überlegte. „Nein“, erwiderte sie kopfschüttelnd. „Nein, ich glaube nicht. Das ist auch gut so. Es ist *sehr* langweilig, und ich komme mir wie ein Häftling vor.“ Sie zupfte wieder an dem Kittel. „Die Krankenschwestern haben was gegen mich. Und, stell dir vor, sie brauchen nicht mal einen Hochschulabschluss, um so mit den Patienten umzugehen. Lieber Himmel!“

Marcie gluckste in sich hinein.

„Geht es dir gut?“, fragte Erin ihre kleine Schwester.

„Fantastisch. Es tut mir leid, dass du verletzt bist, aber ich kann es kaum erwarten, die Hütte zu sehen. Ich hoffe, sie ist nicht zu überkandidelt. Ich mochte die alte Hütte sehr gerne."

„Du findest sie garantiert zu überkandidelt", entgegnete Erin. „Sie ist total bewohnbar, also ganz anders als vorher. Es gibt Licht und alles. Wo sind eigentlich meine Sachen?"

„Ich suche sie. Bleib liegen."

„Wo ist Ian?"

„Er sitzt im Schwesternzimmer, kümmert sich um die Entlassungspapiere und lässt sich erklären, worauf wir achten müssen. Ich glaube, wir sollen während der Nacht alle sieben Minuten überprüfen, ob du noch atmest. Du bist doch eine total unkomplizierte Patientin, oder?"

„Holt mich bloß hier raus", bat Erin. „Sie müssten mir sonst noch einmal auf den Kopf hauen, damit ich auch nur eine Stunde länger hierbleibe."

„Ich denke, Ian hatte recht." Marcie fand Erins Kleider zusammengefaltet im Nachtschränkchen neben dem Bett. Wie auch ihre Schuhe und die Handtasche. „Wir retten eher die Krankenschwestern vor dir als umgekehrt. Ich wette, es ist nicht besonders spaßig mit dir als Patientin."

Marcie brachte Erin in ihrem großen SUV nach Hause in die Berghütte, während Ian ihnen mit seinem Truck folgte. Er war beeindruckt davon, wie Erin die Hütte verändert hatte. Sehr edel, sehr Erin. „Herr im Himmel", flüsterte er. „Als ich mir überlegt habe, das Haus zu renovieren, hatte ich die Installation eines Abwassertanks für die Toilette und solche Sachen im Sinn. Und jetzt sieh dir diese Luxusherberge an!"

„Gefällt sie dir? Gefällt sie dir *wirklich*? Der Teppich ist ein echter Aubusson, die Ledermöbel von Robb & Stucky; es gibt sogar einen Whirlpool, und was hältst du vom Kamin?"

Ian hatte keine Ahnung, wer oder was Aubusson oder Robb und wer-auch-immer waren. Er starrte auf die neu eingebauten, bodentiefen französischen Fenster in der Küche. Gleich draußen, am Westende der Blockhütte, gab es eine Sonnenterrasse, die sich über die gesamte Länge des Hauses erstreckte und von dem fantastischen Panoramablick profitierte. „Unglaublich, Erin. Dürfen wir die Hütte auch mal nutzen?“

Erschrocken blinzelte Erin. Sie wollten doch nicht etwa zur selben Zeit hier sein wie sie? „Ich dachte ..., dass wir alle das Haus ab und zu nutzen könnten“, erklärte sie vorsichtig. „Ich meine, ich wollte wegen meines Sommerurlaubs nicht länger mit der Renovierung warten, aber, Ian, die Blockhütte ist immer noch dein Eigentum. Ich schätze, ich muss eher *dich* um Erlaubnis bitten, hier sein zu dürfen, und nicht umgekehrt.“

„Okay“, erwiderte er lächelnd. „Als ich Marcie geheiratet habe, habe ich ihre Familie mitgeheiratet, Erin, und was uns gehört, gehört auch dir. Du musst mich nicht um Erlaubnis bitten.“ Er drehte sich einmal um die eigene Achse und schaute sich um. „Ich kann einfach nicht fassen, dass du diese Blockhütte nur per E-Mail dermaßen umgestaltet hast! Das ist wunderbar!“

„Ich werde in Zukunft wohl lieber vorher fragen, ob ihr hoch zur Hütte fahren wollt, bevor ich weitere Pläne schmiede“, sagte sie.

„Er hat nur rumgealbert“, ergriff Marcie das Wort. „Ian, du bist so ein Blödmann. Wir verbringen alle gemeinsam hier Zeit. Und wenn Drew kommt, kann er im Schuppen schlafen.“ Sie grinste.

„Aber gefällt es euch auch?“, wiederholte Erin ihre Frage.

„Ich finde es super!“, antwortete Ian. „Du hast die Hütte wunderschön hinbekommen.“

Marcie stieß eine Menge Ohs und Ahs aus, und Erin schien mit jedem Ausruf merklich aufzublühen. „Ich weiß gar nicht, wie wir es so lange ohne eine richtige Küche aushalten konnten“, stellte Ian fest und öffnete die Kühlschranktür. Als er in der Hütte gewohnt hatte, war der Raum nur mit einer Pumpe und einem Pumpenschwengel ausgestattet gewesen. Gekocht hatte er auf einem kleinen Campinggaskocher. Damals hatte er keine großen Ansprüche an sich und seine Umgebung gestellt. Das hatte nichts mit Selbstbestrafung zu tun gehabt, sondern eher mit Genügsamkeit und dem Willen, sich von Überflüssigem zu befreien. Mit je weniger er auskam, umso kompetenter hatte er sich gefühlt. Das war für Ian so etwas wie ein Test gewesen, für den er wie besessen gebüffelt und den er mit fliegenden Fahnen bestanden hatte.

Mittlerweile war Erin seit fast einer Woche hier oben. In ihrem Kühlschrank fand Ian Joghurt, Hüttenkäse, Eiersatzpulver, fettarme Milch, einen in dünne Scheiben geschnittenen Laib kalorienarmen Brots, Salatmischungen, Sellerie- und Karottenstifte, Äpfel, Käsescheiben, Tofu und Hummus. Sein Magen begann zu knurren. Ob Erin sich gut fühlt, wenn sie sich zu Tode hungerte? schoss es Ian durch den Kopf.

Und er fragte sich außerdem zum hundertsten Mal, was wirklich mit Erin los war. Ihre selbst gewählte Isolation in den Bergen und die Geschichte von den wohl verdienten Ferien ergaben keinen Sinn. Nicht für Erin.

„Ich koche heute Abend, okay?“, schlug er vor. Die beiden Frauen waren sich einig, dass das eine wunderbare Idee sei. Deshalb fuhr er fort: „Heute Abend kredenze ich euch etwas, das Preacher gezaubert hat. Ich fahre schnell nach Virgin River hinunter und besorge uns dort etwas zum Dinner.“

„Hm, ich achte auf meine Figur“, erklärte Erin überflüssigerweise. „Gibt es bei ihm auch etwas aus der Rubrik für die schlanke Linie?“

Preacher war der Koch aus Jack’s Bar, und er bereitete jeden Tag nur ein Gericht zu. Also ein Gericht zum Frühstück, eins zum Mittag- und eins zum Abendessen. Er kochte, worauf er Lust hatte, und es schmeckte immer fantastisch, allerdings war nichts davon kalorienarm. „Er ist in dieser Hinsicht sehr gewissenhaft“, flunkerte Ian, während seine Frau ihm durch ihren Gesichtsausdruck zu verstehen gab, dass er sich schämen sollte.

Ian starb vor Hunger. Er brauchte etwas zu essen. Richtiges Essen, kein Kaninchenfutter. Andererseits konnte er Erin natürlich keinen Vorwurf machen, sie hatte ja nicht mit Besuch gerechnet.

„Mädels, genießt euer Wiedersehen", wünschte er ihnen. „Ich bleibe nicht lange weg." Und damit verschwand er in Richtung Stadt.

Als er die Bar betrat, begrüßte Jack ihn hocherfreut. „Hallo, Fremder! Lang ist's her. Bist du mit Marcie zu Besuch hier?"

„So kann man es nennen", erklärte Ian. „Wir hatten gar nicht vor, so bald schon wieder hier zu sein, vor allem jetzt, wo Erin in der Hütte wohnt. Aber sie hatte einen kleinen Unfall."

„Was du nicht sagst? Was ist passiert?"

„Ein bescheuertes Missgeschick, vermutlich. Sie hat sich so abrupt aufgerichtet, dass sie sich den Kopf am Geländer der Sonnenveranda gestoßen und sich selbst ausgeknockt hat."

Jack pfiff durch die Zähne. „Und dann hat sie euch angerufen, damit ihr kommt?"

„Nö, das Krankenhaus hat sich bei uns gemeldet. Sie haben gesagt, dass es ihr gut geht und dass sie nicht mit Komplikationen rechnen. Sie wollten sie trotzdem über Nacht zur Beobachtung dabehalten. Es sei denn, jemand würde sie abholen, nach Hause bringen und heute bei ihr bleiben."

„Also hast du, als netter Schwager, sie erlöst."

Ian lachte aus vollem Herzen. „Nein, Jack. Wir haben das Valley Hospital erlöst. Erin ist manchmal ein bisschen schwierig im Umgang. Kann ich ein kaltes Bier kriegen?"

„Na klar." Jack zapfte ein kühles Blondes und stellte es vor ihm auf den Tresen. „Weißt du, Ian, wenn so etwas passiert, kannst du dich an mich oder Preacher wenden. Wir hätten schon jemanden gefunden, der sich um sie kümmert."

„Danke, Jack. Ich hatte mir schon so etwas Ähnliches gedacht, doch Marcie hätte sich aus Sorge um ihre Schwester die

Nacht um die Ohren geschlagen. Verstehst du, ihre Hormone spielen im Moment manchmal ein bisschen verrückt."

Jack grinste. „Oh, das kenne ich. Wie geht es ihr?"

„Großartig. Einfach fantastisch. Wir bekommen im August einen Jungen. Sie ist wunderschön, erinnert mich an einen Zahnstocher, der eine Erbse verschluckt hat. Ein niedlicher Zahnstocher mit wilden roten Haaren."

„Und du?", fragte Jack. „Wie gefällt dir die Blockhütte?"

„Ich finde, Paul hat sich selbst übertroffen. Ich kann es kaum fassen, dass es dieselbe Hütte sein soll. Hast du sie schon gesehen?"

Jacks Grinsen wurde noch breiter. Er wischte kurz mit einem Tuch über die Theke. „Mein lieber Freund, wir sind hier in Virgin River. Was meinst du, was wir sonntags nach der Kirche machen – wir fahren durch die Gegend und wandern auf Baustellen herum, um Neu- und Umbauten zu besichtigen. Natürlich brauchten wir einen Führer, der einen Haustürschlüssel für deine Hütte besaß … Paul hat uns ein paarmal mitgenommen. Ich hoffe, das stört dich nicht. Er ist wirklich stolz auf den Kamin und die Sonnenterrasse." Jack stieß einen anerkennenden Pfiff aus. „Du solltest dich mal fragen, wie du ohne diese Sonnenterrasse leben konntest."

Ian lachte. „Selbst wenn ich an solche Verbesserungen gedacht hätte, hätte es noch Jahre gedauert, bis ich sie mir hätte leisten können. Um all diese Dinge zu verwirklichen, war schon jemand mit Erins Möglichkeiten nötig."

„Wie kommst du mit dieser Dame klar?", erkundigte sich Jack.

„Erin? Ach, ich liebe Erin. Ich meine, sie wirkt zwar oft ziemlich herrisch, aber das ist Erin, die Anwältin und Karrierefrau. Sie hat sich ihr ganzes Leben lang für Marcie und Drew aufgeopfert, und oft genug haben sie Zeiten durchgemacht, in denen sie jemanden gebraucht haben, der so sturköpfig wie Erin war." Er lachte. „Sie ist bald wieder auf dem Damm. Es gibt nichts, was diesen harten Schädel kaputt kriegen könnte. Sie hätte die Hütte nicht renovieren lassen müssen, stattdessen hätte sie sich genauso gut eine dreimonatige Kreuzfahrt oder Urlaub auf einer Karibikinsel gönnen können. Ich würde nicht mal ansatzweise so tun, als wüsste ich, wie groß ihr Vermögen ist, doch sie gilt in fünf Bundesstaaten als eine der besten Anwältinnen. Ich wette, sie hätte sich auch ein Haus am Strand kaufen können. Aber Marcie liebt diese alte Hütte, weil wir uns dort ineinander verliebt haben. Ich bin der Meinung, Erin denkt mindestens so viel an uns wie an sich. Und Erin wollte sicher in der Nähe bleiben, falls das Baby früher kommt."

„Witzig", sagte Jack. „Ich hielt sie immer für absolut kompromisslos. Vielleicht habe ich ihr unrecht getan."

Ian lächelte bloß. „Ich glaube, du hast sie vermutlich richtig eingeschätzt, nur kennst du eben nicht alle Seiten von ihr. Man muss schon ziemlich hart im Nehmen sein, wenn man wie sie beide Eltern begraben und sich um einen jüngeren Bruder und eine jüngere Schwester kümmern muss, obwohl man selbst noch ein Kind ist. Vor allem wenn man sie durch allen möglichen Scheiß, Höhen und Tiefen manövriert und es gleichzeitig auch noch schafft, eine erfolgreiche Anwältin zu werden. Außerdem haben wir beide ein gemeinsames Ziel: Wir würden alles tun, um Marcie glücklich zu machen."

„Was hat Erin denn die kommenden drei Monate da oben vor?", wollte Jack wissen. „Ist das nicht ein bisschen zu hinterwäldlerisch für deine Schwägerin?"

Ian schüttelte den Kopf. „Ich verstehe es nicht. Sie meint, es sei Zeit, etwas kürzer zu treten. In den letzten zehn Jahren hat sie nie mehr als höchstens mal einen Tag freigenommen. Vielleicht sogar noch länger nicht. Keine Frage, sie verdient ihren Urlaub mehr als sonst wer, trotzdem passt es nicht zu ihr."

Ian hatte sich bereits eine Menge Gedanken darüber gemacht, ohne mit Marcie darüber zu sprechen; denn er wollte nicht, dass seine schwangere Frau sich aufregte oder beunruhigt war. Dennoch kam er nicht umhin, sich zu fragen, weshalb Erin sich auf einmal so extrem anders verhielt als sonst. Seine Blockhütte renovieren zu lassen, sich drei Monate vom Anwaltsbüro in die Ferien zu verabschieden und sich dermaßen in die Einsamkeit zurückzuziehen. War sie krank? Litt sie unter Depressionen? War ihr Job in Gefahr? Oder beschäftigte sie etwas, von dem sie glaubte, es mit niemandem teilen zu können?

„Vielleicht hält sie es keine Woche alleine dort oben aus. Aber falls du irgendwas an Erin bemerkst, von dem du denkst, dass ich es wissen sollte, rufst du mich bitte an?"

„Du machst dir Sorgen", stellte Jack fest. Als Ian ihn erschrocken ansah, zuckte Jack die Achseln und sagte: „Ich bin Barbesitzer. Da lernt man die Menschen kennen."

„Ich habe keine Ahnung, ob ich besorgt bin", erklärte Ian. „Sie macht etwas, dass ich auch tun würde … etwas, das Marcie und ich sofort machen und sehr genießen würden. Doch das ist einfach nicht Erins Stil. Sie ist nicht an Stillstand gewöhnt. Selbst an einem Samstag im Park oder am Pool bimmelte ihr Handy den ganzen Tag lang unentwegt. Das wirkt wie ein ganz schön kalter Entzug."

„Ich werde sie im Auge behalten, mein Freund", versprach Jack. „Vielleicht tut es ihr ganz gut."

Ian brachte gebratenes Hühnchen, kleine rote Petersilienkartoffeln, grüne Bohnen mit fein geschnittenen Zwiebelringen und selbst gemachte Brownies mit nach Hause. Außerdem hielt er bei *Connie und Ron's Corner Store*, um Vollmilch, Eier, Butter, Brot, Speck, Kaffee und ein Sechserpack Bier einzukaufen. Marcie und Ian blieben zwar nur diese eine Nacht, aber er wollte am nächsten Morgen richtiges Essen zum Frühstück haben, bevor sie wieder den Heimweg antraten.

Nach dem Abendessen hatten sie es sich auf der Sonnenterrasse gemütlich gemacht und betrachteten den Sonnenuntergang über den Bergen des entfernt liegenden Gebirgsrückens. Ian lehnte sich auf der Chaiselongue zurück, und Marcie hatte sich zwischen seine gespreizten Beine gekuschelt. Er legte die Arme um sie und streichelte ihren Bauch, während sie sich an seine Brust schmiegte. Erin saß in einem gegenüberliegenden Sessel; natürlich alleine. Als die Sonne unterging, kühlte sich die Juninacht auf tausendfünfhundert Meter Höhe merklich ab, und die Grillen begannen zu zirpen.

Erin verschwand kurz drinnen und kehrte mit zwei Decken zurück, eine für ihre Schwester und eine, die sie sich selbst um die Schulter schlang. Sie nahm wieder Platz in dem Sessel und sagte: „Wie habt ihr euch damals die Zeit vertrieben, so ohne Computer, Telefon oder Fernseher? Was habt ihr gemacht? Außer euren Junior zu produzieren?"

„Wir waren ziemlich häufig eingeschneit", antwortete Marcie. „Und es hat ganz schön gedauert, das Badewasser auf dem Ofen zu erhitzen. Ian war morgens immer schon vor Sonnenaufgang auf den Beinen und dementsprechend früh im Bett. Allerdings ist er auch fast jede Woche in die Bücherei gefahren und hat sich was zu schmökern geholt. Wenn ich hier war, habe ich ihn begleitet und mir auch Lesestoff ausgeliehen. Ich habe tagsüber sehr viel gelesen und er abends." Sie wandte den Kopf, um Ian anzuschauen. „Ich lese gerne sexy Liebesromane, und nachdem Ian und ich uns angefreundet hatten, hat er mir die Liebesszenen laut vorgelesen. Das war scharf!"

„Ich habe mir auch ein paar Bücher mitgebracht, die ich schon lange lesen wollte, sobald ich Zeit habe", meinte Erin. „Doch das sind nicht solche Bücher."

„Kann ich mir vorstellen. Versuch doch mal was zu lesen, auf dessen Cover eine Frau in den Armen eines Mannes liegt. Oder auf dem vielleicht ein tiefes Dekolleté abgebildet ist. Oder lange Beine auf Stöckelschuhen. Davon wird man zwar nicht klüger, doch das verschlingt man definitiv bis zur letzen Seite!"

„Vielleicht mache ich das ..."

„Ist dir schon langweilig?“, fragte Marcie. „Ich habe mich gelangweilt, wenn Ian gearbeitet hat – außer bei meinen gefährlichen Ausflügen aufs Klo da draußen oder wenn ich Badewasser gekocht habe. Bis ich mir Bücher aus der Bibliothek besorgt habe.“

„Nein, gar nicht“, log Erin. „Es gibt so vieles, für das ich nie Zeit hatte und das ich jetzt endlich tun kann. Ich werde zum Beispiel mal an die Küste fahren. Und ich kann es kaum erwarten, mal die Antiquitätenläden der Gegend zu durchstöbern. Ich will ein bisschen schreiben – nichts, woran du Spaß hättest, nur über rechtliche Themen, aber vielleicht wird ein Buch daraus. Ich denke schon seit Jahren darüber nach.“ Sie erschauderte und zog die Decke fester um sich. „Ich muss es dir mal sagen, Ian, ich habe keine Ahnung, ob ich schon einmal einen schöneren Ort auf der Welt gesehen habe als diesen.“ Ein wenig später erklärte sie: „Ich gehe rein. Kann ich euch noch etwas bringen?“

„Nein, für mich nicht.“

„Mir fehlt auch nichts“, erwiderte Ian.

Als Erin in der Hütte verschwunden war, kuschelte sich Marcie enger an Ian und flüsterte: „Es ist ihr jetzt schon langweilig hier.“

„Vielleicht gibt sich das in einer Woche. Vielleicht muss sie sich erst mal einleben.“

Drinnen in der Blockhütte lauschte Erin, in einer Ecke ihres Ledersofas zusammengerollt und in die Decke gehüllt, Marcies und Ians Gemurmel auf der Terrasse. Vor zweieinhalb Jahren war Marcie auf der Suche nach Ian auf diesem Berg gelandet. Eigentlich hatte es ein Abschluss sein sollen, der sich aber dann für beide als Neuanfang herausgestellt hatte, und Marcie brachte Ian mit nach Hause.

Vor anderthalb Jahren, genau an Weihnachten, hatten die beiden geheiratet. Dennoch waren sie mit Erin und Drew in dem Haus geblieben, wo Erin ihre Geschwister Marcie und Drew großgezogen hatte. Ian hatte noch einmal das College besucht, um Musikpädagogik zu studieren. Sie waren eine glückliche große Familie gewesen – Drew hatte sein Medizinstudium beendet, Erin hatte, wie immer unter Zeitdruck, in ihrem Anwaltsbüro gearbeitet, Marcie als Sekretärin und Ian ganztags das College besucht und halbtags gejobbt. Es hatte sich gut und natürlich angefühlt, wie sie sich gegenseitig unterstützten. Weil alle wegen ihrer Arbeit oder dem Studium häufig außer Haus waren, war es oft ruhig gewesen, wenn Erin schließlich nach Feierabend heimkam. Dennoch war das Haus nie ganz leer gewesen. Vier Erwachsene teilten sich Wohnung, Hausarbeit und Kochen, und wenn sie alle gleichzeitig da waren, ging es sehr lebhaft zu.

Dann, im letzten Sommer, hatte sich plötzlich alles geändert. Drew war ausgezogen, da er seine Assistenzstelle in der Orthopädie antrat. Ian und Marcie kauften sich ein kleines Eigenheim, weil sie eine Familie gründen wollten, und Erin war plötzlich zum ersten Mal in ihrem Leben alleine. In meinem Leben, hatte sie gedacht. Ich bin total auf mich selbst gestellt. Die schwere Verantwortung liegt endlich hinter mir. Ich habe das Ziel, für das wir uns alle angestrengt haben, erreicht. Oje. Das Alleinsein fällt mir schwer, allerdings sollte ich es verdammt noch mal lieber lernen, denn ab jetzt ist das der Normalzustand. Danach hatte sie Ian gefragt, ob sie seine alte Blockhütte in den Bergen auf Vordermann bringen lassen durfte, damit sie sie ab und zu benutzen konnte.

Er hatte gegrinst: „Ein bisschen zu rustikal für dich, Schwägerin?“

„Was das Rustikale betrifft, ja. Aber ich würde sie nicht anrühren, falls die Bruchbude, so wie sie ist, einen sentimentalen Wert für euch hätte. Ich könnte mir für die Ferien oder langen Wochenenden auch etwas anderes suchen.“

„Erin, mach mit der Bruchbude, was du willst“, hatte er geantwortet. „Ich bin damit durch, alles auf die harte Tour machen zu müssen."

In dieser Nacht, während Erin auf dem Sofa lag und dem Flüstern der beiden lauschte und sich vorstellte, wie Ians große Hände Marcies dicken Bauch streichelten, dachte sie: So etwas werde ich selbst nie erleben. Was ich haben werde, ist das, wie es gerade ist – mich selbst. Oh, es wird eine Familie geben. Marcie und Drew werden mich nicht vergessen. Wir werden reden und uns besuchen. Doch ich werde nie haben, was sie haben. Ich sollte mich damit abfinden und mit meinem Leben, so wie es ist, zufrieden sein, denn daran wird sich nicht mehr groß was ändern …

Ich bin alleine. Und ich sollte endlich lernen, damit klarzukommen.

Am nächsten Morgen sagte Ian beim Spülen des Frühstücksgeschirrs zu Erin: „Du bekommst heute deinen Telefonanschluss und den Satellitenempfang, stimmt's? Dann hast du Fernsehen, Internet etc.?"

„Hoffentlich. Das sollte eigentlich schon längst vor meinem Einzug gelaufen sein, aber man hat den Termin schon ein paarmal verschoben."

„Ruf uns bitte an, sobald das erledigt ist, ja?"

Erin lächelte ihn an. „In Ordnung, Dad."

„Wie geht es deinem Kopf?"

Sie berührte den Verband an ihrem Haaransatz. „Er sieht merkwürdig aus."

„Das ist nichts gegen die Augenbrauen, die Marcie sich mal abgefackelt hat. *Das* sah wirklich komisch aus. Tut dir nichts mehr weh? Kopfschmerzen?"

„Es geht mir gut. Ihr könnt ruhig fahren."

„Wenn dein Laptop wieder eine Internetverbindung hat, mailst du dann dein Büro an, um Bescheid zu geben, dass man dir Arbeit schicken kann?"

„Nein. Ich habe mir den Computer zugelegt, damit ich ein bisschen recherchieren kann, falls ich Lust habe, meine Buchidee weiterzuverfolgen. Doch hauptsächlich will ich mich jetzt einmal in der totalen Entspannung versuchen. Diesen Luxus hatte ich noch nie. Das ist jetzt meine Zeit, und ich werde sie …“

„Falls dir langweilig wird oder du dich einsam fühlst“, unterbrach Ian sie, „komm einfach nach Chico. Oder wir verbringen ein paar gemeinsame Wochenenden hier oben. Die Arbeit, die du in diese Hütte gesteckt hast, soll nicht umsonst gewesen sein.“

„Ich werde mich weder langweilen noch einsam fühlen“, betonte sie nachdrücklich. „Ich habe mich das ganze Jahr auf diese Zeit gefreut. Aber sobald sich etwas daran ändern sollte, bist du der Erste, den ich anrufe.“

„Mach das, Erin“, entgegnete er.

3. KAPITEL

Nach einem langen Wandertag am Ozean entlang kehrte Aiden nach Hause zurück, duschte und folgte dem kleinen Pfad, der ihn zum Abendessen zu Lukes und Shelbys Heim führte. Er fand Shelby in der Küche, wo sie das Dinner vorbereitete. „Kann ich dir helfen?“, fragte er sie und deutete auf das Essen.

„Du kannst den Tisch decken“, sagte sie. „Aber vorher hör dir mal die Nachricht auf dem Anrufbeantworter an. Ein Typ namens Jeff hat versucht, dich zu erreichen. Ich habe seine Nummer zwar notiert, trotzdem hör dir die Nachricht lieber selbst noch mal an.“

„Nein. Ich rufe ihn einfach an.“ Er ging zum Schrank, um die Teller herauszuholen.

„Ach, Aiden, wenn du mit ihm jetzt telefonieren willst, deck den Tisch später.“

„Weshalb?“, hakte er nach. Er war mit Jeff seit seinen Studientagen befreundet. Sie waren beide im Ausbildungsprogramm für Reserveoffiziere gewesen, und später hatten sie beide ein Medizinstipendium bei der Navy bekommen. Außer seinen Brüdern gehörte Jeff zu den wenigen Menschen, mit denen Aiden dauernd in Kontakt stand.

„Es scheint wichtig zu sein“, erwiderte Shelby, während sie in der Pfanne auf dem Herd rührte. „Es hat irgendwas mit einer Annalee Riordan zu tun.“ Shelby wandte sich abrupt zu ihm um. „Ich weiß, dass ihr keine Schwester habt.“

Aiden verschlug es kurz die Sprache. Dann fing er sich wieder und lächelte. „Die Ex“, erklärte er. „Du hast recht, ich rufe ihn gleich an.“

Als er Jeff am Apparat hatte, erfuhr Aiden, dass Annalee vergeblich versucht hatte, ihn aufzuspüren. Der Festnetzanschluss seiner Mutter in Phoenix war abgemeldet, und seine Brüder wohnten jetzt woanders, Aiden war aus der Navy ausgeschieden und nur noch Zivilist. Der Einzige, den sie hatte auftreiben können, war sein früherer Trauzeuge und nun Lieutenant Commander bei der Navy. „Sie hat bloß erzählt, dass sie dringend mit dir sprechen muss“, erklärte ihm Jeff.

„Unsere Ehe hat nur drei Monate gehalten. Wir sind schon seit acht Jahren geschieden“, entgegnete Aiden. „Wir haben nichts Dringendes zu besprechen“.

„Vielleicht solltest du dich trotzdem bei ihr melden“, schlug Jeff vor. „Du kannst ja auflegen, wenn du herausfindest, dass sie dich an der Nase rumführt.“

Aiden drehte sich um und betrachtete Shelby. „Ich sage dir, wir sind fertig miteinander. Wir haben weder gemeinsame Freunde noch Familie noch gemeinsame Immobilien oder Unterhaltsprobleme wegen irgendwelcher Kinder. Es war eine schnelle, saubere Scheidung nach einer kurzen und hässlichen Ehe. Gib mir trotzdem ihre Telefonnummer. Falls sie dich noch einmal anruft, richtest du ihr aus, dass du mir ihre Nummer gegeben hast, und dann bist du raus aus dieser Sache. Wie findest du das?“

Aiden notierte sich die Telefonnummer. „Entschuldige wegen der Aufregung, Kumpel. Wie geht es dir? Und Carol und den Kindern? Gut. Gut. Ja, bei mir ist alles bestens – mein Akku war ganz schön leer, doch hier in Virgin River ist der ideale Ort, um ihn wieder aufzuladen. Ich halte Ausschau nach neuen Möglichkeiten, und weißt du was? Es war wirklich eine gute Idee, mal eine Auszeit zu nehmen. Hey, Jeff, es tut mir leid, dass du dich mit Annalee herumschlagen musstest. Sie sollte eigentlich längst aus meinem Leben verschwunden sein. Ich habe, seitdem die Scheidung durch ist, kein Wort mehr von ihr gehört, und es gibt auch jetzt keinen Grund dafür, es sei denn, sie ist wieder auf Ärger aus. Du hast meine Genehmigung, sie abzuwimmeln.“

Aiden legte auf, zerknüllte den Zettel mit der Nummer, warf ihn in den Müll und fuhr fort, den Tisch zu decken.

In der Mitte von Maureen Riordans kleinem Wohnzimmer standen verschiedene große Kisten. Sie enthielten wertvolle Familienerbstücke – das antike Porzellan ihrer Mutter für Shelby und ein anderer Karton mit dem alten Silberbesteck von Urgroßmutter Riordan für Franci. Maureen hatte auch ein paar Gläser und etwas Geschirr in Luftpolsterfolie verpackt, außerdem ein paar antike Quilts und Leinenwäsche, die sie in der Hoffnung, alles bei Luke unterstellen zu können, nach Virgin River mitnehmen wollte. Der Inhalt dieser Kisten war zu wertvoll, um ihn einfach irgendwo zu lagern, und sie hatte vor, die Sachen für zukünftige neue Schwiegertöchter aufzubewahren. Vor ein paar Jahren wäre sie in dieser Hinsicht weit weniger zuversichtlich gewesen, aber Luke war mit achtunddreißig schließlich doch noch sesshaft geworden, und Sean hatte es ihm gleich nachgemacht. Also bestand auch für Colin, Aiden und Patrick immer noch Hoffnung.

Sie ertappte sich bei dem Gedanken, wie komisch das Leben manchmal war. Sie hatte ihr halbes Leben damit verbracht, diese materiellen Güter – Porzellan und Gläser, die alten Quilts, mit viel Liebe in Handarbeit von ihren Vorfahren hergestellt, Leinenwäsche, die von Irland hierhergebracht worden war – aufzubewahren, und nun bereitete es ihr ein unermessliches Vergnügen, alles an die nächste Generation weiterzureichen.

Ein paar Kartons mit alltäglichen Dingen wollte sie zu den Habseligkeiten, die George bereits in sein Wohnmobil geladen hatte, beisteuern. Maureen und George hatten am Telefon und per E-Mail schon so häufig über das Inventar gesprochen, dass sie die Liste beinahe auswendig kannte. Kleidung, Bettwäsche, Küchenutensilien und Nippes, auf den sie gut verzichten konnte, hatte sie bereits weggegeben.

Sie und George hatten sich seit Weihnachten exakt vier Mal gesehen. Einmal war sie für ein langes Wochenende nach Seattle geflogen, und dreimal hatte er sie übers Wochenende in Phoenix besucht. Die gemeinsame Zeit war sehr harmonisch verlaufen. Doch Maureen war nicht naiv. Sie wusste, dass Menschen, die länger als ein paar Tage oder Wochen auf engem Raum zusammenlebten, ein paar Zugeständnisse machen mussten. Vielleicht fand sie sogar heraus, dass sie einen Fehler gemacht hatte, aber davon ging sie nicht aus. So anpassungsfähig sie auch war, George war mindestens dreimal so flexibel wie alle anderen Männer, die sie gekannt hatte. Seine Gutmütigkeit hatte dafür gesorgt, dass ihre frühere Engstirnigkeit komplett verschwunden war.

George war nun schon unterwegs, und sie hatte, seit er in Seattle losgefahren war, mehrfach täglich mit ihm gesprochen. Zuerst hatte er Halt in Nevada gemacht, um das Wohnmobil abzuholen. Obwohl es schon ein Jahr alt war, hatte es mehr gekostet als ihr kleines Häuschen. Als ihr Handy endlich klingelte, war er nur noch eine Stunde von ihr entfernt. Dann nur noch ein paar Minuten. „Und versprich mir, nicht schon auf dem Parkplatz zu stehen!“, bat er sie ausdrücklich. „Ich möchte das Wohnmobil erst herrichten, bevor du es zum ersten Mal siehst.“ Das bedeutete, dass er die Seitenmarkisen ausfahren und Licht und Musik anmachen wollte. Er wünschte sich, dass sie ihr neues Zuhause von seiner besten Seite kennenlernte.

Schließlich erhielt Maureen eine SMS; George liebte es zu simsen. Statt zu antworten, schoss sie durch Innenhof und Poolbereich bis hin zum Parkplatz vor ihrem Wohnkomplex. George stand vor einem Meisterwerk von Reisemobil.

Sie hielt kurz im Laufen inne und zwang sich, tief Luft zu holen. Dies war nun für mindestens sechs Monate ihr Heim und, falls dieser Versuch gut ausging, vielleicht sogar für einige Jahre. Sie hob die Hand an den Mund, während sie langsam auf das luxuriöse Wohnmobil zuschritt.

George lachte und lenkte ihre Aufmerksamkeit auf sich. Er lehnte mit gekreuzten Beinen und verschränkten Armen an der Fahrertür des Reisemobils und lächelte sie aufmunternd und liebevoll an. Seine blauen Augen blitzten schelmisch. Mit seinem schönen silbernen Haar wirkte er wie ein echter Gentleman.

„Du solltest mir vor der Reise noch einen Kuss geben, damit ich wenigstens einigermaßen den Eindruck habe, dass ich dir ebenso wichtig bin wie das Wohnmobil."

„Natürlich", erwiderte sie und ging zu ihm, um ihm die Hände auf die Wangen zu legen und ihn begeistert und herzhaft zu küssen. „Darf ich es mir jetzt auch von innen ansehen? Ich sterbe vor Neugier!"

„Ich habe dir doch schon jede Menge Fotos geschickt", erwiderte er. „Und ich hatte dich eingeladen, es dir persönlich in Nevada anzugucken. Wenn ich dich daran erinnern darf: Du wolltest mir die Entscheidung überlassen, und die Bilder gefielen dir auch."

Das war ihr nur fair erschienen. George war der Besitzer, und sie wollte nicht, dass er es nur ihretwegen kaufte. Es war sehr nett von ihm, dass er sie um ihre Meinung gebeten hatte, weil sie ein paar Monate, vielleicht auch Jahre, darin wohnen wollte, dennoch ... Natürlich hatte sie ihm angeboten, sich zur Hälfte an dem Camper zu beteiligen, allerdings ließ George in diesem Punkt nicht mit sich reden – er würde sich glücklich schätzen, ihren Namen mit in die Papiere einzutragen, doch ihr Geld würde er nicht nehmen. „Bezeichne mich als altmodisch", hatte er gesagt, „aber ein Mann denkt immer noch gerne, dass er in der Lage ist, sich um seine Frau zu kümmern." Letztendlich war es auf diese Art weniger kompliziert. Schließlich waren sie beide schon einmal verheiratet gewesen und hatten Kinder großgezogen.

Sie hatten alles genau geplant – er kaufte das Wohnmobil auf seinen Namen vom Erlös des Hausverkaufs. Sie beide lagerten ihre Möbel bei unterschiedlichen Unternehmen ein – solange sie sich nicht absolut sicher waren, dass sie eine lange Strecke gemeinsam unterwegs sein wollten. Es hatte sie etliche Mühen gekostet, George davon zu überzeugen, eine monatliche Miete von fünfhundert Dollar von ihr zu akzeptieren, denn über ihre Ersparnisse und vielleicht sogar über das Geld, das sie für das Haus bekommen würde, sollte sie nur alleine verfügen können. Denn falls sie heiraten würden – oder *wenn*, wie George bevorzugte, es auszudrücken –, würden sie einen Ehevertrag aufsetzen, damit George seinen Stiefenkeln und Noah Kincaid das Wohnmobil und seine Ersparnisse hinterlassen konnte und Maureen ihren Söhnen die ihren. Für den Augenblick hatten beide ihre Pension, die es ihnen ermöglichen würde, Gas, Versicherungen, unvorhergesehene Ereignisse, Stellplätze, Essen und so weiter zu bezahlen.

Maureen stieg ein paar Stufen hinauf in den Camper, wo sie über das weiche, weiße Leder des Beifahrersitzes strich – üppig und luxuriös. Und dann blieb sie stehen, da sie das Innere des Wohnmobils genauer in Augenschein nehmen wollte. Auf beiden Seiten gab es zueinander passende, weiße Ledersofas. Der Boden zwischen den Sofas wirkte wie schweres Eichenparkett, war jedoch in Wirklichkeit Laminat. Links hinter dem Sofa befand sich eine geräumige Küche, die mit allen nötigen Geräten und sogar mit einem Eckschrank aus Eiche mit dekorativen, bleiverglasten Scheiben für das Geschirr ausgestattet war. Gegenüber der Küchenzeile entdeckte sie einen dunklen Marmortisch, an dem bequem vier Personen Platz fanden, und Stühle, die perfekt zu den Sofas passten. Über den Couchs waren zahlreiche, weitere Staumöglichkeiten angebracht, und über dem Fahrersitz, in Richtung Wohnzimmer, hing ein großer Flachbildfernseher.

„Mein Gott“, flüsterte Maureen. „Es ist geräumiger als mein Haus und schöner als alle Häuser, in denen ich je gewohnt habe.“

„Gefällt es dir?“, fragte George direkt hinter ihr.

„Es ist wundervoll.“ Sie drehte sich um, damit sie ihm ins Gesicht schauen konnte. „Ist es schwer, dieses Wohnmobil zu kutschieren?“

„Das ist leicht. Die Fahrstunden, die ich genommen habe, machen sich echt bezahlt, obwohl ich in der Vergangenheit auch schon mit Noahs Wohnwagen unterwegs gewesen bin. Ich glaube, du solltest auch ein paar Stunden nehmen. Wir halten einfach irgendwo an, wo man diese Fahrstunden anbietet, und dann meldest du dich an.

„Geht das? Das würde mir viel Spaß machen."

„Ja, meinst du?"

„Oh, ich fände es wundervoll! Aber natürlich ist es dein ..."

Er legte ihr den Finger auf die Lippen. „Damit fangen wir gar nicht erst an, Maureen – mit diesem Dein-und-mein-Ding. Wir haben zwar eine Vereinbarung, trotzdem machen wir alles gemeinsam." Er lächelte. „Und ich liebe dich."

Sie schmiegte sich an ihn. „Das höre ich so gerne, George."

„Das hoffe ich", sagte er grinsend. „Ich stelle mir vor, dass ich es möglicherweise in den kommenden Tagen auch einmal zu hören bekomme."

Sie schenkte ihm ein Lächeln. „Ich hatte es mir eigentlich für einen besonderen Moment aufsparen wollen – zum Beispiel wenn wir heute Abend beim Essen mit Champagner auf das Wohnmobil anstoßen, doch ..."

„Perfekt!", unterbrach er sie. „Ich bin bereit!"

„Können wir heute schon hier übernachten?", wollte sie wissen.

„Möchtest du nicht erst noch den Rest sehen?"

„Klar, will ich das, aber können wir hier übernachten?"

„Natürlich, wenn du Lust hast."

„In meinem Haus herrscht wegen der Kisten ein totales Durcheinander. Ich habe die Bettlaken abgezogen und sie gewaschen. Nun stecke ich sie in den Altkleidersack, denn das Bett hier im Camper ist viel größer als mein altes. Ich glaube, hier drinnen ist es gemütlicher für uns."

„Dann machen wir Folgendes: Wir laden die Kartons, die in Virgin River bleiben sollen, und die paar Haushaltsgegenstände, die du zum Inventar beisteuern wolltest, ein. Ich habe uns schon einen Stellplatz reserviert. Du musst den Unterschied schnell begreifen – wenn wir auf einem Stellplatz stehen, gehören Wasser und Strom jemand anderem, und wir brauchen unseren Vorrat nicht anzubrechen oder uns um die Toilette zu kümmern. Allerdings werden wir auch manchmal einfach nur irgendwo anhalten, falls es keine Stellplätze gibt. Wenn möglich, fahren wir aber immer auf einen ordentlichen Campingplatz. So, wir müssen noch ein paar häusliche Pflichten erledigen, oder?"

„Es ist nicht mehr so viel. Morgen, wenn die Umzugsleute kommen, um die Möbel ins Möbellager zu bringen, machen wir den Rest. Danach kannst du mir beim Aufräumen helfen. Ich habe eine Putzkolonne angeheuert – die Verwaltung der Wohnanlage wird sie reinlassen, sobald wir weg sind. Ich habe meine Sachen in Kisten verpackt, die den Maßen entsprechen, die du mir für den Stauraum unter den Sofas genannt hast. Ich hoffe, die Kartons passen drunter."

„Sehr gut organisiert", lobte er. „Das überrascht mich überhaupt nicht." Er strich ihr über die Nase. „Hast du es ihnen erzählt?"

„Mehr oder weniger. Ich habe es Aiden am Telefon erklärt, während Luke im selben Raum mit ihm saß. Nun sollten sie alle auf dem neuesten Stand sein. Ich habe ihnen gesagt, was ich vorhabe, doch sie denken, dass es nicht mein Ernst wäre."

„Wie hat Aiden darauf reagiert?"

„Sehr gut. Sachlich. Allerdings war es auch Aiden, der mich zurechtgestutzt hat, nachdem er davon gehört hatte, dass ich dich im Herbst habe abblitzen lassen. Damals sagte er zu mir, ich solle mir bloß nicht einreden, dass es in meinem Leben nicht noch einmal einen Mann geben könnte. In romantischer Hinsicht."

„Oh", stieß George hervor und schaute zur Decke hoch. „Gott segne ihn. Ich werde ihm mein gesamtes Vermögen vermachen."

„Es gibt fünf von ihnen, George, und sie sind alle so unterschiedlich wie Tag und Nacht. Ich weiß, dass du sie bereits kennengelernt hast, doch du bist noch nie länger mit ihnen zusammen gewesen. Es gibt keine Möglichkeit, dich angemessen auf sie vorzubereiten."

„Ich verstehe dich voll und ganz. Komm, wir holen die Kartons und laden sie ein. Je eher wir zu unserem Abendessen mit Champagner gelangen, desto besser."

„Ich würde mir jetzt gerne erst einmal das Schlafzimmer ansehen", bat Maureen. „Hast du dir schon einen Platz im Kleiderschrank und eine Seite des Bettes ausgesucht?"

„Nein, Liebling. Ich wollte dich zuerst wählen lassen."

Sie schlang ihm die Arme um die Taille. „Ich bin so glücklich, dass ich dich getroffen habe."

Mel, Hebamme und Krankenschwester von Virgin River, war mit einer Freundin, die nur selten zu ihren Patienten gehörte, verabredet. Denn Darla Prentiss befand sich seit einigen Jahren in Behandlung bei einem Fruchtbarkeitsspezialisten in Santa Rosa, wo sie auch alles andere ärztlich versorgen ließ. Aber Phil Prentiss hatte Mel angerufen, dass er seine Frau vorbeibringen wollte, weil sie über Halsbeschwerden klagte. „Eigentlich geht es um etwas anderes", hatte er Mel erklärt. „Sie wartet, bis ich das Haus verlasse oder einschlafe, und weint sich dann die Augen aus dem Kopf. Sie braucht jemanden, mit dem sie reden kann. Wir haben gerade unsere siebte Fehlgeburt erlitten."

„Ach du lieber Himmel, bring sie her. Doch warte, hilft euch der andere Doktor denn nicht, damit fertig zu werden?"

„Ach, er ist mehr für die großen Sachen zuständig", antwortete Phil. „Er mag ja auf seinem Fachgebiet in allen möglichen Bundesstaaten die besten Resultate bei Schwangerschaften erzielt haben, allerdings lässt sein Verhalten gegenüber seinen Patienten zu wünschen übrig. Darla ist am Boden zerstört."

„Einverstanden, kommt her", bat Mel. „Aber lüge sie nicht

an! Sag ihr, dass du weißt, dass sie keine Halsschmerzen hat. Ich tue, was ich kann, Phil … Das mit der erneuten Fehlgeburt muss furchtbar für euch sein."

„Diesmal ist es in der achtzehnten Woche passiert", presste Phil hervor. „Wir haben ihm einen Namen gegeben und es beerdigt."

„Es tut mir so leid."

„Danke", erwiderte er tonlos.

Es brach Mel das Herz. Statt der sieben Fehlgeburten hätte dieses nette Paar sieben Kinder haben müssen. Phil leitete den Landwirtschaftsbetrieb seiner Familie, viel Land, viele Milchkühe, Schweine und Silos. Ein schöner, idyllischer Ort, und die Prentisses waren wundervolle, liebevolle Menschen. Sie waren schon ziemlich lange miteinander verheiratet – zehn oder zwölf Jahre – und versuchten die meiste Zeit, eine Familie zu gründen. Es war so ungerecht, wenn die Menschen, die sich sehnlichst ein Kind wünschten und bestimmt fantastische Eltern wären, solche Probleme hatten, eins zu bekommen. Es grenzte an ein Wunder, dass der Schmerz über die vielen Verluste ihrer Ehe noch nicht geschadet hatte, denn Phil und Darla hingen immer noch sehr aneinander und waren noch genauso verliebt wie am ersten Tag.

Als Darla mit ihrem Mann eintraf, nahm Mel sie einfach nur in die Arme und drückte sie lange an sich. „Es tut mir leid", sagte sie. „Lieber Gott, es tut mir so leid. Ihr habt so viel durchgemacht."

Das reichte, um bei Darla die Tränen fließen zu lassen. Mel fasste sie an der Hand, und so gingen sie ins Büro, damit sie sich ungestört unterhalten konnten. Mel hatte Darla vor langer Zeit einmal erzählt, dass sie in ihrer ersten Ehe auch mit Fruchtbarkeitsproblemen zu kämpfen hatte, dass sie aber, aus unerfindlichen Gründen, sobald sie mit Jack zusammengekommen war, sofort schwanger geworden war. Ob durch Zufall oder aus medizinischen Gründen, wusste sie nicht.

„Ich kann nicht mehr, Mel", stieß Darla schluchzend hervor. „Entschuldige, dass ich so eine Heulsuse bin, doch ich glaube, die letzte Fehlgeburt hat mich geschafft. Ein kleiner Junge ..."

„Sieben Fehlgeburten wären für jeden zu viel, Darla. Erinnerst du dich daran, dass wir über Leihmütter sprachen? Jemanden mit einer robusteren Gebärmutter?"

„Mir ist klar, dass das eine Möglichkeit für Menschen wie mich und Phil wäre, weil ich Probleme damit habe, schwanger zu werden *und* es zu bleiben. Meine jüngere Schwester, Mutter von drei Kindern, hat es mir sogar angeboten. Aber, Mel – oh Gott, ich weiß, das klingt jetzt so oberflächlich und egozentrisch –, ich glaube nicht, dass ich es, ohne mich einmischen zu dürfen, ertragen könnte, mit anzusehen, wie sie unser Baby austrägt. Ich würde alles, was sie sich in den Mund steckt, genauestens untersuchen. Ich würde vor Eifersucht zerplatzen, weil ich das Baby nicht selbst austragen und seine Bewegungen in meinem Bauch spüren kann. Wir haben sogar darüber gesprochen, eine Fremde anzuheuern. Mir ist durchaus bewusst, dass das oft funktioniert, doch ich denke, das können wir nicht ..."

„Bleib einfach offen für alles. Es ist eine gute Lösung für Paare, die außer einem dicken Bauch alles haben, was sie brauchen", erklärte Mel.

Darla schüttelte den Kopf. „Ich habe das Gefühl, dass mir jemand etwas sagen will. Ich habe nur keine Ahnung, was genau, allerdings ist eines gewiss: Es ist mir nicht bestimmt, ein eigenes Baby zu haben. Dieses hier war das erste, das wir beerdigt haben, Mel", sagte sie, während ihr Tränen über die Wangen rannen. „Das schaffe ich nicht noch einmal."

„Das verstehe ich", erwiderte Mel leise. „Kann ich etwas für dich tun? Glaubst du, ein gutes Antidepressivum würde dir helfen?"

„Beim Verlust eines Kindes? Nein", entgegnete sie kopfschüttelnd. „Ich muss einfach eine Weile trauern, die Arme meines Mannes spüren und Gott fragen, welche Pläne er mit mir hat. Es ist ja nicht so, als ob ich die erste Frau auf der Welt wäre, die keine eigenen Kinder bekommen kann. Und wie viele Frauen haben das, was ich habe? Den tollsten, wunderbarsten, liebevollsten Mann von der Welt. Der arme Phil. Sein Herz ist auch gebrochen, und ich denke die ganze Zeit nur an mich."

„Sei einfach für ihn da, so wie er für dich da ist, Süße. Dann ruf bei deinem Doktor an und erkläre ihm, dass du wahrscheinlich ein bisschen psychologische Unterstützung gebrauchen könntest, um mit der letzten Fehlgeburt fertig zu werden."

„Aber ich glaube nicht, dass ich so weitermachen will ... mit dieser verrückten Hoffnung, vielleicht doch noch schwanger zu werden und ein Kind auszutragen ..."

„Darum geht es nicht", meinte Mel. „Egal wie sehr du dich bemühst, du brauchst ein bisschen Hilfe, damit du diesen Verlust überwinden kannst. Das war ein großer und harter Schlag für euch beide. Ihr habt diesem Arzt Zehntausende von Dollars, die nicht von der Versicherung gedeckt sind, bezahlt – er muss ein paar psychologische Berater in seinem Team haben oder zumindest jemanden kennen, den er empfehlen kann. Du brauchst niemandem zu versprechen, dass du dir den Kopf noch mehr zerbrechen willst, nimm dir einfach psychologischen Beistand. Such dir Hilfe."

„Vielleicht versuchen wir es bei unserem Reverend ..."

„Such dir professionelle Hilfe, Darla. Bitte. Ich will nicht, dass du an der Sache zerbrichst. Ich hatte noch keine Fehlgeburt – aber ich bin lange nicht schwanger geworden und erinnere mich noch gut an den Schmerz und die Enttäuschung, die ich allein deswegen empfunden habe. Ich will mir gar nicht vorstellen, wie schwer es im Augenblick für dich sein muss."

Darla schwieg einen Moment lang. Dann wischte sie sich über die Wangen und sagte: „Ich glaube, sieben Mal sind genug."

„Das kann ich dir nicht verdenken", erwiderte Mel.

Alle paar Wochen musste Luke nach Eureka fahren, um im Costco Großmarkt Vorräte für Haus und Hütten zu besorgen. Er kaufte Unmengen an Toilettenpapier, Seifenstücken, Küchenrollen, Reinigungsmittel, und manchmal musste er auch Ersatz für Badehandtücher, Badematten und so weiter mitbringen. Wenn er schon mal dort war, besorgte er auch noch ein paar Lebensmittel für den eigenen Bedarf. In der Tiefkühltruhe im Schuppen neben seinem Haus lagerte zwar massenhaft gefrorener Fisch, aber frisches Hühnchen und Rindfleisch konnten sie trotzdem immer gut gebrauchen. Shelby erstellte immer eine Liste mit den Dingen, die sie gerne auf Vorrat dahatte, angefangen bei Ketchup bis hin zu Thunfisch in Dosen. Nun, wo ihr Krankenschwester-Ausbildungsprogramm wegen der Sommerferien pausierte und ihre Schwangerschaft schon weit fortgeschritten war, kam sie nur noch selten in den Lebensmittelladen. Deshalb war Luke nun häufiger in der Stadt.

Er musste Art nicht extra noch mal sagen, wann er dorthin wollte. Denn Art fragte ihn bereits Tage vorher mehrfach danach. „Wann fahren wir zu Costco, Luke?"

„In zwei Tagen", pflegte Luke ihm zu antworten. Art, ein Mann mit Downsyndrom, den Luke als Hilfskraft für die Vermietung der Ferienhütten eingestellt hatte, war so etwas wie Lukes Schatten. Er lebte in einer eigenen kleinen Hütte in der Nähe von Lukes und Shelbys Haus.

„Wie viel Uhr, Luke?", wollte er wissen.

„Gegen zwei."

Dann: „Morgen fahren wir zu Costco, Luke."

Und später: „Heute fahren wir zu Costco, Luke." Wieder eine Stunde später: „Zeit, zu Costco zu fahren, Luke?"

Zu Costco zu fahren, gehörte von allen Dingen auf der Welt zu Arts absoluten Lieblingsbeschäftigungen. Er interessierte sich nicht für den Baumarkt, aber er *liebte* Costco. Luke verlangte nie von ihm, dass er bei ihm blieb oder ihm beim Einkaufen half, und ließ sich selbst eine Menge Zeit, weil Art sich wirklich *alles* ansehen wollte, vor allem die Sachen, die er sich niemals kaufen würde. Art liebte die Schmuckabteilung, und er war von Computern fasziniert. Als Luke die Satellitenschüsseln installiert hatte, schenkte er Art einen günstigen Laptop und ein paar Programme, damit Art leichter buchstabieren und rechnen lernte. Wenn man Art einmal etwas beigebracht hatte, war er anschließend meist sehr gut darin. Trotzdem schien er im Schreiben und Rechnen nicht wirklich besser zu werden. Es war so, als ob er dort seine Grenzen erreicht hätte – doch er liebte den Computer. Art war außerdem extrem wortgenau und wenig kreativ in dieser Hinsicht. Art dachte nicht über seinen Horizont hinaus. Wenn man ihn bat: „Bring den Müll raus", konnte es gut sein, dass er fragte: „Wohin raus?" Stattdessen war es besser ihm zu sagen: „Sammele den Müll in dieser Tüte und dann verschließe die Tüte mit einem Knoten und wirf sie in die Mülltonne."

Luke brauchte ungefähr fünfzehn Minuten, bis er alle Sachen zusammenhatte. Dann ging er zur Fleisch-, Käse- und Gemüseabteilung und überlegte sich, welche leicht verderblichen Lebensmittel er mitnehmen sollte, nachdem er Art ausreichend Zeit gelassen hatte, den Shoppingausflug zu genießen. Aber zunächst packte Luke erst einmal die unverderblichen Dinge, die auf Shelbys Liste standen, in den Wagen: Olivenöl, Cracker, Reis, Nudeln und Müsli. Er nahm auch Bier und Whiskey mit. Dann entschied er sich, auch noch ein paar Bücher, DVDs und CDs zu kaufen, bevor er sich auf die Suche nach Art machte.

Nachdem er ihn weder beim Schmuck noch bei den Computerspielen fand, dehnte er seinen Suchradius auf die Werkzeug- und Kosmetikabteilung aus und hielt nebenbei auch bei den Tiefkühlprodukten nach Art Ausschau. So allmählich begann sich Luke zu wundern, dass Art in keiner seiner üblichen Lieblingsabteilungen zu finden war.

Schließlich entdeckte er ihn am anderen Ende des Supermarkts beim Hundefutter. Art stand mit einer kleinen, rundlichen Frau, die er um einiges überragte, zusammen. Die Frau hatte lockige, braune Haare. Sie hielten Händchen und schauten einander tief in die Augen. Luke grinste beim Anblick des etwas merkwürdig aussehenden Pärchens. Dennoch wirkten der große, schwerfällige Art und diese kleine, stämmige Frau auf eine seltsame Weise perfekt. „Art?“, rief Luke.

Art schrak zusammen. Er lächelte, und seine kleinen Augen blickten Luke so groß an, dass Luke sich nur mit Mühe das Lachen verkneifen konnte. Er hatte Art noch nie so selig und breit grinsen sehen. „Luke! Das ist Netta! Aus meiner Gruppe! Sie war meine Freundin.“

„Im Ernst?“ Luke reichte ihr die Hand. „Hallo, Netta, freut mich“, sagte er. „Ich glaube, wir sind uns schon einmal begegnet. Hast du nicht mal mit Art in diesem Laden zusammengearbeitet?“

„Sie haben sie rausgeworfen, Luke!“, erklärte Art ihm sofort ganz aufgeregt. „Sie haben alle rausgeworfen! Sogar Stan. Dem gehört der Laden. Er hat eine Menge Ärger bekommen, weil alles falsch gemacht wurde! Netta sagt, er musste Geld zahlen und war *stinksauer*!“

„Total ... mmm ... stinksauer “, wiederholte Netta schnell.

„Wie schade für den alten Stan“, erwiderte Luke lächelnd. „Ich wünschte, ich könnte Mitleid mit ihm haben. Und, Netta, wo wohnst du jetzt?“

„In einem ... mmm ... Haus“, antwortete sie. „Mit Ellen und Bo. In Fortuna. Ich helfe in der Bäckerei.“

„Und was machst du heute bei Costco?“, fragte Luke sie.

„Wir kaufen unsere ... mmm ... Sachen bei Costco. Und Ellen lässt mich ... mmm ... das machen.“

„Art“, meinte Luke, „Warum lädst du Netta nicht zu einem Hotdog oder einer Pizza oder Cola oder so was ein. Setzt euch hin. Erzählt euch, was es Neues gibt. Ich besorge dann ganz langsam den Rest. Lass dir Zeit.“

Art schaute ihn einfach nur an.

Netta griff nach seiner Hand. „Komm … mmm … Hotdog, Art."

„Los, geh schon, Art. Holt euch Hotdogs. Unterhalt dich ein bisschen mit Netta."

Weil Art wie erstarrt wirkte, fuhr Luke rasch ein Wendemanöver mit dem Einkaufswagen und entfernte sich so schnell wie möglich von den beiden.

Natürlich besaß Art Geld, und er konnte gut damit umgehen. Luke hätte niemals sein Portemonnaie gezückt, um ihm einen Schein zuzustecken, schon gar nicht in Gegenwart einer Frau. Art bezog eine Behindertenrente vom Sozialamt, eine kleine staatliche Unterstützung, und Luke zahlte ihm einen Lohn für seine Arbeit. Dafür bekam er von Art etwas Miete für die Hütte, in der er wohnte. Ansonsten musste Art sich nicht an den weiteren Lebenshaltungskosten beteiligen. Manchmal, wenn Art etwas Geld übrig hatte, schenkte er Luke und Shelby was. Das war in Ordnung, allerdings achtete Luke darauf, dass das alles im Rahmen blieb. Art sparte sein Geld, und wenn er Luke sein wachsendes Vermögen zeigte, strahlte er voller Stolz.

Luke war sich nicht ganz im Klaren über Nettas Behinderung. Sie hatte kein Downsyndrom; so viel war offensichtlich. Sie sprach mit leichter Verzögerung, aber ihr „mmm" war kein Stottern, sondern es schien eher so, als ob sie es benutzte, wenn sie nach dem richtigen Wort suchte. Netta war vielleicht etwas langsam, doch worin ihre Behinderung bestand, war wirklich nicht eindeutig auszumachen. Dennoch musste sie wohl behindert sein, sonst wäre sie nicht mit Art in einer Gruppe gewesen.

Wie unerwartet – dass Art einmal eine Freundin gehabt hatte. Luke überlegte, ob Art Netta nicht mal erwähnt hatte. Aber wenn, dann höchstens ein Mal. Art hatte nicht so gewirkt, als sei er verliebt oder so.

Vor dem Supermarkt, den Ausgängen gegenüber, befand sich die Fast-Food-Zone, von der sich Luke jetzt absichtlich fernhielt. Er verbrachte eine halbe Stunde damit, sich verschiedene Kameras anzusehen. Warum auch nicht – schließlich kam das Baby bald, und er brauchte dringend einen besseren Fotoapparat. Als er fertig war, hatte er eine Videokamera, eine Digitalkamera, einen neuen Laptop und einen Farbdrucker erstanden. Vermutlich hätte er sich deswegen mit Shelby absprechen sollen, doch er war ja noch ein Ehemann in der Ausbildung. Glücklicherweise hatte Shelby viel Geduld mit ihm.

Er kehrte in den Lebensmittelmarkt zurück und kaufte schnell Fleisch, Gemüse, Obst und die anderen Dinge, die auf seiner Liste standen, ein. Dann war es Zeit, aufzubrechen.

Wieder einmal konnte er Art nirgendwo entdecken.

Gott, das war langsam lächerlich. Dieses Problem hatte es vorher noch nie mit Art gegeben. Luke sah sich im Gastronomiebereich überall nach ihm um, aber Art war definitiv nicht da. Luke würde zurückgehen und ihn noch einmal überall suchen müssen. Doch ehe er nach Art suchte, so beschloss er, würde er erst einmal die Lebensmittel in den Wagen packen.

Als er den Supermarkt verließ, stand auf einmal Art vor ihm und starrte auf den großen Parkplatz. „Hallo, ich hatte mich schon gefragt, wo du steckst. Wie war dein Nachmittag mit Netta?"

Art wandte sich abrupt zu ihm um. Er wirkte ein bisschen verstört. „Sie war meine Freundin."

„Das sagtest du bereits", erwiderte Luke. „Komm, wir bringen die Sachen ins Auto. Ist euer Wiedersehen gut gelaufen?"

„Sie ist weg. Sie musste mit dieser Person weggehen. Ellen. Wo sie jetzt wohnt."

„Aber das Wiedersehen war schön?"

„Sie war meine Freundin", wiederholte Art. „Und ich habe sie lange nicht gesehen."

„Stimmt", entgegnete Luke. Offenbar wollte Art ihm die Frage nach dem Wiedersehen nicht beantworten. „Hilfst du mir beim Einladen, alter Freund?"

Art tat, um was ihn Luke gebeten hatte, murmelte und zappelte währenddessen jedoch die ganze Zeit herum. Er war ganz offensichtlich extrem schlecht gelaunt, und Luke erfuhr auch schnell den Grund dafür. Kaum hatten sie den Parkplatz verlassen, da sagte Art: „Ich muss zu Costco. Zurück zu Costco."

„In ein paar Wochen, Art."

„*Jetzt!* Ich muss *jetzt* zurück!"

„Hast du etwas vergessen?", wollte Luke wissen.

„Sie könnte zu Costco kommen. Netta könnte kommen, und ich könnte auch da sein – ich habe sie lange nicht gesehen! Ich kann da sein, wenn sie zurückkommt. Sie kauft da ein!"

Da sie sich noch nicht weit vom Supermarkt entfernt hatten, fuhr Luke noch einmal auf den Parkplatz und hielt an. „Sie ist weg, Art. Hast du ihre Telefonnummer oder Adresse oder so etwas?"

„Nein", antwortete Art mit belegter Stimme. „Plötzlich kam diese Frau, Ellen, und meinte, Zeit zu gehen. Und plötzlich sagte Netta Tschüss. Ich muss zurück."

„Nein, heute nicht mehr, Kumpel. Ich wette, sie wird, genau wie wir, auch erst wieder in ein paar Wochen da einkaufen. Kennst du ihren Nachnamen?"

„Blue", antwortete Art. „Netta Blue." Dann starrte er Luke mit wässrigen Augen an. „*Luke!*"

Es brach Luke das Herz. Der arme Kerl. Art wusste vielleicht nicht viel, doch er wusste ganz sicher, wenn ihn etwas traurig machte. Netta Blue, seine ehemalige Freundin, weg. Kaum hatte er sie nach ihrer Trennung wiedergesehen und *zack*, war sie schon wieder weg. Er wünschte sich inständig, länger mit ihr zusammen zu sein, doch wollte sie das auch? Und wie fand ihre Betreuerin, Ellen, es, wenn ein Mann mit Downsyndrom sich mit Netta treffen wollte. Das war eine größere Sache, die drohte, Luke über den Kopf zu wachsen. Jedenfalls hatte er das Gefühl, dass diese Angelegenheit einige Nummern zu groß für ihn war.

„Jetzt beruhige dich erst einmal, Art", sagte er. „Ich helfe dir, sie wiederzufinden. Aber zuerst müssen wir nach Hause. Netta ist auch zu Hause. Wir fahren heim, und dann versuchen wir später, ob wir sie wiederfinden können."

„Okay, Luke", stimmte Art zu.

Luke tätschelte ihm sanft den Arm. „Mach dir keine Sorgen, okay? Es wird alles gut. Wie viele Bäckereien wird es in Fortuna schon geben?"

„Ich weiß die Antwort nicht", antwortete Art kläglich.

„Ich brauche auch keine Antwort, mein Freund. Ich meinte nur, dass wir sie finden. Also, keine Sorge."

Art zog die Nase hoch. „Okay, Luke."

Bis Luke und Art zu Hause eintrafen, schien Art sich wieder beruhigt zu haben. Er hörte auf, vor sich hinzumurmeln, und verhielt sich wieder ganz normal. Allerdings war Luke noch etwas mitgenommen und befürchtete, dass Art versuchen würde, auf eigene Faust zu Costco zu gelangen. So waren sie schließlich auch aufeinandergetroffen – Arts Betreuer hatte Art geschlagen, und Art war weggelaufen, weil er lieber kein Zuhause mehr hatte, als sich verprügeln zu lassen. Für jemanden, der nicht immer dazu in der Lage war, für sich zu denken, hatte Art hier eine ganz klare Entscheidung für sich getroffen.

„Ich verstaue die Lebensmittel, Art. Du kannst eine Stunde angeln gehen, und dann komm bitte zu uns."

„Okay", erklärte sich Art einverstanden.

„Schau auf deine Uhr und denk daran: eine Stunde. Shelby sieht nach dir."

„Eine Stunde", antwortete Art.

Luke verstaute die vielen Besorgungen für die Hütten im Schuppen und trug dann sehr leise die Lebensmittel ins Haus. Die Schlafzimmertür war, wie er es erwartet hatte, fast geschlossen. Shelby lag entweder auf dem Boden und hatte die Füße hochgelegt, oder sie schlief. Als sie sich immer noch nicht zeigte, nachdem er die Einkäufe weggeräumt hatte, schlich er sich aus dem Haus. Er hatte vor, nachzusehen, ob Art tatsächlich unten am Fluss war, aber die Tür von Aidens Zimmer stand auf, um die leichte Junibrise hereinzulassen. Aiden saß drinnen am Tisch vor seinem aufgeklappten Laptop.

Luke klopfte an die Tür. „Hallo, bist du schon von deiner heutigen Wanderung zurück?"

„Ich bin nur ein paar Stunden am Strand spazieren gewesen, ", erwiderte Aiden, ohne von seiner Beschäftigung hochzuschauen.

„Hast du einen Augenblick Zeit?", fragte Luke. „Es gibt da nämlich so eine Sache …"

Aiden lehnte sich, ungeduldig seufzend, zurück. „Hör mal, Mom …"

„Es geht gar nicht um Mom", erklärte Luke, während er eintrat. Er nahm Aiden gegenüber am Tisch Platz, und sein Bruder klappte langsam sein Notebook zu, das zwischen ihnen stand. „Ich will mit dir über Art reden. Wir haben da so ein Ding am Laufen, und ich brauche jemanden, der klüger ist als ich, um das ausführlich besprechen zu können."

Aiden zog einen Mundwinkel nach oben. „Willst du das mit mir besprechen?"

Luke beugte sich über den Tisch und erzählte Aiden vorsichtshalber im Flüsterton, falls Art zufällig vorbeigekommen wäre, was im Supermarkt vorgefallen war. Als er damit fertig war, sagte Aiden: „Wow, klingt, als ob unser Mann Art einer alten Flamme begegnet ist und daraufhin einen kleinen Testosteronschub bekommen hat oder so was in der Richtung."

„*Testosteron?*", wiederholte Luke panisch.

Aiden lächelte. „Es handelt sich hier nicht um das überschüssige Chromosom, Luke. Er ist ein Mann. Wie alt ist er – einunddreißig? Er wird eine Menge typisch männlicher Reaktionen haben. Und dann wieder welche, die typisch für Art sind …"

„Oh Gott", stöhnte Luke und strich sich mit der Hand über das kurze Haar.

Aiden grinste ihn an. „Entspann dich – er ist total ruhig. Er wird sich nicht wie ein Berserker aufführen oder so. Aber um Himmels willen, er hat eben auch Gefühle! Hast du dich mit ihm schon mal über solche Sachen unterhalten?"

„*Welche* Sachen?"

„Freundinnen, Sex, Verlangen, Vorsichtsmaßnahmen."

„Natürlich nicht! Wie hätte ich denn *darauf* kommen sollen? Und was hätte ich ihm sagen sollen?"

„Ich bin mir da auch nicht ganz sicher. Ich habe nicht mit so vielen männlichen Patienten zu tun. Schon gar nicht mit welchen, die das Downsyndrom haben. Hat er einen Betreuer oder einen Sozialarbeiter, der für ihn zuständig ist? Denn wenn Art eine Freundin hat, vor allem wenn es eine Freundin mit derselben Behinderung ist, sollte jemand das ansprechen, bevor sie sich Hals über Kopf in etwas hineinstürzen."

„Oh Gott", stöhnte Luke zum wiederholten Mal.

„Du musst jemanden finden, der sich damit auskennt – vielleicht jemanden mit einem Abschluss in Sonderpädagogik oder so. Ruf beim Sozialamt an und erkläre ihnen, was los ist und dass du dich in diesem Bereich überhaupt nicht auskennst. Hole dir Hilfe."

„Und was ist mit dem Mädchen? Ich habe Art versprochen, sie zu finden!"

„Dann versuche, sie zu finden!" Sie haben mal im selben Haus miteinander gewohnt, Luke. Sie bedeuten sich etwas. Na ja …" Er zögerte. „Sie bedeutet Art etwas. Du solltest vielleicht erst mal klären, ob diese Gefühle auf Gegenseitigkeit beruhen, ehe du ihn mit ihr zusammenbringst." Aiden lachte. „Ich weiß genau, was du denkst – ein winziger Teil von dir hat Angst, dass Art durchdreht. Nein, Luke", sagte Aiden kopfschüttelnd. „Er ist zwar geistig behindert, aber seine Persönlichkeit zeichnet sich durch ein extrem entgegenkommendes Verhalten aus. Er ist süß und sanftmütig. Er braucht nur ein wenig Anleitung. Such dir jemanden, der weiß, wie man sich in dieser Angelegenheit am besten verhält.“

„Du tust nur so“, warf Luke ihm vor. „Du tust nur so, um klug zu wirken, oder? Dabei ist uns allen längst klar, wie klug du bist. Also, gib jetzt bloß nicht so an.“

Aiden lachte wieder. „Schon gut. Du gehst großartig mit Art um. Sprich mit Shelby darüber – ihr beide kriegt das schon hin.“

Luke grummelte ein bisschen vor sich hin, stand auf und machte sich auf den Weg in Richtung Fluss.

Aiden schüttelte den Kopf. Luke erinnerte ihn in vielem an ihren Vater – raue Schale, doch innen jede Menge irische Angst. Totale Verletzlichkeit. Ganz weich und gefühlsduselig. Niemand hatte Luke gezwungen, Art bei sich aufzunehmen; das war ganz alleine Lukes Idee gewesen. Genau wie die Sache mit ihrer Mutter, vermutlich war Luke derjenige von ihnen, der sich am meisten sorgte, allerdings auch der Letzte, der mit ihr darüber geredet hätte.

Luke muss in dieser Sache alleine mit Art zurechtkommen, dachte Aiden. Es wäre gut für sein Selbstvertrauen und würde ihn in Zukunft selbstsicherer im Umgang mit emotionalen Situationen machen, worin er nicht viel Erfahrung vorzuweisen hatte. Es wäre gut für sie alle und ein gutes Training für die Zeit, wenn er Vater war.

4. KAPITEL

In den folgenden Wochen hatte Aiden ein paar Dinge zu erledigen. Zunächst einmal hatte seine Schwägerin Franci, während Sean im Irak war, das Haus, in dem sie und Rosie gewohnt hatten, verkauft. Ihr gesamter Hausstand musste nach Alabama, Seans nächstem Einsatzort, transportiert werden. Franci und Rosie wollten in der Zwischenzeit in eine von Lukes Ferienhütten ziehen, wohin Sean vor ihrem baldigen Umzug nach Osten nachkommen würde. Doch bevor es losgehen konnte, lag noch ein ganzes Stück Arbeit vor allen – kleine Reparaturen am Gebäude, ein neuer Anstrich, ein Garagenflohmarkt, und der Garten sollte auf Vordermann gebracht werden. Und sobald die Umzugshelfer weg waren, musste das Haus auch noch ordentlich geputzt werden, bevor die neuen Bewohner einzogen. Aiden hatte sich zu all dem bereit erklärt. Er wollte Zeit mit Franci und Rosie verbringen, und sie brauchten Hilfe.

Seine Mutter und George hatten ebenfalls vor, irgendwann in der kommenden Woche aufzutauchen. Aiden beabsichtigte, in der Nähe zu sein, wenn sie eintrudelten.

Und natürlich wollte er auf jeden Fall zur Verfügung stehen, falls die schwangere Shelby ihn brauchte. Luke wich nur dann einmal von ihrer Seite, wenn Aiden da war. Dabei wollte Luke die Sache mit Art unbedingt klären, bevor sein Sohn geboren wurde.

Aidens Sommermission war denkbar einfach – sich als Besucher nützlich machen und das Familienleben genießen. Seine aktuellen Pläne ließen ihm nicht viel Freizeit. Doch es gab da immer noch eine Sache, die er unbedingt machen wollte. Nach der Frau mit der Kopfverletzung zu sehen. Erin.

An einem Morgen zog er sich seine Wandersachen an, packte den Rucksack und verschwand mit seinem SUV. Er fuhr zur Blockhütte der Frau hinauf, stellte den Wagen unterhalb des

Bergrückens ab und kletterte noch einmal über den Trampelpfad nach oben. Als er dort ankam, stellte er fest, dass ihr Wagen nicht vor dem Haus stand. Er ging um die Blockhütte herum, um nachzusehen, ob jemand zu Hause war. Es hatte sich nicht viel verändert, außer dass alles abgeschlossen war. Aiden betrachtete den Garten oder besser die armselige Variante davon. Alles vertrocknet. Keine Verbesserung. Er nahm an, dass Erin abgereist war, goss aber dennoch die Pflanzen – für alle Fälle. Vielleicht hatte sie gelegentlich vor, das Wochenende hier zu verbringen.

Plötzlich begann Aiden aus unerfindlichen Gründen und ohne es groß geplant zu haben, die Fläche, die erwiesenermaßen zu viel für sie war, ein bisschen umzugraben. Er zupfte Unkraut und säuberte die Rasenkanten, befreite den Boden von den dicksten Steinen, die er in den Wald schleppte. Dann grub er die Beete so lange um, bis die Erde locker, weich und bepflanzbar war. Anschließend machte er sich auf den Weg nach Fortuna, kaufte ein paar Säcke Muttererde, Dünger, ein paar ordentliche Gartenwerkzeuge sowie einen Schlauch. Nach seiner Rückkehr harkte er die Beete, düngte und wässerte sie.

Bevor er wegfuhr, setzte er sich auf die Sonnenterrasse, trank Wasser und genoss die Aussicht. Er hatte sich nicht auf ihren schönen, sauberen Liegen niedergelassen, sondern hockte auf einer Treppenstufe. Dabei erhaschte er einen Blick durch ihre französischen Türen – alles sah wie geleckt aus. Es gab keinerlei Anzeichen von Leben. Keine herumliegenden Bücher oder Zeitschriften, kein auf dem Tisch stehendes Geschirr oder auf dem Herd vergessene Pfannen, keine am Stuhl hängenden Kleidungsstücke. Nichts.

Dann war sie also weg.

Als Aiden schließlich aufbrach, nahm er die leeren Plastiksäcke, die Erde und Dünger enthalten hatten, mit und stellte die Geräte hinter dem Haus an der Wand ab.

Am nächsten Tag brachte er Pflanzen, Gemüsesetzlinge,

Blumen, Absteckpflöcke und einen Aufsatz für den Gartenschlauch mit. Erneut saß er eine Weile auf der Terrasse und genehmigte sich ein Wasser, und erneut schaute er durch die Glastüren ins Innere.

Alles sauber und ordentlich.

Aiden fragte sich, ob die Frau jemals zurückkommen würde. Und er fragte sich, weshalb er sich das fragte. Er mochte sie nicht – sie war eine schreckliche Nervensäge.

Das nächste Mal tauchte er gegen Mittag bei der Blockhütte zum Gießen auf und redete sich ein, dass er das tat, weil es ihm Spaß machte und Luke keinen Platz für einen Garten hatte. Außerdem schoss Aiden der Gedanke durch den Kopf, dass Erin vielleicht irgendwann wiederkäme und nach den toten Pflanzen in ihrem Garten sehen würde. Es bereitete ihm ein diebisches Vergnügen, wie sie dann die neu angelegten Beete entdecken und sich wundern würde, wer so etwas tat. Und warum.

Aiden gönnte dem Garten noch eine Extraportion Wasser, da er morgen keine Zeit hatte, sondern mit Luke, Shelby und Art zu Franci fuhr, um beim Garagenflohmarkt zu helfen und ein paar kleinere Reparaturen am Haus auszuführen.

Art, der wirklich niemals nervtötend gewesen war, raubte Luke auf einmal den letzten Nerv. Von Ungeduld getrieben, stellte Art ihm andauernd Fragen nach Netta. „Weißt du, wo sie jetzt wohnt? Weißt du, wo ihr Haus steht?"

Luke antwortete ihm immer dasselbe: „Noch nicht, Kumpel. Ich rufe schon andauernd bei allen möglichen Bäckereien an und erkundige mich, ob dort jemand, der so heißt, arbeitet, doch bis jetzt hatte ich noch kein Glück. Versuche, dich zu beruhigen."

Von einem Mann, der bis oben hin von der Sehnsucht nach einer Frau erfüllt war, zu verlangen, dass er sich entspannte, war ungefähr genauso sinnvoll, wie Öl in ein Feuer zu gießen.

Es gab nichts, was ihn von diesem Gefühl ablenken konnte. Zum ersten Mal schaffte es nicht einmal Rosie, Art von seiner Schwermut zu befreien. Und dem Garagenflohmarkt, der Arts Aufmerksamkeit wirklich verdient gehabt hätte, gelang es auch nicht. Art hörte nicht auf, Luke mit seinen Fragen nach Neuigkeiten zu löchern. Luke antwortete ihm jedes Mal geduldig: „Es gibt nichts Neues, Art. Du hast mich erst vor zehn Minuten das letzte Mal danach gefragt."

Shelby saß in einem Gartenstuhl am Garagentor, fächelte sich Luft zu und verhandelte mit Kunden, während Franci und deren Mutter, Vivian, die Waren hin und her schoben. Aiden verfugte gerade das Badezimmer neu, reparierte die Dachrinne, reinigte den Boden und strich die Wand hinter Kühltruhe, Waschmaschine und Trockner. Rosie hing an ihm wie eine Klette, denn er hatte ihr versprochen, dass sie seinen Bart mit Haarclips und Schleifchen „verschönern" durfte, sobald er mit seinen Aufgaben fertig war. In dieser ganzen Zeit arbeiteten Luke und Art gemeinsam im Garten.

„Hast du sie angerufen, Luke?"

„Hast du mich telefonieren sehen, Art?"

„Hast du?"

„Ich mähe gerade das verdammte Gras, Art!"

„Rufst du sie dann an?"

Aiden wollte sich nicht über die beiden lustig machen, trotzdem konnte er sich das Lachen nicht verkneifen. Er hatte seine eigene Klette im Schlepptau.

„Wenn du mit der Arbeit fertig bist, darf ich ihn dann bürsten? Deinen Bart?"

„Ja, Rosie. Nach der Arbeit."

„Und flechten?"

„Ja, Rosie, sobald ich alles erledigt habe."

Als Aiden schließlich mit allem durch war, setzte er sich mit Rosie und ihrem Hund, Harry, auf den Rasen im Innenhof. Während Art und Luke die Rasenkanten trimmten, kämmte ihm Rosie den Bart und dekorierte ihn mit Haarklämmerchen und Schleifchen. Aiden schloss erschöpft die Augen, genoss das Herumgefummel an seinem Bart und bemühte sich, wach zu bleiben. Denn Sean war einmal mitten in einer dieser Verschönerungsbehandlungen eingeschlafen, und Rosie hatte ihm mit ihren Filzstiften ein Make-up verpasst.

„Ich weiß, was ich dir zu Weihnachten schenke", sagte Aiden. „Eine Puppe, die du frisieren kannst. Willst du eigentlich Friseurin werden, wenn du mal groß bist?"

„Was ist eine Friseurin?"

„Jemand, der anderen die Haare macht."

„Nein. Pilot. Das ist doll wichtig. Was willst du werden?"

Aiden öffnete ein Auge und blickte sie an. „Farmer", sagte er. „Das ist auch doll wichtig."

„Das ist doll gut", antwortete sie.

Mel Sheridan stieg die Verandastufen zu Jack's Bar hinauf. Es war zwei Uhr mittags und ein Werktag. Ihr fielen sofort die vielen anderen Male ein, die sie diesen Weg schon genommen hatte. In der Bar war es zwischen Mittagessen und Feierabendbetrieb üblicherweise sehr ruhig und manchmal sogar leer. Falls ihr Mann nicht unterwegs war, um irgendwo Besorgungen zu machen, war er sicher in der Bar. Normalerweise stand er immer hinter der Theke, machte Bestandsaufnahme und bereitete sich auf den Abendansturm vor. Preacher war sicher in der Küche beim Kochen und seine Frau Paige und die Kinder im angrenzenden Heim der Familie. Während ihre Kinder schliefen, surfte Paige häufig im Internet auf der Suche nach Rezepten, kümmerte sich um die Bezahlung von Rechnungen, Buchhaltung und Assistenzaufgaben, die in einem Barbetrieb so anfielen.

Als Mel vor vier Jahren in die Stadt gezogen war, war sie ihrem Mann zum ersten Mal in dieser Bar begegnet. Damals schien schon die Vorstellung, dass sie eines Tages Freunde sein würden, ziemlich an den Haaren herbeigezogen. Doch dann hatte es nicht lange gedauert, bis sich Mel in ihn verliebt hatte. Diese Bar war der Ort, wo sie in den letzten Jahren ihre privatesten Gespräche geführt hatten. Wenn sie etwas mit ihm zu besprechen hatte, bot diese Tageszeit üblicherweise die perfekte Gelegenheit dazu.

Mel betrat die Bar und erkannte auf einen Blick, dass sie alleine waren – Jack hinter dem Tresen, keine Gäste. „Hallo, Baby“, begrüßte er sie lächelnd.

Ah, obwohl sie in den letzten vier Jahren schon so oft hierhergekommen war, benahm er sich immer noch jedes Mal, als hätten sie sich seit Tagen nicht mehr gesehen. Er lächelte warmherzig und sexy. Seine braunen Augen glänzten. Vielleicht waren vier Jahren doch keine so lange Zeit, dachte sie. Sie war sich jedoch total sicher, dass er sie auch in den nächsten vierzig Jahren noch so anschauen würde. So war Jack eben – er nahm ihre Beziehung nicht auf die leichte Schulter. Er hatte ihr einmal ins Ohr geflüstert: „Ich gehöre zu dir.“ Vier kleine Worte, die sein lebenslanges Versprechen unterstrichen. Jack sagte nichts, was er nicht auch so meinte. Er war ein Mann, der es mit seinen Versprechen sehr genau nahm.

Mel setzte sich auf einen Hocker und lehnte sich über die Theke, um ihn zu küssen. „Hallo, Liebling. Heute ist ein Feiertag. Emma geht aufs Töpfchen. Und zwar für alles.“

Er grinste. „Und David?“, fragte er.

„Das größte Problem, das wir mit unserem Erstgeborenen haben, ist, dass er in den Garten pinkelt, wie sein mustergültiger Dad es ihm vorgemacht hat.“

Jack griff über den Tresen nach Mels Händen. „Ich erwarte nicht, dass du das als Mädchen verstehst, aber zu lernen, dass die Welt dein Klo ist, ist ein ganz wichtiges Ritual in der Entwicklung eines Mannes.“ Er zuckte mit den Schultern. „Mein Sohn hat die Botschaft verstanden.“

„Ich weiß. Er würde eher ins Gebüsch gehen, als eine Toilette zu benutzen. Doch es wäre schön, wenn die Sache ein wenig im Rahmen bleiben könnte – das Gebüsch nur, *wenn* keine Toilette in der Nähe ist und so weiter ..."

„Das wird er schon noch begreifen ..."

„Es gibt aber noch etwas anderes, über das ich mit dir reden wollte. Ich wollte nur dafür sorgen, dass unsere Kinder nicht mehr in die Windeln machen, bevor ich mit dem Thema anfange – dass sie erst zu einem Dreiviertel trocken sind, reicht aber auch schon, glaube ich."

„Was hast du vor?"

„Ich hätte gerne noch ein Baby. Bevor ich noch älter werde."

Der überraschte Blick, mit dem er sie ansah, war unbezahlbar und entlockte ihr ein Lächeln. Sie ließ ihm ein paar Sekunden Zeit, und dabei schien ihr, als überlegte er kurz, ob sie nun komplett den Verstand verloren hatte. Schließlich antwortete er ihr bedächtig: „Du möchtest also gerne ein Kind adoptieren?"

„Eigentlich nicht. Ich dachte eher an ein eigenes."

„Mel", erwiderte Jack zärtlich und drückte ihr sanft die Finger. „Mel, könnte es sein, dass uns dazu die eine oder andere Voraussetzung fehlt ..."

Sie lachte. „Ich bin mir bewusst, dass ich keine Gebärmutter mehr habe, Jack. Allerdings produziere ich immer noch Eizellen, und du besitzt immer noch Sperma. Wir könnten uns um einen Ersatzbauch kümmern."

„Wie bitte?", fragte er stirnrunzelnd.

„Du weißt genau, was ich damit meine. Ich weiß, dass du es weißt."

„Stimmt", entgegnete er. „Aber ..."

„In vitro – unser Baby in einem anderen Bauch." Dann strahlte sie. „Du machst so herrliche Babys. Und ich finde, wir sollten es noch einmal wagen, ehe uns die Zeit davonläuft. Wir hatten doch schon kurz vor Emmas Geburt diesen Gedanken gehabt. Nun ist sie zwei."

„Nein, hatten wir nicht. Ich bin vierundvierzig und du sechsunddreißig."

„Wir sind noch nicht Grandma Moses und der alte Mann auf dem Meer, Jack", erwiderte sie.

„Seit wann spukt dir diese Idee im Kopf herum? Die Idee mit der Leihmutter?"

„Ich denke schon länger ernsthaft darüber nach. Wir sind nicht mehr die jüngsten Eltern, allerdings gibt es eine Menge Paare, die erst mit Ende dreißig, Anfang vierzig anfangen, eine Familie zu gründen. Wir sind gesund ... Es gibt keinen Grund zur Annahme, dass wir unsere Babys nicht mehr aufwachsen sehen würden. Es sei denn, einer von uns stürzt vom Berg, doch das hätte dann nichts mit dem Alter zu tun. Wenn du überlegst, dass es genauso gut hätte sein können, dass es mit unserer Familienplanung etwas länger dauert, bei meiner Vorgeschichte mit der Unfruchtbarkeit."

Jack schwieg eine Weile. „Mel, deine Unfruchtbarkeit ist dir nicht bis nach Virgin River gefolgt. Und wir haben zwei Kinder. Zwei kluge, gesunde und wunderbare Kinder."

„Wirst du wenigstens einmal darüber nachdenken? Denn es wäre eine wirklich logische Lösung für uns. Wir haben alle Voraussetzungen, außer einer Gebärmutter ..."

Er schüttelte den Kopf. „Liebling, wir brauchen keine Lösung! Wir haben überhaupt kein Problem!"

„Doch. Wenn wir ein weiteres Baby haben wollen, Jack, dann haben wir ein kleines Problem. Es geht nur um eine Leihmutter – und nicht um eine Hirn-OP. Es gibt eine Menge Frauen, die, aus welchen Gründen auch immer, bereit wären, ein Baby für Paare auszutragen, die keine Kinder bekommen können. Das sind ganz oft verheiratete Frauen, die selbst schon Kinder haben und nicht wirklich noch ein weiteres haben wollen, die jedoch gerne schwanger sind. Natürlich werden sie bezahlt und bekommen die medizinische Betreuung erstattet, aber sie tun es dennoch nicht nur, um Geld zu verdienen. Es handelt sich üblicherweise um eine Dienstleistung, die sie bereitwillig Paaren zur Verfügung stellen, die sonst keine eigenen Kinder austragen und bekommen könnten."

„Das glaubst du wirklich?", hakte er nach. „Dass es dabei nicht ums Geld geht?"

Mel zuckte die Achseln. „Ich vermute, dass das Geld manchmal die Hauptmotivation ist, allerdings kann man sich auch mit mehreren Leihmüttern treffen, und ich würde nicht unbedingt diejenige aussuchen, die in den größten finanziellen Schwierigkeiten steckt. Deren Beweggrund wäre vermutlich nicht unbedingt, wonach wir suchen."

„Hör zu, ich habe schon eine Menge Geschichten über Frauen gelesen, die das Baby dann am Ende doch nicht hergeben wollten …"

„Das passiert meistens, wenn die Leihmutter ihre Eizellen beigesteuert hat", versuchte Mel, seinen Einwand zu entkräften. „Manchmal ändern sich die Gefühle während der Schwangerschaft. Dann denkt so eine Leihmutter, dass es sich um *ihr* eigenes Kind handelt, und will es nicht hergeben. In unserem Fall wäre es aber anders. In *unserem* Fall bräuchten wir nur einen Bauch. Eine lebendige, atmende Petrischale. Probleme oder Komplikationen gibt es bei vorher ausgesuchten Leihmüttern eigentlich kaum." Und dann lächelte sie breit, als ob die Sache damit erledigt wäre.

Jack nahm ein Geschirrtuch und ein Glas zur Hand und begann, nicht existente Wassertropfen vom Rand des Glases zu polieren. Mel hatte schon vor Langem gelernt, dass Jack mit dieser Geste reagierte, wenn er nicht sicher war, was er sagen oder wie er sich verhalten sollte. Manchmal tat er das, um geschäftig zu wirken, wenn sich die Gedanken in seinem Kopf überschlugen, oder um sich davon abzuhalten, den anderen abzuwürgen. „Wie genau funktioniert dieses Leihmüttersystem?", erkundigte er sich.

„Nun, man stellt erst einmal fest, ob man als Kandidat infrage kommt – und das kommen wir, kann ich dir sagen. Dann siehst du dir ausgesuchte Leihmütter an und unterhältst dich mit ihnen. Anschließend entnimmt man mir ein paar Eizellen und dir Sperma, bringt es zu einem qualifizierten Labor, wo kleine Embryos daraus gezüchtet und eingefroren werden, um schließlich der Leihmutter ein paar davon einzusetzen und …"

„Und dann bekommt man gleich sechs bis acht Babys?", fragte er und betrachtete sie skeptisch.

„Nein, Jack. Nur eins. Nur selten auch vielleicht mal zwei, doch wenn man sich eine Leihmutter auswählt, die leicht zu befruchten ist, wird der Arzt ihr nur ein, höchstens zwei Embryos implantieren. Falls es nicht gleich bei den ersten Versuchen klappt, hat der Doktor die Möglichkeit, es noch ein weiteres Mal zu versuchen. Braucht man all diese Embryos für einen dritten und vierten Versuch? Ein Wunder. Nein, Jack. Es wird nur ein Baby geben, und die Chance, gleich zwei zu bekommen, ist genauso hoch, als wenn ich noch eine eigene Gebärmutter hätte und wir uns entschieden hätten, noch einmal schwanger werden zu wollen."

Die Hand, die das Geschirrtuch hielt, war in Bewegung. Jack polierte das Glas schweigend weiter von außen und innen. Sein Gesichtsausdruck wirkte steinern und zeigte keinerlei Regung.

„Jack? Das ist doch keine so verrückte Idee, oder?"

Er atmete hörbar aus. „Manchmal fällt es mir schwer zu glauben, dass du dich beruflich mit solchen Dingen beschäftigst – und dass du dich damit auskennst. Ich versuche es trotzdem."

„Und?"

„Es wäre hilfreich, wenn du *versuchen* würdest, dich daran zu erinnern, dass sie *nicht* in meinen Wissensbereich fallen."

„Und das bedeutet?"

Er stellte das Glas ab und legte das Geschirrtuch daneben. Dann stützte er sich mit den Ellbogen auf der Bar ab und griff erneut nach ihren Händen. Seine Augen blickten sanft, und seine Stimme klang zärtlich. „Mel, wenn wir noch kein Kind hätten und du es dir sehnlichst wünschen würdest, würde ich fast alles tun, um dir diesen Wunsch zu erfüllen. Wenn du mich bitten würdest, darüber nachzudenken, einem Kind, dass andernfalls keine Eltern mehr hätte, ein Heim zu bieten, würde ich mir das ebenfalls ernsthaft überlegen. Du weißt – ein Platz im Herzen ist ein Platz im Haus. Doch das, worum du mich bittest …“ Er schüttelte beinahe traurig den Kopf. „Ich weiß nicht, ob ich in der Lage wäre, dabei zuzusehen, wie unser Baby im Bauch einer anderen Frau heranwächst.“

„Du musst nicht dabei zusehen“, schlug sie vor.

„Dich zu schwängern, gehört zu den großartigsten Dingen, die ich je in meinem Leben getan habe“, sagte er. „Zu wissen, dass du schwanger warst, deine Stimmungswechsel zu ertragen, mitzuerleben, wie dein Bauch immer größer wurde, die ersten Strampelbewegungen zu spüren und dann die Geburt … Das war mir heilig. Ein Wunder. Mel, unsere beiden Kinder und alles, was damit zusammenhängt, können mit nichts aufgewogen werden. Aber dass meine Schwimmer, die sich mit deinen Eizellen in einer Petrischale in einem Labor verbinden, in einer fremden Frau … Ich weiß nicht …“

„Doch es ist der letzte Ausweg!“

„Nein, Liebling. Der letzte Ausweg wäre, dankbar zu sein für alles, was wir haben. Wenn die Dinge anders gelaufen wären und ein drittes Baby auf dem Weg wäre, könnte ich damit leben. Ich könnte mich sogar darüber freuen. Aber wir müssen kein weiteres Baby haben.“ Er verzog den Mund. „Jedenfalls nicht auf diese Weise.“

Mel biss sich kurz auf die Lippe. „Es hört sich für dich nur alles so ungewohnt und merkwürdig an.“

„Das hast du richtig erkannt“, bestätigte er.

„So etwas passiert täglich.“

„Aber mir nicht“, erwiderte er.

„Bevor du dir eine endgültige Meinung bildest, würdest du noch mal mit John Stone darüber sprechen? Die Klinik, in der er gearbeitet hat, bevor er nach Grace Valley kam, zählt zu den besten Kinderwunschzentren. Ich glaube, Susan sagte, dass sie und John auch einen kleinen Schubs brauchten, um ihr erstes Kind zu bekommen. Würdest du das bitte machen? Mit John sprechen? Stell ihm ein paar Fragen von Mann zu Mann."

Jack schnitt eine Grimasse. „Dir zuliebe", stimmte er zu. „Dir zuliebe rede ich mit John darüber. Ich stelle ihm Fragen. Aber willst du wissen, wie ich mich gerade fühle, Mel? Ich will das alles nicht."

„Sprich zuerst mit John", bat sie ihn. „Bitte!"

Jack beugte sich über den Tresen, um Mel zu küssen. „Na gut."

„Danke, Jack. Es würde mir sehr viel bedeuten, wenn du versuchen könntest, offen an die Sache heranzugehen."

„Ich versuche es, Liebling. Ich versuche es wirklich."

Erin langweilte sich fürchterlich. Als Ian und Marcie sie nach der Nacht, während der sie bei ihr in der Blockhütte gewesen waren, verließen, hockte Erin einfach ein paar Tage in der Hütte. Es waren die längsten Tage ihres Lebens. Dennoch und weil sie sich vorgenommen hatte, eine neue Richtung in ihrem Leben einzuschlagen, holte sie Bücher hervor, die sie mitgebracht hatte – Selbsthilferatgeber über Entspannung, Gelassenheit, Meditation, die Psychologie der inneren Freude, die Kraft des positiven Denkens, die Energie guter Vorsätze, Kontrolle über das eigene Gefühlsleben erlangen, und ihr persönliches Lieblingsbuch – *Zerbrich dir wegen Kleinigkeiten nicht den Kopf*.

Erin hatte viele Selbsthilfebücher gelesen, allerdings hatte ihr Augenmerk bisher auf Dingen wie Konzentration und Effizienz, Organisation und Leistungsfähigkeit gelegen. Erin *liebte* solche Bücher; sie bekräftigten sie in ihrer Arbeitsweise. In diesen spirituellen Büchern – fand sie nicht einmal ansatzweise etwas zum Unterstreichen. Und Erin *unterstrich* sehr gerne. Dann fühlte sie sich geschäftstüchtig.

Nachdem sie endlich ihren Satellitenanschluss bekommen hatte, probierte sie es mit Fernsehen. Doch unter den dreihundert Fernsehkanälen gab es nicht einen, der Erin gefallen hätte. Wenn sie sich eine romantische Komödie anschaute, stellte sie fest, dass ihr, ohne Marcies Kichern und Seufzen und Ians Klage über diese Tortur, nicht einmal mehr ihre Lieblingsfilme richtig Spaß machten.

Deshalb schickte Erin eine Mail an ihre Kanzlei. Darin erklärte sie ihren Klienten und allen, die auch nur annähernd etwas mit ihren Fällen zu tun hatten, dass sie nun wieder über einen PC-Anschluss verfügte und sich bereits so weit erholt und ausgeruht fühlte, dass sie, falls nötig, beratend unterstützen könnte. Sie erhielt auch sofort eine Antwort: Es geht uns prima – erhole dich gut. Hier gibt es keine Probleme, Erin. Genieße deinen Urlaub!

Erin beschloss, dass es wohl das Beste sei, die Blockhütte ab und zu auch einmal zu verlassen. Deshalb sprang sie gleich am nächsten Morgen in ihren Wagen und fuhr nach Eureka, um durch die Buchläden zu streifen. Erin las gerne, doch sie las schon ein paar Stunden am Abend und hatte kein Interesse daran, ganze Tage mit einem Buch zu verschwenden. Nicht einmal, wenn es sich um ein literarisches Meisterwerk handelte. Ihr ging es viel besser, wenn sie etwas zu tun hatte. Das beherrschte sie gut. Deshalb kaufte sie sich bei ihrem Streifzug durch die Buchhandlungen Bücher über Gartenpflege bis zur Quiltherstellung. Vor der Anschaffung entsprechender Werkzeuge beschloss sie jedoch erst einmal, die Bücher durchzuarbeiten, um herauszufinden, was sie am meisten ansprach. Gott alleine wusste, dass sie sich noch nie in ihrem Leben wirklich für etwas Handwerkliches interessiert hatte.

Später, als sie wieder daheim war, goss sie sich ein Glas Wein

ein und blätterte in den neuen Büchern. Aber alles hatte dieselbe Wirkung auf sie – es war wie Farbe beim Trocknen zuzusehen. Schließlich erwischte sie das Gourmet-Kochbuch, das auch irgendwie in diese Sammlung geraten war, und ihre Kehle schnürte sich zu. Erins Augen fingen an zu brennen, und ihr Blick vernebelte sich. Gourmetküche? Für eine Person?

Am nächsten Morgen stand sie wieder recht früh auf – diesmal, um zu Costco und Target, den beiden riesigen Supermärkten, zu fahren. Erin kaufte sich eine Hängematte, die sie zwischen zwei Bäumen befestigen wollte, und einige große, exotische Pflanzen mit entsprechenden Übertöpfen für die Veranda. Bei ihrer Rückkehr fiel ihr auf, dass sie vergessen hatte, die entsprechenden Sachen zu besorgen, mit deren Hilfe sie die Hängematte anbringen und die Pflanzen eintopfen könnte. Sie verschob die ganze Angelegenheit auf später, wenn sie wieder Lust hätte, sich darum zu kümmern. Falls sie je wieder Lust darauf haben würde.

Tags darauf setzte sie sich gleich wieder in den Wagen und fuhr einfach los. Zeit für ein bisschen Sightseeing. Zeit, die netten kleinen Antiquitätenläden aufzusuchen, von denen sie behauptet hatte, es nicht abwarten zu können, sie endlich zu durchstöbern – obwohl diese Läden sie eigentlich nicht wirklich interessierten. Unterwegs dachte sie nach – hauptsächlich über Marcie und Drew. Sie war so stolz auf die beiden und fühlte sich geehrt, dass sie diejenige gewesen war, die ihnen in ihrem jungen Leben auf die Sprünge geholfen hatte.

Endlich, endlich, endlich war die Zeit, auf die sie so lange hingearbeitet hatte, gekommen – die beiden waren jetzt wirklich erwachsen und konnten ein vollständig eigenständiges und glückliches Leben führen.

Plötzlich fiel Erin auf, dass sie seit Stunden unterwegs in Richtung Süden war und fast schon an der Abzweigung nach Clear Lake angekommen war. Sie bog von der Straße ab. Natürlich hätte sie auch direkt nach Hause, nach Chico, fahren und diese ganze Sommer-auf-dem-Berg-Nummer vergessen können. Marcie und Ian hätten sich bestimmt nicht über sie lustig gemacht, und Drew war in Los Angeles. Die Leute im Büro? Sie hätten Erin als Workaholic bezeichnet und über sie geredet. Doch da Erin zu den Partnern der Kanzlei gehörte – hätten sie hinter ihrem Rücken getuschelt.

Auf einmal erinnerte sie sich an einen Vorfall in der Damentoilette im Gericht, wo sie zufällig eine Unterhaltung über sich belauscht hatte. „Sie trifft sich zwar mit Männern, doch normalerweise nur ein Mal, und es wird nie mehr daraus", hatte eine Frau gesagt. Und die andere hatte ihr geantwortet: „Sie ist so angespannt. Die Frau lebt überhaupt nicht!"

Seit sie alt genug war, um sich mit Männern zu verabreden, hatte sie nur vier Männer häufiger als zwei Mal getroffen, und alle vier hatten sich später bitter über sie beklagt – sie sei nicht nur angespannt und selbstsüchtig, sondern hätte eine undurchdringbare Mauer um sich herum errichtet. Außerdem sei sie zu selbstsicher, ernst, unflexibel und, oh ja, herrisch. Sie arbeite zu hart und zu viel; sei unfähig, sich zu entspannen. Darüber hinaus hatte man ihr unzählige Male geraten, dass sie einfach mal *locker lassen sollte …*

Drei dieser Männer hatten sie später als Steueranwältin engagiert, und einer hatte sich wegen der Verwaltung seines Vermögens an sie gewandt.

Erin wendete den SUV und kehrte nach Virgin River zurück.

Nach dem Garagenflohmarkt brachte Aiden alles, was übrig geblieben war, als Spende zur Kleiderkammer. Sobald sie mit den Reinigungs-, Haus- und Gartenarbeiten fertig waren, halfen Aiden und Luke beim Umzug von Franci und Rosie in eine von Lukes Ferienhütten.

In ein paar Tagen würden Franci und Rosie nach San Francisco fahren, um Sean abzuholen, und mit ihm gemeinsam nach Virgin River zurückkehren. Er hatte noch ein paar Resturlaubstage, aber ab Mitte Juli würden sie sich auf den Weg nach Montgomery machen müssen. Sie mussten ein Haus finden, bevor Sean im August am „Air Command und Staff College“ ein einjähriges Ausbildungsprogramm beginnen würde. Die Generalssterne waren zum Greifen nahe.

Die Vorstellung von Sean als General reizte Aiden unwillkürlich zum Lachen. Er konnte sich Luke beinahe besser als General vorstellen als Sean. Sean war immer so ein Blödmann gewesen. Aber er hatte die Akademie mit Auszeichnung abgeschlossen und war ein Teufelskerl – mit anderen Worten ein Pilot, der sowohl instinktsicher als auch praktisch begabt war.

Nachdem Aiden nun seine familiären Pflichten erfüllt hatte, hatte er nun wieder etwas Zeit für sich. Er zog seine Wandersachen an, stieg in seinen Wagen und fuhr diesmal auf direktem Weg zu Erins Blockhütte hinauf. Aiden hoffte, dass der Garten in seiner Abwesenheit nicht vertrocknet war. Wie üblich stand kein Auto vor der Tür. Und sein Garten schien zu wachsen und gedeihen.

Schau mal an, langfristig tat sich doch etwas. Auf der Veranda standen drei große Pflanzen. Neben ihnen drei hübsch aussehende Keramikübertöpfe. Aber das war auch schon alles. Nirgendwo ein Sack Erde in Sicht. Also war in der Zwischenzeit doch jemand da gewesen. Aiden schaute durch die Glastüren ins Haus – kein Lebenszeichen.

Auf der Sonnenterrasse entdeckte er außerdem eine geöffnete Kiste mit einem Makramee und irgendetwas aus Holz. Er betrachtete die Sache etwas genauer. Sie entpuppte sich als Hängematte. Die Aufbauanleitung lag verlassen daneben. Es gab kein Werkzeug, womit man sie hätte anbringen können, aber er brauchte nur einen Schraubendreher und einen kleinen Schraubenschlüssel, um die Beschläge zu sichern. Aiden ging wieder und kam am nächsten Tag mit Blumenerde und ein paar Werkzeugen für das Befestigen der Hängematte wieder. Und weshalb tat er das? Weil Erin total hilflos war und er Zeit hatte.

Deshalb. Dann lächelte er ein wenig und erinnerte sich an den tollen Anblick ihres fantastischen Pos.

Nach ihrer langen Fahrt und der fluchtartigen Rückkehr nach Virgin River hielt Erin in der Stadt an. Sie beschloss, sich einfach etwas zum Aufwärmen für das Abendessen mitzunehmen, und betrat Jack's Bar. Außer ihr war nur eine Person in der Bar. Erin erkannte die Hebamme, die vor mehreren aufgeschlagenen Ordnern an einem Tisch saß und sich Notizen machte. Erin hatte Mel bei ihrem Besuch vor zweieinhalb Jahren kennengelernt.

Mel hob den Kopf. „Na so etwas! Hallo! Ich wusste, dass wir uns irgendwann einmal wieder über den Weg laufen würden!“ Sie stand auf, immer noch den Stift in der Hand haltend, und kam Erin entgegen, um sie freundschaftlich zu umarmen. „Wie geht's?“

„Wunderbar“, sagte Erin lächelnd. „Richtig großartig.“

„Was darf ich dir bringen?“, fragte Mel. „Komm, setz dich zu mir und erzähl, was bei der Familie gerade los ist.“

„Ich wollte eigentlich nur schnell etwas zum Aufwärmen für später holen, aber du …“ Erin warf einen Blick auf den Tisch, den Mel belagert hatte. „Du bist doch am Arbeiten.“

„Patientenakten aktualisieren. Ich habe Jack versprochen, dass ich, wenn er David zum Einkaufen mitnimmt, meine Arbeit hier erledigen würde, damit ich Preacher in der Küche Bescheid geben kann, falls jemand in die Bar kommt. Das Baby schläft in der Klinik – Dr. Michaels passt auf sie auf. Hast du Zeit für einen Drink?“

„Zeit habe ich im Überfluss“, erwiderte Erin und lachte. „Den ganzen Sommer.“

„Wow. Das muss ja ein tolles Gefühl sein.“

„Oh, wunderbar“, entgegnete Erin, blickte auf Mels Glas und fragte: „Cola light?“

„Ich bring dir eine“, sagte Mel und verschwand hinter dem

Tresen. „Jack hat mir erzählt, dass Marcie und Ian ein Kind erwarten ... und was hat er noch erzählt? Irgendwas über deinen jüngeren Bruder ...“

„Er wurde zur orthopädischen Facharztausbildung im UCLA Medical Center angenommen.“

„Wow. Ich hatte dort ein Stipendium“, erklärte Mel und brachte Erin das Getränk. „Dann werden ihn in der nächsten Zeit jede Menge Knochenbrüche und Autounfälle auf Trab halten. Ich habe übrigens die Blockhütte gesehen. Ich hoffe, es macht dir nichts aus.“

„Das macht mir doch nichts aus. Im Gegenteil. Ich freue mich, dass du dort warst. Wie findest du sie?“

Mel lehnte sich zurück. „Nun, meine Liebe, ich habe die Hütte vorher und nachher gesehen. Keine Ahnung, wie du und Paul es geschafft habt, so etwas Wunderschönes mit nur ein paar per E-Mail gesendeten Fotos zu schaffen.“

„Die Fotos zu finden war einfach“, erklärte Erin. „Die Blockhütte ist immer noch klein – nur zwei Zimmer. Natürlich hatte ich Paul ein paar Designvorschläge geschickt, die Paul aus konstruktionstechnischen Gründen ablehnte. Wir mussten die Küche und das Bad komplett neu entwerfen, um die neuen Leitungen entsprechend unterbringen zu können. Danach mussten nur noch die Möbel gekauft werden, was ich wegen der langen Lieferzeiten schon lange vorher erledigt hatte. Paul ist wirklich sehr talentiert, findest du nicht?“

„Paul hat unser Haus gebaut“, antwortete Mel. „Das war ein Freundschaftsdienst, doch jetzt, wo er einen Teil von Haggerty Construction nach hier verlegt hat, ist er die erste Wahl. Was mich allerdings wirklich interessieren würde, Erin, weshalb hast du das überhaupt gemacht? Ich kenne nicht viele Menschen, die sich einfach einen Sommer lang freinehmen können, und du hast das alles so sorgfältig geplant.“

„Ganz so war es auch nicht. Ian und Marcie kamen ab und zu hierher, um ein Wochenende in der Hütte zu verbringen. Und

Drew nutzte die Blockhütte ein paarmal, weil er sich zurückziehen wollte. Sowohl Drew als auch Ian haben die Hütte während des Studiums als Refugium genutzt. Ich war die Einzige in der Familie, die sich nicht besonders für das Haus interessiert hat. Jedenfalls nicht, bevor es noch keine Toilette drinnen gab."

Mel lachte. „Verständlich. Die Idee, draußen in die Büsche zu machen, hat mich auch noch nie begeistert. Obwohl das übrigens da oben in den Bergen immer noch gang und gäbe ist."

„Ich dachte, dass ich die Blockhütte gerne mal selbst nutzen würde, falls ich ein bisschen Ruhe brauche. Und als Ian gesagt hat, dass ich machen kann, was ich will, habe ich mich hinreißen lassen. Er hat zugegeben, dass er eigentlich die Installation eines Abwassertanks im Sinn hatte, während ich einen komplett neuen Anbau mit einem großen Bad und einer voll ausgestatteten Küche errichten ließ. Ganz zu schweigen von der gemauerten Feuerstelle und der überdachten Sonnenterrasse."

„Die Veranda finde ich am besten. Es muss zauberhaft sein, von dort aus den Sonnenuntergang zu beobachten. Du und Paul, ihr seid ein gutes Team."

„Es ist wunderschön geworden", stimmte Erin zu.

„Was hat dich auf die Idee gebracht, einen ganzen Sommer dort zu verbringen?", fragte Mel.

Erin zuckte die Achseln und starrte in ihre Cola. „Ach, weiß nicht. Man hat mich beschuldigt, immer viel zu viel zu arbeiten, und mir vorgeworfen, ich wüsste nicht, wie man sich entspannt."

Zu ihrer Überraschung lachte Mel leise. „Da kann ich auch ein Lied von singen."

„Kannst du?" Erin machte große Augen.

Mel nickte. „Bevor ich Hebamme wurde, hatte ich mal ein paar Jahre lang als Krankenschwester in der Notfallaufnahme gearbeitet und anschließend als Hebamme in einem riesigen Traumazentrum – wir kriegten die kompliziertesten Fälle. Viele unserer Patientinnen hatten ihre Schwangerschaft nicht ärztlich begleiten lassen und ernsthafte Probleme. Meine erste Entbindung war eine Frau, die wegen schwerer Straftaten im Gefängnis saß. Man hatte sie mit Handschellen ans Bett gefesselt, und die Polizei stand während der Entbindung daneben und passte auf. Meine ältere Schwester Joey bezeichnete mich als Adrenalin-Junkie."

„Und dann bist du hierhergezogen", stellte Erin fest. Mel hatte Erin die Geschichte bei Erins letztem Besuch eigentlich schon einmal erzählt. Damals war Erin hier gewesen, weil sie Marcie gesucht hatte und sie nach Hause bringen wollte. Mel hatte Erin berichtet, dass ihr erster Mann bei einem Verbrechen getötet worden war und dass sie danach aus L. A. geflohen war, um ihr Leben total umzukrempeln.

„Das ging aber nach hinten los", meinte Mel grinsend. „Ich war auf der Suche nach Ruhe und Frieden und wurde stattdessen von einem Marihuana-Anbauer gekidnappt, da ich einer Frau in einer lebensgefährlichen Situation bei der Entbindung helfen sollte. Dieser Mann hätte mich fast umgebracht, als er auf der Suche nach härteren Drogen als Gras in die Klinik einbrach. Und mein eigenes Baby kam draußen in der Hütte, in der ich mit Jack wohnte, bei Kerzenlicht zur Welt, weil der Strom wegen eines schlimmen Sturms ausgefallen und die Telefonleitungen ebenfalls tot waren. Ein Baum blockierte die Straße. Wir konnten nicht ins Krankenhaus."

„Wirklich wahr?", fragte Erin erstaunt. „Das hast du mir beim letzten Mal gar nicht erzählt."

„Damals warst du hier, um Marcie, die gar nicht gerettet werden wollte, zu retten", entgegnete Mel. „Da spielte meine Geschichte keine Rolle. Wie dem auch sei, so viel zum Thema: Ich gebe das Adrenalin auf. Obwohl ich zugeben muss, dass die meisten Tage eher friedlich verlaufen. Nur wenn es einmal nicht so ist, dann ist auch hier ziemlich was los."

„Ehrlich gesagt, könnte ich ein bisschen Aufregung gebrauchen", murmelte Erin. „Ich schwöre, dass ich, falls mir noch einmal jemand eine Mail mit dem Inhalt ‚ich solle die freie Zeit genießen und an meinen Rosen riechen' schickt ..."

Mel lachte laut und herzhaft auf. „Erin, lass dir bloß nicht einreden, wie du dich fühlen sollst. Wenn deine Arbeit das ist, was dir am meisten Spaß macht – dann arbeite!"

„Du hältst mir keinen Vortrag zum Thema die richtige Balance zwischen Arbeit und Leben?", hakte sie nach, wobei ein Lächeln ihren Mund umspielte.

„Hast du die nicht schon? Familie, Freunde, ein verstecktes Blockhaus in den Bergen, ein aufregender Job ...?"

„Steuer- und Immobilienrecht?", stieß Erin überrascht hervor. „Ich glaube, dass sich die meisten Menschen gerade an der Tatsache, dass ich so etwas aufregend finde, stören!"

„So meinte ich das auch nicht." Mel lachte in sich hinein. „Aber wenn das für dich nun einmal so ist ..."

Erin beugte sich über den Tisch zu Mel. „Ich habe wirklich sehr viel gearbeitet", erklärte sie in einem feierlichen Tonfall. „Ich habe immer alles erledigt, was ich mir vorgenommen hatte. Ich habe einen großen Klientenstamm. Du kannst mir glauben, dass meine Geschäftspartner mich nie ermahnt haben, dass ich zu viel arbeite. Die Kanzlei übernimmt auch Pro-Bono-Fälle. Das können wir uns nur erlauben, weil meine reichen Klienten Probleme mit der Steuer haben. Meine beträchtliche Anzahl an Mandanten ist für sie wertvoll, darum habe ich ihnen einfach mit Kündigung gedroht, falls sie mir diese Pause nicht erlauben würden. In den letzten zehn Jahren hatte ich nie Urlaub, höchstens ein verlängertes Wochenende. Drew macht nun seine Facharztausbildung und wird bald ein wunderbares Mädchen heiraten. Marcie und Ian sind sehr glücklich und erwarten Ende des Sommers ihr erstes Baby. Der Druck ist weg! Jetzt kann ich mich entspannen und mein Leben mehr genießen, und ich kann mir vor allem endlich einmal überlegen, was ich überhaupt will."

„Oje."

Erin lehnte sich zurück. „Es stimmt. Wage bloß nicht, es jemandem weiterzuerzählen – doch ich bin noch nicht mal zwei Wochen hier und langweile mich jetzt schon dermaßen, dass ich es kaum aushalte, morgens aufzuwachen und einem weiteren langen, schrecklich öden Tag entgegenzublicken! Die ganzen Jahre habe ich so viele Stunden gearbeitet ..."

„Jurastudium und danach einen ziemlich stressigen Job in einer Kanzlei ...", sagte Mel. „Das ist ein steiniger Weg, da bin ich mir sicher ..."

„Ich habe schon vor dem Jurastudium damit angefangen. Schon als Kind hatte ich immer etwas zu tun, musste zu Hause mithelfen."

„Marcie hat erwähnt, dass ihr eure Eltern schon früh verloren habt."

„Unsere Mutter starb, da war ich gerade elf und Marcie erst vier Jahre. Drew trug noch Windeln."

Mel dachte einen Moment lang darüber nach. „Dann hast du vermutlich oft babysitten müssen."

Erin lachte. „*Oft*? Ausschließlich! Ich bin nach der Schule nach Hause gehetzt, weil ich die Babysitterin ablösen, Essen kochen, waschen, die Kinder baden und ins Bett bringen musste. Die Babysitterin hinterließ normalerweise eine riesige Unordnung, und ich wollte nicht, dass mein Vater, wenn er nach Hause kommt, alles so durcheinander vorfindet, denn er war ohnehin schon ziemlich abgespannt. Unser Vater hat alles Mögliche versucht, doch er hatte gerade seine Frau verloren, und er brauchte ein gutes Jahr, um einigermaßen darüber hinwegzukommen."

„Also hast du nicht erst in den letzten zehn Jahren keinen Urlaub gehabt?", fragte Mel sanft.

„Unser Vater starb ganz plötzlich während meines ersten Semesters an der Uni. Ich wohnte natürlich noch zu Hause. Drew und Marcie waren erst dreizehn und fünfzehn. Wenigstens war es kein Problem, das Sorgerecht für sie zu bekommen."

„Wie alt warst du da? Zweiundzwanzig?"
„Ich war erwachsen", erklärte Erin entschieden.
„Da bin ich mir sicher", erwiderte Mel. „Und jetzt, wo du deine Lebensaufgaben in einem Drittel der Zeit geschafft hast, fühlst du dich ein wenig aufs Abstellgleis geschoben? So, als ob dir dein Lebensziel abhandengekommen wäre?"
„Lieber Gott", stöhnte Erin. „Ich kann es nicht in Worte fassen ... Es scheint, als ob ich den Sommer brauche, damit ich herausfinde, wie man mit dem Alleinsein klarkommt und es schafft, alleine glücklich und zufrieden zu sein. Denn ich bin ja nun *alleine*."
„Und wie alt bist du jetzt? Fünfunddreißig?"
„Sechsunddreißig."
„Erin, meine Liebe – du bist sechsunddreißig und bist schon seit fünfundzwanzig Jahren Mutter. Du machst gerade das *Leeres-Nest-Syndrom* durch."
„Was?"
„Wir opfern als Eltern so vieles ... Wir geben so viel. Natürlich freiwillig. Weil die meisten von uns es so wollen – ein Kind haben, für das man verantwortlich ist. Manchmal kommt es aus heiterem Himmel, wenn sie dann verkünden: ‚Okay, jetzt bin ich erwachsen. Lass mich in Ruhe. Ich treffe nun meine eigenen Entscheidungen.‘
„Aber ... aber ich spreche jeden Tag mit Marcie und mit Drew mindestens mehrfach pro Woche. Wir stehen uns immer noch sehr nah."
„Ja, natürlich! Sie lieben dich! Doch langfristig gesehen, werden sie ihr eigenes Leben leben. Sie brauchen dich nicht mehr. Du hast jetzt Zeit, ein neues Leben zu beginnen ... Denn dein altes Leben ist jetzt vorbei ..."
„Aber ich habe zwei Freundinnen, die mit einem Koffer voller Bücher oder Stricksachen zu einem einsamen Wochenende aufbrechen und es total genießen. Oder sie machen Touren durch Irland oder wandern am Grand Canyon und ..."

„Erin, erstens – sie haben nicht schon mit elf angefangen. Du hast fünfundzwanzig Jahre lang so schnell gelebt, wie du nur konntest, und immer versucht, einen Schritt voraus zu sein." Mel fasste nach Erins Hand. „Du warst selbst noch ein Kind, als du die Mutterrolle für deine Geschwister übernommen hast. Und außerdem gibt es da einen Unterschied zwischen freiwilligem Rückzug und dem Gefühl, ausgeschlossen zu werden. Abgesehen davon wette ich, dass du nie in der luxuriösen Lage warst, dir ein paar wirklich erfüllende Hobbys suchen zu können!"

Ich konnte nicht ausprobieren, ob mir Cheerleader gelegen hätte und ob ich gleichzeitig Kaugummi kauen und hin und her hüpfen konnte. Denn das Training fand nach der Schule statt, und die Zeit nach dem Unterricht war für meine Geschwister reserviert. Ich hätte im Studentenbeirat sitzen können, doch ich konnte nicht ins Studenten-Camp mitfahren. Na ja, Dad hatte zwar gesagt, ich könnte hin, aber ein Blick in sein Gesicht hatte gereicht, um zu erkennen, welch eine große Bürde es für ihn gewesen wäre, sich ohne mich um die Kleinen kümmern zu müssen.

Doch das hatte ihr doch nie etwas ausgemacht. Oder?

„Ja, mein Vater war auf mich angewiesen", erklärte Erin. „Ich wollte mich oben auf dem Berg darum kümmern, mir ein großes, erfüllendes Hobby zu suchen. Bis jetzt ist mir aber noch nichts eingefallen."

„Du versuchst immer noch, mit dem Verlust fertig zu werden. Das leere Nest."

„Meinst du?", fragte Erin. „Glaubst du, das ist alles? Das leere Nest?"

„*Alles?*", stieß Mel hervor. „Erin, das ist eine ganze Menge. So wie ein kleiner Tod. Manche Frauen schütteln das einfach alles ab. Wenn deren Kinder zum College gehen oder heiraten, schließen sie einfach die Türen zu den Zimmern ihrer Kinder zu oder verwandeln die Zimmer in Rückzugshöhlen oder Schneiderzimmer. Andere Frauen haben richtig damit zu kämpfen und spüren einen emotionalen Schmerz. Du warst schrecklich jung, als du in die Mutterrolle geschlüpft bist."

„Was?", fragte Erin. Sie nahm einen Schluck von ihrer Cola. „Na ja, doch was sollte ich denn jetzt mal zum Spaß machen?"

„Himmel, keine Ahnung", erwiderte Mel. „Es gibt eine Zeit, die dafür bestimmt ist, sich an die neuen Umstände zu gewöhnen. Du hast die Phase der Trauer wahrscheinlich schon erlebt und bist vielleicht noch nicht ganz damit durch. Dir wird schon etwas einfallen." Da ging die Tür zur Bar, auf und ein Mann in Arbeitskleidung steuerte den Tresen an. Mel blickte sich über die Schulter nach ihm um und sah dann wieder zu Erin. „Kannst du dich um die Bar kümmern?"

5. KAPITEL

Auf dem Nachhauseweg dachte Erin immerzu darüber nach, was Mel zu ihr gesagt hatte. Natürlich hatte Mel recht. Dieses Gefühl der Leere war aufgetaucht, als Ian und Marcie in ihr eigenes Haus zogen. Erin hatte sich sehr für die beiden gefreut, aber sie hatte sich auch so verloren gefühlt. Und kurz danach hatte Marcie ihr erzählt, dass sie schwanger war. Ihre kleine Schwester hatte sie zum Abendessen eingeladen, um das Ereignis zu feiern – Ian hatte den ganzen Abend gestrahlt und lebendig und aufgekratzt gewirkt, doch sie hatte irgendwas zwischen Aufregung und absoluter Leere verspürt.

Es war nicht bloß das leere Nest. Erin trauerte auch um ihre verlorene Kindheit, die verlorene Jugend und dass sie mit sechsunddreißig bis jetzt noch nie Energie in eine feste Beziehung investiert oder geschweige je einen Gedanken daran verschwendet hatte, eigene Kinder zu bekommen. Wie hätte sie das denn auch machen sollen? Selbst wenn sie die Chance gehabt hätte, so hätte sie die Verantwortung für Marcie und Drew doch niemals in den Wind geschossen und sie sich selbst überlassen, nur damit sie sich um ihr eigenes Leben kümmern konnte. Stattdessen hatte sie Marcie bei der Pflege ihres behinderten Mannes Bobby unterstützt. Außerdem hatte sie Drew beim Lernen für den Eignungstest für die medizinische Fachausbildung geholfen und sich gleichzeitig den Arsch aufgerissen, um sich einen eigenen, imposanten Mandantenstamm aufzubauen, der der Kanzlei das Geld brachte, sich Pro-Bono-Fälle leisten zu können. Es hatte Erin wiederum auch ermöglicht, das Medizinstudium ihres Bruders zu finanzieren, das ein Vermögen gekostet hatte.

Gedankenverloren stellte sie das Abendessen, das sie von Jack's mitgebracht hatte, für später in den Kühlschrank.

Sie nahm sich erst einmal nur einen fettarmen Joghurt und

einen Löffel mit nach draußen auf die Sonnenterrasse, ließ sich in einen Sessel fallen, betrachtete die wundervolle Aussicht und weinte leise. Erin erinnerte sich vor allem an die Abschlussfeier ihrer Schule. Sie hatte sich ein Kleid für diese Feier gekauft, aber niemand hatte sie gefragt, ob sie ihn dorthin begleiten wollte. Weshalb hätte man sie auch fragen sollen? Sie hatte sonst auch nie Zeit für außerschulische Aktivitäten gehabt. Niemand wusste, dass sie lebte. Scheiß auf die Abschlussfeier, dachte sie. Die Scheißabschlussfeier war mir so was von egal. Deshalb heule ich ja jetzt auch!

„Ich hätte eine verdammte Kreuzfahrt mit einem Haufen gottverdammter alter Säcke machen sollen", flüsterte sie, während sie die Nase hochzog und einen Schluckauf bekam.

Plötzlich lugte ein dunkelhaariger Schopf mit einem roten Bart um die Ecke. „Ich wusste nicht, dass Sie da sind", bemerkte Aiden. „Ich habe das Auto gar nicht gehört."

Erin machte große Augen. Sie schnappte nach Luft und bohrte instinktiv ihre Absätze in den Sessel, um so weit wie möglich von Aiden wegzurücken. „Was zum Teufel haben *Sie* denn hier zu suchen?"

Aiden kam näher und blieb vor der Sonnenterrasse stehen. Er trug seine übliche Kluft, eine alte ausgeblichene Armeehose, T-Shirt, Boots und hielt etwas in der Hand. „Ich dachte, Sie seien weg. Hätten aufgegeben und seien nach Hause zurück oder so. Doch dann habe ich dieses Zeug gesehen, die Blumen und die Pötte, aber weder Blumenerde noch Dünger. Ich habe mir das Hirn zermartert, was ich Ihnen schenken könnte, weil ich mich wegen der Kopfverletzung bei Ihnen entschuldigen wollte. Das heißt aber nicht, dass ich mir die Schuld daran gebe, das verstehen Sie hoffentlich?", sagte er und hob die Hand. „Ich wollte Ihnen Blumen kaufen oder so was, und dann fiel mir der Garten auf. Na ja, oder das, was so was wie einen Garten darstellen soll …"

Erin wischte sich ungeduldig über die Wangen und versuchte, gleichgültig zu wirken. „Sieht so aus, als ob das Gärtnern nichts für mich ist …“

„Ja, den Eindruck habe ich auch, doch ich …“ Er beugte sich ein wenig nach vorne und betrachtete sie skeptisch. „Weinen Sie?“

„Natürlich *nicht*!“, zickte sie ihn an. „Wahrscheinlich eine Erkältung oder eine Allergie oder so was in der Art. Meine Nase läuft. Das ist alles.“

„Oh, na klar. Also, ich dachte mir, Sie könnten vielleicht eine kleine Starthilfe für den Garten gebrauchen. Es ist zwar schon eine Weile her, doch als wir Kinder waren, hatte meine Mom einen Garten, und wir mussten ihr helfen, deshalb habe ich …“ Er kniff die Augen zusammen und betrachtete sie noch einmal genauer. „Eine Allergie, was?“

Da fiel ihr plötzlich auf, dass die Pflanzen, die sie gekauft hatte, eingetopft auf der Sonnenterrasse standen. „Das waren Sie?“

„Und Sie haben jetzt auch einen Gemüsegarten. Es ist zwar schon ein bisschen spät, trotzdem wird mit der richtigen Menge Dünger und Wasser da noch etwas wachsen. Tomaten, falls sie genug Sonne kriegen. Ich habe an den Rändern ein paar Blumen eingepflanzt. Sonnenblumen, weil das fröhliche Blumen sind – man kann ihnen förmlich beim Wachsen zuschauen. Sie könnten auch noch eine Reihe Blumen vor der Hütte pflanzen. Momentan sind sie im Angebot. Ich habe mir überlegt, ich fahre diese Woche mal in die Gärtnerei, um Ihnen ein paar Blumen zu besorgen, wenn Sie nichts dagegen haben.“

Erin stellte den Joghurt ab und erhob sich. „Und wenn ich einfach zusammenpacken und wegfahren würde?“, fragte sie.

„Haben Sie das vor?“

„Vielleicht werde ich in der Kanzlei gebraucht“, log sie.

„Zufällig habe ich gerade nichts Besseres zu tun und kann mich um Ihre Pflanzen kümmern. Also, ab und zu nach ihnen sehen. Vielleicht sind Sie rechtzeitig wieder zurück, damit Sie die eine oder andere Tomate ernten können.“

Erin ging zum Ende der Sonnenveranda, weil sie einen Blick in den Garten werfen wollte. Da entdeckte sie ein perfekt vorbereitetes und fruchtbar wirkendes Fleckchen Erde, in das jemand Markierungen gesteckt hatte, an denen man ablesen konnte, was angepflanzt worden war. Sie erkannte unzweifelhaft Tomatenstauden, die viel größer waren als die Setzlinge, mit denen sie angefangen hatte. Das Ganze war von einem niedrigen Metallzaun und Ringelblumen umsäumt, die, wie sie gelesen hatte, Schädlinge abhalten sollten.

„Sie haben einen Zaun errichtet?", fragte sie.

„Der wird zwar keine Rehe abhalten, es den Kaninchen aber schwer machen. Um Rehe abzuschrecken, pinkeln Sie am besten in die Ecken." Er grinste. „Das habe ich jedenfalls gehört. Es gibt da eine ältere Dame, die ab und zu in der Bar unten in der Stadt auftaucht. Sie besitzt einen Garten in der Größe eines Bauernhofs – und schwört auf Urin, um das Damwild zu vertreiben."

„Die Hängematte haben Sie auch befestigt?"

„Ich hätte Sie vermutlich erst um Erlaubnis bitten sollen", meinte er. „Ich sah sie auf der Terrasse liegen und fragte mich, ob Sie vielleicht einfach nicht wussten, wie Sie sie anbringen sollen."

„Stimmt", erwiderte sie. „Ich dachte, dass mir das Werkzeug dafür fehlt."

„Nö, ist alles da. Vielleicht hatten Sie aber einen anderen Platz dafür ausgesucht?"

„Nein. So ist es perfekt."

„Hören Sie, ich will Sie nicht aushorchen, aber sind Sie frisch geschieden oder verwitwet oder so was?"

„Nein", antwortete sie stirnrunzelnd. „Wie kommen Sie darauf?"

„Keine Ahnung", entgegnete er und schüttelte den Kopf. „Pflanzen und Pötte, doch keine Erde … eine Hängematte, aber weder Schraubendreher noch Schraubenschlüssel … Gemüsepflänzchen und Blumen, doch weder Gartenschlauch noch ordentliche Gartengeräte. Alles Sachen, an die ein Ehemann normalerweise gedacht hätte."

Erin stieß ein kurzes Lachen aus. „Ich hatte vorher noch nie Zeit für solche Sachen. Und Sie haben teilweise recht – meine Schwester und mein Schwager lebten über ein Jahr in diesem Haus. Mein jüngerer Bruder – er ist siebenundzwanzig – war bis letztes Jahr hier. Ich habe immer gearbeitet – wenn ich ein Bücherregal oder Terrassenmöbel oder eine Hängematte mitgebracht habe, hat sich einer von ihnen immer um den Rest gekümmert. Und wenn nicht, wusste ich, wen ich anrufen muss. Aber hier oben? Wen soll man da anrufen?"

„Na ja, vielleicht den freundlichen Landstreicher von nebenan", erwiderte er breit grinsend. „Ich verschwinde jetzt lieber mal aus Ihrem Sichtfeld." Und dann drehte er sich um, stellte die Gartenhacke an der Brüstung der Sonnenveranda ab und ging.

„Wo wollen Sie hin?", fragte sie.

Er wandte sich noch einmal kurz um. „Nach Hause."

„Und wo ist das?"

Er blieb stehen. „Mein Bruder besitzt unten am Flussufer ein paar Ferienhütten. Ich habe eine davon gemietet, bis ich weiß, was ich als Nächstes tun werde. Ich bin arbeitslos, Sie erinnern sich?"

„Wie könnte ich das vergessen? Allerdings hat mir eine sehr übellaunige Krankenschwester verraten, dass Sie, obwohl Sie so riechen und aussehen, kein Penner sind. Sie haben gerade Ihren Dienst bei der Navy quittiert. Kann ich Sie nach Hause bringen? Als Dankeschön für die Gartenhilfe?"

„Ich laufe gerne", antwortete er. „Von Zuhause bis hier und zurück sind es etwas mehr als zehn Meilen." Das entsprach den Tatsachen, nur dass er seinen Wagen am Fuß des Berges bei einem Aussichtspunkt geparkt hatte. Außer Sichtweite der Hütte.

„Möchten Sie ein Glas Wasser?"

„Ich habe Wasser dabei", sagte er und beugte sich hinunter, um seinen Rucksack, den er neben dem Beet auf dem Boden abgestellt hatte, hochzuheben. Außerdem nahm er auch noch Pfeil, Bogen, Machete und seinen Lieblingswanderstab an sich.

„Hätten Sie Lust auf ... ein *Bier*?", ließ sie nicht locker.

„Sie sind so ungewohnt freundlich. So kenne ich Sie gar nicht."

„Na ja, Sie haben ein paar nette Sachen für mich getan, und die Krankenschwester aus der Notaufnahme schien sie auch nicht für gefährlich zu halten. Danke, dass Sie mir die Hängematte angebracht haben."

„Gerne geschehen. Danke, dass Sie mir ein Bier angeboten haben, doch ich rieche vermutlich ziemlich nach Landstreicher oder Gärtner."

Sie lächelte nachsichtig. „Ich bringe das Bier auf die Sonnenterrasse", sagte sie.

Als er zur Hütte zurückging, lachte er in sich hinein. So verdreckt wie er war, setzte er sich nicht auf die Liegen, die auf der Terrasse vor den geöffneten französischen Fenstern standen. Außerdem roch er nach Schweiß, weil er ziemlich lange im Garten gebuddelt hatte. Seine Wanderstiefel waren voller Matsch, seine Finger schmutzig. Statt auf einer Liege nahm er auf den Treppenstufen Platz, lehnte sich gegen die Brüstung und stellte seine Sachen vor sich auf dem Boden ab.

Erin reichte ihm ein Bier und – Überraschung – hatte eins für sich selbst in der Hand. Und sie lächelte. In ihren eng sitzenden Kaki-Caprihosen, dem weißen T-Shirt und den Sandalen sah sie wirklich gut aus. Offenbar stand sie jeden Morgen auf und schminkte und frisierte sich ungeachtet dessen, ob sie etwas vorhatte oder nicht. Dann war sie, wie er gerade feststellte, ein absoluter Hingucker. Zickig und feminin.

Er rieb sich mit dem Finger über den Haaransatz. „Das wächst schneller nach, als Sie denken."

Sie befühlte die Stelle an ihrer Stirn. „Ziemlich hässlich,

stimmt's? Na ja, ich kann es nicht ändern und muss mich in Geduld üben."

„Es sieht überhaupt nicht hässlich aus." Aiden trank einen großen Schluck aus der Bierflasche. „Lecker", meinte er und hielt die Flasche auf Armeslänge von sich, um das Etikett zu lesen. „Gutes Bier."

„Mein Schwager hat es hiergelassen."

„Ihr Schwager war hier?"

„Das Krankenhaus hatte bei meiner Schwester und meinem Schwager angerufen und erklärt, dass sie mich entlassen würden, wenn ich jemanden hätte, der mich nach Hause fahren würde, und wenn ich die Nacht nicht alleine verbringen müsste. Andernfalls hätten sie mich über Nacht im Krankenhaus behalten." Erin zuckte die Achseln. „Marcie wusste, wie sehr ich das gehasst hätte. Die beiden sind aus Chico hergekommen. Um mich zu retten."

Er grinste breit. „Ich habe Sie in der Notfallambulanz gehört, Erin. Sie wissen wirklich, wie man sich Gehör verschafft."

„Ich hatte Kopfschmerzen", murmelte sie und wich seinem Blick aus.

Er lächelte. „Haben Sie noch immer Kopfschmerzen?"

„Nein, jetzt ist alles gut."

„Warum sind Sie hier? In dieser Blockhütte?"

„Ferien", erwiderte sie. „Ich hatte schon ewig keinen Urlaub mehr. Schon seit Jahren nicht mehr." Sie lächelte zögerlich. Fünfundzwanzig Jahre lang, dachte sie. Bevor Mel es vorhin erwähnt hatte, hatte Erin die Jahre noch nie zusammengezählt.

„Aber wieso ausgerechnet hier?", bohrte er nach. „Weshalb nicht in einem Spa auf irgendeiner Insel? Oder in einem exotischen Luxusressort, wo man jede Menge Singles kennenlernen könnte?"

Sie zuckte noch einmal ratlos mit den Schultern. „Marcie, meine kleine Schwester, erwartet mit neunundzwanzig ihr erstes Baby, einen Jungen. Unsere Eltern leben nicht mehr. Ich bin die Älteste. Und es ist unser erstes Kind. Es soll Ende des Sommers kommen. Ich will nicht zu weit weg sein, falls es früher das Licht der Welt erblickt, dennoch wollte ich einmal raus aus allem."

„Ah", stieß er hervor. „Das kann ich nachvollziehen. Meine Schwägerin, Shelby, erwartet ihr erstes Baby Mitte Juli. Luke ist der Älteste von uns. Ich könnte auch woanders auf meine Erleuchtung warten, möchte aber auch nicht zu weit weg sein." Er lächelte. „Auch ein Junge."

Sie neigte den Kopf ein wenig zur Seite. „Was haben Sie bei der Navy gemacht?"

„Ich gehörte zur medizinischen Versorgungstruppe. Vierzehn Jahre lang."

„Warum sind Sie ausgeschieden?"

„Aus demselben Grund, aus dem die meisten Menschen irgendwo weggehen – der nächste Einsatz wirkte nicht so verlockend. Auf einem großen Schiff für die nächsten zwei Jahre. Das hatte ich schon einmal. Wie gesagt, ich wollte in der Nähe des nächsten Babys bleiben.

„Doch Sie sind nicht verheiratet?"

„Geschieden. Seit acht Jahren. Kurze Ehe, schnelle Scheidung, keine Kinder. Und Sie?"

Sie schüttelte rasch den Kopf. „Single. Nie verheiratet. Nie verlobt. Nie mit jemandem zusammengelebt. Noch nie eine längere Beziehung. Es ist mir sehr unangenehm, aber ich habe Ihren Namen vergessen."

„Das muss Ihnen nicht unangenehm sein. Sie hatten eine Kopfverletzung. Ich heiße Aiden."

„Also, Aiden, was haben Sie jetzt als Nächstes vor? Nach der Geburt Ihres kleinen Neffen?"

Nun zuckte er die Achseln. „Dasselbe wie vorher, vermutlich. Tatsache ist, dass ich es wirklich genieße, nichts zu tun. Ich hatte schon länger keinen Urlaub mehr. Und ich habe es nicht eilig. Ich könnte mich sogar daran gewöhnen."

Sie lächelte nicht. „Nichtstun ist nicht halb so witzig, wie ich immer angenommen habe."

Er schaute sie fragend an. „Ach ja? Was haben Sie denn in Chico getan, wenn Sie etwas Spaß haben und sich entspannen wollten?"

„Chico? Woher wissen Sie, dass ich aus …"

„Ich habe in Ihrer Tasche nach den Autoschlüsseln gesucht … um Sie ins Krankenhaus zu bringen … Hab mit den Krankenschwestern gesprochen, um sicher zu sein, dass es Ihnen gut geht … Außerdem haben Sie mir erzählt, dass Ihre Schwester aus Chico hierhergekommen ist, und ich habe vermutet …"

„Natürlich. Nun, die Sache ist die: Ich hatte in Chico nicht viel Freizeit, weshalb ich mich entschieden habe, die Stadt mal zu verlassen und mir eine Auszeit zu gönnen, allerdings …"

„Sie wollten nicht zu weit wegfahren. Wie ist Chico denn?"

„Nett – nicht zu groß und nicht zu klein. Genau auf der anderen Seite dieser immensen Bergkette. Die Stadt ist nicht besonders aufsehenerregend, aber wir haben in Chico alles, was wir brauchen, oder zumindest in der Nähe – Kollegen, Krankenhäuser, Einkaufszentren. Vielleicht einhunderttausend Einwohner? Ich habe es in der letzten Zeit nicht mehr so im Blick. Und keinen schlechten Autobahnzubringer nach Sacramento oder San Francisco. Ich finde die Stadt perfekt, doch ich bin ja auch dort aufgewachsen."

„Krankenhäuser?", fragte er und sah sie neugierig an.

„Krankenhäuser", bestätigte sie. „Denken Sie an einen Job im Krankenhaus?"

Er neigte den Kopf. Es war fast ein Nicken.

„Ich vermute, bei der Navy haben Sie schon überall auf der Welt gearbeitet …"

„Ja und nein. Wenn man an Bord eines Schiffes lebt und arbeitet, sieht man mehr Wasser als interessante Orte an Land. Ich bin vor acht Jahren vom Schiff runter und war in San Diego stationiert. Sie müssen mich vergessen haben. Ich war die ganze Zeit dort, bis auf ein paar zeitlich begrenzte Pflichteinsätze woanders. Sehr ungewöhnlich, dass man bei der Navy so lange an einem Ort bleiben darf."

„Und da wollen Sie nicht mehr wohnen?", fragte sie. „Ich liebe San Diego."

„Ich könnte dort leben", antwortete er. „Oder hier – ich könnte auch hier leben. Aber jemand wie ich, der nach einer Stelle im Krankenhaus sucht, braucht wahrscheinlich eine größere Stadt als Virgin River."

„Was würde jemand wie Sie in einem Krankenhaus arbeiten? Bettpfannen verteilen?", fragte sie.

„Ich kenne mich mit Bettpfannen tatsächlich ziemlich gut aus. Die Frage ist nur, ob eine Frau wie Sie von einem Mann wie mir eine Bettpfanne annehmen würden?"

„Wenn Sie sich rasieren würden, vielleicht ..."

Er kratzte sich am Bart. „Wissen Sie, wenn das Militär Sie für eine lange Zeit immer glatt rasiert und adrett sehen will, dann ist so ein Bart auf einmal ziemlich lustig. Fast wie ein Haustier."

Sie lachte. „Sieht tatsächlich aus, als könnte er bellen. Sie könnten Ihre beruflichen Chancen jederzeit verbessern. Bilden Sie sich fort. Vielleicht könnten Sie Rettungsassistent werden. Oder Krankenpfleger. Ich wette, männliche Krankenpfleger stehen hoch im Kurs."

Er schenkte ihr ein strahlendes Lächeln „Das ist ja mal eine Idee." Er nahm seine Flasche und trank aus. „Das war wirklich sehr nett, Erin. Danke für das Bier." Er stellte die Flasche auf der Veranda in der Nähe ihrer Füße ab, erhob sich und sammelte seine Sachen zusammen.

„Wofür brauchen Sie einen Bogen?", erkundigte sie sich.

Er legte ihn sich über die Schulter. „Hauptsächlich wegen der Optik. Auf einer meiner ersten Wanderungen durch diese Berge stand ich einmal plötzlich einem gar nicht scheuen Berglöwen Auge in Auge gegenüber. Er hat eine ganze Weile gebraucht, bis er vor mir weggelaufen ist. Vorher dachte ich ziemlich lange, dass er mich vielleicht zum Mittagessen verspeisen wollte. Seitdem trage ich immer Pfeil und Bogen bei mir, wenn ich hier unterwegs bin."

„Und dieses große Messer?", fragte sie.

„Falls ein Berglöwe mir nahe genug käme, es benutzen zu können ...", erwiderte er und steckte die Machete in seinen Gürtel. „... würde ich sicher Narben davontragen. Es dient in erster Linie dazu, mir den Weg durchs Unterholz freizuschneiden, und nicht zur Selbstverteidigung. Oder zum Morden, wie Sie ursprünglich einmal annahmen."

„Wäre ein Gewehr da nicht sinnvoller?"

„Vermutlich", erwiderte er achselzuckend. „Ich mag Gewehre nicht so gerne. Die Jungs – meine Brüder – gehen alle zur Jagd. Ich nicht."

„Hm", sagte sie und stand ebenfalls auf. „Kann ich Sie irgendwohin fahren?"

„Nein, bleiben Sie sitzen. Ich laufe gerne."

„Sind Sie sicher?"

„Absolut sicher. Üben Sie lieber, Urlaub zu machen. Ich habe den Eindruck, dass Sie das noch nicht so gut beherrschen."

„Ja, das scheint tatsächlich der Fall zu sein."

„Ich habe die Gartengeräte in den Schuppen gebracht und dem Schlauch eine Spritzdüse verpasst. Außerdem gibt es im Schuppen auch noch einen Rasensprenger. Sie könnten die Tomaten gießen."

„Wow. Sie haben sich wirklich viel Arbeit gemacht."

„Ich habe offen gestanden nicht einmal darüber nachgedacht. Es schien mir nur genau das zu sein, was getan werden musste. Also, gefällt Ihnen mein Tagwerk?"

„Natürlich. Klar. Vielen Dank dafür. Seien Sie vorsichtig."

„Ich bin immer vorsichtig, Erin", verabschiedete er sich und ging.

Die Krankenschwestern haben Ms Erin Elizabeth Foley also nicht erzählt, dass ich Arzt bin, sinnierte Aiden. Interessant. Und das, was er über sie wusste, hatte er nicht erfahren, weil er ihre Handtasche durchwühlt hatte und mit den Rettungsleuten gesprochen hatte, sondern weil er ihre Akte gelesen hatte, die aufgeschlagen auf dem Schreibtisch der Schwester lag.

Erin hatte eine Menge Vermutungen über ihn angestellt, was nicht sehr professionell war für eine Anwältin wie Ms Foley. Doch damit konnte er leben. Er wollte nicht lügen, fand aber nichts zu sagen nicht unfair. Kein Grund für sie, sich später zu ärgern, was Noah befürchtet hatte. So war sie eher gezwungen, sich auf den Mann anstatt auf seine Karriere zu konzentrieren, falls sie dazu neigte. Aiden wollte sich nicht selbst herabsetzen – er kannte seine guten Eigenschaften durchaus. Er sah nicht schlecht aus, jedenfalls wenn er geduscht war und sich frisch rasiert hatte. Er war intelligent und konnte mit Worten umgehen, und bei seinem Beruf, in dem er mit den intimsten Stellen des weiblichen Körpers zu tun hatte, war eine gewisse Sensibilität unerlässlich.

Und natürlich hielt *er* sich für witzig und unterhaltsam, aber das war so subjektiv. Trotz allem hatte er, wann immer er sich mit einer Frau traf, in neunzig Prozent aller Fälle das Gefühl, dass sie sich in seiner Gegenwart nicht richtig wohlfühlten. *Das* war ein zweischneidiges Schwert. Nicht genug damit, dass einige Damen ihm ihren natürlichen Charme vorenthielten und ihn, weil er Arzt war, zu beeindrucken versuchten, sondern – jetzt kommt die Kehrseite der Medaille – sie verbargen auch ihre psychopathischen Tendenzen vor ihm. Wie seine schreckliche Ex, Annalee. Aiden wollte, wie jeder ganz normale Mann, einfach nur eine ganz normale Frau kennenlernen. War das denn so schwierig?

Vielleicht dachte er zu viel nach, vor allem was Erin betraf. Schließlich war sie Anwältin. Und offensichtlich eine sehr erfolgreiche – zu dieser Annahme verleitete ihn nicht nur die luxuriöse Blockhütte und ihre elegante Kleidung, sondern auch ihr selbstbewusstes Auftreten. Dieses übergroße Selbstvertrauen. Sie ließe sich von einem Doktortitel nicht so einfach einschüchtern; sie würde nicht plötzlich anfangen, sich zu benehmen, als ob es Bonuspunkte dafür gäbe, sich einen Arzt zu angeln. Und es war sogar sehr wahrscheinlich, dass sie sich nicht einmal anfreunden würden, geschweige denn etwas anderes.

Weshalb klärte er sie dann nicht einfach auf?

Weil er es witzig fand. Deshalb. Sie sich in einen Kerl verlieben zu lassen, der im Jahr nicht einmal das verdiente, was sie an Steuern zahlte – das bereitete ihm diebisches Vergnügen. Oh, oh, schoss es ihm durch den Kopf. Ich will, dass sie sich in mich verliebt? Na ja, sie war schon eine Granate. Wunderschön. Ihr seidiges, rotblondes Haar, ihr unglaubliches Lächeln, ihre traumhaften, langen Beine, ihr knackiger, fester Po ... Ihre äußerlichen Attribute hatten es ihm vom ersten Augenblick sehr angetan. Jedenfalls bis sie den Mund aufgemacht hatte ...

Heute war es besser gelaufen. Zwar sah sie immer noch ungeheuer scharf aus, doch diesmal war sie ihm beinahe wie ein menschliches Wesen erschienen, als sie den Mund aufgemacht hatte. Darum, so entschied er, konnte ein kleines Katz-und-Maus-Spiel gar nicht schaden. Aiden hatte sie nicht einmal angelogen; ja, er hatte schon einmal Bettpfannen verteilt. Und Schlimmeres. Geburtshilfe war manchmal ein wirklich schmutziges Geschäft.

Diese Dinge beschäftigten ihn, während er ihre lange Auffahrt zur Straße hinunterwanderte. Vielleicht gab es noch einen Grund, weshalb er im Hinblick auf die Frauen ein wenig übervorsichtig reagierte – er hatte schon einmal geheiratet. Hm. Dass er damals zwischen die Beine seiner ehemaligen Frau gekrabbelt war, hätte ihm ein Verfahren vor dem Kriegsgericht einbringen können. Aiden war gerade frisch von Bord gekommen, da hatte er sich von einer jungen, sexy Navy-Lady, die im Krankenhaus arbeitete, verführen lassen. Sie war die einundzwanzigjährige Tochter osteuropäischer Emigranten. Sie wollte aus der Navy austreten und hatte in Aiden ihr Ticket in die Freiheit gesehen. Aiden hatte mit ihr geschlafen, obwohl sie zum Personal gehörte und er ihr Vorgesetzter war. Sie war so jung gewesen, aber alles andere als naiv und außerdem die talentierteste Liebhaberin, mit der er je im Bett gewesen war.

Und dann waren sie auf einmal ganz schnell aufgeflogen. Im Nachhinein betrachtet, hatte sie es offenbar genau darauf angelegt. Aidens Commander hatte ihnen eine rasche Hochzeit und ihre Entlassung empfohlen. Voilà, genau was sie hatte erreichen wollen. Danach änderte sich ihr einschmeichelndes Verhalten, und sie entpuppte sich rasch als Xanthippe. Aiden hatte nicht lange gebraucht, um zu begreifen, was los war – sie wollte die Navy mit ein wenig Taschengeld verlassen. Der Preis für ihre Blitzscheidung waren zehn Riesen, die von einem Freund eines Freundes ausgehandelt worden waren. Eine harte Lektion.

Annalee hatte Aiden, den Arzt, mit Sicherheit nie bewundert. Er war einfach nur exakt das, wonach sie gesucht hatte, und sie hatte sich viel einfallen lassen, damit sie ihn sich an Land ziehen konnte. Sie war bereit gewesen, alles zu tun, um ihm zu gefallen, und das hatte sie auch. So lange, bis sie angefangen hatte, herumzuschreien und mit Gegenständen nach ihm zu werfen.

Das erinnerte Aiden wieder daran, dass sie im Moment nach ihm suchte. Pech gehabt, Annalee. Das wird dir nicht gelingen. Niemals.

Er erreichte sein Auto, schmiss seine Sachen in den Kofferraum und fuhr nach Hause. Später, beim Einbiegen auf das Gelände, auf dem die Ferienhütten standen, kam er an Rosie und ihrer Mutter vorbei, die im Fluss angelten. Aiden hupte und winkte ihnen zu. Nachdem er schließlich vor seiner Hütte den Wagen geparkt hatte, entdeckte er Luke und Art, die auf Lukes Veranda saßen und scheinbar in ein ernstes Gespräch unter

Männern vertieft waren. Aiden hupte noch einmal und winkte. Dann stieg er aus und ging ins Haus. Er brauchte dringend eine Dusche.

Luke hatte Art vom Fluss auf seine Veranda gelotst, weil er mit ihm sprechen musste. Er öffnete eine Cola für Art, bat ihn, Platz zu nehmen, und sagte: „Okay, ich habe herausgefunden, wo Netta wohnt, und ich habe auch schon mit Ellen gesprochen."

Arts Blick erhellte sich, und er wurde sehr aufgeregt. „Okay, Luke. Wir fahren hin."

„Noch nicht gleich, Art", bremste ihn Luke. „Ellen hat erlaubt, dass du sie am Sonntagnachmittag besuchen kannst, und ich bringe dich gerne hin. Heute ist Donnerstag. Du musst also noch ein bisschen Geduld haben. Und jetzt erzähl mal, welche Art von Freundin Netta ist."

Der junge Mann wirkte ein bisschen irritiert. „Eine gute?", antwortete er mit einer Gegenfrage.

Luke fühlte sich unwohl. Wenn er sich so unwohl fühlte, rötete sich sein Hals und juckte. Luke kratzte sich unbewusst. „Richtig. Gut. Was ich meine, ist, dass ich wissen will, was du vorhast, wenn du sie besuchst?"

Art stellte voller Stolz klar: „Mit ihr gehen."

„Ah." Luke seufzte. „Jetzt kommen wir langsam zum Punkt. Bist du vorher schon mal mit Netta gegangen?"

„Ich glaube nicht. Wir haben geredet und manchmal Händchen gehalten. Aber Shirl wollte immer, dass die Mädchen auf der einen Seite wohnen und die Jungs auf der anderen, außer zum Essen und Fernsehgucken."

„Nun, dann habe ich Neuigkeiten für dich – mit jemandem gehen bedeutet meistens reden und Händchen halten. Und auch miteinander essen und fernsehen", erläuterte Luke. „Doch ich mache mir ein paar Sorgen, Art. Denn du bist so aufgeregt, Netta zu sehen, dass mir dazu noch ein paar Dinge einfallen. Zum Beispiel – weißt du was über Sex?" Sein Hals verfärbte sich feuerrot.

„Ja", sagte Art selbstsicher. „Ja, Luke."

„Nun, das ist beruhigend." Luke stieß erleichtert die Luft aus, die er angehalten hatte. „Gott sei Dank. Wer hat mit dir darüber gesprochen?"

„Meine Mutter", antwortete Art. „Geschlecht?", fragte er. Dann malte er mit dem Finger ein Häkchen in die Luft. „Männlich!"

Luke stützte den Kopf in die Hände. „Oh Mann", stöhnte er, bevor er den Kopf wieder hob. Er sah Aiden von einer seiner Wanderungen zurückkehren. Sie winkten ihm zu, und dann sagte Luke: „Hör mal, wir müssen vor deinem Besuch bei Netta noch über ein paar Dinge reden. Und ich habe keine Ahnung, womit wir anfangen sollen."

„Will sie, dass ich sie besuche? Ellen? Und Netta?"

„Ja, Art. Sie freuen sich auf deinen Besuch. Ellen hat mir verraten, dass Netta andauernd nach dir fragt. Es ist also alles gut, außer in der Hinsicht, die ich noch nicht mit dir besprochen habe."

„Welche Hinsicht? Ich kenne das Wort nicht."

Luke tätschelte ihm das Knie. „Erst mal eins nach dem anderen, Art." Dann hörte er einen Motor, der klang wie der Motor eines großen Busses. Luke schaute gerade rechtzeitig hoch, um ein großes, auffälliges Wohnmobil die Auffahrt zu den Hütten hinaufkommen zu sehen. „Ich war noch nie so froh, dass meine Mutter kommt. Das sind Maureen und George, Art. Sie besuchen uns in ihrem nagelneuen Camper. Das sollte deine Gedanken für eine Weile von anderen Dingen ablenken."

„Welche Dinge?"

„Sag ich doch", antwortete Luke, stand auf und winkte. Lieber Himmel, immer wenn sie von einem Wohnmobil gesprochen hatte, hatte er sich ein ganz normales, kleines vierrädriges vorgestellt. Er öffnete die Tür und rief ins Haus: „Shelby! Liebling, du verpasst etwas.“

Rosie rannte vom Fluss herauf, und Franci folgte ihr. Shelby trat auf die Veranda, und Aiden trat in Jogginghosen und einem T-Shirt aus dem Haus und trocknete sich Haare und den Bart mit einem Handtuch.

Mit Aidens ruhigem Rückzug nach Virgin River war nun offiziell Schluss. Das Zuhause seines Bruders hatte sich in ein Irrenhaus verwandelt.

Luke besaß ein Haus mit drei Zimmern und sechs kleine Ein-Zimmer-Ferienhäuschen. Art lebte in einem davon. Ein anderes hatte Aiden gemietet, und Franci, Rosie und Sean würden für ein paar Wochen in einem dritten wohnen. Zwei der Häuschen waren an Touristen vermietet. Und weil Shelby und Luke keinen Restaurantservice anboten und die umliegende Natur die einzige wirkliche Attraktion war, bekam man die Mieter normalerweise so gut wie nie zu Gesicht. Es handelte sich um ein Ehepaar in den Sechzigern, die zum Vögelbeobachten nach Virgin River gereist waren, und um eine Gruppe von vier College-Studentinnen, die ein gemeinsames Wanderwochenende hier verbrachten.

Bei einer Zusammenkunft der Riordans dauerte es nicht lange, bis man sich wie in einem Zirkus fühlte. Weil Shelbys Bauch immer dicker wurde und ihr Watscheln ein deutlicher Beweis für die fortgeschrittene Schwangerschaft war, musste nun schleunigst das Kinderzimmer vorbereitet werden. Für das Neugeborene hatten sie bereits eine Wiege und eine kleine Wickelkommode in ihrem Schlafzimmer stehen, doch Shelbys Onkel Walt und seine Freundin Muriel St. Claire hatten vor, sich um Anstrich und Dekoration des Babyzimmers zu kümmern. Maureen wollte dabei natürlich nicht ausgeschlossen werden. Vanessa, Walts Tochter und Shelbys Cousine, hatte ebenfalls ihre Unterstützung angeboten. Und wo Vanessa hinging, folgten ihr zwei kleine Kinder.

Innerhalb weniger Tage wimmelte es nur so vor Mitgliedern der Familien Riordan und Booth. Inmitten dieses Durcheinanders nahm Luke Aiden beiseite. „Ich brauche deine professionelle Hilfe, Bruder."

„Ist was mit Shelby?", fragte Aiden beinahe automatisch.

„Alles in Ordnung. Sie steht kurz vorm Explodieren. Ich brauche deinen Rat bei Art. Er ist total aufgeregt wegen seines Besuchs bei Netta, mit der er, wie er sagt, gehen will. Ich habe mit ihm gesprochen, Aiden – er hat nicht den blassesten Schimmer von Sex. Nada. Absolut nix."

Aiden grinste nur. „Vielleicht braucht er gar nicht viel zu wissen."

„Das können wir nicht riskieren. Das Letzte, das wir jetzt gebrauchen könnten, wäre, dass Art ein Mädchen schwängert, weil er von nichts eine Ahnung hat."

„Und was erwartest du von mir …?"

„Sprich mit ihm. Bring ihn nach Fortuna zu diesem Mädchen und sprich mit der Betreuerin von Netta oder wer auch immer diese Ellen ist, mit der sie zusammenwohnt. Sorge dafür, dass wir alles richtig machen."

„Vielleicht musst du dir gar nicht so viele Gedanken machen", erwiderte Aiden. „Erstens wäre es typisch Art, wenn er sich einfach nur darauf freuen würde, seine alte Freundin wiederzusehen. Er hat schließlich lange mit der Frau in einem Haus gelebt, und das verbindet sie miteinander. Vielleicht ist ihm Geschlechtsverkehr noch nie in den Sinn gekommen, aber selbst wenn, gibt es große Chancen, dass er unfruchtbar ist. Es kommt bei Männern mit Downsyndrom nicht selten vor, dass sie zeugungsunfähig sind. Trotzdem sind sie natürlich nicht impotent."

„Sie hat kein Downsyndrom, Aiden", sagte Luke. „Kannst du da weiterhelfen? Denn ich kann nicht so lange weg von hier, um ihn nach Fortuna zu fahren und mit Ellen unter vier Augen zu reden – Art behält mich immer im Auge. Außerdem, sieh dir mal Shelby an. Es kann jeden Moment so weit sein."

„Ich kümmere mich darum", versprach Aiden. „Doch wegen Shelby kannst du beruhigt sein. Wenn die Wehen losgehen, hast du immer noch massenhaft Zeit. Vielleicht sogar ein paar Tage." Er lächelte. „Für dich kommt es gerade Dicke aus allen Richtungen, stimmt's?"

„Aus allen Richtungen. Meine Mutter ist hier. Mit ihrem Freund! Mein Freund Art ist verliebt und hat keine Ahnung, was das mit seinem Kopf anstellt. Ich muss ihn beschützen. Und meine Frau ist kurz vorm Platzen!"

Aiden grinste nur. „Da braucht man dringend ein Bier."

„Mach dich nicht über mich lustig, Aiden. Wie soll ich denn Bier trinken, wo meine Frau so schwanger ist und meine Hilfskraft kurz davor, ohne es zu wissen, Sex zu haben. Hast du ihn in letzter Zeit mal angeschaut?"

„Hm. Vielleicht sollten wir ihm ein bisschen Baldrian ins Bier geben", witzelte Aiden.

Es entsprach den Tatsachen, dass Art wegen des Wiedersehens mit Netta sehr aufgeregt war. Und vielleicht sogar verliebt. Und wahrscheinlich spielten nicht nur seine Gefühle verrückt, sondern auch seine Hormone. Aber während Aiden und Art sich auf dem Weg nach Fortuna darüber unterhielten, war offensichtlich, dass Netta zu einem wichtigen Teil seiner Vergangenheit und seines Lebens gehörte und dass er sie sehr liebte. Sie mochten dieselben Fernsehsendungen, sie hatten zusammengearbeitet und sich gegenseitig geholfen, und sie hatten beide ihre Eltern verloren und waren nun auf den Staat angewiesen. Netta konnte besser lesen als Art, doch er wollte ihr das Angeln beibringen. Er wollte auch mit ihr gehen, eine Beziehung mit ihr haben, allerdings sowie Aiden ihm vorschlug, dass es möglicherweise besser sei, wenn sie einfach nur gute Freunde blieben, die sich regelmäßig trafen – zum Fernsehen, Angeln und Lesen –, akzeptierte Art das so bereitwillig, dass es vermutlich dem entsprach, was er sich ohnehin unter „miteinander gehen“ vorstellte.

Als Aiden vor dem Haus, in dem Netta wohnte, eintraf, stellte er sich als Dr. Riordan, Lukes Bruder, der zu Besuch war, vor. Er dachte, dass es Ellen und ihren Mann, Bo, vielleicht ermutigen würde, sich ein wenig zu öffnen, doch sie schienen keinerlei Ermutigung nötig zu haben. Sie hatten bereits drei Kinder großgezogen, waren schon Großeltern und hatten drei behinderte, erwachsene Frauen in ihrer Obhut – die ihnen halbtags in der Bäckerei aushalfen, wobei sich ihre Fähigkeiten erheblich voneinander unterschieden.

Im Innenhof wurde Eistee serviert. Art und Netta hatten sich in Sichtweite in den Garten zurückgezogen und genossen es, beieinander zu sein. Nach kurzer Zeit kamen sie zum Punkt – Nettas Hirnschaden war ziemlich erheblich und die Folge eines Badeunfalls in früher Kindheit. Sie hatte schon viele Hürden überwunden. Es hatte Jahre gedauert, bis sie gehen und sprechen konnte. Sie war sehr warmherzig und zärtlich, eine sanfte Siebenundzwanzigjährige auf dem mentalen Stand einer Zehnjährigen, ungefähr wie Art. Obwohl sie beide es schafften, ein paar Wörter und die meisten Buchstaben zu entziffern, konnte keiner von ihnen wirklich gut lesen.

Die ganze Zeit während Aidens Besuch bei Ellen und Bo saßen Art und Netta im Garten auf dem Rand einer Sandkiste für die Enkelkinder und starrten sich eigentlich mehr an, als dass sie miteinander sprachen.

„Ihr Bruder hat mir ein bisschen erzählt, wie es dazu kam, dass er jetzt Arts Vormund ist“, sagte Ellen. „Netta ist zu uns gekommen, als die Einrichtung, in der sie wohnte, geschlossen wurde. Das war für sie eine schwierige Zeit. Auf einen Schlag hat sie ihr Zuhause, ihre Arbeit und Freunde verloren.“

„Und Art ist weggelaufen, nachdem er misshandelt wurde“, erklärte Aiden. „Luke hat ihn gefunden, da war er gerade dabei, den Müll zu durchwühlen. Art hatte ein großes blaues Auge.“

„Das ist eigentlich ungewöhnlich“, erwiderte Ellen. „Ich

meine, für Art, dass er einfach so ausreißt – das ist mutig. Herumlaufen oder verloren gehen ist ganz normal. Ist er glücklich bei Luke?"

„Sehr glücklich, soweit die Familie das beurteilen kann. Luke war Single, als ihm Art über den Weg lief, aber jetzt ist er verheiratet und erwartet bald sein erstes Kind. Seine Frau Shelby und die ganze Familie lieben Art. Allerdings hat keiner von uns viel Erfahrung mit den speziellen Bedürfnissen Erwachsener mit Downsyndrom. Luke belasten ein paar ganz offensichtliche Bedenken – zum Beispiel wegen solcher Sachen wie Verabredungen …"

„Sex?", fragte Ellen. „Macht er sich darüber Sorgen?"

„Sollte er denn?", wollte Aiden wissen.

„Wir müssen gemeinsam darauf achten, was mit ihnen geschieht", sagte sie. „Falls es zu ernst wird, reicht es vielleicht, wenn man sie ablenkt. Im Moment genügen wir als Anstandswauwaus. Unsere Frauen nehmen die Pille einfach so zur Sicherheit …"

„Weil Sie bereits Erfahrungen gesammelt haben? Sexuelle Handlungen beobachtet haben oder so?"

Ellen schüttelte den Kopf. „Nein, Dr. Riordan – auch behinderte Erwachsene haben eine Libido – bei manchen scheint die Libido sehr aktiv zu sein. Einige masturbieren, flirten oder versuchen sogar, jemanden vom anderen Geschlecht unangemessen und unschicklich zu berühren. Unsere Frauen haben bis jetzt noch keine rege Libido gezeigt, doch die Pille unterstützt das und hilft bei PMS. Wir müssen sie dennoch vor einer möglichen Schwangerschaft durch sexuelle Übergriffe bewahren. Wir tun alles in unserer Macht Stehende, um sie zu schützen, aber wir können sie schlecht vor der Welt verstecken, und Tatsache ist nun einmal, dass da draußen ein paar böse Menschen darauf lauern, sich auf behinderte Frauen zu stürzen."

Aiden wurde nicht oft mit Themen konfrontiert, von denen er überhaupt keine Ahnung hatte – doch dieses hier gehörte eindeutig dazu. Seine Ausbildung hatte ihn darauf vorbereitet, geistig zurückgebliebenen Frauen, die eventuell Sex haben könnten, die Pille zu verschreiben, allerdings war das während seiner Laufbahn bei der Navy nie vorgekommen. Übergriffe? „Gab es Vorfälle von sexuellem Missbrauch?“, fragte er.

„Soweit wir wissen nicht, auch keine Symptome, trotzdem besteht immer die Gefahr. Zwei unserer Schützlinge haben das Downsyndrom, und ihre Verletzlichkeit kann man ihnen am Gesicht ansehen. Außerdem sind sie extrem vertrauensselig und sehr bestrebt zu gefallen. Sie würden häufig einfach alles tun, was man von ihnen verlangt. Aber ist Art nicht ...?“

„Unfruchtbar? Mein Bruder hat keine Ahnung, ob das bereits getestet wurde. Und Art scheint überhaupt nichts von einem Test zu wissen. Ich habe bisher noch keine Anzeichen für die von Ihnen erwähnte sexuelle Energie an ihm festgestellt. Er hat ein sanftes Gemüt.“

„Wenn seine Libido stark ausgeprägt wäre, hätten Sie es inzwischen bestimmt schon bemerkt“, wandte Ellen ein. „Wir gehören zu einer Gruppe, die Eltern und Betreuern von behinderten Erwachsenen unterstützen, und einer unserer Freunde kümmert sich um einen jungen Mann, der ziemlich oft onaniert. Es ist manchmal schwierig, ihn davon abzuhalten. Ich glaube, im Fall von Art und Netta handelt es sich eher um eine sehr innige Freundschaft.“

„Vielleicht sind sie glücklich, wenn wir einfach nur dafür sorgen, dass sie eine schöne Zeit miteinander verbringen können.“

„Geistig behinderte Menschen verlieben sich andauernd, Dr. Riordan“, erinnerte ihn Ellen. „Als Pärchen leben sie meist mit einem ihrer Elternteile zusammen oder in derselben Wohngruppe. Es kann in manchen Fällen sehr kompliziert werden, und ich kenne Menschen, die eine Menge unternehmen würden, um eine Beziehung wie die zwischen Art und Netta zu verhindern. Aber hat nicht jeder Mensch ein Recht auf Liebe und Zuneigung? Unabhängig von seiner Behinderung? Ich sehe meine Aufgabe in erster Linie darin, Netta zu schützen und nicht über ihren Kopf hinweg zu entscheiden. Wenn das, was Sie über Art sagen, zutrifft, interessiert sie sich für einen süßen und liebevollen Mann."

„Art ist ein Engel", erklärte Aiden. „Und er ist sehr praktisch veranlagt. Er ist jetzt schon seit ein paar Jahren bei Luke und hatte noch nie ein einziges Problem. Er arbeitet gerne mit Luke zusammen, liebt es, im Fluss zu angeln, und rennt nie weg. Sie tun sich gegenseitig gut."

Nachdem sich Aiden, Ellen und Bo zwei Stunden lang miteinander unterhalten hatten, stand der Plan. Zweimal die Woche, wenn es ginge, konnte Art zu Besuch kommen. Wenn Luke kurz vorher anrief, konnte er Art entweder bei der Bäckerei oder bei Ellen zu Hause absetzen, um sich mit Netta zu treffen, währenddessen war es Luke möglich, seine Besorgungen zu erledigen. Falls es Ellen oder Bo passte, Netta nach Virgin River zu fahren, würden sie sich ein paar Stunden lang die Zeit am Fluss vertreiben und von Art angeln lernen. Sie tauschten Telefonnummern aus. Das war doch schon mal ein guter Anfang. Schon die Gewissheit, dass sie sich so schnell nicht wieder aus den Augen verlieren würden, nahm allen Beteiligten die Sorge.

Arts Verhalten auf dem Rückweg nach Virgin River schien dies zu bestätigen. Art behielt den Zettel mit Nettas Telefonnummer die ganze Zeit in der Hand. Er hatte vorher nie viel telefoniert, aber dass er jetzt Nettas Nummer hatte, schien ihn ungemein zu beruhigen.

Aiden wollte zwischendurch noch einmal kurz anhalten. Art hatte nichts dagegen. Aiden steuerte Erins Blockhütte an. „Was ist das?", fragte Art.

„Die Frau, die hier wohnt, versucht, einen Garten anzulegen, und ich helfe ihr ein bisschen dabei", meinte Aiden. „Ich will nur mal schnell nachschauen. Und vielleicht die Pflanzen gießen."

„Okay, Aiden."

Erins Wagen parkte nicht vor dem Haus, deshalb holte Aiden ein Sixpack Bier aus dem Kofferraum und setzte sich auf die Veranda, um ihr eine Nachricht zu schreiben. *Bitte kalt stellen. Meine Familie ist zu Besuch und veranstaltet einen Riesenzirkus. Wir sehen uns bald. A.*

Dann betrachtete er den Garten. Gut, gut – sie pflegte ihn. Die Erde war feucht, und es wuchs nur wenig Unkraut. Er marschierte zum Schuppen vor den Bäumen, nahm die Zinkharke in die Hand und grub den Boden ein wenig um. Anschließend beugte er sich hinunter, damit er das Unkraut jäten konnte. Dann nahm er den Schlauch und bewässerte die Beete. Art spazierte im Garten herum. „Geh bitte nicht in den Wald“, rief Aiden.

„Mache ich nicht“, schrie Art zurück, bevor er schließlich in der Hängematte landete, die immer noch zwischen den Bäumen aufgespannt hing. Wild schaukelte er hin und her, und Aiden hoffte, dass die Hängematte das aushielt. Art war nicht gerade zierlich.

„Hallo“, hörte er plötzlich eine weibliche Stimme. „Ich dachte, Sie wollten sich von mir fernhalten.“ Erin lächelte. Sie hielt das Sixpack hoch. „Ich habe versucht, den Garten in Schuss zu halten.“

„Das ist Ihnen gelungen“, sagte Aiden. Er stieg über den kleinen Zaun. „Ich dachte, ich lasse Ihnen ein bisschen Bier da, und vielleicht nächste Woche …“

„Klar“, entgegnete Erin. „Nächste Woche.“ Sie blickte über Aidens Schulter. „Ein Freund von Ihnen?“

„Ja, das ist Art. Hatte ich Ihnen erzählt, dass mein Bruder ein paar Ferienhütten unten am Fluss besitzt? Art ist seine Hilfskraft. Wir haben gerade ein paar Besorgungen erledigt, und da bin ich auf dem Rückweg rasch vorbeikommen, um nach dem Garten zu sehen. Sie sind also noch nicht in die Stadt geflüchtet?“

„Nein. Noch nicht. Allerdings habe ich festgestellt, dass das

Programm im Fernsehen einem einen triftigen Grund dafür liefert, warum man sechzig Stunden in der Woche arbeiten sollte."

„Nur sechzig." Aiden grinste. „Faulpelz."

Sie erwiderte sein Grinsen. „Ich nehme an, dass man bei der Navy vierundzwanzig Stunden sieben Tage die Woche arbeitet."

„Nun, das kommt vor. Aber, anderes Thema, erinnern Sie sich noch, dass ich Ihnen von der fortgeschrittenen Schwangerschaft meiner Schwägerin berichtet habe? Nun hat sich meine gesamte Familie versammelt. Sie neigen dazu, einem Zeit und Raum zu rauben."

„Wer denn alles?", fragte sie.

Er zuckte die Achseln. „Meine Mutter – sie ist in den Sechzigern – kam gestern mit einem Wohnmobil und ihrem siebzigjährigen Freund in Virgin River an. Das trifft den ein oder anderen empfindlichen Nerv. Einer meiner Brüder kehrt morgen zum Heimaturlaub aus dem Irak zurück und bleibt ein paar Tage mit seiner Familie in einer der Ferienhütten. Meine schwangere Schwägerin hat eine Menge Verwandte hier in der Gegend, und sie sind ständig da, falls Sie wissen, worauf ich hinauswill."

Auf Erins Gesicht zeichnete sich ein melancholisches Lächeln ab. „Klingt eigentlich sehr lustig."

„Vermutlich." Da tauchte Art hinter Aiden auf. „Oh, Art – das ist Erin. Erin, das ist Art."

„Hallo, wie geht es dir?", fragte sie Art und nickte ihm zu.

„Danke, gut", antwortete er, und beide lachten.

„Es tut mir leid, Erin. Ich muss Art nach Hause bringen. Wir sehen uns später. Der Garten sieht wirklich gut aus."

„Sie auch", meinte sie leise.

Art spitzte die Ohren. „Maureen sagt, er sieht … er sieht … gra… grä…"

„Grässlich", half ihm Aiden auf die Sprünge. „Meine Mutter strich mir übers Gesicht und fand, dass ich grässlich aussehe.

Schrecklich. Gefährlich. Also ich glaube, Sie sind nicht alleine mit Ihrer früheren Meinung.“ Er wandte sich um und übergab Art die Zinkharke. „Würde es dir etwas ausmachen, sie in den Schuppen zu legen?“

„Mach ich, Aiden.“ Art stapfte davon.

„Er ist sehr süß“, sagte Erin.

„Das ist er. Und wie geht es Ihnen?“

„Großartig“, antwortete sie lächelnd. „Absolut großartig.“

„Gut. Dann bis später.“

„Ich stelle das Bier kalt.“

6. KAPITEL

Willst du mit ihr gehen?", fragte Art ihn auf dem Heimweg.

„Ich glaube, wir bleiben einfach nur gute Freunde", erklärte ihm Aiden, obwohl er gerade zu hoffen begann, dass mehr daraus würde. Er war sich nicht sicher, wann oder wie, aber das würde er beim nächsten gemeinsamen Bier mit ihr herausfinden.

„Luke sagt, dass man viel redet, Händchen hält und Fernsehen guckt, wenn man miteinander geht."

Aiden dachte, dass er sich nicht daran erinnerte, dass Luke sich daran gehalten hätte.

„Vielleicht trinkt man auch ein Bier mit dem Mädchen", meinte Art.

Aiden lachte leise in sich hinein. „Weißt du, Art, manchmal bekommst du mehr mit, als man denkt. Tust du mir bitte einen Gefallen?"

„Klar, Aiden. Was denn?"

„Würde es dir etwas ausmachen, niemandem etwas über diesen Besuch im Garten zu erzählen?"

„Warum?"

„Na ja …" Aiden überlegte einen Moment. „Am Ende des Sommers wachsen da bestimmt viele Tomaten und anderes Gemüse, und vielleicht bekomme ich etwas ab und könnte dann Luke und Shelby damit überraschen."

„Oh", erwiderte Art. „Na gut."

Als Aiden und Art bei den Ferienhütten eintrafen, war Sean gerade angekommen und die Zirkusatmosphäre auf dem Höhepunkt. Es gab nichts, das mit der feierlichen Stimmung, die einen heimkehrenden Soldaten oder in diesem Fall Jetpiloten empfing, vergleichbar gewesen wäre. Die Meute beschränkte sich nicht nur auf die Familienmitglieder der Riordans und Booths; es schauten auch noch ein paar Leute aus dem Dorf vorbei – Jack und Preacher, deren Frauen und Kinder, andere Freunde und Nachbarn. Luke hatte seinen großen Gasgrill aufgestellt und zwei Wannen mit Eis, Mineralwasser, Limonade und Bier gefüllt. Walt Booth hatte Wein mitgebracht. Er entkorkte einen Weißen und stellte ihn kalt. Dann öffnete er den Rotwein und stellte ein paar Flaschen davon zum Atmen auf den Picknicktisch. Sogar die anderen Feriengäste waren eingeladen.

Nachdem Aiden seinen jüngeren Bruder umarmt hatte, half Aiden Luke beim Wenden der Hotdog-Würstchen und Hamburger-Scheiben auf dem Grill. Die Frauen brachten Gewürze, Chips, Kartoffel- und Weißkohlsalat nach draußen. Preacher steuerte ein paar Kuchen bei, und Jack spendierte einen riesigen Karton voller Eiscreme.

Sean blieb immer in der Nähe von Franci; er hatte seine Frau seit sechs Monaten nicht mehr gesehen und seine erste Nacht in den Staaten gemeinsam mit ihr und seiner Tochter in einem Hotelzimmer in San Francisco verbracht. Er legte den Arm um Francis Taille oder schlang ihn ihr um den Hals und zog sie dicht an sich, wann immer sich die Gelegenheit dazu bot. Schließlich kam ihm seine Mutter zu Hilfe. „Rosie, würdest du nicht gerne mal heute bei mir schlafen?"

„Lebst du immer noch im Wo'mobil?", fragte Rosie und machte große Augen.

„Ja. Da haben wir auch noch ein Extra-Gästebett. Und wir können Popcorn essen und fernsehen, wenn du magst."

„Aber Dad sagt, du lebst nicht im Wo'mobil. Er sagt, du lebst in wilder Ehe. Wo ist das?"

Einen kurzen Moment lang herrschte absolute Stille. Doch dann brachen alle in tosendes Gelächter aus. Nachdem es endlich abgeebbt war, antwortete Maureen ihrer Enkelin kühl: „Frag mal deinen Papa, Süße. Er ist da Experte."

Sean lief knallrot an. Doch als seine Tochter sich beruhigt hatte, verkündete er: „Zeit für Rosie, die Sachen zu packen, um bei Grandma zu übernachten, Süße. Wir gehen jetzt alle besser mal ins Bett, damit die ganzen netten Leute nach Hause fahren können."

Sobald die Partygesellschaft aufgebrochen war und Aiden Luke beim Aufräumen geholfen hatte, kehrte er zu seiner Hütte zurück und setzte sich an seinen Laptop. Er hatte siebzehn Mails, aber er sah sich zuerst die seines Freundes Jeff an.

Du hast dich nicht bei ihr gemeldet, du Feigling. Und sie hört nicht auf, mich anzurufen. Egal wie oft ich ihr sage, dass sie es lassen soll. Solange du nicht mit ihr sprichst, wird sie mich immer wieder anrufen. Kannst du deinem Kumpel einen Gefallen, tun, hm? Ruf Annalee an. Sie sagt, es sei dringend. Sie will mir aber nicht erzählen, was so dringend ist. Trotzdem hört sie nicht auf, mich zu belästigen! Hier ist ihre Nummer, die du wahrscheinlich weggeworfen hast.

Aiden schrieb ihm sofort zurück.

Sie wird dir nicht sagen, was so dringend ist, weil es nichts Dringendes gibt. Mit ihr zu sprechen wäre, als ob ich freiwillig die Pest in mein Leben holte. Bitte erzähl ihr einfach – ich bin tot.

In Virgin River war es trotz der familiären Massenansammlung draußen am Fluss bei den Riordans ziemlich ruhig. Ein paar Tage nach der Willkommensfeier für Sean stand Jack Sheridan an seinem üblichen Platz hinter dem Tresen seiner Bar, als einer seiner Lieblingskunden hereinkam. Brie, seine jüngere Schwester, war tagsüber nur selten in der Stadt. Sie war Anwältin und hatte eine gut gehende Kanzlei. Ihre Arbeit brachte sie üblicherweise überall hin, in die Berge und Täler bis ins weit entfernte Eureka, wo sie sich mit dem Bezirksanwalt besprach.

„Hallo, Liebes“, begrüßte er sie. „Was führt dich in mein Büro?“

Brie stieg auf einen Barhocker. „Ich hatte gehofft, dass wir miteinander reden können“, entgegnete sie.

„Das klingt ernst. Kann ich dir etwas dazu Passendes zu trinken bringen?“

Seine Schwester ignorierte seine Frage. „Jack, im Wohnzimmer steht ein pinkfarbener Elefant und ist Leihmutter.“ Jack fiel die Kinnlade herunter, und er starrte auf die Theke. „Sollen wir darüber sprechen, oder sollen wir so tun, als ob er nicht da wäre?“

Er hob den Kopf. „Was soll ich dazu sagen?“

„Irgendwas, Jack“, drängte ihn Brie. „Denn Mel hat mich beauftragt, ihren alten Fruchtbarkeitsspezialisten-Doktor in L. A. anzurufen, um die gesetzlichen Rahmenbedingungen herauszufinden, damit ich anschließend einen Vertrag aufsetzen kann. In der Zwischenzeit wird sie sich um einen Termin zur Entnahme von Eizellen kümmern. Wie stehst du dazu?“

Jack wich ihrem Blick, unangenehm berührt, aus, bis er schließlich hervorbrachte: „Ich will das nicht.“

„Warum? Was ist los?“

Erneut wich er ihrem fragenden Blick aus. Dann schnappte er sich ein Glas und ein Geschirrtuch und begann gedankenverloren imaginäre Wassertropfen zu entfernen.

Brie drückte ihre Hand auf das Handtuch. „Pack das weg und rede mit mir. Ich bin inzwischen erwachsen und, neben einigen anderen Dingen, Anwältin.“

„Hat Mel dich gebeten, mit mir zu sprechen?“

„Nein. Wir haben zwar tatsächlich erst kürzlich miteinander telefoniert, und sie hat mir erzählt, dass sie eine Patientin im Valley Hospital besucht. Deshalb hielt ich es für einen guten Zeitpunkt, dich zu besuchen. Hören wir auf, uns etwas vorzumachen, Jack. Es ist offensichtlich, dass du und Mel in diesem Punkt nicht übereinstimmt – sie drängt mich, aktiv zu werden, und du hast noch nicht mal etwas davon erwähnt."

„Ich mache mir Sorgen um sie", erklärte er leise. „Ich hatte gehofft, es würde sich einfach legen."

„Das legt sich nicht. Im Gegenteil, es wird immer weiter wachsen. Also, was ist los?"

Jack schüttelte den Kopf. „Wir brauchen kein Baby. Auch ohne Terminpläne und Verpflichtungen halten uns die beiden Kleinen genug auf Trab. Drei wären da wirklich der Gipfel, doch das ist es nicht, Brie. Wenn Mel keine Hysterektomie gehabt hätte und es irgendwie geschehen würde, kämen wir schon damit klar. Mich stört die Tatsache, dass sie unter allen Umständen ein Kind will. Nicht mal diese Hysterektomie kann sie aufhalten. Wenn sie unbedingt noch eins will, dann wird sie in Gottes Namen noch eins bekommen. Selbst wenn es dreißigtausend Dollar kostet und eine uns vollkommen fremde dritte Person mit hineingezogen wird."

„Geht es ums Geld?", fragte ihn Brie.

„Meine Güte, nein! Ich würde ihr die Sterne vom Himmel holen, wenn es sein müsste. Das weißt du auch! Wofür brauchen wir schon Geld? Unsere Familie steht immer an erster Stelle. Es ist der Gedanke, wie es passieren soll."

„So etwas wird ständig gemacht, Jack. Von allen möglichen Leuten", erwiderte Brie leise. „Es ist eine gute Lösung für Menschen, die sonst auf herkömmlichem Weg einfach keine Kinder kriegen können. Immer mehr Menschen nehmen das in Anspruch."

„Das weiß ich", antwortete er. „Ich habe Preacher gebeten, für mich im Internet zu recherchieren. Er hat mir eine Menge Sachen darüber ausgedruckt. Manchmal sind die Männer und Frauen auch unfruchtbar und suchen nach Spendern. Ich vermute, dass die Menschen auf diese Weise lieber eigene Kinder bekommen als zu adoptieren. Wenn es funktioniert, soll es mir egal sein. Es wäre unser Kind. Ihre Eier und meine Spermien würden in einer Petrischale zusammengeführt und dann im Bauch einer anderen Frau, die wir vorher ausgewählt hätten, wachsen. In einer Frau, die wir dafür bezahlen würden."

„Ist es das, was dich stört? Dass du die Frau nicht kennst und sie dafür bezahlst?"

„Teilweise", sagte er achselzuckend. „Es ist nicht richtig. Ich meine, wenn wir ein Paar wären, dass sich gleich von Anfang an gesagt hätte: Wir müssen unbedingt fünf Kinder bekommen, damit wir glücklich sind, stünde ich der Sache vielleicht anders gegenüber, Brie. Doch wir waren ein Paar, das zuerst mal verhütet hat. Mel hat immer gesagt, dass das zweite schon eins mehr sei, als sie gedacht hätte. Vor ein paar Jahren wäre Mel beinahe an einer Gebärmutterblutung gestorben. John hat alles getan, was er konnte, aber er musste ihr den Uterus entfernen, um ihr das Leben zu retten. Und er riet mir, mich darauf vorzubereiten, mit dem Verlust fertig werden zu müssen – mir, allerdings nicht Mel. Sie machte gleich weiter wie zuvor und war einfach nur dankbar, dass wir uns und unsere gesunden Kinder hatten. Nun will sie plötzlich auf Teufel komm raus ein drittes Baby, obwohl wir nie darüber gesprochen haben." Er stützte sich mit den Ellbogen auf den Tresen. „Brie, sie will, dass du einen Vertrag aufsetzt, und hat schon einen Termin vereinbart, sich Eizellen entnehmen zu lassen, bevor ich überhaupt zugestimmt habe."

„Könnte es sein, dass sie weiß, dass du damit einverstanden sein wirst, weil es ihr so wichtig ist."

„Ich fürchte, sie versucht die Zeit zurückzudrehen", erwiderte er. „Ich denke, ihr Problem ist, dass sie erst sechsunddreißig ist und keine Kinder mehr bekommen kann. Es kommt mir vor, als reiche es ihr nicht so, wie es im Moment mit uns ist."

„Nein, Jack …"

„Hast du eine Ahnung, wie ich mich fühlte, als sie schwanger wurde, obwohl das eigentlich nicht möglich sein sollte? Ich fühlte mich wie Atlas, wie ein kleiner Gott. Wie der Herrscher des Olymps. Sie immer dicker und launischer werden zu sehen, schien mir wie ein *Wunder*. Ich habe mit meiner Frau geschlafen, und dann ist ein neues Leben entstanden, das wir beide geschaffen haben. In einen Becher abzuspritzen und dann zu beobachten, wie dieses Leben in jemandem wächst, der für mich eine Fremde ist?“ Er schüttelte den Kopf. „Das brauchen wir nicht, Brie. Wir brauchen so etwas einfach nicht.“

Brie blieb kurz die Spucke weg. „Uih.“

Jack wischte versonnen den Tresen ab. „Es ist gar nicht mal der Vorgang an sich, der mich stört“, meinte er. „Verstehst du, der Vorgang stört mich nicht. Ich empfinde die Tatsache, dass so etwas möglich ist – diese Leihmuttersache – wie ein Geschenk Gottes. Falls Mel zu mir gekommen wäre – also damals, als wir uns kennenlernten – und mir erzählt hätte, dass sie keine Gebärmutter mehr hat, allerdings mithilfe einer Leihmutter unbedingt ein Baby haben will ... Verdammt, meinetwegen. Das weißt du, stimmt's? Dass ich alles für sie tun würde. Ich bin mir bloß nicht so sicher, ob ich ihr damit helfe, wenn ich da jetzt mitmache. Ich habe keine Ahnung, wo dieser Wunsch plötzlich herkommt.“

„Dann solltest du es schleunigst herausfinden, Jack. Rede mit ihr.“

„Brie, sie spricht nicht unbedingt mit mir. Sie wartet, dass ich zu ihr komme. Sobald ich das Thema anschneide, bittet sie mich, der Idee gegenüber aufgeschlossen zu sein. Sie will, dass ich meine Bedenken mit John Stone bespreche.“

„Dann rede mit John. Aber lass nicht zu, dass sich die Sache zwischen euch verschlimmert. Ich bin gefährlich kurz davor, mit hineingezogen zu werden, und das will ich ganz und gar nicht.“

Erin entschied sich aus purer Langeweile, Schokoladenkekse zu backen. Sie dachte, dass sie Aiden, falls er das nächste Mal hier auftauchen würde und sie ein paar Plätzchen dahätte, ein paar davon für seinen Freund Art mitgeben könnte. Sie könnte auch ein paar Kekse einfrieren – Marcie und Ian hatten vor, das nächste lange Wochenende bei ihr auf dem Berg zu verbringen. Marcie *liebte* Schokoladenkekse.

Der Juni neigte sich so allmählich seinem Ende zu. Erin wohnte inzwischen bereits seit vier Wochen in der Blockhütte, und sie hatte alle Bücher über inneres Wohlbefinden in einer Ecke zum Verschenken aufgestapelt. Sie standen auf der Sonnenterrasse neben ihrem Liegestuhl, wo sie sich bei einer Tasse Tee, Keksrezepten und einem Taschenbuch mit einem provokativen Titel, das auf dem Cover ein paar lange, wohlgeformte Beine zeigte, entspannt hatte. In dem einem Punkt hatte Marcie völlig recht behalten – sie war völlig von dem blöden Buch gepackt worden! Es gab nichts Besseres als Verführung, um sie zu verführen. Erin lächelte in sich hinein – vielleicht lernte sie die Sache mit der Entspannung doch noch. Auf der Küchentheke stand eine große Schüssel mit Schokoplätzchenteig. Als die Zeitschaltuhr klingelte, ging sie hinein, um heiße Kekse vom Backblech zu kratzen und eine neue Ladung zu backen. Sie sog den Duft ein; es roch himmlisch. Erins großes Laster waren Süßigkeiten. Allerdings hatte sie es bisher streng unter Kontrolle gehalten. Dennoch gab es nichts Verlockenderes als den Duft frisch gebackener Kekse. Nachdem Erin ein Blech mit neuen Plätzchen in den Ofen geschoben hatte, verschwand sie im Bad. Oh, wie schön, dass sie nicht mehr das Plumpsklo in der freien Natur benutzen musste! Dieses Badezimmer war für solch eine Blockhütte wirklich spektakulär, und darauf war Erin ganz besonders stolz.

Bevor sie aus dem Bad zurückkehrte, hörte sie auf einmal ein lautes Geräusch und fragte sich, ob eine Windböe in die Küche hereingeweht war und alles durcheinandergewirbelt hatte. Und dann roch es auf einmal sehr schlecht. Es deutete beinahe auf ein Problem für den Klempner hin. Oder brachte vielleicht eine Brise übel riechende Luft von draußen durch die französischen Fenster in die Hütte rein? Sowie Erin das Badezimmer verließ, entdeckte sie, dass die Brise nicht die Ursache war.

Sondern ein Bär.

Ein sehr großer Bär – und er fraß ihre Schokoladenkekse und den Plätzchenteig, den er mit den Tatzen aufnahm. Tatzen mit langen, gefährlichen Krallen.

Erin stieß einen überraschten Schrei aus. Der Bär hob den Kopf aus der Schüssel. Es klang, als ob er rülpste. Das war der Moment, in dem Erin zu kreischen begann.

Hastig rannte sie ins Bad zurück, schlug die Tür hinter sich zu und schloss ab. Dann stürzte sie durch eine zweite Tür ins angrenzende Schlafzimmer und versperrte auch diese Tür. Zur Sicherheit schob sie ihr Bett davor. Anschließend verriegelte sie die Badezimmertür und rückte ihren Schreibtisch davor. Das war es – mehr bewegliche Möbelstücke gab es nicht. Und sie waren nicht besonders schwer.

Während sie sich am Fußende ihres Bettes niederließ, dachte sie: Scheiße.

Ein Bär – diese Möglichkeit wäre ihr nie im Traum eingefallen! Marcie hatte ihr einmal eine Geschichte über einen Berglöwen erzählt, der sie draußen im Schuppen festgehalten hatte. Seit jenem Zeitpunkt war Marcie nie wieder ohne Eisenstange nach draußen gegangen. Aus diesem Grund hatte auch Erin immer eine große Stange dabei. Doch im Gegensatz zu Marcie gehörte sie nicht zu dem Typ Frau, der einem wilden Tier eine Eisenstange über den Schädel gezogen hätte, sondern eher zu jenen, die schrien und wegliefen.

Sie erinnerte sich an die Kekse im Ofen. *Oh, großartig. Die Hütte brennt ab, und ich sitze in der Falle. Hoffentlich stirbt der Bär zuerst. Aber vielleicht schaffe ich es doch noch zu entkommen, bevor hier alles in Schutt und Asche liegt.*

Schnell wog sie die Möglichkeiten ab, wie sie sich aus dieser Situation retten könnte: Es gab ein schnurloses Telefon – doch das lag in der Küche. Und einen funktionierenden Computer – der sich aber ebenfalls zu nah beim Bären befand. Wenn die

Autoschlüssel im Schlafzimmer gewesen wären, hätte sie aus dem Fenster klettern und zum SUV rennen können, doch natürlich hingen die Schlüssel an ihrem vorgesehenen Platz am Haken neben der Tür. Erin war gut organisiert und sehr ordentlich – es gab für alles eine vorgesehene Stelle.

Als es krachte, schrie sie kurz auf und sprang vom Bett herunter, um zur Tür zu laufen und den Bären anzubrüllen. Das war eine schreckliche Lehre für Erin – die sich einen Moment lang eher darum sorgte, dass der Bär die Hütte zertrümmern könnte, als von ihm getötet zu werden oder dass die Hütte abbrannte.

Erin zwang sich, Ruhe zu bewahren, und rollte sich wieder auf dem Bett zusammen. „Ich hasse mein Leben", sagte sie laut. „Wenn ich das hier überlebe, fahre ich nach Hause zu meiner Arbeit zurück und mache so etwas nie wieder."

Draußen schepperte es schon wieder. Oh, das klang teuer. Erin lag sehr lange auf dem Bett und grämte sich. Sie konnte den Bären in der Hütte herumtapsen hören.

Außerdem klopfte es plötzlich leise an ihr Schlafzimmerfenster. Sie richtete sich auf und lauschte. Tatsächlich. Ein leises Klopfen. Ein zwei Meter fünfzig großer Bär voller Schokoladenkekse würde wohl kaum so leise an ihr Fenster klopfen? Er würde wohl eher einfach die Tür einschlagen und sie auffressen. Erin schlich behutsam und vorsichtig zum Fenster und linste durch einen kleinen Schlitz der geschlossenen Fensterläden.

Und blickte in grüne Augen oberhalb eines roten Barts.

Sie öffnete die Läden und das Fenster. „Aiden!"

„Hallo", sagte er. „In Ihrer Küche steht ein Bär."

„Rennen Sie weg, Aiden! Schnell!"

„Ich möchte reinkommen, aber Sie müssen mir Ihre Hand reichen. Helfen Sie mir. Machen Sie das Fenster ganz auf. Dann werfe ich meine Sachen ins Zimmer und klettere hinein. Sie müssen mich vielleicht ein Stückchen ziehen – dieses Fenster ist ein bisschen hoch."

„Warum?", fragte sie und trat einen Schritt zurück.

Er zuckte mit den Schultern. „Na ja, erstens kommt Rauch aus der Küche. Und zweitens hätte ich Lust auf ein Bier.“

„Da ist ein Bär in der Küche!“, flüsterte sie aufgeregt.

„Ja, dann sollten wir ihn besser verscheuchen.“ Sie öffnete ihm das Fenster, und er warf Rucksack und Machete ins Schlafzimmer, bevor er sich selbst reinhievte.

Erin machte ihm Platz. Sobald er auf dem Boden gelandet war, schloss sie Fenster und Fensterläden wieder. „Toll, jetzt sitzen wir beide in diesem Schlafzimmer fest.

„Wie lange ist er schon da draußen?“, erkundigte sich Aiden, während er auf die Beine kam.

„Keine Ahnung. Seit einer halben Stunde?“ Dann hörten sie erneuten Lärm, und sie jammerte. „Er hat offenbar genug gefressen, und jetzt nimmt er das Haus auseinander. Ich schwöre bei Gott, wenn er auf meinen Aubusson-Teppich kackt, erwürge ich ihn mit bloßen Händen.“

Unwillkürlich musste Aiden lachen, während er in seinem Rucksack herumkramte. Schließlich brachte er etwas zum Vorschein, das aussah wie eine große Dose Haarspray oder ein kleiner Feuerlöscher. „Haben Sie hier im Schlafzimmer etwas, mit dem man Lärm machen kann?“

„Hä?“

„So etwas mögen die nicht. Das hier ist ein Abwehrspray. Ein bisschen Lärm und dieses Spray reichen normalerweise aus, damit man ihn vertreiben kann.“

„Normalerweise?“

„Haben wir eine andere Wahl? Ich denke schon die ganze Woche an das Bier!“ „Ich kenne einfachere Wege, an ein Bier zu kommen“, erwiderte sie.

„Sie haben recht. Soll ich mein Spray nehmen, wieder verschwinden und Sie dem Bären überlassen? Sie können so lange im Schlafzimmer bleiben, bis zufällig jemand vorbeikommt und den Geruch Ihres verwesenden Körpers wahrnimmt. Oder – Sie finden jetzt etwas zum Krach machen.“

„Ich habe hier nichts!"

Aiden schaute sich um und drehte sich dabei einmal um die eigene Achse. Sein Blick blieb in der Ecke hängen. Er näherte sich einem teuren Bäumchen, das in einem großen Blumenkübel steckte; er öffnete das Fenster, warf das Bäumchen hinaus und schlug mit dem Kübel gegen das Haus, um die restliche Erde auszuklopfen.

„Hey!", rief sie. „Der ist aus *Messing*!"

Aiden ging mit seinem gesammelten Arsenal – Messingkübel und Spraydose – zur Schlafzimmertür. „Messingtopf, Messingtopf rettet deinen schönen Kopf." Aiden schob das Bett von der Tür weg. „Erin, hören Sie mir gut zu. Schreien Sie *nicht*. Es ist ein Schwarzbär, und ich entdecke nirgendwo ein Jungtier. Der Bär könnte also einfach weglaufen. Doch schreien Sie nicht, und seien Sie nicht aufgebracht. Er könnte es als Bedrohung auffassen."

„Ich habe ihn bereits angebrüllt", informierte sie Aiden. „Und er ist NICHT weggelaufen! Vielleicht weiß er gar nicht, dass er ein Schwarzbär ist!"

„Verhalten Sie sich einfach ganz ruhig, und bleiben Sie im Schlafzimmer. Ruhig!"

„Was haben Sie vor?"

„Ich gehe nach nebenan und mache Lärm. Wenn er mich angreift, sprühe ich ihm Spray in die Augen. Und dann trinke ich ein Bier."

„Oh Gott."

„Ja, Beten hilft." Aiden öffnete die Tür und schaute in die Hütte hinein. „Oh, gut", sagte er leise.

Der Bär war dabei, das Haus zu verlassen. Einerseits war es vermutlich das Beste, ihn einfach ziehen zu lassen, doch auf der anderen Seite ... Würde er sich ab jetzt immer erinnern, wo er Futter gefunden hatte? Aiden hasste die Vorstellung, Erin könnte in der Hängematte dösen, während ein Bär ums Haus schlich. Allerdings hatte Aiden nicht viel Erfahrung mit Bären.

Er würde jemanden fragen müssen.

Er gab dem Bären einen Vorsprung. Es war kein sehr großer Bär – circa eins achtzig. Vermutlich ein Männchen – im Frühling und Sommer waren die Weibchen immer mit mindestens einem Sprössling unterwegs. Es hätte höchstens sein können, dass dieser Bär eine weibliche Teenagerbärin war, die sich noch nicht gepaart hatte. Aiden folgte dem Tier langsam und vorsichtig. Er brauchte den ganzen Weg zur Sonnenterrasse, um den wilden Bären im Wald verschwinden zu sehen. Dann stellte er den Messingkübel und das Spray auf dem Tisch ab, schnappte sich Erins Teetasse und ihr Buch und schloss die französischen Türen. Anschließend betrachtete er neugierig das Buch und hob amüsiert die Brauen.

Etwas später rettete er einen winzigen Rest der zerbröselten Schokoladenkekse und stellte den Herd ab.

„Ist alles in Ordnung?“, hörte er Erin aus dem Schlafzimmer fragen.

„Ja, es sei denn, Sie wollten einen Schokoladenkeks. Da gibt es einige Verluste zu beklagen.“

„Der Bär?“

„Er hat seine Arbeit hier erledigt“, erklärte Aiden. „Er war alleine, und jetzt ist er weg.“

Erin kam ins Wohnzimmer. Sie sah sich um – die große Schüssel, die sie benutzt hatte, um den Teig anzurühren, lag, in tausend Scherben zersprungen, auf dem Fußboden. Ein Stuhl war umgestoßen worden, und eine Spur aus Schokoladenkeksbröseln führte durch die ganze Wohnung. Der Lärm, den sie gehört hatte, hatte zu drei geringen Schäden geführt. Der Bär war tatsächlich nirgends zu entdecken.

„Ich muss unbedingt hier weg“, murmelte Erin.

Aiden sammelte die Scherben der Schüssel vom Boden auf und warf sie in den Müll. Kein Durcheinander. Der Bär hat alles sauber aufgeleckt. „Sie müssen nicht weg.“ Er nahm ihr Buch in die Hand. „Ich habe übrigens Ihr unanständiges Buch gerettet“, erklärte er grinsend.

„Es ist nicht unanständig!“

„Oh. Schade. Es sieht ziemlich gut aus.“

„Ist … ist nur ein … ein … Frauenbuch … Sie wissen schon.“

Aiden holte ein paar Bierflaschen aus dem Kühlschrank und reichte ihr eine. „Damit säße ich gerne draußen auf Ihrer Terrasse“, meinte er. „Vor allem, weil ich heute zehn Meilen gewandert bin, um hierherzukommen. Ich weiß, ich rieche nicht nach Ihrem Lieblingsparfum, dennoch bleiben wir unter diesen Umständen lieber hier drinnen. Was halten Sie davon?“

„Ich sehe zu, dass ich hier wegkomme!“ Doch sie nahm das Bier und trank einen großen Schluck aus der Flasche.

„Es ist alles in Ordnung, Erin“, beruhigte Aiden sie mit sanfter Stimme. „Er ist weg. Ich lasse Ihnen das Spray da. Hier gibt es keine Grizzlybären. Schwarzbären rennen normalerweise von alleine weg, es sei denn, man gerät zwischen Mutter und Jungtier. Offensichtlich mögen sie Schokoladenkekse. Sie haben vermutlich keine Kekse sichergestellt, bevor Yogi hier hereinspazierte?“

„Nein! Und ich werde mit Sicherheit nie wieder Schokoladenkekse backen!“

Aiden zog sich einen Stuhl vom Küchentisch heran. Erin machte dasselbe und setzte sich hin. Er beugte sich über sie. „Sie müssen nicht abreisen. Wenn die Türen zu sind, ist alles okay. Ich glaube nicht, dass Bären einbrechen. Gut, vielleicht schleicht sich einmal ein Waschbär herein, aber auch sie rennen weg, wenn man ordentlich auf einen Topf schlägt.“

„Wissen Sie eigentlich, was Sie da sagen?“, fragte sie ihn.

„Ich sage: Bitte bleiben Sie noch, Erin. Warten Sie einfach ein paar Tage ab, und dann werden Sie sehen – die Tierwelt wird Sie nicht mehr belästigen, solange Sie sich leise und unauffällig verhalten. Falls Sie wieder einmal einen Bären sehen, schlagen Sie mit einer Gabel gegen den Suppentopf. Bären mögen echt keine Menschen.“

Skeptisch musterte Erin ihn „Unauffällig? Wie passt denn dieses Wort in das Vokabular eines Rettungssanitäters?“, fragte sie ihn.

Er zog eine Augenbraue hoch und grinste. „Gut?“, fragte er hoffnungsfroh.

„Ich weiß nicht. Ich sollte jetzt besser meine Sachen packen und abfahren …“

„Bitte nicht“, bat er sie. „Wir könnten noch vieles miteinander unternehmen, Sie und ich …“

„Ich habe Sie seit Tagen nicht gesehen! Ich werde …“

„Die Familie hatte sich versammelt, und ich musste helfen. Um ehrlich zu sein, sie geht mir schon jetzt auf die Nerven. Doch ich glaube, nun ist alles geregelt. Bleiben Sie wenigstens noch ein paar Tage.“

Erin lehnte sich an ihn. „Warum?“, fragte sie ihn ernst.

Aiden zuckte mit den Schultern. „Sie sind die schönste Frau, die mir je in Virgin River begegnet ist.“ Er lächelte. „Ich lasse Ihnen das Spray da, aber Sie müssen mich in die Stadt hinunterbringen. Da draußen läuft ein mit Schokokeksen gedopter Bär herum, und ich bin unbewaffnet.“ Aiden neigte sich ihr zu. „Hören Sie, nehmen Sie Ihr Telefon und das Spray mit ins Schlafzimmer und schließen Sie die Türen ab, wenn Sie heute Abend ins Bett gehen. Wenn Sie mögen, schieben Sie die Kommode vor die Tür. Sorgen Sie dafür, dass keine Lebensmittel oder Lebensmittelreste herumliegen, die der Bär riechen könnte. Und dann können Sie immer noch schauen, ob Sie sich in ein oder zwei Tagen wieder besser fühlen. Sie können auch immer noch beim Sheriff anrufen und ihm melden, dass ein Bär in Ihrer Hütte war – vielleicht lässt man nach ihm suchen, falls es ein gefährliches Tier war.“

„Mein Verstand sagt mir, dass ich mein Glück auf lächerliche Weise herausfordern würde, wenn ich hierbliebe.“

„Glauben Sie wirklich?“, fragte er. „Bitte fahren Sie nicht weg. Noch nicht. Wirklich – ich würde es Ihnen nicht vorschlagen, wenn ich davon ausgehen würde, dass eine ernste Gefahr bestünde."

Kurz überlegte Erin und schüttelte dann den Kopf. „Falls der Bär mich frisst, werden Sie sich grauenhaft fühlen."

„Ich glaube, ich fühle mich grauenhaft, wenn Sie abreisen."

Luke Riordan gehörte immer schon zu den Frühaufstehern, doch jetzt, wo seine Frau sich am Ende der Schwangerschaft befand, hatte sich das noch gesteigert. Shelby fiel es schwer, eine gemütliche Schlafposition einzunehmen, die dann auch gemütlich blieb. Manchmal stand sie nachts auf, um nach Tabletten oder Eiscreme zu suchen – gegen das Sodbrennen, das sich unvermeidbar fast immer kurz nach dem Hinlegen einstellte.

Luke beklagte sich nicht wegen des mangelnden Schlafs oder der frühen Morgenstunden. Dennoch hätte er ihr gewünscht, dass sie es leichter gehabt hätte. Es kam ihm vor, als ob sie eine viel zu schwere Last für ihren zierlichen Körperbau zu tragen hatte. Außerdem machte er sich Sorgen, dass sie möglicherweise ihren Sohn nicht ohne Komplikationen gebären konnte. Dieses Kind schien bereit zu sein, gleich mit dem Skateboard aus Shelby herauszufahren, obwohl der Geburtstermin erst in frühestens ein paar Wochen anstand! Glücklicherweise waren sie von einer Menge Experten umgeben. Mel sagte: „Ja, ich glaube, ich sah auch ungefähr so aus, wenn nicht sogar noch schlimmer – faszinierend, stimmt's?" Jack meinte: „Ich kann es dir nachfühlen, Kumpel." Aidens Kommentar: „Sie wird es ganz bestimmt schaffen." Da niemand in Panik ausbrach, beschloss er ebenfalls, nicht in Panik zu geraten.

An jenem Morgen erwachte Luke wieder einmal sehr früh. Er schlich mit einer Kaffeetasse in der Hand über das Grundstück, überprüfte den Garten und die Umgebung, die zu dieser frühen Zeit besonders friedlich wirkte. Nachdem seine Mutter und George ein paar Nächte mit dem Wohnmobil auf seinem Gelände gestanden hatten, waren sie zu Noah weitergezogen, um ein bisschen Zeit mit Georges Familie zu verbringen. Für später hatten sie einen Stellplatz auf einem Campingplatz in Fortuna reservieren lassen, wo man ihnen Anschlüsse für Wasser und Strom zur Verfügung stellen würde. Das war sehr viel angenehmer. Und weil sie den kleinen Wagen seiner Mutter auf einem Anhänger dabei hatten, konnten sie problemlos überall hin, ohne gleich jedes Mal das Wohnmobil nehmen zu müssen.

Sean, Franci und Rosie schliefen noch. Art gehörte ebenfalls nicht zu den echten Frühaufstehern. Aiden war am Abend vorher zum Dinner weggefahren mit den Worten, dass er irgendwo an der Küste essen würde. Nichts Außergewöhnliches. Aus welchem Grund hätte ein sechsunddreißigjähriger Junggeselle seine Zeit auch Abend für Abend mit seinem Bruder und seiner unglaublich schwangeren Schwägerin verbringen sollen?

Als Luke an Aidens SUV vorbeilief, bemerkte er, dass die Rücksitzlehnen nach vorne geklappt waren und ein paar neue Räder im Kofferraum lagen. Luke schaute neugierig durchs Fenster und erkannte, dass es sich um Mountainbikes handelte, eines für Männer und eines für Frauen. Interessant. Er erspähte auch zwei Helme. Und einen Korb – den man vorne am Rad befestigen konnte. Picknickkorb? fragte sich Luke. Wie *edel*.

Während Luke mit seiner Kaffeetasse da draußen herumstand, ging die Tür von Aidens Hütte auf, und sein Bruder trat heraus. Luke wich erschreckt zurück. Aiden war glatt rasiert. Er sah gar nicht mehr aus wie derselbe Mensch. Ohne Bart und mit seinem ordentlich gekämmten schwarzen Haar, machte Aiden nicht einmal mehr den Eindruck, dass er überhaupt in der Lage wäre, sich einen solch wilden roten Bart wachsen zu lassen. „Wow!“, stieß Luke sichtlich beeindruckt hervor.

„Er hatte angefangen zu jucken“, erklärte Aiden.

Luke grinste ihn nur an. „Du Lügner. Du hast ihn dir wegen einer Frau abrasiert.“

„Bleib auf dem Teppich“, bat ihn Aiden.

„Wer ist sie? Hast du jemanden an der Küste kennengelernt?“

„Nö. Ich hatte nur keine Lust mehr, dass mich alle für einen Penner hielten. Das ist alles. Und Mom fand den Bart sowieso furchtbar."

Schallend lachte Luke „Du bist *so* ein Idiot", sagte er ein wenig zu laut. „Da sind ein Männer- und ein Frauenfahrrad und ein Scheiß-Picknickkorb in deinem Wagen!"

Aiden betrachtete Luke regungslos. Aiden war zwar der jüngere der beiden Brüder, doch er konnte sehr gut einen überlegenen Gesichtsausdruck zur Schau stellen. „Diese Ferienanlage bekommt niemals fünf Sterne im Reiseführer, wenn du deine Gäste in aller Herrgottsfrühe mit deinem idiotischen Gelächter aufweckst", erwiderte er.

„Ich hätte dir meine Harley geliehen, Aiden, damit du die Dame zu einem richtig männlichen Ausflug mitnehmen könntest", erklärte ihm Luke breit grinsend. „Du hättest mich nur zu fragen brauchen."

„Solche ‚männlichen' Ausflüge sorgen häufig für Schädel- und Knochenbrüche", entgegnete Aiden, ganz der Arzt.

„Ach ja? Dann warte mal ab, was passiert, wenn einer dieser Riesentrucks euch überholt, wenn ihr mit diesen Mädchendingern unterwegs seid. Du wirst dir wünschen, du säßest auf meiner Harley."

„Bist du bald fertig?", erkundigte sich Aiden trocken.

„Ich habe noch nicht mal angefangen", entgegnete Luke lachend. „Komm schon – wer ist sie? Wen hast du an der Küste kennengelernt? Und wie lange ist das her? Wann glaubst du, wieder zurück zu sein? Wir haben hier so etwas wie eine Sperrstunde, wie du weißt."

Aiden marschierte um Luke herum, öffnete den Kofferraum, griff hinein und holte seinen hübschen neuen Korb heraus. Anschließend warf er die Heckklappe zu und stiefelte wieder zu seiner Hütte. „Brauchst nicht auf mich zu warten, du Arsch", rief er über seine Schulter, bevor er die Tür hinter sich ins Schloss knallte. Für jemanden, der sich um die Ruhe der Gäste sorgte, benahm er sich nicht besonders rücksichtsvoll.

Luke lachte vergnügt. Aiden hatte irgendwo ein Mädchen. Die Riordans freuten sich immer über die Eroberungen ihrer Brüder, vorausgesetzt diese waren nicht total bescheuert. Unglücklicherweise hatte es da schon ein paar bemerkenswerte Fälle gegeben.

Luke hörte ein Geräusch und drehte sich um. Seine Frau stand auf der vorderen Veranda vor dem Haus, wobei ihr großer Bauch gewaltig vorragte. Ihre langen Haare waren noch vom Schlaf zerzaust. und sie trug Boxershorts, deren Bund sie unter den Bauch gerollt hatte, und eines seiner T-Shirts. Wie, so fragte er sich, schaffte sie es bloß, gleichzeitig so schwanger und so sexy auszusehen? Er schüttelte den Kopf und ging zu ihr. In einer Hand die Kaffeetasse, schlang er den anderen Arm um seine Frau und presste sie eng an sich. Er küsste sie auf die Stirn, und sein Sohn trat ihn.

„Hast du wenigstens ein bisschen geschlafen?“, wollte er wissen.

„Hm. Ich fühle mich ziemlich gut. Riesig, aber gut.“ Sie schaute an sich hinunter. „Ich habe wieder Knöchel.“

Er musterte sie. „Das sehe ich. Hübsch.“ Er ließ sich in einen der Verandastühle fallen und zog seine Frau zu sich. „Komm her. Setz dich auf meinen Schoß, und wenn du ganz lieb bist, darfst du auch einen Schluck von meinem Kaffee haben.“

„Mmh“, murmelte sie und griff nach seinem Becher. „Was war das denn für ein Lärm? Ich habe dich lachen hören.“

„Aiden hat ein Sommermädchen gefunden“, sagte Luke.

„Ein *was*?“

„Ein Mädchen für den Sommer. Er hat eine Frau aufgegabelt. Er hat Fahrräder in seinem Wagen und …“ Luke verstummte, denn plötzlich öffnete sich die Tür von Aidens Hütte, und sein Bruder kam mit seinem Picknickkorb heraus. Er balancierte den Korb auf der Hüfte und winkte Shelby kurz zu. Dann stieg er in seinen SUV und brauste vom Grundstück.

„Was?“, fragte Shelby noch einmal, sobald Aidens Auto außer Sicht war.

„Aiden ist auf Weiberjagd“, erklärte Luke.

Shelby schüttelte den Kopf und seufzte. „Du bist so feinfühlig“, entgegnete sie und strich ihm mit den Fingern durch das kurze Haar an der Schläfe. „Erinnere mich daran, dir nicht zu gestatten, unseren Sohn in Männerangelegenheiten zu unterrichten. Darum kümmere ich mich. Du bist so ein Klotz, derb und gesellschaftlich unzumutbar.“

„Was? Aiden ist doch auf Weiberjagd! Ist das nicht geheimnisvoll? Ich hoffe nur, dass er Erfolg hat. Aber so wie ich Aiden kenne ...“

„So wie du Aiden kennst ... was?“

Luke zuckte mit den Schultern. „Er ist ein bisschen, ich weiß nicht, er hängt da ein bisschen hinterher. Falls du verstehst, was ich meine?“

Sie lachte. „Mein lieber Ehemann, Aiden ist ein total heißer Typ!“

„Aiden?“

„Oh, ja. Wenn ich nicht mit dir verheiratet und im siebten Monat schwanger wäre, wäre ich hinter ihm her!“

„Aiden?“

„Luke, du hast echt keine Ahnung.“

„Süße, er hat Fahrräder in seinem Wagen! Ich habe ihm gesagt, dass er die Harley haben könnte, doch er hatte Mountainbikes im Auto! Findest du das heiß?“

„Er ist einfach total sexy.“

Luke verschlug es einen Augenblick lang die Sprache. „Das will ich gar nicht hören.“

Sie lachte ihn aus, küsste ihn auf den Hals, und erneut spürte er die Tritte des Babys.

„Ich wette, so etwas kann er nicht“, erklärte Luke voller Stolz und rieb mit der Hand über ihren großen Bauch. „Ich wette, er bringt es nicht fertig, so einen wie diesen hier zu machen. Dieses Kind ist vermutlich schon fast erwachsen, wenn es zur Welt kommt.“

Shelby schüttelte den Kopf und stöhnte. „Oh, Luke, du bist mir echt eine tröstliche Hilfe. Ich weiß gar nicht, wie ich dir so lange widerstehen konnte.“

7. KAPITEL

Aiden fuhr die Straße zu Erins Berghütte hoch und stellte erleichtert fest, dass ihr Wagen noch dort stand – sie war also nicht geflüchtet. Er stieg aus seinem SUV, lehnte sich gegen die Fahrertür und hupte. Er musste noch ein paarmal hupen, bis sie schließlich, in einen Plüschmorgenmantel gehüllt, im Türrahmen erschien. Sie war barfuß und rieb sich den Spann mit den Zehen des anderen Fußes. Ihre Haare wirkten zerzaust, und das machte Aiden ein bisschen an. Sie hatte kein Make-up aufgelegt; sie hatte geschlafen und war schön und sexy aufgewacht. Er hielt das für ein gutes Zeichen. „Oh, gut", begrüßte er sie. „Haben Sie ein bisschen geschlafen, ohne dass ein Bär Sie gefressen hat?"

Erin blinzelte in seine Richtung. „Aiden?", fragte sie. „Aiden?"

„Ich habe mich rasiert und mir die Haare schneiden lassen. Man weiß ja nie, wann man zu einem Vorstellungsgespräch eingeladen wird oder so."

„Ich hatte, als Sie damals mit Art hier oben waren, glaube ich, schon einmal erwähnt, dass es mich beeindruckt, dass Sie überhaupt ein Auto besitzen. Aber auch noch eins, das nicht mal zehn Jahre alt ist. Wow."

„Ziehen Sie sich an – ich werde Sie ausführen und Ihnen zeigen, wie man sich amüsiert." Er trug Shorts, Turnschuhe ohne Socken, eine leichte Jacke über einem T-Shirt und schien bereit für einen entspannten Tag.

„Wie bitte? Ich habe noch geschlafen!"

„Zeit zum Aufstehen, Erin", erklärte er ihr geduldig. „Schlüpfen Sie in Freizeitkleidung. Ich habe Sonnencreme dabei … Sie haben die empfindliche Haut einer Rothaarigen, und wir müssen darauf achten, dass Sie sich keinen Sonnenbrand holen. Ich vermute, Sie besitzen keine Baseballmütze?"

„Nein", erwiderte sie irritiert.

„Nun, ich habe Ihnen einen Helm mitgebracht. Das ist okay. Ich habe Mountainbikes und einen Picknickkorb im Wagen."

„Aber ich bin noch nicht geduscht! Und gefrühstückt habe ich auch noch nicht."

„Ich kann ein bisschen warten. Doch wir sollten den Tag nicht vergeuden. Ich lade Sie zum Frühstück ein. Oder schnappen Sie sich für unterwegs einen dieser Joghurts für Kalorienfeiglinge."

Erin verschränkte die Arme vor der Brust. „Was bringt Sie auf die Idee, ich hätte Lust auf eine Fahrradtour?"

„Wegen der totalen Langeweile. Deshalb", erklärte er und grinste sie an. „War das nicht der Grund, weshalb Sie für den Bären gebacken hatten? Kommen Sie! Ich habe mich *rasiert*! Was soll ich denn noch alles für Sie tun?"

„Sie könnten vorher *fragen*", belehrte sie ihn.

Aiden schlug die Autotür zu und ging zu ihr. Sowie er direkt vor ihr stand, sagte er: „Bestehen Sie nicht auf Förmlichkeiten. Sie haben sowieso nichts Besseres vor. Also, wie wäre es, wenn Sie sich anziehen würden, damit wir an die Küste fahren können? Ich zeige Ihnen, wie man Urlaub macht. Dann bringe ich Sie wieder nach Hause und ... gieße Ihre Tomaten." Er grinste zweideutig.

Erin dachte einen Moment lang über seinen Vorschlag nach und beschloss, die Zweideutigkeit seines Kommentars zu überhören. Stattdessen fragte sie ihn: „Fahrräder?"

„Ja. Mit Helmen und Picknickkorb."

„Na gut. Doch ab jetzt müssen Sie mich vorher fragen."

Er hob eine Braue und blickte sie neugierig an. „Soll ich mir von Ihrer Sekretärin einen Termin geben lassen?" Dann fasste er sie an den Armen, schob sie von sich weg und gab ihr einen Klaps auf den niedlichen Po. „Bewegen Sie sich – ich warte nicht den ganzen Tag auf Sie!"

So viel dazu, eine bekannte, erfolgreiche Anwältin zu sein – Erin konnte sich nicht erinnern, dass es schon *jemals* einer gewagt hatte, ihr auf den Hintern zu hauen. *Noch nie*. Nicht einmal einer der Männer, mit denen sie sich ein oder zwei Mal verabredet hatte. Sie fühlte sich hin- und hergerissen – einerseits empörte sie, was Aiden sich ihr gegenüber herausnahm, andererseits freute es sie aber auch.

Es war ihr nicht entgangen, dass sich unter den stinkenden Wanderklamotten und diesem grässlichen roten Bart ein unglaublich gut aussehender und wohlriechender Mann verborgen hatte. So attraktiv, dass ihr beinahe die Knie zitterten, wenn sie ihn anschaute. Er hatte ein markantes Gesicht, glänzende grüne Augen, rabenschwarzes Haar und ein kantiges Kinn. Und wenn er sich vorher nicht diesen fürchterlichen roten Bart hätte stehen lassen, wäre ihr sein fantastischer Körper – die breiten, muskulösen Schultern, der flache Bauch, sein umwerfender, männlicher Knackpo und die schlanken, sportlichen Beine – vermutlich schon eher aufgefallen.

Allerdings war es auch ein wenig arrogant von ihm, davon auszugehen, dass sie den Tag mit ihm verbringen würde, nur weil er plötzlich bei ihr auftauchte. Natürlich *hatte* er sie vor dem Bären gerettet. Jedenfalls so in der Art. Und er hatte recht – sie wusste nichts Besseres mit ihrer Zeit anzufangen. Dennoch wollte sie nicht auf ihr übliches Körperpflegeprogramm verzichten, das vermutlich völlig überflüssig war, sobald sie erst einmal auf dem Fahrrad saß – was sie seit *Jahren* nicht mehr getan hatte. Auf dem Weg zur Küste schmollte sie im Auto noch ein bisschen. Doch während sie über eine kurvige Klippenstraße am Ozean entlangfuhren, ließ sie sich von der Schönheit der Natur überwältigen. Erin war wie verzaubert. „Ohh", stieß sie aus und holte tief Luft.

„Wurde auch Zeit", erwiderte er. „An einem Ausflug zum Ozean ist einfach nichts zu nörgeln. Sie werden begeistert sein, und heute Abend schlafen Sie wie ein Murmeltier. Garantiert."

Aiden parkte den Wagen an einem Aussichtspunkt und bat Erin, ihm beim Ausladen der Mountainbikes behilflich zu sein. Er befestigte vorne am Fahrradlenker einen offenen Korb und legte die Decke hinein. Den Picknickkorb verstaute er hinter seinem Sattel auf dem Gepäckträger. Das Mittagessen, nahm sie an. Aiden schulterte einen Rucksack; er transportierte das ganze Gepäck. Dann drückte er ihr Sonnencreme aus einer Tube auf die Handfläche. Nachdem sie ihre Arme und Beine eingecremt hatte, setzte er ihr den Helm auf. „Ich fahre hinter Ihnen her“, sagte er. „Das ist sicherer.“

Er lachte, weil sie ihm auswich, als er ausholte, um ihr erneut auf den Po zu hauen.

„Wo entlang?“, fragte sie ihn.

„Diese Entscheidung überlasse ich Ihnen.“

Erin schaute nach Norden und nach Süden, wobei der Süden flacher wirkte. Dann stieg sie auf das Bike und strampelte los. Sie trat wie verrückt in die Pedale, während ihr Aiden, ein Liedchen pfeifend, in einem gemütlichen Tempo folgte.

Erin hielt sich in allen Lebensbereichen, egal ob es um die Einhaltung einer Diät oder das morgendliche Sportprogramm ging, an ihren eigenen Ablauf. Sie machte regelmäßig Yoga und trainierte ein wenig mit Gewichten; ihr Work-out beinhaltete außerdem einige Runden auf dem Laufband, und ab und zu nutzte sie auch den Stepper. Kontinuierlich. Fünfundvierzig Minuten jeden Morgen. Aber für ein Ausdauertraining wie Fahrradfahren oder Joggen hatte sie bisher weder Interesse noch Zeit aufgebracht. Deshalb war sie innerhalb von fünf Minuten total außer Atem und verschwitzt. Und hinter ihr – dieses höllische Pfeifen. Aiden im Stillen verfluchend, strampelte Erin einfach weiter. Jeden Gedanken daran, wie blöd sie sich gerade anstellte, weil sie nicht schneller fuhr, verbot sie sich. Vermutlich hatte Aiden regelmäßig nach Feierabend trainiert, bevor er sich abends der Frauenjagd widmete. *Sie* hingegen musste täglich einen mindestens Zwölf-Stunden-Arbeitstag im

Büro oder Gerichtssaal bewältigen. Doch sie zwang sich dazu, mindestens eine Stunde lang ohne Pause zu radeln, obwohl sie am liebsten *gestorben* wäre.

Als sie kurz davor war, das Handtuch zu werfen, ertönte ein Pfiff, und Aiden rief: „Halten Sie an!“ Sie war ihm so dankbar, dass sie ihn am liebsten geküsst hätte. Er stieg ab und schob sein Mountainbike zum Strand hinunter. Erin folgte ihm. Endlich blieb er stehen, holte ein paar Sportdrinks aus dem Rucksack und reichte ihr einen davon.

„Was ist los?“, fragte sie ihn außer Atem. „Müde?“ Ächzend ließ sie sich in den Sand plumpsen und entlockte ihm damit ein Lachen. Dann stürzte sie die Hälfte ihres Getränks mit lauten, gierigen Schlucken hinunter.

Aiden fiel neben ihr auf die Knie. „Ein bisschen ehrgeizig, Erin?“

Sie wischte sich den Mund mit dem Handrücken ab. „Möglich.“ Sie lächelte. „Okay, zugegeben, ich bin nicht besonders gut in Form.“

„Mir gefallen Ihre Formen ziemlich gut.“

„Also …“, erwiderte sie. „Ich hatte mich schon gefragt, ob Sie mit mir flirten. Ich meine, den Bär zu verjagen ist eines, aber rasieren?“ Sie lachte. „Ich glaube, man kann es getrost als Flirtversuch auffassen, wenn Sie sich erst rasieren und jetzt über meine Figur reden. Hm?“

„Wenn Sie meinen“, entgegnete er. „Auf welchem Rechtsgebiet sind Sie denn tätig?“

„Immobilien- und Steuerrecht.“ Sie zog die Augenbrauen hoch. „Wie ist Ihr Verhältnis zur Steuerbehörde?“

„Ich war bei der Navy. Da gibt es nichts zu verheimlichen. Und ich bin Single – in meinem Testament habe ich meine Mutter als Haupterbin eingesetzt. Sie bekommt die Lebensversicherung ausbezahlt.“

„Lieber Himmel“, stieß Erin seufzend aus.

„Wird man als Mädchen durch das Jurastudium und die Arbeit in einer Anwaltskanzlei so tough und ehrgeizig?"

„Ich glaube tatsächlich, dass das Jurastudium und meine Arbeit mich als *Mädchen* so tough und ehrgeizig gemacht haben", antwortete sie lächelnd. „Außerdem stand ich zu der Zeit ziemlich unter Druck. Meine Eltern starben zu jung. Ich bin die Älteste und musste mich um meine jüngere Schwester und meinen Bruder kümmern."

„Die Schwester, die jetzt schwanger ist, stimmt's?"

„Richtig. Ihr Termin ist Ende des Monats. Sie wird mit einer fast neunzigprozentigen Sicherheit per Kaiserschnitt entbinden – das Baby liegt falsch. Marcie hofft, dass es sich noch dreht, allerdings ist das bis jetzt noch nicht der Fall. Der Geburtstermin ist am 20. August, also hat sie noch ein paar Wochen."

„Und dann reisen Sie ab?"

„Spätestens ein paar Tage vorher. Ich bin mir aber echt nicht sicher, ob ich es so lange aushalte, mit diesem Bären …"

„Scheißbär", murmelte er. „Ausgerechnet als Sie etwas für mich gebacken hatten …"

„Ich habe für Marcie und Ian gebacken – sie kommen nächstes Wochenende zu Besuch. Und Ihnen wollte ich ein paar Schokoladenkekse für Art mitgeben."

Aiden grinste sie an. „Sollen wir noch ein bisschen in die Pedale treten, ehe ich Sie mit Essen verwöhne?"

„Einverstanden", stimmte Erin müde zu und streckte sich. „Diesmal vielleicht in einer etwas moderateren Geschwindigkeit. Versprochen. Ich lasse Sie gewinnen."

Die zweite Stunde ihrer Fahrradtour verlief im Gegensatz zur ersten wesentlich angenehmer; Aiden lag etwas zurück, deshalb fuhr sie nicht so schnell. Und weil sie nicht mehr wie eine Verrückte strampelte, gelang es Erin, den Ozean, die kühle Brise und den weiten blauen Himmel mit den kleinen Schäfchenwolken zu genießen. Außerdem war ihr die ganze Zeit bewusst, dass Aiden sich am Anblick ihres wohlgeformten Hinterns und ihrer langen Beine erfreute.

Als Aiden pfiff, um die nächste Pause anzukündigen, war Erin beinahe enttäuscht. Er schlug den Weg zu einem kleinen Strandabschnitt ein, der eingebettet zwischen riesigen Felsen lag. Die nordpazifische Küste war generell sehr felsig. Aiden stellte das Rad ab und breitete die Decke aus dem Korb auf dem Sand aus. Dann hob er den Picknickkorb vom Gepäckträger, setzte ihn auf die Decke ab und nahm daneben Platz.

„Es ist nichts Besonderes", meinte er. „Ich weiß eigentlich gar nicht, was Sie, außer Schokoladenkeksen, sonst noch gerne essen."

Erin gesellte sich zu ihm auf die Picknickdecke. „Im Moment mag ich alles. Ich musste mehrere Stunden Fahrrad fahren." Sie nahm eine Flasche Wasser aus dem Korb und trank einen großen Schluck. Dann entdeckte sie Sandwiches, Äpfel und Brownies. Während sie aßen, fragte sie Aiden nach seiner Familie und wurde in die Geheimnisse der fünf Riordan-Brüder eingeweiht, die sich alle für eine militärische Laufbahn entschieden hatten. Aiden erzählte ihr, wie er und seine vier Brüder im Mittleren Westen aufgewachsen waren. „Wir wohnten in einem Haus mit drei Schlafzimmern – drei Jungen schliefen in dem einen, zwei in dem anderen Zimmer. Unser Vater war Elektriker. Um uns alle durchzufüttern, musste er unglaublich viele Überstunden abreißen, was hieß, dass unsere Mutter uns gewissermaßen alleine erzogen hat. Und ich finde, sie hat einen guten Job gemacht. Wir haben sie immer den ‚Vollstrecker' genannt. Sie ist eine bemerkenswerte Frau. Sehr stark und bis vor Kurzem sehr engstirnig."

„Was heißt bis vor Kurzem? Was ist passiert?"

„Sie hat einen Freund. Und jetzt lebt sie mit ihm in einem Wohnmobil. Sie wollen durch das Land fahren, um Freunde und Kinder zu besuchen und sich die Welt anzuschauen."

„Das klingt eigentlich sehr schön", erwiderte Erin und biss in ein Sandwich.

„Stimmt", antwortete Aiden. „Doch einige meiner Brüder

sind deswegen ein wenig missmutig. Ich nehme es ihnen nicht übel – unsere Mutter war immer sehr kritisch, was unsere Beziehung zu Frauen betraf ... Bis vor ein paar Monaten hatte sie noch jeden ihrer über dreißigjährigen Söhne bei der bloßen Erwägung, mit einer Frau ins Bett zu gehen, mit der er nicht verheiratet war, am Ohr gezogen. Und nun lebt meine dreiundsechzigjährige Mutter mit einem Kerl zusammen."

„Um wie viele Frauen ging es?", hakte sie neugierig nach. „Ich meine, wenn Sie von Beziehungen sprechen ..."

„Kein Grund zur Sorge, Erin. Von uns Brüdern war ich fast immer der Vorsichtigste. Ich habe mich schon seit Monaten mit niemandem mehr getroffen. Na ja, das ist nicht so ganz richtig. Ich habe mich ein paarmal mit jemandem verabredet – zum Abendessen oder mit Freunden zum Drink, so was in der Art. Doch ich hatte schon lange keinen Sex mehr. Und ich benutze immer ein Kondom."

Erins Wangen glühten. „Ich wollte nicht ..."

„Sie sollten es aber wissen wollen und auch danach fragen. Das wäre nur vernünftig, denn wir haben gerade ein Date. Die Sache mit dem Bären zählt nicht. Diese Fahrradtour schon."

Erin wich seinem Blick aus. Als sie ihn wieder ansah, sagte sie: „Und jetzt wollen Sie alles über meine Verabredungen wissen?"

Aiden zuckte die Achseln. „Nun, wenn Sie darüber sprechen wollen."

„Ich habe nicht sehr oft Dates", erklärte sie. *Eigentlich so gut wie nie.* „In den letzten Jahren habe ich mich nur selten mit Männern getroffen – und wenn, dann meist nur ein Mal."

„Ist es schwer, Ihnen zu gefallen?"

„Ja, ich glaube schon."

„Und Sie sind immer schwer beschäftigt", fuhr Aiden fort.

„Klingt das wie eine Ausrede? Denn es hängen tatsächlich ein paar Menschen von mir ab, und ich nehme diese Verantwortung sehr ernst."

„Der kleine Bruder und die Schwester?“, erkundigte er sich.

„Oh, sie sind inzwischen erwachsen, und es geht ihnen gut. Aber ich habe ein paar Mandanten mit ernst zu nehmenden steuerlichen Problemen. Oder andere in schwierigen Familienverhältnissen, die unbedingt Hilfe bei der Anlage ihres Geldes in Fonds und Immobilien benötigen. Es gibt zwar auch noch weitere Anwälte, Kanzleimitarbeiter und eine Heerschar von Rechtsanwaltsgehilfen, die mich unterstützen könnten, doch als einer der Partner kümmere ich mich um fast alles. Ich hatte schon lange keinen Urlaub mehr.“ *Eigentlich so gut wie nie.* „Diesen Urlaub musste ich bereits ein Jahr im Voraus planen und von langer Hand vorbereiten.“

„Weshalb hatten Sie nie Urlaub?“, fragte er.

„Sie wissen schon. Aus dem gleichen Grund, warum ich mich nur selten verabredete. Zu viel zu tun. Es hängen Menschen von mir ab.“

„Und Sie sind hier, weil Sie nicht so weit von Ihrer Schwester weg sein wollen, falls sie Sie braucht?“

„Natürlich“, sagte sie. „Es ist mein erster Neffe. Das erste Baby in der Familie. Und Marcie und ich stehen uns sehr nahe. Außerdem dachte ich, es wäre sehr entspannend da oben. Ich hatte nicht mit dem Bären gerechnet.“

„Er wird Sie hoffentlich nicht noch einmal belästigen“, meinte Aiden und streckte sich auf der Decke aus.

„Hoffentlich“, stieß sie seufzend aus und legte sich ebenfalls hin. „Aiden, sind Sie eigentlich in ärmlichen Verhältnissen aufgewachsen?“

„Hängt davon ab, wie Sie ärmlich definieren. Es wäre vielleicht passender ausgedrückt, wenn ich sagen würde, dass unser Budget sehr begrenzt war. Meine Mutter weiß tatsächlich, was es bedeutet, einen Dollar zwei Mal umdrehen zu müssen. Bei uns gab es ziemlich häufig Makkaroni mit Käse. Außerdem besaßen wir einen großen Garten, und meine Mutter hat vieles eingeweckt. Was sie nicht selbst angepflanzt hatte, kaufte sie auf dem Bauernmarkt. Und die Frau war ein Suppengenie. Wir aßen so oft Suppe, dass ich inzwischen keine Eintöpfe mehr mag." Erin kicherte. „Colin war der Einzige in der Familie, der andauernd neue Kleider bekam, denn er wuchs schneller als Luke, obwohl er der Zweitgeborene war. Wir anderen kriegten nur dann neue Jeans, wenn unsere Hosen schon total verschlissen waren. Und ich – als dritter – war der Dumme. Die Sachen hielten immer lange genug für mich, doch wenn es Zeit wurde, sie an Sean oder Patrick weiterzuvererben, waren sie meistens zu abgetragen und mussten ersetzt werden. Das ist vermutlich der Grund, weshalb wir uns alle freiwillig zum Militärdienst gemeldet haben – wir hätten uns niemals das College leisten können. Obwohl …"

„Obwohl was?"

„Es gab ein paar Stipendien und finanzielle Hilfen. Meine Brüder Sean und Patrick besuchten Militärakademien – bei der Air Force und bei der Navy. Ich hatte ein Teilstipendium …"

„Und als Rettungssanitäter gearbeitet", vervollständigte sie den Satz für ihn. „Und was ist das Wichtigste, das Sie als Rettungssanitäter gelernt haben?"

Er dachte einen Augenblick darüber nach. „Leg sie auf die Trage und dann lauf, lauf, lauf!"

Sie lachte, und er wandte sich zur Seite, um sie anzusehen. „Es stimmt. Es geht nur darum, jemanden so schnell wie möglich ins Krankenhaus zu bringen. Allerdings habe ich auch ein paar Notfallmaßnahmen gelernt – Wiederbelebung, wie man eine Blutung stoppt und solche Sachen." Aiden lächelte. „Was man bei einer Kopfwunde beachten sollte. Aber ein Rettungssanitäter ist normalerweise nicht so gut ausgebildet wie ein Rettungsassistent. Kommt jedoch darauf an, wo man arbeitet." Er drehte sich wieder auf den Rücken. „Und wie ist das mit Ihnen?", hakte er nach.

„Ich habe keine Ahnung, wie man Blutungen stoppt …", sagte sie und gähnte.

„Sind Sie in armen oder reichen Verhältnissen aufgewachsen?"

„Weder noch. Mittelschicht. Mein Vater hatte sogar ein bisschen was fürs College zurückgelegt. Wir hatten … Ich wollte sagen, wir *haben* ein Haus mit vier Schlafzimmern – für jeden ein eigenes Zimmer. Ich wohne immer noch dort. Das Haus ist nicht mehr neu, aber es wurde regelmäßig saniert, modernisiert und neu eingerichtet. Es ist sehr schön." Sie gähnte erneut. „Große Küche."

Dann schwiegen sie eine Zeit lang, bis Erin fragte: „Aiden? Sind Sie eigentlich zum Abschlussball gegangen? Auf der Highschool?"

„Hm, das letzte Schuljahr. Ich hatte eine Freundin."

„Ich wette, Sie hatten fast immer eine Freundin", sagte Erin leise.

Dann herrschte wieder Ruhe, und sie dösten mit vollen Mägen, Seite an Seite im Sonnenlicht, während ringsherum die Wellen an den Strand rollten.

Viel zu schnell weckte Aiden sie auf. „Ich tue es nicht gerne, Erin, doch wir müssen aufbrechen. Wir können hier nicht den ganzen Nachmittag verschlafen. Und bei Nacht werden wir uns so nah am Meer totfrieren, und außerdem haben die Mountainbikes kein Licht."

„Mmh", murmelte Erin und erhob sich schläfrig. „Aber das war schön."

Aiden schlang ihr den Arm um die Taille und küsste sie auf die Stirn. „Ich habe doch gleich gesagt, dass es dir gefallen wird."

Auf dem Heimweg hielten sie bei einem Fischrestaurant in Fortuna an und setzten sich zum Essen in den Innenhof. Als sie anschließend zu Erins Blockhütte zurückkehrten, war die Sommersonne gerade im Begriff unterzugehen. Das hieß, es war schon nach acht. Aiden brachte Erin zur Tür, legte ihr die Hand unters Kinn und zog sie dicht an sich heran. „Schließ die Tür ab, so wie ich es dir geraten habe, und nimm Telefon und

Spray mit ins Schlafzimmer. Dann kann dir nichts passieren." Damit presste er sie enger an sich und küsste sie zärtlich auf den Mund. Er ließ sich Zeit und fuhr ihr sehr sanft und hingebungsvoll über die Lippen, bevor er sie schließlich losließ. „Mmh, wie schön. Schlaf gut und bis bald."

Beim Abschied rief ihm Erin hinterher: „Aiden?" Er drehte sich um und schaute sie an. „Ich hatte einen tollen Tag", sagte sie. „Danke."

„Das wiederholen wir", versprach er. „Und das nächste Mal lasse ich dich auch ganz bestimmt gewinnen." Dann winkte er.

In der Nacht träumte Erin von einem gut aussehenden, einfühlsamen, witzigen und vor Testosteron strotzenden Mann. Sie spürte seine Lippen auf ihrem Mund, seine Hände auf ihrer Haut. Er zog sie an sich, und sie ließ sich davontragen. Es kam ihr vor wie ein wahr gewordenes Märchen, dass sich der haarige, übel riechende Penner – *zack* – in einen Prinzen verwandelt hatte. Und keine Frage – er mochte sie. Solche Dinge passierten ihr nicht. Mit sechsunddreißig Jahren, am Ende der Welt, dem attraktivsten, verführerischsten Mann zu begegnen, den sie je getroffen hatte.

Die Sonne war kaum aufgegangen, als sie eine Hupe hörte und sich im Bett aufrichtete und feststellen musste, dass ihr ganzer Körper streikte. Erin ließ sich in die Kissen zurückfallen. Unfähig, sich zu bewegen.

Dann wurde an die Tür geklopft. Sie versuchte, sich aus den Federn zu wälzen, spürte aber überall Schmerzen und blieb reglos liegen. Und schon stand er direkt in ihrem Schlafzimmer und beugte sich über sie. „Das habe ich mir gedacht. Verspannt?"

„Wie um alles in der Welt bist du hier hereingekommen?", fragte sie.

„Na ja, der Schlüssel lag unter dem Blumentopf, und ich glaube, der Schreibtisch, den du vor die Tür gerückt hast, ist leer. Ich konnte ihn ganz einfach wegschieben. Ich bin mir allerdings ziemlich sicher, dass ich schlauer bin als ein Bär, doch falls ich nicht ... Tut es doll weh? Verspannt?"

„Verspannt trifft es nicht genau", erwiderte sie. „Das war sehr unverantwortlich von dir. Du hast eine medizinische Ausbildung und hättest mich nicht auf einen stundenlangen Fahrradausflug mitnehmen dürfen, ohne dafür zu sorgen, dass ich dazu auch in der Lage bin. Meine sämtlichen Muskeln brennen wie Feuer. Selbst mein Hals tut weh. Warum tut mir denn der Hals weh?"

„Bei der gebückten Haltung am Lenker hast du dir bei dem verzweifelten Versuch, das Rennen zu gewinnen, die Halsmuskulatur überdehnt. Soll ich mich ausziehen, zu dir ins Bett legen und dir eine schöne Massage verpassen?"

„Wenn du mich anfasst, bringe ich dich um. Hau ab – ich kann mich nicht rühren."

Er setzte sich auf die Matratze. „Du bist wie der Blitz mit dem Mountainbike losgeschossen, weil du so ehrgeizig bist. Deshalb. Ich stelle dir ein Fläschchen mit einem entzündungshemmenden Mittel auf die Kommode. Du würdest dir einen großen Gefallen tun, wenn du deine Muskeln in der Dusche aufwärmen und dich ein bisschen bewegen würdest. Der größte Fehler, den du jetzt machen kannst, ist, den ganzen Tag herumzuliegen. Ich koche dir Kaffee, bevor ich gehe."

„Gehst?", fragte sie halb aufgerichtet, ehe sie sich ächzend in die Kissen sinken ließ.

„Ich bin hierhergekommen, um zu gucken, ob alles in Ordnung ist. Ich muss heute noch etwas erledigen. Ich wollte dich zu einer Wanderung durch den Redwood Grove abholen, aber vielleicht ist es erst einmal das Beste so. Was hältst du davon, wenn ich später noch mal vorbeischaue? Zum Abendessen?"

„Ich kann nicht", antwortete sie. „Wegen des Bären habe ich Angst, etwas zu kochen, das gut riechen könnte."

„Okay, das stimmt. Ich bringe einfach ein paar Sachen mit,

wenn ich komme, und dann kochen wir zusammen. Das wird witzig." Er erhob sich von der Bettkante. „Und lauf heute ein wenig herum, sonst verkrampfen deine Muskeln. Bis später dann."

„Ich dachte, wir hätten vereinbart, dass du mich vorher fragst", erinnerte ihn Erin.

Aiden grinste sie an. „Hör auf, mir zu sagen, was ich tun soll. Ich gebe dir die Telefonnummer meines Bruders – du solltest ihn anrufen, wenn du noch mal Probleme mit dem Bären hast. Luke kommt dann hoch und erschießt ihn für dich. Das tut er gerne. Nimm alle vier Stunden von dem Medikament, egal ob du es zu benötigen glaubst oder nicht. Und dehne deine Muskeln vorsichtig." Er beugte sich zu Erin hinunter und küsste sie auf die Stirn. „Morgen lassen wir es ruhiger angehen." Beim Verlassen des Zimmers schaute er sie noch mal über die Schulter hinweg an. „Gieße meine Tomaten", bat er sie lächelnd.

„Auf einmal sind es deine Tomaten? Das ist ja ein tolles Geschenk …"

„Bis nachher."

Und schon war er weg. Erin hörte die Tür ins Schloss fallen und dann das Geräusch des davonfahrenden Wagens, bevor sie den Kaffee roch.

Ich werde den Schlüssel in Zukunft etwas sorgfältiger verstecken müssen, dachte sie. Doch sie lächelte. Vielleicht auch nicht. Die Sache schien interessant zu werden …

„Morgen?", murmelte sie vor sich hin. „Er hat schon Pläne für den nächsten Tag."

Nachdem er von Erin losgefahren war, macht er sich auf den Weg nach Redding. Sein Headhunter hatte ihn gebeten, wenigstens mit einigen Leitern von Praxen für Geburtshilfe und Gynäkologie in der Gegend zu Mittag zu essen. Denn die Ärzte in Redding planten zu expandieren und waren auf der Suche nach Verstärkung für ihr Praxisteam.

Als Aiden sein Ex-Navy-Abenteuer begonnen hatte, war er sich nicht sicher gewesen, was er genau wollte oder wo er sich niederlassen sollte. Das bot dem Headhunter die Möglichkeit, seine Fühler weit auszustrecken. Aiden dachte, dass er in einer großen Stadt ebenso glücklich werden konnte wie in einer kleinen. Hauptsache, er lebte in der Nähe von Luke und Shelby, seine einzigen Familienangehörigen, die nicht mehr andauernd umzogen.

Die beiden Ärzte, mit denen sich Aiden in Redding traf, ein Mann und eine Frau, beeindruckten ihn sowohl auf persönlicher als auch auf professioneller Ebene. Sie suchten einen zusätzlichen Doktor, weil ihre Praxis sich reger Nachfrage erfreute. Außer normaler Gynäkologie waren sie auch noch auf ein paar seltene Bereiche spezialisiert – Fruchtbarkeitsbehandlungen und Perinatologie sowie Risikoschwangerschaften. Aiden interessierte sich für beides. Wenn alles gut lief, könnte er sogar eines Tages Teilhaber werden.

Doch mittlerweile drifteten seine Gedanken in eine andere Richtung. Aiden überlegte, was Chico alles zu bieten hätte. Oder, falls Chico ausfiel, vielleicht Davis, Sacramento oder sogar San Francisco, alles näher an Chico gelegen als Redding. Ja, die langbeinige Blondine ging ihm unter die Haut und brachte sein Blut zum Kochen, sobald er an sie dachte. Ein Gedanke an sie genügte, und schon spürte er dieses erregende Ziehen in der Leistengegend.

Noch ein Grund mehr, nicht gleich eine endgültige Entscheidung zu fällen – erst einmal abwarten, wohin diese Anziehungskraft zwischen ihnen führen würde.

Es überraschte Aiden, festzustellen, dass sein Optimismus in Bezug auf eine glückliche Beziehung wirklich dermaßen stark erschüttert worden war. Denn eigentlich hatte er sich hinsichtlich einer möglichen festen Partnerschaft immer für sehr offen gehalten. Doch nun wurde ihm plötzlich bewusst, dass er es sich in den letzten Jahren wahrscheinlich gar nicht erlaubt hatte, etwas zu empfinden. Oh, er hatte sich zu der ein oder anderen Frau hingezogen gefühlt und Verlangen gespürt, allerdings schienen seine Empfindungen nie stark genug gewesen zu sein, um etwas Ernstes daraus entstehen zu lassen. Nun fragte er sich, ob es etwas damit zu tun hatte, dass er der Richtigen bisher noch nicht begegnet war, oder weil es ihm an Vertrauen gemangelt hatte. Vielleicht hatte es auch daran gelegen, dass er sich nicht verletzlich zeigen wollte. Inzwischen war es Aiden aber leid, alleine zu sein, leid, immer eine gewisse emotionale Distanz zu wahren. Und etwas an Erin weckte in ihm den Wunsch, die Gelegenheit zu nutzen.

Seine bisherige Zurückhaltung hatte ohne Zweifel mit seiner schlechten Erfahrung zu tun. Aber, Himmel noch einmal, es war eine wirklich üble Erfahrung gewesen. Er glaubte, dass die Ursache für seine neuerliche extreme Vorsicht darin lag, dass seine Ex, Annalee, erst kürzlich versucht hatte, ihn ausfindig zu machen. Andererseits entsprach es nun mal den Tatsachen, dass Aiden, auch wenn Annalee nicht im Spiel war, sich nicht Hals über Kopf auf eine Frau einließ. Diese Zurückhaltung war für ihn ganz normal geworden. Obwohl seit der Geschichte mit Annalee schon viel Zeit ins Land gegangen war und sie nur kurz gedauert hatte, gehörte sie zu den dunkelsten und schlimmsten Kapiteln seines Lebens. Nichts hatte ihn auf Annalees Wahnsinn vorbereitet. Seit ihrem Kennenlernen hatte sie ihn nur belogen und manipuliert.

Aiden hatte ihr Geld gegeben, damit sie nach Hause, nach Georgia, fliegen konnte, um ihre Mutter zu besuchen. Fünf Tage später hatte sich die Kreditkartenfirma bei ihm gemeldet, um sich rückzuversichern, dass er damit einverstanden sei, dass seine Frau mit seiner Kreditkarte die zehntausend Dollar für einen einwöchigen Wellnessurlaub in Acapulco bezahlte. Das einzig Kluge, das er in ihrer kurzen Ehe getan hatte, war, darauf zu verzichten, ihr eine Vollmacht für seine Konten zu erteilen. Ständig hingen in ihrem Schrank neue, teure Klamotten, ohne dass er wusste, wo sie das Geld dafür hernahm. Er vermutete, dass sie die Kleider gestohlen hatte. Doch sobald er sie auf ihr Verhalten oder ihr Handeln ansprach, ging sie in die Luft wie eine Rakete, zertrümmerte die Wohnung oder brach total zusammen und verwandelte sich in ein verletzliches, bedürftiges Kind. Ihre Beziehung glich einer einzigen unglaublichen Achterbahnfahrt, die zwischendurch von wildem, zügellosem Sex gekrönt wurde. Aiden begann sich zu fragen, ob er den Verstand verloren hatte.

Leider gelang es ihm nicht mehr so ganz, sich an die Phasen zu erinnern, in denen Annalee ihm *normal* erschienen war. Süß, niedlich, entgegenkommend, liebenswert. Und Gott, sie war wunderschön – nicht wie das typische Mädchen von nebenan, sondern im klassischen Sinne. Sie hatte hellblondes Haar, dunkle Augen, leicht gebräunte Haut, volle Lippen und war mit einem umwerfenden Körper gesegnet, der einen Zug zum Entgleisen gebracht hätte. Sie war nur einen Meter sechzig groß, hatte eine zierliche Taille, wohl gerundete Hüften und große Brüste.

Nach den ersten beiden Wochen ihrer Ehe hatte er in ihr nur noch den Teufel in Frauengestalt gesehen. Aiden war sich nicht sicher, ob Annalee geistig gestört war oder einfach nur das gemeinste, hinterhältigste Biest der Welt. Lange Zeit hatte er versucht, genau das herauszufinden, anstatt sich endlich scheiden zu lassen. Aber dann war er eines Tages einmal – absichtlich – etwas früher aus dem Krankenhaus nach Hause gekommen und hatte sie dabei erwischt, wie sie sich mit einem jungen Seemann vom Stützpunkt zwischen den Laken gewälzt hatte. Als Aiden ihn aus dem Bett gezerrt und gegen die Wand gedrückt hatte, hatte der Kleine geschrien. Der Kerl war total ahnungslos gewesen, dass das Mädchen *verheiratet* war! Er hatte sie um zehn Uhr morgens in einer Bar kennengelernt. Nach seiner unerfreulichen Begegnung mit Aiden war er abgehauen, so schnell er konnte.

Dieses Ereignis hatte dazu geführt, dass Aiden endlich aus dem Albtraum erwachte, der vom Kennenlernen bis zur Scheidung vier Monate lang gedauert hatte.

Einer seiner Patienten im Krankenhaus hatte damals gerade innerhalb weniger Tage seine Scheidung über die Bühne gebracht. Von ihm hatte sich Aiden den Namen eines Anwalts geben lassen, um sich sofort um seine eigene Scheidung zu kümmern. Aiden hatte Annalee die Scheidungspapiere persönlich übergeben, und danach hatte sie sich aus dem Staub gemacht. Er hatte wirklich geglaubt, er sei mit ihr fertig. Bis er vor wenigen Wochen zum ersten Mal wieder von ihr gehört hatte, schien es auch tatsächlich so gewesen zu sein.

In den letzten acht Jahren hatte Aiden keine Frau mehr kennengelernt, die ihn nur im Geringsten an den weiblichen Teufel, der sein Leben innerhalb kürzester Zeit so komplett durcheinandergebracht hatte, erinnert hätte. Und er bezweifelte keine Sekunde, dass Erin ebenfalls ganz anders war. Seltsamerweise nahm er sogar an, dass er und Erin sich sehr ähnlich waren. Sie hatte sich, genau wie Aiden, bisher offenbar auf familiäre Pflichten und die Arbeit konzentriert. Und wie bei Aiden waren ihre Beziehungen eher flüchtig und nichts Langfristiges gewesen. Erin war ernsthaft und vorsichtig und sehr klug.

Er mochte sie definitiv. Und es war schon zu lange her, seit er eine Frau getroffen hatte, die solche Gefühle in ihm auslöste.

Auf dem Rückweg von Redding nach Virgin River begann Aiden, sein weiteres Vorgehen zu planen. Er würde etwas Schönes zum Abendessen besorgen und sie fragen, weshalb sie sich für Jura und – lieber Himmel – ausgerechnet für *Immobilien- und Steuerrecht* entschieden hatte. Sie wirkte eigentlich nicht halb so merkwürdig, wie es ihr Fachgebiet vermuten ließ. Danach würde er sie küssen, zärtlich werden und liebevoll mit ihr kuscheln, bevor er sich widerstrebend von ihr verabschieden würde. Am nächsten Tag würde er sie abholen und zu einem Spaziergang durch den Redwood Grove überreden, wo er sie ab und zu hinter einen der großen und urwüchsigen Bäume ziehen würde. Und dann, in nicht mehr allzu langer Zeit, würde er mit ihr schlafen. Es war ihm bewusst, dass die Idee vermutlich seinem verrückten Männerhirn entsprang, aber er war sich ganz sicher, dass er danach Klarheit darüber hätte, ob er den Headhunter bitten sollte, ihm einen Job in der Nähe von Chico zu suchen oder nicht.

Aiden hielt vor einem Lebensmittelladen, und weil er dort Handyempfang hatte, rief er Luke an. „Hallo", sagte er. „Ich habe heute Abend etwas vor, doch ich dachte, ich melde mich kurz. Ist alles in Ordnung?"

„Ja, es geht uns gut, trotzdem wünschte ich, du kämest nach Hause. Mom und George essen mit uns. Das wäre die perfekte Gelegenheit, um mit ihnen zu reden. Über ... du weißt schon ... diese Idee, im Wohnmobil durch die Gegend zu reisen."

„Ah", erwiderte Aiden. „Du willst, dass wir sie gemeinsam überwältigen."

„Na ja, ich habe immer noch meine Bedenken. Sie sind ein bisschen zu alt für so etwas."

„Sie sind beide sehr gesund und fit. Sie brauchen nicht mal Brillen. Du willst mich lieber nicht dabei haben – ich glaube, ich stehe auf ihrer Seite. Falls Mom alleine zu euch gekommen wäre, wäre es etwas anderes gewesen."

„George ist siebzig! Sie könnte genauso gut alleine sein!", entgegnete Luke.

„Heißt das, es kümmert dich nicht mehr, dass unsere Mutter in einem Wohnmobil wilden und zügellosen Sex mit einem Kerl hat?", fragte Aiden. „Denn eigentlich kann jeder Siebzigjährige, der noch dazu in der Lage ist, auch eine Straßenkarte lesen und an einer roten Ampel halten."

„Wie witzig", stieß Luke hervor. „Geh. Amüsier dich gut mit deiner Schnecke. Überlass mir ruhig alle Familienangelegenheiten. Und scher dich ruhig nicht darum, dass ich mir Sorgen mache."

Aiden lachte still und leise in sich hinein. Vor einigen Jahren – also vor Shelby, dem Baby und Art – wäre es Luke möglicherweise nicht einmal *aufgefallen*, wo seine Mutter schlief. Und nun steckte er bis zum Hals in familiären *Angelegenheiten*. „Wenn ich da bin, wo ich hin will, rufe ich dich noch einmal an und sorge dafür, dass du eine Nummer hast, unter der du mich erreichen kannst, falls es zu einem Handgemenge kommen sollte."

„Vielen Dank auch", sagte Luke und legte auf.

8. KAPITEL

Maureen und George hatten Maureens Wagen auf einem Anhänger hinter dem Camper mitgenommen, damit sie auch einmal ohne das benzinfressende Wohnmobil unterwegs sein konnten. Sie fühlten sich sehr wohl auf dem kleinen, netten Campingplatz außerhalb Fortunas. Die meisten ihrer „Nachbarn" waren auf der Durchreise zum Redwoods Nationalpark, der Küste oder den Bergen. George und Maureen stellten sich ihnen nur mit den Vornamen vor, und es schien niemanden auch nur im Geringsten zu interessieren, ob sie verheiratet waren oder nicht. Die meisten Leute wollten sich das Wohnmobil einmal ansehen, weil es zu den Topmodellen unter den Campern gehörte.

George und Maureen hatten einen entspannten Alltag. Sie fuhren beinahe täglich nach Virgin River – George wollte Noah in der Kirche und bei der Renovierung des Hauses helfen, und Maureen verbrachte ihre Zeit gerne mit ihren Schwiegertöchtern, die momentan wesentlich unterhaltsamer waren als ihre Söhne. An den Freitagabenden besuchten George und Maureen meistens eine katholische Messe und aßen danach irgendwo zum Dinner. Sonntagmorgens hörten sie sich Noahs Predigt an; George platzte förmlich vor Stolz über den jungen Pastor. Maureen hatte noch nie einen so gut aussehenden, jungen Reverend, der in Jeans und einem karierten Hemd vor seiner Gemeinde stand, wobei sein Hund in seiner Nähe auf dem Boden lag, den Gottesdienst abhalten sehen. „Ihr Presbyterianer", sagte sie lachend zu George, „habt überhaupt keine Ahnung von der Schönheit der Liturgie."

Die wahre Magie erlebte Maureen jedoch in ihrer Zweisamkeit mit George. Dinge, von denen sie nie geahnt hatte, dass sie sie vermisste, erfüllten auf einmal ihr Leben – Alltägliches, wie: mit einer Handarbeit auf dem Sofa sitzen, während George neben ihr im Fernsehen ein Baseballspiel verfolgte. George *liebte*

Baseball, und er kommentierte jedes Spiel! Der Unterschied zwischen einem George, der sich gut unterhalten fühlte, und einem George, der sich einfach nur die Zeit vertrieb, ließ sich daran erkennen, wie viel er mit dem Fernseher sprach. Baseball bekam eine Menge Kommentare; die Filme, die Maureen aussuchte, höchstens ein gelegentliches Schnarchen. Ihr war nicht bewusst gewesen, wie sehr sie das Schnarchen eines Mannes vermisst hatte.

Maureen saß vor dem Wohnmobil und genoss die kühle Morgenluft, unterdessen spülte George drinnen das Frühstücksgeschirr ab. Bisher hatte es noch niemanden gegeben, mit dem sie sich die häuslichen Pflichten teilen konnte. Bei dem Gedanken daran, dass jetzt alles anders war, durchströmte sie ein Glücksgefühl. Wenn man vom Teufel sprach ... George trat mit einer Zeitung unter dem Arm aus dem Camper und brachte zwei Tassen Kaffee mit nach draußen. Er reichte ihr einen Becher Kaffee mit Süßstoff und einem kleinen Spritzer Milch. Dann ließ er sich mit seinem schwarzen Kaffee auf einen Stuhl neben Maureen nieder und studierte die Zeitungsüberschriften.

Das gehörte auch zu den Sachen, die ihr anscheinend gefehlt hatten – ein Mensch, mit dem man schweigen konnte. Jemand, der neben ihr saß und einfach da war, ohne aufdringlich zu sein. Zwölf Jahre lang war sie, wir ihr nun klar wurde, alleine, wenn auch nicht einsam, gewesen. Und nicht einmal während der ganzen Zeit war es ihr in den Sinn gekommen, dass es eine Lösung dafür gäbe. Beiläufig griff George nach ihrer Hand und hielt sie fest, was Maureen daran erinnerte, dass da noch etwas war. Sie empfand eine zarte Zuneigung, die wundervollerweise irgendwo zwischen Leidenschaft und Wohlbehagen lag.

Maureen war davon ausgegangen, dass sie nie wieder diese Gefühle verspüren würde. Deshalb überraschte es sie, dass eine dreiundsechzigjährige Frau dieselben Freuden des Lebens genießen konnte wie vielleicht damals mit Anfang zwanzig. Nein, sogar *mehr*. Es war doch nicht dasselbe. Als junge Braut hatte sie Hemmungen gehabt; sie war auf sich selbst konzentriert und nur schwer erregbar gewesen. Nun, wo sie so viel weniger attraktiv war, fühlte sie sich viel freier und viel mehr wie sie selbst. Sie glaubte, dass sie dies George zu verdanken hatte, der ihr geholfen hatte, langsam Vertrauen aufzubauen. George, bei dem sie sich so wundervoll und begehrenswert vorkam. Maureen gehörte zu dem Typ Frauen, die sich, auch nach der Geburt ihrer fünf Kinder, immer noch das Laken über den Kopf gezogen hatte, um sich selbst zu betrachten. Nun duschte sie sogar manchmal mit George. Sie lachten darüber, wie lächerlich sie aussehen mussten, mit ihren schlaffen Körpern und dem dünnen, grauen Haar an ihren intimsten Stellen. Sie lachten darüber, wie *gut* ihre alternden Körper nach einem langsamen und liebevollen Vorspiel noch funktionierten.

Sie drückte Georges Hand. „Ich habe nachgedacht, George."

„Mach mir keine Angst."

„Ich war furchtbar kritisch mit meinen Jungs, weil sie sich nicht verlieben, binden und sesshaft werden wollten. Ich kann überhaupt nicht mehr zählen, wie oft ich sie gefragt habe, was ihr Vater und ich getan haben, dass Ehe und Familie sie dermaßen abschreckten. Bis vor Kurzem ist mir nie in den Sinn gekommen, dass sie sich möglicherweise einfach nur an mir und *meinem* Verhalten ein Beispiel genommen haben. Ich war sicher, kein Interesse mehr an einer neuen Beziehung zu haben. Oder ehrlich gesagt, dachte ich, dass sich kein Mann mehr für mich interessieren würde. Ich hatte keine Ahnung, dass ich in Wirklichkeit dabei war, niemandem eine Chance zu geben – genau wie es meine Söhne bis vor einiger Zeit gemacht haben. Wenn auch vielleicht aus ganz anderen Gründen. Aber mit demselben Ergebnis."

„Aus anderen Gründen?"

„Ich habe geglaubt, dass einige von ihnen, etwa Luke und Aiden, wegen ihrer schrecklichen Erfahrung mit der Ehe vor einer festen Partnerschaft zurückschreckten. Aber was weiß ich? Ich wollte jede Art von Komplikation in meinem Leben vermeiden. Ich habe mich von allen gesellschaftlichen Anlässen ferngehalten, wo ich eventuell hätte Männer kennenlernen können. Ehrlich, George – mir war nicht klar, dass ich dem absichtlich aus dem Weg gehe. Und ich war so kritisch mit meinen Freundinnen, die sich nach Liebe sehnten. Offengestanden fand ich, dass sie sich wie alte Trottel benehmen."

George beugte sich zu ihr und küsste sie auf die Wange. „Du machst diesen alten Trottel sehr glücklich."

„Weißt du, was ich mich in letzter Zeit häufiger frage? Ob Patrick und ich jemals so ein Leben geführt und ein Abenteuer gewagt hätten. Er starb fast im selben Moment, als der letzte unserer fünf Söhne von zu Hause auszog. Und weißt du, was mir auch noch klar geworden ist? Obwohl wir uns sehr liebten und unsere Ehe stark und gut war, bestand sie nur aus Alltag. Wir mussten immer hart kämpfen, um die Familie über Wasser zu halten. Wir hatten nicht nur selten Zeit für uns – wir haben auch nie viel geredet."

„Mir wurde immer vorgeworfen, dass ich zu viel rede", erwiderte George.

„*Pah!* Das ist fast das Beste an unserer Beziehung!"

Er grinste. „Ich bin froh, dass du ‚fast' gesagt hast."

„Du bist sehr fordernd", entgegnete sie und lächelte. „Wenn es anders wäre, hätte ich mich nie mit dir verabredet und wäre schon gar nicht zu dir ins Wohnmobil gezogen. Hättest du mir letztes Jahr erzählt, dass ich das mal tun würde, hätte ich meine gesamten Ersparnisse dagegen gewettet."

„Wir essen übrigens heute Abend mit deinen Söhnen", erinnerte George sie. „Luke ist sehr leicht zu durchschauen; man sieht ihm sofort an, wenn er etwas auf dem Herzen hat. Sie werden mit uns sprechen wollen. Wollen wir raten, worüber?"

„Leben in wilder Ehe?", fragte sie augenzwinkernd.

„Glaubst du?“

„Ich habe es nicht anders verdient. Ich hätte ihnen die Hölle heißgemacht, wenn einer von ihnen mir mit so etwas gekommen wäre; mit einer Frau zusammenzuleben, ohne verheiratet zu sein. George, warum habe ich nicht schon vor Jahren damit angefangen, mich um meine eigenen Angelegenheiten zu kümmern? Kein Wunder, dass sie es bei ihren Besuchen nicht länger als drei Tage am Stück mit mir ausgehalten haben.“

„Mach es dir selbst nicht so schwer, mein Liebling. Sie hätten auch ohne Trauschein mit einer Frau zusammengelebt. Ich bin mir sicher, dass sie getan hätten, was sie wollten, und wenn sie die Frau vor deinen seltenen Besuchen jedes Mal ausquartiert hätten. Doch hast du nicht gesagt, dass deine Söhne normalerweise zu dir gekommen sind?“

„Normalerweise schon.“

„Und dass Sean wochenlang bei Franci und Rosie geblieben ist, nachdem ihm klar geworden war, dass sie – auch ohne verheiratet zu sein – zusammengehören und eine Familie sind.“

„Stimmt. Trotzdem war ich damals ziemlich aufgebracht, als Sean mir verkündet hat, dass ich mich damit abfinden soll.“ Maureens Mund verzog sich zu einem Lächeln. „Ich war stolz auf Sean, weil er sein Leben selbst in die Hand nahm. Mütter sollten ihren erwachsenen Söhnen nicht mehr reinreden, wie sie zu leben haben.“

„Da haben wir es. Willst du es deinen Kindern denn jetzt leicht machen? Wir können jederzeit heiraten.“

„Ja, ich glaube, das sollten wir tun. Allerdings erst in einem Jahr. Nachdem wir uns vergewissert haben, dass wir gut zusammenpassen. Wir sind beide zu alt, um uns lächerlich zu machen. Außerdem hat der liebe Gott genug andere Dinge zu tun, um sich darüber aufzuregen.“

George küsste sie. „Wie du willst. Ich kann dir jedoch versichern, dass ich nicht noch ein verstecktes Alter Ego besitze, das kompliziert und nervtötend ist.“

Maureen legte ihm die Hand auf die stoppelige Wange. „Ich bin diejenige mit dem Alter Ego – es ist herrisch und voller Vorurteile."

„Es hat sich in letzter Zeit aber hervorragend benommen", erwiderte George zärtlich.

Einige Zeit später fuhren sie zu Luke und genossen dort einen wunderschönen Abend mit Luke, Shelby, Sean, Franci, Rosie und Art. Nach dem Essen brachte Luke, bei Kaffee und Kuchen, zur Sprache, was er auf dem Herzen hatte. „Also Mom, George. Wir machen uns Sorgen wegen eurer Idee, mit dem Wohnmobil durch die Welt zu gondeln ..."

George und Maureen sahen sich verwundert an.

„*Du* machst dir Sorgen, Luke", erklärte Shelby. „Wir sind da nicht unbedingt einer Meinung."

„*Ich* mache mir auch Sorgen", sagte Sean.

„Ich nicht", mischte sich Franci ein.

Plötzlich brachen Maureen und George, die sich immer anschauten, in schallendes Gelächter aus. Als sie sich endlich beruhigt hatten, fragte Luke: „Findet ihr das komisch?"

George holte ein Taschentuch aus seiner Hosentasche und wischte sich über die Augen. „Nun", begann er. „Hört sich an, als stünden wir vor Gericht."

„Ich meine das wirklich nicht respektlos, aber du bist siebzig, und das ist eine sehr lange Reise, die ihr da geplant habt", erwiderte Luke und wirkte dabei sehr ernst.

„So ist es", entgegnete George. „Ich habe Fahrstunden genommen. Man kann nicht einfach so in ein Wohnmobil steigen und dann damit losziehen. Doch ich wollte ein Haus auf Rädern. Eure Mutter und ich – wir verzichten wirklich nicht gerne auf Komfort. Und ich glaube, wir haben uns, bei Gott, wirklich ein paar schöne Momente verdient."

„Übrigens werde ich auch lernen, das Wohnmobil zu fahren, falls George einmal ausfallen sollte ...", verkündete Maureen. Dann lachte sie plötzlich leise.

„Was ist denn daran so verdammt komisch?“, fragte Luke irritiert.

„Och, wir dachten eigentlich, dass ihr uns ins Gewissen reden wolltet, weil wir ohne Trauschein zusammenleben“, antwortete sie.

„Niemand an diesem Tisch würde euch je …“ Shelby räusperte sich. „Niemand sollte euch wegen eurer Lebensweise auf die Nerven gehen“, sagte sie. „Erst recht nicht der Mann, der über zwanzig Jahre lang Hubschrauber geflogen und Motorrad gefahren ist.“

„Shelby, bitte. Wenn du nichts dagegen hast …“, unterbrach Luke.

„Doch, ich habe etwas dagegen“, sagte sie und strich sich mit den Händen über ihren dicken Bauch. „Ich freue mich für George und Maureen. Das klingt nach einem tollen Abenteuer! Und es gibt keinen Grund, besorgt zu sein. Also, wenn einer der beiden gebrechlich wäre, könnten wir vielleicht darüber reden, aber …“

„Ich fahre vorsichtig und immer auf der richtigen Straßenseite“, warf George ein und grinste breit. Er nahm Maureens Söhne ganz eindeutig nicht ernst.

Luke trank einen Schluck von seinem Kaffee und beugte sich über den Tisch. „Ihr seid schlimmer als Teenager. Ich möchte, dass euch nichts passiert. Ich möchte mir keine Sorgen darüber machen müssen, ob ihr mit diesem Monster einen Abhang herunterrutscht oder in der Schlucht des Grand Canyons landet, weil eure Reflexe eventuell ein bisschen eingerostet sind oder ihr eine Kurve zu schnell nehmt.“

Maureen neigte den Kopf zur Seite und lächelte ihren Sohn an. „Nun denn, Luke, wenn du dir keine Sorgen machen willst, dann lass es doch einfach bleiben. George und ich sind sehr vorsichtig und haben alles genaustens geplant.“

„Mom“, ergriff Sean das Wort.

Franci erhob sich. „Stopp. Du bist mit deinen Jets über fünfhundert Meilen pro Stunde geflogen und gerade aus dem Irak zurückgekehrt – erlaube dir bloß nicht, über die Lebensentscheidungen anderer zu urteilen. Ich sehe es nämlich so: Falls wir uns einmal entscheiden sollten, unseren Lebensabend in einem Wohnmobil zu verbringen, dann lass uns zu Gott beten, dass wir uns ein so teures und komfortables Wohnmobil leisten können wie Maureen und George. Und jetzt ist die Versammlung beendet. Wer will noch einen Schuss Cognac in seinem Kaffee?"

„Ich", erklärte Shelby hoffnungsfroh.

Franci schüttelte den Kopf „Wer, Shelby ausgeschlossen, möchte?"

Aiden hielt sich exakt an seinen Plan – er brachte chilenischen Wolfsbarsch, Pilze, Reis, grüne Bohnen und Käsekuchen für das Abendessen in Erins Blockhütte mit, um gemeinsam mit ihr zu kochen. Er kitzelte aus ihr heraus, dass sie ein Vordiplom in Rechnungswesen hatte und es deshalb logisch fand, mit Steuerrecht weiterzumachen. Jura? „Ich war immer eine gute Studentin. Als ich mit dem Studium begann, fragte ich mich schon manchmal, ob ich mir möglicherweise zu viel vorgenommen hatte, doch es hat sich gelohnt. Was wolltest du machen?", fragte sie ihn.

„Die Welt retten", antwortete Aiden achselzuckend. Er dachte, dass nun vielleicht der Zeitpunkt gekommen war, ihr reinen Wein einzuschenken. „Während des Colleges habe ich in einem Ambulanzteam gearbeitet. Mein vorgesetzter Rettungssanitäter musste helfen, ein Baby zur Welt zu bringen. Das war das Eindrucksvollste, was ich je erlebt habe und ich …" Die Zeitschaltuhr am Herd ertönte. Aiden sprang auf und holte den Fisch aus dem Ofen. Dadurch wurde Erin abgelenkt.

Während des Abendessens sprachen sie über die wichtigsten Menschen in ihrem Leben – für Erin waren das ihr Bruder, ihre Schwester und ihr Schwager. Sie erzählte ihm, wie ihre Schwester Ian in dieser Hütte wiedergefunden hatte. Damals, als die Blockhütte ihrer Meinung nach überhaupt nicht bewohnbar war. Und wie Marcie sich in Ian verliebt und ihn schließlich geheiratet hatte. Nachdem Erin erwähnt hatte, dass Drew das Medizinstudium beendet hatte, dachte Aiden noch einmal daran, ihr die Wahrheit zu gestehen … Doch dann klingelte das Telefon, und Erin beeilte sich ranzugehen. Kurz bevor sie auflegte, sagte sie strahlend lächelnd: „Erinnerst du dich, dass Marcie und Ian über das lange Wochenende hier raufkommen wollten – am vierten Juli? Möchtest du sie kennenlernen?"

„Sehr gerne", erwiderte er. „Warum hast du eigentlich nie geheiratet?", fragte er anschließend. „Erzähl mir nicht, dass du dich nur selten mit Männern verabredet hast. Jeder Mann, der noch einen Puls hat, würde dich mit Vergnügen zum Essen einladen."

Erin wechselte rasch das Thema. „Ich bin hin und wieder mit Männern ausgegangen. Aber wie sieht es mit dir aus? Ich nehme an, du warst ein Schürzenjäger und bist mit Hunderten von Frauen zusammen gewesen."

Aiden war schockiert. „Wie kommst du denn *darauf*?"

„Du wirkst selbstsicher, siehst zugegebenermaßen gut aus – und hast ein Händchen für Frauen. Ich bin wirklich sehr schwer rumzukriegen, doch du schaffst es, dass ich tue, was du willst!"

Aiden lachte. Er war kurz davor, ihr zu verkünden, dass er in seinem Beruf gut mit Frauen umgehen können musste. Und dass alles, was er während seiner Arbeit als Gynäkologe zu sehen bekam, dafür sorgte, dass er weder eine leichtfertige noch eine lose Einstellung zum Sex hatte. Und er antwortete ihr: „Nichts könnte der Wahrheit ferner liegen! Willst du wissen, wie es wirklich war? Das Militär hält seine Männer ziemlich auf Trab, und die einzigen Frauen, denen ich begegnete, gehörten zum Krankenhauspersonal. Wir haben uns ein bisschen amüsiert, aber unter den gegebenen Umständen wäre es eine schlechte Idee gewesen, etwas miteinander anzufangen. Deshalb blieben wir meist einfach nur gute Freunde. So ähnlich ist es doch auch bei dir und deinen Kollegen? Unterm Strich – keine langfristigen Beziehungen seit meiner sehr schrecklichen, sehr kurzen Ehe.“

„Erzähl mir davon“, bat Erin und stützte das Kinn auf die Hände.

Aiden entsprach ihrem Wunsch, wobei er versuchte, das ganze Ausmaß des Dramas auszulassen. Einiges, was er mit Annalee durchgemacht hatte, war tatsächlich kaum zu glauben. Er hatte sich wie ein Vollidiot benommen und war überhaupt nicht stolz darauf.

Nur widerwillig verabschiedete sich Aiden an diesem Abend von Erin. Aber vorher kostete er noch einmal ausgiebig ihre Lippen. Er zog sie eng an sich heran, damit sie spürte, wie sehr sie ihm gefiel. Dafür war er mehr als dankbar – weil er sich schon lange nicht mehr dermaßen erregt gefühlt hatte. Es war einfach *fantastisch*. Später dachte er die halbe Nacht in seiner kleinen Ferienhütte über Erin nach und träumte von ihr.

Am nächsten Tag gingen sie im Redwood Grove wandern, obwohl Erin immer noch Muskelkater von ihrer Marathon-Fahrradtour zum Strand hatte. Sie hielten Händchen und redeten über ihre Familien. Aiden erfuhr von Erin, wie sie die Hütte per E-Mail hatte renovieren lassen. „In den letzten Jahren habe ich ab und zu Renovierungsarbeiten am Haus meines Vaters machen lassen. Deshalb hatte ich klare Vorstellungen, wie es aussehen sollte. Und mit dem Bauunternehmer, einem Mann aus Virgin River, klappte die Zusammenarbeit reibungslos.“

Aiden ertappte sich plötzlich dabei, dass er ihr von Lukes und Shelbys sowie von Seans und Francis Kennenlernen und deren Hochzeiten erzählte. Er sprach über seine verwitwete Mutter, die über zwölf Jahre nicht mehr mit jemandem ausgegangen war, und George. Außerdem verriet er ihr, auf welche Weise Art zu Luke gekommen war und dass Art seit Neustem eine Freundin hatte. Zwischendurch wurde ihre Unterhaltung durch Umarmungen und langen, intensiven, heißen und leidenschaftlichen Küssen unterbrochen. „Ich küsse dich gerne“, sagte er zu ihr.

„Ich glaube, das hier hat mit Küssen nicht viel zu tun“, erwiderte sie. „Man sollte es eher als knutschen bezeichnen. Das habe ich seit einer Ewigkeit nicht mehr getan.“

Aiden drückte sie sanft gegen einen der majestätischen Mammutbäume und strich ihr eine Strähne ihrer seidigen, rotblonden Haare hinters Ohr. „Ich sollte dir etwas sagen. Über mich und womit ich mein Geld verdiene.“

„Das ist nicht wichtig“, erwiderte sie kopfschüttelnd.

„Doch, Erin. Hast du denn keine Bedenken, etwas mit einem Seemann anzufangen, den du erst seit einigen Wochen kennst? Den du ein paarmal geküsst hast?“

„Wegen so etwas Unwichtigem wie einem Einkommen?“ Sie schüttelte erneut den Kopf.

„Was, wenn es noch mehr als das Offensichtliche über mich zu erfahren gibt?“, bohrte er nach.

Erin lächelte. „Ich Glückliche. Aber weißt du, was mich interessiert, Aiden? Ich verdiene selbst genug – bist du hinter meinem Geld her?“

„Nein. Ich bin nicht hinter deinem Geld her“, antwortete er rau.

„Hast du vor, mich auszunutzen? Mich zu hintergehen? Oder wenn wir richtig zusammen sind, wirst du mich dann betrügen?“

„Niemals. Und wir *werden* zusammen sein.“

„Willst du wissen, was ich am liebsten an dir mag? Dass du keine Angst davor hast, du selbst zu sein. Als wir uns getroffen haben, war ich, da bin ich mir ziemlich sicher, sehr unfreundlich zu dir – ich bin über dich hergezogen, über dein Aussehen, deinen *Geruch* …“ Sie kicherte. „Lieber Himmel, hast du gestunken! Mein Schwager Ian hat mal gesagt, dass er mich, bis er mich besser kannte, für ziemlich hochnäsig hielt. Das bin ich nicht. Aber mir ist klar, dass ich sehr voreingenommen sein kann. Zu ihm war ich auch ganz schön fies."

„Und stur", ergänzte Aiden lächelnd.

„Das auch. In Wahrheit – habe ich immer Angst davor, ich selbst zu sein. Ich versuche, immer alles vorher abzuwägen."

„Dazu gibt es keinen Grund", erwiderte er. „Du bist perfekt."

„Ich habe in der Schule immer ums Überleben gekämpft, Aiden. Meine Art, mit Druck fertig zu werden, war, perfekt zu sein. Oder vielleicht sogar überperfekt. Und dann, später, in der Anwaltskanzlei? Meine Mandanten sind meine Mandanten, weil sie unglaublich erfolgreich sind und kurz davor, von der Steuerfahndung überprüft zu werden."

„Verständlich."

„Es tut mir leid, wenn ich dich bei unserer ersten Begegnung beleidigt habe ..."

Aiden grinste. „Und ich entschuldige mich dafür, dass ich dir eine Gehirnerschütterung verschafft habe."

„Du hast meinen Bären verjagt. Somit sind wir quitt. Gehen wir bald nach Hause?"

„Gefällt es dir nicht in den Redwoods?"

„Doch. Ich liebe es hier. Aber ich bin am Verhungern, und das Wochenende wird sehr stressig. Ich bekomme Besuch ... Wann passt es dir, sie kennenzulernen?"

„In der Stadt gibt es eine Feier anlässlich des vierten Julis", sagte Aiden. „Montag bei Jack? Oder hinter der Bar, da Preacher ein Barbecue veranstalten will. Meine ganze Familie wird ebenfalls dort sein. Kommst du mit deinen Leuten dahin?"

„Brauchen wir eine Einladung? Denn mir hat noch niemand etwas gesagt ..."

Er schüttelte den Kopf. „Jeder ist eingeladen. Ich glaube, deine Schwester und dein Schwager haben die meisten schon mal getroffen. Sie werden bestimmt viel Spaß haben."

„Die Sache ist die ...", begann Erin, „... am Wochenende

werden jede Menge Menschen um uns herum sein. Das fängt schon morgen an, wenn Marcie kommt. Allerdings, bevor das alles losgeht, wäre ich gerne noch ein bisschen mit dir alleine."

Aiden schaute ihr tief in die Augen. „Bist du wirklich dazu bereit, Erin?", fragte er sie ernst. „Willst du wirklich mit mir alleine sein?"

„Wir waren doch schon zig Mal alleine", flüsterte sie.

„Das wird diesmal aber nicht wie sonst."

Erin, die sich an ihn schmiegte, schloss die Augen, bot ihm die Lippen zum Kuss dar und sagte atemlos: „Okay ..."

Auf dem Heimweg nach Virgin River konnte Aiden an nichts anderes als Erin denken. An ihren Mund, den süßen Duft ihrer Haut und ihrer Haare. Während sie darüber gesprochen hatten, was sie zu Abend essen wollten, hatte er ihre samtweiche Haut gefühlt und es kaum noch abwarten können, das erste Mal mit ihr zu schlafen, damit noch viele weitere Male folgen könnten. Sie hatten beim Lebensmittelladen in Fortuna angehalten und Brathähnchen, grünen Salat, Pommes frites und eine Flasche Wein eingekauft. Während der Fahrt zur Blockhütte hatten sie über alles Mögliche gesprochen – die Party, die Stadt, all die Menschen, die sich darauf freuten, Zeit mit ihr zu verbringen, und wie ungünstig Erin das nun auf einmal erschien. Wobei Aidens Gedanken bloß noch davon beherrscht wurden, auf wie viele Arten und an welchen unterschiedlichen Orten und in welchen Positionen er sie vernaschen wollte. Er versuchte, dabei im Kopf zu behalten, dass Frauen es nicht mochten, wenn man es zu eilig hatte.

Doch als sie endlich in der Hütte eintrafen, verstaute er rasch die Lebensmittel im Kühlschrank und griff nach ihrem Handgelenk. „Komm." Erin lachte, während er sie hinter sich her ins Schlafzimmer führte, bis sie neben ihrem Bett standen.

Aiden nahm sie in den Arm und drückte sie an sich, damit sie spürte, wie sehr er sie begehrte ... als ob sie diese Botschaft nicht schon Stunden vorher begriffen hatte, vor allem als er sie gegen einen Mammutbaum gepresst hatte. Aiden eroberte mit den Lippen ihren Mund. Sein gieriger Kuss entlockte ihr ein Stöhnen. Ein Laut, der aus ihrem tiefsten Inneren kam und den er für anbetungswürdig hielt. „Lieber Himmel“, flüsterte Aiden heiser. „Oh Mann, oh Gott …“

„Wie lange ist es her, Aiden?“, fragte sie ihn zärtlich, leise flüsternd.

„Ich kann mich nicht mal mehr daran erinnern. Aber keine Bange. Ich passe gut auf dich auf.“

„Da habe ich keine Sorge“, antwortete sie.

Aiden schob ihr Shirt hoch, ohne aufzuhören, sie zu küssen. Er strich ihr mit den Fingern durchs seidige Haar und drang mit der Zunge in ihren Mund, als wollte er sie mit Haut und Haaren verschlingen. Dann fielen sie gemeinsam aufs Bett, und er zog ihr das Shirt aus, wobei sie ihm schnell half. Sie entledigten sich rasch ihrer Schuhe; Shorts und T-Shirts flogen zu Boden, nur noch ihre Unterwäsche trennte sie voneinander. Zu Aidens absolutem Vergnügen ließ sie die Hand unter den Bund seiner Boxershorts gleiten und umfasste ihn. Er stöhnte rau, und auch sie schnappte hörbar nach Luft. Das war immer ein gutes Zeichen, dachte er. Wenn sie nach Atem rangen. Er war sich ziemlich sicher, dass das hieß, dass es ihr gefiel, was er zu bieten hatte.

Dann kämpfte er mit ihrem BH – der nicht zu den unkomplizierten Modellen zählte. Der Verschluss war auf dem Rücken. Deshalb drehte er Erin ein wenig von sich weg und nestelte ungeduldig an Häkchen und Ösen herum, bis er ihn endlich auf hatte. Erin musste Aiden kurz loslassen, damit er ihr die Träger über die Schulter streifen konnte. Enttäuscht seufzte er auf. Doch sobald sie mit der Hand erneut dorthin zurückgewandert war, wo er es am liebsten mochte, entrang sich seiner Kehle auch schon wieder ein zufriedenes Stöhnen. Als Nächstes ihr Slip. Wo war ihr Slip? Er strich ihr über den

Bauch und die Hüften.

„Wo ist dein Höschen?“, flüsterte er atemlos.

„Ich glaube, es ist bei den Shorts“, sagte sie leise. Aiden grinste. „Das war klug. Habe ich das gemacht? Ich meine, weil es *klug* war!“

„Ich kann mich nicht daran erinnern, wer mir meine Shorts ausgezogen hat …“

„So ist es am besten“, antwortete er. „Ich mag es – wenn wir als Team zusammenarbeiten.“ Dann hielt er einen Moment inne, damit er sie genauer betrachten konnte. Sie war nackt, und ihr Körper schimmerte golden im Abendlicht. Er lächelte. Ihre Haarfarbe war echt. „Erin“, stieß er beinahe ehrfürchtig aus. „Du bist so wunderschön. Traumhaft. *Scharf.*“ Nun umschloss er ihre Brustwarze mit dem Mund, leckte sie aufreizend und saugte daran. Vor Lust schrie Erin auf.

Er glitt mit den Fingern zwischen ihre Schenkel, um sie sanft zu erkunden. Sie war feucht. Sie war *schnell* feucht geworden. Einfach wundervoll. Er verwöhnte sie zärtlich, während sie sich ihm ungeduldig und kleine keuchende Laute ausstoßend entgegendrängte. Aiden liebte diese Töne. Sie hielt ihn fest und streichelte ihn. Etwas musste geschehen.

„Okay, Liebling“, brachte er heiser hervor. „Hör mal ganz kurz auf.“ Er schob ihre Hand beiseite. „Komm mir hierbei bloß nicht zuvor. Ich brauche ein Kondom.“

„Ja“, stimmte sie ihm zu. „Ja, bitte.“

Er rückte von ihr ab, entdeckte seine Hose vor dem Bett und suchte in der Tasche nach einem Kondom. Danach ließ er die Boxershorts auf den Boden fallen und kniete sich zwischen ihre Beine. Er neigte den Kopf zu ihr herunter, sodass er sie leidenschaftlich auf den Mund küssen konnte, bevor er zärtlich fragte: „Willst du wirklich?“

Sie nickte.

Sanft massierte er ihre Klitoris, spürte, wie Erin sich ihm immer heftiger entgegenbog, hörte sie flehen und drang schließlich in sie ein. „Ahhh …" Das kam von ihm. „Ah, oh Gott! Oh Erin!"

Langsam begann er, sich in ihr zu bewegen. Dabei umfasste er mit beiden Händen ihren wundervollen Po, darauf bedacht, den richtigen Rhythmus für sie beide zu finden. Zuerst ganz zärtlich und ruhig und schließlich schnell und wild. Aiden nahm ihre Brustspitze in den Mund und reizte ihre Knospe mit der Zunge, während er in sie stieß. Er streichelte ihren Lustpunkt, küsste sie und fuhr mit den Lippen heiß und gierig über Ohren und Hals. Dann zog er sich zurück, beugte sich hinunter und leckte ihre empfindlichste Stelle, bis er fühlte, dass sie ihre Fingernägel in seine Schultern krallte. Aiden liebkoste ihre Brüste und ihren Mund und drang erneut in sie ein, wobei er sich bemühte, sich langsam und gleichmäßig zu bewegen. Er wartete auf einen kleinen Hinweis von ihr, doch schließlich forderte er sie auf: „Möchtest du mir nicht sagen, wie du es am liebsten hast, Schatz?"

„Mach weiter", erwiderte sie leise. „Es ist okay."

Aidens Lippen umspielte ein Lächeln. „Es ist ein bisschen schwierig für dich zu kommen, oder?"

„Es ist okay. Mach weiter. Ehrlich … es stört mich nicht."

Aiden strich ihr das seidige Haar aus dem Gesicht. „Du kriegst nicht so schnell einen Orgasmus?" Erin schüttelte den Kopf. „Schaffst du es, wenn du es dir selbst machst?"

„Das zählt doch nicht", antwortete sie, seinem Blick ausweichend.

Zärtlich lachte er. „Alles zählt. Ich habe es nicht eilig, meine Süße. Es tut mir leid, falls du diesen Eindruck hattest. Erzähl mir, wie es am besten für dich ist. Erzähl mir, was sich gut für dich anfühlt."

Sie zuckte die Achseln. „Ich weiß es nicht genau."

„Aber … du hast einen, wenn du es dir selbst machst. Erzähl mal, wie. Oder zeig es mir. Wir kommen schon dahin."

„Es ist in Ordnung … du kannst …"

„Erin, Liebling. Es *ist* okay. Ich bin nicht *gelangweilt.* Wir versuchen es gemeinsam. Erzähl's mir. Zeig's mir. Bitte."

Erin hob die Hand und zeigte zwei Finger. Und sie lief knallrot dabei an. Die anspruchsvolle Anwältin, von der Aiden wusste, dass sie nicht davor zurückschreckte, sich mit einem Staatsanwalt anzulegen, errötete bei dem Gedanken, ihrem Liebhaber zu erzählen, wie sie es am liebsten mochte.

„Außen?", fragte er.

Sie nickte.

„Oh, Liebling, das ist einfach." Er strich ihr erneut durch das Haar. „Ich glaube, du machst dir zu viele Gedanken. So. Und jetzt hör mal gut zu. Wir haben jede Menge Zeit. Ich wollte dich nicht hetzen. Genieße es einfach. Und wenn ich mit den Fingern nicht die richtigen Punkte erwische – musst du mich einfach dort hinführen. Übernimm das Kommando – und alles ist gut." Und dann glitt er wieder mit der Hand zwischen ihre Körper und streichelte sie zuerst langsam und zärtlich und dann immer fester und schneller an ihrem empfindsamsten Punkt.

Er küsste sie, er sog an ihren Lippen, seine Stöße waren leicht und rhythmisch. Bis dahin war er vorher noch nie in so einer Situation gewesen. Er hasste alle Männer der Welt, die dafür gesorgt hatten, dass eine so sexy Frau glaubte, sie hätte ein Problem, nur weil es alle immer so eilig gehabt hatten. Aiden verwöhnte sie hingebungsvoll, ließ sich Zeit und sorgte dafür, dass sie sich die Zeit nahm, die sie brauchte. Wenn er spürte, dass er sie verlor oder wenn er selbst zu nahe kam und fürchtete, ohne sie auf den Gipfel der Lust zu gelangen, änderte er seine Position und zog sich einen Augenblick aus ihr zurück. Dann küsste er ihre Brüste, ihren Hals, und massierte ihren Kitzler mit der Zunge. Er versuchte, sich vorzustellen, was frühere Liebhaber zu ihr gesagt hatten. Dinge, die ihr das Gefühl vermittelten, unzulänglich zu sein, weil sie nicht gekommen war. Vermutlich hatten sie gemeint, dass sie sich entspannen oder gehen lassen sollte.

Während er sich im sanften Rhythmus in ihr bewegte, mit seinen Fingern zärtlich ihre empfindsamste Stelle umspielte, mit heißen Lippen über ihre Brüste und ihren Hals glitt, flüsterte er. „Hast du schon mal einen Wagen mit einem Schaltgetriebe gefahren?“

„Hm?“

„Du hast mich richtig verstanden. Bist du jemals ein Auto mit einem Schaltknüppel gefahren?“

„Hm-hm …“

„Dann weißt du noch, wie unmöglich es einem am Anfang erscheint, den richtigen Punkt zu finden, wo die Schaltung nicht hakt, wo man ohne Knirschen in den nächsten Gang wechseln kann? Und wie schwer es ist, den Motor nicht abzuwürgen? Doch sobald man den Punkt einmal gefunden hat – findet man ihn immer. Führ meine Hand, Liebes. Lass uns den richtigen Punkt finden …“

„Ohhh“, sagte sie und schob seine Hand ein bisschen weiter nach unten. Ihre Hüften drängten sich ihm entgegen. „Ohhhh.“

Er streichelte sie und stieß ein bisschen härter in sie hinein. „Das … ist schön …“ Und er beschleunigte sein Tempo.

„Mehr“, hauchte sie. „Fester.“

„Das dachte ich mir“, erwiderte er ebenfalls im Flüsterton. Er verstärkte seine Bewegungen und biss die Zähne zusammen, um nicht ohne sie den Höhepunkt zu erleben.

„Ohhh“, schrie sie. „Oh Gott, oh *Gott*!“

„Ja?“, fragte er mit rauer Stimme. „Ja?“

Sie antwortete mit einer Reihe heiserer Laute. Sie stöhnte und flehte und schrie, aber das Wichtigste war, dass Aiden spürte, wie sie um ihn zuckte, und sah, dass sie die Kontrolle verlor. Ihre Nägel gruben sich in seine Pobacken. Nichts hatte sich je besser angefühlt. Es war so gut. Er kam gewaltig, und es raubte ihm genauso den Verstand wie ihr. Bisher hatte er immer geglaubt, dass es fantastisch war, mit einer Frau zu schlafen, die leicht einen Orgasmus hatte, weil ein echter Kerl gut auf diesen ganzen Zirkus verzichten konnte. Aber verdammt. In Wahrheit war das hier viel fantastischer.

Er küsste Erin auf die Augenlider, die Wangen, den Hals, die Brüste und wieder auf die Lider. „Ist alles okay?“, fragte er.

„Oh Gott“, erwiderte sie schwach. Ihr gesamter Körper schien sich in einen Haufen weiche, nutzlose Muskelmasse verwandelt zu haben. Unglaublicherweise lachte sie plötzlich. Ihre grünen Augen strahlten mit seinen um die Wette.

„Also, Miss Foley, was haben Sie denn so in *Ihrem* Sommerurlaub gemacht?“

Aiden hielt sie anschließend noch eine Weile in den Armen. Sie lachten beide über ihren gemeinsamen Erfolg. Dann entschuldigte er sich, um ins Bad zu gehen. Er schnappte sich seine Shorts vom Boden und verschwand. Als Erin hörte, dass die Haustür geöffnet wurde, richtete sie sich blitzschnell auf und lauschte ungläubig den Geräuschen. *Haute er gerade ab?* Nun schlug er anscheinend die Autotür zu. *Meine Güte, macht er sich wirklich aus dem Staub?*

Doch dann hörte sie noch einmal die Haustür, und er war zurück. Lächelnd. In seiner Hand eine große Packung Kondome. Erin sank erleichtert ins Kissen zurück.

„Was ist?“, fragte er und zog sich die Shorts aus, die er einfach wieder vors Bett fallen ließ.

Erin starrte an die Decke. „Ich dachte, du haust ab.“

„Ohne Shirt und Schuhe?“, fragte er, wobei er die Schachtel abstellte, unter ihr Laken schlüpfte und sie in die Arme nahm. „Wir sollten besser mal darüber sprechen. Hat man dich schon einmal nackt und postkoital sitzen lassen, weil du nicht schnell genug zum Höhepunkt gekommen bist?“

Erin löste sich von ihm, sodass sie ihn ansehen konnte. „Okay, heutzutage sind Sanitäter vermutlich brillant ausgebildet, aber benutzen sie wirklich Wörter wie postkoital?“

„Ich glaube nicht. Ich bin kein Sanitäter. Ich bin Gynäkologe. Facharzt, kein Anfänger. Ich hatte vorhin schon mal versucht, es dir zu sagen.“

„Hättest du das nicht schon vor ein paar Wochen tun sollen? Zum Beispiel beim ersten Bier?“

„Vielleicht“, erwiderte er achselzuckend. „Wenn du mir eine klare Frage nach meinem Job oder meiner Ausbildung gestellt hättest oder was ich hier draußen suche, hätte ich dir diese Information nicht vorenthalten. Doch es hat mir gefallen, dass du mich sogar als Landstreicher mochtest.“ Er lächelte breit. „Aber können wir uns jetzt wieder meiner Frage zuwenden?“

Erin holte tief Luft. „Man hat mich noch nie nackt und verschwitzt sitzen lassen, weil ich keinen ... Orgasmus hatte. Allerdings ist es durchaus passiert, dass es danach zu keiner weiteren Verabredung gekommen ist.“ Wieder zuckte sie hilflos mit den Schultern und schaute verlegen in eine andere Richtung. „Ich glaube, eine Frau kann einfach zu kompliziert sein.“

„Du bist nicht zu kompliziert“, beruhigte Aiden sie und drückte sie fester an sich. „Es ist gar nicht so ein großes Problem, wie du vielleicht denkst. Das kann man ändern. Vielleicht sogar ganz einfach.“

Sie zog neugierig die Augenbrauen hoch. „Ach ja?“

„Hast du schon mal mit einem Arzt darüber gesprochen?“

„Nein. Ich meine, bis heute.“ Sie lächelte und errötete.

„Der Arzt will zunächst erst einmal wissen, ob der Patient in der Lage ist, darüber zu reden. Und ob ein Fall von frühkindlichem Missbrauch vorliegt.“

Erschrocken schnappte Erin nach Luft. „Nein!“

„Dann sei froh“, sagte er. „Das ist nämlich ein Monster. Es passiert zu oft. Das Nächste, kannst du dich selbst zum Orgasmus bringen?“

„Ich glaube, das hatte ich bereits beantwortet, Herr Anwalt ...“

Aiden grinste. „Du bist hier die Anwältin. Ich bin der Arzt.

Oh, mein Gott, ein Arzt und eine Anwältin versuchen, im Bett über einen Orgasmus zu verhandeln. Was für ein Aufstand."

„Ich hatte nicht absichtlich Sex mit einem Mediziner, also wirf mir das jetzt nicht vor! Bist du sicher, dass du Gynäkologe bist? Denn ich meine mich zu erinnern, dass schon einmal jemand diesen Trick bei mir versucht hat ..."

„Eingetragener Arzt", erklärte er. „Sauer?"

„Nein, nicht sauer. Normalerweise passiert mir immer das Gegenteil."

„Das Gegenteil?", fragte er finster dreinblickend.

„Jemand versucht, mir weiszumachen, er sei Gynäkologe. Dabei ist er in Wirklichkeit nur Sanitäter. Oder noch eher, jemand behauptet, er sei Anwalt, obwohl er in Wahrheit eher einen Anwalt *benötigt*." Dann lächelte sie. „Falls du noch andere schwerwiegende Geheimnisse vor mir verbirgst, würdest du sie bitte jetzt preisgeben?"

„Es ist ... Ich habe eigentlich nur sehr wenig zu verbergen. Zurück zu uns", sagte Aiden. „Also weißt du im Grunde, wie es geht, warst aber nur noch nie mit einem Mann zusammen, der sich die Zeit genommen hätte, es gemeinsam mit dir auszuprobieren?"

Erin seufzte. „Wenn ich es richtig verstanden habe, haben Männer nur wenig Zeit zur Verfügung ..."

Aiden lächelte teuflisch. „Nun, Liebling, wenn du deine Frau glücklich machen willst, ist das jedes Opfer wert. Zum Beispiel dich immer wieder zurückzuziehen, bis sie auch so weit ist. Oder sich eine Weile nur auf sie zu konzentrieren und ihr nicht gestatten, dich anzufassen, falls du zu erregt bist. Es ist so, wie ich es dir schon erklärt habe: Sobald man einmal herausgefunden hat, wie es klappt, kann man es immer wieder so machen." Er grinste erneut. „Und wieder und wieder und wieder ..."

„Wollen wir etwas essen?", fragte sie.

„Vielleicht. Außerdem habe ich da noch ein paar Ideen, die

wir mal ausprobieren sollten. Lustige Ideen. Verrückte Ideen. Bevor uns der vierte Juli davon abhält, bis zur Besinnungslosigkeit zu vögeln", antwortete er grinsend.

„Ohhhh ... Wäre es sehr unhöflich von mir, Marcie anzurufen und sie zu bitten, ein anderes Mal hierherzukommen? Zum Beispiel nächstes Jahr? Und wie gerne hast du deine Familie? Denn ich glaube, sie fahren mir in die Parade ..."

„Sprich nicht weiter", bat er und küsste sie auf den Mund.

9. KAPITEL

Als dieser Verrückte mit dem buschigen roten Bart und dem langen Messer aus dem Gebüsch aufgetaucht war, hätte Erin niemals damit gerechnet, dass sie ihm einmal einen ganzen Nachmittag und Abend lang die tollsten sexuellen Genüsse zu verdanken haben würde, die sie je erlebt hatte. Aiden wollte experimentieren und verschiedene Positionen mit ihr ausprobieren, um herauszufinden, was ihr am besten gefiel. Sie war explosionsartig gekommen, sowie sie entdeckte, dass es ihr ganz besonders gefiel, oben zu liegen und das Kommando zu übernehmen. Das gefiel ihr *sehr.* Sie mochte den schmutzigen, rauen Klang seiner Stimme, wenn er über solche Erkenntnisse lachte.

Natürlich gab es Dinge, die für ihn besser funktionierten als für sie – aufrecht stehend in der Dusche zum Beispiel. Es war fast ein bisschen unheimlich. Sie war so glitschig und hatte Angst, dass er sie fallen lassen könnte. Deshalb war es kein gegenseitiges Vergnügen. Aber es zauberte ihm ein Lächeln ins Gesicht. „Das war egoistisch", murmelte sie ihm ins Ohr.

„Ich bin ein egoistischer Bastard", erklärte er ihr, wobei er sich in die Dusche kniete. „Mal sehen, ob wir das wieder ausgleichen können." Er legte sich ihre Schenkel über die Schulter, woraufhin sie sich gegen die Wand in der Dusche lehnte, und drang mit den Fingern in sie sein. Während er in einem sanften Rhythmus in sie stieß, massierte seine Zunge ihren Lustpunkt.

Erin rang nach Atem. Dann stöhnte sie, und schließlich sank sie auf ihn. „Gleichstand", keuchte sie heiser. Und dann: „Ich sterbe vor Hunger …"

Er ließ dieses teuflische Lachen hören. „Das liegt daran, dass es schon kurz vor zehn ist. Ich behandele dich seit Stunden, und jetzt kommst du auch sofort. Dieses Wortspiel war durchaus beabsichtigt."

„Wir haben den richtigen Knopf gefunden", sagte sie schwach.

„Jedes Mal", pflichtete er ihr bei und stellte das Wasser ab. „Lass uns dich füttern gehen. Du musst auf deine Kräfte achten." Mit diesen Worten wickelte er sie in ein flauschiges Badetuch ein und knotete seins an den Hüften zusammen.

Aiden wärmte das Brathähnchen und die Pommes frites auf, unterdessen kümmerte sich Erin um den Salat. „Darf ich dich etwas Persönliches fragen?" Sie sah konzentriert den Salat an. „Ich denke … Ich glaube, es ist persönlich …"

„Schieß los", forderte er sie sanft auf.

„Wie ist es, wenn man Gynäkologe ist? Ich meine so als Mann und Gynäkologe?"

Lächelnd berührte er sie unterm Kinn, damit sie ihm in die Augen schaute. „Frag mich, was du wirklich wissen willst."

„Ein Mann, der den ganzen Tag auf das Objekt der Begierde guckt …"

„Das stimmt so nicht", entgegnete er. „Denn das Objekt meiner Begierde steht direkt hier vor mir." Und dann gab er ihr einen Kuss. „Ich betrachte diese intime Stelle unter rein medizinischen Gesichtspunkten – meine Sorge gilt dem weiblichen Reproduktionssystem. Was, nebenbei bemerkt, ein ziemlich interessantes Thema ist. Und wenn die normalen Untersuchungen vielleicht auch mal langweilig werden, gibt es einfach nichts, das man damit vergleichen könnte, einem neuen Leben dabei zu helfen, auf die Welt zu kommen."

„Männliche Ärzte … Beeinflusst das nicht …"

Er lachte sie aus. „Meine Brüder fragen mich das auch andauernd, aber man braucht eigentlich nur ein bisschen mehr Alkohol. Doch Spaß beiseite, männliche Ärzte werden von der weiblichen Anatomie nicht mehr erregt als weibliche Ärzte oder Krankenschwestern, die sich um männliche Patienten kümmern. Du hingegen", stieß er rau hervor. Langsam fuhr er mit den Fingern an ihrem von einem Handtuch bedeckten Rücken entlang und glitt mit der Hand unter das Badetuch, um ihren nackten Po zu streicheln. „Du erregst mich wirklich. Wir

sollten uns mit dem Essen beeilen."
„Wie lange willst du bleiben?"
„Bis du mich hinauswirfst."
„Die ganze Nacht?"
Er zuckte mit den Schultern. „Wenn es dir nichts ausmacht, dein Bett eine ganze Nacht lang mit mir zu teilen. Das überlasse ich dir. Aber wenn du einverstanden bist, fahre ich nicht vor morgen früh." Er küsste sie noch einmal. „Morgen Vormittag. Spät."
„Und deine Familie wird dich nicht vermissen?"
„Ich habe Luke deine Nummer gegeben; für den Fall, dass bei Shelby die Wehen einsetzen. Meine Familie muss mir mal eine Pause gönnen und mir eine Nacht bei dir zugestehen, ehe deine Familie zum Wochenende auftaucht." Dann wurde er plötzlich ernst. „Falls es dir lieber wäre, die Nacht alleine zu verbringen, wäre das auch in Ordnung, Erin. Sag mir einfach, wie es dir am liebsten wäre."
Sie schüttelte den Kopf, denn sie wollte, dass er bei ihr blieb. „Warst du schon mal verliebt? Doch vielleicht sollte ich besser fragen, wie oft du schon verliebt warst?"
Nun war er mit Kopfschütteln dran. „Als junger Mann habe ich ein paarmal Lust mit Verliebtsein verwechselt."
„Und deine Frau?"
„In sie erst recht nicht ..."
„Aber du hast sie geheiratet."
Er holte tief Luft. „Darauf bin ich überhaupt nicht stolz. Tatsache ist, dass ich, nach einer wirklich langen Durststrecke an Bord, wieder an Land war und bei der Navy von einer Arztsekretärin verführt wurde. Es fällt mir nicht schwer, mir vorzustellen, dass sie sexuell bei Weitem erfahrener war als ich, und ich gebe, wenn auch unter großer Verlegenheit, zu, dass ich wie in Trance gehandelt habe. Beim Militär darfst du nicht einfach mit deinen Untergebenen rummachen. Ich handelte mir gewaltigen Ärger ein. Deshalb haben wir geheiratet, und sie wurde

aus der Navy entlassen, was sie von Anfang an beabsichtigt hatte. Das fand ich aber erst im Nachhinein raus. Sie hat mich in eine Falle gelockt – ich war nur Mittel zum Zweck und obendrauf noch für ein bisschen Taschengeld gut. Drei Monate später waren wir geschieden. Es war eine furchtbare Erfahrung."

„Hat sie das auch so empfunden?"

„Glaube ich nicht. Sie hat vermutlich genau das bekommen, was sie wollte. Und ich denke, diese Erfahrung erklärt auch, weshalb es danach für mich so schwierig war, wieder jemandem zu vertrauen und mich auf eine Beziehung einzulassen. So. Und du? Verliebt?"

Erin schüttelte den Kopf. „Noch nie. Nicht mal als Teenager. Zwar gab es ein paar Männer, mit denen ich mehr als zwei Mal ausgegangen bin, aber da lief nicht viel. Wir sind immer noch Freunde." Sie lachte. „Keine echten Freunde. Es sind Mandanten."

Aiden grinste breit. „*Das* ist mir noch nie passiert", erklärte er. „Meine Exfreundinnen wollten noch nie Patientin bei mir werden."

Die Zeitschaltuhr am Herd meldete sich, und Aiden holte Brathähnchen und Pommes aus dem Ofen. Erin mischte den Salat mit dem Dressing.

Er zerteilte das Hähnchen, während sie die Teller aus dem Schrank holte. Dabei musste sie das Handtuch des Öfteren wieder neu feststecken. „Essen wir wirklich in Handtüchern zu Abend? Nackt, in Handtüchern?"

„Sollen wir die Handtücher lieber ablegen?", fragte er sie mit einem Lächeln auf den Lippen.

„Ich habe so etwas vorher noch nie gemacht", gab sie zu. „Nicht mal ansatzweise. Das meiste, was wir heute gemacht haben, habe ich tatsächlich noch nie getan."

Aiden rückte ihr den Stuhl zurecht. „Würdest du mir etwas verraten?"

„Wenn ich kann", sagte sie.

„An diesem ersten Tag ... hatte ich dich beim Weinen ertappt. Streite es nicht ab. Aber warum?“

Erin lachte hohl, und es klang, als sei ihr unbehaglich zumute. „Es ist ziemlich blöd.“

„Versuch's mal.“

„Oh, ich fühlte mich ein bisschen einsam, weil ich mir blöderweise einen ganzen Sommer alleine auf einem Berg eingebrockt hatte. Ich hatte etwas gemacht, was ich mir normalerweise verbiete – ich bin in Selbstmitleid zerflossen. Irgendwie hatte ich damit angefangen, jeden Reinfall meines Lebens aufzulisten – inklusive der Tatsache, dass ich noch nie auf einem Abschlussball war.“

„Du hast mich schon einmal danach gefragt – nach dem Abschlussball“, erinnerte er sich. „Was finden die Mädchen nur an diesen Abschlussbällen?“

„Wir kommen nie drüber hinweg“, antwortete Erin kopfschüttelnd. „Wir behaupten, dass sie blöd und bedeutungslos für uns sind. Allerdings wenn wir nicht von jemandem zum Ball eingeladen werden oder der Abend ein Reinfall ist, kann diese Misere uns für ein ganzes Leben prägen. Ich habe seitdem übrigens nie wieder geweint. Ich bin total darüber weg.“ Sie schaute ihn selbstbewusst an. „Über die Einsamkeit und den Abschlussball.“

Aiden schnitt ihr ein Stück Hähnchenbrust ab und legte es ihr auf den Teller. „Iss. Ich werde dich nämlich zurück ins Bett bringen und dir etwas zeigen, das mehr Spaß macht als ein Abschlussball.“

Aiden fand es sehr schwer neben Erins süßem, wundervollem, nacktem Körper einzuschlafen. Doch er gönnte ihr den Schlaf. Tatsächlich fühlte er sich selbst, als ob er Bäume ausreißen könnte. Locker hätte er noch zehn Meilen laufen können. Als schließlich die Morgensonne das Schlafzimmer mit ihren hellen Strahlen erfüllte, rieb er seine Nase an ihrem Nacken. „Ich glaube, ich habe gerade die schönste Nacht meines Lebens verbracht", flüsterte er ihr zu.

„Mmm. Ich auch. Und ich bin total erschöpft", antwortete sie.

Er vermutete, dass sie womöglich auch ein wenig wund war. „Ich würde mich freuen, dir Frühstück machen zu dürfen", sagte er. „Ich wäre glücklich, wenn ich mich noch ein wenig länger mit dir in den Laken wälzen dürfte. Aber ich vermute, du hast erst mal genug, mein Liebling. Und du brauchst Schlaf, bevor deine Familie eintrifft."

„Ich hoffe, du magst mich", erwiderte sie und gähnte. „Denn falls es nicht so wäre, müsste ich das hier wieder aufgeben. Und dazu *gefällt es mir zu sehr.*"

Er lachte. „Ich mag dich sehr gerne", gestand er ihr.

„Oh, gut." Sie kuschelte sich an ihn.

„Hast du Hunger, meine Süße?"

„Nein, ich bin müde, Aiden. Jedes Mal, wenn du dich im Bett umgedreht hast, fiel dir etwas Neues ein." Sie gähnte herzhaft. „Ich bin sehr, sehr glücklich, aber ich bin müde. Ich brauche noch ein kleines Schläfchen, ehe mein Besuch hier eintrifft."

Aiden küsste sie auf die Wange. „Ich stell dir jetzt die Kaffeemaschine an und lass dich alleine. Wir sehen uns am Wochenende mit unseren Familien, und dann will ich, für die erste Sekunde, in der du wieder alleine bist, sofort eine neue Verabredung mit dir haben." Er rollte sich herum, um das, was noch von seiner Kondomschachtel übrig war, in der Nachttischschublade zu verstauen, und was fand er dort? „Wow", stieß er hervor und holte einen wenig exotisch geformten Vibrator aus der Schublade. „Spielzeug. Ich wusste gar nicht, dass wir Spielzeug hier haben!"

Erneut gähnte sie. „Hatte ich es nicht erwähnt? Ich habe dir doch erzählt, dass ich mich nicht so oft mit Männern getroffen habe …"

Aiden legte den Vibrator wieder zurück. „Ich liebe eine moderne Frau. Wir spielen ein anderes Mal damit.“ Er drehte sich wieder um und drückte ihr seine Lippen auf den Mund. „Danke dir, Liebling. Es war wunderschön.“

Als er aufstehen wollte, rief sie seinen Namen. Da wandte er sich wieder zu ihr um. „Was ist das mit uns? Eine kurze Sommeraffäre?“

Er küsste sie noch einmal. „Nichts weniger als das.“

„Hmm“, murmelte Erin lächelnd und schloss die Augen.

Aiden hatte einen Bärenhunger. Auf der Suche nach etwas Essbarem wollte er allerdings nicht so viel Krach machen, denn Erin brauchte ihren Schlaf. Dabei fühlte er sich, als könnte er beim Bankdrücken einhundertfünfzig Kilo stemmen und mindestens eine ganze Kuh verputzen. Er füllte den Kaffeefilter und den Wassertank, damit Erin nur noch den Schalter betätigen musste, und verließ die Hütte.

Er war sich nicht sicher, ob er zu Hause noch was zu essen hätte, denn er hatte sich schon seit Tagen nicht mehr dort blicken lassen. Da es schon zehn war, fuhr Aiden in die Stadt und beschloss, im Jack’s einen Happen zu speisen. Kurz darauf betrat er die beinahe verwaiste Bar. Mel saß auf einem Hocker, und Jack stand hinter der Theke. Es sah so aus, als ob sie Kaffee miteinander tranken. Als Mel sich nach ihm umwandte, erhellten sich ihre Züge. „Hallo, Doc! Wir haben Sie ja schon lange nicht mehr zu Gesicht bekommen. Wie geht es Ihnen?“

„Fabelhaft“, antwortete er, nahm neben ihr Platz und fragte Jack: „Wie groß sind die Chancen, dass Preacher mir noch ein Frühstück macht?“

„Für Sie? Da sehe ich kein Problem. Kaffee?“

„Bitte“, sagte Aiden und klopfte auf den Tresen. „Wie geht’s der Sheridan-Familie denn so?“

„Wächst und gedeiht“, meinte Mel. „Und wenn wir es endlich schaffen, David davon abzuhalten, in den Garten zu pinkeln, haben wir einen echten Grund zum Feiern.“

Jack beugte sich über die Theke. „Aiden, erklären Sie ihr,

dass Männer die Vorstellung, überall hinpinkeln zu können, lieben, Frauen hassen so etwas. Frauen hassen es, zum Sitzen verurteilt zu sein. Deshalb mache ich den Sitz runter – aus Mitleid. Sie haben es so viel schwerer. Das Leben kann manchmal ganz schön unfair sein, oder?“

Aiden musste lachen. „Falls Sie denken, dass ich mich auch nur ansatzweise an dieser Diskussion beteiligen werde, sind Sie auf dem Holzweg.“

„Na gut, Sie Feigling“, erwiderte Jack und schenkte ihm Kaffee ein. „Ich gehe mal in die Küche und überrede Preacher, für Sie noch ein paar Eier in die Pfanne zu hauen.“

„Das wüsste ich sehr zu schätzen.“

Mel wandte sich nach ihm um. „Sammeln Sie immer noch Wandermeilen?“, fragte sie.

„Mehr oder weniger. Unter anderem. Die meiste Zeit nutze ich zum Abschalten – aber ich hatte ein Quasi-Bewerbungsgespräch mit einigen Gynäkologen, die eine Praxis in Redding betreiben. Eine tolle Praxis, doch ich weiß nicht, ob die Gegend …“

„Wonach suchen Sie? Haben Sie eine andere Gegend ins Auge gefasst?“

„Bin mir da noch nicht sicher“, erwiderte er achselzuckend, bevor er die Kaffeetasse an den Mund führte. Er trank einen Schluck und stellte den Becher wieder auf den Tresen. „Vielleicht irgendwo weiter Richtung Süden …“

„Eine größere Stadt? Vielleicht wie San Francisco? John Stone aus Grace Valley war in einer gynäkologischen Klinik in Sausalito. Sehr erfolgreich, bekannt und, nach Johns Auffassung, eine total schlimme Klinik. Vielleicht sollten Sie sich mal mit ihm darüber unterhalten, damit Sie die schlechten Läden meiden können.“

„Gute Idee.“

„Jetzt mal im Ernst. Südlich von hier? Wo denn, zum Beispiel?“

Er dachte einen Moment lang darüber nach und musste unwillkürlich lächeln. „Ehrlich gesagt schwanke ich da noch etwas, denn ich treffe mich gerade öfter mit einer Frau aus Chico …“

„Erin?“, fragte Mel sofort in einem begeisterten Tonfall. „Erin Foley?“

„Sie kennen Erin?“

„Klar“, antwortete sie. „Oh, und ich mag Erin. Sie ist fantastisch, finden Sie nicht? Wie sind Sie sich begegnet? Sie wohnt ja ganz schön weit draußen in den Bergen und kommt fast nie in die Stadt.“

„Beim Wandern“, erklärte er. „Ich habe ziemlich viele Kilometer in den Bergen und Tälern zurückgelegt. So kam ich auch an ihrer Hütte vorbei.“ Den Teil mit der Gehirnerschütterung ließ er lieber aus. Wenn er jedoch etwas über Virgin River wusste, dann, dass vermutlich bereits eine Menge Leute davon gehört hatten.

Jack kam aus der Küche zurück und sagte: „Sie Glückspilz – der Koch hat keine Einwände. Er bereitet Ihnen schmackhaftes Rührei und ein paar Bratwurstpastetchen zu.“

„Jack, Aiden hat sich ein paarmal mit Erin getroffen!“, berichtete Mel strahlend ihrem Mann. „Sind das nicht tolle Neuigkeiten?“

„Ich denke schon“, sagte Jack und zuckte beiläufig die Schultern. „Frauen begeistern sich immer viel mehr für Liebesdinge als Männer. Ich erzähl Ihnen mal was. Eine Menge Männer, mich eingeschlossen, kommen hierher, weil sie glauben, dass man hier ein einfaches, ruhiges und friedliches Leben führen kann. Ein bisschen angeln oder, wie in Ihrem Fall, ein wenig wandern und gut. Doch sobald man hier eine Frau kennenlernt – ist Schluss mit lustig, Mann. Und mit der Ruhe vorbei!“

„Jack“, ermahnte ihn Mel lachend.

„Es ist die Wahrheit, Liebling. Ich habe es inzwischen zig Mal erlebt, angefangen bei mir. Ich war weit davon entfernt, heiraten oder eine Familie gründen zu wollen, als diese kleine scharfe Lady auf einmal durch die Stadt spazierte und ich mich total verknallt habe."

„Ich wette, Sie haben tapfer dagegen angekämpft, oder täusche ich mich?", fragte Aiden und nippte an seinem Kaffee.

„Ich habe kein bisschen dagegen angekämpft, Kumpel. Die Rolle hatte sie übernommen, trotzdem habe ich sie am Ende gekriegt." Er beugte sich über die Theke zu seiner Frau und gab ihr einen Kuss. „Preacher bringt Ihnen gleich das Frühstück, Doc. Ich muss noch nach Eureka, ein paar Besorgungen erledigen. Wir veranstalten am Montag ein großes Picknick für alle Einwohner."

„Das habe ich schon mitbekommen."

„Sie kommen doch auch, oder?"

„Ich und sämtliche Familienmitglieder der Riordans und Booths aus dem Umkreis von hundert Meilen."

Jacks Mund verzog sich zu einem breiten Grinsen. „Das höre ich gerne." Zu seiner Frau sagte er: „Ich bin ungefähr drei Stunden weg. Schaffst du das, ohne dass ich Davie mitnehme?"

„Ja, ich werde nämlich nur ein bisschen Papierkram in der Praxis erledigen und früh nach Hause gehen. Falls es keine Notfälle gibt, natürlich."

„Perfekt", meinte Jack. „Bis später, Doc." Und damit verschwand er.

Aiden warf Mel einen neugierigen Blick zu. „Ich kenne Erin höchstens seit ein paar Wochen. Und Sie?"

„Ich habe sie vor ein paar Jahren das erste Mal getroffen, sie aber erst wiedergesehen, als sie diesen Sommer hier auftauchte, um dort oben Urlaub zu machen. Ich kenne ihre Schwester Marcie. Marcie kam hierher, weil sie hoffte, den Sergeant ihres verstorbenen Ehemanns zu finden – seinen besten Freund, mit dem er im Irak gedient hatte. Nun, eigentlich war Ian nicht einfach nur sein Sergeant und Freund, sondern auch derjenige, der Bobby das Leben gerettet hatte. Aber tragischerweise war Marcies Mann schrecklich verwundet worden – das Hirn war schwerwiegend geschädigt. Er lag ein paar Jahre im Krankenhaus und zuletzt in einem Pflegeheim, bevor er ruhig und friedlich starb. Und Ian hatte sich in dieser Hütte eingeigelt und war fast so wenig ansprechbar wie Marcies Mann. Kennen Sie Marcie?“

„Nein, noch nicht“, sagte Aiden.

„Nun, sie ist ein Hitzkopf. Sie war wild entschlossen, Ian zu finden, damit sie dafür sorgen könnte, dass es ihm gut ging und er nicht unter posttraumatischen Belastungsstörungen oder was auch immer zu leiden habe. Ian hatte sein Leben riskiert, um Bobby zu retten, und war dabei ebenfalls verletzt worden. Doch dann war er auf einmal spurlos verschwunden. Deshalb hatte Marcie das Gefühl, unbedingt wissen zu müssen, was mit ihm passiert war. Aber Erin machte sich sehr große Sorgen um sie und kam ebenfalls hierher, weil sie Marcie nach Hause holen wollte.“ Mel lachte und schüttelte den Kopf. „Marcie wollte jedoch nicht, und Erin war außer sich. Erin war so daran gewöhnt, in der Familie das Sagen zu haben, die Elternrolle zu übernehmen …“

„Ich vermute, es hat sich alles zum Guten gewendet“, erwiderte Aiden. „Marcie erwartet doch jetzt ein Baby, stimmt's?“

„Stimmt. Seit der Weihnachtszeit habe ich Marcie nicht mehr gesehen. Sie und Ian kommen gerne hierher, um dabei zu sein, wenn wir die Lichter am Tannenbaum, mitten auf dem Dorfplatz von Virgin River, einschalten.“

„Ich habe gehört, dass sie demnächst Erin besuchen werden – vielleicht fahren sie auch in die Stadt.“

„Oh, das hoffe ich doch“, entgegnete Mel. „Marcie ist eine wundervolle, junge Frau, und verfügt über einen eisernen Willen … Ich kann mir gar nicht vorstellen, wie es ist, jemanden wie sie erziehen zu müssen.“

Preacher brachte einen Teller mit dampfendem Rührei und stellte ihn vor Aiden ab. „Morgen, Doc“, begrüßte er Aiden und griff unter die Theke, um ihm das in eine Serviette eingerollte Besteck zu geben. „Ist es okay so?“

„Perfekt. Ich weiß es wirklich zu schätzen.“ Dann wandte sich Aiden wieder an Mel. „Erin sagte, dass ihre Eltern gestorben sind. Deshalb werden Sie wohl nie erfahren, wie es ist …“

„Erin wäre diejenige, die man da fragen müsste. Sie hat ihre Schwester und ihren Bruder großgezogen.“

Aiden, der gerade im Begriff war, die Gabel zum Mund zu führen, stockte mitten in der Bewegung. „Sie hat mir erzählt, sie hätte immer viel Verantwortung tragen müssen …“

„Nun, das ist untertrieben. Ihre Mutter starb, da war Erin gerade elf. Marcie war vier und ihr kleiner Bruder Drew ungefähr zwei Jahre alt – noch in den Windeln. Wenn ich es richtig verstanden habe, war ihr Vater so gut wie nie ansprechbar – verbittert und alles. Wenn er dies mal gerade nicht war, arbeitete er, und Erin musste sich um die Kleinen kümmern und den Haushalt managen. Erin hetzte von der Schule immer heim, um zu babysitten, das Haus zu putzen, Wäsche zu waschen, Abendessen zu kochen und um die Kinder ins Bett zu bringen. Später, als ihre Geschwister im Teenageralter waren und Erin im ersten Semester Jura studierte, starb ihr Vater. Ich glaube, ihr kleiner Bruder war damals dreizehn. Tatsache ist, dass sie seit ihrem elften Lebensjahr die Mutterrolle übernommen hat.“

Der Abschlussball, dachte Aiden. „Mit elf?“, fragte er und schob sich die Gabel mit dem Rührei in den Mund, obwohl ihm eigentlich der Appetit vergangen war.

„Das ist schon etwas ganz Besonderes, was? Und es ist ja nicht so, als ob Erin, nachdem ihre Geschwister erwachsen geworden waren, endlich angefangen hätte, ihr eigenes Leben zu leben. Drew besuchte das College und studierte anschließend Medizin – Marcie sagte, dass er es ohne Erin niemals geschafft hätte. Oh – und Marcie? Nun, sie hatte einen pflegebedürftigen Ehemann und hat mir erzählt, dass es Erin zu verdanken war, dass sie finanzielle Unterstützung vom Marine Corps erhalten hatte. Und nicht nur das – sie war gemeinsam mit Bobbys Familie und Marcie im Pflegeheim, um, wenn nötig, mitzuhelfen. Ich weiß, Erin wirkt nicht gerade wie die typische Schwesternhelferin, doch sie war genauso für Bobby da wie all die anderen aus seiner Familie."

Aiden steckte sich einen weiteren Bissen zwischen die Lippen, obwohl er kaum noch schlucken konnte. Eine Vollzeitstudentin, die eine Horde Teenager zu erziehen hatte? Partnerin in einer gut gehenden Anwaltskanzlei, die aktiv mithilft, einen behinderten Ex-Marine im Pflegeheim zu betreuen? „Das klingt, als ob sie ihr ganzes Leben lang unglaublich hart arbeiten musste …"

„Um der Wahrheit die Ehre zu geben: Ich glaube, Erin hat einen Großteil ihrer Kindheit versäumt", sagte Mel. Sie rutschte vom Barhocker hinunter und ging hinter die Theke. Dort griff sie nach der Kaffeekanne und füllte Aidens Tasse auf. „Marcie und Ian sind erst im letzten Sommer aus Marcies Elternhaus ausgezogen. Drew ist nach L. A. verschwunden, um seine Assistenzstelle in der Orthopädie anzutreten. Ich denke nicht, dass Erin vorher schon einmal nur Zeit für sich hatte und nur verantwortlich für ihr Leben war." Mel lächelte. „Sie können sich nicht vorstellen, wie glücklich es mich macht zu wissen, dass Sie sich treffen. Ein toller Mann genau im richtigen Augenblick? Das erscheint mir perfekt. Und was haben Sie zusammen unternommen? Bitte erzählen Sie mir jetzt nichts, was mich erröten lässt."

Aiden grinste sie an. Das war die beste schauspielerische Leistung, die er je vollbracht hatte. „Nun, schauen wir mal, ich habe einen Bären aus Erins Küche verjagt."

„Echt jetzt?"

„Ja. Habe ich. Ich nehme an, das war der Grund, weshalb sie mich plötzlich für Manns genug für andere Aktivitäten hielt. Sie hatte Kekse gebacken und die Türen offen stehen lassen. Und während sie im Bad war, stattet ihr Yogibär einen Besuch ab. Nun läuft da draußen irgendwo ein Bär mit einem Bauch voller Schokoladenkekse und -teig herum. Außerdem haben wir eine Fahrradtour gemacht. An der Küste entlang. Das hätte Erin beinahe umgebracht – sie hat offenbar noch nie länger als fünfzehn Minuten Sport getrieben. Als Nächstes folgte ein gemeinsames Abendessen. Dann ein bisschen Sightseeing und viel Kennenlernen … Sie wissen schon."

„Es ist zwar schon lange her, aber ich erinnere mich, dass Jack mich einmal zum Wale gucken mitgenommen hat."

„Ich schätze, dass Erin und ich auf der Feier am vierten Juli uns gegenseitig unseren Familien vorstellen werden", sagte Aiden. „Ich bin schon ganz begierig darauf, Marcie und Ian kennenzulernen, allerdings weiß ich nicht, ob ich schon dafür bereit bin, Erin mit meiner Familie zusammenzubringen."

„Warum denn nicht?", fragte Mel überrascht. „Sie haben eine wunderbare Familie!"

„Kennen Sie meine Brüder? Meinen Sie wirklich, dass die den Mund halten können?"

„Oh, ach so – man wird Sie aufziehen."

„Ziemlich schonungslos", erwiderte er.

Mel tätschelte ihm den Arm. „Sie sind ein großer Junge. Sie werden es überleben. Und falls es Sie tröstet, ich werde Sie nicht aufziehen. Und sollte Jack damit anfangen, trete ich ihm gegen das Schienbein."

„Das ist sehr nett von Ihnen, Mel", entgegnete Aiden.

Sie blickte auf ihre Uhr. „Ich muss mich jetzt leider verabschieden. Ich möchte den Papierkram erledigen, damit ich früher nach Hause gehen kann. Wenn Sie mit dem Frühstück fertig sind, Preacher ist in der Küche."

„Alles klar. Danke."

„Viel Glück bei der Jobsuche, Aiden. Ich wünschte, Sie würden in der Nähe bleiben, trotzdem verstehe ich, wenn Sie lieber in einer größeren Stadt arbeiten wollen. Denn wir könnten hier bei uns wirklich einen weiteren Gynäkologen gebrauchen."

„Mel? Glauben Sie, Erin denkt immer noch an die Dinge, die sie versäumt hat? Sie wissen schon – Sachen, die wir anderen einfach für selbstverständlich halten? Zum Beispiel Footballspiele und Tanzveranstaltungen? Sport und anderes, das man nach der Schule unternommen hat? Abschlussball? Und so etwas."

„Vermutlich. Sie hat sich fünfundzwanzig Jahre lang total auf Marcie und Drew konzentriert und sich um sie gekümmert. Da blieb ihr sicher nur wenig Zeit für sich. Und ich weiß, dass sie immer noch in ihrem Elternhaus lebt. Die meisten jungen Menschen ziehen irgendwann einmal aus, wenn sie aufs College gehen, und wohnen in schrecklichen kleinen Appartements mit genauso schrecklichen ersten Mitbewohnern. Doch Erin ist wegen ihrer Geschwister immer daheimgeblieben."

Aiden verschlug es einen Augenblick lang die Sprache, bevor er sagte: „Was für eine beeindruckende Frau."

„Das ist sie. Ich bin so froh, dass Sie beide sich kennengelernt haben." Mel ging abrupt zur Tür. „Wir sehen uns am Montag bei dem Picknick, Aiden."

„Bis dann", erwiderte er. Aber in Gedanken war er schon wieder bei Erin, die fünfundzwanzig Jahre lang täglich nach Hause geeilt war, um sich um ihren Bruder und ihre Schwester sowie den Haushalt zu kümmern. Unglaublich! Denn obwohl Aiden in ärmlichen Verhältnissen aufgewachsen war, hatte er nie etwas verpasst. Er war zum Abschlussball gegangen und hatte gedacht, dass der Ball eine unnütze Geldverschwendung war, wenn man anschließend keinen Sex hatte. Es hatte ein paar Jahre gedauert, bis er herausgefunden hatte, dass die Mädchen das anders sahen. Aber was verband Erin damit? Das schien außerhalb seiner Vorstellungskraft zu liegen.

Aiden brachte den Teller in die Küche zurück und stellte ihn auf einer Arbeitsfläche ab. „Hallo, Preacher. Was schulde ich Ihnen?"

Preacher betrachtete den Teller und schimpfte. „Hat es

Ihnen nicht geschmeckt?“

„Es war perfekt“, lobte Aiden. Er rieb sich mit der Hand über den Bauch. „Ich glaube, ich habe gestern Fisch gegessen, der nicht mehr so ganz frisch war. Da wollte ich lieber nichts riskieren.“

„Na ja, ich kann Ihnen aber nichts berechnen, wenn Sie kaum was gegessen haben.“

Aiden lachte. „Wovon Sie leben wollen, ist mir ein Rätsel. Tun Sie doch einfach so, als hätte ich alles verputzt. Also, was hat mich der Spaß gekostet?“

„Acht Dollar“, antwortete Preacher.

„Und der Kaffee?“, fragte Aiden und holte sein Portemonnaie aus der Hosentasche. „Acht fünfundzwanzig.“

Aiden legte einen Zehner auf den Tisch. Er packte noch einen Dollar obendrauf und schob das Geld rüber zu Preacher. Nirgendwo, wo er bisher gelebt hatte, gab es so ein riesiges Frühstück für nur acht Dollar. Höchstens vielleicht im Kasino der Navy, allerdings war das Zeug ungenießbar. Das Essen von Preacher dagegen schmeckte erstklassig. „Danke“, sagte Aiden zum Koch.

Preacher nahm den Schein vom Tisch. „Und davon, mein Lieber, leben wir.“

10. KAPITEL

Jack hatte tatsächlich ein paar Besorgungen zu erledigen. Sowohl für die Bar als auch für das Picknick am Montag, den vierten Juli. Er hatte Preacher davon überzeugt, dass es Rippchen und Bier geben sollte. Das hatte den großen Mann veranlasst, sich durch seine Rezepte für Barbecue-Rippchen zu wühlen.

Doch Jack hatte noch etwas anderes vor. Er war mit Dr. John Stone verabredet.

Jack hatte eine Menge Respekt vor John. Obwohl Jack am Ende selbst dabei geholfen hatte, seine Kinder auf die Welt zu holen, war John ihm immer eine große Stütze gewesen. Noch wichtiger jedoch war, dass John Mel das Leben gerettet hatte, als sie nach einem postnatalen Blutsturz beinahe gestorben wäre. Dabei musste ihr der Uterus entfernt werden, aber John hatte vorher alles Menschenmögliche versucht, ihn zu erhalten, weil er verstand, dass das ein harter Schlag für Mel war. Doch es ging um ihr Leben, ihr Leben … Was gab es da groß zu überlegen? Jack könnte nicht ohne Mel leben.

Er saß gerade zehn Minuten im Wartezimmer, da kam John aus dem Behandlungsraum und schüttelte ihm die Hand.

„Jack, wie geht's dir, Mann?"

„Gut, gut", erwiderte Jack. „Schon eine Weile her, seit wir uns das letzte Mal gesehen haben. Kommst du zum Picknick am vierten Juli?"

„Ich weiß nicht, Jack. Ich habe gehört, es gibt kein Feuerwerk mehr …"

Jack lachte nur. „Hör zu, du Blödmann, wir wollen mitten in der Trockenzeit keine Funken über trockenem Holz versprühen. Du könntest einfach wegen der netten Gesellschaft vorbeischauen …"

„Darüber ließe sich nachdenken. Doch zurück zur Arbeit. Ich habe die Sprechstunde von Dr. Hudson übernommen, da sie früher weg musste. Ihr Sohn hat jemanden auf dem Spielplatz gebissen."

„Autsch", stieß Jack hervor. „Was macht man denn dagegen?"

„Es gibt da nicht so viele Therapiemaßnahmen", erwiderte John. „Aber egal was du hörst – beiß bloß nicht zurück. Ich glaube, so etwas verschafft dir mit Sicherheit einen Besuch vom Jugendamt."

Die Männer betraten das kleine Büro, und während John sich auf seinen Stuhl hinter dem Schreibtisch setzte, nahm Jack vor dem Tisch Platz.

„Wir haben da nichts zu befürchten", entgegnete Jack. „Wir stehen beim Jugendamt immer noch auf der Warteliste wegen des neugeborenen Babys, das vor vier Jahren vor der Tür der Arztpraxis ausgesetzt wurde."

Beide lachten.

„Also", begann Jack. „Du weißt, weshalb ich hier bin, stimmt's? Um mit dir darüber zu sprechen, wie natürlich und alltäglich diese Leihmuttergeschichte für dich ist ..."

„War", korrigierte ihn John. „Wir haben hier nicht sehr häufig damit zu tun, sind jedoch bestrebt, auf diese Möglichkeit hinzuweisen. Wir hatten mal eine Frau, die ein Baby für ihre Schwester zur Welt gebracht hat. Wir haben sie von der Schwangerschaft bis zur Geburt begleitet. Die Klinik, für die ich in Sausalito gearbeitet habe, war auf Fruchtbarkeitsstörungen spezialisiert – wir konnten alles, außer neues Leben in einem Reagenzglas erschaffen. Wir konnten Eier entnehmen, Sperma einfrieren, künstliche Befruchtungen vornehmen, befruchtete Eier einpflanzen. Die Patienten ... oder Eltern und Leihmütter hatten ihre eigenen Anwälte, die Verträge aushandelten, und wir hatten einen juristischen Berater, der dafür sorgte, dass wir uns rechtlich auf der sicheren Seite befanden. Und ja, tatsächlich hatten wir häufig mit dem Thema Leihmutter zu tun."

„Vermutlich eine gute Lösung für Frauen, die keine eigenen

Kinder bekommen können“, erwiderte Jack.

„Das ist es in der Tat“, antwortete John. „Wir haben hier im Valley allerdings nicht viele Patienten, die sich auf diesem Weg ihren Babywunsch erfüllen. Zum einen ist es recht teuer. Und die Krankenversicherung kommt nicht für die Kosten auf. Aber Jack, wenn ihr alles habt – die Eier und Sperma – braucht ihr jemanden, der für Mel das Kind austrägt ... Denk darüber nach. Paare, die vor zwanzig Jahren keine Kinder bekommen konnten, machen so etwas inzwischen. Und es kostet nicht viel mehr als eine Adoption.“

„Eine ganz alltägliche Sache. Wie ein normaler Tag im Büro?“, fragte Jack breit grinsend. „Erklär mir, wie es funktioniert.“

„Nun“, sagte John und lehnte sich zurück. „Wir hatten unser eigenes Chirurgenteam. Wir konnten einer Frau Eier entnehmen und ein sehr modernes, hoch aufgerüstetes Labor nutzen, um sie dort einzufrieren und zu lagern. Dann schickten wir ihnen das Sperma des Vaters ...“

„*Ihr* habt es verschickt?“

John lachte leise. „Wir sammelten und verschickten es. Wir hatten ein sehr intimes, nettes kleines Badezimmer voller wunderbarer Sachen zum Anschauen – die Angestellten nannten es das Masturbatorium.“

Jack brach in lautes Lachen aus. „Du machst Witze!“

„Nein, überhaupt nicht.“

„Und wenn ein Mann den ganzen Tag dort bleiben wollte ...?“

„Wir hatten sehr viel Geduld und respektierten die Privatsphäre der Männer“, erwiderte John lächelnd. „Ich meine, wer weiß denn schon, wie schwer es einem fällt, in die richtige Stimmung zu kommen oder ob er vielleicht versucht, einen Rekord zu brechen. Danach ging eine kleine Ampulle blitzschnell ins Labor zu den Eiern. Die Mutter oder die Leihmutter, falls die Mutter nicht in der Lage war, das Kind selbst auszutragen, kam in die Klinik. Dann wurde sie entweder künstlich befruchtet, oder wir setzten ihr das befruchtete Ei ein. Unsere

Erfolgsquote war sehr hoch."

„Und wie viele Leihmütter haben das für ein neues Haus oder ein neues Boot gemacht?"

„Das ging mich nichts an. Das ist eine Sache zwischen Leihmutter und Eltern, und es gehört zu den Aufgaben der Rechtsabteilung, dafür zu sorgen, dass alle Gesetze – strenge Gesetze – eingehalten werden. Das ist übrigens auch der Grund, weshalb wir unsere Patientin ins Grace Valley Hospital schicken. Aber ich kann auch ein paar sehr gute Kliniken empfehlen, die nicht weit von ..."

Jack neigte sich vornüber und stützte sich mit den Ellbogen auf den Knien ab. Er rang mit den Händen und ließ den Kopf hängen. In dem kleinen Büro herrschte Totenstille. Endlich hob Jack den Kopf und suchte den Blickkontakt zu John. „Das sollten wir nicht machen", sagte Jack ruhig. „John, wir sollten das nicht tun."

Mitfühlend sah John ihn an. „Warum bist du dann hier? Du hast gesagt, du wolltest darüber sprechen. Mel hat mir den Eindruck vermittelt ..."

„Ich weiß. Mel hat dich glauben lassen, dass ich damit einverstanden bin und mich nur noch über die Details informieren will. John, hör mir zu – so ist es nicht. Ich habe ihr gesagt, dass ich nichts davon halte. Und dass wir nicht noch mehr Kinder brauchen. Möglicherweise könnte sie mich dazu überreden, ein Kind zu adoptieren, das sonst ohne Eltern aufwachsen müsste, aber ..." Er schüttelte den Kopf.

„Was genau stört dich denn daran? Denn es ist wirklich eine vernünftige Alternative für eine Frau, die keine eigenen Kinder bekommen kann."

„Was mich daran stört, ist, dass meine Frau sich bereits jetzt schon so für ein weiteres Baby begeistert. Dabei hat sie es noch nicht einmal! Sie war nicht halb so begeistert und euphorisch, während sie mit unseren Kleinen schwanger war. Es ist unheimlich, John, und ich mache mir Sorgen um sie. Uns ging es gut, und wir kamen auch mit der Hysterektomie klar – natürlich waren wir enttäuscht, doch wir kamen klar damit.“ Jack rieb sich den Nacken. „Keine Ahnung, woran es liegt, John. Ich würde alles tun, was Mel von mir verlangt, wenn ihr viel daran liegt, vor allem wenn wir keine eigenen Kinder bekommen hätten. Ich würde auch diese kleinen Becher im Masturbatorium füllen. Vermutlich käme ich sogar darüber hinweg, zuzusehen, wie eine fremde Frau mein Kind zur Welt bringt. Für Mel würde ich die Sache auf mich nehmen. Aber wir brauchen das nicht. Da läuft etwas falsch, John. Und ich habe keine Ahnung, was es ist.“

John lehnte sich in seinem Stuhl zurück. Er nahm einen Stift und spielte damit herum. Je länger er Jack zuhörte, umso mehr verfinsterte sich sein Blick. Schließlich fragte er: „Ist es Mel schwergefallen, die Sache mit der Hysterektomie zu akzeptieren?“

„Wie meinst du das?“

John zuckte die Achseln. „Hat sie geweint? War sie wütend? Meinte sie, dass sie ein Gefühl der Leere verspüre? Verlust der Libido? So etwas in der Art?“

„Nein, überhaupt nicht“, antworte Jack. „Mel ist einfach wieder zum Alltag übergangen. Nie zuvor hat sie mit mir darüber gesprochen, bis sie neulich in die Bar kam und mir eröffnete, dass wir noch ein Baby haben werden. Und dass wir es auf eine sehr innovative dreißigtausend Dollar teure Art und Weise mit einer Fremden haben werden. Sie war total verändert und gar nicht mehr sie selbst. Überhaupt nicht mehr sie selbst.“

„Oh, Mann“, meinte John. Nun ließ er den Kopf hängen. „Jack, das tut mir leid. Ich habe mich in dieser Sache von Mel vereinnahmen lassen. Versuch, mich zu verstehen – ich bin so froh, mit dieser Möglichkeit Paaren ihren lang gehegten Kinderwunsch zu erfüllen.“

„Reagiere ich vielleicht zu heftig? Bin ich vielleicht nur ein Feigling, der sich davor drückt, zu tun, was getan werden muss?

Denn ich glaube eigentlich nicht, dass ich so ein Ehemann bin. Irgendwas daran, wie Mel sich das alles zurechtgelegt hat, fühlt sich einfach nicht richtig an. Ich möchte sie glücklich machen, doch normal glücklich."

„Und das scheint dir einfach nicht der Fall zu sein?"

Erneut schüttelte Jack den Kopf. „Ihre Gedanken kreisen nur noch um diese Sache. Sie hat Brie schon gebeten, sich mit den entsprechenden Gesetzen vertraut zu machen, damit sie die Verhandlungen übernehmen und den Vertrag aufsetzen kann. Mir kommt es vor wie ein Puzzle, bei dem ich immer noch nach den fehlenden Teilen suche ..."

„Fehlende Teile?", fragte John.

„Du weißt schon – wenn wir vor der Hysterektomie über eine größere Familie gesprochen hätten, könnte ich es vielleicht verstehen – doch ich dachte eigentlich immer, dass uns unsere beiden Kinder genügen. Mel ist in ihrem Job als Hebamme voll ausgelastet, und manchmal ist es auch so schon kompliziert genug, sich um die Kinderbetreuung zu kümmern. Oder – wenn sie mir diese Idee als einen Vorschlag unterbreitet hätte, etwas, über das wir mal nachdenken könnten. Aber das ist auch nicht passiert. Mel hatte den Entschluss bereits gefasst, bevor sie mir zum ersten Mal davon erzählte. Was verstehe ich denn jetzt nicht daran?"

„Was sie empfindet", erwiderte John.

„Sie hat das Gefühl, jetzt sofort noch ein Baby haben zu müssen, egal wie unpassend es ist – und sie will, dass es unser Baby ist."

„Sie versucht eventuell, ein Gefühl des Verlusts durch ihre Pläne mit der Leihmutter zu kompensieren", gab John zu bedenken.

„Das habe ich Brie auch schon gesagt – dass Mel entschlossen scheint, diese Sache durchzuziehen, weil sie nicht akzeptieren will, dass sie keine eigenen Kinder mehr bekommen kann. Wusstest du, dass Mel und ihr voriger Mann ein paar befruchtete Eier in einem Gefrierschrank in L. A. lagern ließen? Sie haben das ganze In-vitro-Programm ausprobiert, allerdings in Mels Uterus. Ich frage mich immer noch, ob es daran liegt, dass so etwas für jemanden wie Mel einfach alltäglich ist? Oder ob sie versucht, über die Sache mit der Hysterektomie hinwegzukommen, indem sie sich selbst beweist, dass sie so etwas nicht davon abhalten kann, so viele Babys zu bekommen, wie sie will? So als wenn sie es einfach nicht wahrhaben will.“ Jack rieb mit den Händen übers Gesicht. „Nicht genug, dass ich in meinem Leben noch nie mit so etwas konfrontiert wurde, ich habe auch nicht die geringste Ahnung, wie ich damit umgehen soll.“

„Du musst ehrlich zu ihr sein, Jack. Du musst ihr sagen, dass du das nicht willst.“

Jack lehnte sich zurück und streckte ein Bein aus, bis er mit dem Stiefel gegen den Schreibtisch stieß. „Es gibt da ein Problem. Das habe ich schon. Mehrfach. Sie hört mir überhaupt nicht zu. Sie tätschelt meine Hand wie die Hand eines Patienten und bittet mich, unvoreingenommen an die Sache heranzugehen und mit dir darüber zu sprechen.“

„Nun, auf geht's“, meinte John und erhob sich. „Jetzt hast du mit mir gesprochen.“

„Aber nicht unvoreingenommen“, erwiderte Jack, der ebenfalls aufstand. „Und nun?“

„Nun musst du mit deiner Frau reden und ihr die Wahrheit sagen – dass du da nicht mitmachen wirst, weil du nicht noch ein Kind willst. Leg die Karten auf den Tisch. Alle Fakten – dass es bis vor Kurzem noch kein Thema war. Sorge dafür, dass es ihr nicht nur um die Frage der Fruchtbarkeit oder des verlorenen Organs geht, sondern tatsächlich darum, dass sie sich mehr Kinder wünscht. Du musst es ihr sagen, Jack – du bist kein unbeteiligter Zuschauer. Sieh zu, dass ihr offen und ehrlich miteinander sprecht. Vielleicht will sie es nicht wahrhaben. Vielleicht läuft sie auch nur vor ihrer Trauer davon. Das ist ziemlich normal für Frauen, denen man im gebärfähigen Alter den Uterus entfernt hat."

„Oh, mein Gott", sagte Jack. „Ich habe schon einmal eine Trauerphase bei Mel durchgemacht. Ihr toter Ehemann, weißt du. Ich kann nicht gerade behaupten, dass ich scharf darauf wäre, diese Erfahrung zu wiederholen. Vielleicht wäre es einfacher für mich, dieses Masturbatorium aufzusuchen ..."

„Manche Frauen", unterbrach ihn John. „machen eine ernsthafte Krise durch, wenn sie sich damit abfinden müssen, dass sie keine Kinder mehr bekommen können. Das ist nicht nur nach einer Hysterektomie der Fall. Einige empfinden dasselbe, wenn sie in die Menopause kommen und ihre Periode ausbleibt. Wenn sie Gleitmittel brauchen, sich damit abfinden müssen, dass die ganzen Frauenthemen aus ihrer Jugend vorbei sind. Sie fühlen sich dann auf einmal nicht mehr weiblich genug, sondern wie Versager. Als ob das Leben an ihnen vorüberziehe. Ich habe einer meiner Patientinnen ein gutes Gleitmittel empfohlen, und sie hat gesagt, dass ihr Mann so etwas ablehnt, weil er alles, was nicht natürlich ist, ablehnt. Er dachte, dass sie nicht in Stimmung wäre, wenn sie nicht mehr so feucht wird wie mit zwanzig. Daraufhin habe ich ihr angeboten, dass sie ihn zu mir schicken soll und ich mit ihm reden würde, dass es vollkommen normal ist, wenn eine achtundfünfzigjährige Frau trockener ist als eine achtundzwanzigjährige. Manchmal haben diese Frauen das Gefühl, dass ihnen das Alter ins Gesicht starrt ... Sie fühlen sich wie Großmütter, obwohl sie dafür bei Weitem noch zu jung sind. Eine Frau weinte sich bei mir aus und sagte: ‚Ich bin viel zu jung, um so alt zu sein!' Diese Frauen machen sich Sorgen, dass ihnen Weiblichkeit und Jugend abhandenkommen. Es ist zwar nicht logisch, entspricht aber der Realität." John zuckte mit den Schultern. „Manchmal liegt es nur an den Hormonen, und wir können etwas dagegen unternehmen. Manchmal verschreibe ich über einen kurzen Zeitraum auch Antidepressiva."

„Ich bin ihr kein guter Ehemann, wenn Mel sich so fühlt ..."

John lachte. „Du kannst nicht alles im Griff haben, Jack. Guck dir einfach mal die Umfragen in den Medien an – Falten und graue Haare scheinen Männer attraktiver, kraftvoller und weltgewandter wirken zu lassen, aber bei Frauen betrachtet die Welt so etwas als das Ende. Das entspricht zwar nicht den Tatsachen, bringt manche Frauen aber emotional aus dem Gleichgewicht."

„Das hört sich einfach nicht nach Mel an", erwiderte Jack. „Sie ist so ausgeglichen …"

„Wenn du ihr schon gesagt hast, dass dir diese Idee nicht gefällt und sie dennoch einen Termin zur Eientnahme vereinbart hat – nennst du das ausgeglichen?"

„Ach Gott", stieß Jack aus und blickte zu Boden.

„Manchmal hilft eine Therapie. Manchmal reicht auch die zärtliche Bestätigung des Mannes, dass sie die Frau ist, die er begehrt, egal wie sehr sich ihr Körper verändert … Hör mal, gib mir bitte Bescheid, wenn du Hilfe brauchst. Doch sei ehrlich zu ihr – um ihretwillen. Geh der Sache auf den Grund."

Jack schwieg und holte erst einmal tief Luft. Dann schüttelte er John die Hand. „Danke. Du hast mir absolut nicht geholfen."

John lachte. „Es tut mir leid, dass ich dir das nicht abnehmen kann."

„Nicht so leid wie mir."

„Viel Glück. Aber im Ernst, wenn es nicht klappt, dann ruf an. Ich werde euch beistehen, allerdings möchte ich vorher wissen, womit ich es zu tun habe. Schon um Mels willen. Sie ist mir wirklich wichtig."

„Nun, *das* hilft bestimmt. Ich weiß dein Angebot zu schätzen."

Aiden war noch immer in dieser leicht melancholischen Stimmung, als er schließlich zu Hause bei Luke eintraf. Er entdeckte Luke, Shelby und Art, die vor dem Haus auf der Veranda saßen. Luke winkte ihm von Weitem zu. Aiden ging zu ihnen.

„Wie geht es dir?“, fragte er Shelby.

„Ich bin kurz vorm Platzen und bereit“, entgegnete sie lächelnd.

„Und wie fühlst du dich?“, fragte Aiden seinen Bruder.

„Ich bin auch bereit, andererseits aber auch wieder nicht“, antwortete er.

Aiden lachte und schaute zu Art rüber. „Guten Morgen, Art. Und wie sieht’s bei dir aus?“

Art trank einen Schluck von seiner Limo und erklärte: „Ich möchte Netta heiraten.“

Aus Lukes Gesicht wich auf der Stelle sämtliche Farbe. Er stöhnte. Shelby strich sich lediglich über den dicken Bauch. „Das glaube ich nicht, Art“, erwiderte sie. „Du solltest jetzt besser noch nicht heiraten. Wir brauchen doch deine Hilfe hier bei uns – vor allem wenn das Baby kommt. Außerdem ist es ganz schön schwierig, jemanden aus Fortuna zu heiraten, wenn man, wie du, kein Auto fahren kann.“

„Oh“, sagte Art und wandte sich an Luke. „Soll ich Auto fahren lernen?“

„Nein!“, entgegnete Luke barsch und eindeutig in Panik.

„Wir bringen dich, wohin auch immer du willst, Art“, erklärte Shelby ihm sehr ruhig. „Mach dir darüber keine Sorgen.“

„Okay“, stimmte Art zu. „Ihr fahrt mich zu Nettas Haus?“

„Natürlich“, sagte sie lächelnd. „Mit Vergnügen. Und ich rufe Ellen an und frage, ob Netta zum Picknick am vierten Juli mitkommen darf. Findest du das gut?“

Art lächelte. „Das wäre schön.“

„Dann ist es so gut wie erledigt“, meinte Shelby. „Ich freue mich, sie kennenzulernen.“

Aiden lachte leise in sich hinein und ließ sich auf den Stufen der Veranda nieder. „Art, warum siehst du nicht mal nach, ob die Fische heute beißen?“

„Ich habe gerade Pause“, erklärte Art, dem Regeln und Routine sehr wichtig waren. Er mochte es, Anweisungen zu folgen, vor allem wenn sie von Luke kamen.

„Schon gut", wandte Luke ein. „Geh nur, wenn du magst."

„Ja, mag ich", erwiderte Art lächelnd. Dann stand er schwerfällig auf und trottete von dannen, um sein Angelzeug aus der Hütte zu holen.

Als er außer Hörweite war, ergriff Aiden das Wort: „Versuch mal, dir nicht so viele Gedanken zu machen, Luke. Ich glaube, Art ist ziemlich happy, dass er Netta wiedergesehen hat. Ellen schlug vor, dass wir die beiden ein wenig im Auge behalten, um zu beobachten, wie sich ihre Beziehung entwickelt. Und um dafür zu sorgen, dass sie nicht in Schwierigkeiten geraten. Aber sie hat auch gesagt, dass Netta keinerlei Anzeichen für eine ausgeprägte Libido zeigt. Vielleicht hat Netta nur mit Art darüber gesprochen. Art telefoniert doch öfter mit ihr, oder?"

Luke nickte. „Ich musste für ihn wählen. Sie scheinen nicht viel miteinander zu sprechen, aber sie telefonieren trotzdem gerne miteinander."

„Also, keine Bange. Vielleicht solltest du Ellen mal fragen, ob du an einem Treffen ihrer Gruppe teilnehmen darfst. Du könntest ein paar sehr wichtige Dinge – Sachen, die man sonst einfach nicht weiß – aufschnappen. Dinge, von denen nicht mal ich eine Ahnung hatte, und ich war überzeugt, dass ich da ziemlich im Bilde bin."

„Wie was zum Beispiel?", fragte Luke.

„Na ja – nur um mal eines zu nennen: Ich habe euch erzählt, dass Netta als Vorsichtsmaßnahme die Pille nimmt, allerdings nicht nur, da sie vielleicht Sex mit einem Freund wie Art haben könnte, sondern auch, weil es bei PMS hilft. Und natürlich, um sie im schlimmsten Fall vor einer Schwangerschaft zu bewahren. Zum Beispiel im Fall von sexuellem Missbrauch – oder nach einer Vergewaltigung. Da draußen laufen Typen herum, die es offenbar auf verletzliche, hilflose Frauen wie Netta und ihre Freundinnen abgesehen haben."

„Oh *Gott*!" Luke schrie es beinahe heraus und schoss blitzschnell von seinem Stuhl hoch. „Du willst mich *verarschen*!"

„Ich hatte ganz ähnlich reagiert, jedoch habe ich es hingekriegt, nicht gleich aufzuspringen und loszubrüllen. Das klingt alles sehr finster und tragisch, entspricht aber dennoch der Realität. Netta versucht, unter allen Umständen zu gefallen – was würde sie da wohl machen, wenn ein Haufen Schuljungs sie bäte, sich hinter der Schule mit ihr zu treffen? Und es ist illegal, eine geistig behinderte junge Frau zu sterilisieren ... Sie zu einer Abtreibung bewegen zu wollen wäre ein juristischer Albtraum und ohne ihr Einverständnis unmöglich zu erreichen. Außerdem ist es vorstellbar, dass jemand wie Netta nicht in der Lage wäre, diese Zustimmung zu geben. Allerdings sie das Kind aus einer Vergewaltigung auf die Welt bringen zu lassen wäre ein beinahe noch schlimmerer Albtraum. Ihre Betreuer haben lediglich alle möglichen Vorkehrungen getroffen, um sie einigermaßen vor der gefährlichen Welt zu schützen. Ich bin mir sicher, es gibt noch Tausende solcher Sachen, die man bei einem dieser Gruppentreffen erfahren und verstehen würde."

Luke war knallrot angelaufen. „Aiden, wenn ich jemals einem Mann begegnen würde, der eine geistig behinderte Frau sexuell belästigt, ich weiß nicht, ob ich mich da so weit im Griff hätte, ihn nicht ..."

Aiden erhob sich nun ebenfalls. „Ich verstehe dich absolut. Aber jetzt hör mal: Du kümmerst dich ganz wunderbar um Art, und er ist, wie jeder sehen kann, sehr glücklich darüber", sagte Aiden. „Dennoch glaube ich, dass du und Shelby davon profitieren würdet, Ellen und Bo kennenzulernen. Vielleicht könntet ihr auch probieren, die anderen Leute aus der Selbsthilfegruppe kennenzulernen, falls ihr die Zeit dazu findet."

„Ja", erwiderte Luke. „Ja ..."

„Versuch, dir nicht so viele Gedanken zu machen, Luke. Art wird Netta nicht heiraten. Und es ist sehr gut, dass er eine Freundin hat."

„Ich war in letzter Zeit möglicherweise etwas angespannt – wegen Moms Besuch, Arts Heiratswunsch und Shelby, die jeden Moment unser Baby bekommt."

„Meinst du?", fragte Shelby lächelnd. „Ich telefoniere mit Ellen und biete ihr an, Netta zum Picknick abzuholen, falls Netta kommen will. Das wäre nett."

„Das sollte ich besser machen, Liebling", schlug Luke vor. „Du bist zu schwanger."

„Zum Autofahren?", fragten Aiden und Shelby gleichzeitig.

Aiden wandte sich ab und ging, leise in sich hineinlachend, in seine Hütte. Dort klappte er sein Laptop auf, meldete sich an und fand eine E-Mail von jemandem, den er nicht kannte. Er las:

Aiden, ich muss mit dir reden. Es ist dringend. Mehr als dringend. Es betrifft unsere Scheidung. Ruf mich sofort an. Hier ist meine Handynummer. Annalee.

Aiden setzte sich hin und schrieb zurück:

Nein. Lass mich in Ruhe. Tue so, als ob ich tot wäre.

Innerhalb weniger Minuten hörte er ein Ping, mit dem sich eine neue Mail ankündigte.

Würde ich gerne machen, aber es würde auch nichts nützen. Ruf mich sofort an!!!

Trotz Erins Schlafdefizit und ihrem Wunsch, den Rest ihres Lebens mit Aiden im Bett zu verbringen, freute sie sich auf Marcies Besuch. Ihre Schwester sah absolut wundervoll aus – runder ging es nicht und glücklicher denn je. Marcies Wangen waren leicht gerötet, ihr Blick strahlend, und sie lachte in einer Tour. Ian rannte mit stolz geschwellter Brust herum und kümmerte sich rührend um seine Frau. Diese beiden, die so viel durchgemacht hatten, hatten in ihrer Ehe Ruhe, Frieden und ihren Platz im Leben gefunden. Es erfüllte Erin mit einem ganz besonderen Stolz, dass sie sie auf dem Weg dorthin unterstützt hatte.

Erin fiel nicht auf, dass sie in den Augen von Marcie und Ian ebenfalls ein bisschen anders aussah. Sie wirkte ruhig, selig und viel entspannter, als es für sie typisch gewesen wäre. Genauso fühlte sie sich auch, aber ihr war nicht bewusst, dass es sich in ihrer Mimik, den kleinen Gesten, ihren glänzenden Augen und ihrem Lächeln widerspiegelte. Nachdem sie sich zur Begrüßung umarmt hatten, schenkte Erin ihnen eiskalten Fruchtsaft ein und schlug vor, sich draußen auf die Veranda zu setzen, damit sie den Sonnenuntergang beobachten konnten. Ian und Marcie gingen vor. Erin folgte ihnen mit einem großen Suppentopf und einer Gabel, die sie beiläufig neben ihrem Sessel ablegte.

„Äh, Erin, wofür ist das denn?“, fragte Ian.

„Oh, ich habe hier einen Bären.“

Ian und Marcie tauschten kurz einen Blick aus, bevor sie Erin verwundert anschauten. „Welcher Bär?“

„Ich hatte dir doch schon von diesem Bären erzählt“, sagte sie. „Ihr wisst schon – der im Haus war?“

„Ich glaube, das hast du vergessen zu erwähnen …“

Erin versuchte, sich zu erinnern. Eigentlich hatten sie und ihre Schwester täglich miteinander telefoniert, allerdings hatte Erin bisher alles ausgelassen, was mit Aiden zu tun hatte. Also hatte sie ihnen ziemlich vieles vorenthalten. Aber da sie ihn ihrer Schwester und ihrem Schwager vorstellen wollte, war es vielleicht besser, dies nachzuholen. „Nun, erinnert ihr euch an den Landstreicher, der an meiner Gehirnerschütterung schuld war?“, begann sie. Am Ende ihrer Erklärung und der Geschichte, wobei sie immer noch die heikelsten Details für sich behalten hatte, starrten die beiden sie mit großen Augen und offenen Mündern an. „Was ist?“, fragte Erin.

„Du hast dich verliebt“, sagte Marcie sanft.

„Mach dich nicht lächerlich.“ Erin fuchtelte mit der Hand in der Luft herum. „Wir gehen gemeinsam wandern oder machen Radtouren, und ich erlaube ihm, Bären aus meiner Küche zu verjagen. Übrigens, es tut mir leid wegen der Schokoladenkekse. Ich weiß, wie gerne ihr sie esst, doch ich habe mich nicht getraut, noch einmal welche zu backen.“

„Du hast dich in einen Landstreicher verliebt, der sich als Arzt entpuppte, und du scheinst ein total anderer Mensch geworden zu sein“, stellte Marcie fest. „Erin, du bist so weich und knuddelig.“

„Ach Quatsch, du bist einfach nur schwanger und sentimental.“

„Wann lernen wir ihn kennen?“, wollte Ian wissen.

„Na ja, ihr seid übers Wochenende hier, und er hat eine unglaublich große Familie, die übers Wochenende und noch länger bei seinem Bruder zu Besuch ist. Vielleicht am Montag, wenn wir alle beim Picknick sind. Versucht bitte, mich nicht in Verlegenheit zu bringen und kein großes Aufheben darum zu machen. Ja?“

„Okay“, versprach Marcie und grinste von einem Ohr zum anderen.

Aiden hatte seit seiner Scheidung vor acht Jahren ein friedliches Leben geführt. Er war zwar nicht in der Lage gewesen, eine Frau zu finden, bei der er bleiben wollte, aber er war extrem glücklich darüber, dass er nichts mehr mit der durchgedrehten Annalee zu tun gehabt hatte. Das war jetzt offenbar vorbei – ganz in typischer Annalee-Manier. Aiden hätte niemals auf ihre E-Mail antworten dürfen.

Es folgte eine im wahrsten Sinne des Wortes Flut von Hunderten von E-Mails.

Ruf mich sofort zurück! Ich muss mit dir reden! Du hast keine Ahnung, wie dringend es ist – und ich sage dir nichts, bis du anrufst und ich deine Stimme höre!

Aiden wusste, dass sie viele Sätze kopierte, oder vielleicht hatte sie ihr Mailprogramm auch so eingestellt, dass er automatisch alle fünf Sekunden eine neue Nachricht erhielt, doch das konnte seine aufsteigende Panik nicht im Geringsten vertreiben. Schon alleine der Gedanke, dass sie ihm irgendwie nahekommen könnte, reichte aus, um einen spontanen Fluchtreflex in ihm auszulösen. So weit und schnell weg wie möglich.

Die einzigen beiden Menschen, die eventuell Verständnis für ihn hatten, waren seine Brüder Sean und Luke – die einzigen beiden, die Annalee jemals persönlich getroffen hatten. Aiden hatte seine beiden Brüder angerufen – und so etwas wie „Ich bin in Schwierigkeiten. Ich habe vor ein paar Monaten eine Verrückte geheiratet und will mich scheiden lassen, habe es Mom aber noch nicht erzählt“ gesagt. Luke, der etwa im gleichen Alter sein eigenes schreckliches Ehe- und Scheidungsdrama durchgemacht hatte, hatte sich freigenommen und war nach San Diego geflogen, um dafür zu sorgen, dass es Aiden gut ging. Aiden ging es aber ganz und gar nicht gut. Deshalb hatte Luke mit ihrem Bruder Sean gesprochen.

Obwohl Aiden alles Mögliche versucht hatte, damit Annalee ihn in Ruhe ließ, war sie immer wieder bei ihm aufgekreuzt. Als Luke sie kennenlernte, hatte er Aiden gefragt: „Heiliger Strohsack, Aiden! Ist sie noch ein menschliches Wesen?“ Denn nachdem er gesehen hat, wie schön und heimtückisch Annalee war, konnte er kaum fassen, dass sie ein echtes menschliches Wesen war. Sean war derjenige gewesen, der vorgeschlagen hatte, ihr Geld zu geben: „Du kannst sie mit Geld dazu bringen, dich in Ruhe zu lassen.“ Seine Brüder hatten ihm sogar angeboten, ihre Ersparnisse zusammenzulegen, um Annalees Abgang zu finanzieren, doch Aiden hatte ihre finanzielle Hilfe nicht gebraucht.

Er hatte zwei Jahre lang an Bord eines Schiffes gelebt und sein Geld gut angelegt.

Als es endlich vorbei war, wusste jeder in der Familie von Annalee. Natürlich wussten sie auch, wie viele Probleme Aiden plötzlich bekommen hatte, kaum dass er sich auf sie eingelassen hatte. Später, als alles längst geregelt war, wurde seine Ehe mit dem kleinen Sexhäschen zu einem Running Gag unter seinen Brüdern – Aiden war mit einem monströsen Ständer von Bord eines großen grauen Schiffes gegangen, und die erste willige Frau, die ihm über den Weg gelaufen war, war ausgerechnet eine Soziopathin mit ganz besonderen Fähigkeiten im Bett gewesen. Ha-ha.

Das fand Aiden im Moment gar nicht so witzig.

Er schaltete den Computer ab. Sollte sie ihn mit ihrer E-Mail-Flut doch zum Absturz bringen. Pech. Dann würde Aiden sich eben einfach einen neuen kaufen. Die Erfahrung hatte ihn gelehrt, dass selbst die kleinste Reaktion von ihm die teuflische Seite an Annalee wieder zum Vorschein bringen würde. In der Vergangenheit war es ihr anscheinend irgendwie gelungen, Informationen über ihn und seine Familie zu sammeln, was Aiden überhaupt nicht behagte. Er würde nicht nachgeben – er war mit ihr fertig!

Am Samstag fuhr Aiden nach Eureka zum Shoppen. Weil er in den paar Boutiquen, die er betrat, nicht fand, wonach er suchte, landete er schließlich in einem Secondhand-Laden und kaufte ein smaragdgrünes, trägerloses Chiffonkleid. Das Kleid war natürlich schon einmal getragen, aber Aiden hatte keine andere Wahl. Er war sich zwar wegen Erins Größe nicht ganz sicher, doch er dachte, dass er relativ nahe dran war. Die Farbe ihrer Augen kannte er aber ganz genau – dieselbe wie er – Irischgrün. Außerdem besorgte er Erin silberne Pantoletten mit hohen Absätzen. Das Bild, das in seinem Kopf entstand, entlockte ihm ein Lächeln und ließ ihn Annalee vergessen.

An jenem Abend veranstalteten die Riordans ein großes Familienessen bei Luke, und am Sonntag waren sie alle bei General Booth eingeladen, wo sie sich mit Shelbys Verwandtschaft trafen. Alle waren gekommen, sogar Tom Booth, der nach zwei Jahren in West Point zum ersten Mal Urlaub hatte. Tom hatte sich gerade frisch mit seiner Freundin Brenda, einer Collegestudentin aus New York verlobt. Sie wohnte ganz in der Nähe von Toms Akademie. Das Paar war nur in Virgin River, bis Toms Urlaub endete. Die Army hatte Tom für ein Beförderungsprogramm vorgesehen. Anders als an zivilen Colleges bekam man an der Militärakademie keine Sommersemesterferien. Diensthabende Militärangehörige waren immer im Training oder im Einsatz.

Und dann kam der vierte Juli. Niemandem in Aidens Familie schien aufzufallen, wie erpicht Aiden darauf war, zum Picknick zu gehen, oder dass er sich als Erster auf den Weg dorthin machte. Er war bereits mittags da und verrenkte sich beim Ausschauhalten nach Erin beinahe den Hals. Aiden trank ein Bier, und es schien eine Ewigkeit zu dauern, bis Erin endlich mit Marcie und Ian auftauchte. Obwohl Aiden sich bemühte, möglichst cool zu wirken, schaffte er es nicht, das Glänzen in seinen Augen zu verbergen. Zu seiner großen Freude strahlten ihre Augen ebenso. Aiden stand auf der Veranda der Bar und schaute auf die Straße hinunter, wo sie geparkt hatten und von wo aus sie nun auf ihn zukamen. Am liebsten wäre er ihnen entgegengelaufen, hätte Erin in den Arm genommen, herumgewirbelt und sie an einen Ort gebracht, an dem er mit ihr alleine gewesen wäre. Aber das ging nicht. Die ausgetauschten Blicke mussten erst einmal genügen.

Bevor er sich zu etwas Unüberlegtem hinreißen ließ, begrüßte er sie erst einmal. Er ging gemessenen Schrittes auf sie zu, nahm ihre Hände und küsste sie auf die Wangen. Anschließend stellte ihm Erin ihre Schwester und ihren Schwager vor. Aiden bewunderte ausgiebig Marcies wundervoll gerundeten Bauch, schüttelte Ian kräftig die Hand und gratulierte ihm.

Und Erin gab er mit Blicken zu verstehen, dass er es kaum abwarten konnte, wieder mit ihr alleine zu sein.

Der Tag war erfüllt von neuen Bekanntschaften und Zusammentreffen. Niemand aus der Familie Riordan hatte etwas von Erin gewusst, was die Sache für Luke und Sean noch aufregender machte. Maureen stand plötzlich neben Aiden und sagte: „Oh, Aiden, sie ist so reizend. Wie wunderbar, dass du sie kennengelernt hast." Aiden beobachtete, dass Marcie, Mel und Jack sich wie alte Freunde umarmten. Außerdem bekam er zufällig mit, wie Ian ihnen mitteilte, dass er sich im letzten Semester seines Studiums befand. Falls alles wie geplant ablief, wollte Ian an seiner alten Highschool Musik unterrichten und die Musicalgruppe leiten. „Ian war damals der Star an seiner Schule", gab Marcie stolz mit ihrem Mann an. Gegen vier Uhr sang Ian Buchanan a capella die Nationalhymne, und Aiden war kurz davor, vor Ians großartiger Stimme auf die Knie zu fallen.

Später, nach ein paar Hamburgern, drückte Ian Aiden ein Bier in die Hand. „So, du und Erin?"

„Ich hoffe es."

„Sie ist wundervoll."

„Da bin ich ganz deiner Meinung", erwiderte Aiden.

„Wir verdanken ihr so gut wie alles. Sie ist der Grund dafür, dass es uns allen gut geht – mir, Marcie, Drew, absolut jedem."

„Erzähl mal, warum", bat ihn Aiden.

„Erin hat ihr Leben damit verbracht, sich um alles und jeden zu kümmern. Seit dem Tag, an dem ihre Mutter starb. Das ist schon sehr lange her. Aber sie stellt ihre eigenen Bedürfnisse immer hinten an und widmet sich immer nur denen der anderen. Es gab eine Zeit, da habe ich es ihr übel genommen, wie sie Marcie herumkommandierte und ihr vorschrieb, was sie zu tun und zu lassen hatte. Doch sobald ich erkannte, dass sie es nur aus Liebe und mit totaler Hingabe machte, bin ich schnell davon abgekommen. Ich möchte, dass Erin alles erreicht, was sie sich je gewünscht hat."

Aiden schenkte Ian ein Lächeln, von dem er hoffte, dass es tröstend auf Ian wirken würde. „Erzähl mir von dem Baby, das ihr erwartet."

Ian begann sofort zu strahlen. „Ein Junge. Er soll Heath Bradley Buchanan heißen und am zwanzigsten August zur Welt kommen. So der Plan. Er liegt jetzt noch in der Steißlage. Wenn er sich nicht dreht, muss er per Kaiserschnitt geholt werden. Damit können wir aber leben – solange es ihm gut geht. Er hält sich genau an den Zeitplan."

„Ihr habt so ein Glück", meinte Aiden.

„Haben Sie Kinder, Doc?"

Aiden schüttelte den Kopf. Er überlegte kurz, ob er antworten sollte, dass er bisher noch nicht die richtige Frau dafür gefunden hatte, sagte dann aber stattdessen nur: „Ich bin noch Single."

„Welch ein Zufall", erwiderte Ian. „Erin ist auch Single."

„Ich weiß", erklärte Aiden lachend. „Und mir gefällt, wie das zusammenpasst."

Shelby fand auf der Veranda vor der Bar einen freien Schaukelstuhl und zog ihn zu sich heran. Sie hatte sich endlich von Luke befreit, der in den letzten Wochen wie eine Klette an ihr hing. Es war ihr gelungen, ihn dazu zu überreden, mit seinen Brüdern und Freunden ein Bier trinken zu gehen und sie sich ein wenig im Schatten erholen zu lassen. Mit einem Glas Wasser in den Händen schaukelte sie hin und her und stellte bald fest, dass sie den besten Platz von allen ergattert hatte.

Von hier aus beobachtete sie Art und Netta, die an einem Picknicktisch hockten, der am weitesten von allen anderen entfernt stand. Die beiden saßen sich gegenüber und ließen sich ihre Hamburger und den Kartoffelsalat, sichtlich glücklich, schmecken. Es wirkte nicht, als ob sie viel miteinander sprachen. Eher so, als ob sie einfach nur die Gegenwart des jeweilig anderen genossen. Shelby ertappte sich bei dem Gedanken:

Wenn das keine wahre Liebe ist, dann weiß ich es auch nicht.

Brenda Carpenters vierzehnjährige Schwester, Leslie, beaufsichtigte eine Gruppe kleiner Kinder, die sich im Kreis aufgestellt hatten, sich an den Händen hielten und Ringelreihen tanzten. Sie selbst umfasste die Hand des kleinsten Kindes. Shelby nahm sich vor, im Kopf zu behalten, dass sie Leslie in Zukunft unbedingt etwas besser kennenlernen wollte. Die Mütter in ihrer Umgebung hatten ihr den Tipp gegeben, sich eine Babysitterin zu suchen, die sich noch nicht für Jungs interessierte, doch schon ausgehen durfte. Vierzehn- oder sechzehnjährige Mädchen waren perfekt. Leslie hatte die Kinder der Sheridans, der Haggertys, Rosie Riordan und Christopher Middleton in ihrer Obhut, und sie trug einen von Abby Michaels Zwillingen auf dem Arm. Die Mütter hatten es sich in der Nähe an einem Picknicktisch gemütlich gemacht. Sie genossen einen ruhigen Moment, ohne dass ihre Kinder an ihnen hingen.

Shelbys Schwager Aiden näherte sich unauffällig Erin Foley, stellte sich hinter sie und legte ihr die Hände auf die Schultern. Als Erin sich zu ihm umwandte, um ihn anzulächeln, zog er sie hinter die Kirche, wo sie außer Sichtweite waren. Shelby lachte in sich hinein. Aiden versuchte, in Gegenwart seiner Brüder immer so zu tun, als wäre er wer weiß wie cool. Was glaubte er eigentlich, mit wem er es zu tun hatte?

Shelby hörte Mel aus dem Garten hinaus rufen: „Jack!“ Und Jack verließ seinen Posten am Grill, den er mit Preacher und dem jungen Rick Sudder betreute, damit er den kleinen David einfangen konnte, der sich von den spielenden Kindern entfernt hatte, um an einen Baum zu pinkeln. Jack erwischte seinen Sohn und baute sich mit in die Hüften gestemmten Händen vor ihm auf. Schließlich drehte David sich um, zog seine Hose hoch und grinste seinen Dad an, der frustriert, enttäuscht oder vielleicht auch nur stolz den Kopf schüttelte. Jack ging in die Hocke, da er ein ernstes Wörtchen mit seinem Sohn sprechen wollte, und drohte mit erhobenem Zeigefinger mit weiteren nicht spaßigen Gesprächen, falls so etwas noch einmal vorkommen sollte.

Tom Booth saß auf dem Boden und lehnte an einem Baum. Brenda hatte es sich, an Tom geschmiegt, zwischen seinen langen Beinen bequem gemacht. Neben ihnen hockte Ricks Verlobte Liz im Schneidersitz und sprach mit ihnen. Der General und Muriel hatten sich an einem Picknicktisch niedergelassen und unterhielten sich mit Maureen, George, Ellie und Noah. Überall liefen Kinder und Hunde herum; die Leute saßen auf Campingstühlen, auf dem Boden und an Tischen oder sie standen in Grüppchen beieinander und lachten über ihre Witze oder den neuesten Klatsch und Tratsch aus Virgin River. Preacher und Rick brachten immer noch Essen von drinnen an die Tische nach draußen. In mit Eis gefüllten Wannen befanden sich gekühlte Bierflaschen, Wein, Wasser, Limonaden und Fruchtsäfte. So allmählich füllte sich das Spendenglas mit Trinkgeldern – denn obwohl man nichts für das Essen oder die Getränke verlangte, nahm man Trinkgelder dankbar an.

Shelby spürte die Bewegungen ihres Babys, die inzwischen so kräftig waren, dass sie um ein Haar leise aufgestöhnt hätte. Sie lehnte sich zurück, schloss die Augen und schaukelte. Vielleicht war sie sogar für eine oder zwei Minuten weggedöst. Als sie die Augen wieder öffnete, stand Mel mit vor der Brust verschränkten Armen vor ihr. „Gönn dir jede Menge Ruhe", riet ihr Mel. „Nicht mehr lange und du hast auch einen Kleinen, der beim Picknick gegen Bäume pinkelt."

„Ich habe es gesehen", sagte Shelby lachend.

„Das ist Jacks Schuld", erklärte Mel. „Du solltest auf Luke aufpassen."

„Da habe ich Glück", erwiderte Shelby. „Er ist bei solchen Sachen sehr vorsichtig – er will zum Beispiel auch nicht, dass sich Art vor den Feriengästen in Unterhosen zeigt."

„Wo wir gerade von Art sprechen, da gibt es wohl etwas Neues."

„Netta. Luke und Art sind ihr beim Einkaufen begegnet, und es stellte sich heraus, dass Art und Netta vorher einmal in derselben Wohngruppe gelebt haben und sich als Freund und Freundin betrachten. Sie ist sehr süß. Ich glaube, das beschert Luke noch mehr graue Haare …"

„Ach?", fragte Mel neugierig. „Wieso das denn?"

„Luke versteht sich sehr gut mit Art, aber er versteht Art nicht immer. Er gerät in Panik, wenn er daran denkt, dass die beiden Sex oder so etwas miteinander haben könnten und dass Netta schwanger werden oder zu uns ziehen könnte. Schau sie dir an – wie süß ist das denn? Sie sind sich offenbar sehr zugetan. Luke hat die schlimmsten Befürchtungen, seit ihm bewusst ist, dass Art eine Freundin hat, doch die beiden werden sie bestimmt nicht erfüllen." Shelby lachte und fügte noch hinzu: „Du hättest mal Lukes Gesicht sehen sollen, als Art ihn gefragt hat, ob er heiraten solle. Ich dachte schon, wir müssten Luke wiederbeleben."

„Was hat er darauf geantwortet?"

„Er hat sich ziemlich verschluckt und ist blass geworden. Ich habe Art abgeraten, weil es schwierig sei, jemanden zu heiraten, der in Fortuna wohnt, wenn man keinen Führerschein hat. Damit war es erst einmal gut. Für den Moment jedenfalls. Wie ich mir schon dachte, hat Art keine Ahnung davon, was Heiraten eigentlich bedeutet. Ich glaube, Art fühlt sich ganz wohl bei uns."

„Er findet das mit dem Baby sicher aufregend."

„Der große Bruder Art", sagte Shelby. „Bitte erschreck Luke nicht, doch ich schätze mal, dass ich Wehen habe. Noch nicht stark, aber so langsam scheint es loszugehen."

„Gut", stimmte Mel zu. „Vielleicht erfüllt sich dein Wunsch, und das Baby kommt noch zur Welt, bevor Sean und Franci auf den neuen Stützpunkt ziehen. Nicht ausgeschlossen – letztes Mal, als wir nachgesehen haben, deutete schon alles darauf hin."

„Wenn ich ein bisschen zu früh dran bin, dann bestimmt

nicht wegen Sean und Franci. Das sag ich dir."

„Du fühlst dich allmählich ein bisschen unleidlich, was?", fragte Mel.

Shelby nickte. Dann umwölkte sich ihr Blick, und eine Träne kullerte ihr über die Wange. „Mir ist klar, dass es verrückt klingt und ziemlich gefühlsduselig ist und dass es völlig unmöglich ist, dennoch wünschte ich, meine Mutter könnte jetzt hier sein ..."

Mel streckte die Hand aus, um Shelby eine Strähne aus dem Gesicht zu streichen. „Ich weiß, Liebes. Aber ich habe das Gefühl, sie gibt auf dich acht. Und dir mangelt es mit Sicherheit auch nicht an besorgten Familienmitgliedern!"

„Wem sagst du das. Einige von ihnen könnten auch gut mal für eine Zeit lang verloren gehen, ohne dass es mich stören würde." Shelby schniefte.

„Fällt dir die Familie auf die Nerven?", fragte Mel.

„Oh, versteh mich nicht falsch – sie sind allesamt fantastisch. Alle siebenhundert." Mel lachte. „Schwangerschaftstränen", meinte Shelby und wischte sich über die Wangen. „Davor hat mich keiner gewarnt ..."

Mel kicherte. „Ich erinnere mich", sagte sie. „Wie soll der kleine Kerl denn heißen?"

„Brett Lucas Riordan", erwiderte Shelby. Dann stöhnte sie kurz auf und sagte: „Au", als sich eine große Beule auf ihrer linken Bauchhälfte zeigte. „Glaubst du, er weiß, dass das nicht der Ausgang ist?"

„Meine Süße, du musst ihn dringend loswerden", sagte Mel kopfschüttelnd.

„Bald", entgegnete Shelby. „Und keinen Augenblick zu früh!"

Als sich der Tag dem Ende zuneigte und die Sonne so langsam unterging, kam jemand von hinten und hielt Mel die Augen zu. Instinktiv wirbelte Mel herum und stand einer lächelnden Darla Prentiss gegenüber.

„Hallo“, begrüßte Darla sie.

„Ich dachte, ihr schafft es heute nicht!“

„Wir mussten uns bei meiner Schwester um ein paar Familienangelegenheiten kümmern“, erklärte Darla. „Aber wir wollten trotzdem noch kurz vorbeikommen, Mel. Es geht uns jetzt wieder etwas besser. Ich möchte mich bei dir bedanken, weil du so lieb zu mir warst.“

„Ach, ich habe nichts getan, was nicht auch andere Freunde für dich getan hätten. Bekommst du inzwischen Unterstützung?“

„Mehr als mir lieb ist. Wir waren bei einem Therapeuten, der uns von dem Kinderwunschzentrum empfohlen wurde, und waren auch ein paarmal bei Pfarrer Noah Kincaid. Ein guter Freund von mir besucht eure Kirche. Er erzählte mir, dass der Pastor ein wunderbarer Seelsorger ist. Er hat uns sehr geholfen. Wir versuchen es vielleicht irgendwann doch noch einmal mit der Kirche.“

Mel lächelte. „Wir mögen Noah sehr. Wenn ich es richtig verstanden habe, hat er in der Seelsorge gearbeitet, bevor er ins Priesterseminar ging. Sehr erfahrener Mann. Wir können uns glücklich schätzen, ihn bei uns zu haben. Und ich freue mich sehr, dass es dir ein wenig besser geht.“ Sie schüttelte den Kopf. „Ich kann dir gar nicht sagen, wie traurig mich euer Verlust macht und wie leid es mir tut, dass Phil und du so ein Pech habt.“

„Zeit heilt alle Wunden“, erwiderte Darla.

„Wo ist Phil?“, fragte Mel und sah sich um.

„Da hinten.“ Darla deutete in eine Richtung. „Vermutlich erzählt er Preacher, Jack und jedem, der ihm zuhört, irgendwelche Geschichten.“

Mel entdeckte Phil inmitten einer Gruppe Männer, zu der auch Noah und Luke gehörten. Biergläser in den Händen haltend, unterhielten sie sich lachend.

„Mit ihm auch alles in Ordnung?“, fragte Mel.

„Ich weiß, dass er genauso sehr trauert wie ich", antwortete Darla. „Aber er ist so fantastisch – er konzentriert sich voll und ganz darauf, dass ich meinen Schmerz überwinde. Ich weiß nicht, ob du das verstehen kannst – das Schlimmste ist wirklich, dass Phil unbedingt Vater sein sollte. Er wäre der beste Vater der Welt. Er ist stark und geduldig und freundlich und liebevoller als alle anderen Männer, die ich kenne. Ich habe so ein Glück, dass ich ihn habe."

Mel umarmte Darla lächelnd. „Also, er kann aber auch verdammt froh sein."

„Danke, dass du für uns da warst, Mel. Du warst mir ein echter Trost."

Mel war nicht oft nach Beten zumute – doch tief in ihrem Herzen betete sie: Lieber Gott, kannst du nicht ein bisschen Nachsicht mit diesen Leuten haben? Sie hätten es mehr als verdient!

11. KAPITEL

Zuerst einmal dachte Erin daran, Aiden zu sagen, dass ihr ein paar verstohlene Küsse beim öffentlichen Picknick, hinter einem Baum oder einer Kirche, nicht einmal annähernd ausreichten. Ian und Marcie blieben bis einschließlich Montagabend und fuhren am frühen Dienstagmorgen nach Hause. Wenn sie schon nach dem Picknick gefahren wären, hätte Erin Aiden gebeten, zu ihr in die Blockhütte zu kommen. Doch es war Sommer. Die Leute hatten Urlaub und genossen ihre verlängerten Wochenenden.

Erin war eigentlich glücklich darüber, ihre Schwester und ihren Schwager wiederzusehen. Dennoch wäre sie absolut damit einverstanden gewesen, wenn sie wieder abgereist wären und sie mit ihrem Liebhaber alleine gelassen hätten.

Sobald sich die beiden von ihr verabschiedet hatten, fragte sich Erin, weshalb sie vergessen hatte, mit Aiden auszumachen, wann sie wieder zusammen sein konnten. Am liebsten hätte sie ihn angerufen, doch irgendwie hielt sie die alte Datingregel aus der Highschoolzeit, dass man die Jungen, die man besonders gerne hatte, nicht anrief, davon ab. Vielleicht wäre Erin mutiger gewesen, wenn sie nicht mit Luke telefonieren müsste, um Aiden eine Nachricht zu hinterlassen.

Der Morgen zog sich, bis Aiden sich endlich gegen Mittag bei ihr meldete. „Warst du heute schon mal vor der Tür?"

„Warum?", fragte sie. „Und weshalb bist du nicht *hier*?"

„Sieh einfach mal nach", forderte er lachend. „Und tue bitte einmal in deinem Leben, was andere dir sagen."

Dann legte er auf. Er legte einfach auf!

Als Erin die Haustür öffnete, entdeckte sie eine große weiße Kleiderschachtel auf der Treppenstufe. Sie holte sie herein und machte sie auf. Ganz oben auf dem grünen Chiffonstoff lag eine Nachricht.

Mach dich hübsch für mich und sei um sieben fertig – ich hole dich ab. A.

Erin hob das Kleid aus der Schachtel und stieß einen leisen Seufzer aus. Mein Gott, war das scheußlich. Dieser smaragdgrüne, flauschig fließende Chiffonstoff – so etwas hätte sie sich nie gekauft. Erin, gepflegte eins neunundsiebzig, war eher der Typ für das kleine Schwarze. Sie strebte normalerweise nach schlichter Eleganz, und dieses Kleid war ihr viel zu verrüscht. Hatte Aiden instinktiv geahnt, dass sie kein Cocktailkleid mitgebracht hatte? War das seine Art, ihr zu sagen, dass er sie in ein teures Restaurant einladen und verhindern wollte, dass sie in Caprihosen und Flip-Flops auftauchte?

Bei genauerer Betrachtung bemerkte Erin, dass das Kleid – äh – keineswegs neu war! Es war zwar gewaschen worden, wie sie am Reinigungsschild erkennen konnte, aber lieber Himmel, es war dennoch ein gebrauchtes Kleid! Und dazu gab es silberne Pantoletten.

Skeptisch und irritiert musterte sie das Ganze. Ob es Aiden sehr gekränkt hätte, wenn sie schnell nach Eureka gefahren und etwas gekauft hätte, das eher ihrem Geschmack entsprach? Etwas, das sie für angebrachter hielt? Erin konnte sich beim besten Willen nicht vorstellen, für welche Gelegenheit sie sich solch ein Kleid zugelegt hätte. Es sah verdächtig nach Brautjungfernkleid aus oder nach einem Kleid für einen Abschlussball, doch selbst mit siebzehn hätte sie …

Abschlussball.

Erin begann zu lachen. Oh, nein. Das würde er nicht tun. Oder doch?

Sie hatte sich bei ihm darüber beklagt, dass sie ihren Abschlussball verpasst hatte, und nun lag ein Abschlussballkleid vor ihrer Tür.

Vielleicht war es unreif und naiv von ihr, aber sie vertraute Aiden. Total. Ja, sie vertraute ihm. Eine Frau in ihrem Alter und mit ihrer Erfahrung lieferte ihren Körper keinem Mann aus, dem sie nicht vollständig vertraute. Erin zuckte die Achseln und brachte das Abschlussballkleid in ihr Schlafzimmer.

Sie erinnerte sich noch an die Gespräche der anderen Mädchen, die Erin im Sportunterricht eifersüchtig mit anhören musste: über den langen Tag im Kosmetiksalon, bei Maniküre und Pediküre und über die Fotos, die zuerst zu Hause bei den Mädchen und dann bei den Jungen gemacht worden waren – alles Dinge, die Erin nie erlebt hatte. Nun, das würde sie auch jetzt nicht, obwohl ihr die Möglichkeit, nach Fortuna oder Eureka zu fahren, um einen Kosmetiksalon aufzusuchen, wo man ihr eine ganz altmodische Verschönerung, mit Lockenwicklern und allem Drum und Dran, angedeihen lassen würde, durchaus durch den Kopf schoss.

Stattdessen kümmerte sich Erin – mit Kochtopf und Gabel bewaffnet – um ihren Gemüsegarten, duschte, lackierte sich Fuß- und Fingernägel und vertrieb sich irgendwie die Zeit. Es konnte ihr gar nicht schnell genug gehen, bis es endlich sieben war.

Als sie das Kleid anprobierte, war es ihr ein wenig zu groß, was bei einem trägerlosen Kleid nicht gut war – eine falsche Bewegung, und es rutschte ihr auf die Hüften. Erin musste es mit ein paar Sicherheitsnadeln befestigen. Und natürlich hatte sie keinen trägerlosen BH in die Berge mitgenommen. Ihre Brüste hingen ein bisschen, aber damit musste er nun leben. Schließlich hatte er sie schon nackt gesehen und wusste, dass bei sechsunddreißig Jahre alten Frauen nicht mehr alles so straff und knackig war.

Sie machte viel Aufhebens um ihr Haar, steckte es hoch und benutze für die absichtlich heraushängenden Strähnen den Lockenstab. Lieber Himmel! Wenn sie nicht haargenau wie eine sechsunddreißigjährige Highschool-Absolventin aussah! Dann klopfte es endlich an der Tür.

Erin öffnete lächelnd, und da stand er – im Smoking mit einem Blumenstrauß in der Hand. „Oh mein Gott! Ich habe richtig geraten“, begrüßte sie ihn lachend. „Wir spielen Abschlussball!“

Aiden trat ein, schlang ihr den Arm um die Taille und zog sie zu sich heran. Dabei raunte er ihr ins Ohr: „Wenn ich mit dir fertig bin, dann glaubst du nicht mehr, dass du etwas verpasst hast.“

Erin löste sich ein wenig aus seiner Umarmung. „Hast du vor, schon bald mit mir fertig zu sein?“

Er schüttelte den Kopf. „Das wird eine sehr, sehr lange Zeit dauern, mein Liebling. Sehr lange.“ Damit überreichte er ihr eine Ansteckblume für das Handgelenk. Sie seufzte – eine Orchidee. Während ihrer Highschool-Zeit hatten Jungs, die es *wirklich* ernst meinten, den Mädchen Orchideen geschenkt. Sie befestigte die Blume. „Das ist lustig, aber ich bin mir gar nicht sicher, ob ich mich in der Öffentlichkeit so sehen lassen möchte. Man wird denken, dass wir uns für eine Kostümparty verkleidet haben.“

„Also, wenn ich mich richtig erinnere, geht man erst zum Essen und dann zum Ball, stimmt's?“

„Ich nehme es an“, erwiderte sie und nickte.

Aiden griff in seine Jacke und zog vier CDs aus der Tasche – alle aus den späten Achtzigern und frühen Neunzigern. Wilson Phillips, Billy Joel, Michael Bolton, die „neue“ Mariah Carey. „Ich habe nur die langsamen mitgebracht. Wir haben einen Tisch bei Jack. Und dann kehren wir hierher zurück zum Tanzen.“

„Ach, Aiden, du bist der tollste Mann ...“

„Und wir werden Sachen machen, für die wir früher verhaftet worden wären. Ich werde mich beim Tanzen auf dich stürzen – deinen Hals küssen, deine Brüste streicheln, darum betteln ...“

„Du wirst vermutlich nicht lange betteln müssen ...“

Aidens Lippen berührten ihren Hals. „Und natürlich müssen wir es auf dem Rücksitz des Wagens machen …"

„Da würde ich gerne eine Grenze ziehen", entgegnete sie.

„Ich wette, ich schaffe es, dich trotzdem dazu zu überreden", erklärte ihr Aiden lachend. „Los, wir gehen." Er hielt ihr den Arm hin, damit sie sich bei ihm einhaken konnte.

Erin war noch nicht sehr oft in Jacks Bar gewesen, und deshalb bemerkte sie nicht sofort, dass es an diesem Dienstagabend anders war als sonst. Erstens war die Bar von Kerzenschein erleuchtet. Gleich am Fenster war ein Tisch für zwei Personen mit gutem Porzellan und einer weißen Leinentischdecke gedeckt. Es war halb acht, aber die Bar war leer. Jack stand an seinem üblichen Platz hinter der Theke, doch er trug ein weißes Hemd. Erin brauchte eine Weile, um zu begreifen, dass alles ganz alleine für sie so hergerichtet worden war. Tatsächlich musste ihr Aiden zuerst den Stuhl zurechtrücken, bis es ihr auffiel. „Hast du die ganze Bar gemietet?"

„Mehr oder weniger", antwortete er. „Jack sagte, dass dienstags nie so viel los sei, und darum hat er mir einen Spezialpreis gemacht."

Dann kam Jack mit einem frischen Geschirrhandtuch, das er sich über den Arm gelegt hatte, an ihren Tisch. „Wenn ihr beide eure Ausweise dabei habt, kann ich euch einen Drink bringen, sonst …"

Aiden grinste Jack an. „Mein lieber Freund, kannst du es mal kurz gut sein lassen?"

Jack lachte leise in sich hinein. „Eine Flasche Wein?"

„Raymond Reserve Merlot 2004", bestellte Aiden.

„Sehr gerne", antwortete Jack.

Erin schmiegte sich an Aiden und flüsterte: „Was ist das?"

„Der beste Wein, den du je gekostet hast", flüsterte er zurück. „Ich habe eine Flasche gekauft und sie Jack gegeben. Ist sogar prämiiert."

„Er hat den Wein nicht auf der Karte?"

„Das bezweifle ich – wird hier nicht so verlangt. Er wird dir schmecken."

Jack bewies, dass er kein ignoranter Kleinstadtbarbesitzer war. Er brachte die Flasche, öffnete sie formvollendet und überreichte Aiden den Korken. Dann schenkte er einen kleinen Probierschluck Wein in ein Glas und gab es Aiden, der daran schnüffelte, nippte und schließlich nickte. Anschließend füllte Jack ihre Gläser und ließ die Flasche am Tisch zurück. „Ich serviere gleich Suppe und Salat", erklärte er. „Genießt den Wein."

„Probier mal", forderte Aiden Erin auf. Erin trank einen Schluck und kostete mit geschlossenen Augen. Dann nickte auch sie lächelnd. Aiden ergriff ihre Hand. „Ich weiß, es ist nicht so, wie es schon vor langer Zeit hätte für dich sein sollen, Erin. Aber wir können uns trotzdem amüsieren."

Erin drückte seine Hand. „Als ich sechzehn war, hatte ich mir ein Kleid für den Abschlussball ausgesucht. Ich war fest entschlossen, hinzugehen, doch ich wurde enttäuscht – ich wurde nicht einmal eingeladen. Da ich mich nie mit Jungen verabredet hatte, gab es keinen, der in der Schulzeit für mich geschwärmt hat. Mein Vater erwischte mich dann am Abend des Abschlussballs beim Weinen. Im folgenden Jahr besorgte er am Abend des Balls einen Babysitter und führte mich zum Essen aus. Das Abendessen mit meinem Vater war mein Abschlussball. Da gefällt mir das hier so viel besser."

„Es gibt nur eine Ähnlichkeit zwischen dem Abschlussballabendessen mit deinem Vater und dem mit mir."

„Ach, und die wäre?"

„Du wirst früh ins Bett gehen", erklärte Aiden ihr augenzwinkernd.

Jack servierte ihnen kleine Schüsselchen mit Clam Chowder, Muschelsuppe. Danach die Salate. Jack wollte wissen, wie sie die Filets am liebsten hatten. Kurze Zeit später standen Pfeffersteaks, Ofenkartoffeln und Gemüse auf dem Tisch. Gefolgt von dem besten Käsekuchen, den Erin je gegessen hatte.

„Mir ist bewusst, dass du mich wegen meiner Reaktion auf den verpassten Abschlussball für ein bisschen wehleidig halten könntest“, sagte Erin. „Aber ich glaube nicht, dass ich dein Mitleid ertragen könnte. Ich bin nicht Aschenputtel. Obwohl ich schon früh eine große Verantwortung zu tragen hatte, war ich ein glückliches Kind. Möglicherweise ein Sonderling, aber …“

„Du bist überhaupt kein Sonderling“, meinte er sanft. „Du bist sexy und so elegant, dass sich Models hinter dir verstecken müssten.“

„Das mit der Mode kam erst später, während meines Referendariats in der Kanzlei. Da stellte ich nämlich fest, dass die meisten erfolgreichen Anwältinnen schon so *aussahen*, als müssten sie Erfolg haben. Ich war immer gut darin, solche Dinge herauszufinden. In dieser Hinsicht, jedenfalls.“

„Du hast mir keine Sekunde lang leidgetan, Erin. Ich glaube nicht, dass ich schon mal einer Frau begegnet bin, die ich mehr bewundert habe.“

Nach kurzem Schweigen erwiderte sie zärtlich: „Und ich glaube nicht, dass schon einmal jemand so intensiv versucht hat, mich glücklich zu machen.“

„Glaubst du? Dabei fange ich gerade erst damit an.“

„Weißt du was? Bevor ich dich kannte, hatte ich überhaupt nichts für Überraschungen übrig.“

„Ich weiß“, erwiderte er. „Du hast immer gerne alles unter Kontrolle. Iss auf, Erin. Wir müssen noch tanzen gehen.“

„Eine Frage“, bat sie. „Als du dieses Kleid gefunden hast, ist dir da aufgefallen, dass es … schon ein bisschen …“

„… gebraucht war?“

„Hm, ja. Und so überhaupt nicht mein Stil.“

„Ja“, antwortete er. „Im Juli gibt es nirgendwo mehr Abschlussballkleider. Aber die Farbe des Stoffes entspricht der Farbe deiner Augen, und ich dachte, es ist genau die Art von Kleid, die man bei einem Abschlussball tragen würde. Als du mich in diesem Smoking gesehen hast, war dir da bewusst, dass dies wahrscheinlich das erste und das letzte Mal war?"

„Du bist kein Smokingmann?"

„Liebes, nachdem ich endlich aus der Navy raus war und keine Uniform mehr anziehen musste, durchdrang mich plötzlich eine mir dahin völlig unbekannte Entspannung. Ich hatte keine Ahnung, dass man sich so fühlen konnte."

„Eigentlich schade, denn es steht dir sehr gut." Dann grinste sie.

„Lass uns gehen", sagte er. Sein Blick verriet Ungeduld.

Sobald sie wieder in die Hütte zurückgekehrt waren, stellte Aiden die Musik an, nahm Erin in die Arme und tanzte mit ihr durch die Hütte. Seine Lippen lagen an ihrem Hals, er hielt sie fest an sich gedrückt und flüsterte: „Es tut mir leid, Liebling, aber lange wird das hier nicht mehr dauern. Ich möchte dir das Kleid ausziehen."

„Ich bin sowieso nicht so verrückt aufs Tanzen", erwiderte sie. „Und das Kleid sieht auf dem Boden auch besser aus als an mir."

„Oh, ich mag deinen Stil." Aiden nahm sie auf die Arme, um sie ins Schlafzimmer zu tragen. Bevor er die Schwelle überschritt, blieb er stehen. „Ich muss dir etwas sagen. Wahrscheinlich kenne ich dich noch nicht lange genug dafür, aber das ist mir egal. Ich suche jetzt schon seit langer Zeit, Erin. Von allen Riordan-Männern war ich der Einzige, der eigentlich immer heiraten wollte. Die anderen sind immer eher vor den Frauen geflohen und wollten sich nicht binden. Doch ich suchte immer nach der Richtigen. Nach derjenigen, die genauso gut zu mir passt wie ich zu ihr – derjenigen, für immer und ewig. Derjenigen, die dieselben Ziele verfolgt wie ich. Jemand, den ich respektieren und mit dem ich mich gemeinsam weiterentwickeln kann."

„Hm. Beim Abschlussball hört man diese Art von Geständnissen aber nicht so oft."

„Erin, ich bin am Ende meiner Suche. Ich liebe dich."
Und dann küsste er sie leidenschaftlich.

Weil er davon ausging, automatisch vom Klingeln des Telefons wach zu werden, machte Aiden sich nicht die Mühe, sich bei Luke oder jemand anderem abzumelden. Er schlief zufrieden und total befriedigt neben Erin, deren weicher, nackter Körper sich an ihn schmiegte, ein. Als er sich zum ersten Mal umdrehte und dabei aufwachte, fiel ihm auf, dass der Wecker neben dem Bett zehn Uhr zeigte. Da musste er unwillkürlich lächeln. Aiden konnte sich nicht erinnern, jemals so lange geschlafen zu haben, wenn er nicht gerade die Nacht im Operationssaal verbracht hatte. Auf dem Boden neben der Tür türmte sich grüner Chiffonstoff neben einem schwarzen Smoking und einem weißen Smokinghemd. Aiden betrachtete Erin und sah, dass sie sich, die Augen geöffnet, zu ihm umwandte. Sie lächelte ihn an.

„Wie war das im Vergleich zu deinem letzten Abschlussball?"

„Beim letzten Mal hatte ich keinen Sex."

„Nicht mal auf dem Rücksitz im Wagen deines Dads?"

„Nicht mal das."

„Ich bin echt froh, dass ich dir das ausreden konnte", erwiderte sie. „Müssen wir schon aufstehen?"

„Es tut mir leid, das sagen zu müssen, aber es ist tatsächlich Zeit zum Aufstehen. Jedenfalls für mich. Ich muss den Smoking zurückbringen. Darf ich dir Frühstück machen?"

„Unbedingt. Nimm, was auch immer du da draußen findest. Ich habe sogar echtes cholesterinhaltiges Männeressen besorgt, weil Ian am Wochenende da war. Da sind vermutlich noch ein paar Eier und Würstchen übrig."

„Ich sehe mal nach, was ich finde", meinte er.

„Und ich gehe unter die Dusche."

Es gefiel ihm, mit Erin aufzuwachen. Aiden schlüpfte in seine Boxershorts und begann in der Küche herumzuwirbeln. Bis Erin in ihrem Morgenmantel aus dem Bad kam und ihr

Haar mit einem Handtuch trocken rieb, hatte Aiden bereits Kaffee und Toast fertig, und die Eier waren auch fast so weit. Er küsste Erin sieben bis zwanzig Mal und mehr, zwischen ihrem ersten Schluck Kaffee und dem Moment, bis er das Essen servierte.

„Ich fahre nach Hause, ziehe mich um, bringe den Smoking zurück, melde mich kurz bei meiner Familie und besorge dann was zum Dinner für uns. Heute Abend mal ein informelles Essen", erklärte er lächelnd. „Du musst das Abschlussballkleid nicht tragen. Wie klingt das?"

„Perfekt."

Sie spülten noch gemeinsam das Frühstücksgeschirr ab; er küsste sie noch weitere zehn bis fünfzehn Mal, bevor er sich von ihr losreißen konnte. Außer in der Zeit, wenn Lukes Baby zur Welt kommen würde, wollte er jede freie Minute mit Erin verbringen. Bis zur Geburt von Marcies Sohn blieben Erin noch sechs Wochen, die sie in der Hütte verbringen konnte. Und währenddessen würden sie Gelegenheit haben, über ihre Zukunft und ihre Karrieren zu sprechen. Aiden würde den Headhunter beauftragen, sich ernsthaft um einen neuen Job für ihn zu kümmern. Statt der Stelle in einer Arztpraxis würde der Headhunter sicher auch was in einem Krankenhaus in oder in der Nähe von Chico finden.

Fühlte sich Erin überrumpelt? schoss es Aiden durch den Kopf. Er wollte mit ihr darüber sprechen. Falls sie noch ein bisschen mehr Zeit brauchte, um ihn besser kennenzulernen, hätte Aiden das verstanden. Sie hatte nämlich nichts auf sein Geständnis, dass er schon immer nach einer Frau wie ihr gesucht hatte, erwidert.

Als er auf Lukes Grundstück einbog, spürte er sofort, dass etwas anders war als sonst. Erstens standen da zu viele Autos auf dem Parkplatz und zweitens zu viele Menschen auf Lukes Veranda herum. Aiden parkte vor seiner Ferienhütte und lief, immer noch in Smokinghemd und -hose, mit aufgerollten

Hemdsärmeln und geöffnetem Kragen, das Jackett lässig über der Schulter hängend, zu Lukes Haus. Er fragte sich, ob er ein geplantes Familientreffen vergessen hatte. War ihm, weil er sich voll und ganz auf die Organisation der Abschlussballnacht konzentriert hatte, etwas entgangen? Seine Mutter und George waren da, genau wie Franci und Sean. Wenn er die schwangere Shelby nicht schon gesehen hätte, wäre er davon ausgegangen, dass es bei ihr so weit gewesen war. Als alle sich umdrehten, um seine Ankunft mitzuverfolgen, fiel ihm auf, dass sie nicht glücklich wirkten.

Und dann entdeckte er sie. *Annalee*. Sie lehnte hinter Luke am Geländer der Veranda, richtete sich auf und schritt auf ihn zu. Aiden erkannte diesen total künstlichen und durchtriebenen Gesichtsausdruck, der allen suggerieren sollte, wie jung und verletzlich sie doch war. Annalee trug ein schwarzes, eng anliegendes, klassisches, ärmelloses Kleid und schwarze Sandalen – was sie mit ihrem zarten, perfekten Körper sehr konservativ erscheinen ließ. Ihr blondes Haar hatte sie mit einer Spange festgesteckt und nach hinten gekämmt. Mit ihren großen, strahlenden, blauen Augen sah sie Aiden an. Nahm ihr einer der anderen – seine Familie – diese Nummer ab? Das war doch *unwirklich*! Aiden erinnerte sich an denselben Blick eines kleinen Mädchens – den sie für den Krankenhauschef übrig gehabt hatte. Die arme kleine Annalee. Sie war in der Lage, dieses Image innerhalb von Sekunden ins absolute Gegenteil zu verkehren und sich in eine kreischende, klammernde Banshee zu verwandeln.

Annalee kam ihm auf der Verandatreppe entgegen.

„Aiden“, begrüßte sie ihn sanft.

„Falls du keine Erscheinung bist, werde ich mich wohl umbringen müssen.“

„Du hast mich weder zurückgerufen noch auf meine Nachrichten oder E-Mails reagiert“, meinte sie. Oh, und schon kamen ihr die Tränen. Lieber Himmel, an dieser Frau war wirklich eine Schauspielerin verloren gegangen. Sie konnte auf Kommando weinen!

„Ich habe auf deine Nachrichten reagiert. Ich habe dir mitgeteilt, dass wir seit acht Jahren geschieden sind – und dass wir nichts mehr miteinander zu tun haben. Hör mit deinen blöden Tränen auf, verdammt noch mal! Du hast meinen E-Mail-Account mit Hunderten von unfreundlichen Mails überschwemmt! Ich hatte Angst, den PC anzuschalten – und du hast ihn mir vermutlich komplett lahmgelegt!"

„Aiden, bitte", sagte sie in einem übertrieben süßlichen Tonfall. „Meine Nachrichten waren nicht unfreundlich – ich habe dich angefleht, damit du mit mir sprichst. Ich hatte eigentlich gedacht, ich hätte dir nur ein paar Mal geschrieben und nur, weil ich unbedingt mit dir reden muss."

„Nein! Wir sind geschieden! Du hast hier nichts zu suchen!"

„Aber wir sind *gar nicht* geschieden! Deshalb versuche ich dich ja die ganze Zeit schon zu erreichen. Die Scheidung ... Ich habe keine Ahnung, wie das passieren konnte, doch sie ist nicht gültig. Wir sind immer noch *verheiratet*!"

Aiden fiel die Kinnlade herunter, und er fühlte sich, als ob ihm jemand einen Schlag in die Magengrube verpasst hätte. Annalee schaffte es immer noch mühelos, ihn total zu überraschen. Und zu Tode zu erschrecken. Nach einem kurzen Seitenblick auf Sean und Luke stellte er fest, dass sie ihr, Gott sei Dank, kein Wort glaubten. Aiden fragte sich: Gibt es im Leben anderer Menschen auch jemanden, der sie so komplett aus dem Gleichgewicht bringen kann?

„Das ist lächerlich", stieß er hervor.

„Nein, es ist wahr. Dieser Anwalt, den wir damals hatten. Er ist weg – *pffft*. Weg. Kein Mitglied der kalifornischen Anwaltschaft hat je unsere Scheidungspapiere ausgefüllt. Ich habe es überprüft – sie sollten im Staatsarchiv einsehbar sein, aber das Einzige, was dort vorliegt, ist unsere Heiratsurkunde."

Aiden spürte den spontanen, wahrhaftigen Impuls, sich umbringen zu müssen. Er konnte unmöglich mit dieser … dieser … verheiratet sein. „Dann nehme ich mir eben einen Anwalt und sorge dafür, dass diesmal alles richtig läuft."

„Warte", sagte Annalee und trat auf ihn zu. „Können wir wenigstens einmal darüber sprechen."

„Nein, Annalee. Da gibt es gar nichts zu besprechen. Deswegen hättest du nicht hierherkommen müssen. Du hättest Jeff erzählen können, um was es geht, oder als du meine E-Mail-Adresse herausgefunden hattest, hättest du mir die Sache mit der ungültigen Scheidung auch schreiben können. Aber du bist hier. Es geht dir überhaupt nicht um das Problem mit der Scheidung. Du willst etwas von mir. Warum machen wir es nicht kurz – was willst du *diesmal*?"

„Eine Chance", erwiderte sie mit dünnem Stimmchen. „Einfach nur eine Chance."

Aiden war schon wieder perplex. Dann legte er den Kopf in den Nacken und lachte. „Eine *Chance*?"

„Ich würde es gerne noch einmal probieren. Ich war damals erst einundzwanzig Jahre alt und …"

„Hast du die zehn Riesen, die du damals von mir verlangt hast, damit du die Papiere unterschreibst, auch dabei?", fragte er. Dann schaute er verstohlen seine Mutter an. Oh Mann, sie wirkte nicht gerade begeistert. Er konnte nicht einschätzen, was sie mehr entsetzte.

„Aiden, ich war noch ein Kind. Ich steckte in Schwierigkeiten. Ich habe Dummheiten gemacht, und ich habe es seitdem jeden Tag bereut. Als ich erfahren habe, dass die Scheidung gar nicht rechtsgültig ist und dass wir immer noch verheiratet sind, dachte ich, dass das so eine Art Botschaft sein muss. Ein Gottesgeschenk. Eine Chance für uns, um …"

Aiden vergrub die Hände in den Hosentaschen, wich ein paar Schritte zurück und starrte sie finster an. „Wirf hier nicht mit Begriffen wie Gott um dich, Annalee. Du hast mich schon einmal reingelegt. Du hast mich schon einmal benutzt, ausgetrickst, mich fast vors Gericht gebracht, mich beinahe meine Facharztausbildung gekostet, meine *Karriere* ruiniert und bist sofort, nachdem ich dir den Scheck ausgestellt hatte, abgehauen. Ich möchte gar nicht wissen, was bei deinen Intrigen und Spielchen schiefgelaufen ist, dass du jetzt hier bist, aber ..."

„Aiden", wies ihn Maureen scharf zurecht.

„Mom, du solltest das alles gar nicht mit anhören. Es ist nicht für deine Ohren bestimmt. Diese Ehe war eine schreckliche Katastrophe, und ich bin wahrhaftig nicht stolz darauf, allerdings schwöre ich dir, dass ich der Leidtragende war. Ich war ..." Und dann verstummte er. Natürlich war er seiner Erinnerung nach das Opfer, doch er war damals ein achtundzwanzigjähriger Mann, Arzt. Er hätte viel klüger sein müssen. Er hatte sämtliche Vorsicht in den Wind geschlagen, hatte sich von diesem kleinen Biest verrückt machen und dabei erwischen lassen, wie er militärische Regeln gebrochen hatte. Blöde Regeln, dachte er. Man sollte sich eigentlich, ungeachtet der Dienstgrade und Rangfolge, mit wem auch immer verabreden können – aber da das Gegenteil der Fall gewesen war, hatte man ihn eben erwischt.

Aiden konnte nicht beweisen, dass Annalee ihn hereingelegt hatte.

„Ich war erst einundzwanzig", wiederholte sie. „Ich dachte, ich liebe dich. Wir haben einige Fehler gemacht, dennoch verdienen wir es ..."

„Nein!", fuhr er sie an. „Wir sind fertig miteinander! Ich kümmere mich um die Scheidung! Du kannst abreisen!"

„Aiden", rief seine Mutter wieder. „Setzt dich mit dieser Frau auseinander. Du musst nicht alleine mit ihr reden. Einer deiner Brüder oder George kann dabei sein. Doch, Aiden, du musst auf jeden Fall ..."

In dieser Sekunde kam von Shelby ein sehr lautes und langes Stöhnen. Sie krümmte sich zusammen, hielt sich den Bauch, stöhnte noch einmal und atmete tief durch. Luke kniete sich sofort neben sie und streichelte ihr den Rücken. Es dauerte eine Weile, bis Shelby den Kopf hob, die Augen tränenverhangen. „Tut mir leid. So sehr ich mir die Wehen herbeigesehnt habe, so sehr hasse ich es, gehen zu müssen, bevor ich erfahre, wie diese Sache ausgeht. Aber … ich muss ins Krankenhaus."

„Okay, Liebes", sagte Luke und stützte sie. „Wie lange hast du sie schon?"

„Seit wie heißt sie noch hier reingeschneit ist. Ruf Mel an, gib ihr Bescheid, dass wir unterwegs sind, und schnapp dir meinen kleinen Rucksack, ja?"

„Sean, du behältst bitte Art im Auge. Aiden, falls du nicht mitkommen kannst, verstehen wir das", wandte sich Luke an seine Brüder, bevor er loslief.

„Ich komme. Natürlich komme ich mit. Annalee, ich möchte, dass du von hier verschwindest. Ich schreibe mir deine Telefonnummer auf. Ich melde mich. Ich regele alles, doch du musst abreisen. Du darfst unter keinen Umständen hier in Lukes Haus bleiben, während ich nicht da bin."

Annalee blickte zu Boden und schlurfte die Treppen der Veranda hinunter wie ein bemitleidenswertes, zurückgewiesenes kleines Mädchen. Aiden entging der gepeinigte Gesichtsausdruck seiner Mutter nicht. Ihm fiel auf, dass George einen Arm um Maureen legte, um sie zu trösten.

Annalee machte sich auf den Weg zu ihrem Wagen, öffnete die Beifahrertür und holte eine kleine, schmale Handtasche raus. Sie machte die Tasche auf, zog eine Visitenkarte heraus und reichte sie Aiden. Er betrachtete die Karte einen kurzen Moment lang. Annalee Riordan – Modeberaterin. Und eine Handynummer.

Okay, das war nach Aidens Meinung ein weiterer Beweis, dass sie eine Lügnerin und Betrügerin war. Ein Teil der Scheidungsvereinbarung lautete nämlich, dass sie ihren Mädchennamen wieder annehmen musste – Kovacevic. Und dennoch benutzte sie immer noch seinen Namen? Wie lange wusste sie *wirklich* schon, dass die Scheidung nicht rechtskräftig war? Und hatte sie vielleicht etwas damit zu tun?

„Wir haben keinen Handyempfang in den Bergen, Annalee", erklärte er ihr so ruhig wie möglich. „Meine Schwägerin hat Wehen, und ich begleite sie ins Krankenhaus. In Fortuna gibt es ein paar nette Motels – fahr dorthin. Ich rufe dich an, sobald ich Zeit habe, mit dir zu reden."

Sie schüttelte den Kopf. Aus ihren großen blauen Augen kullerten Tränen. „Weshalb bist du bloß so grausam?", fragte sie ihn. „Es ist nicht meine Schuld. Ich kann nichts dafür."

„Du solltest deinen Mädchennamen tragen", erinnerte er sie. „Nicht Riordan. Du treibst schon wieder ein falsches Spiel mit mir, Annalee, und du solltest besser sehen, dass du verschwindest. Ich meine es ernst."

„Ach, Aiden ..." Sie verbarg ihr Gesicht in zitternden Händen und weinte.

Er blieb ungerührt vor ihr stehen. Als sie ihr, für alle Welt täuschend echt wirkendes, tränenverschmiertes Gesicht hob, um ihn anzusehen, fuhr er sie an: „Das kannst du dir sparen. Ich falle nicht darauf herein. Und jetzt verschwinde."

Aiden hörte, dass seine Mutter schockiert nach Luft schnappte. Annalee reckte das Kinn und erwiderte: „In Ordnung, Aiden. Ich verschwinde. Bitte kümmere dich um die Scheidung. Du hast meine Telefonnummer und die E-Mail-Adresse, falls es Probleme gibt."

„Gut. Und jetzt hau ab!" Dann beobachtete er, wie Annalee sich bravourös umdrehte, in ihren neuen Lexus stieg und rückwärts ausparkte, bis sie wegfahren konnte.

„Ich denke nicht, dass ich dich schon jemals in meinem Leben so mit einem Menschen habe sprechen hören", sagte Maureen eindeutig entsetzt. „Vor allem nicht mit einer Frau. Einer tränenüberströmten Frau."

„Sie ist keine normale Frau", erklärte Aiden, ohne seine Mutter dabei anzuschauen. „Sean, ich fahre zum Krankenhaus,

Luke möchte, dass ich mitkomme. Es ist zwar nicht so, dass ich da etwas tun könnte – aber vielleicht will er einfach jemanden dabei haben, der ihm erklären kann, was vor sich geht und weshalb. Du kannst bei mir mitfahren, Mom, falls du willst. Oder, wenn du meinst, dass du meine Gegenwart nicht ertragen kannst, bringt dich sicher George hin."

„George will sicher nicht in der Klinik herumsitzen und auf das Baby warten, und ich möchte es nicht verpassen. Außerdem würde ich gerne mit dir sprechen."

Aiden schüttelte den Kopf. „Ich glaube kaum, dass es eine Möglichkeit gibt, deine Neugier zu befriedigen. Aber ich erzähle dir, was ich kann." Er wandte sich erneut an seinen Bruder. „Sean, bitte hör mir kurz zu – sorge dafür, dass Annalee sich nicht wieder hier herumtreibt. Sie hat eine extrem destruktive Ader. Ich traue mich gar nicht, mir vorzustellen, zu was sie als Nächstes fähig ist."

„Aiden", fing Maureen wieder an. „Sie ist nur eine zarte, kleine Frau, die ..."

„Ich lasse sie nicht hierbleiben", versprach Sean.

„Und vergiss nie, dass ihr keine Lüge zu groß ist. Ihre Geschichten waren immer sehr einfallsreich. Ich denke, sie glaubt ihre Lügenmärchen selbst. Ich bin mir nicht einmal sicher, wo sie genau aufgewachsen ist – jedenfalls nicht in diesem Land, so viel steht fest. Vielleicht in Russland oder in Bosnien – vermutlich an einem sehr unruhigen Ort. Das Lügen und die Manipulationen, so etwas könnte sie in ihrer Kindheit gelernt haben. Als Überlebensstrategie. Es ist zwanghaft ... und geschieht automatisch. Ich erzähle dir das nicht, um sie zu entschuldigen, sondern damit du auf der Hut bist. Sie kann sehr überzeugend sein."

Aiden spürte die Hand seiner Mutter auf der Schulter. „Welche Art von Lügen, Aiden?", fragte sie ihn. „Meinst du, sie hat gelogen, als sie von einer zweiten Chance gesprochen hat?"

Er betrachtete seine Mutter angespannt. In seinem Gesicht

spiegelte sich die blanke Wut. „Garantiert. Sie lügt immer, Mom.“ Aiden versuchte, ruhig zu bleiben. „Das ist *alles* erstunken und erlogen.“

Annalee hatte bereits ein kleines Hotelzimmer gebucht; aber nicht in Fortuna, sondern in Garberville und auch nicht unter dem Namen Annalee Riordan. Außerdem war sie auch nicht alleine, doch das brauchte Aiden nicht zu erfahren. Annalee wohnte mit Mujo zusammen. Er war in jeder Hinsicht ihr Partner.

Annalee fuhr eine Weile durch die Gegend, bis sie schließlich in Richtung Virgin River abbog. Sie blieb in ihrem Wagen sitzen, frischte ihr Make-up auf und sorgte dafür, dass ihr Haar ordentlich lag, bevor sie die kleine Bar im Zentrum der Stadt betrat. Ein Glücksspiel – Annalee hatte die Wahl zwischen einer Bar, einer Kirche oder einer Klinik. Da Lukes Wagen nicht vor der Klinik stand, vermutete sie, dass die Familie für die Entbindung woanders hingefahren war.

Baby. Annalee wünschte, sie hätte ein Baby mit Aiden gehabt. Es war ein großer Fehler von ihr gewesen, kein Kind zu bekommen. Dann hätte Aiden sie nicht einfach nach der Trennung ignorieren können. Doch zu der Zeit, als sie geheiratet und sich wieder hatten scheiden lassen, war sie noch so jung gewesen. Die Vorstellung, an ein Baby gebunden zu sein, hatte ihr damals klaustrophobische Gefühle beschert. In Wahrheit ließ sie die Vorstellung immer noch erschaudern – sie war nicht besonders versessen auf Kinder. Aber sie hätte ihm das Kind überlassen und regelmäßig über das Sorgerecht entscheiden lassen können … Der Gedanke zauberte ihr ein Lächeln ins Gesicht. So ein Arrangement wäre eine lebenslange Rente.

Annalee betrat die Bar, setzte ihr umwerfendstes Lächeln auf und kletterte, vor dem bestaussehenden Barmann der Welt, auf den Hocker. „Hallo“, begrüßte sie ihn fröhlich.

„Hallo. Sie müssen sich verirrt haben.“

„Nein“, antwortete sie lachend und schüttelte den Kopf. „Nicht im Geringsten. Allerdings ist mein Timing heute nicht besonders gut. Ich wollte eigentlich nur die Familie besuchen, doch kaum war ich da, gingen die Wehen bei der Frau meines Cousins los, und sie musste ins Krankenhaus. Die ganze Familie im Schlepptau. Um die Wahrheit zu sagen, ich wollte ursprünglich mitfahren, aber weil die Ehefrau meines Cousins nahezu eine Fremde für mich ist, schien es mir keine so gute Idee zu sein. Ich wollte nicht stören.“

Der Mann hinter der Bar zog die Augenbrauen hoch. „Es handelt sich nicht zufällig um Shelby?“

„Ja, genau“, stieß sie gespielt überrascht hervor. „Meine Güte, Sie kennen hier wahrscheinlich jeden!“

„So ziemlich“, antwortete er. „Und auch, wenn es manchmal so aussieht, als ob alle Frauen schwanger sind, ist das nicht der Fall. Ich wusste, dass sie jederzeit so weit sein kann. Außerdem ist meine Frau zur Geburt gerufen worden.“

„Sie sind mit einer Ärztin verheiratet?“

„Hebamme“, korrigierte er. Er hielt ihr seine große Pranke hin. „Jack Sheridan“, stellte er sich vor.

Annalee reichte ihm die schmale Hand. Die Innenfläche seiner Hand war rau; das mochte sie. „Annalee“, sagte sie. „Annalee Riordan.“ Zu blöd, dass der Kerl nur ein abgebrannter Barmann vom Land war. Er sah scharf aus. Ihr gefielen große, raue Männer. Aber sie musste an die Zukunft denken und hatte nicht vor, sich einen armen Schlucker aus einem Provinzkaff zu angeln. Nun, schoss es ihr durch den Kopf und sie lächelte, vielleicht einen Nachmittag lang oder so. Aber sie hatte es eigentlich auf einen wesentlich dickeren Fisch abgesehen. „Es freut mich, Sie kennenzulernen.“

„Was darf ich Ihnen bringen?“, fragte Jack. „Ein spätes Frühstück, ein frühes Mittagessen, ein kühles Getränk?“

„Mal sehen.“ Sie schaute zur Uhr. „Ich bin schon seit fünf Uhr heute Morgen unterwegs. Halten Sie es für zu früh für eine Bloody Mary?"

„Kommt sofort", entgegnete er und wandte sich von ihr ab, um sich um die Bestellung zu kümmern. Als er das Getränk vor ihr abstellte, fragte er: „Woher kommen Sie?"

„Ich bin heute aus San Francisco hierhergefahren", erklärte sie. „Ich hatte geschäftlich dort zu tun, und weil ich schon mal in der Gegend war und ein Großteil der Familie hier zu wohnen scheint, dachte ich, ich nehme mir ein bisschen Zeit und besuche sie. Eigentlich lebe ich in New York." Sie griff in ihre feine Handtasche und holte eine extravagante Visitenkarte heraus, die sie ihm über den Tresen hinweg zuschob. „Es gibt da einen Designer in San Francisco, den ich aufsuchen wollte, um mir ein paar seiner neuen Entwürfe anzusehen. Ich habe ein paar sehr wichtige Kunden in New York, die sich wahrscheinlich sehr dafür interessieren."

Jack betrachtete die Karte. „Gibt es in New York nicht jede Menge Modeberater?"

„Genau", erwiderte sie breit grinsend. „Das ist es ja gerade – jeder in New York sieht immer dieselben Sachen. Man rechnet damit, dass ich regelmäßig neue Trends für sie aufspüre."

Jack steckte die Karte in seine Brusttasche. „Es ist vermutlich ziemlich offensichtlich – dass ich keine Ahnung von Mode habe. Meine Frau hat sich schon darüber lustig gemacht, da waren wir noch nicht zusammen. Wenn sie in L. A. leben würde, gäbe sie vermutlich ihr ganzes Geld für Designersachen aus."

„Eine Frau nach meinem Geschmack." Annalee nippte an ihrem Drink. „Und ... mit wem trifft sich Aiden denn so? Wir hatten leider nicht viel Zeit zu reden. Wie gesagt, als ich ankam, sprangen sie gerade alle in ihre Autos, um ins Krankenhaus zu fahren."

„Mit Erin", sagte Jack. „Erin Foley. Eine nette Frau. Sie verbringt den Sommer hier."

„Hier in der Stadt?", fragte sie.

„Nein. Sie besitzt eine Blockhütte, ungefähr zehn bis fünfzehn Meilen entfernt – auf dem Berg. Mit einer Aussicht, dass man tot umfallen könnte, so schön ist es da."

„Hier ist es doch überall schön", erwiderte sie lächelnd. „Ich kann gar nicht fassen, dass ich vorher noch nie in diesem Teil des Landes gewesen bin. Es ist fabelhaft. Einfach fantastisch."

Jack neigte den Kopf und blickte sie unter seinen buschigen Brauen fragend an. „Ich hoffe, Sie haben ein paar praktischere Kleidungsstücke mitgebracht, falls Sie mehr von der Gegend sehen wollen. Ich glaub nicht, dass Sie viel Spaß hätten, wenn Sie in Ihrer Sonntagsaufmachung durch die Redwoods und an den Flüssen entlang spazieren."

Annalee straffte den Rücken, und ein begeisterter Ausdruck tauchte auf ihrem Gesicht auf. „Sonntagsaufmachung? Der Ausdruck gefällt mir. Sie haben ja so recht – ich bin angezogen wie für einen Geschäftstermin, doch ich habe auch meine Jeans eingepackt. Ich wollte einfach nur einen guten Eindruck auf die Familie machen."

„Sie wirken ein bisschen zu jung, um zu den ganz hochkarätigen Geschäftsfrauen zu gehören", sagte er.

„Tatsächlich bin ich schon fünfundzwanzig. Aber ich habe bereits mit zwanzig das College abgeschlossen, da ich schon früh den Highschool-Abschluss gemacht hatte. Ich habe studiert und jede freie Minute Entwürfe gezeichnet und mir nicht wirklich viel Zeit für die Familie genommen. Ich habe sie seit … keine Ahnung wann … nicht mehr gesehen." Sie lachte. „Und wie es scheint, werde ich auch heute nicht viel von ihnen zu Gesicht bekommen."

„Ich bin mir sicher, dass sie morgen alle wieder da sind. Oder zumindest übermorgen", meinte er.

„Also, erzählen Sie mir etwas über diese Stadt. Erzählen Sie mir, wie Sie als Barmann hier gelandet sind", bat Annalee ihn und stützte sich mit dem Ellbogen auf die Theke. „Haben Sie Ihr ganzes Leben hier verbracht?"

Annalee verstand es, einen Mann zum Reden zu bringen. Sie

hatte ihr Lächeln und die richtige Fragetechnik, mit der man einen Kerl nach privaten Dingen aushorchen konnte, perfektioniert. Jack war ein ehemaliger Marine, den es wegen der vielen möglichen Outdoor-Aktivitäten nach Virgin River verschlagen hatte; er ging gerne angeln oder auf die Jagd oder liebte es, Wandertouren oder Campingtrips zu unternehmen. Er hatte angefangen, die Bar zu betreiben, um etwas zu haben, womit er sich die Zeit vertreiben konnte, die er nicht damit verbrachte, die Natur zu genießen. Dann war die neue Hebamme in der Stadt aufgetaucht, und er hatte mit vierzig zum ersten Mal geheiratet und inzwischen zwei Kinder.

Annalee vermutete, dass er wirklich gut im Bett war und dass er zu den Männern gehörte, die die Frau ihres Herzens beschützten. Er erschien ihr irgendwie reizvoll, vor allem jetzt, wo sie wusste, dass er der Besitzer der Bar und nicht nur Teilzeit-Barkeeper war. Doch eine Affäre mit ihm hätte ihren Plan, den sie mit Mujo ausgeheckt hatte, völlig vermasselt. Deshalb benahm sie sich so süß und unschuldig, wie sie nur konnte.

Sie aß eine Kleinigkeit zu Mittag, schob die Bloody Mary weg, obwohl sie nur ein Drittel davon getrunken hatte, und verabschiedete sich.

Dann fuhr sie nach Garberville, wo sie und Mujo ein Zimmer gemietet hatten. Er lag auf dem Bett und schaute sich die Nachrichten an. „Und?“, fragte er, ohne sie dabei anzusehen.

„Aiden ist nicht alleine zu Besuch bei seinem Bruder. Die gesamte verdammte Riordan-Familie scheint ebenfalls hier zu sein.“

„Na großartig“, grummelte er wenig begeistert.

„Das ist wirklich großartig“, erwiderte sie und ließ sich auf der Bettkante nieder. „Er war echt stinksauer, dass ich hier aufgetaucht bin. Aber seine Mutter war ziemlich über sein Verhalten mir gegenüber schockiert. Aiden wird eine Weile damit beschäftigt sein, mich von seiner Familie fernzuhalten. Und von dieser Frau.“

Mujo setzte sich auf. „Frau?“

Annalee lächelte. „Ich habe das Gefühl, dass mein *Mann* diese Scheidung wirklich dringend möchte. Und zwar sofort. Und, lieber Himmel, wenn es darum geht, solche Sachen ans Laufen zu bringen, bin ich Spezialistin. Ich weiß genau, wie ich mich sehr kooperativ zeigen kann.“

Mujos Begeisterung hielt sich eindeutig in Grenzen. Er blickte sie missmutig an. „Wir vermeiden es normalerweise, mit so vielen Leuten etwas zu schaffen zu haben. Es wird sonst zu kompliziert. Es ist wesentlich sicherer, wenn du dich nur auf eine Person beschränkst. Genau, wie wir es geplant haben.“

„Vertrau mir“, bat sie ihn.

Er nahm ihre Hand und verschränkte seine Finger mit ihren. Dann bog er ihre Finger so weit zurück, bis sie vor Schmerz winselte. „*Versau* diese Sache bloß nicht. Uns geht so langsam die Kohle aus.“

„Hör auf!“, schrie Annalee und entzog ihm die Hand. „Entspann dich und sei lieb.“

Sie benutzte ihr Wegwerfhandy, um die Nummer von Erin Foley herauszubekommen, und rief an. Ihre Nummer würde wegen der unterdrückten Anruferkennung nicht mit übermittelt – falls man so etwas hier in der tiefsten Provinz überhaupt kannte. „Hier ist der Paketlieferdienst. Wir haben hier ein Päckchen für Erin Foley. Die Anschrift ist auf dem Adressaufkleber verschmiert. Könnten Sie mir bitte Ihre Adresse durchgeben?“

„Sicher“, antwortete Erin.

„Es ist der Albtraum jedes Mannes“, sagte Aiden während der Fahrt ins Krankenhaus zu Maureen. „Wenn er vor seiner Mutter die peinlichsten und beschämendsten Augenblicke seines Lebens ausbreiten muss. So etwas passiert sonst vermutlich nur, wenn man stirbt und in die Hölle kommt, meinst du nicht auch?“

„Du solltest mir lieber helfen, dich besser zu verstehen, denn im Moment fällt es mir schwer, an etwas anderes zu denken als an die liebenswerte junge Frau, mit der du einmal verheiratet warst. Und dass sie verzweifelt ist und dringend eine starke Schulter zum Anlehnen braucht."

„Mom, sie spielt uns etwas vor, genau wie damals, als ich sie kennenlernte. Ich erzähle dir jetzt einmal ein paar Dinge, bei denen es mir wohler wäre, du wüsstest sie nicht. Reiß dich bitte zusammen. Nach meinem Medizinstudium und der Zeit an Bord absolvierte ich meinen Dienst im Krankenhaus, bis meine Facharztausbildung begann. Da traf ich sie. Sie war die Frau, die du heute gesehen hast – süß, sehr jung, wunderschön. Ein Traum auf zwei Beinen. Ich bin mir nicht sicher, ob ich mich auf den ersten Blick in sie verliebte. Allerdings wusste ich nicht, dass sie sich bei der Navy verpflichtet hatte, und mir war auch nicht klar, dass ich ihr hierarchisch übergeordnet und weisungsbefugt war. Mein Chef kam dahinter – übrigens sehr interessant, dass er überhaupt davon erfahren hat, denn erst seit wenigen Tagen war unsere Beziehung enger geworden. Seit nicht einmal einer Woche. Sie schwor, dass sie niemandem etwas verraten hätte, und ich hatte erst recht nichts gesagt. Um zu vermeiden, dass man mir Unzucht mit Abhängigen vorwirft, und um meine Facharztausbildung nicht aufs Spiel zu setzen, schlug mir mein Vorgesetzter vor, sie zu heiraten. Außerdem sollte sie ihre Entlassung akzeptieren. Weder ehrenhaft noch unehrenhaft. Und so haben wir es dann auch gemacht."

„Oh, Aiden, dann war euer Verhältnis aber wirklich sehr eng", sagte Maureen.

Aiden war zu wütend, um zu erröten. „Das kann man wohl sagen", erwiderte er. „Wir waren noch keine Woche verheiratet, als alles sehr merkwürdig zu werden begann. Von der einen Sekunde auf die andere veränderte sie sich total, und das süße, kleine Mädchen verwandelte sich in eine Wahnsinnige, die herumschrie und mit Gegenständen nach mir warf." Aiden lachte, hohl. „Ich versuchte, ihr Hilfe zu besorgen. Ich wollte, dass man sie untersucht, doch sie weigerte sich. Sie ist nicht geisteskrank, Mutter – sie weiß haargenau, was sie tut. Obwohl ich es nicht beweisen kann, bin ich fest davon überzeugt, dass sie es auf mich abgesehen hatte – junger Arzt, frisch vom Schiff runter und seit einer langen, sehr langen Zeit nicht mehr mit einer Frau zusammen gewesen …“

„Aber in der Navy gibt es doch jede Menge Frauen“, wies ihn Maureen naiv zurecht.

„Mom, ich konnte doch nicht mit Frauen anbandeln, die auf dem Schiff dienten – wir haben zusammengearbeitet.“

„Natürlich“, entgegnete Maureen ruhig.

„Annalee erzählte die schockierendsten Geschichten. Sie ist schon alles gewesen: von Spionin für den bosnischen Widerstand bis hin zur obdachlosen Teenagerin in L. A. Einmal hatte sie sogar Krebs! Ich kenne immer noch nicht die Wahrheit über sie. Sie wäre allerdings nicht hier, wenn sie nicht ein bestimmtes Ziel verfolgen würde. Ich muss dafür sorgen, dass sie aus unserem Leben verschwindet.“

„Aber Aiden, wie kannst du dir da so sicher sein?“

„Frag Luke“, antwortete er. „Ich hatte mit ihm telefoniert und ihm erzählt, wie verrückt mein Leben geworden war, und sprang in den nächsten Flieger. Ich holte ihn vom Flughafen ab, und wir fuhren in meine Wohnung. Annalee war nicht zu Hause, als wir dort eintrafen, also zeigte ich ihm das zweite Schlafzimmer und bat ihn, sich ruhig zu verhalten und zuzuhören, wenn sie heimkommt. Ich sprach sie dann auf eine riesige Kreditkartenrechnung an, und sofort fing sie an, zu schreien und mit Gegenständen um sich zu werfen. Luke kann das bezeugen. Er versteht, wovon ich rede. Er brachte sie in ein Hotel, gab ihr Geld, damit sie sich von mir fernhält, und rief Sean an.“ Aiden blickte Maureen verstohlen von der Seite an. „Luke und Sean haben mir durch die schlimmste Zeit geholfen, Mom. Annalee wollte die Scheidungspapiere nur gegen eine Menge Geld unterzeichnen. Sie verlangte zehntausend Dollar, damit sie verschwindet."

Maureen stöhnte. Für sie bedeuteten zehntausend Dollar ein Vermögen. Und diese Geschichte musste Maureen, die um nichts in der Welt gelogen hätte, ziemlich abwegig vorkommen.

„Und jetzt taucht sie hier auf und erklärt mir plötzlich, wir seien gar nicht geschieden. Also, wenn das wahr ist, dann kümmere ich mich sofort darum. Aber das ist der Knackpunkt – glaub ihr nicht, lass dich nicht von ihren Geschichten einlullen oder dich von ihr manipulieren. Ich weiß nicht, was sie vorhat, doch ich bin hundertprozentig davon überzeugt, dass es mit Dezimalstellen hinter dem Komma zu tun hat. Geld, Mutter. Ehrlich, ich habe keine Ahnung, wie weit sie gehen würde. Sie ist eine Lügnerin, die Menschen nur benutzt."

Maureen verschlug es erst einmal die Sprache. „Davon habe ich nichts gewusst. Und ihr Jungs – ihr habt Witze über deine verrückte Frau gerissen. Ihr habt darüber *gelacht*."

„Ja, nachdem es ziemlich sicher schien, dass sie weg war und die Sache vorbei war, haben wir darüber gelacht. Was willst du machen? Ich war ein Idiot – und bin voll auf sie hereingefallen. Aber verdammt noch mal, ich dachte, ich hätte für diese Lehre längst bezahlt ..."

„Aiden", sagte Maureen. „Wenn du wirklich nicht geschieden bist, was willst du dann tun?"

„Mir einen echt guten Anwalt suchen", erwiderte er.

Als Aiden und Maureen im Krankenhaus eintrafen, war Mel schon da. Shelby ging es gut, allerdings würde es noch einige Stunden dauern, bevor es interessant würde. Aiden besuchte seine Schwägerin kurz und verabschiedete sich, da er noch ein paar Angelegenheiten zu erledigen hatte.

Er brachte den Smoking zurück und rief Erin an. „Unser Abendessen muss wohl leider ausfallen. Als ich nach Hause kam, setzten bei Shelby die Wehen ein. Jetzt habe ich gerade den Smoking zurückgegeben und bin wieder zurück auf dem

Weg ins Valley Hospital, um mit meiner Mutter auf das Baby zu warten. Tut mir leid."

„Schön für sie, blöd für uns", entgegnete Erin.

„Ja ..."

„Ist alles in Ordnung?"

„Ja. Gut. Ich hasse den Gedanken, eine Nacht ohne dich verbringen zu müssen. Doch Luke möchte, dass ich ihm im Krankenhaus beistehe. Er ist sehr aufgeregt."

„Aber sonst ist alles okay?"

„Alles ist gut. Es wird keine Komplikationen ..."

„Aiden? Was höre ich denn dann in deiner Stimme?"

Er hätte ihr gerne alles erzählt, allerdings nicht in diesem Moment und nicht am Telefon. „Vielleicht Enttäuschung."

„Sei stark. Und sag mir Bescheid, wenn das Baby da ist. Egal wie spät es ist. Versprochen?"

„Mache ich", antwortete er. „Erin ...?"

„Hmmm?"

„Erin, ich ... danke dir für letzte Nacht. Es war wirklich ... ganz besonders ..."

Sie schwieg für einen Augenblick „Stimmt. Es ist immer ganz besonders mit dir. Doch manchmal ..."

„Ich sollte mich jetzt wirklich beeilen, zurück ins Krankenhaus zu kommen, und mal sehen, wie sich die werdende Mama und der zukünftige Vater fühlen. Ich ruf dich an, sobald etwas passiert. Was hältst du davon?"

„Bitte", erwiderte sie. „Was auch immer dich gerade bedrückt, versuche, es nicht an dich heranzulassen, ja? Du bist derjenige, der immer locker mit allem umgeht. Und ich bin diejenige, die sich alles zu Herzen nimmt."

Aiden lachte leise. „Wir werden uns nichts zu Herzen nehmen. Vermutlich werde ich mich erst wieder morgen bei dir melden. Das erste Kind neigt meistens dazu, sich Zeit zu lassen."

„Ich hoffe, es geht alles glatt über die Bühne. Grüß Shelby ganz lieb von mir."

12. KAPITEL

Brett Lucas kam um drei Uhr morgens zur Welt. Er wog genau dreitausend Gramm. Als man ihn Shelby auf die Brust legte, drückte sie ihn sofort behutsam an sich. Immerzu küsste sie ihn vorsichtig aufs Köpfchen. Und Luke küsste sie alle beide, während die Kinderkrankenschwester versuchte, das Baby sauber zu machen.

Luke war sich nur vage der Gegenwart seiner Mutter bewusst, und der Fotos, die Aiden von ihnen schoss, und von Mel, die die Nabelschnur durchtrennte. Das alles schien sich fernab jener Sphäre abzuspielen, in der sich Luke mit seiner Frau und seinem Sohn befand. Er schlang seinen muskulösen Arm um seine Frau, um sie näher an sich heranzuziehen, und flüsterte ihr ins Ohr: „Du bist die wunderbarste Frau der Welt, und ich habe keine Ahnung, weshalb du mich so sehr liebst."

„Ich erinnere mich an Zeiten, als ich dachte, dass du nie dahinterkommen würdest", erwiderte sie müde. „Ich wusste, dass du perfekt zu mir passt", flüsterte sie noch. „Ich wusste es vom ersten Augenblick an ..."

„Ich habe dich nicht verdient. Das weiß ich. Danke, mein Liebling – danke für meinen Sohn."

„Er hat sehr schwarze Haare", sagte sie.

Luke lachte zärtlich. Wenn man die Männer der Riordans nebeneinander aufgestellt hätte, hätte man eine Ähnlichkeit entdeckt, obwohl sie auf den ersten Blick eher unterschiedlich wirkten. Luke hatte hellbraunes Haar und braune Augen, Colin dunkelbraune Haare, Aidens Haar war schwarz und seine Augen hellgrün – typisches irisches Schwarz, hatte ihre Mutter immer gesagt –, Sean hatte dunkelblonde Haare, Patrick war ein Rotschopf mit dunklen, feuerroten Haaren. „Schwarz wie das Haar von Onkel Aiden. Wenn ich nicht genau wüsste, wie sehr du mich liebst, würde ich mich fragen, ob ..."

„Ich muss mal mit Franci sprechen, wie sie es geschafft hat, ein Mädchen von einem Riordan zu bekommen ...", überlegte Shelby laut.

„Liebling, du musst nie wieder ein Kind bekommen, wenn du es nicht willst", sagte Luke.

„Darüber reden wir ein andermal ..."

Die Krankenschwester nahm ihnen das Baby ab. „Kommen Sie mit, Daddy", forderte sie Luke auf. „Wir waschen, windeln und wiegen ihn, und dann dürfen Sie ihn wiederhaben."

Luke gab Shelby noch einen Kuss. „Ich bin gleich wieder da, Liebling."

Es dauerte nicht lange, da stand Mel ohne Handschuhe und Kittel neben Shelby. „Cameron Michaels wird ihn morgen früh gleich als Erstes untersuchen, aber er sieht wunderschön und kräftig aus, Shelby. Da hast du gute Arbeit geleistet."

„Er ist perfekt, oder?"

„So wirkt es auf mich. Wir sehen mal zu, dass wir sein Bettchen zu dir bringen lassen. Bleibt Luke den Rest der Nacht bei dir?"

„Da bin ich mir sicher."

„Ich kann mir vorstellen, dass eine Menge Leute schon ganz gespannt auf den Kleinen sind. Versuch, dich ein bisschen auszuruhen", riet ihr Mel. Dann gähnte sie. „Sobald wir hier alles aufgeräumt haben, fahre ich nach Hause und probiere, noch eine Mütze Schlaf zu bekommen, bevor die Meinen aufwachen."

Der kleine Brett wurde herumgereicht; Fotos wurden gemacht: mit seiner Großmutter, seinem Onkel, seiner Hebamme und am häufigsten von ihm und seinen Eltern. Es dauerte eine gute Stunde, bevor es schließlich ruhig war. Es gab einen Liegesessel, den Luke zum Schlafen benutzen durfte, doch dazu war er viel zu aufgedreht. Er schob den Sessel dicht neben Shelbys Bett und setzte sich hinein, um abwechselnd seine Frau und seinen schlafenden Sohn zu betrachten.

Für Luke Riordan war die Welt mehr als in Ordnung.

Auf dem Weg zum Campingplatz, den Aidens Mutter im Augenblick als ihr Zuhause bezeichnete, saß sie schweigend neben ihm im Wagen. „Du bist bestimmt ziemlich erschöpft", sagte Aiden.

„Glücklich und erschöpft. Aber ich mache mir Sorgen um dich, Aiden. Was wirst du jetzt unternehmen?"

Er seufzte. „Zuerst werde ich mal sehen, was ich über diese angeblich ungültige Scheidung herausfinden kann. Ich besitze die Unterlagen noch. Dann werde ich versuchen, Erin zu erklären, weshalb ich eine Zeit lang damit beschäftigt sein werde, mich wirklich scheiden zu lassen. Ich nehme an, dass ich mir einen neuen Anwalt suchen muss, falls das, was Annalee behauptet, stimmt." Er blickte zu seiner Mutter. „Sie hat mich andauernd belogen. Und wenn sie lügt, dann ist sie dabei so geschickt, dass man ihr meistens nichts nachweisen kann – aber das hier kann man beweisen. Sie hat recht, dass sowohl Heirats- als auch Scheidungsurkunde im Staatsarchiv eingesehen werden können. Wie so etwas passieren kann, ist mir völlig schleierhaft."

Hinter Aiden lag eine lange Nacht, die er mit dem Warten auf das Baby und bei Weitem zu vielen Gedanken an die Schwierigkeiten, mit denen er sich plötzlich konfrontiert sah, verbracht hatte.

„Mom, es tut mir leid. Die ganze Angelegenheit, angefangen bei der schnellen Hochzeit bis zur panikartigen Scheidung, tut mir leid. Ich muss dir vorkommen wie jemand, den du gar nicht kennst. Manchmal kommt es mir selbst so vor, als sei das jemand anderem passiert. Es tut mir wirklich leid."

Maureen drückte ihm die Hand. „Aiden, du bist einer der sanftesten und ehrlichsten Männer, die ich kenne. Ich weiß, dass du dich nicht freiwillig in eine solche Situation gebracht hättest. Was du alles durchmachen musstest, tut mir leid."

Daran bin ich selbst schuld. Nur ich alleine. Dafür kann ich niemanden verantwortlich machen, dachte Aiden. Doch er sagte: „Danke, Mom."

Er kümmerte sich darum, dass sie sicher in ihrem Wohnmobil eintraf; George stand bereits in Morgenmantel und Pantoffeln in der Tür, um sie in Empfang zu nehmen. Aiden wäre zu keiner Zeit glücklicher darüber gewesen, dass seine Mutter jemanden an ihrer Seite hatte, als in jenem Moment.

Dann fuhr er zu Luke nach Hause und ging zuerst in sein Ferienhaus. Dort holte er seine Metallkiste hervor, die seine wichtigsten Papiere enthielt – Geburts- und Heiratsurkunde, Scheidungs- und die Entlassungspapiere aus der Navy. Seine Nerven waren zum Zerreißen angespannt, sowie er feststellte, dass die Kiste nicht abgeschlossen war. Es war ihm nie in den Sinn gekommen, sie abzuschließen, schon gar nicht an einem Ort wie Virgin River. Anschließend verstaute er sie in seinem SUV, verriegelte den Wagen und marschierte in Lukes Hütte, um zu telefonieren. Es war kurz nach vier am Morgen. Aiden rief Erin an. Statt einer Begrüßung sagte sie sofort: „Ist das Baby da?"

„Ja, es ist da – dreitausend Gramm und gesund. Shelby und Luke sind sehr glücklich."

„Oh, Gott sei Dank, ich war schon in Sorge, weil du dich nicht eher gemeldet hast. Hat es lange gedauert?"

„Nein, es lief alles wie am Schnürchen. Erin, kann ich vorbeikommen? Ich weiß, es ist noch nicht Tag, aber …"

„Komm", erwiderte sie. „Ich möchte mich in deine Arme kuscheln."

Es erfüllte ihn mit Stolz, so etwas zu hören, und er hoffte, dass sie, sobald er ihr erzählt hatte, was er ihr noch beibringen musste, immer noch in seinen Armen liegen wollte. „Ich bin gleich bei dir", sagte er.

Er verließ gerade Lukes Haus und stieg die Verandastufen herunter, da bemerkte er eine flüchtige Bewegung zwischen den Hütten. Der Mond stand hell und hoch am Himmel, und Sean tauchte plötzlich aus der Dunkelheit zwischen zwei Ferienhäusern auf. An seiner Schulter baumelte eins von Lukes Gewehren. „Was treibst du dich denn hier zu dieser Zeit herum?“, fragte ihn Aiden.

„Vor ein paar Stunden habe ich hier draußen etwas gehört“, erklärte er. „Kann sein, dass es ein Tier war. Ich stand auf und dachte mir, dass du eventuell aus dem Krankenhaus zurück bist.“ Er zuckte die Achseln und fuhr fort: „Als ich weder dich noch ein Tier entdeckte, habe ich beschlossen, dass es vielleicht trotzdem nicht schaden könnte, wenn ich mich ein bisschen umschaue.“

Aiden lachte. „Und wen wolltest du mit diesem Ding erschießen?“

„Jeden, der so spät in der Nacht hier herumlungert. Ich glaube, wir sollten ernsthaft in Erwägung ziehen, Schlösser anzubringen. Wie geht es der kleinen Familie? Luke und Shelby?“

„Gut – dreitausend Gramm, gesunder Junge. Hat Luke zu Tränen gerührt. Ich habe keine Ahnung, ob ich schon jemals gesehen habe, dass er sich auf Knien liegend bei einer Frau bedankt. Und dann habe ich Mom in ihr Haus auf Rädern zurückgebracht. Ich schätze, George ist aufgeblieben, um auf sie zu warten“, meinte er und machte eine Pause. „Sean, ist dir schon mal der Gedanke gekommen, dass du hier draußen einer unheimlichen kleinen Blonden begegnen könntest?“

„Ich hatte es gehofft“, entgegnete Sean. „Wenn ich dann behauptet hätte, ich hätte sie mit einem Reh verwechselt, hätte man mir doch geglaubt, meinst du nicht?“ Er grinste.

„Lass uns bloß vorsichtig sein“, bat Aiden. „Nicht weil mir danach wäre, sie zu beschützen, sondern weil ich nicht will, dass jemand aus meiner Familie ihretwegen in die Hölle kommt. Das ist sie einfach nicht wert. Willst du, dass ich den Rest der Nacht Wache schiebe, damit du ein wenig Schlaf bekommst?“

„Ich habe geschlafen, bevor ich die Geräusche hörte. Es geht mir gut. Was ist mit dir? Möchtest du nicht ins Bett gehen?“

„Ja, allerdings nicht hier. Ich möchte zu Erin. Es ist aber auch gut möglich, dass ich gleich wieder zurück bin, wenn ich ihr erzählt habe, was in den letzten vierundzwanzig Stunden passiert ist."

„Fahr trotzdem hin", riet ihm Sean. „Sie scheint mir ziemlich vernünftig zu sein. Falls du jemanden brauchst, der deine Geschichte bezeugt ..."

„Danke. Bis später."

Bis er dann schließlich die Auffahrt zu Erins Hütte den Berg hinauffuhr, war es schon fast fünf Uhr morgens. Als er ausstieg und neben seinem SUV stand, bot sich ihm ein fantastischer Anblick. Die aufgehende Sonne leuchtete pink im Osten, während der Mond im Westen unterging. Sonne und Mond an einem Himmel waren ihm immer schon zauberhaft vorgekommen. Es sah beinahe so aus, als ob ihre Strahlen an der Straße zu Erins Hütte zusammentrafen.

Da öffnete Erin die Tür und stand auf einmal im Nachthemd auf der Schwelle. „Ich habe das Auto gehört", erklärte sie ihm.

„Komm her, Liebling. Sieh dir das an. Da unten an der Straße geht gerade die Sonne auf, und auf der anderen Seite verabschiedet sich der Mond."

„Hmm. Ich frage mich, ob man die Straße deshalb Moonlight Road nennt. Es steht zwar nirgendwo ein Schild, doch das ist die Adresse." Sie trat neben ihn, und er legte ihr den Arm um die Schulter. „Morgenrot schlecht Wetter droht, behaupten die Segler", sagte sie. „Jedenfalls hat das mein Vater immer gesagt und geglaubt, dass wir schlechtes Wetter kriegen, wenn die Sonne in diesem Pinkton aufgeht."

„Abendrot Schönwetterbrot", zitierte Aiden.

„Du kennst diese Sprichwörter?", fragte sie.

„Ich habe die letzten acht Jahre in San Diego verbracht, zwar ohne Boot, war aber manchmal mit Freunden zum Segeln. Wassersport eben."

Sie wandte sich um und musterte ihn. „Vermisst du das denn nicht?"

Er schüttelte den Kopf. „Mein Leben erschien mir hier eigentlich sehr schön. Aber ich vermute, dass alles Gute einmal ein Ende hat. Ich muss dir etwas sagen und das ist alles andere als schön. Ich dachte, dass es nicht mehr besser werden könnte – ich fühlte mich nicht nur zum ersten Mal seit Jahren total entspannt, sondern ich verliebte mich auch noch wahnsinnig in die richtige Frau. Und …"

Sie ließ ihm einen Moment Zeit, den Satz zu beenden, und fragte schließlich: „Und …?"

Er drückte sie enger an sich. „Als ich gestern, nachdem ich von dir weggefahren war, bei Luke eintraf, hatte sich meine Familie versammelt. In ihrer Mitte stand Annalee, meine Exfrau, und teilte mir mit, dass unsere Scheidung nicht ordentlich abgewickelt wurde und deshalb nicht rechtsgültig sei."

Aus großen Augen starrte Erin ihn an. „Das ist ein Scherz?"

„Ich wünschte, es wäre so. Ich begreife es nicht. Offensichtlich hat der Anwalt nicht alles ordnungsgemäß bis zum Schluss abgewickelt oder so. Aber, Erin, wir haben uns nach einer sehr kurzen, sehr unangenehmen Ehe vor acht Jahren getrennt. Falls sie recht hätte, wäre es nur eine Formalität, und ich werde mich sofort darum kümmern. Dennoch verkompliziert es alles, und das tut mir leid. Ich muss die Sache sofort aufklären und das Problem lösen. Und diesmal werde ich mir einen guten Anwalt suchen. Offenbar war der andere das Geld, das ich ihm bezahlt habe, nicht wert."

„Brauchst du meine Hilfe?"

„Es wäre mir sehr lieb, wenn du dir mal die Unterlagen ansehen könntest, die mir der Anwalt damals gegeben hat. Er meinte, damit sei alles erledigt und dass ich sonst nichts mehr tun müsse. Kennst du dich mit Scheidungsrecht aus?"

„Ein bisschen", entgegnete sie achselzuckend. „Von Zeit zu Zeit gehen auch Scheidungsunterlagen über meinen Tisch, wenn ich mich mit Treuhandfonds, Testamenten oder der Verwaltung von Nachlässen beschäftige. Von steuerlichen Angelegenheiten ganz zu schweigen."

„Eigentlich sollte man so etwas nicht von der Frau, die man liebt, verlangen", stieß er gepresst hervor.

„Machen wir uns darüber erst einmal keine Gedanken. Komm, gehen wir rein."

„Lass mich erst meine Sachen holen", entgegnete Aiden. Dann rannte er schnell zu seinem Wagen und holte die Metallkiste heraus. „Meine Kriegskasse", erklärte er. „Meine wenigen, wirklich wichtigen Unterlagen, die ich den Möbelpackern nicht anvertrauen wollte – Geburtsurkunde etc. ..."

Gemeinsam betraten sie das Haus. Erin nahm Aiden die Kiste aus der Hand, um sie auf den Küchentisch zu stellen. „Wie ist sie denn jetzt so?", fragte Erin. „Acht Jahre später? Will sie die Scheidung jetzt rechtskräftig machen, damit sie noch einmal von vorne anfangen kann? Vielleicht um wieder zu heiraten oder so?"

Was seine Exfrau wollte, war noch einmal eine ganz andere Geschichte. „Es spielt keine Rolle, was sie will. Das Einzige, das ich ihr anbieten kann, ist eine offizielle, beurkundete, rechtsgültige Scheidung." Er zog Erin in seine Arme. „Ich werde einfach dafür sorgen, dass sie sich so weit wie möglich von uns fernhält."

„Aiden, hast du sie einmal geliebt?"

Er schüttelte den Kopf. „Süße, es ist unmöglich zu erklären, was damals passiert ist. Ich war damals ein junger Mann, der nach langer Zeit auf hoher See wieder an Land kam und dann mit jemandem zusammentraf, den er nicht kannte und den er hätte meiden sollen. Unnötig zu erwähnen, dass wir den Fehler schnell bemerkten und gemeinsam die Entscheidung fällten, alles schnell zu beenden, bevor es noch schlimmer wurde."

Geduldig lächelte Erin. „Mich kennst du auch nicht", erwiderte sie.

„Doch. Ich kenne deine Familie und weiß, womit du dein Geld verdienst, wie hilflos du dich auf einem Fahrrad anstellst oder wenn du dich vor einem Bären fürchtest." Er presste sie noch fester an sich.

„Ich kann gut Rad fahren", entgegnete sie, schmiegte sich aber, während sie das sagte, noch enger an ihn und öffnete einladend die Lippen. „Das reicht nicht, um sich ein Bild von einer Person zu machen."

„Es liegt nicht in meinen Händen, Liebes. Ich kann nicht anders. Ich habe noch nie zuvor so viel für eine Frau empfunden. Ich würde alles tun, damit du meine Frau wirst. Alles."

Sie kuschelte sich in seine Arme. „Es ist noch nicht richtig Tag, und du warst die ganze Nacht auf den Beinen. Nach einem kleinen Schläfchen fällt das Reden vielleicht leichter."

„Schläfchen?", fragte er, bevor er ihr den Mund mit seinen Lippen verschloss. „Ich möchte gerne in dir sein."

Erin spürte ihr Herz wie verrückt schlagen. „Normalerweise gehe ich immer alles ganz pragmatisch an", sagte sie. „Der Sommer mit dir hat mich in eine total andere Frau verwandelt. Eigentlich sollte ich lieber erst abwarten, bis ich die Sache mit deiner Exfrau verstanden habe, doch ich kann nicht. Ich kann nicht, und es ist mir egal."

Sie griff nach seiner Hand und führte ihn in ihr Schlafzimmer.

Langsam zog er sie aus und befreite sich rasch von seiner eigenen Kleidung. Erin ließ sich aufs Bett sinken. Sie war wie Wachs in seinen Händen, seinen Armen. Er küsste sie erst behutsam und vorsichtig und dann mit heißer Leidenschaft, während er die Geheimnisse ihres Körpers erforschte – Geheimnisse, die sie erst kürzlich gemeinsam herausgefunden hatten. Er weckte süßes Verlangen in ihr. Wo auch immer er sie mit den Fingern oder der Zunge berührte, erschauerte sie in freudiger Erwartung. So etwas war ihr mit jemand anderem vorher nie passiert, und sie war voll und ganz davon ausgegangen, dass ihr so etwas auch nie passieren würde. Doch die Art, wie sie gemeinsam zum Orgasmus gelangten, erfüllte sie mit den schönsten, wunderbarsten Gefühlen, sodass sie alle Vorsicht über Bord warf. Jetzt, nachdem sie diese wunderbare Entdeckung gemacht hatte, konnte Erin sich nicht mehr vorstellen, jemals wieder ohne sie leben zu müssen.

„So", murmelte er zärtlich und rau. „Beweg dich nur ein bisschen. Langsam. Behutsam. Lass dir Zeit ..."

Als er schließlich in sie eindrang, sie ganz in Besitz nahm, mit ihr spielte, war ihr der sich ankündigende Höhepunkt bereits vertraut, und sie betrachtete ihn als etwas, dass sie dringend von ihm haben wollte. Aiden forderte: „Sag mir, wenn du so kurz davor bist, dass du weinen möchtest."

„Gott", flüsterte sie und spürte, wie ihr die unvermeidlichen Tränen des Verlangens in die Augen stiegen, während sie ihn so fest umklammerte, dass sie sich wunderte, dass er nicht zerbrach. „Bitte, Aiden", keuchte sie. „Jetzt, jetzt, jetzt."

„Warte noch ein kleines bisschen ..."

„Jetzt", wisperte sie flehend. „Bitte, jetzt ..."

Sie hörte sein tiefes Stöhnen, sowie er sich ein wenig aus ihr zurückzog. Dann sagte er heiser: „Komm jetzt für mich, Liebes." Und stieß fest und tief in sie hinein. Immer und immer und immer wieder, bis sie schließlich laut aufschrie, seinen Namen rief und immer und immer wieder kam. „Ja", keuchte er. „Genau so. Lass dich gehen. Genau so ..." Und dann folgte er ihr. Losgelöst von allem, kam er so gewaltig, dass sein Körper erbebte.

Danach hielt er sie lange im Arm und achtete darauf, dass sein Gewicht sie nicht erdrückte. Ihre Lippen fanden sich immer wieder zu einer Reihe kurzer, süßer Küsse, während sich ihr Herzschlag allmählich beruhigte. „Du fühlst dich einfach ein bisschen zu gut an", flüsterte er ihr ins Ohr. Ich habe vielleicht etwas vergessen ..."

„Das ist mir zu spät aufgefallen", meinte sie.

„Du nimmst nicht die Pille, oder?"

„Weshalb sollte ich?", fragte sie. „Es gab doch niemanden."

„Es ist in Ordnung, Liebling. Wir sollten ohnehin mal darüber sprechen. Über unser Zusammensein, Zusammenbleiben, und vielleicht über gemeinsame Kinder."

„Ich dachte, der Zug ist abgefahren", erwiderte sie. „Ich bin schon sechsunddreißig ..."

„Ich auch. Und trotzdem haben wir noch viel Zeit."

Unwillkürlich musste Erin über sich selbst lachen. „Das war echt der lahmste Heiratsantrag, den ich je bekommen habe. Allerdings war es auch der erste. Kann das vielleicht bis morgen warten? Ich meine bis zum späten Vormittag?"

„Nur, wenn du mir eines verrätst", erwiderte Aiden. „Sag mir, ob dir auch nur halb so viel an mir liegt wie mir an dir?"

Erin strich ihm über die Wange. „Vermutlich sogar doppelt so viel", flüsterte sie. „Ich liebe dich. Ich finde es zwar verrückt, trotzdem bin ich in dich verliebt ..."

Er stieß geräuschvoll die Luft raus, die er angehalten hatte. „Dann können wir alles schaffen."

Ein paar Stunden später erwachte Aiden in einem leeren Bett vom Duft frisch aufgebrühten Kaffees. Er richtete sich auf, suchte nach seinen Boxershorts auf dem Boden und schlüpfte hinein. Dann fuhr er sich kurz mit der Hand durchs Haar und folgte dem Duft. Erin saß auf dem Ledersofa im Wohnzimmer. Auf der Ottomane neben ihr stand eine Tasse Kaffee auf einem Tablett. Erin hielt einen Stapel Papier in der Hand. Als Aiden im Wohnzimmer auftauchte, hob sie den Kopf. Ihr Gesichtsausdruck verhieß nichts Gutes.

„Aiden, wieso wusstest du nicht, dass dies noch kein endgültiger Bescheid ist?", wollte sie wissen.

Er rieb sich den Nacken. „Ich habe keine Ahnung. Der Anwalt meinte, das sei alles, was ich brauche, und dass alles erledigt sei. Annalee war glücklicherweise weg, und ich befand mich in der Facharztausbildung und habe rund um die Uhr in der Klinik gearbeitet. Ich litt unter Schlafentzug und ..." Er stöhnte. „Es kam mir einfach nie in den Sinn, einen zweiten

Anwalt die Arbeit des ersten Anwalts überprüfen zu lassen. Außerdem ist der Scheck eingelöst worden …"

„Scheck?", fragte sie. „Das Anwaltshonorar?"

„Nein, der Scheck für sie. Sie wollte nicht gehen, ohne eine dicke fette Abfindung zu kassieren."

„Hier steht nichts von einer Zahlung", entgegnete sie. „Jesus, wer hat denn den Fall für dich übernommen?"

„Offenbar ein Idiot", antwortete Aiden genervt. „Erin, sie war total *verrückt*, verstehst du? Ich habe ihr Geld gegeben, damit sie abhaut! Es war das Beste, was ich damals machen konnte! Jetzt muss ich dieses Durcheinander wieder in Ordnung bringen!"

„Werde nicht gleich sauer", bat sie, stand auf und sah ihn an. „Du musst kein Durcheinander in Ordnung bringen, Aiden. Du musst von vorne anfangen."

„*Wie bitte?*"

„Dies ist ein Antrag zur Auflösung einer Ehe, und er ist acht Jahre alt. Da steht nichts von einer Zahlung oder einer Zahlungsvereinbarung …"

„Ich habe eine Kopie von diesem beschissenen ausgestellten Scheck!"

„Bitte", sagte Erin so ruhig wie möglich zu ihm. „Ich habe bemerkt, dass du diese Kopie in einem Beutel in deiner Geldkassette aufbewahrst. Der Scheck wurde auf eine Annalee Irgendwer – nicht Riordan – ausgestellt, und das Geld ging auf das Konto einer dritten Partei. Ich fürchte, das hat nicht viel zu sagen. Falls sie sich nicht besonders kooperativ zeigt – wie eine Frau, die unbedingt aus der Ehe raus will, um ein neues Leben beginnen zu können –, brauchst du einen …"

„Das will sie nicht", unterbrach er sie. Und er lief dunkelrot an. „Aber man kann ihr nicht trauen, das musst du begreifen."

Erin schluckte. „Und *was* will sie deiner Meinung nach?"

Er fuchtelte unruhig mit den Armen herum und schürzte die Lippen. „Sie sagt, sie will sich mit mir versöhnen. Das kommt überhaupt nicht infrage. Ich bin seit acht Jahren mit ihr fertig. Und jetzt erst recht." Er trat zu Erin. „Erin, bitte, frage Luke nach ihr. Er hat sie in Aktion erlebt, als sie total außer sich war. Luke war derjenige, der sie aus meiner Wohnung in ein Hotel verfrachtet und ihr Geld in die Hand gedrückt hatte, damit sie sich von mir fernhielt, bis ich einen Anwalt gefunden hatte. Es dauerte zwar etwas, bis ich begriffen hatte, dass sie komplett verrückt und gefährlich ist, doch Luke hatte das sofort und innerhalb weniger Stunden erkannt."

Frustriert ließ Erin die Unterlagen sinken. „Wenn sie so verrückt war, weshalb hast du sie denn überhaupt geheiratet?"

„Ich habe dir doch gesagt: Es war ein Fehler!"

„Du wirst schon wieder laut", sagte Erin ruhig.

„Es war ein Fehler", wiederholte Aiden nun etwas leiser. „Ich sehnte mich nach weiblicher Gesellschaft, lernte sie im Offizierskasino kennen, trank ein bisschen zu viel und landete mit ihr im Bett. Erst danach fand ich heraus, dass sie zu den Mitarbeitern meines Krankenhauses gehörte. Diese Art von Beziehung ist da nicht erlaubt. Unzucht mit Abhängigen ist beim Militär eine Straftat – normalerweise kommt man dafür vor ein Militärgericht und wird in der Regel unehrenhaft entlassen –, und das alles, nachdem ich so viel Zeit und Mühe in meine Karriere investiert hatte. Okay, ich stand kurz davor, meine Facharztausbildung, von der Navy finanziert, zu verlieren. Ich musste sie heiraten, um die Sache zu legalisieren."

Erin war erschüttert. „Nachdem du dich ein Mal betrunken mit ihr in den Laken gewälzt hast?", stieß sie überrascht aus.

Aiden konnte ihr nicht gleich darauf antworten, weil er wusste, wie es sich anhörte. In Wirklichkeit hatte er damals tatsächlich geglaubt, dass Annalee all das bedacht hatte, als sie ihn sich ausgesucht, gestalked und ihm die Sinne mit ihrem wahnsinnigen Sex, nach dem er einige Jahre lang so gierig gewesen war, vernebelt hatte und … Aiden stöhnte. „Es war öfter als einmal, aber nicht allzu häufig. Und bevor ich mich in Sicherheit bringen konnte, sickerte etwas durch, und es schien auf einmal, als ob alle Welt von unserer Beziehung wusste. Mein Chef hat mich vor die Wahl gestellt – entweder wegen sexueller Belästigung und Missbrauchs einer Mitarbeiterin bestraft und unehrenhaft aus der Navy entlassen zu werden, was mir auch im zivilen Leben als Frauenarzt unglaublich geschadet hätte. Oder die Sache zu legalisieren und es wie echte Liebe aussehen zu lassen anstatt wie eine schäbige und schmutzige Affäre. Ich sah in jenem Moment mein Leben vor meinem inneren Auge an mir vorbeiziehen."

„Und deine Familie? Wusste sie davon?", fragte Erin.

„So ungefähr", erklärte er. „Meine Brüder Luke und Sean waren eingeweiht. Colin und Paddy kannten nicht alle Details. Es gehörte nicht unbedingt zu den Dingen, die man einer verwitweten Mutter haarklein erzählen will."

„Oh Mann, ich wünschte, du hättest mir all das gesagt, bevor du dieses Kondom vergessen hast", murmelte sie.

Aiden war klar, dass er Erin viel zu schnell zu viel zumutete. Doch jetzt zog das Leben zum zweiten Mal in seinem Leben an seinem inneren Auge vorbei – das erste Mal wegen Annalee und seiner panischen Angst und diesmal, weil er endlich die Frau gefunden hatte, die er sich immer gewünscht hatte und die nun kurz davor war, sich von ihm abzuwenden. Vor ein paar Stunden noch hatte es nichts Wichtigeres für sie gegeben, als zusammen zu sein, vielleicht sogar für immer. Und nun bedauerte sie, dass er das Kondom vergessen hatte – der kleine Ausrutscher, der vielleicht der Anfang einer eigenen Familie war.

Er packte sie an den Armen, fühlte sich verängstigt und verzweifelt. „Hör zu, sie ist verrückt, sie ist eine Lügnerin, und sie will vermutlich noch mehr Geld, damit sie mich in Ruhe lässt. Herauszufinden, dass unsere Scheidung nicht gültig ist, war vermutlich die beste Nachricht, die sie seit Jahren gehört hat. Jetzt kann sie noch einmal neu verhandeln und mich erneut zur Kasse bitten! Erin, ich liebe dich! Diese Frau – Annalee – ist einfach nur eine Meisterin des Betrugs! Ich regele das alles! Ich schwöre es dir bei Gott, ich kriege diese …"

„Aiden, Aiden", sagte Erin leise. „Bitte, du tust mir weh."

Sofort löste er seinen Griff. „Oh Gott, das tut mir leid", entschuldigte er sich und trat einen Schritt zurück. Er durchquerte den Raum, ehe er sich umdrehte und sie erneut anschaute. „Siehst du?", fragte er. „Ich stehe hier in Unterwäsche und versuche, dich davon zu überzeugen, dass sie verrückt ist. Dass ich diese vielen blöden Fehler vermutlich nicht begangen hätte, wenn nicht ein großer Betrug im Gange gewesen wäre, der mich eine Menge Geld und den Respekt meiner Kollegen gekostet hat. Komm, Erin. Ich bin klüger, als dieser ganze Mist dich vielleicht annehmen lässt. Im Zweifel für den Angeklagten."

Erin holte tief Luft. Dann nahm sie den Stapel Unterlagen von der Lederottomane und streckte die Hand nach ihrer Kaffeetasse aus. „Wir haben in unserer Kanzlei einen Anwalt, er heißt Roland Preston. Wir nennen ihn Arnie Becker, nach diesem Scheidungswinkeladvokaten aus *L. A. Law*. Soweit es sich beurteilen lässt, ist er ein Ass, was Scheidungen betrifft. Er handelt da immer Sachen aus, die ziemlich fabelhaft sind … und unglaublich vorteilhaft für seine Mandanten. Und das ist mein Vertrauensbeweis. Ich würde es mir nämlich nicht wünschen, dass jemand wie Ron mich bei meiner Scheidung vertritt, es sei denn, ich wollte mich von einem total skrupellosen, gierigen, schrecklichen und gefährlichen Menschen scheiden lassen, der versucht, mich hereinzulegen. Ron arbeitet in Chico, doch seine Mandanten kommen von überallher. Und er hat eine Menge Assistenten, Sekretärinnen und Ermittler."

Aiden schwieg einen kurzen Augenblick lang. Dann sagte er: „Danke."

„Nun, wenn du wirklich komplett ehrlich zu mir warst, gerne geschehen. Falls du mir nicht die volle Wahrheit gesagt hast, bin ich mir sicher, dass ich nichts mehr mit dir zu tun haben will."

„Erin, ich schwöre, dass alles wahr ist. Vor allem der Teil mit dem ‚ich liebe dich'."

Erin wollte sich eigentlich nicht damit beschäftigen, wie Aiden mit Schwierigkeiten in seinem Leben umging, trotzdem konnte sie nicht aufhören, daran zu denken. Nachdem sie ihm Ron Prestons Namen genannt und ihm Telefonnummern und Adresse ihrer Kanzlei in Chico gegeben hatte, hatte Aiden ihr versprochen, dort anzurufen. Er sagte ihr aber auch, dass er befürchtete, dass die ganze Sache viel Zeit in Anspruch nehmen würde. Zeit, die er lieber mit ihr verbracht hätte. Erin hatte ihm geantwortet, dass diese Zeit gut genutzt würde. Sie war sich sicher, dass sich ihre Gefühle für Aiden niemals ändern würden. Doch sie war auch davon überzeugt, dass es in ihrer beider Interesse lag, ihre Beziehung erst dann zu vertiefen, wenn er sein Leben in Ordnung gebracht hatte.

Die größere Frage war – ob sie ihm je verzeihen könnte, falls diese Sache nicht gut ausging? Da romantische Beziehungen bisher Mangelware in Erins Leben gewesen waren, hatte man ihr bisher auch noch nie das Herz gebrochen. Oh, sie hatte natürlich Enttäuschungen erlebt. Das schien unvermeidlich. Doch diese waren im Großen und Ganzen verhältnismäßig harmlos geblieben. Einmal hatte es einen Mann gegeben, der ihr gesagt hatte, dass sie nicht zueinanderpassten, weil die Chemie zwischen ihnen nicht stimmte. Sie war eigentlich derselben Meinung gewesen. Es tat ihr aber leid, dass sie sich nicht noch ein paarmal getroffen hatten, um endgültig herauszufinden, ob er recht hatte. Bei einem anderen Mann war, kurz nachdem sie begonnen hatten, sich öfter zu sehen, plötzlich die Exverlobte wieder auf der Bildfläche erschienen. Und noch ein anderer fand, dass sie wegen ihrer anspruchsvollen Arbeit in der Kanzlei und ihrer familiären Verpflichtungen bei Weitem zu wenig Zeit für ihn hatte – er wollte eine Frau, für die er an erster Stelle stand.

Das hatte Erin allerdings nicht das Herz gebrochen, sondern ihr höchstens kleine Stiche versetzt. Kleinere Enttäuschungen. Außerdem hatte sie gewusst, dass sie sich nicht mit Haut und Haaren auf diese Männer eingelassen hatte. Sie hatten weder Erins Leidenschaft entfacht, noch hatten sie ihr weiche Knie verschafft, geschweige denn, dass Erin ihretwegen den Kopf verloren hätte. Sie hatte sich lange gefragt, ob sie zu anspruchsvoll war oder ob sie einfach niemandem gefiel.

Bis Aiden auftauchte. Er hatte ihr gezeigt, wie man Spaß hatte, wie man eine echte Beziehung zwischen zwei Menschen, die perfekt zueinanderzupassen schienen, genoss. Außerdem hatte er ihr demonstriert, wie sehr man sich nach Intimität verzehren konnte. Dabei war sie bislang immer ziemlich gut ohne ausgekommen. Doch jetzt ohne *ihn* auskommen zu müssen, erschien ihr unmöglich. Sie vermisste ihn schon nach einem Tag. Sehr.

Aiden hatte sie zweimal angerufen. Er hatte sich mit Ron in Chico getroffen. Ron hatte sich, nach Aidens Angaben, einen riesigen Vorschuss zahlen lassen. Sobald Aiden nach Virgin River zurückgekehrt war, brachten Luke und Shelby auch das Baby nach Hause, und seine Familie hatte sich schon wieder vergrößert. „Morgen“, sagte Aiden zu Erin. „Nichts wird mich morgen von dir fernhalten.“

Obwohl erst wenige Tage vergangen waren, sehnte sie sich bereits jetzt schmerzhaft nach ihm. Sie hatte sich noch nie so verletzlich gefühlt. Seit dem vierten Juli war kaum eine Woche verstrichen, und Erin sehnte sich bereits nach Aiden. Er war ihr definitiv unter die Haut gegangen und …

Erin hörte einen Wagen vorfahren, und ihr Herz schien für einen Augenblick aussetzen zu wollen. Ihr wurde bewusst, dass, falls das Aiden war, es ihr schwerfallen würde, ihn zu fragen, ob er etwas erreicht hatte. Viel wahrscheinlicher würde sie sich ihm gleich an den Hals werfen und stürmisch küssen.

Es war allerdings nicht Aiden, sondern eine junge Frau, die

einen sehr außergewöhnlichen Wagen fuhr – ein Modell, für das sich Erin auch schon einmal interessiert hatte. Ein klassischer und teurer hellblauer Lexus mit Hybridmotor. Das Auto hatte vermutlich so um die hundertausend Dollar gekostet. Und die Frau – sehr jung, schön und schlank und mit beneidenswerten Kurven – stieg aus und schloss die Tür.

Erin stand im Türrahmen ihrer Blockhütte. Lächelnd näherte sich die Frau. „Sie müssen Erin sein“, sagte sie beinahe schüchtern.

„Das stimmt“, erwiderte Erin. Sie spürte ein ungutes Gefühl in der Magengegend, weil sie ahnte, wer die Frau womöglich war.

„Ich hoffe, Sie verzeihen mir diesen Überfall“, bat die Frau. „Ich hätte selbst nie geglaubt, dass ich so etwas jemals tun würde. Mein Name ist Annalee Riordan, und ich bin hergekommen, um Sie zu bitten, mir meinen Ehemann zurückzugeben.“

Das ungute Gefühl in Erins Bauch verwandelte sich in einen schrecklichen Magenkrampf. Beinahe hätte sie sich vor Schmerz gekrümmt. Sie versuchte, sich nichts anmerken zu lassen. „Ich habe Ihren Mann nicht“, entgegnete sie.

„Sind Sie denn nicht mit Aiden zusammen?“, fragte die junge Frau und wirkte sehr überrascht. „Oh, das tut mir leid – Sie müssen mich für eine Idiotin halten. Ich dachte, Sie seien mit ihm zusammen. Bitte entschuldigen Sie. Ich fahre sofort wieder weg.“ Damit wandte sie sich ab.

„Weshalb sind Sie hier? Was kann ich für Sie tun? Was glauben Sie?“

Annalee drehte sich wieder um und warf ihr schönes, dichtes blondes Haar über der Schulter zurück. Sie schüttelte bedrückt den Kopf. „Dann sind Sie also doch diejenige. Nun, ich bin mir nicht einmal sicher, was ich von Ihnen will. Vielleicht dass Sie ihm sagen, dass Sie ihn nicht mehr sehen wollen. Dass er seiner Ehe noch eine Chance geben soll? Ich meine, wir haben eine Menge Fehler gemacht, Aiden und ich – und für mindestens die Hälfte davon übernehme ich die volle Verantwortung. Doch sollten wir nicht probieren, damit klarzukommen? Vor allem wo wir jetzt herausgefunden haben, dass wir gar nicht geschieden sind? Ich betrachtete das als ein Omen. Vielleicht können wir es jetzt, wo wir älter und klüger geworden sind, besser machen ..."

Erin verschränkte die Arme vor der Brust. „Bitte halten Sie mich nicht für blöd. Sie waren erst drei Monate verheiratet, als Sie die Scheidungspapiere unterschrieben haben."

„Drei *Jahre*", korrigierte Annalee sie leise.

„Die Dokumente sind datiert", erwiderte sie sachlich.

„Natürlich sind sie das. Wie auch die nächsten und nächsten und nächsten. Wir haben mehr als einmal vorm Scheidungsrichter gestanden. Das erste Mal ziemlich bald nach der Hochzeit, vermutlich nach drei Monaten. Das waren wahrscheinlich die Unterlagen, die er Ihnen gezeigt hat. Tatsächlich leben wir auch schon seit einer Weile getrennt – ein paar Monate. Es gab immer etwas, obwohl ... Ich bin mir nicht sicher, was es war ... Wir sind am Ende immer wieder zusammengekommen. Jedenfalls eine Zeit lang."

Autsch. Erin lief ein Schauer über den Rücken. Die Chemie zwischen ihr und Aiden? War es dasselbe, das Erin jetzt für ihn empfand – dieses unwiderstehliche, unersättliche Verlangen? „Seit wann sind Sie tatsächlich zusammen?"

„Schon sehr lange", antwortete Annalee. „Ich glaube seit vier oder fünf Jahren."

„Was ist mit dem Scheck?", fragte Erin. „Er ist auch datiert ..."

„Die zehntausend? Ja, das war der Grund für die erste Trennung. Die Abtreibung. Es war ein schrecklicher Streit. Am Ende war er sehr großzügig, weil er kein Baby mit mir haben wollte. Ich fuhr nach Hause, ging zu einem sehr guten Arzt und dachte noch einmal gründlich über alles nach." Sie schaute auf den Boden. „Ich hätte vermutlich lieber nicht zu ihm zurückkehren sollen. Er war … Es war nicht immer leicht mit ihm, aber mit mir wahrscheinlich auch nicht. Er sagte, ich hätte ihn provoziert, und wenn ich so überlege, stimmt es vielleicht sogar. Ich war so jung bei unserer Hochzeit. Jung und nicht besonders klug."

Sie sieht *jetzt* immer noch sehr jung aus, schoss es Erin durch den Kopf – wobei sie jedes einzelne ihrer sechsunddreißig Jahre deutlich spürte. „Wie jung?"

„Achtzehn."

Erin wusste, dass sie zum Narren gehalten wurde, allerdings nicht wie und womit. „Für Ihr Alter scheinen Sie aber gut zurechtzukommen", sagte Erin mit einem Seitenblick auf den Lexus.

„Danke, ja", erwiderte Annalee lächelnd. „Das Auto ist ein Leihwagen. In meinem Geschäft ist es wichtig, erfolgreich zu wirken, wenn ich mich mit Kunden treffe. Ich bin Modeberaterin und -einkäuferin. Ich hatte eine Besprechung mit einem Designer in San Francisco, und die Kosten für das Auto werden von der Firma übernommen. Ich mache das erst seit ein paar Jahren, und es ist ganz gut für mich gelaufen."

Erin betrachtete sie missbilligend. „Und dennoch verzehren Sie sich die ganze Zeit nach Ihrem Exmann?"

„Nein", sagte Annalee und schüttelte den Kopf. „Oh nein, so ist es nicht. Es trifft zu, dass ich mich lange gefragt habe, was ich besser hätte machen können. Ich habe unsere Fehler natürlich bedauert. Ich glaube, jeder, der eine Scheidung durchgemacht hat, tut das – aber ich habe weitergelebt. Und nachdem ich festgestellt habe, dass etwas bei unserer Scheidung schiefgelaufen ist, dachte ich …" Sie schüttelte erneut den Kopf, als ob sie kaum in der Lage wäre, es noch mal zu wiederholen. „Nun, ich gehe dann lieber."

„Wie haben Sie das mit den Scheidungspapieren denn entdeckt?", wollte Erin wissen.

Annalee reckte das Kinn. „Ein Mann, mit dem ich ein paar

Jahre zusammen war, hatte um meine Hand angehalten. Ich hatte ihm von meiner Ehe und der Scheidung erzählt, wie das natürlich jeder tun würde. Er hat es dann schließlich herausgefunden."

„Wann heiraten Sie?", fragte Erin.

„Das ist im Moment zweifelhaft. Der Mann ist nicht begeistert, dass ich mich mit Aiden treffen will. Aber ich musste Aiden doch mitteilen, was wir entdeckt hatten! Ich konnte ihn doch nicht denselben Fehler begehen lassen, den ich beinahe gemacht hätte! Was, wenn er wieder heiraten würde und es sich danach als illegal herausstellen würde?"

„Das klingt alles ziemlich weit hergeholt …"

„Ich kann mir vorstellen, dass es so auf Sie wirken muss. Wirklich. Tut mir leid. Vermutlich habe ich den Verstand verloren, eine Versöhnung überhaupt in Betracht zu ziehen. Allerdings möchte ich, dass Sie eines wissen: Ich mag ja tatsächlich sehr jung gewesen sein und vielleicht zu unerfahren, dennoch habe ich ihn geliebt. Obwohl unsere Beziehung immer sehr problematisch war, liebe ich ihn immer noch …"

„Sie haben seine Brüder kennengelernt, wie ich hörte", sagte Erin.

Plötzlich lachte Annalee unvermittelt. „Oh ja. Nur Sean und Luke. Colin und Patrick habe ich nie getroffen, doch ich habe keine Schwierigkeiten, sie mir vorzustellen. In unserer Wohnung hingen natürlich eine Menge Fotos. Die Riordan-Männer würden füreinander töten. Das ist eine ganz spezielle Verbindung zwischen den Brüdern. Seien Sie vorsichtig – und kommen Sie ihnen nicht in die Quere." Dann lachte sie erneut, aber es klang nicht fröhlich. „Gott, was tue ich hier eigentlich? Ich mache mich gerade komplett zum Affen. Schon wieder."

„Warten Sie einen Augenblick. Sie werden die neuen Dokumente unterschreiben müssen …"

„Aiden kann mich anrufen. Er weiß, wo er mich erreichen kann, wenn er mich braucht, was immer mal wieder vorkommt."

„Was soll *das* heißen?"

„Wir leben zwar schon länger nicht mehr zusammen, aber er hat nie den Kontakt zu mir abgebrochen."

„Ach ja?"

Annalee verzog das Gesicht und schüttelte den Kopf. „Hat Aiden Sie in dem Glauben gelassen, dass wir uns seit acht Jahren weder gesehen noch gesprochen haben? Hat er das echt getan? Nun, das würde mich nicht überraschen – mein Mann verfügt nur über eine kurze Aufmerksamkeitsspanne. Ich bin bis vor ein paar Jahren in San Diego geblieben, bis ich endlich versuchte, einen klaren Schnitt zu machen. Bitte, seien Sie vorsichtig. Aiden kann Frauen alles weismachen. Das habe ich auf die harte Tour lernen müssen – es ist gefährlich, ihn damit zu konfrontieren oder sich mit ihm zu streiten. Er hat ein sehr hitziges Gemüt."

„Aiden?", stieß Erin entgeistert hervor.

„Sie kennen ihn noch nicht so lange, oder, Erin?" Annalee wirkte traurig und gepeinigt. „Nehmen Sie sich vor ihm in acht. Meistens ist er ein Engel, der sexyste Engel der Welt, allerdings kann er seinen Ärger nicht gut im Zaum halten. Er ist leicht reizbar."

Dann hob sie die Hand, winkte und stieg ins Auto. Sie fuhr ein Stück rückwärts, drehte und entfernte sich langsam, die Straße hinunter, von der Blockhütte weg.

Erin spürte, wie es sie eiskalt überlief, konnte den Grund dafür jedoch nicht genau benennen. Lag es an der perfekten kleinen Schönheit, die sich eine zweite Chance bei ihrem Bald-Exmann erhoffte? Oder an Aiden, von dem sie dachte, ihn so gut zu kennen, und den sie vielleicht nicht einmal ansatzweise kannte. Aiden, der sie vor ein paar Tagen vor lauter Wut grob angefasst hatte.

Sie bevorzugte den Gedanken, dass die junge Frau log. Das Problem daran war, dass es keine wirkliche Möglichkeit gab, eine ihrer Beschuldigungen zu überprüfen. Nicht eine einzige.

Als Anwältin für Steuer- und Immobilienrecht hatte Erin schon oft erlebt, dass Mandanten unglaubliche Lügen mit der Unschuld eines Babys vortrugen. Es ging um Geld, manchmal um riesige Summen. Schuldzuweisungen und Eide auf einen Stapel Bibeln nutzten in rechtlichen Dingen überhaupt nichts – alles musste beleg- und beweisbar sein.

Wie aber bewies man, dass der Freund seine Exfrau nicht anrief? Oder sie vielleicht ab und zu mal traf? Wem glaubte man, wenn die Geschichten so voneinander abwichen?

Erin wählte die Nummer von Ron Preston. „Hat dein neuer Klient, Aiden Riordan, zufällig erwähnt, wer ihn an dich verwiesen hat?"

„Ja, und vielen Dank, Erin."

„Hat er zufällig auch erzählt, weshalb ich ihn an dich verwiesen habe?"

„Er hat dich an diesem Urlaubsort, wo deine Blockhütte steht, kennengelernt?", antwortete er fragend.

„Hmm. Ja, das ist richtig. Er hat mich kennengelernt, wurde zu einem Freund, traf sich regelmäßig mit mir, und nun ist seine Exfrau aufgetaucht, um ihm mitzuteilen, dass er gar nicht geschieden ist. Er sagt, dass sie sich nach drei Monaten Ehe getrennt und seit acht Jahren nicht mehr gesehen hätten. Sie behauptet, dass sie drei *Jahre* zusammen gewesen seien, die Scheidungspapiere mehr als einmal ausgefüllt hätten und seitdem in Kontakt geblieben wären." Im körperlichen Sinne?

„Erin, ich darf das nicht mit dir besprechen …"

„Das verstehe ich, Ron. Das Problem ist, dass sich diese Story nicht überprüfen lässt, und ich will am Ende nicht …" Sie brachte es nicht über sich, den Satz zu beenden. Benutzt? Belogen? Manipuliert werden?

„Ich verstehe dich vollkommen", meinte Ron. „Du bist gefühlsmäßig in die Sache involviert. Deshalb erzähl ich dir jetzt was, das du selbst weißt. Wenn ich Mandanten habe, deren Geschichte überhaupt nicht mit der der gegnerischen Partei übereinstimmt, höre ich ihnen sehr aufmerksam zu, durchleuchte die Fakten, tue alles, um meine Klienten anständig zu vertreten, allerdings glaube ich ihnen nicht unbedingt. Das heißt nicht, dass er oder sie lügt, sondern nur, dass es mehrere Aussagen gibt, bei denen sich nicht sagen lässt, was wahr oder gelogen ist. So viel zum Arbeitsablauf, Erin. Möge der Bessere gewinnen."

„Und falls eines der Nebenprodukte dieses Ablaufs bedeutet, dass ich emotional *aufgerieben* werde?", fragte Erin sarkastisch.

„Es gibt kein Gesetz, dass du alles glauben musst, was du hörst. Entspann dich. Lass dich nicht zermürben."

Erin stieß einen tiefen Seufzer aus. „Danke", erwiderte sie. „Wirklich, vielen Dank. Das habe ich jetzt gebraucht. Ich hasse es zwar, doch ich musste das jetzt hören."

„Ich vermute, dass der Fall bald gelöst ist. Pass auf dich auf! Und auf deine Mu..."

„Bäh, wie geschmacklos!", unterbrach sie ihren Kollegen.

„Tu es trotzdem", sagte er. „Ich muss los. Wo auch immer ich hinschaue, brechen Ehen auseinander."

Erin legte auf. Sie hasste ihn – weil er eiskalt war und immer zum Todesstoß bereit. Allerdings zollte sie ihm deswegen auch widerwillig Respekt, denn er ließ sich nicht emotional hineinziehen. Und wie weit hatte es sie gebracht? Sich nach einem Mann sehnen und sich nicht trauen, ihm zu glauben.

13. KAPITEL

Hinter Mel Sheridan lag eine arbeitsreiche Woche. Es hatte schon damit angefangen, dass Mel fast die gesamte Mittwochnacht mit Shelby Riordan wach geblieben war. Mel fiel auf, dass es ihr inzwischen schwerer fiel, sich nach solchen nächtlichen Einsätzen gleich wieder dem Alltag zu widmen. Das hatte möglicherweise eine Menge damit zu tun, dass sie zwei Kinder hatte, von denen wenigstens eins inzwischen hätte trocken sein müssen. Emma war zwei und David drei, und Mels Babysitterin, ein Teenager, hatte mehr Erfolg damit als Mel.

Natürlich war Mel viel beschäftigt. Sie war immer viel beschäftigt gewesen. Am Tag, nachdem Shelbys und Lukes Baby zur Welt gekommen war, hatte Mel versucht auszuschlafen, aber das hatte nicht funktioniert. Sie war zur Praxis gefahren, um die Sprechstunde zu öffnen. Dann erhielten sie den Anruf von einem Rancher, der über Schmerzen in der Brust klagte – sie und Cameron brachen sofort auf und fuhren zu ihm. Anschließend hatten sie den Mann ins Krankenhaus transportiert. In der Notaufnahme hatte es länger gedauert, sodass Mel erst spät wieder nach Hause kam. Sie war fällig fürs Bett, doch Emma fühlte sich nicht gut. Mel und Jack blieben die ganze Nacht auf, da sie Schlafanzüge, Windeln und Bettlaken wechseln mussten und Jack sagte: „Teufel noch mal, hoffentlich steckt sie nicht die ganze Familie damit an. Was auch immer es sein mag."

Erst am Wochenende schienen sich die Dinge wieder ein wenig zu beruhigen. Mel nutzte die Zeit, indem sie nachholte, was sie vorher versäumt hatte – sie brachte das Haus in Ordnung, rief Leslie Carpenter, den Babysitter, an, damit Mel nach Shelby und dem neugeborenen Baby sehen konnte. Anschließend nahm sie ein langes Bad und machte einen Mittagsschlaf mit ihren Kindern.

Mel brauchte dringend ein bisschen Zeit für sich und ihren Mann.

Sie bereitete den Kindern das Abendessen vor, steckte sie früh ins Bett, und Jack beeilte sich heimzukommen und brachte Essen mit. Weil die Kinder schon schliefen, machte Mel sich etwas mehr Arbeit als sonst; sie deckte den Tisch mit einer Tischdecke und Kerzen. Als Jack das Abendessen aufgetragen hatte und sie gemeinsam in einem sauberen, stillen Haus saßen, meinte sie: „Lieber Himmel, welch eine verrückte Woche!"

„Da stimme ich dir zu. Geht es dir gut? Denn was auch immer Emma da hatte, scheint bis jetzt noch keinen von uns erwischt zu haben."

„Es geht mir gut", erwiderte Mel. „David auch. Ich hatte auch das Gefühl, dass ich jetzt, nachdem achtundvierzig Stunden immer noch niemand Symptome zeigt, zu den Riordans gehen konnte, um nach dem Baby zu schauen."

„Und ist bei den Riordans alles bestens?"

„Sie befinden sich momentan in der Flitterwochenphase mit dem kleinen Brett. Er hat seine gewaltige Stimmkraft noch nicht entdeckt. Allerdings kann es jeden Augenblick so weit sein, dass er ihnen beweist, dass er wirklich da ist."

Jack lachte in sich hinein. Neugeborene neigten dazu, sehr still zu sein und in den ersten Tagen einfach nur zu essen und zu schlafen, aber dann auf einmal, *Zack!*, ließen sie einen wissen, dass sie ein Mitglied der Familie waren und Bedürfnisse hatten.

„Während ich dem Baby auf die Welt half, hatte ich eine Idee. Ich habe mich gefragt, ob unsere Leihmutter damit einverstanden wäre, wenn ich als Hebamme bei der Geburt unseres Babys dabei wäre."

Jack fiel die Kinnlade runter. Er legte die Gabel ab.

„Okay, das war sehr deutlich", stieß Mel hervor. „Was hast du denn für ein Problem?"

Jack sah sie an. „Problem Nummer eins ist, dass ich keine Lust habe, unser einziges gemeinsames Abendessen seit ungefähr einer Woche zu ruinieren …"

„Und Problem Nummer zwei?"

„Ich will keine Leihmutter." Da war es raus. Er hatte es gesagt. Nicht ganz so, wie er es geplant hatte – dass das Babythema vom Tisch war. Jack hatte nicht deutlich gesagt, dass er sich *weigerte*. Gott, er hoffte, dass Mel ihm dieses Mal zugehört hatte.

Doch sie schnitt sich langsam und bedächtig ein Stück vom Schweinebraten ab – dem Braten, den Preacher scharf anbriet und mit dunkler Soße servierte – und führte eine Gabel davon zum Mund. Sie kaute. Sie schluckte. „Ich verstehe, dass manche Männer wirklich eine Abneigung dagegen haben. Deshalb wollte ich ja, dass du mit John Stone darüber redest. Er kennt sich in diesen Dingen aus und geht entspannt damit um. Für ihn ist es einfach Routine."

„Für mich aber nicht", erklärte Jack. „Ich will das nicht."

„Lieber Himmel, Jack. Sprich doch einfach mit John darüber …"

„Habe ich", antwortete er. „Ich habe mich lange mit John darüber unterhalten. Ich habe ihm gesagt, wie ich mich fühle, und er war mir keine große Hilfe. Außer dass er mir riet, etwas direkter mit dir zu reden und dir mitzuteilen, was Sache ist. Ich werde es nicht tun. Ich möchte nicht, dass eine Frau, die ich nicht kenne, unser Kind für uns bekommt. Nicht unter diesen Umständen."

Zuerst wirkte Mel geschockt, doch dann erschien ein weicherer, verständnisvollerer Ausdruck auf ihrem Gesicht. „Glaub mir, bis das Baby da ist, kennen wir sie sehr gut."

Jack schüttelte den Kopf. „Hörst du mir eigentlich zu? Ich bin fast krankhaft glücklich, dass wir zufällig diese beiden Kinder haben … du und meine Kinder, ihr seid meine Welt. Meine ganze Welt. Bevor du in mein Leben getreten bist, hatte ich mich schon damit abgefunden, dass ich niemals Kinder haben würde. Ich fand es nicht schön, dass ich akzeptieren musste, mein Leben lang alleine zu bleiben, aber ich hatte es akzeptiert. Dann kamst du und hast alles auf den Kopf gestellt. Wenn du unfruchtbar gewesen wärst und mir erklärt hättest, dass dir viel daran liegt, ein eigenes Kind zu haben – unsere DNA, die bei einem öffentlichen Picknick vor allen Leuten an einen Baum pinkelt –, hätte ich es getan, Mel. Ich würde es tun, wenn es die einzige Möglichkeit wäre."

„Sieh mal, Jack. Es ist aber nun einmal die einzige Möglichkeit."

„Die einzige Möglichkeit, ein *drittes* Kind zu bekommen. Allerdings sind wir schon zweifache Eltern. Ich bin damit zufrieden."

„Aber ich nicht!", entgegnete Mel spitz.

„Warum nicht?", fragte er. „Weil dir in einer Notoperation der Uterus entfernt wurde? Wir haben nie über viele Kinder gesprochen. Das erste hat dich zu Tode erschreckt, und du hattest dich beklagt, als du ein zweites Baby bekommen solltest."

„Schwangerschaftsängste", erwiderte sie und versuchte, seine Argumente wegzuwischen, ohne ihn dabei anzuschauen.

„Wir haben nie groß über deine Hysterektomie geredet. Doch ich weiß nicht ...", sagte er, „... ich glaube, in Wirklichkeit geht es hier um etwas ganz anderes, und du bist nicht ganz aufrichtig zu mir, was dir überhaupt nicht ähnlich sieht, Melinda. Du bist normalerweise so verdammt ehrlich zu mir, dass es manchmal wehtut. Aber nicht in diesem Fall. Du willst mich gewaltsam zu etwas überreden, das ich nicht möchte. Und ich denke auch nicht, dass du wirklich so dringend ein Baby haben willst. Ich glaube, du willst deinen Uterus wiederhaben."

Fassungslos starrte Mel ihn an. „Das ist total lächerlich", entgegnete sie ihm. „Falls ich darüber sprechen müsste, hätte ich es längst getan."

„Aber wir hatten ein neues Baby, einen Waldbrand, einen toten Arzt, Rick, der aus dem Irak zurückgekehrt ist und sich erst an seine Behinderung gewöhnen musste. Das waren keine harmlosen Ablenkungen. Und jetzt befinden wir uns in der ersten ruhigen Phase seit ein paar Jahren, Mel. Wenn du jetzt darüber reden willst …"

Sie knallte ihre Gabel auf den Tisch. „Hast du den Verstand verloren? Hast du mir nicht zugehört?"

„Nein, ich habe den Verstand nicht verloren, und ja, ich habe jedes Wort gehört, Mel. Eine Fremde unser Baby bekommen zu lassen, wird schmerzhaft, schwierig, teuer und beinhaltet zahlreiche mögliche neue Probleme. Ich habe begriffen, dass sich so etwas unter manchen Umständen lohnt. Wir befinden uns allerdings nicht in so einer Situation."

„Ich schon! Für mich sind es solche Umstände."

Jack schaute Mel in die Augen. Sie war verdammt hitzköpfig. Eine Kämpferin. Und wenn sie sich einmal etwas in den Kopf gesetzt hatte, gab es eigentlich nichts, was sie davon abbringen konnte. Er sah sie an, bis er das Gefühl hatte, dass sie ihren Blick senkte. „Liebling, hier ist doch irgendetwas im Busch. Sprich mit mir, bitte!"

„Ich habe mit dir gesprochen! Und ich habe erwartet, dass du der Sache offen gegenüberstehst und dich ein wenig schlaumachst! Verdammt", schimpfte sie und erhob sich. „Wann habe ich dich schon mal je um etwas gebeten?"

Sie ging weg, und er rief ihr hinterher: „Jeden Tag. Jede Nacht."

Sie drehte sich um und starrte ihn an.

„Wir tun das hier alles zusammen, Mel. Es ist manchmal nicht leicht. Ich passe auf die Kinder auf, während du für deine Patienten da bist oder zu Noteinsätzen musst. Ich koche und nehme sie mit, wenn ich Besorgungen zu erledigen habe oder in der Bar arbeite, und kümmere mich um Kindersitze und Laufställchen. Und während ich dann von früh bis spät in der Bar arbeite, sind die Kinder bei dir, und du machst den Haushalt. Wir haben beide sehr lange Arbeitstage und -nächte. Wir kriegen es gemeinsam hin, doch es ist nicht leicht. Ich tue so viel wie du, und du bist immer noch müde."

„Ich habe mich nicht beklagt. Und du bis jetzt auch nicht. Wenn du willst, können wir eine Putzfrau und ein Kindermädchen einstellen. Ich habe noch etwas Geld zurückgelegt."

„Ich glaube, wir kommen auch so ganz gut zurecht. Ich verbringe meine Zeit gerne mit den Kindern. Falls wir ein weiteres Kind hätten, würden wir das auch hinbekommen und wären glücklich damit. Allerdings werde ich das, was du von mir für ein drittes Kind verlangst, nicht mitmachen."

Mels Augen füllten sich mit Tränen. „Selbst wenn es nichts gibt, was ich mir sehnlicher wünsche? Selbst wenn ich es mir so sehr wünsche, dass ich an nichts anderes mehr denken kann? Tag und Nacht?"

Jack stand vom Tisch und trat zu ihr, um sich vor sie zu stellen. „Weißt du, was mir daran so merkwürdig erscheint? Es kommt so aus heiterem Himmel. Du hast nicht davon geredet, nachdem Emma geboren wurde. Und als ich dich fragte, ob das mit der Hysterektomie schlimm für dich ist, hast du es gleich von dir gewiesen. Es ginge dir gut, meintest du. Du hast dich weder beklagt noch geweint noch gesagt, dass du enttäuscht darüber bist, keine Kinder mehr bekommen zu können … Du meintest, du hättest eine Menge Dinge, mit denen du gesegnet bist, und dass du uns für sehr glücklich hältst, weil wir bereits zwei wunderbare Kinder haben. Jetzt auf einmal dieser verzweifelte Schritt. Das passt nicht zu dir. Ich mache mir Sorgen um dich."

„Das ist wirklich kein Grund, weswegen du dir Sorgen machen müsstest", beharrte sie auf ihrem Standpunkt. „Es geht hier ums Handeln und nicht ums Reden!"

Jack schüttelte den Kopf. „Ich glaube, du bist diejenige von uns, die sich mit John unterhalten sollte", legte er ihr behutsam nahe.

Mel starrte ihn mit offenem Mund an und sagte dann: „Ach!"

Damit drehte sie sich auf dem Absatz um und stampfte aus dem Raum.

„Mel! Du hast noch nichts gegessen!"

„Mir ist der Appetit vergangen!" Sie lief den Flur runter.

„Wir haben immer noch nicht darüber gesprochen!", rief er ihr mit erhobener Stimme hinterher. „Wir müssen über *deinen* Uterus reden und nicht über den Uterus einer anderen."

Da steckte Mel noch einmal den Kopf ins Esszimmer. „Es gibt nichts mehr zu reden!" Damit verschwand sie erneut.

Jack schaute auf den Korridor, der zum Schlafzimmer führte. „Genau", sagte er.

Erin überlegte, nach Hause nach Chico zu fahren, bevor sie Aiden noch einmal sehen musste. Sie wusste, dass sie immer stark gewesen war, doch in diesem Moment befürchtete sie ernsthaft, dass es sie umhauen könnte. Wenn sie an all die herzzerreißenden Dinge dachte, mit denen sie bis jetzt klarkommen musste, um das Leben zu meistern – der Tod ihrer Mutter, der Tod ihres Vaters, die katastrophalen Verletzungen von Marcies Ehemann, Bobby –, war es bemerkenswert, dass sie noch nicht zusammengebrochen war. Mit Sicherheit würde sie auch diesmal alles überstehen, ohne komplett daran zu zerbrechen.

Aber sie war so verliebt in Aiden und hoffte insgeheim, trotz ihrer eigentlich sonst sehr pragmatischen Art, dass es die wahre Liebe war. Doch bevor es überhaupt endgültig zwischen ihr und Aiden aus war, fand Erin sich im Garten, den Aiden für sie angelegt hatte, wieder, zupfte Unkraut, und ihre Tränen fielen auf die frisch umgegrabene Erde.

Dann hörte sie seinen SUV, der sich seinen Weg die Straße hinauf bahnte. Erin wusste sofort, dass es nicht der leise, teure Lexus war. Sie erhob sich und hatte Matsch an den Knien und Dreck unter den Fingernägeln. In ihrer Nähe lagen der Kochtopf und die Gabel griffbereit. Kurz fragte sich Erin, ob sich auch Aiden durch den Lärm verscheuchen ließe.

Ihre Haustür war abgeschlossen. Aiden ging über die Sonnenterrasse hinters Haus. Er blieb am Rande des Gartens stehen. „Ich war beim Anwalt. Im schlimmsten Fall dauert es noch ein paar Monate, wenn sie sich unkooperativ oder uneinsichtig zeigt, aber dann ist alles erledigt. Sie muss nicht in die Scheidung einwilligen."

„Unkooperativ? Uneinsichtig?", fragte sie.

„Als sie bei Luke auftauchte, drückte sie mir eine Visitenkarte mit ihrer Telefonnummer in die Hand. Allerdings ist diese Nummer nicht vergeben. Auf der Karte steht aber weder eine weitere Nummer noch eine Adresse. Sie ist wieder von der Bildfläche verschwunden. Typisch. Fürchte ich."

„Wolltest du sie anrufen?"

Er schüttelte den Kopf. „Weshalb sollte ich? Ich will nichts mehr mit ihr zu tun haben. Und Preston hat mir geraten, sie nicht zu kontaktieren – er hat versucht, sie zu erreichen. Es ist Zeit, dass ihr Anwalt mit meinem Anwalt spricht, falls sie einen Anwalt hat."

Erin ging einen Schritt auf Aiden zu, und – verdammt noch mal – ihre Stimme zitterte, als sie sprach. „Sie war hier, Aiden."

Sein Gesicht lief – *auf der Stelle* – puterrot an! *„Hier?"*, fragte er außer sich. „Woher *zum Teufel* kann sie überhaupt wissen, wer du bist und wo du wohnst?"

„Bitte schrei mich nicht an", bat Erin ihn. „Ich habe keine Ahnung."

„Lieber Gott", brüllte er. „Hast du jetzt eine Vorstellung, was für ein Mensch sie ist?"

Erin schüttelte den Kopf. „Sie ist einfach noch ein Kind", sagte sie. „Ein sehr schönes Kind. Schon allein bei ihrem Anblick habe ich mich alt gefühlt."

„Tu das nicht – du bist perfekt. Annalee hat ihr Aussehen benutzt, um mich zu ködern – diese unfassbare Kombination aus unglaublichem Sex-Appeal und unschuldiger Jugend. Dabei ist alles nur Fassade. Du solltest mal erleben, wie viel älter sie aussieht, wenn sie Gläser durch die Gegend wirft."

„Sie war bei eurem Kennenlernen erst achtzehn. Wie kann sie da so ..."

„Einundzwanzig", korrigierte er sie. „Ich habe mir ihren Führerschein angeschaut. Verdammt noch mal, ich habe sie *geheiratet*!"

„Oh Mann", entgegnete Erin schwach und fuhr sich mit schmutzigen Händen durchs Haar. „Oh Mann, das Ganze macht mich so fertig."

„Was glaubst du, wie ich in diesen Schlamassel hineingeraten bin?", fragte Aiden. „Ich weiß, dass ich blöd war, aber glücklicherweise nicht in jeder Hinsicht. Ich bin betrogen worden."

„Und in welcher Hinsicht warst du blöd?", hakte Erin nach.

„Das sagte ich dir doch schon", erwiderte Aiden ungehalten. „Jung und geil gabelt ein Mädchen in einer Bar auf ... Egal was du jetzt möglicherweise gerade denkst oder glaubst, so etwas zählt nicht zu meinen Angewohnheiten. Wir müssen darüber reden, Erin. Ich werde nicht zulassen, dass Annalee unser Leben zerstört. Wir müssen das hinter uns bringen."

„Ich möchte ein paar Sachen von dir wissen. Und ich will Antworten auf meine Fragen – ein ruhiges, vernünftiges Gespräch. Wenn du noch einmal die Nerven verlierst, fange ich an, mich zu fragen, was du vor mir zu verbergen hast."

Frustriert schüttelte Aiden den Kopf. „Mir ist klar, dass du recht hast, doch versuch, mich bitte zu verstehen – Annalee ist eine notorische Lügnerin, und sie hat mich in der Vergangenheit ziemlich viele Nerven gekostet. Als sie bei Luke auftauchte, war meine Mutter entsetzt darüber, wie ich mit Annalee sprach. So hatte sie mich noch nie mit einem anderen Menschen reden hören, vor allem nicht mit einer Frau."

„Warst du eigentlich drei Jahre und nicht nur drei Monate mit ihr zusammen?", stieß Erin hervor. Aidens geschockter Gesichtsausdruck verriet ihr, dass er darauf nicht vorbereitet gewesen war. Anderenfalls wäre er ein brillanter Schauspieler gewesen, und zwar noch talentierter, als er es Annalee unterstellte. „Hattet ihr die ganze Zeit über Kontakt – du und deine Frau?“ Aiden schien kaum mehr in der Lage, seinen Mund zu schließen. „Hast du ihr den großen Scheck ausgeschrieben, damit sie eine Abtreibung bezahlen kann?“

„Abtreibung?“, fragte er total fassungslos. „Erin. Nein. In allen Punkten nein.“

„Sie behauptet also, dass alles, was du sagst, gelogen ist? Und du behauptest, dass alles, was sie sagt, gelogen ist?“

Aiden verzichtete auf eine Antwort. Er schüttelte nicht mal mit dem Kopf. Doch er hielt ihrem Blick stand – grün traf auf grün. Aiden hatte es satt, darum betteln zu müssen, dass man ihm glaubte. So viel konnte Erin in seinen Augen erkennen.

„Dann beantworte mir bitte noch diese Frage, Aiden. Bitte. Während du auf einmal mit dieser schönen, jungen Frau verheiratet warst, hast du da versucht, die Ehe am Laufen zu halten? Hattest du gehofft, es könnte gut gehen mit ihr? Die Wahrheit. Bitte.“

„Obwohl ich sie hasste? Obwohl ich mit dieser Affäre in ihre Falle getappt bin? Obwohl jeder Tag mit ihr die absolute Hölle war, sie mich hintergangen, bestohlen, betrogen und in meinem Bett Sex mit anderen Männern hatte? Möchtest du wirklich eine ehrliche Antwort darauf? Denn ich denke nicht, dass es unserer Beziehung helfen wird. Ich glaube nicht, dass du mich dafür respektieren wirst. Die Wahrheit lautet – ja, ich habe es probiert. Aber ich habe es nicht drei Jahre lang versucht, sondern nur drei Monate. Es waren nur drei Monate, denn als ich meine Brüder anrief, um ihnen zu erzählen, was passiert war, seit ich wieder einen Fuß an Land gesetzt hatte, kam Luke sofort zu mir. Und auch Sean gleich danach. Sie hatten Annalees Spiel in dreißig Sekunden durchschaut und ihr nicht gestattet, weiterzumachen. Doch ja, wenn sie sich plötzlich in eine richtige Ehefrau verwandelt hätte, hätte ich es getan. Nicht weil mir besonders viel an ihr lag, sondern weil ich ein Versprechen gegeben hatte. Weil es in unserer Familie so üblich ist, dass man seine Versprechen einhält. Es dauert, bis einer von uns ein Versprechen bricht, und wenn … Frage Sean. Frage Luke. Du musst mir nicht glauben."

Erin spürte, wie ein feines Lächeln ihre Lippen umspielte, ein sehr feines. „Sie hat mich gewarnt, dass deine Brüder für dich lügen würden."

„Ich glaube, da hat sie ausnahmsweise einmal die Wahrheit gesagt", stimmte Aiden kopfnickend zu. „Unter Umständen würden sie das vermutlich tatsächlich tun. Für mich lügen, für mich töten, ihr Leben für mich riskieren. Und ich natürlich auch für sie. Was Annalee allerdings nicht erwähnte, weil sie es nie verstanden hat – ich wäre normalerweise nicht in einer Situation, die solche Maßnahmen erfordert. Genauso wenig wie meine Brüder. Wir neigen dazu, unsere Fehler zuzugeben und vor unserer eigenen Tür zu kehren."

„Aiden", erwiderte Erin. „Das ist alles so schrecklich."

„Ich weiß", antwortete er so leise, dass sie es kaum hören konnte.

„Gibt es irgendeinen Weg, wie du mir beweisen kannst, dass sie lügt und du die Wahrheit sagst?"

„Keine Ahnung", entgegnete er. Doch dann schien ihm etwas einzufallen. „Hat sie dir erzählt, sie wolle sich wieder mit mir versöhnen?"

„So etwas in der Art, ja …"

„Das hat sie auch schon vor meiner Familie behauptet." Er schüttelte missbilligend den Kopf. „Ich weiß nicht, wie das zu ihren Plänen passt. Ich vermute, es geht ihr um noch mehr Geld – die neuen Papiere zu unterzeichnen, wird seinen Preis haben, genau wie beim letzten Mal …"

„Nun, das ist einfach. Gib ihr nichts", riet Erin.

„Ich *will*, dass sie aus meinem Leben verschwindet", erwiderte Aiden.

„Falls das stimmt, was du über sie sagst, wird sie wahrscheinlich genau damit rechnen. Ron hat recht – um dich von ihr scheiden zu lassen, brauchst du ihre Einwilligung nicht. Ohne ihr Einverständnis mag es vielleicht ein wenig länger dauern, doch Ron weiß, wie man das zu handhaben hat. Er hat ständig mit solchen Dingen zu tun. Mach einfach so weiter."

„Und was ist mit uns?", fragte Aiden. „Können wir nicht auch einfach so weitermachen?"

Uns? dachte Erin. Sie brauchte ihn so dringend; sie wollte, dass alles, was er erzählt hatte, wahr war. Sie wollte diesen verrückten, wilden Sommer für immer festhalten, wusste aber, dass das ausgeschlossen war. Sie musste sich schützen. Sich und ihr Herz. „Ich brauche etwas von dir."

„Was immer du willst."

„Ich hätte gerne, dass du Ron erlaubst, die Informationen, die er in deinem Fall herausfindet, an mich weiterzugeben. Egal was es ist – über deinen letzten Anwalt, Annalee und alles, was infrage steht. Ich weiß, dass seine Ermittler nicht immer ganz legale Mittel einsetzen, damit er deine Interessen vertreten kann. Ohne Erlaubnis seines Mandanten darf er nicht mit mir über einen Fall sprechen. Obwohl wir Kollegen sind und für dieselbe Kanzlei arbeiten."

„Erledigt", versprach Aiden.

„Und ich kann nicht mehr mit dir schlafen; zumindest bis der größte Teil des Falls gelöst ist."

„Du vertraust mir nicht", sagte Aiden sichtlich gequält.

„Erinnerst du dich noch, wie du dich fühltest, nachdem du bemerkt hattest, dass du benutzt, hintergangen und betrogen worden warst? So möchte ich mich nicht fühlen. Ich möchte, dass Ron seine Zauberkraft spielen lässt, ein paar Fakten zusammenträgt und mir beweist, dass ich dich von Anfang an richtig eingeschätzt hatte. Das ist alles, was ich verlange. Und das ist nicht viel."

„Wie du willst", erwiderte Aiden. Seine Augen glitzerten vertraut, als er sagte: „Bilde dir bloß nicht ein, dass es nun für immer so bleibt, allerdings solange du möchtest, werde ich auf dich hören und deine Regeln befolgen. Es ist nämlich so, dass dieses wir, du und ich, ein bisschen größer ist als wir beide." Er straffte den Rücken, holte tief Luft und schob die Hände in die Hosentaschen. „Wir werden schon irgendwie damit fertig. Zum Glück gibt es sonst nichts, was uns das Genick brechen könnte. Es ist schrecklich, weder mit dir schlafen noch dich im Arm halten oder lieben zu dürfen. Aber wenn es das ist, was du willst, dann kann ich damit leben. Doch sobald alles vorbei ist ...", erklärte er, „... lasse ich dich nie wieder los."

„Ich möchte nur nicht herausfinden müssen, dass du mir nicht die Wahrheit gesagt hast", sagte sie.

„Das wirst du nicht", entgegnete er kopfschüttelnd. „Wie viel Zeit hast du mit Annalee verbracht? Eine Stunde?"

„Höchstens zehn Minuten", erklärte Erin.

„Und mit mir?"

Tage! Und Nächte! „Du warst am Anfang nicht ganz ehrlich zu mir", erinnerte sie ihn.

„Ach, das war doch bloß Spaß – ich habe aber nie versucht, dich zu manipulieren. Was hätte ich denn davon gehabt, dir weiszumachen, dass ich ein Landstreicher bin?" Aiden rückte vorsichtig etwas näher an sie heran. „Außerdem gibt es da noch etwas anderes – du magst meinen Brüdern vielleicht nicht glauben, wenn sie mich verteidigen, doch meine Mutter würde nicht einmal für den Papst lügen. Sie wusste nichts über die Einzelheiten meiner Hochzeit – ich habe ihr erst was erzählt, nachdem alles vorbei war, und Gott weiß, dass ich ihr erst vor ein paar Tagen die schlimmsten Sachen gestanden habe. Aber sie kennt mich. Nutze die Gelegenheit und sprich mit ihr, Erin. Du hast meinen Segen."

Erin neigte den Kopf, und ihr Blick erhellte sich. Sie lächelte. Das entsprach der Wahrheit! Obwohl sie Maureen kaum kannte, wusste sie, dass es stimmte, was Aiden über sie sagte. „Das könnte in deinem Fall tatsächlich hilfreich sein."

„Ich will nur, dass du mir wieder vertraust", erklärte Aiden.

Erin war klar, dass sie sich hätte von ihm verführen lassen können. Sie war eine Frau, die sich von einer sexuell frustrierten Frau in eine verwandelt hatte, die total sensibel auf die Berührung dieses Mannes reagierte. Er war so vieles auf einmal – freundlich und sanft, stark und kräftig, großzügig und manchmal auch fordernd. Seit er ihre Libido zum Leben erweckt hatte, war er der Einzige, der es schaffte, sie alles vergessen zu lassen. Aiden schaffte es, dass sie die Kontrolle über sich verlor, und er benötigte nur eine einzige, winzige Berührung, eine hauchzarte Berührung seiner Lippen, um diesen Stein ins Rollen zu bringen. Ein Teil von Erin wünschte sich sehnlichst, dass Aiden es wenigstens versuchte. Was ihm zweifellos bewusst war.

Doch er tat es nicht. Stattdessen kniete er sich hin und zupfte das Unkraut, das er beim letzten Mal übersehen hatte, aus der Erde. Dann ging er zum anderen Ende des Gartens und zupfte dort noch mehr Unkraut weg. Anschließend schnappte er sich den Spaten und begann, die Erde umzugraben. Erin beobachtete ihn dabei eine Zeit lang, dann hockte sie sich ebenfalls hin, um sich derselben Aufgabe zu widmen.

„Da wachsen Blüten", sagte Aiden, ohne Erin anzuschauen. „In einem Monat siehst du die ersten Tomaten. Jedenfalls die grünen."

Und was wird aus unserer Liebe? Meinst du, sie ist in einem Monat wieder so wie immer? hätte Erin ihn am liebsten gefragt. Ist in einem Monat wieder alles in Ordnung?

Sie arbeiteten lange schweigsam und nebeneinander im Garten; alle paar Minuten gab Aiden so etwas wie: „In ein paar Wochen kannst du vermutlich kleine Karotten ernten." Oder: „Du musst dafür sorgen, im Herbst wieder hierher zurückzukehren – die Melonen und Kürbisse kommen erst spät, doch das wirst du sicher nicht verpassen wollen." Schließlich sagte er, auf dem Absatz kauernd: „Erin, warum duschst du nicht schon, während ich das hier zu Ende bringe, und anschließend fahren wir zu Luke, damit wir uns das Baby angucken können."

„Ich will das Baby unbedingt sehen. Aber ist es richtig, Zeit mit dir zu verbringen? Sollten wir uns nicht lieber einfach aus dem Weg gehen, bis alles geregelt ist?"

Aiden schüttelte den Kopf und lächelte. „Das ist schon okay. Mir ist klar, dass du enttäuscht bist und dir vielleicht auch ein bisschen Sorgen darüber machst, was noch kommen mag. Dennoch glaube ich, du bist bei mir sicher aufgehoben. Ich werde nicht probieren, dich aus dem Konzept zu bringen – ich will dir das Gefühl geben, dass du alles unter Kontrolle hast." Dann verfinsterte sich Aidens Blick, und er wandte sich einen Moment von ihr ab.

„Was ist?", erkundigte sie sich.

Schließlich betrachtete Aiden sie kopfschüttelnd. „Ich kann mir nicht erklären, woher sie wusste, wer du bist und wo du wohnst. Ich habe in ihrer Gegenwart kein Wort darüber verloren und ihr nur mitgeteilt, dass sie auf dem Grundstück meines Bruders nichts zu suchen hat. Und ohne mich vorher zu fragen, hätte ihr aus meiner Familie ebenfalls niemand etwas verraten. Ich kann mir also wirklich nicht erklären, woher sie von dir wusste."

„Sie hat es mir nicht gesagt", erklärte Erin. „Und ich habe sie nicht danach gefragt."

„Es wird schon irgendwann herauskommen", erwiderte er. „Los, geh, Liebling – ab unter die Dusche, und dann fahren wir runter ins Tal. Es gibt nichts Schöneres als ein kleines Baby anzuschauen. Es lenkt einen von allen trüben Gedanken ab …"

Aiden Riordan öffnete die Tür von Lukes Haus, schubste Erin hinein und rief: „Erin ist zu Besuch. Ich bin draußen bei Luke und Art."

Erin fand Shelby auf dem Sofa sitzend vor. Shelby war gerade dabei, Babykleidung aus einem Wäschekorb zu fischen und in winzigen Stapeln zusammenzulegen. Sie strahlte Erin an. „Na, hallo! Welch eine nette Überraschung!“

In der Küche war Maureen Riordan damit beschäftigt, Plätzchen von einem Backblech runterzunehmen. Rosie stand auf einem Stuhl und spielte mit einer Handvoll Teig Knetgummi. Die Kleine war von oben bis unten mit Mehl bestäubt – an den Händen, im Gesicht, ihre gesamte Kleidung. Im ganzen Haus duftete es wundervoll nach frisch gebackenen Plätzchen.

Maureen lächelte und sagte: „Hallo, Erin, wie geht's?“

„Danke, gut“, antwortete Erin. Sie überreichte Shelby ein Geschenk. „Eine Kleinigkeit für das Baby.“

„Brett schläft“, erklärte Rosie. „*Endlich!*“

„Macht er viel Krach?“, wandte sich Erin an Rosie.

Energisch schüttelte die Kleine den Kopf. Dabei wippten ihre roten Locken auf und ab. Sie erinnerte Erin so sehr an Marcie als kleines Mädchen. „Nein! Er *schreit*!“

Shelby lachte nur. „Na ja, er ist ein Junge. Was erwartest du da?“ Shelby nahm das Geschenk in die Hand. „Das ist einfach zu nett von dir. Was ist es denn?“

„Nichts Großes. Wirklich. Ich war shoppen, und immer wieder landete ich bei Babysachen – bei meiner Schwester ist es nächsten Monat so weit, und ich war gerade dabei, den Laden für ihren kleinen Jungen leer zu kaufen. Ich bin in einen totalen Kaufrausch geraten“, erzählte sie. „Wenn das Baby kommt, muss ich eine große Kiste nach Chico mitnehmen.“

„Wann wird das sein“, fragte Shelby.

„In der dritten Augustwoche.“

„Du freust dich sicher schon sehr!“ Shelby packte ein paar Strampler aus und winzige kleine Schühchen. „Oh Erin, wie süß! Danke!“ Aus dem Nebenzimmer ertönte Geschrei, und Shelby neigte den Kopf. „Nun, das gilt mir. Ich windele ihn, und dann bringe ich ihn gleich hierher.“

„Meine Enkelin und ich gehen jetzt, nachdem die Plätzchen fertig sind, runter zum Fluss“, verkündete Maureen. „Wir sehen uns später“, fügte sie noch hinzu.

Shelby kehrte nach wenigen Minuten mit einem winzigen, in Windel gewickelten Bündel mit einem leuchtend rosa Gesichtchen zurück. Das Baby wimmerte und quietschte in ihren Armen, aber sie sagte: „Hier. Halte ihn mal ein paar Minuten, bis ich ihn füttere.“

„Oh … ich kann nicht … er ist so winzig … bist du sicher?“

„Ganz einfach so“, erklärte Shelby und platzierte das Baby in Erins Armen. „Drück ihn an dich und wiege ihn ein bisschen hin und her. Oder auf und ab. Sie mögen körperliche Nähe und Bewegung sehr gerne.“ Shelby lächelte. „Du musst üben – du wirst demnächst Tante.“

Erin fühlte sich zunächst etwas ungeschickt, allerdings dauerte es nicht lange, und sie genoss das Gefühl, ein Baby zu halten und es sanft gegen die Brust zu drücken. Ihr gefielen der Babygeruch und das vielsagende kleine Lächeln, die kleine Faust, mit der sich der kleine Junge aus den Decken freigekämpft hatte und die er nun in den Mund zu stecken versuchte. Erin fragte Shelby nach der Geburt, nach den Schlafgewohnheiten und Essenszeiten des Babys und wie Luke und Art mit ihm klarkamen. Nach ein paar Minuten sorgte das Schreien des Babys dafür, dass Shelby ihn Erin abnahm. „So“, meinte Shelby, „ich füttere ihn.“

Erin erhob sich. „Ich gehe kurz raus …“

„Mach dich nicht lächerlich. Bleib hier. Außerdem würde ich gerne mit dir reden.“

Sie hielt das Baby auf dem Schoß, während sie sich aufs Stillen vorbereitete. Und als sie den Kleinen angelegt hatte, schaute sie Erin an. „Ich habe keine Ahnung, ob es angemessen ist, Erin, doch ich wollte etwas zu der Sache mit Aidens Exfrau sagen. Wie schrecklich für dich.“

„Kennst du sie?“

„Bis sie hier aufkreuzte, hatte ich sie noch nie gesehen“, erwiderte Shelby und schüttelte den Kopf. „Luke hatte sie vor langer Zeit einmal erwähnt – aber sie entsprach so überhaupt nicht dem, was ich erwartet hatte. Luke hatte sie als eine echt heiße Nummer mit ungefähr fünfzehn verschiedenen Persönlichkeiten beschrieben. Die Frau, die vor mir stand, war hübsch, wirkte aber sehr … weltfremd? Ich glaube, sie ist ein bisschen zu niedlich, um so eine Geschäftsfrau zu sein, die sich einen teuren Wagen leisten kann. Doch ich war vielleicht ein bisschen zu abgelenkt. Meine Wehen hatten begonnen, und ich hatte es noch niemandem verraten. Ich wollte nicht verpassen, was passieren würde."

„Und was geschah dann?"

„Nicht viel. Meine Wehen wurden ziemlich offensichtlich. Aiden hat ihr mitgeteilt, dass er mit ihr in Kontakt bleiben wollte, um die Scheidung zu regeln, und ihr befohlen, das Grundstück zu verlassen. Ich kenne Aiden jetzt schon eine ganze Weile – und ich muss sagen, dass ich ihn nie zuvor so wütend erlebt habe. Sogar Maureen meinte, dass sie ihn noch nie so erlebt hat – er war wie versteinert. Annalee heulte und bettelte, und er sah ihr direkt in die Augen und erklärte ihr, dass er ihr die Nummer nicht abkaufen würde." Shelby schüttelte den Kopf. „Sie muss für Aiden ein sehr schlimmer Mensch sein, wenn er so auf sie reagiert. Von allen Riordan-Männern ist er der netteste. Luke ist der am schnellsten aufbrausende von allen, denke ich. Aber selbst Luke benimmt sich Frauen gegenüber sehr umsichtig. Guck dir einfach mal nur an, wie sie ihre Mutter behandeln …"

Nach einem kurzen Augenblick meinte Erin: „Nun, acht Jahre sind eine lange Zeit. Vielleicht hat sie sich geändert."

„Falls sie sich geändert hat, ist es sicher kein Problem, dass Aiden die Scheidung, von der er dachte, dass er sie bereits seit acht Jahren hinter sich hätte, wieder aufzurollen. Falls sie sich wirklich geändert hat, sollte sie sich kooperativ und erfreut darüber zeigen. Vor allem, weil Aiden ihr klipp und klar gesagt hat, dass er nur die Scheidung will und sonst nichts."

Unkooperativ, ertönte es in Erins Kopf. Uneinsichtig, wie der Anwalt Aiden mitgeteilt hatte. Eine nicht existente Telefonnummer. Das klang nicht nach einer Frau, die ihre Scheidung unkompliziert und problemlos klären wollte.

„Sie hat mich besucht", hörte sich Erin sagen. „Sie war, wie du sagst, harmlos. Sehr schön und unschuldig. Sie bat mich, ihr den Ehemann zurückzugeben."

Shelby schnappte nach Luft. „Was um alles in der Welt hast du denn darauf geantwortet?"

„Dass ich ihren Mann nicht als meinen Besitz betrachte. Allerdings lässt die Geschichte, die sie mir aufgetischt hat, Aiden wie einen Lügner dastehen. Wie jemand, der Frauen schlägt. Sie sagte, dass sie lange zusammengelebt hätten und immer Kontakt zueinander gehabt hätten."

Shelby schüttelte zuversichtlich den Kopf. „Nun, da weder seine Mutter noch seine Brüder in San Diego gewohnt haben, kennt nur Aiden die Wahrheit. Aber Frauen schlagen? Aiden doch nicht. Ich habe es Aiden zu verdanken, dass Luke und ich eine ziemlich harte Zeit überstanden haben. Wir hatten uns getrennt – Luke war so davon überzeugt, dass ich viel zu jung für ihn sei und dass ich es, wenn wir uns offiziell aneinander bänden, eines Tages bereuen würde. Ich flog nach Maui, um meine Wunden zu lecken, und Aiden, den ich noch nie vorher getroffen hatte, kam zu mir auf die Insel, weil er mit mir sprechen und erklären wollte, weshalb Luke sich so vorsichtig verhielt. Luke hatte Angst, verletzt zu werden. Ich liebe Aiden. Alle in der Familie stützen sich auf ihn." Sie zog eine kleine Grimasse. „Ich frage mich zum ersten Mal, ob Aiden auch jemanden hat, auf den er sich stützen kann?"

Unwillkürlich musste Erin lächeln. „Er hängt sehr an seinen Brüdern. Und wenn ich es richtig verstanden habe, sind sie immer für ihn da."

„Ich glaube, das stimmt. Sie stehen sich wirklich ziemlich nahe." Dann lachte Shelby. „Das Lustige ist, dass sie sich zwar gegenseitig den Rücken stärken, sich aber über unwichtige, blöde Kleinigkeiten streiten wie ein Haufen kleiner Jungen."

„Weiß du, was Aiden und mich verwirrt? Er sagte, dass er sich nie mit dieser ... Annalee über uns unterhalten hat. Woher wusste sie dann von mir? Und wo sie mich finden kann?"

„Das ist tatsächlich ziemlich merkwürdig. Niemand hat ihr verraten, wo Aiden ist, nur dass er nicht hier ist."

„Das macht mich echt fertig", entgegnete Erin.

„Hm, Erin – Aiden kam erst spät vormittags nach Hause und trug einen Smoking. Ich vermute, du hättest auch angenommen, dass das etwas mit einer Frau zu tun hat und nicht mit einem gemütlichen Jungsabend im Pub."

„Wahrscheinlich", stimmte Erin zu. „Dennoch – es deutet nur ganz allgemein auf eine Frau hin. Doch noch lange nicht auf mich."

„Sie muss einen Weg gefunden haben, herauszufinden, welche Frau dahintersteckt", mutmaßte Shelby. „Aber von uns hat dich keiner erwähnt." Shelby nahm das Baby hoch und tätschelte seinen Rücken. „Ich hoffe, es ist bald vorbei, damit Aiden den Sommer wieder genießen kann."

„Ich auch", erwiderte Erin. „Marcies Baby kommt am zwanzigsten August. Und ich fahre ein paar Tage vorher nach Hause. Das heißt, uns bleibt noch ein Monat, allerdings habe ich das Gefühl, dass es nicht so einfach wird."

Es war nicht einfach nur ein kleiner Besuch. Erin blieb auch noch zum Abendessen bei Luke und Shelby. Am ausgezogenen Esszimmertisch nahm die ganze Familie Platz, um sich ein hauptsächlich von Maureen und Luke zubereitetes Abendessen schmecken zu lassen. Zehn Personen saßen essend und scherzend um den großen Tisch herum und verspeisten ein sommerliches Mahl aus Rippchen, Bohnen, Weißkohl- und Kartoffelsalat. Erin wurde von den gutmütigen Sticheleien nicht ausgenommen. Man zog sie wegen ihrer Restaurierung per E-Mail auf, und dass Erin darauf bestanden hatte, die Ferien erst dann in der Hütte zu verbringen, wenn sie in eine nagelneue, kuschelige Blockhütte verwandelt worden war. Und Erin *genoss* die familiäre Atmosphäre! Außer bei ihrer Schwester und ihrem Bruder hatte sie sich vorher noch nie so wohl gefühlt.

Es dauerte nicht lange, bis Erin sich entschieden hatte, dass Aiden entweder der talentierteste Lügner des Universums und seine Familie eine Familie von grandiosen Lügnern war oder ein wirklich aufrechter Kerl. Denn so viele Menschen konnten sich unmöglich irren. In ihrem Herzen spürte Erin, dass Letzteres der Fall war.

Als Aiden sie später nach Hause fuhr, zog Erin ihn in die Hütte. „Bist du dir absolut sicher?", fragte er. „Denn ich will nicht reinkommen, solange du irgendwie an mir zweifelst. Ich würde lieber warten, bis du davon überzeugt bist, dass ich auch ganz bestimmt die Wahrheit sage. Ich werde warten, bis ich es dir beweisen kann."

„Aiden, diese Frau hat mich wirklich aus der Fassung gebracht", erklärte Erin, die es nicht über sich brachte, Annalees Namen auch nur auszusprechen. „Und da es einmal eine Zeit gegeben hat, wo sie deine Welt tatsächlich mal auf den Kopf gestellt hatte, musst du verstehen …"

„Vertrau mir", bat Aiden. Sein Lachen klang nicht fröhlich.

„Du hast die tollste Familie der Welt, doch sie ziehen einen wirklich unbarmherzig auf. Ich denke nicht, dass sie dich decken würden. Jedenfalls nicht lange."

„Und das hat dich überzeugt? Nicht ich?"

„Es liegt nicht nur an deiner Familie, sondern auch an der Art und Weise, wie du mit deiner Mutter umgehst. Ich habe eine Kollegin in der Kanzlei, die schon über sechzig ist. Sie empfiehlt immer, dass man sich einen Mann danach aussuchen soll, wie er seine Mutter behandelt, und bei einer Frau darauf achten soll, wie sie von ihrem Vater behandelt wird."

„Interessant", meinte er und dachte darüber nach.

„Das Ding ist einfach, dass ich einen Großteil meines Lebens mit Verlusten klarkommen musste. Oh, glaube jetzt bloß nicht, ich jammere – ich bin ziemlich stolz auf mein Leben, aber es gab eben eine Menge Verluste. Erst meine Mutter, dann mein Vater und nun meine ‚Kinder', die flügge geworden sind. Und dann hat mich noch ein weiterer, subtilerer Verlust geprägt – meine Kindheit, meine Jugend, diese Jahre beim Jura-Studium, in denen sich so viele Männer und Frauen aneinandergebunden haben, um gemeinsam durchzukommen, während ich immer schnell nach Hause eilte, damit sich um alles gekümmert wurde – dass Drew zum Fußball kam, Marcie zum Training der Cheerleader, dass die Hausaufgaben gemacht wurden … und in all den Jahren, bis zu diesem Sommer …" Erin rieb sich mit den Händen über die Arme. „… hatte ich mich nie verliebt. Bis jetzt." Sie schüttelte den Kopf. „Ich will das jetzt nicht verlieren." Sie blinzelte eine Träne weg. „Doch wenn ich mich in dir geirrt habe, wird es richtig wehtun."

„Ich enttäusche dich nicht, Erin." Aiden fuhr mit dem Finger über ihren Wangenknochen bis zu ihrem Kinn, dass er gerade soweit anhob, dass er ihr in die grünen Augen schauen konnte. „Ich würde dir gerne versprechen, dass dich in deinem Leben niemand mehr verletzten wird, dass du keine Verluste oder andere schwere Schläge erleiden musst." Er schüttelte kaum merklich den Kopf. „Du weißt allerdings selbst, dass niemand dazu in der Lage ist. Trotzdem kann ich dir ein paar Dinge versprechen. Als meine Frau wirst du in Zukunft nie mehr alleine mit Schwierigkeiten klarkommen müssen. Selbst falls mir etwas zustoßen sollte, werden unsere beiden Familien für uns da sein. Die Riordans sind zwar ziemlich streitlustig, doch sie sind immer füreinander da. Und für ihre Familien."

„Frau?"

„Natürlich Frau. Wenn ich diese rechtlichen Komplikationen gelöst habe, was bereits angeleiert ist, und wenn du dazu bereit bist.“ Er lächelte zärtlich. „Dann musst du natürlich Ja sagen.“

Die Antwort kam sofort. „Ja. Natürlich ja.“

Aiden küsste sie. Der Kuss begann sanft und behutsam und verwandelte sich in einen leidenschaftlichen, heißen, langen Kuss, der Erin schier den Atem raubte. Aiden lächelte.

„Du meintest, du könntest mir ein paar Dinge versprechen …“

Er grinste und gab ihr einen weiteren Kuss. „Unsere Kinder werden so gut wie sicher grüne Augen haben.“

Aiden spürte, wie sich die Matratze senkte. Es roch nach frischem Kaffee. Er öffnete ein Auge, um die Liebe seines Lebens anzusehen, die ihm einen Becher Kaffee entgegenstreckte. Er lächelte faul und fragte: „Bis du sicher, dass es schon Zeit zum Aufstehen ist? Denn ich bin völlig erledigt.“

„Klar bist du das“, erwiderte sie. „Denn du bist sexbesessen. Ich bin auch ziemlich müde. Also, Herr Doktor, erklären Sie mir mal – werden wir irgendwann zusammen schlafen und dennoch genug Schlaf bekommen? Denn wenn wir so weitermachen, werden wir jung sterben.“

Er lachte, rang sich zu einer sitzenden Position durch und griff nach dem Becher. Er trank einen Schluck. „Mein Vater sagte immer, dass man einen Krug, in den man im ersten Jahr für jedes Mal Sex haben eine Bohne hineinfüllt und aus dem man in den Jahren danach jedes Mal nach dem Sex eine Bohne entnimmt, niemals ganz leer bekommen wird.“

Erin nippte an ihrem Kaffee. „Hmm, ich weißt nicht, ob ich das für eine gute oder schlechte Nachricht halten soll …“

„Weshalb bist du eigentlich schon so früh auf?“

„Es ist gar nicht mehr so früh, Aiden. Es ist acht. Und ich bin auf, weil ich noch eine Menge vorhabe. Zum Beispiel – Sean und Franci werden doch in wenigen Tagen nach Alabama aufbrechen. Könnten wir sie da nicht vorher noch mal zum Abendessen hierher einladen? Kannst du nicht der ganzen Familie Bescheid geben und mir beim Kochen helfen? Wäre es in

Ordnung, wenn Luke und Shelby das Baby mitbringen? Ist es alt genug?"

„Ja", antwortete Aiden lachend. „Ja zu allem, was du sagst – außer dass du sie selbst einladen kannst. Komm einfach nachher mit zu Luke. Nächster Punkt?"

„Ich muss nach Chico zurück, bevor Marcies Baby kommt. Wie machen wir das? Wo bist du dann?"

Nachdenklich trank Aiden einen Schluck Kaffee. „Ich vermute, ich bin dort, wo auch immer du mich haben möchtest ..."

„Chico?"

Er zuckte die Achseln. „Würde ich mich dir zu sehr aufdrängen, wenn ich meinen Headhunter bitten würde, zu schauen, ob man in der Gegend von Chico nach einem guten Gynäkologen sucht?"

Erin stieß einen beruhigten Seufzer aus. „Würdest du das tun? Denn meine Familie lebt da. Außer Drew – aber der ist dort aufgewachsen. Er könnte wieder zurückkommen, wenn er mit der Facharztausbildung fertig ist."

Aiden stellte seinen Becher auf dem Nachttisch ab und streckte die Hände nach ihr aus. „Einzelheiten, Liebling. Einfache kleine Einzelheiten, und wir haben jede Menge Zeit."

„Aber was, wenn dir Chico nicht gefällt?", fragte sie ihn und runzelte die Stirn.

„Bist du dort? Denn ich will da sein, wo du bist. Wenn du da bist, gibt es da genug, das mir gefällt."

„Das sagst du jetzt, doch ..."

Aiden schüttelte den Kopf. Er nahm Erin die Kaffeetasse aus der Hand, stellte sie beiseite und sagte: „Erin, diese Art von Meinungsverschiedenheiten wird es nicht geben. Ich suche seit Jahren nach der Richtigen, und du bist die Richtige. Du hast dein Leben lang in dieser Stadt gelebt, dir eine Karriere aufgebaut. Sehe ich aus wie ein Blödmann, der es riskieren würde, dich wegen so etwas Unwichtigem, wie wo wir wohnen werden, zu verlieren?"

„Aber was, wenn du dort keine Arbeit findest?"

„Gott, du denkst dir die Probleme regelrecht herbei. Wenn es dort keine gibt, wird sich etwas in der Nähe finden lassen. Und falls das auch nicht klappt, eröffne ich eben eine eigene Praxis."

„Wirklich?"

„Wirklich ... es wird alles ganz wunderbar werden. Wir haben eintausend Gründe, dafür zu sorgen, dass es funktioniert."

„Zumindest einen Krug voll", erwiderte sie lächelnd.

„Lass uns duschen und dann auf dem Weg zu Luke bei Jack frühstücken", schlug er vor. „Während der Fahrt und auch beim Frühstück können wir die ganze Zeit reden, und wenn du willst, den ganzen Tag lang. Aber zuerst duschen." Er berührte ihre Nasenspitze. „Während des Duschens wird nicht gesprochen ..."

„Wollen wir noch eine weitere Bohne in den Krug legen ...?", fragte sie.

„Würde mich nicht wundern ..."

Anderthalb Stunden später betraten sie Hand in Hand Jacks Bar. Statt sich wie üblich an den Tresen zu setzen, steuerte Aiden lieber einen Tisch an, weil sie so vieles zu bereden hatten. Erin löcherte ihn mit Fragen darüber, wie er sich seine Hochzeit vorstellte. Sie wollte mit Aiden Dinge wie seine religiösen Ansichten besprechen, denn sie selbst hatte sich schon vor langer Zeit von ihrer Kirche abgewandt. Als sie jung war, so gestand sie ihm, hätte sie Brautfantasien gehabt, aber seitdem hatte sie so viele nervenaufreibende große Hochzeitsfeiern gesehen, dass es ihr nicht länger wichtig erschien. Und ob Aiden sich schon Gedanken gemacht hatte, wo ihr Zuhause sein sollte? Denn sie hatte ihr Leben lang in ihrem Haus gewohnt und war sich nicht sicher, wie sie auf Veränderungen reagieren würde. Ob sie etwas Neues als Erleichterung empfinden oder es ihr schwerfallen würde, sich an etwas anderes zu gewöhnen. Das einzige Thema, über das sie nicht sprachen, war das unmittelbarste – Annalee. Als Anwältin wusste Erin ganz genau, dass man außer abwarten wenig unternehmen konnte, sobald die Maschinerie einmal in Gang gesetzt worden war.

Trotz allem gelang es ihnen, Kaffee und ein paar Rühreier zu bestellen, die Jack ihnen Minuten später dampfend auf Tellern servierte. „Hier, ihr beiden. Sag mal, Aiden – hast du deine Cousine schon gesehen? War es ein netter Besuch?“

Aiden sah ihn irritiert an. „Cousine?“

„Ein kleines blondes Mädchen – Anna irgendwas … Sie sagte, sie sei kaum bei Luke angekommen, da seien alle ins Krankenhaus verschwunden.“

Aiden stieß sich vom Tisch ab. „Scheiße.“ Er schüttelte den Kopf. „War sie seitdem noch einmal hier?“

Jack schüttelte den Kopf. „Nicht dass ich wüsste. Stimmt was nicht?“

„Das war nicht meine Cousine, Jack. Sondern meine Exfrau. Sie ist unangekündigt hier aufgetaucht, hat einen Riesenwirbel veranstaltet und Probleme verursacht. Es hat sich nämlich herausgestellt, dass unsere Scheidungspapiere vor acht Jahren nicht ordnungsgemäß ausgefüllt und eingerichtet worden waren. Deshalb müssen wir das alles noch einmal machen, und sie zeigt sich nicht wirklich kooperativ. Sie kreuzte sogar bei Erin in der Hütte auf, während ich nicht da war. Und ich kann mir gar nicht erklären, woher …“

„Mist“, entfuhr es Jack. „Das war ich. Ich habe ihr geglaubt. Und ich habe ihr auch Erins Namen verraten, als sie sich nach deiner Freundin erkundigt hat. Gott, das tut mir leid, Erin.“

Aber Erin sah ihn nur mit großen erschrockenen Augen an. „Ich weiß jetzt auch, wie sie mich gefunden hat. Ich war durch die Dinge, die sie gesagt hat, so aus dem Konzept, dass ich es total vergessen hatte. Eine Frau vom Paketdienst hatte angerufen, weil sie ein Päckchen für mich hätten, das jedoch unleserlich adressiert war.“ Sie schluckte. „Eine Lieferung ist allerdings nie bei mir eingetroffen.“

14. KAPITEL

Aiden und Erin verließen Jacks Bar und fuhren zu Luke, wo sie Luke und Shelby, Franci und Sean berichteten, was sie gerade über „Cousine" Annalee erfahren hatten.

Annalee war offensichtlich unglaublich clever, aber es war immer noch sehr unklar, worauf sie hinauswollte. „Ich weiß, dass es ihr nicht wirklich um mich geht, egal was sie behauptet", erklärte Aiden. „Ich bin mir ziemlich sicher, dass es sich um Geld dreht – Geld hat auch vor acht Jahren schon all unsere Probleme gelöst. Doch wie sie vorhat, es mir zu entlocken, ist mir ein echtes Rätsel."

Aiden erklärte, dass die Visitenkarte, die sie als Modeberaterin auswies, sie nicht weiterbrachte. „Das Unternehmen gibt es nicht. Auch keine Filiale, und die Handynummer funktioniert nicht. Ich bin nicht in der Lage, mich in dieses abwegige Hirn hineinzuversetzen, um vorauszuahnen, was als Nächstes kommt."

„Vielleicht rechnet sie genau damit", mutmaßte Sean. „Dass du es leid wirst, dauernd vorsichtig zu sein, nicht mehr richtig zu schlafen, und ihr einfach weitere Zehntausend bezahlst, damit du sie loswirst."

„Ich kenne jemanden, der sich in dieses Hirn versetzen kann", sagte Erin. „Ruf Ron Preston an und erzähle ihm die Neuigkeiten. Glaube mir, er hat die berüchtigtsten Scheidungsfälle bearbeitet. Und das, was Menschen, die sich kennen, sich gegenseitig antun können, ist wirklich unfassbar."

Aiden hatte nach dem Gespräch mit seinen Brüdern ohnehin vorgehabt, sich bei seinem Anwalt zu melden. Aiden wollte vorher einfach nur seine Familie informieren und sie vorwarnen.

Ron Preston schlug eine einstweilige Verfügung vor, die darauf basierte, dass Annalee Erin aufgesucht und bedroht hatte.

Es war allerdings unmöglich, eine solche einstweilige Verfügung zuzustellen, wenn der Verbleib der verdächtigen Person unbekannt war. „Wir geben das an das örtliche Sheriff's Department und alle Polizeireviere in Städten, die groß genug sind, um mehrere Beamte zu beschäftigen, weiter und benachrichtigen sie, dass eine einstweilige Verfügung vorliegt, die – wenn wir die Person ausfindig gemacht haben – übergeben werden soll. Bis dahin halten Sie Augen und Ohren offen und dokumentieren Sie alles, was Ihnen verdächtig erscheint, und halten Sie mich auf dem Laufenden. Sie hören von mir."

Aiden sorgte dafür, dass Ron Preston außer Erins Nummer in der Blockhütte auch Lukes Festnetznummer hatte. „Bei Luke ist immer jemand, der ans Telefon geht."

Ein Gutes hatte die Sache, denn nun waren auch die letzten, mikroskopisch kleinen Zweifel darüber, wer in diesem Fall der Lügner war, aus Erins Kopf verschwunden. Weil diese Bedenken nun völlig weggewischt waren, kündigte Erin den Riordans an: „Sobald diese Sache geklärt und erledigt ist und Aiden endgültig frei von rechtlichen Komplikationen, wollen wir heiraten. Wir sind uns noch nicht ganz im Klaren darüber, wann und wie, doch dass wir heiraten, steht fest."

Ihre Bekanntgabe wurde natürlich von Begeisterungsstürmen begleitet und löste die zuvor von Sorgen erfüllte angespannte Stimmung. Die Riordan-Familie kümmerte sich nun um die Planung und genoss die letzten gemeinsamen Tage vor Seans, Francis und Rosies Abreise. Erin, die sich schon vor ihrer Hochzeitsankündigung total willkommen gefühlt hatte, wurde sofort als Familienmitglied aufgenommen. Die Riordans umarmten sie, und Erin fühlte sich geliebt und beschützt.

„Ich finde es schade, dass ihr schon so bald, nachdem wir uns kennengelernt haben, wieder wegfahren müsst", meinte Erin zu Franci. „Es wäre schön gewesen, wenn wir mehr Zeit füreinander gehabt hätten."

„Wir werden noch jede Menge Zeit füreinander haben. Mach

dir da mal keine Gedanken. Da die meisten aus unserer Familie beim Militär waren oder sind, sind wir es gewöhnt, uns an Feiertagen und im Urlaub gegenseitig zu besuchen. Ich schlage vor, wir planen die großen Familientreffen schon im Vorfeld. Wir könnten uns zum Beispiel einen Ort am Strand für den Sommerurlaub aussuchen. Virgin River ist in der Weihnachtszeit fantastisch, und ich weiß, dass wir Shelby und Luke dazu überreden können, uns in den Hütten wohnen zu lassen."

„Die Idee gefällt mir", sagte Erin. Und selbst, falls wir dieses Durcheinander niemals lösen können, ich werde diese Familie lieben, dachte sie.

Luke und Sean schafften es, ein paar Picknicktische in Lukes Lieferwagen einzuladen, um sie für das große Abendessen mit der Familie zu Erins Blockhütte zu bringen. Aiden besorgte einen neuen, großen Gasgrill, den man im Schuppen verstauen konnte, wenn sie nicht da waren, aber er hatte keine Zweifel daran, dass man ihn im Laufe der Jahre noch häufiger benutzen würde. Als am Nachmittag Gewitterwolken aufzogen, brachten die Männer die Chaiselongue in den Schuppen und stellten dafür Picknicktische auf der Terrasse auf. Aiden grillte Lachs unter einem Schirm, und die ganze Familie aß draußen auf der überdachten Veranda, während der Sommerregen fiel.

Am nächsten Abend trafen sie sich bei Luke. Es wurde ein einfaches Buffet aufgebaut, weil Sean und Franci bereits dabei waren, ihre Sachen ins Auto zu laden und Maureen jede Sekunde, die ihnen noch blieb, mit Rosie verbringen wollte. Francis Mutter war aus Eureka gekommen, und Walt Booth und Muriel waren ebenfalls da.

Am nächsten Morgen, nachdem Seans SUV voll bepackt war, versammelte sich noch einmal die ganze Truppe, um sich zu verabschieden. Die Brüder schüttelten sich die Hände, dann umarmten sie sich. Erin und Shelby drückten Franci herzlich an sich.

Doch der Einzige, wegen dem Rosie weinte, war Art. Er ging vor ihr auf die Knie, um sie in den Arm zu nehmen, und bat sie, im Auto brav zu sein. Sie klammerte sich an ihn, während ihr die Tränen aus den Augen rannen. „Wirst du mich besuchen?", fragte sie ihn.

Art warf Luke einen Blick zu. „Werde ich sie besuchen?", wollte er von ihm wissen.

„Wahrscheinlich. Und Rosie wird dich besuchen. Sie kommen ganz bestimmt wieder."

Also sagte er zu ihr: „Ich besuche dich, Rosie, sei brav im Auto."

„Ich hab dich liep", sagte sie zu ihm. „Ich hab dich *liep*!"

Und Art antwortete: „Weil wir gute Freunde sind. Danke." Er presste das Mädchen einen Augenblick lang an sich und fügte hinzu: „Nicht angeln gehen ohne Sean!"

Das war ungefähr das Ende des Abschiedstreffens. Als Art schließlich wieder in seiner vollen Größe dastand, ging Sean mit ausgestreckten Händen auf ihn zu. „Ich werde dich vermissen, Art. Pass auf den neuen kleinen Kerl auf – Brett Lucas."

„Das mache ich, Sean", erwiderte Art und nickte.

Luke konnte nicht gut mit Gefühlen umgehen. Er ging schon mal zur Fahrertür des SUV und hielt sie Sean auf. „Lass es uns kurz machen – die Frauen heulen schon alle. Ich hasse Abschiede."

Sean lachte und umarmte Luke noch einmal kurz und kräftig. „Gib auf dich acht, Kumpel. Ich bin übers Handy erreichbar. Wir halten dich auf dem Laufenden mit unseren Fortschritten."

„Fahr einfach wie eine alte Frau. Mehr will ich gar nicht. Und jetzt haut ab!"

Maureen hatte sich bereits hundert Mal von ihren Söhnen verabschiedet, manchmal, als sie in den Krieg zogen, hatte sie sogar Lebewohl zu ihnen gesagt. Der Abschied war immer ein wenig hart, obwohl sie erwachsene Männer waren, die sich ihre Arbeit und ihr Leben selbst ausgesucht hatten, und obwohl Maureen wusste, dass sie machten, was sie wollten. Diesmal überfiel sie ihre Trennungsmelancholie, während sie Rosie küsste und wusste, dass es eine Weile dauern würde, bis sie sich wiedersahen.

Doch diesmal lehnte sie sich an George, als Sean und seine Familie sich in den Wagen setzten und langsam von Lukes Grundstück rollten. George umarmte Maureen und drückte sie tröstend an sich. Das war etwas, das sie ewig nicht mehr erlebt hatte – ein Partner, der ihren Schmerz über den Abschied linderte, wenn schließlich alles gesagt war und alle sich wieder ihrem eigentlichen Leben widmeten. Diesmal lag ein eigenes erfülltes Leben vor ihr, Liebe, Zuneigung, ein bester Freund und sogar Abenteuer, sobald sie sich selbst auf den Weg machten.

Maureen schluckte die aufsteigenden Tränen hinunter. „Nun. Jetzt sind sie weg. Ich backe noch ein paar Pfannkuchen für alle, die Lust haben. Außerdem habe ich frischen Kaffee aufgesetzt."

Von den vielen Abschieden, die sie in den vergangenen Jahren erlebt hatte, war dieser der leichteste und angenehmste für Maureen, weil sie George hatte. Mit George hatte sie ein Ziel. Es gab neue Orte zu entdecken, neue Menschen kennenzulernen und neue Erfahrungen, die auf sie warteten.

George war der Einzige, der wirklich bemerkte, dass ihre Stimmung weder glücklich noch traurig war, sondern gelassen und zufrieden. Er schlang einen Arm um ihre Taille, liebkoste ihren Hals und sagte: „Du siehst heute ganz besonders schön aus, Liebling."

„So fühle ich mich auch. Und das verdanke ich überwiegend dir."

Nachdem Sean, Franci und Rosie kaum zwanzig Minuten weg waren, meinte Art zu Luke: „Es ist Dienstag."

„Ich weiß, aber es ist noch nicht eins, Art. Wir fahren um kurz nach eins."

„Das weiß ich, Luke", erwiderte Art und schaute auf die Uhr an seinem Handgelenk.

Diese Uhr half Art in vielerlei Hinsicht – er fühlte sich selbstsicherer, und er kehrte immer pünktlich vom Angeln zurück, um seine Aufgaben zu erledigen. Er konnte nur den Stundenzeiger lesen, und manchmal verwechselte er auch die Zeiger und war sicher, es sei zwei Uhr, wenn es in Wirklichkeit erst zehn nach zehn war, doch das passierte nicht oft. Luke hatte nicht darüber nachgedacht, als er ihm eine Uhr mit Zeigern anstatt mit einer Digitalanzeige gekauft hatte, allerdings kamen sie immer besser damit zurecht.

Dienstag- und samstagnachmittags brachte Luke oder jemand anderes Art nach Fortuna, wo Art ein paar Stunden lang Netta besuchte. Der Begriff *Besuch* traf es nicht genau, weil die beiden nicht viel miteinander zu reden schienen. Bei den meisten Treffen ging Luke mit Art ins Haus, um Ellen und Bo Guten Tag zu sagen und um die beiden Frauen, die auch in diesem Haus lebten, zu begrüßen, wenn sie ebenfalls da waren. Sowie Luke davon überzeugt war, dass alles gut laufen würde, fragte er Ellen, ob es ihr etwas ausmachen würde, wenn er ein oder zwei Besorgungen erledigte.

„Kein Problem", entgegnete Ellen immer. „Art ist eine Wonne. Holen Sie ihn einfach pünktlich in zwei Stunden wieder hier ab."

Luke kehrte immer schon etwas eher zurück und wartete, bis Art so weit war, mit ihm nach Hause zu fahren. Wenn er sich dann mit Luke verabschiedete, sagte Ellen immer: „Wir sehen uns nächstes Mal um zwei Uhr. Nicht früher."

„Es ist Dienstag", stellte Art bestimmt zum x-ten Mal fest.

„Sag mir, wenn es ein Uhr ist, Art."

Um kurz vor eins ging Luke zu Shelby, um ihr einen Kuss zu geben. „Ich fahre nach Fortuna, Liebling. Brauchst du noch etwas aus dem Supermarkt?"

„Bring einfach mit, was du zum Abendessen haben willst", antwortete sie. „Und falls du zu Costco oder Walmart kommst, besorge noch ein paar Windeln und Feuchttücher."

„Wie sieht es aus, wenn ich nicht groß zum Einkaufen fahre? Hat der kleine Hosenscheißer noch Vorrat für ein paar Tage?"

„Ich komme schon klar", antwortete Shelby lachend. „Was machst du, wenn du nicht in den Supermarkt gehst? Sitzt du in Ellens Haus herum und wartest?"

„Nein, ich wollte mit Ellen und Bo über Art reden – ihre Meinung über seine Heiratspläne einholen. Art bringt mich noch zum Trinken."

„Tu das", riet Shelby ihm. „Seid ihr heute nicht ein bisschen früh dran?"

„Art sitzt schon im Wagen, Shelby", erklärte Luke ein bisschen resigniert. „Als ich Art einlud, bei uns zu wohnen, hatte ich keine Ahnung, worauf ich mich da einlasse."

Shelby lachte ihn bloß aus.

Ihre Routine an Besuchstagen sah so aus, dass sie um kurz nach eins Virgin River verließen und in die Stadt fuhren. Dann gingen sie zu Mc Donald's – worauf sich Art beinahe ebenso sehr freute wie aufs Angeln, den Besuch bei Netta und Einkaufen. Auf dem ganzen Weg nach Fortuna sagte Art in einer Tour: „Netta will eine Braut sein."

„Keine gute Idee, Kumpel", erwiderte Luke. „Ich glaube, ihr seid noch zu jung dafür."

„Aber Netta will eine Braut sein ..."

Als sie schließlich mit dem Mittagessen fertig waren und getankt hatten, war es fast zwei, und sie konnten sich auf den Weg zu Netta machen. Art schaute fast die ganze Zeit auf die Uhr, dann stieg er aus und verkündete: „Zwei Uhr!" Es erstaunte Luke, dass Art ihn, wenn er sich doch der Tageszeit so bewusst war, den ganzen Tag nerven musste. Doch was Luke wirklich überraschte, war, dass Art es tat, ohne in Luke das Gefühl wachzurufen, am liebsten von der Klippe springen zu wollen. Denn Luke war in beinahe allen anderen Situationen ungeduldig und leicht in Rage zu bringen.

Ellen öffnete die Tür, begrüßte sie und ließ sie eintreten. Art stand in der Haustür, bis Ellen ihm sagte, wo er Netta fand. „Netta ist im Garten, Art. Ich glaube, sie gießt die Blumen mit dem Schlauch. Geh mal nachsehen." Und dann verschwand er lächelnd. „Müssen Sie heute einkaufen, Luke?"

„Ich wüsste gerne, ob wir ein paar Dinge besprechen können", sagte Luke. „Falls Sie etwas Zeit haben."

„Klar. Wie wäre es mit Tee oder Mineralwasser?"

„Haben Sie eine Cola?"

„Bringe ich gleich. Setzen wir uns doch ins Wohnzimmer. Ich bin mir sicher, Art und Netta kommen auch ohne uns zurecht, und die anderen Mädchen gucken gerade ihren Lieblingsfilm."

Sie schenkte sich Eistee in ein Glas und reichte Luke ein Glas mit Eiswürfeln und eine Dose Cola. „Wie geht es Ihnen mit dem Baby?", fragte sie, in ihrem Lieblingssessel sitzend.

„Wunderbar. Wenn es einem gefällt, angepinkelt und vollgekotzt zu werden und man ansonsten keinen Schlaf braucht." Dann grinste Luke und nahm Ellen gegenüber Platz. „Es scheint so, als ob ich das eigentlich alles sehr gerne mag. Das Baby ist schon etwas Besonderes."

Sie lachte. „Wie kommt Art mit dem Baby zurecht?"

„Er ist sehr behutsam. Er stört das Baby nie, es sei denn, er glaubt, es stimmt etwas nicht. Art hat ein sehr empfindliches Gehör. Krach scheint ihm etwas auszumachen. Wenn der Kleine sehr viel schreit, teilt uns Art das sofort mit, selbst wenn wir danebenstehen und versuchen, das Baby zu beruhigen. Shelby kann mit dem Baby herumwandern, es schaukeln, wiegen, ihm etwas vorsingen, und Art sagt: ‚Shelby, das Baby schreit.'"

„Es ist wahrscheinlich die Unordnung, die ihn stört", mutmaßte Ellen lachend. „Das ist wirklich etwas, auf das Art Wert legt. Seine Alltagsroutine gibt ihm vermutlich den größten Halt. Außer Ihnen und Ihrer Frau natürlich. Ist Ihnen das noch nicht aufgefallen?"

Luke lehnte sich auf dem Sofa zurück. „Nun, falls seine tägliche Alltagsroutine ihm Halt gibt, warum erzählt er mir dann beinahe jeden Morgen als Erstes, welcher Tag ist – Dienstag oder Sonntag? Bestimmt fünfzig Mal am Tag, selbst wenn ich ihm längst gesagt habe, dass ich es weiß."

„Er will es wahrscheinlich nicht vergessen. Oder dass *Sie* es vergessen. Es ist ihm sehr wichtig."

„Hmm. Aber manchmal geht er angeln – obwohl es nicht geplant war ..."

„Ich wette doch. Ich denke, irgendetwas daran gehört zu seiner Routine – wenn er zum Beispiel seine Aufgaben erledigt oder sein Frühstück beendet hat oder so. Ich meine, jeder ist zwar verschieden, aber die meisten geistig behinderten Erwachsenen kommen am besten zurecht, wenn sie Dinge aus Gewohnheit machen. Die Mädchen wissen zum Beispiel, dass man sich nach dem Duschen abtrocknet, dann den BH anzieht, dann den Slip, sich dann die Haare föhnt, dann die Kleider anzieht und zum Schluss die Schuhe. Eines meiner Mädchen wurde der Blinddarm entfernt, und wir wollten, dass sie ihren Schlafanzug anbehält und sich wenigstens einen Tag lang auf die Couch legt, wenn sie schon nicht im Bett bleiben wollte. Doch das ist einfach nicht *passiert*. Ich dachte, es würden die Fetzen fliegen. Wir einigten uns dann auf die Zuhause-Kleider – einen Jogginganzug – und wiederholten immer und immer wieder, bis ich es beinahe im Schlaf konnte: „Nichts heben!"

„Tatsächlich?", fragte Luke. „So einfach?"

Sie lachte. „Einfach? Also bis es schwierig wird. Manchmal raubt mir so etwas den letzten Nerv."

Luke neigte sich nach vorne und stützte sich mit den Ellbogen auf den Knien ab. „Hören Sie, eine Sache beunruhigt mich wirklich sehr. Art spricht immer wieder davon, heiraten zu wollen. Ich bin zwar einer Meinung mit Ihnen – wer sind wir, ihnen Liebe und Zuneigung zu verweigern? Aber Art und Netta? Verheiratet?“ Luke schüttelte den Kopf. „Ich halte das für keine gute Idee. Jemand müsste sich um die beiden kümmern. Art wird niemals komplett unabhängig sein können. Er kommt zwar großartig klar, wohnt sogar in seiner eigenen Hütte nebenan, hält alles blitzblank sauber, kann sich sogar selbst etwas zu essen machen, wenn es einfach zuzubereiten ist, aber ...“

Ellen betrachtete ihn stirnrunzelnd. „Luke, sind Sie sich da sicher? Netta hat nicht erwähnt, dass sie heiraten will.“

„Art wird nicht aufhören, davon zu sprechen. Das kann ich Ihnen sagen.“

„Ich wette, das ist eines dieser typischen, wörtlichen Dinge. Kommen Sie, wir fragen sie“, sagte sie und stand auf.

„Einfach so? Fragen?“

„Wir bekommen vielleicht keine Antwort, trotzdem können wir fragen. Lassen Sie Ihr Getränk hier, wir sind gleich wieder zurück.“ Sie führte ihn durchs Haus nach draußen.

Netta goss immer noch die Blumen, und Art stand neben ihr, die Hände in den Hosentaschen, und wirkte quietschvergnügt.

„Art? Ich habe eine Frage. Hast du gesagt, du willst heiraten?“, erkundigte sich Ellen.

„Ich fahre kein Auto?“, antwortete er achselzuckend.

„Ich will die Braut sein“, erklärte Netta sofort, ohne jemanden anzusehen.

„Das weiß ich“, sagte Ellen lachend. „Ich weiß, ich weiß, ich weiß. Aber möchtest du heiraten?“

Netta betrachtete sie und runzelte verunsichert die Stirn.

„Netta, möchtest du hier wohnen und in der Bäckerei arbeiten?“ Und Netta antwortete, dass sie das wollte. „Und Art? Willst du bei Luke und Shelby wohnen?“

Art wirkte einen Moment lang in Panik. Er warf Luke einen flehenden Blick zu. „Ich habe mein eigenes Haus, Luke. Ich helfe dir."

„Das tust du absolut. Du lebst bei uns, du hilfst uns, und du angelst im Fluss. Du scheinst eine Menge Fische zu fangen – das wissen wir zu schätzen."

Art entspannte sich zusehends.

„Ich möchte die Braut sein", wiederholte Netta und duschte die Blumen mit dem Schlauch ab. „Ich möchte eine Hochzeit machen."

„Du arbeitest so toll in der Bäckerei, Netta. Danke für das Blumengießen. Deine Lieblingsshow – alles über Hochzeiten – gibt es am Donnerstag im Fernsehen. Wollt ihr beide eine Kleinigkeit essen?"

Beide schenkten Ellen ihre volle Aufmerksamkeit und nickten.

„Im Korb auf dem Tisch im Innenhof liegen Äpfel. Los, geht schon."

„Pizza wäre besser!", meinte Netta. „Pizza oder Chips!"

„Zwischen den Mahlzeiten nur Obst", erklärte Ellen. „Pizza gibt es am Freitagabend." Dann drehte sie sich um und ging ins Haus zurück, während Luke noch etwas benebelt dastand.

Als Luke ins Wohnzimmer zu seiner Cola zurückkehrte, saß Ellen bereits in ihrem Sessel. „Okay, Sie haben mich da draußen einfach völlig aus dem Konzept gebracht", sagte Luke.

„Pah", erwiderte sie. „Sie sind doch derjenige, der mir erklärt hat, dass Art alles sehr wörtlich nimmt."

„Aber Sie haben Aiden doch erzählt, dass manche geistig behinderten Erwachsenen sich verlieben und heiraten …"

„Stimmt. Das tun sie. Sie sind so individuell wie der Rest von uns auch, und zwar in jeder Hinsicht. Allerdings glaube ich nicht, dass Art und Netta tatsächlich heiraten wollen. Netta ist wirklich von dieser Hochzeitsshow im Fernsehen besessen – sie möchte eine Hochzeit. Will eine Braut sein, ein weißes Kleid tragen, eine Party feiern. Sie hat keine realistische Vorstellung davon, was danach kommt. Sie weiß so ungefähr, was eine Ehe ist. Ihr ist klar, dass die Leute aus der Hochzeitsshow heiraten, und sie weiß, dass ich mit Bo verheiratet bin, aber sie hat keine Ahnung, was es bedeutet, verheiratet zu sein. Ich dachte, sie würde sich über ein Secondhand-Brautkleid freuen, dass ich ihr gekauft hatte, damit sie damit spielen kann – doch dann wollte sie es nicht mehr ausziehen. Deshalb musste ich es wieder loswerden." Ellen verdrehte die Augen und atmete heftig aus. „Junge, das musste ich büßen. Sie war tagelang stinkwütend auf mich. Und wochenlang ein bisschen sauer auf mich."

„Ich sollte solche Sachen wissen", erwiderte Luke. „Wegen Art. Ich sollte einfach besser Bescheid wissen."

„Hören Sie, ich bin durch mein Studium auf so was vorbereitet. Diese Wohngruppe betreuen wir, weil Bo und ich es so wollten. Einfach drei geistig behinderte Erwachsene – nur Frauen. Sie machen das mit Art wunderbar, doch wenn Sie sich für dieses Leben entschieden haben, dann würde es Ihnen nicht schaden, sich ein bisschen mehr an die Selbsthilfegruppen und Betreuer zu halten. Sie könnten eine Menge lernen und sich der Gemeinschaft anschließen." Sie machte eine Pause und lächelte. „Sie werden da von Herausforderungen hören, wogegen Ihre Sorgen wie ein Spaziergang im Park erscheinen. Aber, Luke, obwohl Sie sich nur um Art kümmern und es ihm gut zu gehen scheint, könnte eines Tages einmal etwas passieren, wo Sie auf Unterstützung angewiesen sind – auf Menschen, die Ihnen helfen können, wenn Sie einen Rat brauchen."

„Menschen wie Sie …" Das war keine Frage.

„Ich besuche jeden Donnerstagnachmittag so eine Gruppe. Wir treffen uns im Gemeindezentrum, und meine Mädchen kommen mit – sie können sich dort nett und gemütlich mit anderen treffen und etwas unternehmen, während wir uns unterhalten. Es ist alles sehr locker und zwanglos. Wir brauchen den Kontakt. Wir nennen es Happy Hour", erklärte Ellen mit einem Lächeln. „Es gibt überall kleinere Gruppen – manche treffen sich abends, andere zum Frühstück oder Mittagessen. In unserer Gruppe sind wir zu siebt. Ich habe mir diese Gruppe ausgesucht, weil Bo in dieser Zeit in der Bäckerei ist und ich weg kann. Sobald Sie die Situation mit dem Baby im Griff haben und es etwas älter ist, sollten Sie, Shelby und Art auch dazustoßen. Art würde es sicher gefallen, glaube ich."

„Das tue ich", versprach Luke. „Hören Sie, mir ist klar, dass ich nicht so viel Erfahrung habe. Art ist so unkompliziert. Ich hatte angenommen, dass ich so was nicht nötig ..."

„Ich bin so froh, dass Sie fragen, wenn Sie etwas beunruhigt. Sie machen das großartig, Luke. Art hat sehr viel Glück."

„Danke", entgegnete Luke. Doch innerlich dachte er, dass Art ihn wirklich verändert hatte, und er war sich nicht sicher, wem er dafür danken sollte. „Ich bin derjenige, der Glück hat, schätze ich. Gut, dass Art keinen Experten brauchte."

„Oh, ich glaube, Sie verkaufen sich unter Wert. Gesellen Sie sich einfach zu uns, sobald das Baby ein bisschen älter ist."

„Machen wir."

Seit Mel Sheridan, ernsthaft sauer auf ihren Ehemann, vom Tisch aufgesprungen war, war eine gute Woche vergangen. An jenem Abend war sie wütend gewesen und hatte weder gegessen noch sich zum Schlafen an ihn gekuschelt. Doch nach dieser einen Nacht drückte sie ihren Groll in distanzierter Höflichkeit aus, was total untypisch für sie war. Sie war *wütend.* Und stur? Sie konnte sich nicht davon befreien. Ihrer Ansicht nach gab es keine Entschuldigung für Jacks mangelnde Bereitschaft. Eine Woche später strafte Mel ihn immer noch mit ihrer Zurückhaltung, und es war ihr sogar bewusst. Aber sie dachte, dass niemand ihr nachsagen konnte, sie benehme sich wie eine Furie.

Was sie tat, war, das Thema Baby und Leihmutter erst einmal zu vermeiden. Sie ging in die Bar und besuchte Jack, allerdings seltener als vorher. Wenn sie sich auf den vertrauten Barhocker hievte, um Zeit mit ihm alleine zu verbringen, bewegte sich ihre Unterhaltung auf oberflächlichem Niveau. Mel machte den Kindern Essen und brachte sie abends ins Bett. Dann bereitete sie sich selbst etwas Einfaches zu – eine Dosensuppe, ein Rühreisandwich – und ließ Jack alleine in der Bar essen. Mel kuschelte sich nicht mehr an ihn, und sie schliefen auch nicht mehr miteinander. Der Verlust ihres normalerweise lebendigen und befriedigenden Sexlebens traf sie beide hart, vor allem weil der Grund dafür in ihrer miesen Laune lag. Jedoch wäre Mel die Letzte gewesen, die das zugegeben hätte.

Ihr war durchaus klar, was sie da tat, sie hasste sich dafür; tat es dennoch. Mel war sich nicht sicher, was zuerst passieren würde – entweder sie kam darüber hinweg, oder Jack knickte ein und stimmte ihrem Plan zu.

„Du hast dich immer noch nicht mit Jack vertragen, oder?“, fragte Cameron Michaels, als sie zufällig in der Kaffeeküche der Klinik zusammentrafen.

„Woran willst du das denn erkennen?“, erwiderte Mel.

Er lachte. „Richtig. Es ist ja gar nicht offensichtlich, dass du angefressen bist.“

Mel schenkte sich und ihm Kaffee ein. „Hat Jack schon mit dir darüber gesprochen?“

Cameron nahm den Becher entgegen. „Mel, ich werde mich da unter keinen Umständen einmischen. Hatte ich das nicht klar gesagt? Du bist meine Kollegin. Jack ist mein Freund. Das ist eine Sache, die ihr unter euch ausmachen müsst. Basta.“

„Aber was hältst du davon?“, ließ sie nicht locker.

Er schüttelte den Kopf. „Nee. Ich halte mich da raus. Wie auch immer ihr euch entscheidet, wird es eine gute Entscheidung für die Familie sein, und dann freue ich mich für euch.“

„Aber würdest du es tun, wenn Abby es von dir verlangen würde?“

Wortlos starrte Cameron sie an. „Wir müssen wirklich mal dein Gehör überprüfen. Ich werde mich in diesem Fall weder auf deine noch auf Jacks Seite stellen. Das ist zu persönlich. Private Angelegenheiten erfordern einen großen gefühlsmäßigen Einsatz, und sie haben ein unglaublich gutes emotionales Erinnerungsvermögen."

„Du bist ein Weichei", beschimpfte Mel ihn.

„Volltreffer!"

„Was, wenn Jack dich fragt?", wollte sie wissen.

„Dann sage ich ihm dasselbe."

„Es ist ziemlich schwierig, einen Konsens zu erzielen, wenn niemand mir seine Meinung verraten will ..."

Stirnrunzelnd betrachtete Cameron sie. „Einen Konsens inwiefern?"

„Ob ich verrückt bin oder nicht", antwortete Mel achselzuckend.

„Okay, ich habe doch eine Meinung dazu", erwiderte er. „Du bist nicht verrückt. Wie findest du das?"

„Würdest du das bitte Jack erzählen?"

„Nein", entgegnete Cameron knapp. „Außerdem weiß Jack, dass du nicht verrückt bist."

„Da bin ich mir nicht so sicher. Er glaubt, es ginge hier eher um meine Trauer wegen des Verlusts meiner Gebärmutter als um den tatsächlichen Wunsch nach einem weiteren Kind."

„Tatsächlich?", fragte Cameron. „Das ist doch schon eine Weile her, oder? Ein paar Jahre?"

„Genau!", erwiderte Mel beinahe triumphierend. „Seitdem ist jede Menge Zeit vergangen."

„Ich bin ein bisschen irritiert. Wieso könnte das der Fall sein?"

„Kann es nicht! Allerdings ist Jack der Überzeugung, dass seitdem zu viele Sachen passiert sind, die mich davon abgelenkt haben zu trauern, und dass ich demzufolge zu wenig Zeit hatte, mich an den Verlust zu gewöhnen. Da waren zum Beispiel die Operation, der Waldbrand, der Tod von Doc, Ricks Rückkehr aus dem Irak und all die Veränderungen, die er und Jack wegen seiner Verletzung verarbeiten mussten ... Aber ich bin mir sicher, dass es nicht …“ Sie legte den Kopf zur Seite und lauschte. „Ah, mein Schwangerschaftsberatungstermin.“ Sie stellte die Kaffeetasse ab. „Danke, dass du mich nicht für verrückt hältst.“

Cameron lächelte halbherzig und nickte. Allerdings kaum, dass Mel die Küche verlassen hatte, sagte er zu sich selbst: „Wow, interessant …“

Mel traf sich mit ihrer neuen Patientin am Empfang. Sie wusste nichts von ihr, außer dass sie Marley Thurston hieß, achtzehn Jahre alt war und ihr erstes Kind erwartete. Marley Thurston wurde von einem jungen Mann begleitet, der ihr die Hand auf den schmalen Rücken legte.

„Sie müssen Marley Thurston sein“, begrüßte Mel sie und reichte ihr die Hand. „Mel Sheridan. Wie fühlen Sie sich?“

„Gut“, antwortete Marley Thurston und gab ihr die Hand. „Es freut mich, Sie kennenzulernen. Das ist mein Freund, Jake Conroy.“

„Wie geht es Ihnen? Würden Sie mir ein paar Formulare ausfüllen, bevor ich Sie untersuche?“

„Klar. Doch könnten wir vielleicht vorher darüber sprechen? Die Schwangerschaft und so was?“

„Natürlich. Folgen Sie mir. Das Büro ist frei – lassen Sie uns da hineingehen.“ Und Mel zeigte ihnen den Weg. Sobald sie hinter dem Schreibtisch saß und die beiden ihr gegenüber Platz genommen hatten, begann Mel mit der Fragestunde. „Ich spüre, dass Sie etwas auf dem Herzen haben. Brauchen Sie etwas Bestimmtes?“

Die beiden sahen sich gegenseitig an, das heißt, der junge Mann schaute eigentlich zu Boden und überließ es Marley zu antworten. „Die Schwangerschaft war nicht geplant“, erklärte sie. „Meine Freundin Liz Anderson sagte, dass, falls Sie uns nicht helfen können, niemand uns helfen kann.“ Sie zuckte mit den Schultern. „Deshalb sind wir aus Eureka hierhergekommen, weil wir mit Ihnen reden wollten.“

Liz und Mel kannten sich schon seit einer Ewigkeit. Liz und Rick waren nun verlobt und bald verheiratet. Mel verschränkte die Hände auf dem Tisch. „Das kommt natürlich darauf an, welche Art von Hilfe ihr braucht. Wenn ich nicht in der Lage bin, euch zu helfen, kann ich euch vielleicht an die richtige Stelle verweisen."

„Das Ding ist …" Marleys Stimme versagte, und Tränen schimmerten in ihren Augen. Sie schien nicht weitersprechen zu können.

„Es war nicht … Es war ein Unfall", erklärte der junge Mann. „Mein Fehler. Absolut mein Fehler."

„Das geht schnell", erwiderte Mel. „So etwas kommt vor. Sind Sie sicher, dass Sie schwanger sind? Wir haben Sie noch nicht untersucht."

Sie nickte „Im dritten Monat. Jedenfalls fast, schätze ich. Mrs Sheridan, wir haben entschieden, dass ein Kind im Moment nicht in unser Leben passt. Wir haben gerade unser erstes Jahr am College beendet, und Sie können sich nicht vorstellen, wie schwer das war. Nicht das Lernen – wir waren beide immer gute Schüler. Aber arbeiten und in die Vorlesungen gehen und pünktlich Rechnungen bezahlen. Wir mussten uns die Collegegebühren leihen. Wir würden uns noch viel mehr Geld leihen müssen, wenn …" Sie sah ihren Freund Hilfe suchend an.

„Wir sind schon seit der Highschool zusammen, und wir wollen wirklich heiraten. Und wir haben versucht, eine Möglichkeit zu finden, wie wir …" Jake räusperte sich. „Unsere Familien sind nicht … Die Sache ist die, niemand aus unserer Familie ist je aufs College gegangen, und sie können uns nicht finanziell unterstützen. Marley meinte, dass sie das College aufgeben würde, wenn ich es wirklich wollte. Wir könnten bei ihrer Familie leben, in Marleys Zimmer, allerdings …"

„Aber es wäre auch nicht gut für das Baby. Weder für uns noch für das Baby noch für unsere Familien. Gott", stieß Marley hervor und schlug sich mit der Faust aufs Knie. „Wir haben es echt verbockt. So richtig."

Mel holte tief Luft. Ihr gefiel die Richtung, die ihre Unterhaltung nahm, nicht. Doch bevor sie ihnen erklären würde, dass sie keine Abtreibungen durchführte, sagte sie: „Und wie glauben Sie, könnte ich Ihnen helfen?"

„Nun", begann Marley die Flucht nach vorne. „Wir dachten an eine Adoption. Aber wir wollen keine übliche Adoption. Wir haben uns gefragt, ob es vielleicht möglich wäre, Adoptionseltern zu finden, bei denen wir sicher sein könnten, dass es dem Baby gut geht. Ich meine, es wäre wahrscheinlich nicht fair, wenn wir uns wirklich in sein Leben einmischten, das haben wir schon begriffen. Aber wenn wir die Eltern vielleicht vorher kennenlernen oder uns die Eltern vielleicht aussuchen könnten ..."

„Und Fotos bekommen", warf Jake ein. „Und dann später, falls er uns und seine Brüder und Schwestern kennenlernen will, falls es Brüder oder Schwestern gibt ... ja, dann wären wir da sehr offen, da wir ihn nicht aufgeben wollen. Ich meine, wir würden fast alles tun, damit ..."

„Aber wir haben beschlossen, dass wir auch an ihn denken müssen. Wir sind in ziemlich ärmlichen Verhältnissen groß geworden, alle beide, und sie können uns glauben ... wenn er in einer guten Familie aufwachsen könnte, vielleicht in einer, wo er sein eigenes Zimmer haben könnte und Sachen machen könnte, zum Beispiel eine Sportart ausüben oder ein Musikinstrument erlernen und vielleicht ein bisschen Unterstützung fürs College bekommen würde. Sie wissen schon, Eltern, die ihn lieben und beschützen. Das würden wir uns für unser Kind wünschen." Sie griff nach Jakes Hand. „Falls wir so eine Adoption nicht machen dürfen, haben wir uns entschieden, es nicht zu tun. Wir könnten nicht damit leben, nicht zu wissen, wie es ihm geht. Wir können ihn nicht einfach irgendeiner Adoptionsagentur überlassen und dann so tun, als hätten wir ihn nie *gekannt*."

„Gibt es da irgendeine Möglichkeit?“, fragte Jake. „Ist so etwas überhaupt möglich?“

Mel lächelte geduldig und ruhig, aber innerlich jubelte ihr Herz! „Ja, Marley, Jake. Ja, so etwas nennt man üblicherweise eine offene Adoption. Ein Anwalt kümmert sich um die Einzelheiten, Sie treffen die möglichen Eltern, lernen sie ein bisschen kennen und …“

Das Pärchen schaute sich irritiert an. „Anwalt?“, meinte Jake. „Wir haben kein Geld. Ich meine, ich kann die Arztrechnung bezahlen, aber …“

Mel schüttelte den Kopf. „Die Kosten werden normalerweise von den künftigen Adoptiveltern getragen. Jedoch ist es wichtig, sich klarzumachen, dass auch ein paar Zugeständnisse von Ihrer Seite erforderlich sein werden. Sie müssten versprechen, auf Ihre und die Gesundheit des Babys zu achten – kein Alkohol, keine Zigaretten oder Drogen während der Schwangerschaft, regelmäßige Untersuchungen, und sobald Sie sich für eine Adoptivfamilie entschieden und einen Vertrag mit ihr abgeschlossen haben, können Sie Ihre Meinung nicht einfach wieder ändern, zumal für die zukünftigen Adoptiveltern Kosten in beträchtlicher Höhe entstehen. Sie müssen sich hundertprozentig sicher sein – und falls das der Fall ist, kann ich Ihnen helfen.“

„Oh, ich will doch selbst, dass das Baby gesund ist, und ich trinke nicht und nehme auch sonst nichts“, erklärte Marley ernsthaft. „Ich möchte es einfach nur in eine gute Familie geben und ihm ermöglichen, in einem ordentlichen, stabilen Zuhause aufzuwachsen. Wie kann ich mich da absichern?“

„Abgesehen vom Treffen mit den zukünftigen Eltern würde der Anwalt den Hintergrund der Adoptiveltern noch einmal für Sie überprüfen und dafür sorgen, dass keine gesundheitlichen Probleme vorliegen, Vorstrafen oder Korruptionsvorwürfe, Insolvenzen und solche Dinge.“

„Würde denn jemand von hier unser Baby wollen?“, fragte Marley.

„Liebes, die meisten Adoptiveltern warten eine lange Zeit auf ein Kind. Nicht viele junge Menschen sind in der Lage, solche Entscheidungen zu treffen."

„Obwohl wir wissen wollen, wie es unserem Kind geht? Würde sich denn jemand auf so etwas einlassen?"

„Sie setzen sich mit einem Anwalt zusammen und legen fest, dass Sie nur mit solchen Adoptiveltern sprechen wollen, die mit diesen Bedingungen einverstanden sind." Mel lächelte. „Das sind keine unvernünftigen oder unüblichen Bedingungen. Natürlich müssen Sie sich aber auch im Klaren darüber sein, dass so eine offene Adoption etwas anderes ist als ein gemeinsames Sorgerecht. Sie würden auf Ihre Elternrechte verzichten und es den neuen Eltern überlassen, das Kind nach deren Vorstellungen zu erziehen. So als wäre es deren eigenes. Das könnte unter Umständen bedeuten, dass Sie Ihr Kind nicht besuchen dürften. Dennoch würden Sie immer auf dem Laufenden gehalten, was im Leben des Kindes passiert."

Jake preschte voran. „Das heißt, es stünde total außer Frage, dass man ihm beim Ballspielen zusehen dürfte, wenn er in eine Mannschaft eintritt? Oder …"

„Oder ihm beim Tanzen zusehen, falls er einen Auftritt hätte?"

„Solange Ihnen bewusst ist, dass Sie sich nicht in seine Erziehung einmischen dürften, flippen die Adoptiveltern vermutlich nicht gleich aus, wenn Sie einmal bei einem Spiel oder einer Tanzvorführung anwesend sind. Aber das Kind könnte, abhängig von seinem Alter und seinem Kenntnisstand über seine biologischen Eltern, irritiert und sogar wütend reagieren, wenn es Ihnen überall begegnet. Ich ahne, wie Sie sich das Szenario vorstellen … Sie würden bei jedem Spiel der Kinderliga auftauchen und Fotos von diesem einen zehnjährigen Jungen machen und ihn anfeuern … Vermutlich würde er schneller merken, dass da etwas im Busch ist, als Sie glauben. Oder man könnte Sie für potenzielle Kidnapper halten? Meinen Sie nicht, dass ich recht habe? Doch Sie haben noch genug Zeit, über solche Dinge nachzudenken und eine Entscheidung zu treffen."

„Wir haben schon viel darüber geredet", erwiderte Marley. „Wir wollen ihn nicht verärgern oder so. Wir möchten, dass er glücklich ist. Und wenn er dann vielleicht achtzehn oder älter ist und uns kennenlernen will, falls es seinen Eltern nicht allzu viel ausmacht, könnten wir vielleicht ... Sie wissen schon ... vielleicht etwas mehr mit in sein Leben einbezogen werden. Falls das nicht zu verrückt klingt?"

Guter Gott, dachte Mel – welche Adoptiveltern würden sich schon mit solchen gewissenhaften und fürsorglichen jugendlichen Eltern streiten? Sie würden den Vertrag unterschreiben. Tatsächlich hatte Mel in diesem Moment in ihrem Kopf bereits unterschrieben.

„Ich finde, das klingt kein bisschen verrückt. Aber hören Sie, bevor Sie noch ganz außer sich geraten, lassen Sie uns erst einmal eine Patientendatei anlegen und Sie untersuchen. Oh, und falls es Sie interessiert, meine Schwägerin ist Anwältin. Sie könnten sich erst einmal unverbindlich und kostenlos von ihr beraten lassen und dann entscheiden, ob Sie möchten, dass sie die Adoption für Sie regelt. Wenn das erledigt ist, könnte ich Ihnen dabei helfen, Adoptiveltern, die sich mit Ihren Bedingungen einverstanden erklären, zu finden."

Erleichtert und vermutlich auch erschöpft atmete Marley aus. Dann schmiegte sie sich an Jake. Er drückte sie an sich und sagte: „Es wird alles gut, mein Liebling. Alles wird gut."

Mel ging später in die Bar rüber. Es war die Zeit, in der meistens kaum Gäste dort waren. Sie lächelte, während sie die Bar betrat, hüpfte auf einen Barhocker und beugte sich über den Tresen zu Jack.

„Hallo, Liebling", begrüßte er sie und gab ihr einen Kuss.

„Ich würde gerne Waffenstillstand mit dir schließen", verkündete sie. „Ich entschuldige mich, wenn du dich entschuldigst."

Skeptisch betrachtete Jack sie. „Soll das heißen, dass du dich nicht entschuldigst, falls ich mich nicht entschuldige?“

Sie lachte. „Na schön. Ich habe bei der ganzen Diskussion über Leihmütter nicht sehr viel Rücksicht auf dich und deine Gefühle genommen. Wenn du dich partout nicht mit der Idee anfreunden kannst, dann kannst du es eben nicht. Das ist alles. Und ich akzeptiere es.“

„Ich weiß nicht so recht, wofür ich um Verzeihung bitten sollte“, erwiderte er. „Gib mir mal einen Hinweis.“

„Wie wäre es, wenn du dich dafür entschuldigen würdest, dass du so dickköpfig bist?“, schlug sie vor.

„Das wäre ja wohl so, als ob ein Esel den anderen Langohr schimpfte“, entgegnete Jack. „Allerdings könnte ich zugeben, dass ich vielleicht ein bisschen borniert gewesen bin. Ich liebe dich aber immer noch. Ich würde alles für dich tun, solange ich sicher wäre, dass es nicht das Falsche ist. Und ich glaube, das weißt du auch.“

„Ich weiß es. Kann ich ein Mineralwasser haben?“

„Klar …“

„Und können wir jetzt über eine Adoption sprechen?“

Jacks Bewegungen verlangsamten sich kaum merklich. Er stellte das Wasserglas vor ihr ab. „Weshalb?“

„Weil es der Kompromiss ist, zu dem du, wie du behauptet hast, bereit wärst.“

„Das entspricht nicht ganz dem, was ich gesagt habe“, stellte Jack klar. „Meine Worte waren, dass ich mich bereit erklären würde, so etwas in Betracht zu ziehen, falls ein Kind andernfalls keine gute, liebende Familie hätte. Das ist nicht ganz dasselbe.“

„So wie ich es sehe, trifft das haargenau auf eine Adoption zu. Wir sind gute Eltern, Jack. Unsere Zukunft ist gesichert. Wir könnten einem Kind bieten, was die eigenen Eltern ihm möglicherweise nicht bieten können. Und ich hätte gerne noch ein Kind. Also?“

„Worum geht es denn jetzt genau?“, fragte Jack und schenkte sich Kaffee ein.

„Nichts Weltbewegendes. Ich würde gerne einen Adoptionsantrag und die dafür nötigen Unterlagen einreichen und durchrechnen, wie wir uns finanziell noch ein weiteres Kind leisten könnten. Danach würde man unseren Background noch einmal standardmäßig überprüfen, damit sichergestellt ist, dass wir weder Betrüger, Verbrecher, Kinderschänder oder bankrott sind oder an schweren Krankheiten leiden, die eine Adoption schwierig machen könnten, weil wir möglicherweise nicht mehr lange zu leben hätten. Solche Sachen eben.“

„Kosten?“

„Natürlich kostet das etwas. Üblicherweise kommen die zukünftigen Adoptionseltern für sämtliche medizinischen und rechtlichen Ausgaben der Mutter plus die eigenen Kosten für einen Anwalt auf. Manchmal wird auch noch ein Bonus für die Mutter verlangt ... ein bisschen was, um ihr finanziell etwas unter die Arme zu greifen.“

„Doch es ist etwas anderes als der Kauf eines Babys?“, hakte Jack nach.

„Das wäre illegal“, entgegnete Mel. „Es ist alles ziemlich überschaubar. Natürlich wäre Brie unsere Anwältin, wie immer – sie ist sehr gradlinig und direkt.“

„Ich hörte, dass eine Adoption ziemlich kompliziert ist – dass manche Leute ewig auf ein Kind warten. Denkst du an ein älteres Kind? Vielleicht ein Kind mit einer anderen Hautfarbe?“

„Ich bin da offen, aber offen gestanden hoffe ich auf ein Neugeborenes. Das jedenfalls wäre mein Herzenswunsch – noch mal ein Baby. Würdest du das mitmachen?“

„Unter einer Bedingung – dass wir vor der offiziellen Adoption zu einer Therapie gehen.“

„Bevor ich den Adoptionsantrag stelle – oder erst bevor wir den Adoptionsvertrag unterschreiben?“

„Obwohl ich lieber so schnell wie möglich mit den Therapiestunden beginnen würde, stört es mich nicht, wenn du die Sache in Gang bringst."

„Warum möchtest du denn eigentlich, dass wir diese Therapie machen? Es geht nicht wieder um meinen Uterus, oder?"

Jack schüttelte den Kopf. „Nein, ich habe beschlossen, mich da zurückzuhalten. Ich mag es nicht, wenn man mich am ausgestreckten Arm verhungern lässt."

„Ich sagte doch schon, dass es mir leidtut ... also, weshalb die Therapie?"

„Um sicher zu sein, dass wir uns als Adoptiveltern eignen", erwidert er.

„Das klingt vernünftig ..."

„Und um herauszufinden, weshalb meine Frau mich anlügt."

„Wie bitte?"

„Du hast mich bisher noch nie angelogen. Unser Zusammenleben war in letzter Zeit ziemlich merkwürdig, doch du hast vorher nie gelogen. Du hast nicht einfach nur entschieden, das mit der Leihmutter zugunsten einer Adoption aufzugeben. Du hast bereits ein Baby im Auge."

„Und was bringt dich auf den Gedanken, dass ..."

Jack grinste selbstgefällig und musterte sie mit hochgezogenen Brauen. „Du bist Hebamme. Du brauchst mir nichts vorzumachen! Also, warum sagst du mir nicht einfach die Wahrheit? Was ist los mit dir? Ich dachte, wir könnten einander vertrauen. Über alles miteinander reden. Warum hat sich das geändert?"

Mel seufzte. „Na ja, du warst in letzter Zeit sehr schwierig", antwortete sie.

Jack strich ihr über die Nasenspitze. „Ich glaube, es ist das erste Mal, seit wir uns kennen, dass du deinen Willen nicht hast durchsetzen können. Ich habe dich, Mrs Sheridan, bisher sehr verwöhnt."

„In Ordnung, ich gebe zu, verwöhnt worden zu sein, wenn du zugibst, schwierig zu sein ..."

„Schon wieder die Sache mit dem Esel und dem Langohr …"

„Ich habe eine neue Patientin", lenkte Mel ab. „Eine liebenswerte, junge Frau. Sie und ihr Freund sind gut mit Rick und Liz befreundet. Rick und Liz haben sie eigentlich auch zu mir geschickt. Das junge Paar bat mich um Hilfe bei einer Adoption – sie wollen auf ihre Elternrechte verzichten, damit ihr Baby ein besseres Leben hat und bei liebevollen Eltern aufwachsen kann. Doch sie suchen Adoptiveltern, die bereit wären, ihnen regelmäßig Fotos zu schicken und sie wissen zu lassen, wie es dem Kleinen geht. Das Paar versteht schon, dass sie kein Mitspracherecht bei der Erziehung haben – jedenfalls nicht, bevor der Kleine erwachsen und in der Lage ist, seine Adoption zu verstehen und selbst zu entscheiden, ob er seine leiblichen Eltern kennenlernen will."

„Wir wissen bereits, dass es ein Junge ist?"

Mel schüttelte den Kopf. „Sie sprechen einfach nur von ihm. Könnte genauso gut ein Mädchen sein."

„Und sie wollen es zur Adoption freigeben, weil …?"

„Aus den richtigen Gründen – sie sind seit der Highschool zusammen, aber sie haben gerade erst ihr erstes Jahr am College hinter sich. Es war ein sehr hartes finanzielles Jahr für sie. Ihnen ist klar, dass es, falls sie das Baby behalten würden, für sie alle drei unglaublich schwer werden würde. Sie wollen eigentlich heiraten und Kinder haben – doch dieses Kind soll etwas Besseres kriegen als das, was sie ihm im Moment bieten können. Es war eine sehr schwierige und mutige Entscheidung von ihnen."

„Und, hast du ihnen schon mitgeteilt, dass du ihr Baby aufnehmen willst?"

„Nein, habe ich nicht. Und obwohl ich es eigentlich fantastisch finden würde, würde ich ihnen trotzdem raten, sich erst einmal mehrere infrage kommende Elternpaare anzusehen."

„Oh-ho. Doch du hast schon hundert Gründe parat, weshalb wir sie alle ausstechen würden, stimmt's?"

„Schön, ich bin natürlich davon überzeugt, dass wir gute Kandidaten wären, und ...“

„Und wir wurden ihnen sogar persönlich von ihren Freunden empfohlen, haben selbst eigene kleine Kinder, unsere Finanzen sehen gut aus. Außerdem sind wir gesund, wohnen hier und haben nicht die Absicht wegzuziehen, und du arbeitest auch noch mit einem Kinderarzt zusammen. Wir sind weder kriminell, noch missbrauchen wir Kinder, und hinter uns steht eine ganze Stadt, die für uns bürgen würde ... Muss ich noch weitersprechen?“

„Gibt es noch mehr?“, erwiderte Mel

„Darauf kannst du wetten“, entgegnete Jack.

„Willst du jetzt eigentlich ewig so weitermachen?“, fragte sie ihn. In ihren Augen entdeckte Jack ein gefährliches blaues Funkeln, das ihm nur allzu vertraut war.

„Ja“, antwortete er. „Aber wir werden uns mit einem Therapeuten zusammensetzen und dafür sorgen, dass wir gute Adoptionseltern für dieses Baby wären. Ich glaube, das ist wichtig. Und falls es dem Therapeuten recht ist, kannst du das gerne auch noch zu unseren Pluspunkten dazuzählen.“

Glücklich lächelte Mel. „Danke, Jack. Ich verspreche dir, dass du es niemals bereuen wirst.“

15. KAPITEL

Nach der Abreise von Sean und Franci waren Aiden und Erin ein paar Tage lang ziemlich beschäftigt. Aiden hatte sich nicht nur mit seinem Headhunter in Verbindung gesetzt, um ihm mitzuteilen, dass er ab sofort für ernsthafte Bewerbungsgespräche in Chico und Umgebung zu Verfügung stand, sondern sie hatten gleich noch einen Abstecher nach San Francisco gemacht, da Aiden sich eine Garderobe zulegen wollte. Nach der langen Zeit in Uniform besaß er nur noch einen einzigen normalen Anzug, der inzwischen für ein Vorstellungsgespräch vielleicht doch schon reichlich aus der Mode gekommen war. Und obwohl der Ausflug als Shoppingtour für Aiden gedacht war, schaffte es Erin, ihres Zeichens bekennende Kleidersammlerin, natürlich auch noch Dinge für sich selbst zu erstehen.

„Warum fangen wir nicht beim Brautausstatter an?", schlug Aiden vor. „Wir suchen uns ein paar verruchte und extrem witzige Nachthemdchen für dich aus."

Doch stattdessen kauften sie erst einmal einen Ring. Aiden hatte im Kopf gehabt, etwas Außergewöhnliches für Erin anfertigen lassen zu wollen. Aber dann entdeckten sie bei einem Bummel durch Tiffanys einen Ring zum Niederknien. Das reichte.

Erin konnte es kaum abwarten, ihrer Schwester, mit der sie mindestens einmal am Tag telefonierte, davon zu erzählen. Sie rief sie von San Francisco aus an. Marcie quietschte vor Vergnügen und fragte: „Wann kann ich den Ring sehen."

„Ich mache ein Foto mit meinem Handy, schicke es dir und rufe dich zurück."

Wenige Minuten später hatte Erin Marcie wieder am Telefon. „OH MEIN GOTT!", rief Marcie. „Den will ich in echt sehen! Wie viel wiegt er? Zwei Kilo? Muss ich warten, bis du nach Hause kommst?", wollte Marcie wissen. „Der Arzt hat mir lange Autofahrten verboten."

„Aiden hofft, dass er ein paar Vorstellungsgespräche in Chico hat. Falls ihm dort unten etwas angeboten wird, begleite ich ihn. Aber, Süße, ist dir eigentlich bewusst, dass ich schon sehr bald wegen des Babys wieder zu Hause bin? Ich komme ein paar Tage vorher, und du kriegst es schon in wenigen Wochen! Wie geht es dir eigentlich?"

„Ich fühle mich ganz schön gewaltig, aber gut. Ich bin kurz vorm Platzen, das sag ich dir."

„Es dauert nicht mehr lange, Marcie. Hab einfach noch ein bisschen Geduld", riet ihr Erin. „Sieh lieber zu, ihn so lange wie möglich auszubrüten."

Nachdem Erin und Aiden ein paar Nächte in San Francisco verbracht hatten, fuhren sie zurück nach Virgin River. Sie machten sich als Erstes auf den Weg zu Luke, da sie sich über den Stand der Dinge informieren und erfahren wollten, ob Sean und seine Familie heil in Montgomery eingetroffen waren. Aiden und Erin nächtigten in der Blockhütte, wo sich immer mehr von Aidens Sachen inklusive seines Laptops einfanden. Aiden war so gut wie komplett eingezogen.

„Ich hätte wirklich nicht gedacht, dass das Leben einmal so perfekt sein könnte", sagte Erin. „Was können wir denn mehr verlangen als ein Zuhause und gute Jobs in Chico und ein ideales Ferienhaus hier in den Bergen?"

„Außer meiner Scheidung? Wie wäre es mit einem Kind oder zweien?", lautete Aidens Antwort.

„Was, wenn ich keine kriegen kann?", fragte ihn Erin.

„Was, wenn ich keine zeugen kann?", entgegnete Aiden. „Tatsache ist, dass bei uns beiden vermutlich alles in Ordnung ist. Wollen wir wetten?"

„Bist du sicher, dass ich noch nicht zu alt dafür bin?", wollte sie wissen.

„Mit sechsunddreißig? Kurz vor meinem Ausscheiden aus der Navy habe ich einer Zweiundvierzigjährigen bei der Entbindung geholfen. Es war ihr erstes Kind. Du bist definitiv nicht zu alt, um noch ein Baby zu bekommen. Hast du Bedenken, dass es nach zwanzig Jahren in diesem Geschäft vielleicht ein bisschen zu spät sein könnte, noch mal ein Kind aufzuziehen – ich meine nach Drew und Marcie?“

„Ich habe nur gedacht, dass das zu den Dingen gehört, die an mir vorübergegangen sind und die mir nie passieren würden. Ich weiß, dein Herz hängt daran ...“

„Ich fände es tatsächlich schön. Aber Elternschaft ist definitiv Teamarbeit. Wir müssen beide in diesem Team sein, Erin. Falls du nicht willst, werde ich dich nicht dazu drängen.“

„Und es würde auch nichts daran ändern, dass du mit mir zusammenleben willst?“

„Im Augenblick gibt es überhaupt nichts, das mich diesbezüglich umstimmen könnte. Doch wie wäre es, wenn wir jetzt einmal etwas miteinander vereinbaren würden? In Zukunft beschließen wir alles, wofür es erforderlich ist, dass wir einer Meinung sind, entweder gemeinsam, oder wir machen es nicht.“

„Welche Themen, außer Kinderkriegen, könnten das denn noch sein?“, fragte Erin.

„Keine Ahnung. Umzüge, die Wahl des Wohnortes“, sagte er. „Größere Anschaffungen. Teure Urlaube. Sterilisierung.“ Er zuckte mit den Schultern und ergänzte: „Adoption?“

Erin ging zu ihm und setzte sich auf seinen Schoß. „Ich hätte gerne ein eigenes Kind von einem Ehemann, aber ich habe Angst, dass meine Eier zu alt sein könnten oder so. Mir ist da nicht zum Spaßen.“

„Wieso?“

„Wir nehmen, was wir kriegen. Falls du dich dazu entschließt, es trotzdem zu probieren, nehmen wir, was wir kriegen. Ich würde die Schwangerschaft nicht abbrechen, weil das Baby möglicherweise nicht perfekt ist.“

„Damit bin ich einverstanden. Siehst du, wie einfach es ist, sich an einmal getroffene Vereinbarungen zu halten? Übrigens, ist deine Periode zufällig überfällig?“

Sie lachte. „Es ist noch nicht so weit. Das haben wir übrigens einfach gemacht, ohne uns vorher abzustimmen. Ups."

„Ich hatte wirklich vor, dich wegen der Pille danach zum Gynäkologen oder der Hebamme zu schicken, allerdings hat diese blöde Scheidungsangelegenheit uns ganz vom Thema abgebracht. Aber es ist alles in Ordnung, Liebes. Egal wie es ausgeht. Es ist alles in Ordnung." Er lächelte.

An diesem Abend schlief Erin in Aidens Armen ein, wobei sie darüber nachdachte, dass sie nie damit gerechnet hätte, dass ihr Leben einmal so ruhig, so wohltuend, so natürlich und vernünftig verlaufen würde.

Doch dann wurden sie vom lauten Hämmern an der Tür geweckt.

Aiden rollte sich stöhnend zur Seite, setzte sich auf die Bettkante und schnappte sich seine Shorts vom Boden.

„Zieh dir etwas an, Liebling. Ich gehe mal nachsehen, wer", er warf einen Blick auf die Uhr, „um fünf Uhr morgens schon seinen Verstand verloren hat."

Erin huschte ins Badezimmer, wo ihr Morgenmantel an einem Haken hing. Aber noch bevor sie ihn ordentlich zugemacht hatte, hörte sie bereits den Krach der auffliegenden Tür, gefolgt von Aidens Stöhnen und einem anderen dumpfen Geräusch. Anschließend ertönte eine wütende männliche Stimme, die brüllte: „Aiden Riordan, Sie sind wegen Körperverletzung festgenommen, und ich lese Ihnen jetzt Ihre Rechte vor …"

Bis Erin es, immer noch mit dem Gürtel ihres Morgenmantels beschäftigt, ins Wohnzimmer geschafft hatte, standen bereits drei Deputies des Sheriffs in der Tür. Der größte von ihnen drehte Aiden den Arm auf den Rücken, drückte ihn gegen die Wand und legte ihm Handschellen an. „Lieber Himmel!", schrie Erin. „Hey! Wo ist Ihr Haftbefehl?"

Einer der Deputies überreichte ihr ein zusammengefaltetes Stück Papier. Erin faltete es auseinander und überflog es schnell.

„Körperverletzung? Wer wurde verletzt?", fragte Aiden, seine Hände hinter dem Rücken in Handschellen.

„Ihre Frau, Annalee Riordan, so wie es auf dem Haftbefehl steht", informierte ihn der Deputy. „Sie haben das Recht, die Aussage zu verweigern", sagte er, Aidens Rechte zitierend.

„Wann soll das passiert sein?", fragte Aiden, während der Deputy fortfuhr.

„Letzte Nacht", las Erin vor. „Aber er war die ganze Nacht mit mir zusammen. Sonst war niemand hier. Sie war nicht hier ... Wir sind nirgendwo hingegangen ..."

„Erin, ruf Ron Preston an", bat Aiden. „Ich werde vermutlich einen Anwalt brauchen. Officer, beruhigen Sie sich. Ich habe die Frau seit über einer Woche nicht mehr gesehen. Sie behauptet, ich hätte sie geschlagen?"

„So ist es."

„Hose, Officer. Schuhe", sagte Aiden. „Kommen Sie, ich bin in Unterwäsche!"

„Da wissen wir auch, dass Sie nicht bewaffnet sind", erklärte ihm der Deputy.

„Ich besitze nicht mal eine Waffe!", blaffte ihn Aiden wütend an und versuchte, sich gegen den Widerstand der Arme, die ihn an die Wand gepresst hielten, umzudrehen.

„Beruhigen Sie sich!"

Erin trat einen Schritt nach vorne. Sie hielt den Haftbefehl in Händen, und ihre Wangen hatten sich zornesrot verfärbt. „Jetzt mal ganz langsam, lassen Sie mich ihm seine Kleidung holen und behandeln Sie ihn gemäßigt. Er leistet keinen Widerstand und wird Sie freiwillig begleiten. Behalten Sie das im Hinterkopf, wenn Sie ihn grob behandeln. Ich arbeite bei Gericht, und ich war die letzten zweiundsiebzig Stunden andauernd mit ihm zusammen – die meiste Zeit davon in San Francisco."

„Jede Minute?", fragte ein anderer Deputy.

„Außer wenn er eine neue Hose anprobiert hat oder im Restaurant auf der Herrentoilette war. Das ist ein großer Schwindel", sagte sie. „Seine Bald-Exehefrau beschert uns eine Menge Schwierigkeiten. Sie sind seit acht Jahren getrennt. Dr. Riordan versucht, seine Scheidung voranzutreiben, damit wir heiraten können."

„Dr. Riordan?", fragte einer der Deputies.

„Das ist richtig", bestätigte Aiden und schaute über die Schulter zu den Polizisten. „Sind Sie sicher, dass sie wirklich geschlagen wurde?"

„Oh, ja. Total vermöbelt."

„Geht es ihr gut?", fragte Aiden. „Ist sie sehr schlimm geschlagen worden?"

„Nach der Behandlung aus dem Krankenhaus entlassen", erklärte der Deputy, bevor er sarkastisch ergänzte: „Gibt es denn ein nicht so schlimmes Schlagen?"

„Beruhigen Sie sich, meine Herren, und unterlassen Sie die Unterstellungen", forderte Erin streng und autoritär, obwohl sie unter ihrem Morgenmantel nackt war und zitterte. „Ganz offensichtlich weiß mein Verlobter nichts davon. Aiden war in den letzten drei Tagen nie länger als drei Minuten von mir getrennt. Er wird Sie ohne Widerstand begleiten, doch Sie werden ihm die Handschellen lösen und ihn etwas anziehen lassen."

„Ich habe keine Probleme damit, dass er sich etwas überzieht." Der Deputy löste Aidens Handschellen. Aiden winselte vor Schmerz. „Werden Sie sich benehmen?"

„Ich begleite Sie", bestätigte Aiden mit leisem Groll. „Wenn Sie es mir ein bisschen leichter machen, ja?"

Erin ging ins Schlafzimmer und kehrte mit Aidens Hemd, der Hose und den Schuhen zurück. „Ich setze mich mit Ron und dem Staatsanwalt in Verbindung – das hier ist ein schlechter, ein sehr schlechter Witz. Ich hole dich in spätestens einer Stunde da raus."

„Vielleicht auch nicht, gnädige Frau", mischte sich einer der Polzisten ein. „In einer Stunde werden wir seinen Fall noch nicht abgeschlossen haben."

„Vielleicht schalten Sie lieber mal ihr Hirn ein, bevor Sie ihn dabehalten. Gibt es irgendwelche Beweise? Denn diese Frau ist eine Verrückte, und er hat ihr nichts getan. Er hat noch nie jemandem etwas getan! Seien Sie bloß vorsichtig. Und falls Sie die Hände dieses Arztes beschädigen, wird dieser Bundesstaat noch sehr, sehr lange dafür bezahlen."

„Danke für den Hinweis", sagte der fieseste der drei Deputies. „Wir wissen, was wir tun."

„Das sollten Sie besser auch", erwiderte Erin. „Denn ich habe ein gutes Gedächtnis für Gesichter."

Der zweite der Deputies führte Aiden ab. Erin erledigte ein paar Anrufe und eilte dann zum Sheriff's Department. Der Rechtsbeistand, den Erin dort antraf, entpuppte sich als Jack Sheridans Schwester, die einen sehr guten Draht zum Staatsanwalt hatte. Brie Valenzuela sprach zuerst mit Aiden und Erin, setzte sich dann mit dem Staatsanwalt zusammen, und schließlich kam man überein, dass es außer der Aussage der Frau nichts gab, wofür man Aiden belangen konnte. Aiden hatte nicht nur ein wasserdichtes Alibi für die betreffende Zeit, sondern die Frau schien außerdem auch noch plötzlich wie vom Erdboden verschluckt. Es gab kein Opfer mehr. Ohne Opfer keine Straftat. Aber es dauerte fast den ganzen langen Tag, ehe Aiden das Revier ohne Anklage wieder verlassen durfte.

Danach kehrten Aiden und Erin erschöpft zur Blockhütte zurück. Aiden war nicht nur müde, er war auch demoralisiert. Nichts konnte einem Mann so das Rückgrat brechen, wie hinten in einem Streifenwagen gepfercht zu sitzen und für Abschaum, der eine arme, schwache, kleine Frau geschlagen hat, gehalten zu werden. Aiden fiel auf Erins Sofa förmlich in sich zusammen.

„Wir bekommen die Sache schon geregelt", tröstete sie ihn. „Ich mache dir einen Drink. Ich habe Scotch oder Brandy ..."

„Das reicht“, unterbrach er sie und zog angesichts der Auswahl eine Grimasse.

Erin schaute in den Kühlschrank. „Ich habe auch noch zwei Bierflaschen und vielleicht noch ein bisschen mehr als einen Esslöffel Merlot. Ein richtig guter Merlot. Aber wir haben fast alles ausgetrunken“, sagte sie.

„Gib mir ein Bier.“

Sie holte die beiden Flaschen aus dem Kühlschrank, öffnete sie, brachte ihm eins und behielt das andere für sich. Sich neben ihn setzend, lehnte sie sich genau wie er auf der Couch zurück und legte ihre Füße auf die Ottomane. Dann trank sie einen großen Schluck Bier und stieß einen müden Seufzer aus.

Aiden legte ihr die Hand aufs Knie. „Vielleicht solltest du lieber nach Hause fahren, Liebling. Ich könnte bei Luke bleiben und du nach Chico zurückkehren.“

„Auf keinen Fall“, erwiderte Erin. „Jedenfalls nicht, solange du nicht mitkommst. Erstens brauchst du ein Alibi, und ich werde dafür sorgen, dass du für jede Sekunde eines hast. Zweitens habe ich keine Lust, von dir getrennt zu sein! Falls du, aus welchen Gründen auch immer, das Gefühl hast, bei Luke sein zu wollen, dann bleibe ich auch dort.“

Aiden schüttelte den Kopf. „Ich will dich da heraushalten. Ich hasse es, dass ich dich da mit hineingezogen habe.“

„Du wärst in einer schlimmeren Situation, wenn ich da nicht mit drinstecken würde.“

„Ich werde schon darauf achten, dass ich keine Minute alleine bin. Und mich immer in der Nähe von Luke oder sonst wem aufhalten.“

„Ich bleibe bei dir“, erklärte Erin. „Ich will dich nicht belasten, weil du dich jetzt ganz schwach fühlst. So wie der Deputy dich behandelt hat, erstaunt mich das übrigens nicht. Aber wenn du dich wieder berappelt hast, möchte ich, dass du dich in einen Kämpfer verwandelst, Aiden. Sie macht dich fertig. Ich weiß nicht wie und warum, aber sie macht dich fertig.“ Erin raffte ihr Haar zusammen. „Gott, wie hat sie es nur geschafft, sich selbst so zuzurichten, dass es so aussah, als ob du sie geschlagen hättest? Hat sie sich die Treppen hinuntergestürzt? Wie?“

„Ich habe nicht den Hauch einer Ahnung. Noch weiß ich, warum.“

Da klingelte das Telefon. Erin stand auf. Sie nahm den Hörer ab und sagte: „Oh, Marcie! Süße! Ich wollte dich gerade anrufen!“ Sie warf Aiden einen vielsagenden Blick zu. „Nein, nein, natürlich ist alles in Ordnung – hast du mir aufs Band gesprochen? Oh, Süße, es tut mir leid, wir sind gerade erst zur Tür herein. Ich habe den Anrufbeantworter noch nicht mal abgehört. Wir waren den ganzen Tag unterwegs – unten an der Küste. Hatte ich nicht erwähnt, dass wir das vorhaben? Süße, entschuldige, doch bitte mach dir nie wieder Sorgen. Denn es ist eigentlich meine Aufgabe, mir Sorgen um dich zu machen und nicht umgekehrt.“ Dann lachte Erin zärtlich. „Aber ich bin doch gar nicht mehr alleine hier oben. Ich habe Aiden, und wir sind fast nie getrennt. Ja, du kannst dich jetzt wieder beruhigen – ich bin zu Hause und ziemlich erschöpft nach diesem anstrengenden Tag. Ich melde mich ganz bestimmt morgen wieder bei dir. Ich liebe dich auch. Bye.“

Danach ging Erin zum Sofa, um sich neben Aiden zu kuscheln.

„Du hast ihr nichts erzählt“, bemerkte er.

Erin trank einen Schluck Bier. „Ich habe ihr gesagt, dass du schon mal verheiratet warst. Das hatte ich ihr am Wochenende des vierten Juli offenbart.“

„Aber nichts von diesem Schlamassel.“ Das war keine Frage.

„Sie ist sehr schwanger, und ihr Baby kann nicht auf normalem Weg zur Welt kommen. Ich will sie nicht unnötig aufregen. Falls sie nun Wehen bekäme, müsste das Kind per Not-Kaiserschnitt entbunden werden. Ich will sie nicht beunruhigen.“

„In diesem Fall wäre es vielleicht trotzdem sinnvoll, ihr die

Wahrheit zu sagen. Und sag ihr, dass wir damit fertig werden."

„Ich habe sie nicht angelogen. Es gibt keinen Grund zur Beunruhigung, und wir sind so gut wie nie getrennt. Den Rest von der durchgedrehten Annalee erzähle ich ihr, sobald das Baby auf der Welt ist. Und dann wird Marcie ziemlich ausrasten und alle schmutzigen Einzelheiten wissen wollen. Marcie war immer schon die Einzige von uns, die bei fiesen Massakerszenen in schlechten Horrorfilmen nicht die Augen zumachte."

Aiden drehte sich zu Erin und zog fragend die Augenbrauen hoch.

„Sie hat mich mal überredet, mir mit ihr das *Texas Kettensägenmassaker* anzusehen. Sie hat nichts von diesem Film verpasst, während ich mit geschlossenen Augen fast unter den Sitz gekrochen wäre."

„Hat sie eine makabere Ader?", fragte Aiden.

„Sie ist mutiger, als gut für sie wäre, und sie fürchtet sich vor gar nichts. Sie ist tapferer als ich. Immerhin hat es ihr geholfen, ziemlich schlimme Dinge durchzustehen. Ich bewundere sie. Allerdings will ich sie im Moment nicht mit Annalees Verrücktheiten belasten. Im Augenblick will ich nur, dass mein Neffe gesund heranwächst und heil zur Welt kommt."

Kurz dachte Aiden darüber nach. „Klingt ganz schlüssig, so wie du es sagst."

„Weil sie die Mutige ist und ich die Empfindsame." Erin sah Aiden in die Augen. „Ich liebe dich. Ich halte zu dir. Vertrau mir. Lass mich bei dir bleiben."

Aiden legte den Arm um sie und strich ihr mit den Fingern durchs Haar. „Natürlich vertraue ich dir. Ich möchte dich nur nicht auch noch verrückt machen."

„Zu spät. Diese Frau treibt mich dermaßen in den Wahnsinn, dass sie sich besser vor mir in acht nimmt."

Fünf Tage nachdem Aiden festgenommen worden war, klingelte in Erins Hütte das Telefon. Sie nahm ab, und Annalee sagte: „Gib mir Aiden."

„Ach, guten Morgen, Annalee", begrüßte Erin sie. „Ist alles in Ordnung?"

„Gib mir Aiden, schnell."

Aiden saß mit seinem Laptop und einer Kaffeetasse am Tisch. Als Erin ihm das Telefon reichte, meinte sie: „Rate mal, wer wieder aufgetaucht ist?"

Aiden nahm ihr sofort den Hörer aus der Hand. „Du hast hoffentlich gute Nachrichten", begann er. Dann hörte er eine Zeit lang zu und stieß schließlich hervor: „Du weißt natürlich, dass Erpressung gegen das Gesetz verstößt." Wieder hörte er zu. „Möchtest du die Telefonnummer meines Anwalts haben, damit du ihm dein Angebot mal unterbreiten kannst?" Noch einmal langes Zuhören. „Gut. Ich leite dein Angebot an meinen Anwalt weiter … und Annalee? Kann sein, dass du dir selbst einen wirklich guten Rechtsbeistand suchen solltest." Damit legte er auf.

Erin stand entschlossen dreinblickend neben ihm und wartete.

„Hier ist das Angebot. Wenn ich ihr eine Ausgleichszahlung von einhunderttausend in bar gebe, unterschreibt sie sofort alles. Andernfalls hat sie vor, mich wegen Fahnenflucht, Missbrauch, Körperverletzung, seelischer Misshandlung und Freiheitsberaubung anzuzeigen und vors Gericht zu zerren." Aiden lachte plötzlich hämisch. „Freiheitsberaubung? Guter Gott, ich konnte gar nicht schnell genug von ihr wegkommen!"

Erin machte einen Schritt auf ihn zu. „Aiden, sie kann nichts davon beweisen!"

„Aber es gibt einen Polizeibericht. Natürlich kann sie nichts beweisen – aber was sie tun kann, wie sie mir clever dargelegt hat, ist, Gerüchte zu streuen und sogar die Presse einzuschalten. Sie kann genug Staub aufwirbeln, dass keine Klinik, die noch halbwegs bei Verstand ist, mir eine Chance als Frauenarzt geben würde. Als ich sie darauf hinwies, dass Erpressung gegen das Gesetz verstößt, meinte sie nur, sie hoffe, ich würde das Gespräch mitschneiden. Dann sagte sie, ich soll mich innerhalb einer Woche entscheiden, oder sie würde sich wieder übel zurichten. Und die Polizei würde auch meine Anwaltsfreundin, die für mich lügt, vermutlich irgendwann satthaben."

„Aiden, damit kommt sie nicht durch!"

„Doch", erwiderte er. „Ich meine, sie wird zwar nie etwas beweisen können – dennoch kann sie es mir richtig schwer machen, mein Leben ohne dauernde Anschuldigungen und Gerüchte, die mich in den Verdacht bringen, dass ich Frauen misshandle, fortzuführen. Oder? Kann sie meine Karriere ruinieren? Ich glaube, selbst wenn sie ins Gefängnis käme, könnte sie es immer noch hinkriegen, meinem Ruf eine Menge Schaden zuzufügen." Aiden lachte. „Klingt das nicht vertraut? Außer der Summe – die Summe hat sich erhöht."

Mel hielt sich in der Nähe der Rezeption auf, einen Stapel Laborresultate in der einen und einen Aktenordner in der anderen Hand. Cameron saß am Schreibtisch und arbeitete am Computer. Sie befanden sich im Versuchsstadium, das papierlose Büro einzuführen und alle Patientendaten gleich in den PC einzugeben. Mel hatte ein perfektes, für sie wie geschaffenes Programm gefunden, aber es erforderte immer noch eine Menge Arbeit, bis alles eingegeben und ausgefüllt, geordnet und abgelegt war.

„Sobald ich mal einen Cent mehr verdiene, stellen wir als Erstes wenigstens eine Teilzeitsekretärin ein. Ich habe mein halbes Leben mit Papierkram verbracht."

Cameron grummelte seine Antwort. Er ertrank genauso im Papierkram wie sie.

Die Geschäfte begannen definitiv zu laufen. Sie waren inzwischen bei zwei Sprechstundentagen pro Woche angelangt und bei immer mehr Menschen, die sich krankenversicherten. Sie konnten inzwischen sogar davon leben, wenn auch bescheiden.

Die Tür ging auf, und Darla Prentiss streckte den Kopf zu

ihnen hinein. „Mel, hallo! Hast du eine Minute Zeit für mich?"

„Natürlich! Wie geht es dir?"

„Fantastisch."

Darla winkte zur Tür hinaus, und Mel hörte, wie der Motor eines Trucks ausging und anschließend eine Autotür ins Schloss fiel. Dann erschien Phil Prentiss an der Seite seiner Frau. Beim Eintreten nahm er die Baseballkappe vom Kopf. Seine Jeans, sein gebügeltes Hemd und die Stiefel wirkten getragen und ein wenig schmutzig – er hatte gearbeitet. Darla war trotzdem zurechtgemacht – sie trug ihre beste frisch gebügelte Hose und eine gestärkte weiße Bluse. Sie drückte einen großen handgeschöpften Umschlag an die Brust. „Mel", begrüßte Phil sie lächelnd und nickte. „Doc", sagte er an Cameron gewandt.

Cameron stand auf, um Phil die Hand zu geben. „Sie beide sehen gut aus", bemerkt er.

„Sie auch, Doc. Mel, könnten wir vielleicht einen Augenblick mit dir sprechen?", fragte Phil.

„Sofort, wenn ihr wollt", antwortete Mel und führte sie in ihr Büro. „Ihr wisst ja, dass ich für euch beide alles tun würde."

Phil lachte. Darla stimmte in sein Lachen mit ein. „Das hatten wir gehofft."

Als Phil und Darla vor dem Schreibtisch Platz genommen hatten, hinter dem Mel sich niederließ, musste Mel über das junge, geheimnisvolle, amüsierte Auftreten des Paares grinsen. Sie verschränkte die Hände auf dem Tisch. „Würdet ihr mich einweihen und mir erzählen, was euch so amüsiert?", erkundigte sie sich.

Darla reichte ihr den Umschlag. „Wir machen weiter, Mel. Das sind unsere Adoptionsanträge. Wir hoffen immer noch, dass der liebe Gott uns mit einem Kind segnet, doch ich vermute, es wird kein leibliches Kind sein."

Beinahe schockiert nahm Mel die Unterlagen entgegen. Sie war sprachlos.

„Wir haben geredet", erklärte Phil. „Es ist ziemlich offensichtlich, dass andere Pläne für uns vorgesehen sind. Es muss jemanden geben, der dringend nach einem Paar wie uns sucht und dem wir helfen können. Andernfalls wären wir nicht in dieser Situation. Um die Wahrheit zu sagen, hätten wir, falls wir eigene Kinder hätten, so etwas wie eine Adoption vermutlich niemals in Betracht gezogen."

„Ihr hört auf, es mit einem eigenen Baby zu versuchen?", fragte Mel vorsichtig.

Darla nickte. „Damit sind wir durch. Wir denken, dass das Geld, das wir jetzt noch ausgeben, besser bei einem Anwalt angelegt wäre." Ihr Blick suchte den ihres Mannes. Sie lächelte ihn an. „Und um dem Kind später das College zu finanzieren. Ich vermute, dass es da draußen etliche Kinder gibt, die uns brauchen." Sie lachte scheu. „Es gibt vermutlich viele Kinder, die einen Platz zum Aufwachsen brauchen und frische Vollmilch, Gemüse aus dem Garten und vielleicht auch ein paar Heuballen, in die man hineinspringen kann."

„Aber was, wenn du doch wieder schwanger wirst?", hakte Mel nach.

„Wir haben uns entschieden, mit einer Adoption weiterzumachen, und diese Möglichkeit erst einmal ausgeblendet", erklärte Phil und schüttelte den Kopf. „Zumindest im Moment, weil es auch nicht sehr wahrscheinlich ist. Schwanger zu werden scheint nicht so zu unseren speziellen Stärken zu gehören. Und zweitens, weil diese Schwangerschaften einfach zu traumatisch für uns waren. Wir wollen die neue Familie nicht damit belasten."

„Ich hasse es, wie eine Heulsuse zu klingen – es gibt in meinem Leben nicht viel, über das ich mich beklagen könnte. Doch wir wollen nicht noch einmal eine weitere Fehlgeburt verarbeiten müssen. Außerdem haben Phil und ich immer darauf vertraut, dass uns schon noch das Richtige einfallen würde."

„Du warst nie eine Heulsuse", erwiderte Mel sanft. „Ihr hattet von allen betroffenen Paaren, die ich kenne, immer die tollste Haltung."

„Wir sind in so vielerlei anderer Hinsicht begünstigt", erklärte Phil. „Ich meine, die Farm läuft gut, das Land meint es gut mit uns, wir haben uns ziemlich jung gefunden. Ich kann nicht für Darla sprechen, aber es gab noch keinen Tag in meinem Leben, an dem ich aufwachte, ohne Gott für diese Frau zu danken. Sie ist die beste Frau, die man sich als Mann nur wünschen kann …"

Darlas Wangen überzogen sich mit einer jungmädchenhaften Röte. „Du weißt, weshalb er das sagt, oder? Wenn er wirklich süß und romantisch gestimmt ist, mache ich ihm manchmal zwei Desserts."

Phil lachte rau und kehlig. „Das ist längst noch nicht alles, was sie für mich tut, wenn sie mich süß und romantisch findet – doch den Rest willst du gar nicht wissen!"

„Phil!", schimpfte Darla. Dann sah sie zu Mel und machte ein ernstes Gesicht. „Mel, würdest du dir diese Dokumente bitte einmal ansehen? Und uns sagen, ob wir alles aufgeführt haben, was jemand, der ein Adoptionskind zu vergeben hat, über uns wissen will? Falls noch etwas fehlt, ergänzen wir die Unterlagen noch mal."

„Klar", versprach Mel wie betäubt. „Klar. Dann schauen wir mal." Sie öffnete den Umschlag und holte die Unterlagen, mehrere identische kopierte Lebensläufe, heraus. „Woher wusstet ihr, was dafür wichtig ist?"

„Wir haben es online recherchiert. Vielleicht mache ich eine Website für uns, wo ich diese Unterlagen einstelle. Falls das nächste Mal jemand nachsieht …" Sie zuckte die Achseln. „Wir sind jedenfalls da und bereit, uns finden zu lassen."

Mel überflog die Papiere. Es war alles da. Persönliche Informationen, angefangen beim Alter, über Religionszugehörigkeit bis hin zu den Gesundheitszeugnissen. Es gab eine Beschreibung ihres alltäglichen Lebens auf der großen Milchfarm und in dem Haus mit den fünf Zimmern. Außerdem hatten Phil und Darla noch weitere Punkte wie ihr überdurchschnittliches Einkommen, ihre Ersparnisse und ihre getätigten Investitionen aufgelistet und den Unterlagen außerdem noch ein Führungszeugnis, eine Bescheinigung über ihre langjährige Zugehörigkeit zur Gemeinde sowie über ihre engagierte Gemeindearbeit beigelegt. Wie Mel gleich beim ersten Kennenlernen geahnt hatte – sie waren ideal. Sie hatten bereits ein Vermögen für den Versuch, selbst ein Kind zu bekommen, ausgegeben.

„Fühlt ihr euch mit dieser Entscheidung wohl?“, fragte Mel, die einen aufkommenden Schmerz in der Magengegend spürte, wo einmal ihr runder Babybauch gewesen war.

„Ja, tun wir, Mel. Wir haben ein wirklich schönes Leben und führen eine glückliche Ehe. Wir haben zu sehr probiert, alles nach unseren Wünschen zu gestalten, und wollten mit dem Kopf durch die Wand, obwohl für uns vielleicht etwas anderes vorgesehen ist. Und weißt du, was noch? Wenn wir auch nicht für eine Adoption bestimmt sind, wird uns auch kein passendes Kind begegnen – wir haben die Unterlagen ausgefüllt, aber wir legen alles in Gottes Hand. Falls er der Meinung ist, dass es zu uns passt, wird er uns das Kind, das bei uns aufwachsen soll, schon schicken.“

Falls Gott der Meinung ist, dass es passt? dachte Mel beinahe wütend. Gott war euch bisher nicht gerade eine große Hilfe! Aber sie verbarg ihren Zorn und meinte: „Nun, wie flexibel seid ihr? Die Dokumente sagen nichts darüber, welche Art von Kind ihr euch vorstellt. Das gehört normalerweise auch in die Unterlagen. Die meisten Paare haben klare Wünsche – zum Beispiel einen kleinen Jungen nicht älter als sechs Monate, nordamerikanischer Typ und solche Sachen.“

Sie schauten sich gegenseitig in die Augen und lachten erneut. „Das wäre dann wieder etwas, das wir uns vorstellen, anstatt offen dafür zu bleiben, was uns über den Weg läuft.“

„Nun, das könnte auch ein sechsjähriges Kind mit afroamerikanischen Wurzeln sein. Oder wie wäre es mit einem behinderten Kind?", fragte Mel.

„Bei einem eigenen Kind könnten wir auch nur für die Hautfarbe garantieren. Glaubst du etwa, dass wir, falls wir ein eigenes Kind mit Behinderungen bekommen hätten, darauf verzichtet hätten?" Darla lachte in sich hinein und schüttelte den Kopf bei dieser absurden Vorstellung. „Ich will ehrlich sein, Mel – ich träume davon, ein kleines Baby an mich zu drücken oder dabei zu sein, wenn ein Kind Zähne bekommt, reden und laufen lernt, heranwächst. Aber wenn man mal genauer betrachtet, was in unserem beinahe perfekten Leben fehlt, dann ist es Kinderlachen. Ich vermute, sie lachen in jedem Alter, egal in welcher Hautfarbe oder Größe sie zu einem kommen."

„Noch etwas zum Nachdenken – eine Menge junger Frauen, die das Gefühl haben, ihr Kind zur Adoption geben zu müssen, wollen irgendwie Kontakt halten. Sie wollen regelmäßig darüber informiert werden, dass es ihren Babys gut geht. Sie wollen Fotos und solche Sachen. Und selbst wenn sie mit der Adoption das Sorgerecht abtreten, könnte es möglich sein, dass sie bei Sportveranstaltungen erscheinen wollen, um ihrem Kind auf dem Spielfeld zuzuschauen", erklärte Mel. Sie hoffte sehr, Darla und Phil damit zu vergraulen.

Das Paar tauschte verblüffte Blicke aus. Aha! dachte Mel. Das machen sie nicht mit!

„Na ja, ist das nicht auch irgendwie verständlich?", fragte Darla. „Ich muss zugeben, dass es mich, falls ich gezwungen wäre, mein Kind bei jemand anderem aufwachsen zu lassen, ganz sicher trösten würde, wenn ich wüsste, dass es ein schönes Leben hat."

„Das kann schrecklich kompliziert werden", wandte Mel ein. „Sich andauernd von einem leiblichen Elternteil über die Schultern gucken lassen zu müssen, der sich vielleicht sogar einmischt, sobald ihm nicht gefällt, wie man das Kind erzieht ..."

Phil lachte. „Komplizierter als damals vor zwanzig Jahren, als mein Vater ständig die Arbeiten auf der Farm überwacht hat, so als ob er sich nie zur Ruhe gesetzt hätte? Wobei er beinahe täglich damit drohte, sie meinem Bruder und mir wieder wegzunehmen?“

Er lachte erneut, und Darla stimmte mit ein. „Mel, wenn du eine große Herde besitzt und beim Bestreiten deines Lebensunterhalts auf Mutter Natur angewiesen bist, dann musst du in der Lage sein, mit größeren Komplikationen fertig zu werden, und zwar am laufenden Band. Es gibt nichts Unbeständigeres als Mutter Natur.“ Er sah zu Darla. „Haben wir das nicht schon bei unseren Versuchen, eine eigene Familie zu gründen, gelernt?“

Mel steckte die Unterlagen in den Umschlag zurück. „Gut, es scheint alles vollständig vorzuliegen … Es sei denn, ihr überlegt es euch noch einmal anders und entscheidet euch, eure Wünsche bezüglich des Kindes, das ihr haben wollt, noch einmal etwas genauer festzulegen. Oder – falls ihr es doch noch einmal probieren wollt, ein eigenes Kind zu bekommen. Das letzte Mal hast du das Kind ziemlich lange behalten – achtzehn Wochen.“

Darla schüttelte den Kopf. „Ich fürchte, das möchte ich nicht noch einmal versuchen. Es ist nicht mal der Verlust, den ich so bedaure, sondern am Ende fühlte ich mich immer wie ein Versager. Ich weiß, dass das verrückt klingt, aber …“

„Ich kenne das Gefühl“, entgegnete Mel. „Doch wie wäre es mit einer Leihmutter? Habt ihr schon einmal darüber nachgedacht?“

„Haben wir. Es klingt nach einer ziemlich vernünftigen Möglichkeit für Menschen wie uns. Allerdings bin ich fünfunddreißig, und Phil ist achtunddreißig. Es wird langsam Zeit, dass wir aufhören, bei der Fruchtbarkeitslotterie mitzuspielen. Wie gesagt, wir möchten das Geld in einem Ausbildungsfonds anlegen. Du kannst sicher sein, dass keine reichen Kinder zur

Adoption stehen. Falls wir ein Baby bekommen, wird es ein kleines Kind sein, für das sonst niemand etwas tun kann. Außer uns. Wir hatten immer schon alles. Alles außer Kinder."

Phil lehnte sich zurück. „Ich brauche unbedingt ein Kind, das ich dann so nerven und verfolgen kann, wie mein alter Herr es bei mir getan hat. Ich kann es gar nicht abwarten, ihm die Farm zu übergeben, um dann jeden Tag dort aufzutauchen und ihm zu sagen, was es alles falsch macht", witzelte er.

„Oh Phil", schalt ihn Darla freundschaftlich. „Dein Vater versucht nur zu helfen. Er meint es gut."

„Was wäre, wenn das mit dem Baby ... oder dem Kind in diesem Fall ... nicht klappen würde?", hakte Mel nach.

„Nun", erwiderte Phil. „Falls das passiert, werden wir vermutlich mit einem Überfluss an Liebe in unseren Herzen sterben." Er legte seiner Frau einen Arm um die Schultern. „Es gibt Schlimmeres."

„Na dann viel Glück", sagte Mel und händigte ihnen den Umschlag wieder aus.

„Würdest du die Unterlagen bitte behalten, Mel? Du kennst alle weiblichen Patientinnen in Virgin River. Wir übergeben die Dokumente auch an eine Agentur in Eureka sowie an die größte gynäkologische Klinik im Bezirk. Aber vielleicht taucht jemand von hier auf, wo wir leben. Wenn du jemandem begegnest, der unsere Hilfe brauchen kann, würdest du es ihm bitte sagen? Vielleicht könntest du ihm auch unsere Papiere aushändigen?"

„Klar", erwiderte Mel. „Klar kann ich das machen."

Und sie erinnerte sich – so etwas passierte einfach zu oft, um es für einen bloßen Zufall zu halten. Das erste Mal vor ein paar Jahren, in L. A, als eine junge Frau weinend im Krankenhaus aufgetaucht war, weil sie es nicht über sich brachte, ihr Kind abzutreiben, es aber dennoch nicht behalten konnte. Denn der Vater des Babys wollte weder sie, noch wollte er sie unterstützen, ihre Eltern tobten, et cetera, et cetera. Zwei Stunden später traf eine Frau Mitte dreißig bei ihnen ein. Sie hatte eine Hysterektomie hinter sich und überreichte ihnen einen Adoptionsantrag. Die Frau fragte, ob sie jemanden kenne, der nach Adoptiveltern suchte ... Die beiden Frauen kamen so zeitnah in die Klinik, dass sie sich fast am Eingang hätten begegnet sein müssen. Mel hatte die beiden Parteien zusammengebracht, und es hatte sie mit Freude erfüllt, dass sie es in der Hand gehabt hatte, das Leben dieser Menschen ein bisschen lebenswerter zu machen.

Im Moment fühlte sie sich nicht so. Sie stand auf und streckte die Hand aus. „Ich lasse euch wissen, sobald ich etwas höre."

Darla schüttelte ihr als Erste die Hand, dann Phil. „Danke, Mel – du bist einfach ein Schatz. Uns ist klar, dass es vermutlich nicht allzu schnell gehen wird. Wir haben Geduld. Doch dir diese Unterlagen zu geben ist für uns fast so, als ob wir sie einem Engel überreicht hätten."

Ha! dachte Mel. Wenn ihr wüsstet! „Jetzt lobt mich nicht für etwas, das ich nicht verdient habe", antwortete sie lächelnd. „Ich habe im Augenblick noch keine Ahnung, ob es jemanden für euch gibt."

Sie brachte das Paar zur Eingangstür, verabschiedete sich von ihm und kehrte ins Büro zurück. Schön, sie hatte die Sache immer noch im Griff – sobald Marley und Jake sie als Adoptivmutter aussuchten, wäre alles in Ordnung. Es würde nicht lange dauern. Sie würden sich gleich bei Brie treffen. Mel wäre ihre bevorzugte Hebamme und Marley vielleicht sogar bereit, sie das Baby auf die Welt holen zu lassen. Im schlimmsten Fall konnte Mel das Paar zu John Stone überweisen, der sie gewiss ins Geburtszimmer lassen würde. Das junge Pärchen wäre bestimmt erleichtert, wenn eine enge Freundin von Rick und Liz die Mutter ihres Kindes werden würde.

Mel ließ den Umschlag von Darla und Phil in der untersten Schublade verschwinden. Wenn sie die Arme auf eine bestimmte Art und Weise hielt, konnte sie schon beinahe das

Gewicht des Köpfchens spüren. Nur für ein paar Wochen müsste sie diesen Umschlag im Schreibtisch liegen lassen, dann würde ihre Vereinbarung mit Marley und Jake rechtskräftig sein. Mel würde die beiden sogar den Namen des Kindes aussuchen lassen. Das würde Marley und Jake davon überzeugen, dass sie perfekt geeignet war!

Aber es *war* wieder passiert! Die leiblichen Eltern waren gekommen, weil die beiden sie um Hilfe bitten wollten, und *Mel* war für sie da! Mel war eine gute Wahl und komplett darauf vorbereitet, das Kind aufzuziehen, und zwar so gut wie sonst niemand! Und alle Mal so gut wie die Prentisses!

Mel nahm den Umschlag aus der Schreibtischschublade und wog ihn auf der Hand. Sie mochte Darla und Phil sehr gerne. Die beiden waren wunderbare Menschen. Es schien Mel wie der größte Betrug des Universums, dass Darla und Phil keine eigenen Kinder kriegen konnten. Das Einzige, was ihnen fehlte, um ihr Leben zu vervollkommnen, war ein Kind, das sie mit ihrer wundervollen Liebe überschütten konnten.

Mel legte die Papiere in die Schublade zurück. Das ist mein Baby! dachte sie ungehalten. Ich habe es gefunden! Ich habe es genau in dem Moment gefunden, als ich es am meisten brauchte!

Sie öffnete die Schublade wieder und betrachtete den Umschlag. Er schien ihr größer geworden zu sein. Kerngesund, ein gutes, intaktes Familienleben, jede Menge Liebe, tiefer Glaube, Weisheit und Humor und unglaubliche Freundlichkeit. Darla und Phil wünschten sich ein Baby, doch sie würden es bestimmt nicht so eng sehen – ein anderes Kind könnte ihre Liebe ebenso gut gebrauchen. Und sie waren kinderlos.

Ich habe zwei Kinder, dachte Mel. Zwei gesunde, fröhliche, kluge, wunderbare Kinder. Darla hatte noch nie Gelegenheit, ein Baby sanft an die Brust zu drücken …

Aber ich brauche noch eins! Ich brauche dieses eine! Ich muss dieses Gefühl der Mutterschaft noch einmal haben. Ich muss meine weibliche Bestimmung fühlen. Und wenn ich es nicht in meinem eigenen Bauch wachsen lassen kann, kann ich wenigstens Marley beim Wachsen des Babys begleiten! Meines Babys!

Mel schob die Schublade zu und schloss ab. Sie legte den Kopf auf die Tischplatte. Hals und Schläfen taten ihr weh. Ihr Magen begann zu revoltieren. Ich brüte eine Krankheit aus, überlegte sie.

Es ist nicht dein Baby, sagte ihr eine innere Stimme. Du würdest dieses Baby so gerne als dein eigenes betrachten, dass du es den beiden wunderbarsten, zukünftigen Eltern der Welt, den beiden Menschen, die es am meisten verdient hätten, stehlen willst. Und das machst du, weil ...?

„Weil ich spüre, dass ich es brauche", sprach Mel laut aus. In einem sanften Tonfall, aber dennoch laut.

Alles, was Mel benötigte, waren ein paar Wochen Zeit. Vier Wochen höchstens. Dann wäre alles erledigt. Dann hätte sie die Prentisses erfolgreich davor bewahrt, etwas von diesem Kind zu erfahren, und die Eltern des Babys davor, von den Prentisses zu hören. Und selbst wenn die leiblichen Eltern etwas von den Prentisses erführen, würden sie sich vielleicht *dennoch* für Mel und Jack entscheiden. Es konnte niemandem schaden.

Ein paar Wochen, damit die leiblichen Eltern sich für Mel und Jack entschieden, die kein Baby brauchten, um ihre überschüssige Liebe loszuwerden. Darla und Phil würden irgendwann ein Kind finden. Oder mit dieser überschüssigen Liebe in ihren Herzen sterben. Und Phil hatte es selbst gesagt – es gab Schlimmeres.

Das bist nicht mehr du, Melinda, schimpfte ihre innere Stimme.

Aber, wer zum Teufel, bin ich denn dann? fragte Mel diese Stimme. Ich bin eine Frau wie alle Frauen, eine Frau wie Darla, eine Frau, die sich selbst erfüllen will. Das ist total vernünftig!

Vernünftig, schoss es Mel durch den Kopf. Deinen Mann zwingen zu wollen, sich mit einer fremden Frau für vielleicht fünfzigtausend Dollar fortzupflanzen, obwohl du bereits eine kleine Familie hast? Ihn anzulügen und ihn mit einer Adoption auszutricksen, die dir in den Schoß fiel? Ihn zu manipulieren und dazu zu bringen, mit deinen Bedürfnissen einverstanden zu sein? Einem Paar, das du magst und bewunderst, deine Hilfe zuzusagen – und dann deren Unterlagen zu unterschlagen, damit du noch *mehr* Kinder haben kannst? Oh – vernünftig. Für eine total Verrückte.

Mel nahm den Umschlag erneut aus der Schublade und legte ihn auf den Tisch. Dann griff sie nach ihrer Tasche und dem Arztkoffer und ging zum Empfang, wo Cameron immer noch am Computer saß. „Es tut mir leid – ich glaube, ich brüte gerade etwas aus“, erklärte sie ihm. „Ich muss nach Hause. Für den Notfall lasse ich dir den Hummer da.“

„Ich sage Jack Bescheid“, entgegnete Cameron und erhob sich.

„Nein, lass nur. Leih mir deinen Wagen. Zu Hause wartet ein Babysitter – ich werde ihn bitten, noch ein bisschen zu bleiben, und lege mich ein paar Stunden hin. Tut mir leid …“

„Was ist los, Mel?“, fragte er und kramte in seinen Taschen nach den Autoschlüsseln. „Soll ich dich fahren?“

„Nein. Nein. Ich habe nur ein bisschen Kopfschmerzen, und mir ist ein wenig übel. Ich sollte einfach nach Hause fahren und mich etwas ausruhen.“ Sie nahm die Schlüssel an sich. „Es ist schon gut. Vertrittst du mich?“

„Ja, klar, aber …“

„Wenn es dich beruhigt, schaue ich später noch einmal vorbei. Nachdem ich geschlafen und ein paar Tabletten genommen habe. Ich bringe dir das Auto noch vor deinem Feierabend zurück …“

„Darüber mache ich mir keine Gedanken“, sagte er. „Du bist blass und seltsam. Lass mich dich nach Hause fahren …“

„Ich komme nachher noch mal vorbei“, unterbrach ihn Mel und ging zur Tür.

Gegen eins überquerte Cameron die Straße zur Bar, um sich ein Sandwich zu holen. Er setzte sich auf einen Barhocker „Wie geht es Mel?“, erkundigte er sich.

„Mel?“, wiederholte Jack erstaunt. „Das müsstest du eigentlich besser wissen als ich.“

„War sie nicht hier? Bevor sie sich auf den Heimweg gemacht hat? Hat sie dich nicht angerufen?“

„Wie bitte?“, fragte Jack. „Wovon sprichst du?“

„Sie ist vor ein paar Stunden nach Hause und hat sich krankgemeldet. Sie sah ziemlich schlecht aus. Bleich wie ein Gespenst. Sie hat mein Auto genommen und mir den Hummer dagelassen. Ich hoffe, sie musste nicht rechts ranfahren oder so.“

Jacks Blick verfinsterte sich.

„Es kam alles ziemlich plötzlich. Die Prentisses waren da und brachten ihr ein paar Adoptionsunterlagen – ich habe sie auf Mels Schreibtisch gefunden. Nur wenige Minuten nach den Prentisses ging auch Mel. Sie hatte Kopfschmerzen, aber in der ganzen Zeit, seit ich mit Mel arbeite ...“

„Entschuldige mich“, meinte Jack. Er marschierte zur Schwingtür, die in die Küche führte, trat schließlich hinter der Bar hervor und hastete zur Tür. „Preacher ist gleich da und kümmert sich um dich, Cam.“ Und dann verschwand er.

Jack fuhr so schnell wie möglich nach Hause. Er hatte keine Ahnung, was ihn dort erwartete. Mels Launen waren momentan ziemlich seltsam, ihre Persönlichkeit verändert und ihr Verhalten unvorhersehbar. Jack versuchte, so gut wie es ging mit diesem gefühlsmäßigen Drahtseilakt klarzukommen. So etwas hatte er mit seiner Frau noch nie durchmachen müssen – eigentlich war sie der ruhige Pol in der Familie, während Jack eher derjenige war, der immer noch etwas unter posttraumatischen Belastungsstörungen vom Krieg zu leiden hatte und sein Temperament, wenn die entsprechenden Knöpfchen gedrückt wurden, schlecht im Zaum halten konnte.

Doch Mel hatte ihn bisher noch nie so durcheinandergebracht. Sie hatte ihn herausgefordert, ihm Angst eingejagt, ihn gerettet, aber er hatte sie immer verstanden. Sie war eigentlich die geradlinigste Frau, die Jack kannte.

Als er das Haus betrat, erhob sich die vierzehnjährige Leslie erschrocken von der Coach. „Jack!“, sagte sie.

„Ist Mel zu Hause?“, fragte er.

„Sie sagte, sie fühlt sich nicht gut ... Sie hat sich einen Augenblick hingelegt.“

„Die Kinder schlafen?“

„Ja. Ich schätze, das Schläfchen dauert noch eine Stunde. Alles in Ordnung?“

„Schön. Mach weiter. Tu, was auch immer vierzehnjährige Babysitter während der Mittagsschlafenszeit so machen – telefonieren, in der Küche naschen, schlafen, fernsehgucken, was weiß ich ...“

„Klar, Jack“, antwortete sie lachend.

Er ging zum Schlafzimmer, dem Schlafzimmer, das er sorgfältig gedämmt hatte, damit die Kinder oder Gäste nichts von dem wunderbaren, wilden und geräuschvollen Sex mit Mel hörten. Seine Frau lag bäuchlings auf dem Bett und weinte.

Jack setzte sich auf die Bettkante und drehte sie vorsichtig zu sich. Ihre Augen waren geschwollen, ihr Gesicht nass und verquollen. „Jack“, schluchzte Mel.

„Was ist denn passiert, Liebes?“, fragte er und zog sie auf seinen Schoß.

„Phil und Darla sind mit ihren Adoptionsunterlagen zu mir gekommen. Sie baten mich, sie an jemanden weiterzureichen, der ihre Hilfe benötigt – eine Mutter, die eine gute Familie für ihr Kind sucht. Jack, ich war drauf und dran, Marley diese Unterlagen vorzuenthalten, damit sie uns das Baby gibt.“ Sie vergrub das Gesicht an seiner Brust.

„Aber du hast es nicht getan?“ Er strich ihr übers Haar.

„Doch ich war kurz davor, da ich dachte, dass dieses Baby das Einzige auf der Welt sei, das mich wieder glücklich machen könnte. Es spielte keine große Rolle, wo es herkam, solange es zu mir gehörte. Zu uns. Weil ich dann wieder eine Frau, eine Mutter sein würde. Ganz intakt, genau wie damals, als wir uns kennenlernten …“

Der große Zusammenbruch, schoss es Jack durch den Kopf. Das hatte sich schon lange angekündigt.

„Du bist jetzt sogar noch besser als damals“, erwiderte er. „Du bist alles für mich. Falls da etwas fehlen sollte, kann ich es nicht erkennen.“

„Weil du es nicht *sehen* kannst“, erklärte sie. „Aber ich spüre es – wo mal mein Lebenszentrum war, ist nur noch ein Loch. Ich erinnere mich – als ich mit Mark verheiratet war und wir kein eigenes Kind bekommen konnten, fühlte ich mich wie ein Krüppel, nur dass niemand außer mir den Stumpf sehen konnte. Du kannst nicht wissen, wie es sich anfühlt, wenn man mit einem Röhrchen Sperma zur Klinik fährt, das man zwischen den Brüsten warm hält, während man hofft, dass es diesmal klappt, dass diesmal ein Baby …“

„Zwischen den Brüsten …?“

„‚Machen Sie es so romantisch wie möglich‘, hatte der Doktor uns geraten. ‚Versuchen Sie zu vergessen, dass es pure Wissenschaft ist, und erinnern Sie sich daran, dass es bei dieser Wissenschaft nur darum geht, dass Sie und Ihr Mann ein Baby zeugen …‘ Wir hätten beinahe miteinander geschlafen, damit wir seinen Samen in einen Becher füllen konnten. Dann bin ich in meine Kleider geschlüpft und mit dem Auto ins Labor gerast … Aber, Jack … Ich fühlte mich so anders als andere Frauen. So fremd, so unnormal und komisch. Weißt du, was in den meisten Gebeten vorkommt? Es ist ‚oh lieber Gott, warum kann ich nicht so sein wie die anderen?‘“

„Niemand ist wie jemand anderes, Liebes“, antwortete Jack. „Wir sind alle verschieden. Wir haben alle unterschiedliche Nöte. Unterschiedliche Bürden zu tragen …“

„Ich wollte in meiner ersten Ehe nicht davon besessen sein,

schwanger zu werden, doch als sich nach ein bis zwei Jahren herausstellte, dass es schwierig würde, entwickelte es sich zu einer Obsession. Nachdem er gestorben war, änderte sich natürlich alles – und meine Verluste vermehrten sich damit. Dann lernte ich dich kennen, und ohne es zu wissen, hast du diese Leere, die ich immer so sehr spürte, ausgefüllt – mit Leben erfüllt, Jack", erklärte sie ihm. „Jack, ich bin Hebamme – ich helfe dabei, Leben auf die Welt zu holen, gebe Leben. Das scheint allerdings nur das Fundament für etwas zu sein. Ich vermisse es, Jack. Ich vermisse das, was weg ist, schmerzhaft."

„Es hat sich nur geändert", erwiderte er. „Du hast Kinder, und du kannst andere Frauen immer noch bei diesem Prozess begleiten. Du kannst immer noch Babys auf die Welt holen, doch was noch wichtiger ist, die Gesundheit der Frauen hängt von dir ab. Du hilfst ihnen durch so vieles durch …"

„Aber ich will es *zurück*, Jack. Ich bin noch nicht *fertig* damit! Ich will wieder die Frau sein, die du kennengelernt hast, Jack. Die Frau, die du, ohne es groß vorher zu versuchen, geschwängert hast."

„Die Frau, die ich, ohne es zu wollen, launisch gemacht habe", sagte er lächelnd.

„Ich möchte wieder meine Tage haben, kannst du das verstehen? Ich sollte glücklich sein, dass ich keine Periode mehr habe – doch ich vermisse sie."

„Ich vermisse sie auch", entgegnete Jack.

„Wie bitte?", sagte sie schniefend und straffte ihren Rücken.

Jack zuckte mit den Schultern. „In meinem Leben drehte sich so vieles um deine Periode – wenn du sie hattest, wenn du sie nicht hattest, *ob* du sie überhaupt bekommst … Wie sich herausstellte, hattest du sie gleich nach unserem ersten Mal im Bett nicht bekommen. Ich freute mich schon drauf, mit dir darüber zu streiten, ob es in Ordnung sei, trotzdem miteinander zu schlafen, und überlegte, ob du vielleicht zu schüchtern bist, darüber zu sprechen, während es mir völlig egal war …"

„Du warst immer schon viel liebestoller, als dir guttat", sagte sie.

„Das lag nur an dir", erwiderte er. „Dein Körper hat sich dauernd verändert, hat Phasen durchgemacht. Launen."

„Ich habe immer noch Launen ..."

„Aber ich vermisse es auch, Mel", meinte er. „Ich würde dir gerne den Rücken streicheln, weil du Krämpfe hast, hören, dass du mir sagst, du fühltest dich zu durcheinander oder gereizt. Ich vermisse es, mitzukriegen, dass – uh-oh – deine Regel wieder mal nicht kommt und wie du dann dick und übellaunig wirst." Er lachte in sich hinein. „All das hat sich plötzlich auch für mich geändert. Erschreckend plötzlich."

„Aber siehst du? Ich bin eine andere Frau geworden und ohne Vorwarnung. Es geschah alles zu schnell. Dieser Wechsel war erst mit fünfundvierzig oder fünfzig vorgesehen, aber nicht mit fünfunddreißig! Ich hatte nach den ganzen Schwierigkeiten gerade erst herausgefunden, wie man schwanger wird, und dann, *Zack!*, wurde mir alles wieder genommen!"

Jack wischte ihr die Tränen von den Wangen. „Ersetzt durch Kinder, die du erziehen und herumscheuchen und ausschimpfen kannst und die sich an dich kuscheln. Keine Regel mehr – kein Streit mehr darüber, ob du die Zähne zusammenbeißen und mich jedes bisschen von dir lieben lassen sollst, egal zu welcher Zeit des Monats. Keine Überraschungen – dafür können wir jetzt planen. Und sobald wir diese Krise überstanden haben, gibt es keine verrückten Stimmungsschwankungen mehr ..."

„Du hältst das nur für eine verrückte Stimmungsschwankung?", fragte sie.

„Nein", erwiderte er kopfschüttelnd. „Nein – hier geht es darum, dass du zugibst, wie sehr dich der Verlust eines für dich wichtigen Körperteils mitgenommen hat, und darum, dass du es zugeben kannst. Es ist für dich ein Verlust wie damals für Rick, als er ein Bein verloren hat. Stell dir mal vor, Mel! Wir werden keine Babys mehr machen können. Glücklicherweise haben wir das aber schon erledigt. Jetzt dürfen wir uns entspannen und an den Kindern erfreuen." Jack knabberte an ihrem Hals. „Jetzt kann ich mit dir schlafen, so oft ich will. Die ganze Zeit, immerzu, wenn du möchtest. Wir können uns einen Babysitter holen, die Tür abschließen und es wie die Wilden treiben, wenn du magst."

„Deshalb fühle ich mich jetzt aber nicht besser", informierte Mel ihn.

„Multiple Orgasmen haben *immer* dazu geführt, dass du dich besser fühlst", flüsterte er.

„Pah!", wiegelte sie ab.

Jack lachte in sich hinein. „Dann simulierst du allerdings gut. Du warst nämlich immer sehr gut darin, zu akzeptieren, was dir guttut ..."

„Jack, in mir gibt es eine Stelle, genau hier", sagte Mel und legte seine Hand auf ihren Unterleib. „Da fühlt es sich hohl an, leer, so als ob etwas Wichtiges fehlt ..."

Jack drückte ihr seine große Hand auf den Bauch. „Weil da vorher etwas drin war, mit dem du fest gerechnet und das du für einen wichtigen Teil deiner Persönlichkeit gehalten hast. Und nun ist dieser Teil weg. Weg, Mel – denn es ging um Leben und Tod. Es gab keine andere Wahl."

„Mir war nicht bewusst, wie sehr mir dieses Teil fehlen würde, wie gerne ich es wieder zurückhätte."

„Ich weiß, Liebes."

„Was nun?"

Jack zuckte die Achseln. „Wenn dir danach ist, deinen Verlust zu beweinen, kann ich dich im Arm halten. Obwohl uns am Ende bewusst sein wird, dass du immer noch genau dieselbe Frau bist, die du warst, als wir uns kennenlernten, und dass du jeden Tag fantastischer wirst und dass dein Uterus bei der Frage, weshalb ich mich in dich verliebt habe, überhaupt keine Rolle spielte. Ich danke dir, dass du mir die Kinder geschenkt hast. Und danke, dass wir zusammen sein dürfen ..."

„Die Idee mit der Leihmutter – was gefiel dir eigentlich nicht daran?", wollte Mel wissen.

Jack schüttelte den Kopf. „Bin mir nicht sicher. Ich hatte dieses Bauchgefühl, dass du versuchst, eine Leere in unserem Leben zu füllen, die eigentlich nicht existierte. Kompensation. Dass du unser gemeinsames Leben irgendwie verzerrt wahrnimmst, wo es doch nahezu so perfekt ist, mehr kann man sich nicht wünschen. Du weißt, dass Menschen, wenn sie etwas kompensieren wollen, manchmal auch etwas dafür aufgeben, das größer ist als das, was sie am Ende bekommen."

„Ich habe Phil Prentiss gefragt, was sie tun würden, wenn sie nie ein Baby bekommen würden, und er hat geantwortet, dass sie dann mit einem Überfluss an Liebe in ihren Herzen sterben würden ..."

„Lass uns das lieber nicht machen ...", meinte Jack, „... wir sollten lieber jedes Krümelchen Liebe aufbrauchen. Für die Kinder, unsere Familien, deine Patienten, die Stadt. Menschen, die wir noch nicht kennen, und diejenigen, die schon immer unsere guten Freunde waren. Füreinander. Lass uns das letzte Krümelchen Liebe bis zu unserem letzten Atemzug verschwenden."

Mel lächelte ihn an, obwohl ihr eine große Träne die Wange hinunterkullerte. „Ich muss dem jungen Paar Phils und Darlas Adoptionsunterlagen geben ..."

„Ja, natürlich musst du das ...", erwiderte er und wischte ihr die Träne vom Gesicht. „Und es wird dir vor Freude das Herz aufgehen."

16. KAPITEL

Ein paar Tage nach Aidens Verhaftung und seiner anschließenden Freilassung erreichte ihn sein Scheidungsanwalt in Erins Hütte. „Ich habe Neuigkeiten. Sie sind nicht geschieden. Allerdings waren Sie auch nie richtig verheiratet."

Aidens Blick verfinsterte sich. „Entschuldigung?"

„Ihre Frau war die Ehefrau von vielen", erklärte Ron. „Sie ist eine Betrügerin – das kommt jetzt aber nicht überraschend, hm?", fragte er. „Aber Sie waren ihr *zweiter* Mann, während sie immer noch mit dem ersten verheiratet war. Ihr erster Ehemann war und ist vermutlich immer noch ihr Partner und Komplize – sein Name stand hinten auf ihrem Scheck. Sie hat so viele Decknamen benutzt, dass wir nicht sicher sind, ob wir schon alle gelüftet haben. Das Paar ist aus Bosnien – Albijana Kovacevic und Mustafa Zubac. Sie wird sie weder anzeigen noch Ihren Ruf schädigen oder dergleichen. Das kann sie sich nicht leisten. Das Paar wird in fünf Staaten gesucht."

Aiden verschlug es den Atem.

„Aiden?", fragte Ron. „Dr. Riordan?"

„Ähm, ja hier. Sind Sie sich sicher?"

„Ich habe Ihnen ein paar Fotos gemailt, und ja, wir sind uns ganz sicher. Die beiden haben überall dieselbe Masche abgezogen. Die ziemlich junge Annalee oder Cerilla oder wie auch immer sie sich nannte, heiratete. Normalerweise einen einigermaßen wohlhabenden älteren Mann. Nicht so reich, dass es aufgefallen wäre, jedoch mit genügend Geld auf der Bank, um ein lukratives Opfer abzugeben – das Paar hat nicht lange gefackelt. Sie war Masseurin, Kellnerin, Tänzerin, Erzieherin …"

„Erzieherin?", fragte Aiden und klappte seinen Laptop auf, um online zu gehen.

„Ich weiß. Schrecklicher Gedanke, stimmt's? Sie setzt die Männer ihren extremen Stimmungsschwankungen aus und stimmt nach wenigen Monaten, sofern man ihr eine Abfindung verspricht, der Scheidung zu. Es erspart einem eine Menge Ärger und hohe Kosten, wenn man ihr fünfzig- oder hunderttausend zahlt, damit sie verschwindet und die Scheidung durch ist. Unglücklicherweise für Albijana hatten einige ihrer Opfer es sich doch noch mal überlegt, nachdem sie sie ausbezahlt hatten. Sie haben der Polizei den Betrug gemeldet."

„Aber vor der Hochzeit", sagte Aiden, „überzeugt die Frau einen mit ihren beachtlichen sexuellen Fähigkeiten. Dieser Kerl, ihr Komplize – ich habe ihn weder kennengelernt noch von ihm gewusst – ist ihr Zuhälter."

„Sehr wahrscheinlich", erwiderte Ron. „Sie war mehrmals verheiratet und ist in verschiedenen Staaten geschieden worden. Bei Ihnen war es ein Glücksfall – Ihr Anwalt hatte seine Prüfung nach dem vierten Anlauf wieder nicht geschafft und einen Riesenstapel von Fällen auf seinem Schreibtisch zurückgelassen, die weder eingetragen noch dokumentiert worden waren. Dadurch wurde zwar Ihre Eheschließung, nicht aber Ihre Scheidung eingetragen. Das war ein großes Chaos für die Kollegen. Allerdings führte es dazu, dass meine Mitarbeiter herausfanden, dass die Ehe mit Ihnen nicht die einzige und, genau wie alle späteren von dieser Frau geschlossenen Ehen, nicht rechtsgültig war. Bingo."

Aiden betrachtete den Bildschirm seines Computers, wo gerade ein Foto geladen wurde. Erin, die aufmerksam zuhörte und mitbekam, dass Aiden nur wenig bis gar nichts zur Unterhaltung beitrug, schaute ihm über die Schulter. „Lieber Gott", stieß Aiden kurzatmig aus. Die Frau war eindeutig Annalee. Der Mann wirkte sehr finster und älter als sie, aber Aiden wusste sofort, dass er auch anders aussehen konnte. „Das ist sie", sagte er. „Und der Kerl? Mit dem habe ich sie im Bett erwischt – ein junger Seemann, der behauptete, nicht gewusst zu haben, dass sie verheiratet war, und dass er sie um zehn Uhr morgens in einer Bar kennengelernt hatte. Jesus … Er hatte damals sogar *geweint*. Ich dachte, er wäre höchstens achtzehn und zu Tode erschrocken – das hielt mich auch davon ab, ihn k. o. zu schlagen."

„Mustafa Zubac, hört auch auf den Namen Mujo."

„Wo haben Sie diese Bilder her?", fragte Aiden.

„Die beiden sind in den letzten Jahren ein paarmal verhaftet worden. Sie wurden nur noch nie wegen Betrugs verhaftet. Sie sind auf Kaution freigekommen und an einen anderen Ort geflüchtet."

„Ich wusste, dass sie es auf mich abgesehen hatte", murmelte Aiden. „Ich konnte es nie beweisen, aber ich habe es immer gewusst – sie hat sich mich praktisch gleich, nachdem ich nach meiner zweijährigen Dienstzeit von Bord ging, geangelt. Ein junger Arzt mit Geld. Lieber Gott. Aber bei der Navy? Sie war bei der Navy?"

„Ihr Lebenslauf ist lückenhaft, doch ich glaube, sie ist mit ihren Eltern in die Staaten immigriert und hat sich bei der Navy eingeschrieben. Kurz darauf hat sie sich mit Mujo zusammengetan, einem Landsmann. Albijana hatte es in Bosnien nicht leicht – in ihrer Gegend herrschten dauernde Spannungen, allerdings hatte es Mujo noch schlechter getroffen. Schon in jungen Jahren war er ein Mitglied der Unterwelt, was ihn als Einziges am Leben hielt. Beide lernten zu lügen, zu stehlen und zu betrügen, vielleicht brauchten sie das in ihrer Jugend zum Überleben. Die beiden sind Asse darin. Und keiner lernt besser, wie es sich im Schatten lebt, als Kinder, die in einem Kriegsgebiet aufgewachsen sind."

„Im Ernst. Und jetzt?"

„Nun, hier sind Ihre Optionen – wenn sie anruft, um nachzufragen, ob die Zahlungen und die Papiere vorbereitet sind, können Sie ihr sagen, dass Sie nun die ganze Geschichte kennen und dass gegen sie und Mujo jede Menge Haftbefehle vorliegen. Ich wäre sehr überrascht, wenn Sie Albijana je noch einmal zu Gesicht bekämen oder noch mal von ihr hörten. Die Polizei würde die Frau nur zu gerne in ihre Obhut nehmen – das FBI wäre glücklich, sie Ihnen abzunehmen. Das ist nun komplett Ihnen überlassen."

„So gerne ich Ihnen helfen würde, da muss ich passen", sagte Aiden. „Ich will meine Familie und Erin nicht noch mehr in dieses Drama verwickeln. Die Sache ist ohnehin auch so schon furchtbar genug."

„Ich würde mich an Ihrer Stelle vermutlich genauso verhalten", erwiderte Ron. „Erschrecken Sie nicht, wenn die Polizei Sie um Ihre Mithilfe bittet, aber das liegt ganz bei Ihnen – fühlen Sie sich nicht unter Druck gesetzt. In der Zwischenzeit werden wir bei Gericht einen Antrag und die dazugehörigen Unterlagen einreichen, um Ihre Ehe mit Annalee Kovacevic annullieren zu lassen. Wir schicken Ihnen die Kopien. Das wird zwar ein paar Monate dauern, doch wir bleiben dran."

„Das weiß ich zu schätzen, denn ich habe Ihrer Kollegin einen dicken, fetten Diamantring gekauft, und es sieht nicht so aus, als wollte sie ihn wieder hergeben."

Ron lachte herzhaft. „Herzlichen Glückwunsch! Haben Sie schon einen Termin festgelegt?", fragte er.

„Erst, wenn Sie die Sache ein für alle Mal geregelt haben, Mr Preston."

„Wir sind dabei. Sie müssen hoffentlich nicht mehr allzu lange darauf warten. Sagen Sie uns Bescheid, wenn oder falls Sie von Albijana hören und ihr die schlechten Nachrichten überbringen, ja?"

„Wenn oder falls?"

„Nun, ich bin mir sicher, dass die beiden zur sofortigen Fahndung ausgeschrieben sind. Wenn die beiden das entdecken, sind sie vermutlich auf der Flucht."

„Das Leben könnte so schön sein", antwortete Aiden. „Danke, Ron. Ich habe keine Ahnung, wie Sie das gemacht haben, aber danke."

„Ich habe ein echt gutes Team – sie sind unermüdlich im

Aufstöbern von Fakten. Sie wären fasziniert, wenn Sie wüssten, was die Menschen alles zu verbergen versuchen, Dr. Riordan."

„Gott segne Sie dafür."

Ron Preston lachte. „Das werden Sie zurücknehmen, sobald Sie meine Rechnung bekommen. Sorgen Sie dafür, dass Sie sitzen, wenn Sie den Umschlag öffnen."

Aiden verkniff sich die Antwort: *Das ist jeden Cent wert.* Stattdessen verabschiedete er sich mit den Worten: „Danke. Bis später."

Erin und Aiden waren nicht die Einzigen, die ungeduldig darauf warteten, dass Annalee noch einmal Kontakt mit ihnen aufnahm. Seit Aiden seinen unmittelbaren Familienangehörigen die dramatische Wendung, die die Ereignisse genommen hatten, mitgeteilt hatte, warteten alle gespannt darauf, wie die Sache ausging. Lange mussten sie nicht darauf warten. Am Ende des sechsten Tages erhielt Aiden eine E-Mail.

Du hattest massenhaft Zeit. Sind die Unterlagen fertig zum Unterschreiben? Wie wir besprochen haben? Annalee

Aiden war sehr enttäuscht, dass sie ihn nicht angerufen hatte. Es hätte ihm Spaß gemacht, zu hören, wie erschrocken sie reagiert hätte, wenn er ihr gesagt hätte, dass ihr Betrug aufgeflogen war. Er schickte Ron Preston eine Mail und bat ihn um Rat, was er antworten sollte. Ron schrieb ihm folgenden Vorschlag:

Nein, Mrs Zubac. Deine Ehe mit Mustafa ist die einzige rechtsgültige Ehe, die im Register eingetragen ist. Wie sich herausgestellt hat, muss ich mich gar nicht von dir scheiden lassen. Verschwinde und belästige mich nie wieder.

Ihre Mail und seine Antwort leitete er an Ron weiter, der, wie er annahm, dafür sorgen würde, dass sie den entsprechenden Behörden ebenfalls vorlagen. Danach gab es für Aiden und Erin nichts mehr zu tun, als sich in Geduld zu üben und mit ihrem Leben fortzufahren. Aber Annalee war ihm schon so häufig überlegen gewesen, dass es ihm schwerfiel, sich wirklich zu beruhigen. Am liebsten hätte er gehört, dass sie endlich festgenommen worden war.

Aiden bedauerte nur, dass er nicht dabei sein würde.

„Ich mache mir Sorgen um meine Schwester", erklärte Marcie beim Frühstück. „Da ist etwas nicht in Ordnung, und sie streitet es ab."

„Wie kannst du dir so sicher sein, dass da irgendwas nicht stimmt?", wollte Ian wissen.

„Ich erkenne es an ihrem Tonfall. Da ist so eine Anspannung, ein nervöses Lachen. Erin klingt normalerweise *nie* so. Außerdem hat sie sich sonst täglich bei mir gemeldet, manchmal sogar zwei Mal am Tag, und jetzt muss ich sie ständig anrufen. Irgendetwas stimmt da nicht."

„Du bist einfach ein bisschen zu schwanger", versuchte Ian, sie zu beruhigen. „Was sollte denn los sein?"

„Sie ist nach Virgin River gefahren, hat sich verliebt, verlobt und beginnt jetzt ein neues Leben. Das alles in zwei Monaten. Was, wenn irgendwas zwischen ihr und Aiden schiefgelaufen ist?"

Ian umfasste Marcies kleines Koboldgesicht mit den Händen und schaute ihr tief in die schelmischen, grünen Augen und fragte: „Selbst wenn es so wäre, was könntest du denn dagegen unternehmen?"

„Ich könnte für sie da sein", antwortete Marcie. „Wenn sie wenigstens mit mir sprechen würde, könnte ich ihr vielleicht helfen. Ich weiß mehr über Beziehungen, als sie mir zugestehen würde. Erin ist ein ganz schön seltsamer Kauz – sie ist ziemlich alt für eine erste ernsthafte Beziehung."

Ian lächelte und schüttelte den Kopf. „Sie ist bald wieder daheim. Unser Baby kommt schon in drei Wochen. Das reicht. Wenn sie zu Hause ist und der kleine Kerl endlich auf der Welt, könnt ihr beide Tag und Nacht miteinander reden."

Ein typischer Ehemannkommentar, dachte Marcie. Waren Männer darauf gepolt, Dinge wie *beruhige dich* zu sagen? Doch damit gab Marcie sich nicht zufrieden – sie wusste, dass der Tonfall ihrer Schwester auf ein Problem schließen ließ. Und selbst wenn Marcie diese Schwierigkeit nicht lösen konnte, so war sie sich dennoch verdammt sicher, dass sie erfahren würde, was es war.

Sie war seit fünfunddreißig Wochen schwanger, hatte gerade eine Untersuchung beim Arzt hinter sich gebracht und erfahren, dass alles normal und nach Plan verlief. In der achtunddreißigsten Woche würde sie mit Kaiserschnitt entbinden – ein paar Wochen vor dem eigentlichen Termin. Alles verlief gut. Sie konnte einen schnellen Abstecher rauf nach Virgin River wagen, eine Nacht bei Erin bleiben, sich einen Überblick verschaffen und am nächsten Morgen wieder zurückfahren. Zwar hatte der Arzt ihr Ausflüge verboten, allerdings nicht weil so ein kleiner Ausflug Wehen auslösen könnte oder weil doch etwas nicht in Ordnung war, sondern nur, damit sie, falls die Wehen früher einsetzten, in der Nähe ihres Arztes und des Krankenhauses war. Wenn das passierte, müsste Marcie schon früher per Kaiserschnitt entbinden. Das sei jedoch sehr unwahrscheinlich, hatte der Arzt zu ihr gesagt. Trotzdem wollte er sicherheitshalber alle Risiken ausschließen.

Dennoch deutete alles, was sie über erste Babys und Erstgeburten gelesen hatte, darauf hin, dass sich so etwas normalerweise *ewig* hinzog, bis es so weit war. Im schlimmsten aller Fälle – falls ihre Wehen unterwegs einsetzen würden – würde sie eben rechts ranfahren und Hilfe suchen, einen Rettungswagen rufen oder was auch immer.

Nachdem Ian am Morgen zur Arbeit gegangen war, packte Marcie ein paar Sachen in eine Reisetasche und schrieb ihm eine Nachricht.

Bin unterwegs nach Virgin River. Stippvisite, um nach Erin zu sehen. Ich melde mich und hinterlasse dir eine Nachricht, sobald ich heil angekommen bin – ich hoffe, am Nachmittag dort einzutreffen. Ich spreche heute Abend mit dir. Fahre gleich morgen früh wieder zurück. Mach dir KEINE Sorgen, ich fühle mich fabelhaft. Und ich liebe dich.

Auf dem größten Teil der Strecke hatte Marcie Handyempfang. Nach drei Stunden Fahrt fühlte sie sich immer noch fabelhaft. Sie überprüfte ihr Telefon und stellte fest, dass ihr kein Anruf entgangen war. Als sie später mit Ian sprach, wirkte er ziemlich gereizt wegen ihrer Reise, doch das beunruhigte sie nicht wirklich. Ian konnte unmöglich ewig sauer auf sie sein. Außerdem gewöhnte er sich so allmählich daran, dass Marcie tat, was sie wollte. Sie lächelte über sich selbst. So hatte sie ihn schließlich auch einmal von sich überzeugt – indem sie tat, was ihr gefiel.

Als sie sich der Blockhütte näherte, ließ dieses fabelhafte Gefühl schon ein wenig nach. Ein typischer Tag für Marcie – eine fortgeschrittene Schwangerschaft war nun einmal kein Spaziergang. Erstens war sie sehr zierlich und ihre süße Last ziemlich groß; und manchmal empfand sie den Druck auf ihr Schambein ziemlich belastend. Außerdem war sie vermutlich ein wenig dehydriert, obwohl sie den ganzen Tag lang Wasser getrunken hatte. Und hungrig war sie auch, auch wenn sie ein paar Erdnussbutterkekse verspeist hatte. Sobald sie bei Erin ankam, würde sie einen Happen essen und sich vielleicht eine Weile hinlegen. Marcie hatte die Strecke in einer fantastischen Zeit zurückgelegt, worauf sie sehr stolz war – es war noch nicht einmal Mittagszeit.

Vor der Hütte standen weder Erins SUV noch Aidens Wagen. Sie mussten unterwegs sein, vielleicht Besorgungen oder so etwas erledigen, allerdings war das kein Problem für Marcie. Sie würde etwas zu sich nehmen und sich hinlegen. Sie öffnete die Tür und betrat das Haus. Wegen der geschlossenen Jalousien war es ein wenig dunkel. Marcie machte die Tür hinter sich zu und ging zuerst zu den neuen französischen Türen, um etwas Licht reinzulassen. Als sie sich umdrehte, schrie sie beinahe vor Schreck.

Eine Blondine mit einem zerkratzten und geschwollenen Gesicht zielte mit einem kleinen Gewehr auf sie. „Wer sind Sie?", fragte die Frau Marcie.

Marcie fasste sich erschrocken an die Brust, erholte sich aber rasch wieder. „Ich bin Marcie Buchanan, und die Hütte gehört mir! Packen Sie das Ding weg, bevor Sie noch jemanden verletzen!"

Das Gewehr blieb, wo es war. „Wo sind Erin und Aiden?", verlangte die Fremde zu wissen.

„Ich habe keine Ahnung! Ich bin gerade angekommen! Was zum Teufel tun Sie hier? Was wollen Sie?"

„Ich warte auf Aiden. Ich brauche ein bisschen Geld", antwortete sie.

Marcie öffnete ihre Brieftasche. „Sie können nehmen, was ich habe. Das sind wenigstens fünfzig Dollar."

Die Frau lachte. Ihr Gesicht wirkte verzerrt. Ihre geschwollene Lippe war aufgeplatzt. Ihre Augen schimmerten dunkel, und ihr Gesicht schien irgendwie schief. „Tatsächlich?", stieß sie hervor. „Fünfzig *ganze* Dollar?" Sie lachte erneut. „Nun, Schätzchen, wenn wir diese Summe mit ungefähr tausend multiplizieren, könnten wir darüber sprechen."

„Ohhh", erwiderte Marcie und hielt sich den Bauch. „Ich brauche Wasser oder so was", meinte sie. „Ich fühle mich nicht gut ..."

„Bedienen Sie sich. Dann nehmen Sie Platz und legen ab. Sie könnten mir nützlich sein."

„Meine Wehen könnten einsetzen“, sagte Marcie. „Was ziemlich ungut wäre.“

„Nicht mein Problem.“ Die Frau zuckte mit den Schultern.

„Ich muss jemanden anrufen …“

„Kannst du vergessen, Süße. Nimm dein Wasser und ab auf die Couch.“

„Oh Gott“, stöhnte Marcie.

Die Frau lächelte böse. „Da bist du hier an der falschen Adresse, Baby“, erklärte sie kalt.

Erin und Aiden unternahmen am Vormittag eine Fahrradtour entlang des Eel River in Fortuna. Sie hatten ein frühes Mittagessen, einen Meeresfrüchtesalat, im Innenhof eines Restaurants zu sich genommen und fuhren anschließend zu Luke, um dort den Nachmittag zu verbringen. Erin war ganz damit beschäftigt, das Baby zu halten und beim Baden zu helfen, als Aiden sagte, dass er Luke begleiten würde, der Art bei Netta absetzen und noch einkaufen wollte. Er versprach, bis spätestens fünf Uhr wieder zurück zu sein.

Als das Baby gegen zwei zum Schlafen hingelegt wurde, klingelte das Telefon. Shelby nahm ab und reichte den Hörer dann Erin. „Dein Schwager“, sagte sie, allerdings klang es eher wie eine Frage.

Erin griff nach dem Hörer. „Ian? Ist mit Marcie alles in Ordnung?“

„Ich habe keine Ahnung“, erwiderte er. „Sie hat sich Sorgen um dich gemacht und mir eine Nachricht hinterlassen – sie hat sich entschieden, nach Virgin River zu fahren, um nach dir zu schauen.“

„Sorgen um mich? Aber warum das denn?“

„Sie hat deinem Tonfall irgendwas entnommen“, erklärte er. „Ich kann es nicht erklären – aber du kennst Marcie. Auf dem Zettel stand, dass sie mich anrufen würde, wenn sie in Virgin River angekommen ist, allerdings hat sie das nicht getan. Sie müsste jetzt längst da sein, aber in der Hütte geht niemand ans Telefon."

„Ich fahre gleich hoch und warte auf sie. Sobald ich sie sehe, melde ich mich bei dir."

„Ich bin jetzt auch auf dem Weg dahin und lege sie, sobald ich da bin und feststelle, dass ihr nichts fehlt, übers Knie."

„Ian, setz dich mit der Highway Patrol in Verbindung", sagte Erin. „Wenn Marcie noch nicht in der Hütte ist, lass die Highway Patrol nach ihrem Wagen Ausschau halten. Vielleicht hatte sie unterwegs ein Problem mit dem Auto. Gib ihnen die genaue Route durch, die sie genommen hat."

„Mach ich. Ruf mich an, sobald du bei der Blockhütte bist."

Erin beendete das Gespräch und blickte Shelby ratlos an. Verwirrt schüttelte sie den Kopf. „Wie seltsam. Offenbar hat sich Marcie eingebildet, mit mir sei etwas nicht in Ordnung. Dabei habe ich ihr versichert, dass alles bestens ist – aber möglicherweise klang ich am Telefon ein bisschen gestresst. Jedenfalls hat sie sich auf den Weg hierher gemacht, damit sie sich selbst davon überzeugen kann. Ich werde zur Hütte fahren und auf sie warten."

„Soll ich mitkommen?", bot Shelby an.

„Nutze es aus, dass das Baby seinen Mittagsschlaf hält, und ruh dich selbst ein wenig aus. Wir sehen uns später. Sag einfach nur Aiden Bescheid, dass ich schon aufgebrochen bin."

Als sie wenig später bei ihrer Hütte eintraf, entdeckte sie Marcies Auto. „Gott sei Dank", sagte sie zu sich selbst. „Dieser kleine Frechdachs!" Sie ging zur Tür und fand Marcie auf dem Ledersofa vor. Sie baute sich vor ihrer Schwester auf und fragte: „Was zum Teufel hast du dir denn dabei gedacht?"

„Ähm, Erin?", sagte Marcie. „Wir stecken in der Klemme …" Sie neigte den Kopf und deutete auf die andere Seite des Raums.

Erin drehte sich um und sah die übel zugerichtete Annalee, die am anderen Ende des Zimmers, außer Reichweite mit einem Gewehr im Schoß, in einem Sessel saß. Erin schnappte nach Luft und trat überrascht einen Schritt zurück, wobei sie beinahe über ihre Schwester gestolpert wäre. Einen Augenblick lang wusste sie nicht, was sie mehr entsetzte – dass Annalee da war, der Zustand von Annalees Gesicht oder das Gewehr.

Sie straffte den Rücken. „Was zum Teufel soll das, Annalee? Was versprichst du dir davon? Was willst du mit deiner kleinen Show erreichen?"

„Geld", antwortete Annalee achselzuckend. „Die Dinge laufen gerade nicht so gut bei mir. Also brauche ich Geld."

„Ich habe dein Auto nirgends ..."

„Steht hinter der Hütte", erklärte Annalee. „Können wir jetzt einfach zum Geschäft kommen?"

„Wie viel?", fragte Erin. „Ich schreibe dir einen Scheck aus."

„Genau." Annalee lachte. „Es müsste schon Bares sein, fürchte ich. Eine Überweisung."

„Und du willst Geiseln nehmen? Ist das deine Idee?"

Annalee lachte erneut, und Erin wäre beinahe zusammengezuckt, als sie sah, was dieses Lächeln in Annalees Gesicht anrichtete. „Himmel, nein. Das würde mich nur unnötig behindern."

„Na ja, dass du dein Gewehr auf meine schwangere Schwester richtest, während ich das Geld hole, würde ich als Geiselnahme bezeichnen. Ich kann mir nur schwer etwas anderes vorstellen, das du damit erreichen willst. Hast du nicht schon genug Schwierigkeiten?"

„Warte, bis du darüber alles hörst", erklärte Marcie. „Es ist an und für sich ziemlich schlau." Erin blickte Marcie finster an. „Aber das ist es."

„Überlass das mir", erwiderte Erin.

„Wir werden es per Computer erledigen", erklärte Annalee. „Jeder macht Onlinebanking. Ich brauche fünfzigtausend Dollar, die auf mein Auslandskonto überwiesen werden. Mach dir keine Sorgen, ich werde sie mir von dort abholen."

Erin schüttelte den Kopf. „Du machst Scherze."

„Nicht im Geringsten. Würdest du das für mich erledigen, oder wollen wir auf Aiden warten?"

Erin dachte eine Sekunde darüber nach. „Ich kann das übernehmen“, meinte sie. „Ich muss nur telefonieren. Mit meiner Investmentmanagerin. Sie transferiert das Geld von meinem Privat- auf mein Geschäftskonto, von wo aus ich es dann dir überweisen kann. Online.“

„Wenn du es versaust oder jemandem einen Tipp gibst, kriegen wir enorme Schwierigkeiten miteinander“, drohte Annalee.

„Ich versaue es nicht“, versprach Erin. „Verschwindest du dann?“

„Unbedingt. Weshalb sollte ich mich sonst noch länger hier aufhalten?“

„Wo ist dein Komplize? Dieser Kerl Mujo?“

„Nun, das ist das Problem“, erwiderte Annalee. „Nachdem wir gemerkt haben, dass man hinter uns her ist, hat er sich abgesetzt und mich einfach im Stich gelassen. Nicht zum ersten Mal. Doch er kommt immer zurück, sobald sich die Dinge wieder beruhigt haben. Nur, im Augenblick kann ich ohne Geld nirgendwohin. Und wie immer hat er alles mitgenommen, was wir besaßen.“ Sie lächelte. „Ich werde ihn finden. Ich weiß, wo ich nach ihm suchen muss.“

„Er hat dein Gesicht so zugerichtet, oder?“, fragte Erin.

„Mujo ist ein bisschen jähzornig, allerdings bin ich das auch. Ich habe ihn vermutlich gereizt.“

„Annalee“, sagte Erin und schüttelte den Kopf. „Warum um alles in der Welt willst du ihn zurück? Kannst du denn nicht jeden Mann kriegen, den du haben willst?“

„Niemand ist so wie wir“, antwortete sie. „Ich und Mujo. Niemand versteht uns, und niemand ist wie wir. So ist es eben.“

Erin kam gar nicht mehr nach mit Kopfschütteln. „Was für ein Leben“, murmelte sie. Dann ging sie langsam und vorsichtig zu ihrem Schreibtisch, der gefährlich nahe bei Annalee stand. Erin klappte ihren Laptop auf und loggte sich ein. Anschließend nahm sie ihr Telefon und rief bei ihrer Bank an. Sie begrüßte die Assistentin ihrer Kundenberaterin freundlich, erklärte ihr, dass sie vorhatte, eine größere Summe für die Anzahlung eines Hauses am See in Nordkalifornien zu tätigen, und bat sie, ihr die Fünfzigtausend auf ihr Girokonto zu überweisen. Als das erledigt war, sah sie Annalee an. „Was jetzt?"

„Meine Bankdaten liegen gleich da neben dem Computer."

Erin holte tief Luft und erledigte den Rest. Die ganze Aktion dauerte weniger als fünfzehn Minuten, was unglaublich beängstigend war. „Erledigt", meinte sie.

„Ich werde es überprüfen müssen", erwiderte Annalee. „Geh bitte vom Laptop weg und tue nichts Unüberlegtes. Ich möchte heute lieber niemanden erschießen müssen, doch dir sollte klar sein, was mir meine Freiheit bedeutet."

„Kein Problem. Überprüfe ruhig alles", entgegnete Erin und trat hinüber zu Marcie auf der Couch. „Wie geht es dir? Alles in Ordnung?", fragte sie ihre Schwester.

„Na ja, ja und nein", antwortete Marcie. „Es geht mir einigermaßen, allerdings habe ich ein paar ernst zu nehmende Wehen. Sie kommen in immer regelmäßigeren Abständen und werden stärker. Das sind echte Wehen. Das heißt, ich müsste eigentlich meinen Arzt informieren und mich mit ihm im Krankenhaus treffen. Aber im Moment …"

Erin schoss hoch und brüllte Annalee an. „Begreifst du, was hier gerade abläuft? Dass meine Schwester Wehen hat und für einen Kaiserschnitt ins Krankenhaus muss? Wir haben keine Zeit zu verlieren! Es könnte riesige Konsequenzen für dich haben, wenn du uns aufhältst!"

Annalee schaute vom Computer hoch, als fühle sie sich gelangweilt.

Marcie berührte Erins Arm. „Wir hatten das alles schon besprochen. Sie sagt, das sei nicht ihr Problem."

„Es wird aber, so wahr mir Gott helfe, zu ihrem Problem werden, wenn sie es ignoriert. Beeil dich mal ein bisschen da!"

„Es ist noch nicht eingegangen", meinte Annalee gelassen. „Beruhige dich."

„Überprüfe doch einfach meine Transfer-Bescheinigung“, befahl ihr Erin. „Die Banken brauchen normalerweise vierundzwanzig Stunden, bevor sie den Geldeingang verbuchen.“

„Nun, du solltest vielleicht die Bank wechseln“, sagte Annalee in einem lockeren Tonfall. „Meine braucht zwar vierundzwanzig Stunden für eine Überweisung, allerdings verbuchen sie alles sofort.“ Sie lehnte sich zurück und spielte mit der Waffe. „Es dauerte bestimmt nicht mehr allzu lange.“

Wie konnte diese Frau angesichts der Wehen von Marcie, und obwohl sie wusste, wie gefährlich die Situation für ihre Schwester war, so ruhig bleiben? Andererseits, falls sie wirklich eine Soziopathin war, würde sie nichts berühren. Es war unheimlich, ihre Ruhe zu beobachten. Es kam Erin wie eine Ewigkeit vor. Während sie neben Marcie saß, konnte sie spüren, wie der große Babybauch sich mehrmals an- und wieder entspannte.

„Hast du sie gezählt?“

„Sie kommen alle fünf Minuten oder so. Noch kein Grund zur Beunruhigung. Vielleicht verschwindet sie bald, und wir können uns dann um die Geburt kümmern.“ Sie holte tief Luft. „Ian wird mich umbringen.“

„Sobald es dir wieder besser geht. Kannst du dich darauf konzentrieren, das Baby noch nicht zu kriegen? Mithilfe von Selbsthypnose oder so?“

„Keine Ahnung“, antwortete Marcie. „Bis heute hatte ich mich eigentlich eher darauf konzentriert, es ein bisschen früher zu bekommen …“

„Na toll!“, kommentierte Erin.

Da ertönte ein feines *Ping*! Annalee sagte: „Gut.“ Sie klappte den Laptop zu. „Gut gemacht.“

„Ich hasse es, mit ansehen zu müssen, wie du uns ausraubst und abhaust, doch wir verstehen dich schon.“

Annalee lachte. „Weißt du, was ich am meisten bewundere? Eine Frau, die ihren Humor nicht verliert, obwohl sie unter Druck steht. Aber lieber Himmel, das lief alles so glatt, dass ich glaube, wir sollten auf Aiden warten und das Ganze noch einmal wiederholen. Das Vergnügen verdoppeln."

„Soweit ich weiß, hatte Aiden nicht vor, hierherzukommen", sagte Erin. „Er ist mit seinem Bruder nach Eureka gefahren und wird erst heute Abend im Haus seines Bruders zurückerwartet. Ich werde mich nachher dort mit ihm treffen."

„Lass ihm ein bisschen Zeit, dich zu vermissen", erwiderte Annalee. Erin beugte sich nach vorne. „Übertreibe es nicht, Annalee. Wenn du dir zu viel Zeit lässt, bis man sich Sorgen um uns macht, ist es möglicherweise zu spät. Ich habe dir ein schönes finanzielles Polster verschafft. Hau ab, bevor die Polizei deine Spur aufnimmt." Wie aufs Stichwort klingelte das Telefon. Und es klingelte und klingelte und klingelte. Als die Mailbox ansprang, sagte Erin: „Ehrlich. Treibe es nicht auf die Spitze. Oder falls du noch mehr Geld brauchst, sollte ich es dir vielleicht überweisen, damit du wegkannst ..."

„Normalerweise wäre ich damit einverstanden, aber es gibt auch immer einen Punkt, an dem sich die Leute zu fragen beginnen, was hinter solchen großen Überweisungen steckt. Nach meiner Erfahrung sind fünfzigtausend Dollar viel, allerdings gerade noch unauffällig genug. Geben wir Aiden noch etwas Zeit. Außerdem ... hätte ich gar nichts dagegen, ihn einfach noch einmal zu sehen ..."

„Du begreifst aber schon, dass er, falls er versucht hat, mich hier zu erreichen, nicht alleine, sondern mit Verstärkung kommen wird? Mit der Polizei. Annalee, sei schlau. Du kannst uns erschießen oder meinetwegen mit vorgehaltener Waffe hier herausschleppen, doch du wirst nicht fliehen können. Wenn du gehst, bevor jemand bemerkt, was hier vorgefallen ist, kannst du es vielleicht sogar schaffen."

„Es ist so nett von dir, dass du dich so um mich sorgst, doch ich glaube, es wird alles gut gehen. Wir lassen ihm ein bisschen Zeit."

Marcie jammerte, und ihr entschlüpfte ein heiseres Stöhnen.

Die Situation eskalierte.

„Ich muss auf Toilette“, sagte Erin.

„Halte noch aus.“

„Ich muss jetzt!“

„Dann mach dir meinetwegen in die Hose. Interessiert mich nicht. Kannst du nicht bei der Sache bleiben?“

„Wie lange, schlägst du vor, sollen wir auf Aiden warten? Denn meine Schwester braucht dringend ärztliche Versorgung!“

Annalee blickte auf ihre Uhr. „Vielleicht noch ein wenig. Keine Sorge – ich bin bald weg. Wenn alles klappt, habe ich dann sogar genug Geld, um euch für immer in Ruhe zu lassen.“

Doch Erin machte sich Sorgen. Sie war sich nicht sicher, wer zuerst durch die Tür platzen würde – Ian oder Aiden. Oder vielleicht Aiden mit Polizeibeamten. Falls es in einem Chaos ausarten würde, würden nicht nur Menschen erschossen oder von der panischen Annalee als Geisel genommen, sondern auch das Baby wäre dann ebenfalls gefährdet. Soweit Erin es richtig verstanden hatte, würden Marcie und ihr ungeborenes Kind in akuter Gefahr schweben.

Das würde sie nicht aushalten. Auf keinen Fall.

Erin beugte sich zu Marcie hinunter und strich ihr zärtlich die Haare aus der Stirn. „Wenn es mir gelingt, sie abzulenken, schaffst du es dann nach draußen?“, flüsterte sie.

„Nicht flüstern!“, schrie Annalee.

Marcie keuchte; aus ihrer Kehle drang ein tiefes, lautes Grollen. Und dann floss plötzlich ein kleines Rinnsal, als die Fruchtblase platzte, aus Marcies Körper, tropfte auf den Boden und benässte das Sofa, auf dem sie beide saßen. „Nein“, sagte Marcie schwach. „Ich glaube nicht.“

„Verdammt, ich dachte, du hättest nur so getan, als müsstest du aufs Klo“, stieß Annalee angewidert hervor. „Das ist ekelhaft! Schäm dich!“

17. KAPITEL

Erin sah auf die Uhr. Es war fünf. Ian würde sicher bald eintreffen, und Aiden war inzwischen bestimmt bei Luke gewesen und hatte erfahren, dass Erin zur Hütte zurückgefahren war. Bald würde alles aus den Fugen geraten, und diese Verrückte mit ihrem Gewehr saß einfach nur da.

Obwohl Marcies Fruchtblase geplatzt war. Erin kannte sich nicht besonders gut mit Geburten aus, wusste allerdings, dass damit etwas Entscheidendes ins Rollen gekommen war.

„Was bedeutet das?“, fragte Erin ihre Schwester.

„Ich muss zu einem Arzt und ziemlich schnell in einen OP-Raum, oder wir sind erledigt. Er liegt total falsch herum, Erin. Er kann nicht heraus.“

Erin sprang vom Sofa hoch. Sie starrte Annalee an. „Okay, Schätzchen – unsere kleine Plauderstunde ist jetzt zu Ende. Die Fruchtblase meiner Schwester ist geplatzt, und wir müssen uns jetzt beeilen. Zisch ab.“

Annalee erhob sich ebenfalls und wedelte mit ihrem kleinen Gewehr. „Hey, sitzen bleiben! Ich habe dir gesagt, wie das hier läuft!“

„Das habe ich gehört“, erwiderte Erin. „Du machst einen großen Fehler, denn allmählich beginnen sich eine ganze Menge Menschen zu fragen, weshalb diese schwangere Frau und ich nicht ans Telefon gehen, und darum werden sie hierherkommen, um es herausfinden zu wollen. Verschwinde – du wirst es mir eines Tages danken.“

„Ich schieße“, warnte Annalee.

„Das bleibt vermutlich dir überlassen“, erwiderte Erin. „Ich hole Handtücher!“ Sie lief zielstrebig in Richtung Badezimmer und war wirklich überrascht, dass sie keine Kugel in den Rücken bekam. Sie ging schnellen Schrittes weiter. Sie rannte durch die Tür, die vom Bad ins Schlafzimmer führte, griff nach der Pfefferspraydose und klemmte sie sich unter den Arm. Dann schnappte sie sich den praktischen Suppentopf und die Gabel und linste durch die andere Tür in den Wohnbereich.

Keine Annalee. Gut. Sie war Erin gefolgt.

Erin machte die Schlafzimmertür zu, als sie das Wohnzimmer betrat und huschte dann zu der anderen Badezimmertür, um diese ebenfalls zu schließen. Dann stellte sie sich zwischen beide Türen und begann mit der Gabel gegen den Suppentopf zu schlagen und gleichzeitig aus voller Lunge zu brüllen. Sie behielt beide Türen im Blick. Sowie sie bemerkte, dass eine der Türen vorsichtig einen Spaltbreit geöffnet wurde, warf sie Topf und Gabel weg und bewaffnete sich mit dem Spray.

Erin hielt es nicht für abwegig, erschossen zu werden, allerdings hatte sie keine andere Wahl. Mit etwas Glück war das Gewehr nur ein kleines Kaliber und das Ziel schlecht zu sehen. Selbst wenn sie getötet wurde oder für den Rest ihres Lebens behindert wäre, hätte sie Annalee ordentlich geschadet, und Marcie hätte vielleicht eine Chance, ans Telefon zu gelangen.

Erin bewegte sich achtsam zu der Tür, die ein wenig offen stand. Kräftig trat sie dagegen und sprühte mit dem Pfefferspray, während sie in das Zimmer stürmte. Und sie sprühte und *sprühte*.

Ein Schuss löste sich aus dem Gewehr, dann fiel es Annalee, die sich die Augen zuhielt, aus den Händen. Doch Erin fühlte sich nicht getroffen. Annalee wich ins Schlafzimmer zurück, und Erin folgte ihr. Obwohl ihr selbst das Pfefferspray in den Augen brannte, bewegte sie sich auf die schreiende, blinde Annalee zu. Als sie nahe genug an ihr dran war, hielt sie die Dose ganz fest und zog sie Annalee so fest sie konnte über den Schädel.

Dann hörte sie ein lautes Krachen, und Annalee sackte zu Boden wie ein Stein. Ausgeknockt.

Erin schaute auf die Frau hinunter. Total bewusstlos, wenn nicht sogar tot, lief ihr, Mund und Augen ein bisschen geöffnet, ein kleiner roter Blutfaden aus der Nase. „Uih", stieß Erin hervor.

„Erin! Erin, ist alles in Ordnung?", rief ihre Schwester verzweifelt aus dem Nebenraum.

Eilig kehrte Erin zu Marcie zurück. „Ich muss dich ins Krankenhaus bringen."

Marcie schüttelte den Kopf, unterdessen kullerten ihr Tränen über die Wangen.

„Gib mir das Telefon. Dann wähle ich 911 und achte darauf, dass die Frau da liegen bleibt."

„Ich habe sie vielleicht umgebracht", sagte Erin und griff nach dem Hörer. „Sie sieht ziemlich tot aus. Hör zu, ich schaffe dich ins Auto, und wir rufen von unterwegs aus Hilfe, die uns entgegenkommen soll."

Wieder schüttelte Marcie den Kopf. Sie machte ein erschrockenes Gesicht. Der Schreck war gepaart mit Pein und Gewissensbissen. „Ich glaube nicht, dass wir es packen. Ich fühle mich wie … es fühlt sich an, als hätte ich Felsbrocken in meinem Becken. Ich fühle mich, als ob …" Sie verstummte und starrte auf ihr Telefon. Und dann ließ sie plötzlich das Telefon sinken, da sie von einer Welle des Schmerzes erfasst wurde, und heulte laut auf.

Erin fiel neben ihr auf die Knie. „Marcie! Liebes! Sag mir, was ich tun soll!"

„Ich weiß nicht", erwiderte sie atemlos. „Ich weiß es nicht …"

Erin hörte einen Motor und rannte zur Tür, wobei sie sich nicht sicher war, wen sie lieber sehen wollte. Sowie Aiden aus seinem Wagen sprang, schrie sie: „Aiden, beeil dich! Marcie!"

Er ging kurz zurück, um eine Tasche aus dem Kofferraum zu holen. Erst jetzt fiel Erin auf, dass er diese immer dabei hatte. Erin stieß einen Seufzer der Erleichterung aus, als sie erkannte, dass es sich vermutlich um einen ärztlichen Notfallkoffer handelte. „Warum hast du mich denn nicht angerufen?", fragte er, während er zur Haustür rannte.

„Annalee“, erklärte sie knapp. „Mit einem Gewehr.“

Er verharrte mitten in der Bewegung. „Wo ist sie jetzt? Weg?“

„So könnte man es auch sagen. Ich habe sie niedergeschlagen“, erklärte Erin. „Oder umgebracht. Ich habe ihr mit der Bärenpfefferspraydose eins übergezogen. Nachdem ich ihr das Zeug in die Augen gesprüht hatte. Sie liegt im Schlafzimmer.“

Aiden grinste plötzlich, aber er lief schnell weiter und kümmerte sich sofort um Marcie. Er kniete sich neben die Couch. „Hallo“, begrüßte er sie. „Immer sachte! Ich bin jetzt hier. Was ist los?“

Ängstlich schaute Marcie ihn an. „Er sollte nicht so auf die Welt kommen, Aiden, doch anscheinend hat er genau das vor.“

„Manchmal muss man mit dem klarkommen, was man hat, Kleine. Wie lange ist es her, dass die Fruchtblase geplatzt ist?“

„Eine halbe Stunde? Vierzig Minuten?“ Sie stöhnte, als eine weitere Kontraktion ihren Körper erschütterte. „Der Arzt hat gesagt, er wird sterben! Aiden, er wird *sterben!* Hol ihn bitte richtig herum heraus! Ich schaffe das schon – aber lass ihn bloß nicht …“

„Ruhig, ganz ruhig, er wird nicht sterben. Wir werden alles richtig machen – hol einfach tief Luft und versuche, die Nerven zu behalten. In der wievielten Woche bist du?“

„In der fünfunddreißigsten“, erwiderte sie.

„Gute Arbeit.“ Aiden stand auf und gab Erin zu verstehen, bei Marcie zu bleiben. „Stoppe die Zeit der Kontraktionen, und sie soll nicht pressen. Egal was passiert.“

Aiden war klar, dass er noch vieles vorbereiten musste, bevor er überhaupt die Möglichkeit hatte, einen näheren Blick auf die Patientin zu werfen. Es fing schon mal damit an, dass er wusste, dass dieses Kind, eine Steißgeburt, per Kaiserschnitt das Licht der Welt erblicken sollte. Und dass Marcie einen Blasensprung gehabt hatte – das Baby war gesunken und schon auf dem Weg nach draußen. Die blutigen Flecken in ihrer Hose und die starken Wehen sprachen dafür, dass eine Notgeburt bevorstand. Aiden öffnete seine Tasche und holte ein Paar Latexhandschuhe heraus, um sie sich überzustreifen. Er musste die Patientin untersuchen.

Mit den Gummihandschuhen an den Händen rannte er ins Schlafzimmer und presste zwei Finger auf Annalees Halsschlagader. Gleichmäßiger Puls. Er packte sie an den Knöcheln und zog sie ohne viel Federlesens durch die schmale Hütte nach draußen auf die Sonnenterrasse. Er war nicht scharf darauf, Blut von ihr an seine Hände zu bekommen. Das wäre hochriskant gewesen, weil er wusste, dass seine Hände sehr bald mit Marcies Geburtskanal in Berührung kommen würden. Er ließ Annalee draußen liegen, machte die Türen zu und schloss ab. Dann streifte er sich die Latexhandschuhe ab, verriegelte die andere Tür der Blockhütte auch noch und ging wieder zu Marcie zurück.

„Sie kommen in immer kürzeren Abständen, Aiden", erklärte Erin. „Es waren zwei, seit du weggegangen bist."

„Danke, Liebling. Marcie, ich werde dich jetzt ins Schlafzimmer bringen und auf das Bett legen. Verkrampf dich nicht. Überlass die Arbeit mir. Erin – hol mir bitte zwei oder drei große Mülltüten und Handtücher. Außerdem brauche ich noch meine Tasche." Dann beugte er sich hinunter, um Marcie hochzuheben. Er blickte ihr lächelnd in die Augen. „Vertraue mir – wir werden es zusammen schaffen."

„Klar", antwortete sie schwach. „Klar." Dann begann sie zu weinen.

„Alles wird gut." Aiden setzte sie vorsichtig auf dem Bett ab. „Wir müssen dich von der Hose befreien, Kleines. Ich muss mir das mal anschauen." Er hatte sie ihr fast ganz ausgezogen, da kehrte Erin eilig zurück. „Handtücher", wandte er sich an Erin. „Viele Handtücher. Und bring mir bitte das Telefon."

Als Marcie von der Hüfte abwärts ausgezogen war, warf Aiden einen Blick auf ihr Becken. Er sah noch nichts und war sehr dankbar dafür. Er wollte sich wirklich die Hände waschen, allerdings wäre das, was er in der kurzen Zeit, die ihm seiner Meinung noch blieb, machen konnte, ohnehin nicht gründlich genug gewesen. Er fischte neue Handschuhe aus der Tasche. „Okay, Süße, spreize bitte mal deine Beine für mich. Wollen wir doch mal schauen, wo wir stehen."

Marcie gehorchte, und Aiden kniete vor ihr, eine Hand auf ihrem Bauch, die andere ganz sachte in ihren Geburtskanal einführend. Heiliger Bimbam! schoss es ihm durch den Kopf, sagte aber: „So ist es schön, ganz entspannt. Schön hecheln, Marcie." Dann nahm er das Stethoskop aus seiner Arzttasche und meinte: „Ganz ruhig, bitte ..." Er hörte, obwohl er nicht besonders gut ausgerüstet war, die Herztöne ab, und seine Mittel reichten zum Glück aus – das Baby schwebte *noch nicht* in akuter Lebensgefahr. „Gut. Es ist alles gut." Doch er dachte: schlecht. Das sieht alles ganz schlecht aus.

Sowie Erin ihm das Gewünschte brachte, platzierte er ein großes Badehandtuch auf einer ausgebreiteten Mülltüte und forderte Marcie sanft auf, sich ein wenig zu erheben, damit er alles unter sie schieben konnte. „Siehst du, was ich hier gemacht habe?", sprach er Erin an. „Ich werde dich vermutlich im Laufe des Abends noch ein paarmal bitten, so etwas noch einmal für mich vorzubereiten – Handtuch auf Plastik."

„Das Bett ist mir egal", erwiderte sie.

„Darum geht es nicht. Bei einer Geburt spielen eine Menge Blut und andere Flüssigkeiten eine Rolle. Das kann leicht unübersichtlich werden ... Es ist wichtig, alles so sauber wie möglich zu halten. Jetzt wähle 911, drücke auf den Lautsprecherknopf und leg mir das Telefon auf den Nachttisch. Dann hol mir ... Hast du Franzbranntwein im Haus?"

„Nein", antwortete sie und tat ansonsten, worum er gebeten hatte.

„Okay, dann bring mir die Flasche Scotch. Und ich brauche auch noch Schnur oder Zwirn oder, falls das nicht da ist, Schnürsenkel. Und eine Schüssel – eine mittelgroße Schüssel."

„Was?“, fragte sie und packte das Telefon auf das Nachtschränkchen.

Er schaute sie an und versuchte dabei, nicht panisch oder ängstlich auszusehen. „Bitte, Liebes. Wir müssen uns jetzt beeilen.“

„Gut“, antwortete sie und verschwand.

In der Notrufzentrale nahm jemand ab und Aiden sagte: „Aiden Riordan hier, ich bin Arzt – Gynäkologe. Ich benötige einen Krankentransport. Am besten einen Rettungshubschrauber, falls das möglich ist. Meine Patientin muss schnellstens in eine Klinik mit einer Neugeborenenintensivstation.“

„Was genau liegt vor, Doktor?“, fragte die Telefonistin.

„Ich habe hier eine Frau im fortgeschrittenen Stadium einer Steißgeburt. Woche fünfunddreißig, Gravida I, eine Erstgebärende, acht Zentimeter, Blasensprung. Ich werde entbinden müssen. Wann werden Ihre Leute voraussichtlich hier eintreffen?“

„Sie sind in der Moonlight Road 400, Doktor, ist das richtig?“

Erin war zurück. Sie nickte. „Richtig“, erwiderte er. „Es ist gleich oben auf dem Berg, auf einer großen, klaren Lichtung. Was schicken Sie? Einen Krankenwagen? Hubschrauber?“

„Das sage ich Ihnen in einer Minute ... Bitte bleiben Sie in der Leitung ...“

„Was auch immer“, murmelte er. „Marcie, ich möchte, dass du schön tief atmest. Ich atme mit dir. Erin, bring mir ein Gefäß mit lauwarmem Wasser und ein paar Waschlappen. Wo ist die Schnur? Ich brauche mehrere Teile – ungefähr fünfzehn Zentimeter lang. In meiner Tasche befindet sich eine Schere. Wie stehen die Chancen, dass du eine Bratenspritze besitzt?“

„Gleich null“, entgegnete sie. „Warum?“

„Ich habe nicht alles, was ich benötigte, in meiner Arzttasche dabei – zum Beispiel nichts zum Absaugen. Aber ich kriege das hin.“

Am anderen Ende der Leitung tat sich etwas. „Wir schicken

einen Hubschrauber aus Redding, Dr. Riordan. Er wird vermutlich in dreißig Minuten bei Ihnen sein."

„Sorgen Sie dafür, dass alles dafür vorbereitet ist, ein Neugeborenes zu transportieren. In dreißig Minuten ist es zu spät, um die Frau in den OP zu bringen."

„Kann ich Ihnen jemand an den Hörer holen, der den Eingriff mit Ihnen durchgeht?", fragte die Telefonistin.

Unwillkürlich musste er lächeln. „Das ist sehr nett von Ihnen. Ich habe alles im Griff. Könnten Sie im Sheriff's Departement anrufen und um Verstärkung bitten? Beim Humboldt County Sheriff's Department?"

„Sie sind in Trinity, Doktor …"

„Keine Sorge – rufen Sie einfach dort an, bitte. Und sagen Sie freundlicherweise Bescheid, dass sich eine Frau, nach der gesucht wird, hier befindet. Annalee Kovacevic. Ich bin mir sicher, man wird es zu schätzen wissen."

„Können Sie mir den Namen buchstabieren, Doktor?"

„Nein, kann ich nicht. Ich bin gerade beschäftigt …"

„Handelt es sich um die Frau, die entbindet, Doktor?"

„Nein. Ms Kovacevic wartet draußen auf der Veranda, glaube ich. Die Patientin heißt Marcie Buchanan, und sie ist …" Er verstummte, weil Marcie einen Schmerzensschrei ausstieß, dem ein lautes Ächzen folgte. Aiden untersuchte sie und entdeckte den Rücken eines sehr kleinen Jungen. Das verbesserte ihre Chancen. „Sie ist so weit", vervollständigte er den Satz, den er begonnen hatte. Und damit war die Unterhaltung mit der Telefonistin beendet. Er goss ein wenig Scotch in eine Schüssel und warf seine Schere und das Skalpell hinein, um sie zu sterilisieren. Er würde notfalls auch einen Dammschnitt vornehmen können; die Schere lag griffbereit da, damit er die Nabelschnur durchtrennen konnte, wenn der Krankentransport nicht doch noch rechtzeitig eintraf.

„Erin", sagte er. „Nimm einen feuchten Waschlappen und bleib erst mal bei Marcies Kopf. Streich ihr über die Stirn und unterstütz sie moralisch." Dann bat er Marcie: „Hör mir jetzt gut zu – wir werden das Baby jetzt entbinden und ..."

Marcie stieß noch einmal einen gellenden Schrei aus und spannte sich wider Willen an.

„Halt, halt, halt", befahl er. „Versuch, nicht die Kontrolle zu verlieren, und hör mir zu. Du musst mir helfen! Mitarbeiten! Ich weiß, dass es wehtut, doch davon hängt jetzt alles ab! Marcie!" Sie schrie noch einmal laut, und Aiden rief verzweifelt „Erin! Kannst du helfen? Wir müssen zusammenarbeiten!"

Die Anspannung ließ nach, und Erin, die neben Marcies Kopf auf dem Bett saß, strich über Marcies Stirn und schaute ihr in die Augen. „Marcie, sieh mich an", forderte sie sanft. „Aiden braucht deine ganze Unterstützung, damit dieses Baby auf die Welt kommen kann. Es ist kritisch, Marcie. Halt dich an mir fest und befolge Aidens Anweisungen. Atme tief ein und hör auf Aiden."

„Wird das Baby gesund sein?", fragte Marcie mit einem Schluchzen in der Stimme.

„Das wird es, wenn wir das hier gemeinsam durchstehen", erklärte Aiden. „Unterstütze mich. Du musst mich unterstützen und mitarbeiten. Noch nicht pressen."

„Ich ... muss ..."

„Noch eine Sekunde", bat Aiden. „Hechele, wenn es dir hilft. Erin, leite sie an. Hechele wie ein Hund. Versuch es."

„Es tut weh", erwiderte Marcie. „Mein Gott, tut das weh."

„Ja", meinte Aiden. „Aber du hast es gleich geschafft." Kaum hatte er die Worte ausgesprochen, sah er die Pobacken des Babys über den angewinkelten Beinchen. „Marcie. Erin. Ihr müsst jetzt wirklich gut aufpassen. Das ist jetzt sehr heikel. Wenn ich sage ‚pressen', dann presst du. Und wenn ich sage ‚stopp', dann hörst du sofort damit auf."

Erin griff nach der Hand ihrer Schwester. Sie blickte Marcie fest in die Augen. „Das machen wir ... das können wir. Oder, Marcie?"

„Ja, ja. Bitte mach, dass alles gut geht“, entgegnete Marcie atemlos.

„Es wird alles gut gehen“, versuchte Aiden, sie zu beruhigen. „So. Marcie. Jetzt pressen …“

Das Baby musste sich selbst seinen Weg suchen ohne weiteres Eingreifen – das war am sichersten. Obwohl es sehr schwer war, das untätig mit ansehen zu müssen.

„Gut“, lobte Aiden. „Eine Sekunde Pause.“

Es würde nicht lange dauern; das Baby war klein und würde schnell zur Welt kommen. Der Popo war schon draußen.

„Noch mal, Marcie – press, wenn du bereit bist …“

Sie war *so* bereit dafür. Sie presste, und Aiden konnte Schenkel und Knie des Babys entdecken. „Stopp! Nicht weiter pressen. Hecheln. Zurückhalten.“ Er fuhr mit zwei Fingern am Beinchen des Babys bis zur Unterseite seiner Kniekehle entlang, verstärkte den Druck, und schon war das rechte Beinchen aus dem Mutterleib. Dann wiederholte er das Ganze noch mal auf der linken Seite, bis schließlich beide Beinchen draußen waren. Er fasste das Baby an den Hüften. Mit dem Daumen auf dem Kreuzbein, den Händen an den Hüftknochen, zog er das Kind in einer langsamen Drehbewegung nach unten, bis die erste Schulter erschien.

„*Aaaaahhhrrrggg …*“, stöhnte Marcie.

„Nicht pressen! Nicht pressen! Nicht pressen!“, gab Aiden ihr Anweisung.

Das Baby wurde nicht mit Sauerstoff versorgt. Deshalb war nun besondere Eile angesagt, aber er musste die Oberhand behalten und durfte nicht zu lassen, dass der mütterliche Drang zu pressen alles aus dem Ruder laufen ließ. Aiden fuhr mit seinen Fingern schnell am Ärmchen des Babys entlang, übte etwas Druck auf die Innenseite des Ellbogens aus und brachte das Ärmchen zum Vorschein. Er drehte das Kind behutsam in die andere Richtung und wiederholte das Manöver, um den zweiten Arm auch noch herauszuholen.

Jetzt kam der gefährlichste Moment bei der Entbindung einer Steißgeburt – das Köpfchen. Hier war besondere Vorsicht geboten. Er stützte den Unterleib des Kindes mit seiner rechten Hand und schob den Babypopo etwas nach oben. „Marcie, auf KEINEN Fall pressen! Erin, ich brauche dich." Er bewegte eine Hand zu Marcies Becken. „In einer Sekunde werde ich dich bitten, genau hier drauf zu drücken." Er drang mit zwei Fingern seiner rechten Hand in Marcies Geburtskanal ein, griff nach dem Nacken des Babys, da er nach der Nabelschnur tasten wollte. Sie hatten Glück – keine Nabelschnurschlinge. Er umfasste den Kiefer des Kindes und drückte ihn etwas herunter, sodass das Kinn des Babys sich in Richtung Brust neigte.

„Erin, pressen ... Marcie, press das Baby raus. Jetzt, jetzt, *jetzt*."

Und das Baby glitt heraus. Es war schlaff. Träge und erschöpft. Und es hatte kurz keinen Sauerstoff bekommen. Allerdings nicht lange genug, um gefährlich zu sein. Aiden hatte eine Hand an dem Oberkörper des Babys. Er wand es herum und strich ihm eine Weile über den Rücken. Aiden war kurz davor, den Kleinen noch einmal umzudrehen und ihm den Schleim selbst aus dem Mund zu saugen, als erst ein Hüsteln, Gurgeln und schließlich ein kraftvoller Schrei ertönte. Gleichzeitig mit den Rotorblättern eines Hubschraubers, die irgendwo in einem fernen Hintergrund zu hören waren.

„Gut gemacht, Marcie", lobte Aiden. „Erin, deck Marcie mit einem Handtuch zu. Wir machen den Jungen sauber, trocknen ihn ab und hüllen ihn in eine warme Decke. Das kann er jetzt wirklich gut gebrauchen."

Marcie weinte und streckte die Hände nach ihm aus, während Erin das Handtuch über ihr ausbreitete. „Oh Gott, oh Gott, oh Gott", stieß sie schluchzend hervor.

Aiden deckte das Baby zu, damit der Kleine warm gehalten wurde, und durchtrennte dann die Nabelschnur. Er hörte den Hubschrauber immer näher kommen. Die Besatzung des Rettungsfliegers würde sich um den Rest kümmern.

Bevor der Hubschrauber landete, flog die Tür auf, und Ian schrie: „Marcie! Marcie!“ Er stand in der Schlafzimmertür mit dem Ausdruck größten Entsetzens in seinem Gesicht.

Aiden richtete sich zu seiner vollen Größe auf, streifte sich die blutigen Handschuhe ab und lächelte. Er war von oben bis unten mit Blut und anderen Flüssigkeiten beschmiert. „Es ist alles gut gegangen, Ian. Dein Junge ist da.“

Ian fiel auf die Knie und presste sich die Fäuste auf die Augen. Dann schaute er hoch. „Sind sie gesund?“

Aiden ging zu ihm, griff nach Ians Ellbogen und zog ihn hoch. „Sind alle wohlauf, doch sicherheitshalber müssen sie in die Klinik in Redding, wo es eine Neugeborenenintensivstation gibt. Der Rettungshubschrauber landet gerade. Du darfst sicher mitfliegen.“

Ian bewegte sich zum Bett. Erin trat zur Seite, und Ian nahm ihren Platz ein. Er hob einen Handtuchzipfel an und strich mit dem Finger über das Bäuchlein des Babys. „Gott“, sagte er und holte tief Luft.

Marcie schaute Ian in die Augen. „Bist du wirklich sauer?“, fragte sie zärtlich.

Er nickte. „Ja“, erwiderte er ohne die geringste Spur von Zorn. „Gott.“ Er blickte Aiden noch einmal an. „Ist wirklich alles in Ordnung?“

„Sie werden ihn in Redding noch einmal gründlich untersuchen, aber er sieht gut aus, hat gleich geschrien, hat eine gute Farbe, ist gerade groß genug, doch nicht zu groß für diese Entbindung … Ich würde sagen, der Kleine da ist gut in Form.“

Erin stand an Aidens Seite, und er legte ihr den Arm um die Schultern. Wenige Sekunden später rannten Rettungssanitäter, eine Trage schleppend, in den Raum, überprüften die lebenswichtigen Organe, untersuchten die frischgebackene Mutter und wollten von Aiden die Einzelheiten über die Geburt wissen. Als sie Marcie auf einer Trage aus dem Haus rollten, hörten sie, wie einer der Sanitäter Ian fragte: „Sind Sie schon mal mit einem Hubschrauber geflogen, Daddy?“

„Ja, ein oder zwei Mal, aber nie mit so einem Exemplar.“

„Dieser Flug wird Ihnen gefallen – wir bringen Ihre Familie ins Krankenhaus.“

Wenige Sekunden später erschien ein Deputy in der Blockhütte. „Ich dachte, Sie würden gerne erfahren, dass wir die Frau, die Sie nicht verprügelt haben, auf halbem Weg zum Highway 36 in ihrem Wagen, mit dem sie türmen wollte, gefasst haben. Sie ist von der Straße abgefahren – so als ob sie nicht wusste, wo sie hinsollte. Jetzt sitzt sie in einer Zelle.“

„Danke“, erwiderte Aiden.

Erin schmiegte sich an ihn. „Das Baby ist doch wirklich gesund, oder?“

„Es sieht alles gut aus.“

„Hast du so etwas vorher schon mal gemacht?“

„So etwas Ähnliches“, antwortete Aiden achselzuckend. „Es kommt manchmal bei Zwillingsgeburten vor, dass das zweite falsch herum liegt. Wenn die Wehen der Mutter früh einsetzen und keine Vorbereitungen für einen die Steißgeburt erleichternden Kaiserschnitt getroffen wurden, müssen wir entbinden. Ich habe das ein paarmal gemacht. Der kleine ... Wie heißt er?“

„Heath.“

„Der kleine Heath hat gut kooperiert, weil er so klein war. Und du warst auch eine großartige Hilfe.“ Er küsste Erin auf die Stirn. „Danke, Liebling. Ohne dich hätte ich es nicht geschafft.“

„Oh Gott“, ertönte plötzlich eine weinerliche Stimme aus dem Nichts. „Das ist so ... *wunderschön*!“

Aiden sah sich um. Plötzlich bemerkte er, dass die Telefonistin der Notrufzentrale immer noch am Telefon war, und musste laut lachen. „Haben Sie alles mitbekommen, meine Liebe?“, fragte er.

Sie schniefte. „Ja. Falls es noch etwas gibt, was der behandelnde Arzt wissen …?"

„Kein Problem", erklärte Aiden. „Wir machen uns schnellstmöglich auf den Weg in die Klinik. Ich melde mich dort. Adios." Er legte auf. Dann schaute er Erin an. „Alles in Ordnung?"

„Ich hatte vor, bei ihrer Entbindung dabei zu sein, allerdings war ich nicht darauf vorbereitet, dabei zusehen zu müssen. Ich habe wirklich alles gesehen. Falls ich das Glück habe, ein Baby zu kriegen, dann lieber nicht auf diese Weise", meinte Erin.

„Das würde ich auch bevorzugen."

„Aiden, ich habe Annalee fünfzigtausend Dollar überwiesen." Aiden machte große Augen, und ihm fiel die Kinnlade runter. „Sie hatte alles genau geplant – eine Online-Überweisung auf ihr Auslandskonto. Und sie hat uns mit einem Gewehr bedroht. Ich dachte wirklich, dass sie gehen würde, sobald sie das Geld hätte. Doch das tat sie nicht. Ich konnte es nicht abwarten, dass sie endlich verschwand, und hoffte die ganze Zeit, dass sie rechtzeitig abhauen würde, damit ich noch Hilfe für Marcie rufen konnte. Ich habe aber ehrlich gesagt zu lange gewartet."

„Also hast du sie niedergeschlagen?", fragte Aiden.

„Nicht so ganz. Nachdem Marcies Fruchtblase geplatzt war und mir bewusst wurde, dass uns die Zeit davonläuft, habe ich sie mit diesem Spray besprüht und ihr dann mit der Dose einen übergezogen. Das hätte ich lieber schon tun sollen, bevor ich ihr das Geld gegeben habe."

„Von allen Dingen, die heute hier passiert sind, ist das mit dem Geld noch das Geringste. Du wirst es vielleicht nicht mehr wiederkriegen, doch glaub mir, da, wo sie hingeht, wird sie es auch nicht ausgeben können."

Das Baby von Marcie und Ian war zwar klein, aber perfekt. Aiden und Erin verbrachten ein paar Nächte in Redding, um dafür zu sorgen, dass alles gut ausging. Der kleine Heath wurde schon nach zwei Tagen entlassen. Ian wollte ihn mit nach Hause nehmen, und Aiden bot Marcie an, sich um den Transport ihres Wagens nach Chico zu kümmern.

Die Nachricht von der Sache mit der verrückten Annalee und der dramatischen Entbindung sprach sich wie ein Lauffeuer in der Stadt herum. Als Aiden und Erin schließlich zum ersten Mal danach wieder in Jacks Bar auftauchten, gingen alle Getränke im Tausch gegen weitere Einzelheiten aufs Haus. Tatsächlich war in der Bar ein paar Tage lang mal etwas mehr los als üblich. Allmählich neigte sich der Sommer dem Ende, und die Bewohner von Virgin River richteten sich auf den nahenden Herbst ein. „Ganz schön aufregende Art, seinen Sommerurlaub zu verbringen“, sagte Jack zu Aiden.

„Ja“, antwortete Aiden. „Erinnere mich bitte daran, nie wieder einen solchen Urlaub zu buchen!“

„Und jetzt, Doc?“, fragte Jack.

„Wir packen unsere Sachen zusammen, verabschieden uns von allen und fahren nach Chico. Ich bin mir sicher, dass wir immer mal wieder für ein langes Wochenende hierherkommen werden, allerdings muss ich mich jetzt um zwei Dinge kümmern: um einen Job und meine Frau.“ Er grinste. „Ich habe mich bis jetzt noch nicht für ein Jobangebot entschieden.“

„Hatte ich doch gesagt“, erwiderte Jack, während er über den Tresen wischte. „Dieser Ort ist die Hölle für einen Mann, der geplant hat, sein Leben mit Angeln ... oder Wandern zu verbringen.“

Aiden hob sein Bierglas und prostete ihm zu. „Ich habe kein Problem damit.“

Es gab eine Menge einzupacken und Abschiede zu feiern. Ein paar Abende lang saßen sie mit der Riordan-Familie in Jacks Bar, um ihren neuen Freunden und Nachbarn Auf Wiedersehen zu sagen. George und Maureen wollten nach Montgomery fahren, damit sie bei Rosies erstem Vorschultag dabei waren. Luke hatte sich entschieden, dass er, sobald der Rest der Familie aufgebrochen war und Shelby sich wieder ihrer Ausbildung widmete, das Grundstück hinter den Hütten aufräumen und Stellplätze für Wohnmobile daraus machen wollte. Luke und Art versprachen, nach Erins Gemüsegarten zu sehen, ihn regelmäßig zu gießen, das Unkraut zu jäten und zu ernten, was immer sie wollten.

Aiden hatte seinen SUV beladen und Marcies Wagen so an seinem Auto befestigt, dass er ihn abschleppen konnte. Er half Erin, ihre Habseligkeiten in den SUV zu verstauen. Während sie zur Hütte zurückkehrte, um ein letztes Mal zu kontrollieren, ob sie alles abgeschlossen und sämtliche Lichter ausgeschaltet hatte, ließ Aiden schon einmal den Motor an und lehnte wartend an der Fahrertür. Als Erin aus dem Haus kam, breitete er die Arme aus, und sie ließ sich von ihm umarmen.

„Zukünftige Sommerurlaube werden vermutlich nicht mehr so aufregend sein wie dieser Urlaub“, sagte er und drückte sie noch fester an sich.

„Damit kann ich leben“, antwortete sie und gab ihm einen Kuss. „Machst du dir Sorgen, dass Annalee aus dem Gefängnis kommen und noch einmal in deinem Leben auftauchen könnte?“

„Nicht, solange du für das Bärenspray verantwortlich bist“, erwiderte er lachend.

„Sei bitte so schlau und behalte das im Gedächtnis, Mister“, drohte Erin ihm lächelnd. „Die Tage, an denen du mir eine Gehirnerschütterung bescheren musst, damit du meine Aufmerksamkeit erringen kannst, gehören der Vergangenheit an.“

„Sehr steinzeitlich von mir, meinst du nicht?“, fragte er.

„Oh, sehr“, entgegnete sie. Dann rümpfte sie die Nase. „Du hast aber auch ausgesehen wie ein Neandertaler, und dann erst der Geruch …“

Er grunzte und schnüffelte an ihrem Hals. Dann küsste er sie, streichelte ihr über das Haar und über die Ohren. „Komm, wir fahren los – ich folge dir. Zeig mir den Weg nach Hause, Liebling.“

Mel Sheridan ging am frühen Nachmittag in die Bar, kletterte auf den Barhocker und beugte sich über den Tresen, um ihren Mann zu küssen. „Hey, Liebling“, begrüßte er sie.

„Es ist heute“, sagte sie mit sanfter Stimme.

„Soll ich mitkommen?“, fragte er sie.

Sie schüttelte den Kopf und lächelte. „Nein. Ich will das alleine hinter mich bringen.“ Sie blickte auf ihre Uhr. „Ich wollte zuerst einfach nur mal kurz hier hereinschauen.“

Jack legte ihr die Hand auf den Nacken und massierte sie ein wenig. „Wir feiern es heute Abend. Was hältst du davon? Ich stehle mich ein bisschen früher davon, bringe etwas von Preachers Essen mit. Hol die Kerzen aus dem Schrank. Was denkst du?“

„Das klingt großartig. Ich komme später noch mal vorbei, bevor ich mich auf den Weg mache.“ Sie küsste ihn rasch zum wiederholten Mal und hüpfte vom Hocker, um in die Klinik zurückzukehren.

Zwanzig Minuten später stand sie am Empfang. Die Tür ging auf, und Darla und Phil betraten die Praxis. Sie sahen ein bisschen besorgt aus oder vielleicht auch perplex. Mel lächelte sie an. „Wie geht es euch beiden?“

„Gut. Alles in Ordnung“, erwiderte Phil, der seinen Arm lässig um Darlas Schulter gelegt hatte.

„Gibt es irgendwelche Neuigkeiten wegen eurer Adoptionspläne?“

„Noch nichts, doch man hat uns gesagt, dass es seine Zeit braucht“, erklärte Darla. „Wir sind darauf eingestellt, uns in Geduld zu üben. Was auch immer geschehen soll, geschieht. Als du angerufen hast, hast du gemeint, du wolltest mit uns darüber sprechen? Haben wir etwas vergessen? Etwas, das wir noch nachreichen können?“

Mel schüttelte den Kopf. „Es gibt jemanden, den ich euch gerne vorstellen möchte“, verkündete sie. „Kommt mit.“ Und dann führte sie das Ehepaar in die Küche. Marley und Jake erhoben sich vom Tisch. Bei Marley zeichneten sich mittlerweile die ersten Anzeichen einer Schwangerschaft ab. Ihr T-Shirt spannte leicht über ihrem gerundeten Bäuchlein. „Marley und Jake, ich möchte euch meine sehr lieben Freunde Darla und Phil Prentiss vorstellen. Sie besitzen eine große Farm im Tal, und ich kenne sie schon seit meinem ersten Tag in Virgin River.“ Dann wandte sie sich an Darla und Phil. „Das sind Marley und Jake. Sie haben eure Adoptionspapiere gelesen und wollten euch kennenlernen und mit euch reden. Sie stehen vor ein paar ganz besonderen Herausforderungen.“

Marley strich sich liebevoll über das Bäuchlein, Jake schlang einen Arm um ihre Taille und reichte Phil die andere. „Sehr erfreut“, sagte er.

„Ich mache euch einen Tee, Phil und Darla. Dann lasse ich euch vier alleine, damit ihr euch in Ruhe unterhalten könnt. Da es für heute keine Sprechstunde ist, könnt ihr euch alle Zeit der Welt lassen.“

Darla legte die zittrige Hand auf den Mund, und in ihren Augen standen Tränen. „Weine nicht, Liebling“, sagte Phil. „Wenn du zu gefühlsduselig wirst, glauben diese jungen Leute noch, dass du nicht stabil genug bist, um eine gute Mutter zu sein.“ Dann lachte er in sich hinein und ergriff Jakes Hand. „Es ist mir ein Vergnügen, mein Sohn. Bitte setzt euch. Wir stehen zu eurer Verfügung – schießt los.“

Mel ließ sie in der Küche sitzen und kehrte zum Empfang zurück. Cameron saß am Schreibtisch. „Alles in Ordnung?“, erkundigte er sich.

„Ja. Schön. Willst du heute früher heim?“

Er schüttelte den Kopf. „Muss ich nicht“, sagte er.

„Würde es dir etwas ausmachen, dich um unsere Gäste zu kümmern, falls sie etwas brauchen?“

„Nicht im Geringsten. Gehst du nach Hause?“

„Ja“, antwortete sie. „Aber zuerst gehe ich über die Straße und hoffe, die Bar ist leer. Ich möchte mich jetzt in die Arme meines Mannes kuscheln."

„Mach das." Cameron lächelte. „Es ist gut, was du da getan hast."

„In der Küche herrscht eine Menge Liebe", sagte sie. „Ich habe so das Gefühl, sie werden sich gegenseitig ein guter Trost sein."

„Mel", meinte Cameron. „Du warst schon für so viele Menschen ein guter Trost. Bitte vergiss das nicht."

„Danke, Cam. Es ist nett, dass du das sagst." Und sie dachte: Wir werden keine überflüssige Liebe übrig haben, wenn wir sterben. Wir werden sie bis auf den letzten Krümel verschenken.

– ENDE –

Lesen Sie auch:

RaeAnne Thayne

Hope's Crossing: Zauber der Hoffnung

Ab September 2013 im Buchhandel

Band-Nr. 25689
7,99 € (D)
ISBN: 978-3-86278-752-4

Diesem Lächeln hatte sie noch nie widerstehen können. Nicht einmal damals, als er nur der nervige kleine Bruder ihrer besten Freundin gewesen war, dessen einziger Lebenszweck darin bestand, sie und Alex in den Wahnsinn zu treiben. Dass sie sich nach all den Jahren nun zu ihm hingezogen fühlte, war wirklich überhaupt nicht angebracht. Und schon gar nicht jetzt, wo ihr Leben und ihr Laden dermaßen durcheinandergeraten waren.

„Ich habe gehört, dass du endlich Dr. Vollidiot den Laufpass gegeben hast. Wurde auch höchste Zeit. Du warst immer viel zu gut für ihn, von Anfang an. Ich habe keine Ahnung, was du jemals an diesem kleinen Angeber gefunden hast."

Ungefähr eine halbe Minute zu spät und mit einer Mischung aus Entsetzen und Belustigung fiel Claire wieder ein, dass Holly noch immer neben ihr stand. Sie drehte sich etwas zur Seite, um seine Aufmerksamkeit auf die andere Frau zu lenken.

„Ähm, Riley. Darf ich dir Holly vorstellen, Jeffs neue Frau? Holly, das ist Riley McKnight, ehemals stadtbekannter Satansbraten und jetzt der neue Polizeichief von Hope's Crossing."

Mit hochrotem Kopf und Schmollmund wirkte Holly, als ob sie einen acht Millimeter großen venezianischen Klunker verschluckt hätte.

„Entschuldigen Sie, Ma'am." Riley schenkte ihr ein zerknirschtes Lächeln, hielt dabei aber hinter seinem Rücken die Finger so gekreuzt, dass nur Claire es sehen konnte. „Claire ist eine alte Freundin. Ich fürchte, ich habe mich da zu etwas hinreißen lassen, ohne nachzudenken."

Holly schien nicht zu wissen, was sie machen sollte – ob sie ihren Ehemann verteidigen oder die peinliche Situation einfach ignorieren sollte. Sie wirkte verunsichert und schrecklich jung, obwohl Riley mit seinen dreiunddreißig Jahren nur acht Jahre älter als sie war.

Dann hatte sie offenbar beschlossen, ihn einfach nicht zu beachten. Steif sagte sie zu Claire: „Ich schätze, du brauchst mich jetzt nicht mehr, oder?"

„Nein, ich komme schon klar." Jetzt tat es ihr leid, dass sie einen Moment lang so etwas wie Schadenfreude verspürt hatte. „Aber danke dir. Und ich werde dir Bescheid geben, wann der Laden wieder öffnet. Dann können wir uns ein paar hübsche Accessoires für deine Schwangerschaftsgarderobe überlegen."

„Keine Eile, wir können das auch irgendwann mal tun. Ich schätze, dann bis heute Abend bei Owens Auftritt, oder? Jeff und ich können für Macy und dich Plätze frei halten, wenn du möchtest."

Wahrscheinlich hatte sie diese kleine spitze Bemerkung verdient, ob sie nun beabsichtigt war oder nicht – nämlich dass Claire bei der jährlichen Frühlingsfeier der Grundschule, dem Spring Fling, von ihrer zwölfjährigen Tochter begleitet wurde, während Holly neben ihrem attraktiven, erfolgreichen Orthopäden-Chirurgen-Ehemann saß.

„Danke, doch ich weiß noch nicht, um wie viel Uhr wir kommen werden."

„Wir reservieren euch trotzdem Plätze. Ganz bestimmt will Macy sehen, wie mir der neue Pulli steht, den wir zusammen ausgesucht haben."

„Zweifellos", entgegnete Claire. „Dann bist später."

Kaum hatte Holly den Laden verlassen, da wand sich Claire aus Rileys Umarmung heraus und versuchte zu verdrängen, wie viel älter sie sich sofort fühlte. Um Himmels willen, in ihren Laden war eingebrochen worden. Jetzt war wirklich nicht der passende Zeitpunkt für ein fröhliches, freundschaftliches Wiedersehen.

„Donna Mazell hat mir erzählt, dass *String Fever* nicht der einzige Laden ist, der letzte Nacht überfallen wurde."

Er nickte, wobei er sich vorbeugte, um Chesters am Kinn zu kraulen. „Offenbar hatten die Einbrecher eine arbeitsreiche Nacht. Vier Einbrüche bisher."

„Ich habe eine Alarmanlage. Warum ist die nicht losgegangen? Die Sicherheitsfirma hätte reagieren müssen."

„Das ist eine gute Frage. Ich schätze jetzt einfach mal, dass du bei Topflight Security bist."

„Ja."

„Ist wohl kein Zufall, dass die anderen Geschäfte ebenfalls Topflight-Kunden sind. Das ist ein Gesichtspunkt, den wir bei den Ermittlungen zu berücksichtigen haben."

Sie runzelte die Stirn. „Du glaubst doch nicht, dass die Firma da irgendwie mit drinsteckt?" Der Besitzer der Sicherheitsfirma war ein Freund von ihr, sie konnte sich unter keinen Umständen vorstellen, dass einer seiner Mitarbeiter etwas mit den Überfällen zu tun hatte.

„Im Moment weiß ich noch nicht, was ich denken soll. Könnte sein, dass ihr Computersystem geknackt wurde, aber das wissen wir nicht. Wir sind gerade dabei, alle Hinweise zu sammeln, die wir dann später überprüfen. Wann hast du gestern den Laden geschlossen?"

„In der Zwischensaison, im Frühling und im Herbst haben wir sonntags geschlossen. Also könnte der Einbruch irgendwann zwischen Samstagabend und heute Morgen stattgefunden haben."

„Hast du schon herausgefunden, was fehlt?"

„Mein Computer ist weg. Ein ziemlich neuer iMac, den ich erst vor einem halben Jahr gekauft habe. Die Kasse ist leer, doch da lasse ich nur ungefähr fünfzig Dollar Wechselgeld drin. Die Einnahmen habe ich am Samstag selbst noch bei der Bank eingeworfen, bevor ich nach Hause gegangen bin."

Zum Glück. Das Wochenende war zwar stressig gewesen, Owen hatte zur Kostümanprobe gemusst, und ihre Mutter hatte sie in der letzten Sekunde gebeten, verschiedene Medikamente aus der Apotheke zu besorgen, aber sie konnte sich glasklar daran erinnern, wie sie zur Bank gefahren war, um die Geldbombe einzuwerfen.

„Haben sie sonst noch was geklaut?"

„Um ehrlich zu sein, habe ich noch nicht so genau nachgesehen. Ich wollte keine Spuren verwischen oder so."

„Gut, dann sieh jetzt nach, was fehlt."

Den abgeschlossenen Glasschrank hatten die Einbrecher zum Glück nicht angerührt. Hier bewahrte sie die wertvollen tschechischen Kristalle auf, die Donna erwähnt hatte, außerdem mundgeblasenes venezianisches Glas und die teureren Schmuckstücke, die entweder sie oder Evie für ihre Kunden hergestellt hatten. An der Wand entdeckte sie drei leere Haken, an die sie ein paar ihrer weniger teuren Ketten gehängt hatte. Das Gute war, dass sie ihre eigenen Stücke sofort erkennen würde, sollte jemand dumm genug sein, die Beute in der Stadt verkaufen zu wollen.

Sie ging quer durch den Verkaufsraum in die Werkstatt, wo sie die Materialien aufbewahrte – Perlen, Verschlüsse und Drähte, Zangen und Seitenschneider. Hier schien nichts zu fehlen.

Zum Schluss betrat sie ihr Büro und schnappte hörbar nach Luft.

Riley war sofort an ihrer Seite. „Whoa." Er starrte das Hochzeitskleid an, das noch in der Schutzhülle mit einer ihrer eigenen Scheren aufgeschlitzt worden war. „Nun, das ist interessant."

Interessant? Ihr wären spontan hundert verschiedene Adjektive eingefallen, allerdings war interessant nicht darunter.

„Das ist ein Designer-Hochzeitskleid", erwiderte sie stöhnend. „Ich hatte es nur für ein oder zwei Tage hier, um nach Wunsch der Kundin Perlen am Mieder anzubringen. Ich habe dafür eine horrende Kommission bezahlt."

Eine Kommission, die sie jetzt wohl in den Wind schießen konnte – genauso wie die Zukunft des ganzen Ladens höchstwahrscheinlich. „Wer kann nur so fies sein?"

„Reine Spekulation, aber vielleicht war es jemand, der die

Braut nicht besonders mag. Wem gehört das Kleid?"

„Genevieve Beaumont. Die Tochter des Bürgermeisters."

Die Hochzeit mit dem Sohn eines der reichsten Geschäftsmänner der Gegend war das gesellschaftliche Ereignis und sollte erst in acht Monaten stattfinden. Vielleicht konnte man dasselbe Kleid noch einmal bestellen, dann hätte Claire noch genug Zeit für die Perlenstickerei.

Oder die ziemlich verwöhnte Braut beschloss, Claire zu verklagen, weil sie ihren großen Tag ruiniert hatte.

Chester stupste mit dem Kopf gegen ihr Bein, und am liebsten wäre sie neben ihn auf die Erde gesunken, mitten hinein in die verstreuten Perlen, um ihn in die Arme zu nehmen und eine Weile in Selbstmitleid zu schwelgen. Ihre Kehle war wie zugeschnürt, Tränen brannten hinter ihren Augen, aber sie blinzelte sie weg und schluckte schwer. Sie hatte keine Zeit für einen Tränenausbruch, nicht jetzt, wo sie dieses Chaos beseitigen musste – und vor allem nicht vor dem neuen Chief, Himmel noch mal.

„Das ist ein Albtraum. Und es ergibt auch überhaupt keinen Sinn. Warum haben sie das Kleid zerschnitten, doch die Perlen nicht mitgenommen? Die sind ein Vermögen wert."

„Das kann ich dir nicht beantworten. Aber ich verspreche dir, Claire, dass ich es herausfinde."

Riley war als Junge vielleicht ein echter Plagegeist und als Teenager ein furchtbarer Unruhestifter gewesen, doch nach allem, was sie in den vergangenen Jahren von Alex und dem Rest seiner Familie über ihn gehört hatte, schien er sich wirklich gemacht zu haben und ganz und gar in seinem Job als Polizist aufzugehen.

Die meisten Bewohner von Hope's Crossing waren froh darüber, dass er seinen Job als verdeckter Ermittler in Kalifornien aufgegeben hatte und zurückgekommen war. Nur im Polizeirevier selbst hatte seine Einstellung wohl einigen Unmut ausgelöst.

„Dann sag mir, was ich noch tun kann, um dir dabei zu helfen."

„Lass mich einfach mal in Ruhe den Tatort begehen. Wie wäre es, wenn du mit deinem Hund bei Maura einen Kaffee trinkst? Das hier könnte eine Weile dauern."

„Ich würde lieber bleiben, wenn es dich nicht stört. Ich werde mich auch bemühen, dir nicht im Weg rumzustehen."

„Kein Problem. Ich freue mich über deine Gesellschaft. Wünschte nur, wir hätten uns unter anderen Umständen wiedergetroffen."

Und dann saß sie eine Stunde lang ganz vorn in der ersten Reihe, während Riley arbeitete – Beweise einsammelte, Fingerabdrücke nahm und Fotos machte.

Es war nicht gerade einfach, diesen so kompetent und professionell auftretenden Gesetzeshüter mit der schrecklichen Nervensäge von früher in Einklang zu bringen. Genauso wenig wie mit dem wilden, wütenden Teenager, in den er sich nach der Scheidung seiner Eltern entwickelt hatte – wobei sie die Geschichten über seine Sauftouren und Schlimmeres nur vom Hörensagen kannte, da sie zu dieser Zeit in Boulder das College besucht hatte.

Der Riley aus ihrer Erinnerung jedenfalls hatte einmal einen Kassettenrekorder im Zimmer seiner Schwester versteckt, damit er die Gespräche mit Claire aufnehmen konnte. Die Unterhaltungen hatten sich damals natürlich ausschließlich um Jungs gedreht; die Mädchen waren zwölf, dreizehn Jahre alt gewesen und hatten gerade angefangen, sich für das andere Geschlecht zu interessieren. Claire hatte sich in Jeff Bradford verguckt, den klügsten und hübschesten Jungen eine Stufe über ihnen. Und Alexandra hatte ein Auge auf den Quarterback des Freshman-Football-Teams geworfen, Jason Kolpecki.

Sie sprachen lang und breit über ihre Traumprinzen an diesem Nachmittag, ohne zu ahnen, dass Riley, die Schlange, alles aufzeichnete – um später damit zu drohen, den Jungs die Kassette vorzuspielen, wenn sie nicht taten, was er von ihnen verlangte.

Gut nur, dass die Kollegen bei der Polizei, die von Rileys Rückkehr nicht besonders begeistert waren, nichts von seiner Karriere als Erpresser ahnten. Zwei Monate lang hatten Claire und Alex an seiner Stelle den Rasen der McKnights mähen müssen.

Das alles schien Ewigkeiten her zu sein, tief vergraben unter den Ereignissen, die später folgten. Der skandalöse Tod ihres Vaters, der Nervenzusammenbruch ihrer Mutter, die Midlife-Crisis *seines* Vaters, durch die seine Familie schließlich auseinandergerissen wurde.

Was würde sie nicht dafür geben, wieder in dieser herrlich einfachen Zeit zu leben, als sie sich nur Gedanken über ihre Mathenoten machen musste und darüber, ob Riley ihre heimliche Schwärmerei für Jeff Bradford ausplaudern würde oder nicht.

Nach einer weiteren halben Stunde – er hatte lange mit seinen Kollegen an den anderen Tatorten telefoniert – sammelte Riley schließlich das letzte Beweisstück ein und packte alles in eine Tasche.

„Das wär's erst mal", sagte er. „Ich werde das ins kriminaltechnische Labor schicken. Mit etwas Glück haben wir dann ein paar Fingerabdrücke."

„Danke, Riley. Ich weiß deine Hilfe wirklich zu schätzen."

„Kein Problem. Ich hoffe, dass ich schon bald Neuigkeiten für dich habe."

Er warf ihr ein breites, entzückendes Lächeln zu, das er als Jüngster in einer Familie mit fünf Töchtern perfektioniert hatte, dasselbe Lächeln, mit dem er sich früher aus allen Schwierigkeiten herauswinden konnte.

Ein kleiner erregter Schauer durchzuckte sie, und noch einer, während er auf sie zutrat und nach ihrer Hand griff.

„Es ist wirklich toll, dich zu sehen, Claire. Wenn sich die

Lage etwas beruhigt hat, könnten wir doch mal zusammen oben im Resort zu Abend essen und über alte Zeiten plaudern. Was meinst du?"

Okay, sie war nun seit Ewigkeiten nicht mehr in der Dating-Szene unterwegs – genau genommen seit sie mit fünfzehn Jeffs Freundin geworden war, doch dieser Vorschlag von Riley McKnight klang definitiv, als ob er mehr als nur ein Dinner im Sinn hätte.

„Ähm." Großartige Antwort, das war ihr klar. Aber sie konnte sich nicht entsinnen, wann sie zuletzt so durcheinander gewesen war – außer wenn sie mal wieder die Einkaufsliste zu Hause hatte liegen lassen. Bestimmt hatte sie ihn falsch verstanden. Er wollte einfach nur höflich sein, oder?

„Das ist nur eine Einladung zum Abendessen, Claire." Als er lächelte, bildete sich ein Grübchen über seinem Mundwinkel. „Ich wollte dich damit nicht in Angst und Schrecken versetzen."

Schwach lächelnd rief sie sich in Erinnerung, dass es sich bei diesem Mann um niemand anderen als den nervtötenden kleinen Riley McKnight handelte. „Bevor du mich in Angst und Schrecken versetzt, färbe ich mir die Haare pink und steige bei einer Punk-Band ein."

„Also, *das* würde ich wirklich gern sehen."

Zu spät fiel ihr wieder ein, dass er sich niemals geschlagen gab. Einmal hatte Alex einen Monat lang Hausarrest bekommen, weil sie mit ihrem Bruder gewettet hatte, dass er sich nicht trauen würde, mit dem Fahrrad den *Woodrose Mountain* hinunterzufahren, ohne zu bremsen. Er hatte es vor seinem spektakulären Sturz schon fast bis nach unten geschafft – und selbstverständlich die Bremse nicht ein einziges Mal berührt.

Doch das war Jahre her. Und man wurde kein erfolgreicher Gesetzeshüter, wenn man nicht wusste, worum es im Leben eigentlich ging.

„Wir werden bestimmt jede Menge Gelegenheiten haben, über alte Zeiten zu plaudern", entgegnete sie so gefasst wie möglich. „Alex hat erzählt, dass du das alte Harperhaus in der Blackberry Lane gemietet hast. Das ist nur ein paar Meter von mir entfernt. Ich wohne in dem roten Ziegelhaus mit den Säulen."

Er lächelte wieder. „Großartig. Dann weiß ich ja, wo ich mir mal eine Tasse Zucker ausleihen kann."

Wie in aller Welt bekam er es nur hin, dass so eine harmlose Bemerkung dermaßen erotisch klang? Sie beschloss, nicht darauf einzugehen – und nicht zu erwähnen, wie lange es her war, dass sie irgendjemandem eine Tasse Zucker geliehen hatte, um bei seinem Wortspiel zu bleiben.

„Ist es in Ordnung, wenn ich den Laden jetzt öffne? Ich kann es mir nicht leisten, ihn einen ganzen Tag zuzumachen."

„Was meine Arbeit betrifft, klar. Soll ich jemanden zum Aufräumen vorbeischicken?"

Sie schüttelte den Kopf. „Ich trommle selbst ein paar Leute zusammen."

„Gut. Dann rufe ich dich an, ja?"

Sie runzelte die Stirn. Da sie außer Übung war und nicht wusste, wie sie ihn auf möglichst taktvolle Art und Weise entmutigen konnte, sagte sie einfach: „Riley, ich weiß nicht, ob das so eine gute Idee wäre ..."

Er warf ihr einen langen, amüsierten Blick zu. „Komisch. Ich dachte, du würdest gern erfahren, wie die Ermittlungen laufen."

„Natürlich will ich das!"

„Was meinst du, warum ich sonst anrufen wollte?"

Darauf gab es keine Antwort, die sie nicht wie eine Idiotin dastehen ließ. *Jetzt* erinnerte sie sich wieder ganz genau daran, wie er sie und Alex früher immer schier in den Wahnsinn getrieben hatte.

„Ich meine überhaupt nichts. Bitte ruf mich an. Wenn es um den Fall geht jedenfalls."

„Sehr schön. Ich melde mich."

Erst nachdem er gegangen war und sie die Tür hinter ihm geschlossen hatte, fiel ihr wieder das alberne Horoskop ein. *Etwas Schönes und Aufregendes steht Ihnen bevor.* Gut, so könnte man Riley McKnight durchaus beschreiben, keine Frage. Zu schade nur, dass sie momentan kein Interesse an einem Mann hatte – und schon gar nicht am kleinen Bruder ihrer besten Freundin.

Robyn Carr

Endlich bei dir in Virgin River

Band-Nr. 25638

7,99 € (D)

ISBN: 978-3-86278-490-5

eBook: 978-3-86278-563-6

352 Seiten

Robyn Carr

Gemeinsam stark
in Virgin River

Band-Nr. 25619

7,99 € (D)

ISBN: 978-3-86278-461-5

eBook: 978-3-86278-525-4

400 Seiten

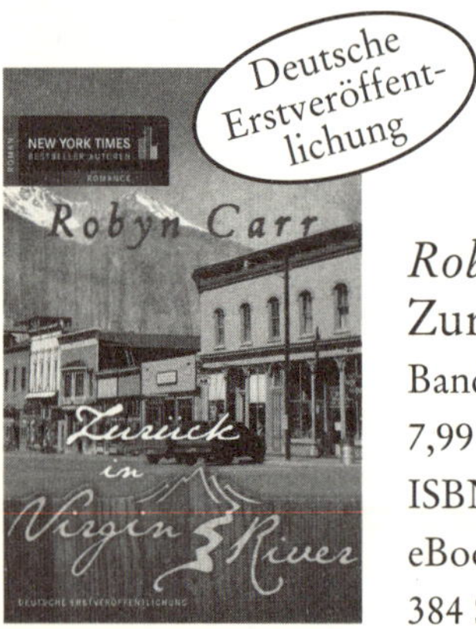

Robyn Carr

Zurück in Virgin River

Band-Nr. 25600

7,99 € (D)

ISBN: 978-3-86278-331-1

eBook: 978-3-86278-422-6

384 Seiten